팔란티어

옥스타칼니스의 아이들

1

팔란티어

옥스타칼니스의 아이들

1

김민영 장편소설

차례

**본 작품은 1999년 출간된 『옥스타칼니스의 아이들』을
현시대에 맞게 수정하여 새롭게 출간한 개정판입니다.**

이 책에 쓰인 본문 종이 E-light는 국내 기술로 개발된 최신 종이로, 기존에 쓰이던 모조지나
서적지보다 더욱 가볍고 안전하며 눈의 피로를 덜게끔 한 단계 품질을 높인 고급지입니다.

아버지께, 그리고 어머니께

프롤로그

2011년 5월 11일 일요일 오전 11시

종이 울리자, 특별 경호팀 소속의 이창수 요원은 피우고 있던 담배를 비벼 끄고 옷매무새를 가다듬었다. 종소리는 예배가 끝났다는 신호면서 동시에 이 작은 교회 앞 광장이 곧 수많은 사람들로 가득 차게 될 것이라는 예고였다.

그는 빈 광장을 한번 둘러본 후 하늘을 올려다보았다. 오월의 파란 하늘은 구름 한 점 없이 맑았고 햇살은 눈이 부실 정도였다. 그는 능숙한 동작으로 윗주머니에서 선글라스를 꺼내 쓰면서 다시 주위를 둘러보았다. 꼭 햇살 때문이 아니더라도 선글라스야 직업상 항상 착용하는 것이었다. 은연중 위압감을 유발해 혹시 생길 수 있는 돌발 사태를 예방하고, 예방에 실패하더라도 충돌시 기선을 제압하는 효과가 있다는 것은 경호원 아카데미의 첫 시간부터

누누히 들었던 이야기였다.

광장 반대쪽에 서 있던 또 하나의 선글라스가 그에게 고개를 끄덕여 보였다. 이 요원은 손을 들어 답을 하고 교회의 정문에서 광장으로 내려오는 계단을 반쯤 올라가 자리를 잡았다. 크게 드러나지 않으면서 교회와 광장이 한눈에 들어오는 자리였다. 교회의 정면에 달린 붉은 나무 문에서 계단의 시작까지는 15미터 가량으로, 먼 거리는 아니었다.

물론 무슨 특별한 일이 일어나길 기대하고 있는 것은 아니었다. '상황'이란 발생하지 않을수록 좋은 것이고 가급적 발생하기 전에 억지되어야 하는 것이다. 어쩔 수 없는 경우에야 몸을 던져서라도 막아야겠지만, 가능한 한 다치지 않고 이 일을 오래오래 계속하는 것이 그의 작은 소망이었다. 하루에 여덟 시간을 가만히 서 있으면서 월 450만 원을 받는 직업은 그리 흔치 않았다.

그때 교회 전면의 대문이 활짝 열리면서 사람들이 쏟아져 나오기 시작했다. 계절이 계절인 만큼 화사한 원색의 물결이었다. 이 요원의 눈동자는 선글라스 뒤에서 인파를 따라 바삐 움직이기 시작했다. 아이의 손을 잡고 나오는 노란 옷의 여인, 베이지색 양복을 입은 사내, 좀 철이른 빨간 미니를 걸친 굵은 허벅지의 아가씨, 그리고 아이들, 아이들……. 순식간에 수십 명의 사람들이 교회 문을 빠져나와 계단을 내려갔다.

이런 인파 속에 묻힐 때가 가장 위험한 순간이다. 이 요원은 의식적으로 긴장하지 않으려고 노력했지만, 목 뒤의 근육이 뻣뻣해져 오는 것은 어쩔 수가 없었다. 경호원의 일이란 그 자체가 모순된 일이다. 드러나지 않게 일을 하면서 사람을 지키라는 것은 두 손 묶어놓고 주먹질을 하란 것과 마찬가지 얘기였다. 하긴 그래서 그 잘났다는 미 대통령 경호실도 링컨과 케네디를 잃고, 레이건도 보낼 뻔하지 않았던가.

물론 지금 자신이 경호하고 있는 송 의원이야 미국 대통령 급의 인사도 아니고 저격 대상이 될 인물은 더 더욱 아니었지만, 그래도 건교 위원회 위원장이란 직함 탓에 느닷없이 시비를 걸어오는 인간들은 심심치 않게 있는 편이었다. 주로 국책 대형 공사 발주에 관련된 건설 회사 사장들이었는데, 삿대질하며 언성을 높이는 사람에서 울며 바짓가랑이를 잡고 늘어지는 사람까지 별별 인간들이 틈만 있으면 그에게 달려들었다. 무장을 한 것도 아니고 직접적인 폭력을 행사하는 것도 아니어서 다 말로 달래서 보내고 있기는 하지만, 경호를 맡은 입장에서는 여간 신경이 쓰이는 것이 아니다. 막말로 그들 중 골에 총 맞은 놈 하나가 앙심을 품고 쇠꼬챙이라도 들고 와서 쑤셔대는 경우엔, 그야말로 난리가 나는 것이다. 게다가 일주일 전부터는 수풍 발전소 수주 건으로 건교 위원회가 부산해지는 바람에 경호도 세 명으로 강화된 상태였다.

이 요원은 고개를 천천히 돌리면서 원색의 인파를 계속 훑어보았다. 특별히 이상한 점은 없어 보였고, 몰려나오는 사람들의 수도 점점 뜸해져 갔다. 그는 광장 아래의 최 요원이 신호를 보내는 것을 보고 교회 쪽으로 고개를 돌렸다. 신자들과 일일이 악수를 하고 있는 노목사 뒤로 송 의원이 다른 노인 한 명과 함께 교회 문을 나서고 있었다. 그 뒤로는 수행 요원인 김 요원이 역시 선글라스를 쓴 채 따르고 있었다.

송 의원은 같이 나온 노인과 악수를 하며 뭐라고 말을 하더니 미소를 지으며 계단 쪽으로 걸어오기 시작했다. 자세히 보니 노인은 태한 건설의 박 회장이었는데, 그 역시 미소를 짓고 있었다. 성스러운 교회의 지붕 아래서 또 어떤 묵직한 죄악들이 거래되었는지 이 요원으로선 알 수도 없었고 알고 싶지도 않았지만, 문제의 수풍 발전소 건을 태한 건설이 맡게 되리라는 것쯤은 어렵지 않게 짐작할 수 있었다.

내일 아침 개장하자마자 태한의 주식을 사들이라는 전화를 넣어야겠다고 머릿속에 메모를 하면서 이 요원은 한 계단을 올라섰다. 여기서 송 의원이 오기를 기다렸다가 그의 뒤에 서 있는 김 요원과 앞뒤로 경호를 하며 아래 광장에 있는 최 요원이 터주는 길을 따라 차까지 이동한다는 계획은 이미 사전에 다 세워둔 바였다.

그때 갈색 양복의 사내 하나가 교회 문을 나서는 것이 보였다. 건장한 체구에 구릿빛 피부를 가진 남자였다. 뒤쪽이어서 김 요원은 볼 수 없는 각도였다. 구레나룻이 덥수룩한 그는 문 앞에 서서 사방을 두리번거렸다. 이 요원은 온몸을 긴장시켰다가 그가 송 의원과 다른 방향으로 걸어가는 것을 보고서야 몸의 힘을 풀었다. 그러나 그의 양복 칼라에 청색 배지가 달려 있는 것은 놓치지 않고 기억해 두었다.

송 의원이 노목사와 악수를 하는 순간, 시야의 가장자리로 무엇이 스치고 지나가는 바람에 이 요원은 오른쪽으로 고개를 돌렸다. 그러자 개나리색 투피스를 입은 젊은 여자가 장미 두 송이를 손에 들고 그의 옆을 스쳐갔고 옅은 향수 냄새가 꼬리처럼 그녀의 뒤로 이어졌다. 아마도 그녀의 손에 들린 백장미와 붉은 장미의 대비가 그의 시각을 자극했던 듯했다. 얼굴은 보지 못했지만, 뒷모습 하나는 모델 빰치는 여자였다. 근무만 아니라면 쫓아가 볼 텐데 하는 생각을 하면서 그는 다시 송 의원에게 고개를 돌렸다.

송 의원은 이미 계단 앞까지 와 있었다. 이 요원은 몸을 돌려 의원과 2, 3미터의 간격을 유지하며 계단을 내려가기 시작했다. 그러면서도 그의 눈은 계단 아래의 광장과 그를 가득 메운 사람들을 쉬지 않고 살펴보았다.

최 요원이 위치한 곳까지의 거리는 약 30미터, 1분이면 충분했다. 그러나 이미 이 요원의 눈은 광장 안에서 대여섯 개의 불안 요소를 발견하고 있었다. 어느 틈엔지 청색 배지가 광장에 내려가 있었다. 또, 학생처럼 보이는 두 남자가 이야기를 하면서 최 요원을 힐끔거리고 있었고, 짙은 감색 양복 하나가 최 요원 뒤에서 사방을 두리번거리고 있는 것이 보였다. 모든 이상한 점을 한눈에 파악하도록 훈련된 경호원의 눈에는 개나리 투피스가 등을 돌린 채 걸음을 멈추는 것과 연두색 잠바 차림의 키 작은 청년 하나가 인파를 거슬러 교회 쪽으로 걸어오는 모습도 잡혔지만, 위협으로 파악되진 않았다.

그는 서서히 계단을 내려가면서 청색 배지를 주시했다. 그러나 배지는 몸을 돌려 인파 속으로 사라졌다. 감색 양복도 찾던 사람을 보았는지 손을 흔들며 광장 반대편으로 걸어가기 시작했다. 이 요원은 적이 마음을 놓으며 이야기를 하던 두 남자에게 눈을 돌리다가, 인파를 헤치며 다가오던 연두 잠바의 손에 1미터 정도 되는 기다란 통이 들린 것을 보고는 다시 바짝 긴장했다.

그러나 두꺼운 뿔테 안경에 왜소한 체구로 예술가 지망생쯤 되어 보이는 청년에게선 별다른 위협이 느껴지지 않았다. 통 속의 내용물도 그림이나 도면 정도일 것이라고 생각되었다.

다시 두 남자에게 눈길을 돌리며 계단을 내려서던 이 요원은 연두 잠바의 청년이 투피스의 여자를 지나치면서 갑자기 빠른 속도로 다가오기 시작하자 걸음을 멈추고 다리에 힘을 주었다. 만에 하나 송 의원에게 달려들기라도 할 양이면 단번에 태클을 걸 생각이었다. 최 요원도 뭔가 이상하다고 느꼈는지 인파를 헤치고 이쪽으로 오고 있었다.

청년은 이제 뛰기 시작하면서 통의 뚜껑을 열고 그 안의 내용물을 꺼내들었다. 사람들 사이로 그것을 보는 순간, 이 요원의 가슴속엔 갑자기 묵직한 납덩이가 들어앉으면서 머릿속에서는 위험을 알리는 붉은 사이렌이 요란하게 번쩍이기 시작했다. 청년이 두 손으로 거머쥐고 달려오고 있는 것은 시퍼렇게 날이 선 장검이었다.

"꺄악!"

어느 여인의 소프라노를 시작으로 광장 전체가 순식간에 아수라장으로 변했다. 다행스러운 것은 자신과 청년 사이의 걸리적거리던 인파가 홍해의 바닷물처럼 일순간에 갈라지며 행동의 자유가 생긴 것이었다.

이 요원은 바짝 긴장하면서 청년의 진로를 막아섰다. 체구로 보나 어설프게 검을 잡은 자세로 보나 도저히 특공 무술 유단자인 자신의 상대는 아니었다. 뾰족한 젓가락 하나 들었다고 겁먹을 필요는 없었다.

그러나 자세를 잡고 일격에 상대를 거꾸러뜨릴 준비를 하던 이 요원은 청년이 다가올수록 뭔가 이상한 느낌을 받았다. 달려오는 청년의 눈에서 광채가 나는 듯하더니, 어설프던 자세가 순식간에 빈틈없이 가라앉았다. 검을 앞으로 세워든 채 무시무시한 속도로 달려오고 있으면서도 칼끝은 미동도 없이 그의 명치를 겨냥하고 있었다.

자신감이 흔들리는 틈을 비집고 검이 날아들었다. 이 요원은 몸을 비켜 오른쪽 겨드랑이 사이로 검을 흘려보냈다. 상대의 검을 무력화시키면서 접근하여 치명타를 가하기 위한 동작으로, 훈련으로 다져진 몸이 반사적으로 취한 행동이었다. 그는 분명히 검이 지나간 것을 확인하면서 오른팔을 내려 옆구리에 붙이려 했다. 그렇게 상대의 팔을 잡은 후 비틀면 천하 장사라도 손에 든 검을 놓치게 되는 것이다.

그러나 갑자기 오른쪽 오금에서 화끈한 통증이 일어나면서 무릎이 꺾였다. 이어서 아래턱에 도저히 그 왜소한 청년의 것이라곤 믿어지지 않는 강력한 일격이 작렬함과 동시에 이 요원은 계단 한쪽으로 나뒹굴었다. 얼핏 눈에 비친 청년은 검을 거꾸로 쥐고 계단을 오르고 있었다. 그는 검이 이 요원의 겨드랑이를 지나자 0.1초도 안 되는 사이에 손잡이를 돌려쥐며 그의 오금을 베어버린 것이다.

'고, 고수다.'

이 요원은 비틀비틀 일어나면서 평형 감각을 되찾으려고 애썼다. 송 의원은 계단 위로 뒷걸음질을 치고 있었고, 김 요원이 총을 꺼내며 청년의 앞을 막아섰다. 그러나 다음 순간, 뭔가 허연 것이 번쩍이더니 김 요원의 팔목이 권총을 움켜쥔 채 공중으로 날아갔다.

"비켜라, 바로크!"

청년은 뜻모를 소리를 외치며 김 요원을 밀치고는 그대로 송 의원을 향해 솟구쳐올랐다. 도저히 사람의 동작이라곤 생각할 수 없는 우아하고 부드러운 도약이었다.

"사, 살려줘!"

송 의원의 앞에 선 청년은 그의 애원에도 아랑곳없이 검을 쳐들었다.

"흥, 웃기지 마라, 벨랴!"

또 이상한 소리를 내뱉은 청년은 순식간에 검을 휘둘러 국회 건교위의 위원장이며 세 아이의 아버지이기도 한 송경호 의원의 목을 잘라버렸다. 잘린 머리는 교회 문 앞까지 굴러갔고 목이 없는 몸뚱이는 의미 없는 경련을 반복하며 계단 위를 기어다니기 시작했다.

사방에서 지르는 비명 소리와 송 의원의 잘린 목에서 뿜어져 나오는 피의 연무 속에 청년은 광장 쪽으로 돌아섰다. 그리고 검을 높이 쳐들며 목이 터져라 소리를 질렀다.

"디어어, 드디어 정의가 실현되었다아아!"

"이, 이게 무슨 짓이오!"

계단 위에 서 있던 노목사가 당황해 소리를 지르며 내려오자 청년은 의기 양양한 표정으로 목사를 향해 돌아섰다.

"네가 모시던 신은 내가 죽였다! 이젠 네 차례야!"

"뭐, 뭐이라……."

안간힘을 쓰며 계단을 기어오르던 이 요원의 눈에는 검이 움직이는 것조차 미처 보이지 않았는데, 노목사는 말을 다 끝내지 못하고 피를 뿜으며 쓰러졌다. 또다시 비명 소리들이 솟아올랐다.

청년은 다시 몸을 돌려 계단을 내려오며 쓰러져 있는 김 요원의 가슴에 검을 찔러넣었다. 피가 범벅이 된 얼굴에 미소를 띠고 아무렇지도 않게 사람의 가슴에 검을 박아넣는 그 모습에, 이 요원은 지금까지 느껴보지 못했던 어떤 커다란 공포감에 사로잡혀 그 자리에 얼어붙었다.

청년은 마치 산책이라도 하는 듯한 걸음으로 계단을 내려와 그의 앞에 서더니 칼을 높이 들어올렸다.

탕!

순간 청년의 이마에 검은 구멍이 생기고, 송 의원과 크게 다르지 않은 색의 피가 붉은 분수처럼 뿜어나왔다.

탕, 탕!

연이어 두 발의 총성이 더 울리자 청년의 가슴에 두 개의 혈화가 잇따라 피어올랐다. 검을 높이 든 채 잠시 굳어버렸던 청년은 다음 순간 탈춤을 추듯 팔다리를 휘저으며 계단 위로 쓰러졌다. 그 밑으로 검붉은 액체가 계단을 적시며 개울물처럼 흘러내렸다.

"이 요원, 괜찮아?"

한 손에 권총을 들고 달려 올라온 최 요원이 그의 옆에 쭈그리고 앉으며 물었다.

최 요원의 긴장한 얼굴과 계속 계단 아래로 번져가는 붉은 피의 물결이 눈앞에 엇갈렸다. 이 요원은 느닷없이 울음을 터뜨렸다. 그는 어쩔 줄 몰라하는 최 요원의 얼굴을 보면서 울음을 멈추려 했지만 마음대로 되지 않았다.

영원히 멈출 수 없을 것 같았다.

팔란티어

옥스타칼니스의 아이들

제1장
그림자 동굴

5월 19일 월요일, 팔란티어, 카자드 어느곳

"카일! 윌!"

고함소리는 사방을 둘러싼 어둠을 향해 수백 수천의 메아리로 번지며 사라져갔다. 보로미어는 대답을 기다리며 귀를 기울였으나, 한 걸음 물러섰던 정적은 조금의 흔들림도 없이 다시 그의 주위로 조여들어 왔다.

'빌어먹을 두칸 녀석!'

보로미어는 속으로 안내를 맡았던 레인저(Ranger)를 저주했다. 간단한 퀘스트(Quest)라는 녀석의 말만 믿고 카자드 쿰을 떠나온 게 겨우 오늘 아침의 일이었다. 길눈도 밝고 경험도 꽤나 있어보여 마음을 놓고 있었는데 웬걸, 그림자의 동굴에 들어서자마자 길을 잃고 헤매기 시작하더니 결국은 절대로 발을 들여놓아선 안 된다는 '그림자의 방'으로 캐러밴(Caravan)을 안내한 것이다. 각자의 그림자에게 공격당해 혼비 백산한 대원들이 횃불을 꺼뜨리고 어둠 속으로 뿔뿔이 흩어진 것은 벌써 한 시간 전의 일이다.

동굴 안에 있다던 보물은 관두고라도, 일단 살아 나가려면 캐러밴을 다시 모으는 일이 제일 급했다. 혼자서는 이 동굴 안에서 단 두 시간도 채 버티지 못할 것이 분명했다. 보로미어는 등뒤의 벽을 더듬으며 북쪽이라고 생각되는 방향으로 천천히 움직이기 시작했다.

15분 정도 나아가자 앞쪽에서 어른거리는 불빛이 보였다. 보로미어가 방패를 끌어올리고는 조심스럽게 불빛을 향해 다가가자 날카로운 목소리가 날아왔다.

"거기 누구냐?"

보로미어는 안도의 한숨을 내쉬었다.

"보로미어."

그의 대답에 불빛이 급히 흔들리면서 다가왔다.

"씨이, 어디 있었어?"

청백색 구체를 올려놓은 손바닥에 이어 파랗게 질린 윌의 앳된 얼굴이 어둠 속에서 떠올랐다. 대부분의 위저드(Wizard)들이 그렇듯 가벼운 가죽 갑피 위에 두터운 감색 두건 망토만 걸친 차림이었다. 보로미어는 칼을 칼집에 꽂으면서 물었다.

"너 다친 곳은 없어? 다른 사람들은?"

"모, 모르겠어. 다, 다친 곳은 없는데, 카일이나 라, 라비안, 두칸 모두 어, 어디 있는지 모르겠어."

"진정해, 이 멍청한 위저드야. 왜 이렇게 떨고 난리야? 퀘스트 한번도 안해 본 사람처럼……."

보로미어는 핀잔을 주다 말고 갑자기 무슨 생각이 난 듯 말을 멈추었다. 다음 순간, 그의 손이 번개같이 윌의 멱살을 움켜쥐었다.

"이 자식, 너 날 속였지? '푸른 곰' 술집에서 나한테 퀘스트는 지겹도록 다녔다고 했던 말, 거짓말이었지?"

2미터에 가까운 보로미어의 덩치에 비하면 고목나무의 매미 격인 윌의 가냘픈 체구가 순식간에 공중으로 떠올랐다. 당황한 위저드가 몸부림쳤지만, 보로미어의 손은 무쇠 자물쇠처럼 위저드의 망토 깃을 잡은 채 풀리지 않았다.

"마, 맞아. 미, 미안하……다고."

보로미어는 그제서야 던지다시피 윌을 놓아주며 욕을 했다.

"이런 거지 같은 자식들. 두칸이라는 레인저 놈도 초짜가 분명해. 그 녀석은 만나기만 하면 사지를 자근자근 분질러 죽이고 말겠어. 너 같은 놈들 때문에 내가 몇 번이나 죽을 고비를 넘겼는지 몰라. 죽으려면 혼자 조용히 죽지, 왜 다른 사람까지 물고 들어가냔 말이야! 빌어먹을."

"……."

"여기 그림자 동굴이 초짜들이 장난 삼아 들어올 수 있는 곳인 줄 알아? 아까만 해도 그래. 그림자의 방으로 잘못 들어가서 그림자 괴물과 맞닥뜨릴 수도 있는 거야. 왜 죽을둥살둥 도망들은 치고 난리야, 난리가! 덕분에 캐러밴이 흩어지고 이젠 나까지도 위험해졌잖아."

"……그만 좀 해."

보로미어가 계속 퍼부어 대자 참다 못한 윌이 말했다.

"이 자식이 뭘 잘했다고 말대꾸야?"

보로미어가 다시 한 걸음 다가서자 위저드는 본능적으로 두 팔을 들어 얼굴을 가렸으나, 그러면서도 입만은 계속 움직였다.

"잠깐만. 사실 나, 퀘스트는 처음이야. 하지만 필요한 만큼 공부도 했고 준비도 했다고. 아까야 당황해서 그랬지만, 나 충분히 이 퀘스트를 수행할 능력이 되는 위저드란 말이야. 봐!"

그러자 아까부터 윌의 주위를 맴돌던 청백색 구체가 강한 광채를 뿜어대기 시작하면서 주위가 훤하게 밝아졌다. 라이트 글로브(Light globe)의 주문이었다. 보로미어는 잠시 구체를 응시하며 서 있다가 불안한 듯 고개를 돌려 자신의 뒤로 길게 뻗어 있는 그림자를 바라보았다.

"이거 또 뒤에서 달려드는 거 아냐?"

"글쎄, 여기선 괜찮을 거야. 자, 이젠 날 믿겠어?"

윌이 미소를 지으며 물었으나, 전사는 고개를 저었다.

"천만에. 내가 여기서 살아 나가면 믿도록 하지. 하지만 일단은 카일과 라비안을 찾아야 해, 그리고 두칸도. 캐러밴이 이대로 깨지면 우린 여기서 죽어."

보로미어는 난폭하게 윌의 팔을 잡아 일으킨 다음, 비틀거리는 그를 앞세워 걷기 시작했다. 전사의 투덜대는 소리는 윌의 등뒤에서 잠시 동안 더 이어졌으나 슬슬 화가 가라앉아 가는지 곧 조용해졌다.

얼마나 걸었을까, 윌이 걸음을 멈추고 물었다.
"여기서 길이 갈라지는군. 어느쪽으로 가지?"
"북쪽."
"그건 나도 알아. 내 말은 어느쪽이 북쪽이냐는 거야!"
보로미어는 이를 악물었다. 동굴 속에서 레인저 없이 방향을 찾기란 불가능한 일이었다. 하다못해 카일이라도 있었으면 엘프(Elf)특유의 방향 감각이 도움이 되련만, 자신과 윌은 모두 인간이었다.
"오른쪽으로 가면 돼."
"확실해?"
윌이 미심쩍은 듯 물었다.
"아니."
보로미어의 대답에 윌은 기가 막힌다는 표정을 지었으나 보로미어가 무섭게 쏘아보자 낮게 툴툴거리며 오른쪽 길로 몸을 돌렸다.
"이봐, 보로미어."
윌이 걸으면서 말했다.
"네가 나보다 경험이 많은 것은 알아. 하지만 여기 그림자 동굴에 대한 지식은 내가 더 많다고. 넌 그림자 동굴의 두 가지 보물과 세 가지 저주에 대해 알고 있어?"
"……."
"두 가지 보물이란 뇌신의 지팡이와 보티살의 모자야. 사실 난 보티살의 모자가 필요해서 퀘스트에 따라 나선 거야. 그것만 쓰면 세상에 해석하지 못할 글이 없다고 해. 공용어, 엘프, 드워프(Dwarf), 오크(Orc)들의 언어뿐 아니라, 고대 룬(Rune) 문자나

앙게르다스, 페아노리안 문자까지 마음대로 읽을 수 있대. 여러 가지 마법 책을 읽어야 하는 나 같은 사람에게는 아주 값진 물건이지. 뇌신의 지팡이에 대해서는 너도 잘 알고 있겠지?"

"……."

보로미어는 그것이 사제들에게 상당한 고급 주문을 쓸 수 있게 해주는 도구라는 소문 외에는 아는 바가 없었다. 전사인 자신이 쓸 수 있는 것이 아니므로 별 관심을 가져본 적이 없었던 것이다. 어차피 전사라는 것은 그렇게 단순한 부류들이다. 하지만 그렇다고 초짜 위저드가 이렇게 잘난 체하는 것을 즐거이 듣고 있어야만 한다는 법은 없었다.

"상급 위저드들은 자신의 지식을 떠벌이길 그다지 좋아하지 않아. 그리고 나 보로미어 역시 입만 나불대는 위저드를 좋아하지 않고."

보로미어의 말에 기분이 상한 윌은 걸음을 멈추고 돌아섰다.

"뭐야? 그럼 넌 나 없이 여기서 살아 나갈 수 있을 것 같……, 악!"

따지고 들려던 위저드는 외마디 비명을 지르며 눈을 감았다. 보로미어의 칼이 무시무시한 속도로 자신의 머리를 향해 떨어져내렸기 때문이다.

"꾸꾸꾸욱……."

머리가 빠개지는 고통을 기다리던 윌은 등뒤에서 낯선 신음 소리가 들려오자 조심스럽게 눈을 떴다. 칼은 자신의 머리 바로 위에서 멈춰 있었다. 칼날에 잘린 머리카락 몇 가닥이 눈앞에 흩날리는 것을 멍하니 보고 있던 위저드는 갑자기 등뒤에서 덮쳐오는 육중한 물체에 눌려 앞으로 엎어지고 말았다.

정신없이 버둥거리며 그 밑에서 빠져나온 월은 자신을 짓눌렀던 물체를 씩씩거리며 돌아보았다. 물고기 비늘 같은 것이 잔뜩 덮인 시커먼 몸통이 머리 끝에서 등의 중간까지 정중앙을 따라 반으로 쪼개져 있었다. 월은 아직도 부들부들 떨리고 있는 괴물의 손과 그것이 움켜쥔 짧은 곤봉에 시선을 고정한 채 더듬거렸다.

"이, 이게 뭐지?"

"동굴 트롤(Troll)."

보로미어는 검은 피로 끈적거리는 칼을 닦으면서 짧게 대답했다.

"그, 그래. 나도 아, 알아. 하지만 이, 이렇게 큰 놈이……."

"원래 다 이만큼씩 해."

"아, 안다니까!"

"알긴 뭘 알아."

전사는 퉁명스레 대꾸하며 칼을 거칠게 칼집에 찔러넣었다.

"하, 하지만 이상해. 내가 알기론……"

"젠장, 자꾸 네놈이 알긴 뭘 안다는 거야! 불이나 밝혀!"

월이 계속 주절거리자 보로미어는 버럭 신경질을 냈다. 아닌게 아니라 라이트 글로브는 월의 정신이 산만해진 탓에 많이 어두워져 있었다.

"이, 이봐, 보로미어. 책에는 이놈들은 대부분 군집 생활을 한다고 나와 있어."

"군집 생활?"

전사가 갸우뚱하며 되묻자 위저드는 잠시 경멸스런 표정을 짓더니 목소리를 가다듬어 말했다.

"모여 산다는 뜻이야."

"이 애송이 자식아! 퀘스트가 책대로만 된다고 누가 그러던? 괴물들이 도서관 책에 나온 대로만 움직여줬으면 나도 벌써 나이트(Knight)가 되었겠다! 젠장할!"

다시 화가 치미는지 보로미어는 목소리가 커지고 있었다.

"……."

"불이나 밝히라니깐!"

"그르렁!"

"이 자식, 뭐라고?"

"나, 난 아무 소리 안 했어."

윌이 기어들어 가는 목소리로 대답하자, 보로미어는 칼자루에 선뜻 손을 얹으며 천천히 앞의 어둠을 향해 몸을 돌렸다.

"윌, 불을 밝혀봐!"

보로미어의 목소리가 갑자기 낮아지자 윌은 황급히 주문을 끌어올렸고, 라이트 글로브는 이내 눈이 부실 정도로 밝은 광채를 뿜어냈다.

"이런 빌어먹을!"

앞에 드러난 광경을 본 보로미어는 곧바로 돌아서서 윌을 어깨에 들쳐메고 달리기 시작했다. 그 뒤를 열 마리쯤 되는 동굴 트롤들이 곤봉과 도끼를 휘두르며 펄쩍펄쩍 따라붙었다.

"하필이면 트롤 소굴로 걸어 들어가다니! 빌어먹을!"

보로미어가 달리면서 투덜대자 위저드가 그의 어깨 위에서 고래고래 소리를 질렀다.

"네가 이 길로 가자고 했잖아! 너! 바로 네가 가자고 했다고!"

"닥치고 공격이나 해봐!"

윌은 씩씩거리면서 떨리는 손으로 수인(手印)을 맺고 주문을 외웠다.

"라이트닝(Lightning)!"

달려오던 트롤 무리 앞으로 작은 섬광이 번쩍였다. 맨 앞에 섰던 놈이 멈칫거렸고 그 바람에 뒤에서 달려오던 녀석들이 한데 엉켜 쓰러졌다.

"그것도 라이트닝이야?"

초짜란 놈이 어울리지 않게 상급 주문을 쓰려고 한다는 생각에 보로미어는 계속 달리면서도 핀잔을 주었다.

"라이트 글로브 때문에 차크라(Chakra)가 분산되어서 그래, 이 미련한 자식아!"

윌은 되받아 쏘면서 다시 수인을 맺었다. 라이트 글로브가 사라지며 다시 사방이 칠흑 같은 어둠에 잠겼으므로 보로미어는 잠시 멈춰 서야 했다.

"라이트닝!"

청백색 광휘가 동굴 안에 번쩍이며 윌의 수인에서 눈부신 광선이 지그재그로 뻗어나갔다. 보로미어는 깜짝 놀랐다. 초짜라던 놈이 저런 상급 주문을 쓰다니, 그것도 비교적 제대로! 그러나 그런 것에 놀라고 있을 때가 아니었다. 보로미어는 등뒤에서 트롤들의 비명 소리가 들려오자마자, 위저드를 팽개치다시피 앞으로 던진 후 칼을 뽑아들고 돌아섰다.

"불, 불을 밝혀!"

보로미어의 다급한 외침에 윌은 바닥에 주저앉은 채 허둥지둥 다시 주문을 외웠다. 등뒤에서 라이트 글로브가 다시 희미하게 타오르기 시작하자 보로미어는 지체없이 앞으로 달려나갔다.

"하아!"

동굴 전체를 쩌렁쩌렁 울리는 성난 고함소리와 함께 보로미어는 맨 앞에 서 있던 트롤의 가슴에 힘껏 칼을 찔러넣었다. 녀석이 채 바닥에 쓰러지기도 전에 보로미어의 칼은 다시 섬뜩한 은색 호를 그렸고, 비틀거리며 일어서던 또 한 녀석의 못생긴 머리통이 공중을 날았다. 보로미어의 자랑인 연속 공격이었다.

보로미어는 재빨리 뒷걸음질을 치면서 상황을 파악했다. 윌의 번개에 맞아 모락모락 연기를 뿜고 자빠진 놈이 둘, 지금 해치운 놈이 둘이었다. 비틀거리며 일어서는 트롤의 수는 일곱이었고, 자신이 한꺼번에 상대할 수 있는 숫자는 셋, 많아야 넷 정도? 지금 같은 선제 공격은 방금 라이트닝을 두 번이나 사용한 윌이 차크라를 다시 회복하기까지는 불가능할 테고, 그때까지 혼자 버티기는 아무래도 역부족이었다. 혼자서라면 얼마든지 도망을 치겠지만 저 둔해빠진 위저드까지 끌고서는 가망이 없었다. 그리고 어차피 혼자서는 이 동굴을 살아서 빠져나갈 수도 없는 것이다.

'제기랄, 까짓 거 어떻게 되겠지.'

"윌, 정신 바짝 차려라!"

보로미어가 외치는 순간, 트롤들이 섬뜩한 괴성을 내지르며 일제히 다가서기 시작했다.

"발할라!"

보로미어도 두 발을 굳게 딛고 서서 고함을 질렀다. 날아오는 쇠도리깨를 방패로 막으며 그 주인을 쓰러뜨리자, 오른쪽 옆구리로 곤봉이 날아왔다. 뒤로 물러나면서 칼을 휘두르자 곤봉을 움켜쥔 팔뚝이 공중을 날았다. 다시 반대쪽에서 날아오는 창을 방패로 막으면서 보로미어는 잘린 팔을 움켜쥔 채 울부짖고 있는 녀석을 있는 힘을 다해 걷어찼다. 그러나 다음 순간, 오른쪽 어깨에 묵직한 충격이 전해져 왔다. 어느 틈엔가 다가선 한 녀석이 휘두른 도끼에 명중당한 것이다. 다행히 비늘 갑옷이 막아주어 치명상은 입지 않았지만 하마터면 칼을 놓칠 뻔했다.

보로미어는 이를 악물고 뒷걸음질을 치면서도 통로의 중앙을 지키며, 트롤들이 자신을 지나쳐 윌에게 달려들지 못하도록 애썼다. 그러나 이미 수세에 몰리기 시작한 이상 공격은커녕 자기 방어도 점점 힘들어지고 있었다.

계속 밀리던 두 사람은 어느새 아까 지나쳤던 갈림길에 다다랐다. 이제 남은 트롤은 다섯. 그러나 이미 보로미어도 서너 군데 심상찮은 상처를 입고 있었다.

"이봐! 아직 멀었어?"

보로미어는 계속 세 걸음을 후퇴하면서 윌에게 물었다.

"조금만, 조금만 더."

그의 뒤에서 보조를 맞춰 같이 후퇴하던 윌이 힘겹게 대답했다. 라이트 글로브가 꺼질 듯이 깜빡이는 것으로 보아, 녀석도 최선을 다하고 있다는 것을 알 수 있었다.

그러나 다음 순간 창과 도끼가 동시에 날아오는 바람에 보로미어는 어쩔 수 없이 한쪽으로 몸을 피했다. 창을 발로 밟는 것과 동시에 도끼를 들었던 녀석의 뒷덜미를 칼로 내리치던 보로미어는 쇠뭉치를 든 트롤 두 마리가 갈림길의 넓어진 공간을 타고 바람처럼 윌에게 달려드는 것을 보고 자기도 모르게 소리를 질렀다.

"안 돼!"

"라이트닝!"

동굴 안이 일순간 암흑에 잠기면서 윌이 서 있던 자리로부터 청백색 광휘가 번쩍였다. 잠시 안심했던 보로미어는 자신 앞에 남아 있던 두 마리가 괴성을 지르며 화염에 휩싸이자 가슴이 덜컥했다. 위저드는 전투시 기본적으로 전사를 도와야 하지만, 그 전에 자신을 보호해야 한다. 자기가 죽으면 아무도 도울 수 없기 때문이다. 그리고 전사와 달리 위저드란 창검을 사용하는 근접전에는 숙맥들이기 때문에, 이런 상황에서라면 윌은 당연히 자기에게 달려드는 트롤들에게 라이트닝을 쏘았어야 했다.

"이 병신아!"

보로미어는 반사적으로 윌에게 달려가기 시작했으나 이미 늦은 상황이었다. 타오르는 트롤들이 발하는 핏빛 광채 속에 쇠뭉치를 내려치기 직전인 트롤들의 모습과 바닥에 자빠진 채 공포로 얼어붙은 윌의 모습이 뚜렷이 눈에 들어왔다.

쉭쉭! 쉭!

순간 날카로운 파공음이 연이어 두 번, 그리고 잠시 여유를 두고 또 한 번 울려퍼지면서 윌을 덮치던 두 트롤이 마치 얼어붙은 듯 그 자리에 멈춰 섰다. 어찌 된 일인가 어리둥절해하던 보로미어는 문득 두 트롤의 뒤통수를 뚫고 나온 화살촉을 발견하고 안도의 한숨을 토해 냈다.

"으아아……."

이어서 월의 비명 위로 거대한 몸집들이 요란한 소리를 내며 쓰러졌다.

"카일!"

보로미어는 화살이 날아온 왼쪽 굴을 바라보며 동료의 이름을 불렀다. 카자드 쿰에서 저렇게 빠르고 정확하게 활을 쏠 줄 아는 자는 몇 되지 않았다. 그리고 '쉭쉭! 쉭!' 하는 리듬은 카일의 특허품이었다. 그의 외침에 대답이라도 하듯 커다란 활을 멘 호리호리한 체구의 금발 엘프가 가볍게 뛰어나왔다. 손에 든 횃불빛에 핸섬한 얼굴이 드러났다.

"헤이! 잘들 있었어?"

끈적끈적하고 시커먼 트롤의 피로 범벅이 된 보로미어는 직접 보란 듯이 두 팔을 들어 보였다.

"휘이익! 굉장하군!"

카일은 주위를 둘러보며 엘프들만이 낼 수 있는 날카로운 휘파람 소리를 낸 후, 두 사람을 보고 싱글거렸다.

"너희들, 트롤 따위와 2 대 5로 싸우면서 요란도 했구나."

보로미어가 말없이 월을 돌아보며 으르렁거리자 카일이 월에게 물었다.

"넌 다친 데 없지?"

그러고는 월이 미처 답을 하기도 전에,

"저쪽이 트롤 소굴인가?"

하며 왼쪽 굴을 기웃거리더니, 혼자서 그쪽으로 사뿐히 걸음을 옮기기 시작했다. 남이야 방금 죽을 고비를 넘겼든 말았든 엘프들은 항상 즐거운 종족이었다. 보로미어가 한숨을 쉬고 카일의 뒤를 따르려는데 엘프의 높은 목소리가 노랫가락처럼 날아왔다.

"그런데 왜 이쪽으로 온 거지? 여기는 동쪽인데?"

보로미어가 채 대꾸를 하기도 전에 윌이 그를 향해 성난 눈을 흘겼다. 전사는 달려가 녀석을 한 대 후려갈기고 싶은 마음을 억누르면서 터덜터덜 걸음을 옮기기 시작했다.

트롤의 소굴은 동굴이 끝나는 부분에 맞닿은 커다란 공간이었다. 거기에서는 30두카트 정도의 금편과 회복수, 그리고 작은 구리 방패가 발견되었다. 금은 나누고 회복수는 상처를 많이 입은 보로미어가 복용했다. 구리 방패는 손으로 잡지 않고 팔에 묶게 되어 있는 소형으로 수인을 맺는 데 방해가 되지 않는 종류였기에, 아무런 장갑이 없던 윌이 가졌다. 셋은 잠시 휴식을 취하면서 앞으로의 계획을 얘기했다.

"현재로선 두칸과 라비안을 찾는 일이 급선무일 것 같아."

카일이 먼저 입을 열었다. 레인저인 두칸이 없다면 길을 찾는 데 어려움이 따를 테고, 사제인 라비안이 없다면 전투중의 상처 치료나 해독 등을 기대할 수가 없는 것이다.

"맞아. 그들이 없으면 퀘스트는 성공하기 어려워."

윌이 맞장구를 쳤지만 보로미어는 아무 말 없이 가만히 듣기만 했다.

"아까 내가 갔던 왼쪽 길은 북쪽으로 가기는 하지만 우리가 찾는 루우킨의 신전으로 이어지는 것 같지는 않았어. 자꾸 갈라지고 엉키는 게 아마도 세 가지 저주 중 하나라는 '어둠의 미로' 같더라고."

"그렇다면 다시 그림자의 방 쪽으로 가서 북쪽으로 갈라져가는 길을 찾아야겠군. 루우킨의 신전은 그쪽일 테니 말야. 너의 방향 감각이라면 굳이 두칸이 없더라도 할 수 있을 거야."

윌이 결론이 났다는 투로 말하자 엘프가 고개를 저었다.

"난 방향을 알아낼 수는 있지만 길을 찾지는 못해. 동서남북을 아는 것과 미로 같은 동굴 속에서 제 길을 안전히 찾는 것은 전혀 다른 문제야."

"결국 나머지 둘을 찾아야 하는 거로군. 신전은 그 다음이고."

윌이 고개를 끄덕이며 혼자말처럼 말했다. 그러자 침묵을 지키던 보로미어가 천천히 입을 열었다.

"그 둘을 찾더라도 루우킨의 신전엔 가지 않아."

"무슨 소리야? 아까 라비안의 말 못 들었어? 루우킨 신전에 보물이 있을 가능성이 높다고 그랬잖아?"

윌이 따지고 들자 전사가 말했다.

"일단 두칸 녀석과 라비안을 찾아 캐러밴을 재구성해야 한다는 것은 동의해. 하지만 그들을 찾으면, 전속력으로 이 동굴을 나간 다음 카자드 쿰으로 돌아가는 거야."

"뭐? 왜?"

위저드가 신경질적으로 되묻자 전사는 그를 노려보며 으르렁거렸다.

"왜냐고? 난 살고 싶어서 그런다. 그리고 난 거짓말하는 녀석들과 같이 퀘스트를 하고 싶은 생각은 조금도 없어."

"이봐, 보로미어……."

카일이 말리려 들자 전사는 손을 들어 그를 막으며 말했다.

"저 윌이란 놈은 이번이 첫 퀘스트인 초짜야. 그리고 두칸이란 놈도 말은 번드르르하게 하지만 퀘스트 길잡이는 단 한번도 해보지 않은 녀석이라고. 라비안도 또 모르지. 여기서 내가 믿을 수 있는 건 너, 카일밖에 없어. 솔직히 우리가 이런 초짜들에게 속아 고생한 게 한두 번이냐? 게다가 여긴 그림자 동굴이라고! 듣자니 고르곤(Gorgon)을 보았다는 사람도 있어. 난 돌아갈 거야!"

"난 충분한 능력이 된단 말이야!"

윌이 소리를 질렀지만 초짜인 것을 부인하지는 않았다. 보로미어는 성난 얼굴로 그를 쏘아보다가 말했다.

"이봐, 윌. 네가 라이트닝을 쓸 정도로 마법 지식이 풍부하다는 것은 인정한다. 하지만 네 공부와 실전 경험은 다른 거야. 아까만 해도 봐. 너는 당황해서 네가 아는 최강의 공격 주문을 사용했겠지. 하지만 아까 상황에서 네가 직접 트롤과 싸울 필요는 없어. 라이트닝으로 차크라를 다 허비하고 무방비 상태가 되는 것보다 차라리 플래시Flash 같은 간단한 걸로 내가 공격할 틈만 만들어주면 된단 말이야. 또, 두 번째 번개는 날 공격하던 놈들이 아니라 네 앞의 녀석들에게 쏘았어야 한다고. 만약 네가 죽기라도 하면 우리 캐러밴은 위저드 없이 여기서 헤매게 된단 말이야! 모두의 생명이 위험해진다고! 나보고 그런 기본 상식도 없는 놈이랑 이 동굴을 헤매란 말이야?"

윌은 시뻘건 얼굴로 대답을 하지 못했다. 그러자 옆에서 고개를 끄덕이며 듣던 카일도 한 마디 거들었다.

"윌, 너는 다음부터는 카자드 쿰에서 퀘스트에 낄 때 욕심을 내거나 거짓말을 하지 마. 초짜면 초짜라고 하고, 네 수준에 맞는 퀘스트에 끼면 되는 거야. 너와 두칸이 초짜라면 나도 퀘스트를 계속하는 건 반대다."

계속 씨근덕대던 윌은 카일의 말을 들으며 천천히 고개를 숙였다.

"자, 그만 일어들 나자고. 어둠 속에서 떨고 있을 불쌍한 두칸과 라비안을 생각해야지."

카일이 털고 일어나며 말하자 보로미어도 고개를 끄덕이며 몸을 일으켰다. 그러나 윌은 고개를 숙인 채 좀처럼 움직일 생각을 하지 않았다.

"야, 그만 일어나라니까?"

보로미어가 재촉을 했으나, 윌은 고개를 숙인 채 중얼거렸다.

"가만 있어봐."

"왜 그래?"

카일의 물음에 위저드가 다시 중얼거렸다.

"어둠……, 혼돈……, 열쇠……. 이건 고대 룬 문잔데, 왜 이런 게 여기 새겨져 있지?"

윌은 황급히 엎드려 두 손으로 바닥의 흙을 쓸어내기 시작했다. 카일도 같이 도와 잠시 후엔 바닥에 새겨진 글이 모두 모습을 드러냈다. 위저드인 윌이 차근차근 고대 룬을 해석하기 시작했다.

어둠을 찾고 빛을 키우는 자들이여
어둠과 빛은 섞이지 않으나 떨어지지도 않는 것을 명심할지어다.
그러므로 어둠에서 구하여도 빛에서 찾을 것이다.
혼돈의 갈래는 단순함으로 잡히고,

신성한 자와 이야기를 나눌 자는 그 위대함에 경의를 표할지어다.

어리석은…….

그 모든 비밀의 열쇠가 여기 잠들어 있노라.

마지막에서 두 번째 줄은 글자가 흐려져 잘 보이지 않았다.

"그게 도대체 무슨 뜻이야?"

카일이 묻자 윌은 잠시 생각을 해보더니 대답했다.

"이건 이 동굴의 보물들에 대한 단서인 것 같아. 뜻이 확실하진 않지만 분명 보물들에 대한 이야기야. 마지막 줄은 보물에 대한 비밀의 단서가 여기, 이 글에 감춰져 있다는 얘기라고!"

"그렇지만 뜻풀이를 할 수가 없잖아."

"응, 하지만 내 짐작으론 일단 어둠을 찾고 빛을 키우는 자란 퀘스트를 위해 이 동굴에 들어온 사람들이 아닐까? 동굴의 어둠 속으로 불씨를 들고 들어왔잖아."

"그래, 그럴듯해."

카일이 맞장구를 치자 윌은 신이 나서 계속했다.

"어둠과 빛이 섞이지 않는다는 것……. 응……, 그러니까, 괴물들과 우리는 영원한 적대 관계라는 뜻일 테고, 우리가 찾는 보물은 결국 어두워서는 잘 찾을 수 없다는 뜻이 아닐까? 횃불이 더 필요하겠어."

그러나 이번엔 카일이 고개를 갸웃거렸다.

"글쎄……, 그건 좀……."

뒤에 서 있던 보로미어가 보다못해 윌의 뒷덜미를 잡아 일으켰다.

"야! 그만큼 얘기를 했는데도 못 알아들어? 우린 카자드 쿰으로 돌아간다니까!"

"안 돼! 난 못 가! 보티살의 모자를 찾기 전에는 난 못 가!"

윌이 그의 손을 거칠게 뿌리치며 발악하자 전사의 표정이 험악하게 일그러졌다. 그러자 엘프가 그의 앞을 막고 나섰다.

"참아, 보로미어. 이건 길조야. 어쩌면 이번 퀘스트를 쉽게 마무리지을 수도 있을지 몰라."

"무슨 잡소리야, 너마저. 이건 아까 그 트롤들이 끄적거린 건지도 모르잖아."

보로미어가 갈라진 목소리로 소리치자 윌이 깔깔대며 비웃기 시작했다.

"아이고, 트롤이 룬을 쓴다고? 하, 하, 하! 이 돌대가리야. 이건 너도 읽지 못하는데 이걸 트롤들이 썼겠니? 워낙 머리가 나쁘다 보니 트롤들 지능도 자기보다 높아보이나 보지?"

으르렁거리며 달려드는 보로미어를 카일이 가까스로 막아섰다.

"이봐, 보로미어. 일단 진정해! 진정하라고! 너도 말했지? 일단 나머지 대원을 찾자고 그랬잖아. 그러니까 찾고 보자고. 그 다음 일은 캐러밴이 모두 모여서 상의해도 되잖아?"

그러자 보로미어는 주먹으로 동굴 벽을 힘껏 내지르곤 무겁게 내뱉었다.

"일단 여기서 나가기나 하자."

보로미어가 횃불을 집어들고 성큼성큼 걸어나가 버리자, 엘프는 부랴부랴 활과 화살통을 집어들고 그의 뒤를 쫓았다. 트롤 소굴을 나서던 카일은 위저드를 돌아보며 싱긋 웃었다.

"어이, 서둘지 않으면 놓고 간다."

윌은 전사가 내질렀던 벽에 한 치 깊이의 주먹 자국이 음각되어 있는 것을 멍하니 쳐다보고 있다가 그만 부르르 몸을 떨었다. 그러곤 앞쪽에서 엷어져 가는 불빛을 허겁지겁 쫓기 시작했다.

다시 그림자의 방 입구에 다다른 보로미어는 캐러밴을 정지시켰다.

"이제부터가 문제야."

일행은 모두 몇 시간 전의 몸서리쳐지는 기억을 다시 떠올리며 입술을 깨물었다. 항상 미소가 떠나지 않던 카일의 얼굴에도 불편한 표정이 떠올랐다. 아까 캐러밴이 길을 잃었을 때, 두칸은 눈부신 불빛이 흘러나오는 문으로 그들을 인도했다. 그러나 루우킨의 신전이라고 생각하고 들어서자마자 각자의 등뒤에 있던 그림자들이 일제히 그 주인에게 달려들었고, 다음 순간 '그림자의 방이다!' 라는 라비안의 고함에 놀라 모두 정신없이 흩어져버렸던 것이다.

그림자의 방에서 덤벼드는 그림자란 그냥 그림자가 아니라 그 주인과 똑같은 무기, 장갑, 그리고 마법을 가지고 1 대 1로 덤비는 무시무시한 괴물이라는 것은 카자드 쿰에서 이미 널리 알려진 얘기였다. 아무리 뛰어난 전사나 위저드라도 그림자가 자신과 동일한 능력으로 덤비므로 승률은 정확히 반반이었고, 이것은 결국 죽을 확률이 반이란 것을 의미했다. 또 일단 그림자를 하나 죽이더라도 그 방 안에 남아 있는 동안은 또 다른 그림자가 계속 일어나

달려들므로 버티면 버틸수록 살아남을 확률은 4분의 1, 8분의 1로 줄어든다. 그러한 연유로 그림자의 방은 카자드 쿰에서도 악명이 자자한 곳이었다. 사실 동굴의 이름도 그 방의 유명세를 타 붙여진 것이었다.

"전속력으로 뛰어서 그 앞을 통과하는 거야. 그림자 괴물이 일어날 여유를 주지 않는 거지."

엘프 궁사의 제안에 인간 전사는 고개를 저었다.

"너 같은 엘프에게는 가능할지 모르지만, 나나 윌은 그렇게 빨리 뛰지 못해. 차라리 불빛을 등지고 가면서 그림자의 공격에 대해 방어에 주력하는 게 나을 거야."

"저기……, 그러니까 아까 그 룬 문자 얘긴데……."

조심스럽게 말을 꺼내던 윌은 보로미어의 얼굴이 무섭게 굳어지자 움찔하며 입을 닫았다.

"무슨 얘긴데 그래?"

카일이 궁금한 듯 묻자 위저드는 전사의 눈치를 살피면서 떠듬떠듬 대답했다.

"그러니까……, 둘째 줄에……, 어둠과 빛이 섞이지도 않고 떨어지지도……, 않는다던 부분 말이야."

"음."

"그걸 기초로 생각을……, 좀 해봤는데……, 그러니까, 그림자의 방에 대한 얘기가……, 아닐까 하는 생각이 들어서……."

"어떻게?"

엘프가 관심을 보이자 윌은 헛기침을 한번 하고는 목소리를 조금 높였다.

"그림자는 어둠이잖아. 빛과 구별되는 거지. 또, 빛과 그림자가 반씩 섞인 상태란 있을 수가 없고. 우주의 현상 중에서 완전히 이분론적으로 구분되는 몇 안 되는 경우란 말이야. 하지만 역시 그림자와 빛은 서로 불가분의 관계로서……."

"요점이 뭐야?"

위저드의 말이 현학적으로 늘어지자 보로미어가 짜증스레 말을 잘랐다. 그러자 윌은 찔끔해서 기어드는 목소리로 말했다.

"그러니까……, 빛이 없으면 그림자도 없다는 이야기야."

보로미어와 카일은 서로를 마주보았다. 그렇다면…….

잠시 후, 셋은 그림자의 방 옆에 서 있었다. 방 안에서 뿜어져 나오는 눈부신 백열 광선에 그림자가 지지 않도록 동굴 입구의 그늘에 몸을 숨긴 채, 보로미어는 세 명의 망토를 이어서 만든 커다란 천자락의 끝을 윌에게 쥐어주었다. 가죽 조끼만 걸친 모습으로 망토 끝을 받아쥔 그의 불만스런 표정이 방에서 뻗어나오는 빛에 대비되어 더욱 일그러져 보였다.

카일이 빙글거리며 말했다.

"이봐, 네가 미워서 그러는 게 절대 아니라고. 만약 실패해서 그림자 주문이 발동할 걸 생각한다면, 제일 약한 사람이 가야 하는 거야. 네 그림자 정도면 내 화살로도 충분히 잡을 수 있으니까."

"이건 생각을 해주는 건지 무시하는 건지……."

위저드는 투덜대면서도 자신의 아이디어였기에 거절하지 못하고 망토 자락을 단단히 거머쥐었다.

보로미어가 다른 쪽 끝을 잡고 있는 동안 윌은 망토를 쥔 손을 앞으로 쳐들어 자신의 몸이 방의 빛으로부터 충분히 가려지도록 조심하면서 한 걸음 한 걸음 앞으로 나아갔다. 카일이 활에 화살을 잰 채로 경계를 하는 가운데 윌은 무사히 문의 저편에 다다랐다. 위저드가 몸을 돌리자 엘프가 망토의 그림자를 타고 문을 지났고, 마지막으로 보로미어는 망토의 이쪽 끝을 단검으로 벽에 박아놓은 다음 같은 방법으로 문 앞을 통과했다.

"봐! 성공했잖아!"

윌은 자랑스레 말하면서 자신의 단검을 꺼냈다. 그러곤 보로미어처럼 망토 자락을 벽에 고정시키려 했으나, 단검은 벽에 박히지 않고 튕겨나왔다. 답답한 듯 다가온 보로미어가 윌의 손에서 단검을 빼앗아 힘껏 찌르자, 단검은 마치 벽이 치즈로 만들어지기라도 한 듯 단번에 손잡이까지 푸욱 들어갔다.

입을 벌린 채 자신의 단검을 바라보며 고개를 젓던 윌은 빠른 속도로 멀어져가고 있는 카일과 보로미어를 쫓아 달리기 시작했다.

얼마를 나갔을까, 카일이 갑자기 몸을 움츠리며 나직이 말했다.

"앞에 뭐가 있어."

보로미어는 칼을 뽑아들고 앞의 어둠 속을 주시했다. 다른 건 몰라도 엘프인 카일의 청력은 인간인 자신보다는 뛰어났다.

"누구냐!"

카일이 외치자 어둠 속에서 가냘픈 신음이 들려왔다.

"두칸?"

엘프는 나는 듯이 뛰어가더니 바닥에 꿇어앉았다. 급히 다가가던 보로미어와 윌의 눈에 피투성이가 된 채 쓰러져 있는 레인저의 모습이 들어왔다.

"어떻게 된 일이야?"

카일이 묻자 두칸의 입에서 깨진 경적 같은 소리가 힘겹게 흘러나왔다.

"고블……, 호브……고블린Hobgoblin……."

"윌, 와서 이 녀석 좀 잡아."

카일이 위저드를 불렀지만 윌은 두 눈을 레인저의 깨진 머리에 고정시킨 채 바들바들 떨고만 있었다. 보로미어는 윌의 뒤통수를 한 대 후려갈겨 카일 옆에 앉히고는 앞쪽으로 달려가 경계를 섰다.

"등을 좀 받쳐줘."

품에서 회복수 병을 꺼내며 카일이 말했다. 그러나 윌은 알아볼 수 없을 정도로 뭉개진 두칸의 얼굴과 숨쉴 때마다 쿨럭거리며 피가 뿜어져 나오는 가슴의 상처를 쳐다만 볼 뿐 도무지 꼼짝을 하지 못했다.

"등을 받치라고!"

카일이 소리를 치자 겨우 손을 뻗은 윌은 잠시 두칸의 어깨를 잡고 일으켜 앉히려 했으나, 레인저가 왈칵 피를 토하자 흠칫 놀라 물러서고 말았다. 거칠게 윌을 밀쳐버린 카일은 무릎으로 두칸의 머리를 받친 다음 회복수를 입에 흘려넣었다. 그러나 두칸은 이내 심하게 기침을 하며 피와 섞인 회복수를 진홍색 분수처럼 뿜어내었다.

"카, 카일……."

"말하지 마. 상처가 악화돼."

"나, 난 이미 늦, 늦었어. 하, 하지만 라비……안을 차, 찾아……. 고블린드, 들이 자, 잡아서……."

"이런……."

두칸이 말이 없자 카일은 그를 조용히 뉘고는 한 발짝 뒤로 물러섰다. 잠시 후, 두칸의 몸은 호박색 광채로 눈부시게 달아올랐다. 윌이 잠시 눈을 감았다 뜨자 레인저의 모습은 사라지고 그가 입었던 옷과 소지품, 그리고 무기류만이 흑회색 잿가루의 회오리 속에 남아 있었다.

"죽음을 본 게 처음인가?"

엘프가 묻자 윌은 대답 대신 비실거리며 그대로 주저앉았다. 그러나 카일은 다시 위저드의 팔을 잡아 일으켰다.

"빨리 찾지 않으면 라비안마저 잃을 거야."

20분쯤 후에 카일은 일행을 정지시키고 보로미어에게 속삭였다.

"70미터쯤 앞에 놈들이 있어. 맨 뒤의 둘이 라비안을 끌고 가고 있고, 그 앞은 몇인지 모르겠어. 두칸의 말대로 호브고블린들이야."

엘프 특유의 시력 덕에 남보다 먼저 상황을 판단한 모양이었다.

"그럼 먼저 라비안을 빼내야지. 판디움에서 했던 식으로 말야. 윌! 우리 뒤를 맡아줘!"

보로미어는 나직이 말한 다음 칼을 움켜쥐고 앞으로 달려나갔다. 그러자 이내 보로미어의 눈에도 고블린들의 모습이 보이기 시작했다. 맨 뒤의 둘은 중간 덩치로 갑옷에 검과 방패까지 제법 갖춰 입고 있었다. 둘 사이에는 밧줄에 친친 묶인 놈(Gnome)이 끌려가고 있었는데, 붉은 머리카락과 가녀린 체구로 보아 라비안이 분명했다.

보로미어는 라비안을 확인하자마자 전속력으로 달리기 시작했다. 라비안을 끌고 가던 두 녀석이 낌새를 느끼고 돌아서는 순간, 전사는 거대한 독수리처럼 공중으로 솟구쳤다.

"이놈들!"

벼락 같은 고함소리와 함께 보로미어는 두 고블린의 머리 위를 뛰어넘었다.

쉭, 쉭!

그의 고함소리를 신호로 카일이 연이어 두 대의 화살을 쏘았고 화살은 보로미어를 보기 위해 고개를 쳐든 두 고블린의 목에 정확히 들이박혔다. 고블린들이 부서진 피리 같은 소리를 내며 쓰러졌지만 보로미어는 그들이나 라비안에게는 눈도 돌리지 않고 앞쪽의 고블린 무리를 덮쳐들어 갔다.

"이야아아아!"

보로미어의 거대한 몸집은 해일처럼 그들 대오의 후미를 쳤다. 갑자기 공격을 당하는 바람에 커다란 혼란에 빠진 고블린들이 우왕좌왕하는 틈을 타, 보로미어는 순식간에 두 마리의 목을 잘라버렸다. 목이 달아난 두 개의 몸통이 팔다리를 허우적거리며 갈색 액체를 뿜어대는 동안 보로미어는 신속히 몸을 돌려 라비안을 가볍게 집어들었다.

쉭쉭! 쉭!

그의 옆을 스치며 화살들이 날아갔고 뒤에서 다시 고블린들의 처절한 비명 소리가 들려왔다. 카일은 보로미어가 자신을 지나칠 때까지 계속 엄호를 하다가 그를 따라 물러났다. 그러자 손으로 복잡한 수인을 맺으며 기다렸던 위저드는 일행이 자신의 위치를 통과하는 순간 주문을 풀었다.

"파이어 볼(Fire ball)!"

상당한 크기의 폭발이 고블린 무리 가운데서 일어났다. 두어 마리가 불길에 휩싸이는 것이 보였다.

"윌! 뭐해!"

주문을 발사한 후 윌이 멍하니 서 있자 카일이 뒤를 돌아보며 소리를 질렀다. 윌이 퍼뜩 정신을 차리고 몸을 돌리는 순간, 스팅(Sting)이라고 불리는 짧은 고블린 화살이 그의 어깨에 날아와 꽂혔다.

"아아악!"

놈 사제를 내려놓고 결박을 풀던 보로미어는 윌의 비명에 욕설을 내뱉으며 돌아서다가 가슴이 철렁 내려앉는 것을 느꼈다. 스무 걸음쯤 앞에 여덟 마리의 호브고블린이 일사 불란하게 전진해 오고 있었다.

많은 수는 아니었지만 문제는 맨 앞에 선 녀석이었다. 덩치도 엄청난 것이 아마도 무리의 두목인 듯했고, 머리에서 발끝까지 중무장을 한 것이 영 심상찮아 보였다.

쉭쉭!

보로미어와 고블린들 사이에 있던 카일이 번개같이 두 대의 화살을 날렸으나 전위에 있던 놈들의 방패를 뚫지는 못했다. 다음 순간 반대로 고블린들의 스팅이 사정없이 카일을 향해 날아왔다. 방패가 없는 엘프는 대신 놀라울 만큼 민첩한 동작으로 공중제비를 돌며 그것을 피했다.

"우글락 루그베르 그리슈낙!"

카일과 윌을 보호하려고 달려가던 보로미어의 귀에 고블린 두목의 거친 목소리가 들려왔다. 그러자 녀석을 제외한 다른 고블린들이 일제히 카일과 윌에게 덤벼들었고 두목은 커다란 도끼를 높이 쳐들며 보로미어를 향해 돌진해 오기 시작했다.

"빌어먹을!"

보로미어는 방패를 들어올리며 이를 악물었다. 궁사인 카일이 부상당한 윌과 함께 호브고블린 셋을 상대로 접근전을 벌이기는 힘들 것이다. 결국 자신이 빨리 두목 녀석을 처리하는 수밖에 없었다.

"쩡!"

그러나 녀석의 첫 일격을 방패로 막던 전사는 흠칫하며 온몸을 긴장시켰다. 그 강도와 속도가 예상 외로 엄청났기 때문이었다. 그가 미처 반격을 하기도 전에 고블린의 도끼가 다시 번뜩였다.

"으윽!"

날카로운 통증이 왼쪽 허벅지를 파고들었다. 저도 모르게 무릎을 꿇은 보로미어는 가까스로 칼을 내질러 녀석을 밀어내며 옆으로 몸을 굴렸다. 허겁지겁 일어서자 다시 도끼가 날아왔다.

정신없이 서너 번의 공격을 막아내면서, 보로미어는 차츰 자신을 잃기 시작했다. 고블린의 움직임이 믿을 수 없을 만큼 빨라지기 시작했기 때문이다. 순식간에 다시 파고든 도끼에 왼팔을 가격당한 전사는 방패를 놓치며 뒤로 나뒹굴었다. 보로미어는 땅에 누운 채, 자신의 피로 끈적거리는 고블린의 도끼 날이 천천히 들어

올려지는 것을 속수 무책으로 바라보았다. '결국 여기서 이렇게 끝나는구나' 하는 생각이 머리를 스쳤다. 단지 자신에 대한 생각만은 아니었다. 자신이 쓰러지고 나면 부상당한 윌이나 공격 주문을 쓰지 못하는 사제 라비안 역시 이 무시무시한 놈에 의해 같은 운명을 걸을 게 뻔했다.

"홀딩(Holding)!"

그 순간 당황하고 있는 보로미어의 등뒤에서 맑은 목소리가 날아왔고, 두목 고블린은 무엇엔가 홀린 듯 꼿꼿하게 굳어버렸다. 돌아보니 검은 사제복의 라비안이 예쁘장한 얼굴에 어울리지 않는 살벌한 표정으로 붉게 빛나는 막대를 높이 쳐들고 서 있는 것이 보였다.

"어서!"

그녀의 고함에 보로미어는 지체없이 몸을 일으키며 녀석의 턱밑에 검을 찔러넣었다. 그러자 검끝이 정수리를 뚫고 나오며 녀석의 투구가 공중으로 날아갔다. 두 손으로 검자루를 단단히 잡고 선 보로미어는 고통으로 일그러진 두목 고블린의 얼굴을 잠시 마주보고 서 있다가 칼을 뽑았다. 힘없이 무너지는 두목의 모습 뒤로 고블린 한 마리가 활을 버리며 달아나는 것이 보였다.

돌아보니 피투성이가 된 카일이 고블린 두 마리의 주검과 하얗게 질린 얼굴 사이에서 비틀거리고 있었다.

역시 비틀거리며 다가간 보로미어는 카일 옆에 쓰러지듯 주저앉았다.

"너도 끝났냐?"

엘프의 물음에 그는 고개를 끄덕이고는 벌렁 누워버렸다. 그러자 팔다리가 천근 만근으로 무겁게 느껴지더니 갑자기 시야가 어두워졌다.

"깨어났다, 깨어났어!"

소리나는 쪽을 돌아보니 윌이 손뼉을 치며 웃고 있었다.

"내가 얼마나 정신을 잃고 있었지?"

보로미어가 일어나 앉으며 묻자, 카일이 그의 등을 두드리며 대답했다.

"내가 조바심을 낼 만큼 오랫동안."

완전히 원래의 체력을 회복한 듯한 엘프 옆으로 라비안의 피곤한 얼굴이 보였다. 의식을 잃는다는 건 죽기 일보 직전의 상태로, 보로미어로선 처음 겪는 일이었다.

"위험했어. 라비안이 아니었으면 그대로 보낼 뻔했잖아. 중독된 거였다고. 라비안이 해독 주문에 정통했기 때문에 산 거야."

윌이 촐랑대며 말했다. 그제서야 보로미어는 아까 고블린 두목이 무서운 스피드로 움직이던 것이 이해가 되었다. 놈이 빨랐던 게 아니라 중독된 자신이 느렸던 것이다. 그는 지친 미소를 짓고 있는 사제를 향해 가볍게 고개를 숙였다. 그녀 역시 타오르는 듯한 붉은 머리를 숙여 답하며 말했다.

"싸울 때는 별로 도움이 안 되어서 미안. 전투용 주문은 전공이 아니라서. 하지만 치료나 회복 주문은 자신이 있는 편이니까."

보로미어는 이해가 되었다. 자신의 차크라를 이용하는 위저드와는 달리, 사제들은 섬기는 신의 힘을 빌려 마법을 행사한다. 그러므로 모시는 신에 따라 주문의 위력이 다를 수밖에 없었다. 사제들은 자신이 모시는 신을 절대 밝히지 않으므로 확인할 수는 없지만, 아마도 라비안은 의술의 신인 갈레누스나 생명의 신인 디안 세크트라도 섬기는 모양이었다. 아까 빛을 내던 붉은 막대는 신을 부르는 신척(神尺)일 테고, 의식을 잃을 정도의 심한 중독을 치료해 낸 것으로 보아 생각했던 것처럼 생 초짜는 아닌 듯했다. 회복수를 복용할 수 없는 전투중에는 전적으로 사제의 회복 주문에 의지해야 하는 전사의 입장에서 볼 때 그것은 매우 마음이 놓이는 일이었다.

"카일! 그 스팅이란 거 무지 아프더라. 어깨가 날아가는 줄 알았다니까. 책에는 명중률이 떨어진다고 나와 있던데, 그렇지도 않은 모양이야. 거기에 독이 안 묻어 있었기에 천만 다행이지, 정말 큰일날 뻔했잖아? 보로미어를 보라고. 거의 죽을 뻔했잖아. 호브고블린들이 무기에 독을 바른다는 얘기는 많이 읽었지만 직접 보기는 이번이 처음이야."

그 수다가 돌아온 걸로 보아 윌은 완전히 회복이 된 듯했다. 아마 그도 라비안의 도움을 받았으리라.

"시끄러, 이 초짜야. 네가 전투 경험이 있는 위저드였다면 이렇게까지 힘들진 않았잖아."

보로미어가 한 마디 하자 윌이 발끈했다.

"흥, 죽을 뻔한 주제에 뭔 말이 많아?"

"뭐야?"

보로미어가 이맛살을 찌푸리며 일어나는 순간, 카일이 끼어들었다.

"그건 보로미어 말이 맞아. 네가 무리하게 상급 공격 주문을 쓰니까 자꾸 차크라가 다 소모되는 거잖아. 아까 같은 경우엔 플래시 나 댄싱 라이트(Dancing light) 같은 초급 주문을 썼어야지."

카일에 지적에 윌은 갑자기 얼굴을 붉히며 입을 다물었다.

"야! 들었어?"

보로미어가 윽박지르자 윌이 기어들어 가는 소리로 대답했다.

"그럴 수가 없어."

"뭐야?"

"그럴 수가 없다고!"

윌이 마주 소리를 질렀다.

"이건 또 무슨 달팽이 껍질 깨지는 소리야?"

보로미어가 불끈하자 라비안이 끼어들었다.

"혹시 너……, 너 월반했지?"

위저드는 마지못해 고개를 끄덕였다.

"월반? 그게 뭐야?"

카일이 묻자 라비안이 설명을 해주었다.

"위저드든 사제든 마법을 배우는 데는 단계가 있어. 위저드라면 수련을 쌓고 차크라가 증가함에 따라 점차 단계 높은 주문을 습득하지. 퀘스트를 거쳐 경험을 쌓으면서 차크라를 기르고, 또 그 차크라를 대가로 다음 단계 주문을 배우고, 이런 식이거든. 그런데 단계를 거치지 않고 대도서관에서 꾹 참고 공부만 해서 차크라를 키우는 위저드들도 소수 있어. 그러곤 그걸로 하급 주문을 초월해서 커다란 상급 주문만 한두 개 배운 다음, 위험한 퀘스트에 뛰어드는 거야. 경험이 적어 마법 제어력이 엉망인 상태로."

"왜 그런 짓을 하는데?"

보로미어가 고개를 갸웃거렸다.

"죽어도 잃을 게 별로 없고 성공하면 크게 한탕 한다, 이거지."

카일이 그를 위해 단순 무식하게 풀어 설명해 주었다. 초짜 주제에 라이트닝을 마구 써대던 내막을 그제야 이해한 보로미어는 윌을 무섭게 째려보았다. 윌이 고개를 들지 못하자 엘프가 물었다.

"너, 아는 주문이 뭐야?"

"라이트닝하고 파이어 볼, 라이트 글로브……."

"……그게 다야?"

"……."

"똥물에 튀겨먹을 놈!"

보로미어가 내뱉었다.

"그만 해. 이미 어쩔 수 없잖아. 그나저나 이제 어떡하지? 두칸이 죽었으니."

카일의 말에 일행이 모두 조용해졌다. 더 이상 퀘스트를 계속한다는 것이 무리라는 건 말은 안해도 모두 느끼고 있었다. 그러나 막상 포기하려고 해도 두칸이 죽은 지금은 동굴 밖으로 나가는 길을 찾을 방법조차 막막해진 것이다.

"조금 번거롭기는 해도……."

침묵 속에서 라비안이 조심스럽게 입을 열자 모두 그녀를 주목했다.

"어규리(Augury) 주문을 반복해서 쓴다면 나가는 길을 찾을 수도 있을 것 같아."

카일이 물었다.

“그건 뭐지?”

“그러니까 어떤 결정의 결과를 미리 신에게 점쳐보는 거라고나 할까? 어떤 결정이 캐러밴에 득이 될지, 해가 될지를…….”

윌은 나서다 말고 보로미어가 쏘아보자 움찔해서 다시 고개를 숙였다. 놈 사제가 고개를 끄덕이며 계속했다.

“윌의 말이 맞아. 그 주문을 길이 갈라질 때마다 사용한다면 출구로 나갈 수도 있을 것 같아. 하지만…….”

“무슨 문제가 있나?”

카일이 묻자 라비안이 갑갑한 표정을 지으며 대답했다.

“동굴 입구를 찾는다는 게 반드시 득이 되는 일이 아닐 수도 있어. 그리고 언제 득이 되는지를 알 수가 없다는 게 이 주문의 한계야. 5분 후의 이득이 한 시간 후, 아니, 1년 후의 불행으로 이어질 수도 있는 거거든.”

“하지만 지금으로선 그게 최선의 방법으로 보이는걸?”

카일의 말에 보로미어도 고개를 끄덕여 동의를 표시했다.

“좋아. 그렇다면…….”

라비안은 즉시 품에서 한 자 남짓한 막대를 꺼냈다. 자세히 보니 그것은 막대가 아닌 홀(笏)로, 아까 고블린과 싸울 때 꺼내들었던 신척이었다. 붉은 듀란딜 금속으로 만들어진 몸체의 양끝은 은으로 마무리되어 있는데 그 한쪽에는 뱀의 머리 장식이 붙어 있었다. 라비안은 뱀 머리가 위로 오도록 홀을 바닥에 세워놓고 주문을 외기 시작했다. 그러자 홀은 이내 적홍색 광채를 내뿜으며 살아 있는 물체처럼 흔들리다가 한쪽으로 넘어졌다.

“이건 다시 그림자의 방으로 가는 방향이잖아?”

윌이 짜증스럽다는 듯 투덜대자 카일이 빙긋이 웃으며 되받아쳤다.

"귀찮으면 넌 그냥 여기 있어도 돼."

고블린 두목은 40두카트 정도의, 생각보다 많은 금편을 지니고 있었다. 카일은 아까의 전투에서 부러진 활 대신 고블린 궁사가 흘린 짧은 활을 집어들었다. 더 도움이 될 만한 물건이 발견되지 않았기 때문에 일행은 즉시 행장을 꾸리고 출발했다.

그림자의 방 앞을 지나면서 라비안은 신기한 듯 서로 이어붙인 세 개의 망토를 바라보았다.

"카일, 어떻게 이런 생각을 해냈지? 3대 저주 중 하나를 이렇게 무력화시키다니."

"내가 아니고 윌이야."

"호호, 윌! 주문은 엉망이어도 머리 쓰는 건 제법인데?"

라비안의 칭찬 아닌 칭찬에 맨 뒤에서 걷던 윌이 작은 목소리로 구시렁거렸다. 그러자 카일이 라비안을 돌아보며 말했다.

"윌도 어떤 룬에서 읽은 걸로 알아낸 거야."

"룬? 무슨 룬?"

사제가 걸음을 멈추고 묻자, 윌이 퉁명스런 말투로 아까 트롤 소굴에서 읽은 내용을 읊어주었다. 다 듣고 난 라비안은 고개를 숙이고 골똘히 생각에 잠겼다.

"어이, 뭐하는 거야?"

맨 앞에서 횃불을 들고 걷던 보로미어가 되돌아오는 순간 라비안이 고개를 들며 외쳤다.

"바로 그거야!"

"뭐가 그거야?"

윌과 카일이 그녀에게 다가서며 묻자 라비안이 흥분하며 말했다.

"'어둠에서 구하여도 빛에서 찾을 것이다.' 바로 그거라고!"

"도대체 무슨 소리야?"

"지금까지 많은 사람들이 이 동굴에 들어와서 보물을 찾으려 했지만 대부분 실패하고 죽었어. 여기서 헤매다 살아나온 자들이 전한 말들이 돌고 돌다가 세 가지 저주란 전설이 생긴 거지. 그래서 모두 그림자의 방을 피해 가려고만 했단 말이야. 하지만 거꾸로 생각해 볼 수도 있잖아. 빛에서 찾아야 하는 거야. 빛이 있는 곳, 바로 여기 그림자의 방에 보물이 있다는 걸 암시하는 구절이야!"

"이봐. 또 보물 이야기야? 일단 포기하기로 마음을 먹었으면 깨끗이 포기하고, 어서 가자니까?"

보로미어는 상대가 목숨을 구해 준 라비안인 관계로 최대한 짜증스러움을 자제하며 말했으나, 라비안은 아랑곳하지 않고 듀란딜 홀을 꺼내 다시 어규리 주문을 외웠다. 홀이 그림자의 방 쪽으로 넘어지자 욕심 가득한 눈빛들이 보로미어에게 집중되었다.

"혹시 이 방 건너편에 출구로 통하는 길이 있을지도 모르잖아?"

카일이 어깨를 으쓱하며 말하자 보로미어가 소리를 질렀다.

"그렇지만 들어갈 수도 없잖아!"

그러자 보물 이야기에 어느새 눈을 반짝이고 있던 윌이 말했다.

"물론 머리를 써야지. 너한텐 조금 힘들겠지만."

"근데 이 자식이 정말!"

보로미어가 왈칵 위저드의 멱살을 움켜쥐자, 라비안이 둘을 갈라놓으며 말했다.

"말이나 들어보자! 넌 무슨 생각이 있어?"

그러자 윌은 오만한 눈빛으로 보로미어를 쏘아보며 입을 열었다.

"생각을 해봐! 망토로 문을 막아놓는 것하고, 저게 뭐든 간에 저 빛을 내는 걸 덮어씌우는 것하고 차이가 있나!"

"맞아! 맞아!"

라비안이 팔짝팔짝 뛰며 윌을 끌어안았다.

"준비됐어?"

카일이 묻자 윌과 라비안이 고개를 끄덕였다.

"그럼 시작하지."

카일의 말을 신호로 윌과 라비안은 문의 양쪽에 서서 이어놓은 망토의 양쪽 끝을 각각 잡아 들어올렸다. 그러고는 몸이 망토의 그림자 속에 충분히 숨겨지도록 주의하면서 천천히 광원을 향해 나아갔다.

"난 영 기분이 안 좋아."

문 옆의 벽에 몸을 바짝 붙이고 섰던 보로미어가 투덜거리자, 카일이 탐욕스런 미소를 지으며 말했다.

"그래도 여기까지 온 김에 뭐 하나 건져가면 좋잖아. 그리고 별로 잘못될 것 같지도 않은데 뭐."

카일이 말을 다 마치기도 전에 방에서 나오는 빛이 차츰 어두워지기 시작하더니 이내 칠흑 같은 어둠 속으로 사라져버렸다.

"성공이야! 성공!"

방 안의 어둠 속에서 윌의 목소리가 들려오자 카일은 재빨리 활을 거두고 횃불을 집어들었다. 방으로 들어서던 카일은 두어 걸음 걷다 말고 멈춰 섰다.

"오오! 이럴 수가……."

"세상에……."

라비안과 카일의 탄성이 동시에 들려왔다. 카일의 뒤를 따라 방 안에 들어서던 보로미어의 눈에 가로 20미터, 세로 15미터 정도의 넓은 방이 들어왔다. 높은 천장과 사방의 벽은 월장석으로 치장이 되어 있었고 그 중앙에는 망토로 덮인 작은 제단이 보였다. 그러나 더욱 놀라운 것은 바닥을 가득 메운 병장기와 금붙이였다. 윌은 이미 취한 사람처럼 비틀거리며 방 안을 돌아다니고 있었다.

"이게 다 뭐지?"

보로미어가 묻자 카일이 바닥에 널린 물건들에서 눈을 떼지 못하며 대답했다.

"유품들이지, 여기서 죽은 자들의……. 저, 저건 전투용 장궁(長弓)이잖아!"

정신없이 달려가는 엘프의 뒷모습을 바라보던 보로미어도 사방에 널려 있는 병장기들을 둘러보기 시작했다.

그러나 처음의 요란스러웠던 느낌에 비해 내용은 별로 실속이 없었다. 대체로 초급 전사나 위저드들이 지니던 물건이라 그런지 범상한 것들이 대부분이었다. 갑옷도 방패도 무기도 지금 보로미어가 지니고 있는 물건에 비해 나은 것이 없었다. 간간이 오색의 약병들도 보였지만 자신이 사용할 수 있는 것은 아니었다. 그러나 윌이나 라비안이라면 어떨지 모르기에, 보로미어는 일단 유용해 보이는 물품을 모아보기로 했다.

잠시 후, 일행은 방 가운데 모여 골라온 물건들을 확인했다. 일단 금편은 400두카트 정도로 엄청났다. 회복수가 네 병, 그리고 칼 세 자루, 가죽 갑피와 사슬 갑옷이 각각 한 벌씩, 투구 둘, 활이 하나였다.

"생각보다 별게 없는데?"

윌이 투덜거렸다. 보로미어도 시큰둥하기는 마찬가지였다. 사방에 굴러 있는 칼들도 덩치만 컸지 지금 쓰고 있는 검에 비해 나은 것이 없었고 사슬 갑옷도 지금 입고 있는 미늘 갑옷에 비해 방어력이 떨어지는 물건이었다.

그러나 카일과 라비안은 달랐다. 카일은 아까 부서진 활보다 성능이 나은 전투용 장궁을, 라비안은 사제복 밑에 받쳐입을 수 있는 가죽 갑피를 얻었다. 사슬 갑옷은 작은 쇠고리를 그물처럼 엮어서 만든 것으로, 다른 갑옷에 비해 방어력은 처져도 활동에 제약이 적어 활을 주무기로 하는 카일에게는 안성맞춤이었다.

"이거 비싸서 안 사 입고 있었는데 여기서 공짜로 얻게 되는군."

카일이 웃음 가득한 얼굴로 갑옷을 걸치며 말했다.

"보로미어, 이 투구 좀 써봐."

씁쓸한 표정의 보로미어에게 라비안이 주워온 투구를 내밀었다. 받아들고 보니 벌겋게 녹까지 슨 고물 투구였다.

"지금 쓰고 있는 게 더 좋아."

"그럴까?"

놈 사제는 미소를 지으며 듀란딜 홀로 녹슨 투구의 표면을 슬쩍 문질렀다. 그러자 놀랍게도 투구가 잠시 노란색 빛을 발하는가 싶더니 이내 녹이 떨어져나가며 황금색 표면이 드러났다.

"아미크론으로 만든 거야, 강철보다 강하다는. 한번 써봐."

라비안의 권유에 보로미어는 쓰고 있던 강철 투구를 벗고 아미크론 투구를 써봤다. 훨씬 가볍고 편안했다.

"가벼운데, 편안하고."

"다른……, 느낌은 없어?"

라비안이 이상하다는 표정으로 물었다.

"아니. 전혀. 왜? 다른 느낌이 있어야 돼?"

"그건 보통 '총명의 투구' 라고 불리는 거야. 쓰고 있는 사람의 정신을 맑게 해주고, 생각을 도와주는 투구라고."

"그러니까 지능을 높여준다는 거야?"

"응."

전사는 눈을 감고 정신을 모아봤으나 별다른 변화는 없는 듯했다.

"별 차이가 없는데?"

그러자 딱히 자신에게 도움이 될 물건을 찾지 못해 심통이 나 있던 윌이 빈정댔다.

"하하, 총명의 투구보다 더 강력한 현자의 투구를 씌워보지 그래. 어차피 밑 빠진 독에 물 붓기일 텐데."

"윌!"

보로미어가 나서기 전에 라비안이 날카롭게 꾸짖었다. 라비안이 계속 보로미어에게 총명해지기를 강요하고 카일은 새 활의 시위를 조정하느라고 여념이 없는 가운데, 윌은 혼자 투덜대며 그래도 뭐 건질 만한 것이 있으리란 기대로 방 안을 돌아다니기 시작했다.

그러나 역시 아무것도 찾지 못한 그는 방 안을 두리번거리다가 자신이 망토로 덮어놓은 제단에 시선을 멈췄다.

"참, 도대체 아까 뭐가 그렇게 빛을 낸 걸까?"

윌은 중얼거리며 제단 앞에 서서 망토로 싸여 있는 물건을 더듬어보았다.

"윌, 함부로 만지지 마. 무슨 물건인지 확인도 않고……, 악!"

마침 그를 돌아본 라비안이 말을 채 마치기도 전에 제단을 덮었던 망토가 스르륵 땅으로 떨어졌다. 순간 네 쌍의 눈이 제단 위에 놓인 녹슨 사슬 갑옷에 모였다. 일반적인 사슬 갑옷과 달리 가슴과 어깨 등 주요 부위에 검은색 금속 판을 대어 보강한 것이었다.

"이, 이런 것이……."

보로미어와 카일이 제단을 향해 걸음을 내딛으려 하자, 갑옷의 금속 판 중 하나에서 푸른색 광채가 돌기 시작했다.

그러고는 모든 일이 동시에 일어났다. 윌이 놀라서 물러나는 것, 라비안이 뭐라고 외치기 시작한 것, 그리고 갑옷의 모든 금속 판에서 갖가지 색의 광채가 돌기 시작하면서 그 모든 색이 도저히 눈을 뜰 수 없는 맹광으로 폭주하는 것…….

보로미어는 도저히 눈이 부셔 참지 못하고 몸을 돌리다가 자신도 모르게 낮은 비명을 지르고 말았다. 두 발에서 뻗어나간 자신의 그림자가 스멀스멀 일어서려고 하고 있었다. 윌과 라비안의 비명도 뒤에서 들려왔다.

빌어먹을 그림자 주문이 다시 발동된 것이었다.

순간 카일이 목이 터져라 외치는 소리가 들려왔다.

"보로미어, 어서 칼을 버려! 모두 무기를 버려! 어서!"

"뭐? 칼도 없이 저놈들이랑 어떻게……."

"버려! 빨리!"

엘프의 다급한 외침에 보로미어는 일단 들고 있던 칼을 내던졌다. 그 동안에도 그림자 괴물들은 서서히 모양을 갖추며 유령처럼 바닥으로부터 솟아오르고 있었다.

"당황하지 마! 모두 무기만 버리면 버틸 수 있어! 천천히 문 쪽으로 전진하는 거야!"

카일의 외침에 보로미어는 그제야 그의 생각을 알 수 있었다. 그림자는 체력에서 병장기까지 주인의 모든 것을 똑같이 닮은 개체라고 했다. 따라서 자신이 무기를 버린다면 그림자도 똑같이 맨손의 그림자가 되는 것이다. 그리고 현재 자신은 방패와 미늘 갑옷을, 카일은 사슬 갑옷을, 또 라비안과 윌은 가죽 갑피를 입고 있으니, 이 정도 장갑이라면 맨손 공격으로는 아무런 피해도 입지 않을 것이다.

그러나 막상 그림자들이 완전한 형체를 갖추고 일어서자 문 밖으로 나가는 일은 생각했던 것처럼 쉽지가 않았다. 그림자의 특성상 그들은 광원의 반대쪽, 즉 일행과 문 사이에서 솟아올랐고, 그들을 제치고 문으로 가는 건 보통 일이 아니었던 것이다. 밀고 나가자니 저쪽에서도 똑같은 힘으로 맞서고, 옆으로 돌아가려고 하면 어느새 따라와 앞을 가로막는 바람에 일행은 한 걸음 한 걸음에 진땀을 뺄 수밖에 없었다.

힘을 다해 자신의 그림자를 밀어붙이던 일행에게 뜻하지 않은 사태가 닥친 것은 그때였다. 갑자기 몸이 뻣뻣하게 굳어지더니 조금도 움직일 수가 없었다. 라비안의 그림자가 홀딩 주문을 외운 것이다. 밀랍 인형처럼 서 있는 세 명의 얼굴에 그림자들의 주먹과 발길질이 비오듯 날아왔고, 보로미어는 연달아 세 대의 따귀를 얻어맞고서야 주문에서 풀려났다. 피해는 크지 않았지만, 부아가 뻗쳐서 견딜 수가 없었다.

"카일! 무기만 생각하고 마법은 생각 못했어?"

보로미어가 다시 그림자와 몸싸움을 하며 투덜거렸다.

"죽지만 않으면 되잖아! 이 자식들 기껏 해봤자 주먹질인데, 맞아서 죽으려면 아마 하루 정도 걸릴걸?"

카일의 대답에 보로미어는 너털웃음을 터뜨렸다.

"칼이나 창에 찔려 죽는 건 상상을 해봤지만, 맞아죽는 건 꿈도 꿔본 적이 없었는데……, 아야……! 하긴 라비안도 사제라 공격성 주문은 못하잖아. 그리고 윌도……, 아차! 윌!"

보로미어는 옆에 윌이 없음을 깨닫고 흘끗 뒤를 보았다. 어찌 된 영문인지 윌은 문 쪽이 아닌 옆의 벽 쪽에서 자신의 그림자와 엉켜 있었다. 윌이 날카로운 비명을 지르는 바람에 보로미어는 자기도 모르게 그쪽으로 달려갔고 보로미어의 그림자가 그 뒤를 쫓았다.

"윌! 이쪽……."

소리를 지르던 보로미어는 갑자기 푸른 광선이 날아오는 것을 보고 반사적으로 바닥에 엎드렸다. 번개는 머리 위를 지나 바짝 뒤를 따르던 그의 그림자에 적중했고, 보로미어는 뒤통수와 등판에 후끈한 기운을 느꼈다.

재빨리 몸을 일으키자 불꽃에 휩싸인 자신의 그림자가 춤을 추듯 버둥거리며 바닥으로 쓰러지는 것이 보였다.

"야, 이 미친놈아! 어따 대고 라이트닝을 막 쏴대냐!"

만약 자신이 맞았다면 바로 저 꼴로 버둥대고 있으리란 생각을 하며 보로미어는 윌에게 고래고래 소리를 질렀다.

"아악! 이 곰탱아, 내, 내가 쏜 게 아냐! 아아악!"

자신의 그림자가 팔을 물어뜯는 바람에 비명을 지르면서도 윌은 끝까지 말대꾸를 했다. 보로미어는 순간 상황이 이해가 되었다. 물론 윌을 향해 쏜 것이겠지만, 윌의 그림자도 저 병신 같은 주인을 닮아 주문 제어력이 엉망인 것이다.

화가 나면서 한편으론 웃음도 나왔다. 자신의 그림자가 쓰러지는 바람에 운좋게 여유가 생긴 보로미어는 잽싸게 윌과 그의 그림자를 갈라놓고는 그림자의 면상을 주먹으로 힘껏 후려갈겼다. 그러자 그림자는 한쪽 벽까지 주욱 날아가더니 벽에 부딪힌 다음 길게 뻗어버렸다.

"오오. 대단해. 역시 너, 힘 하나는 쓸 만해."

윌의 탄성에 보로미어가 대꾸했다.

"네놈이라고 생각하고 갈기니까 없던 힘도 솟아나더라."

"흥!"

보로미어는 입만 나불대면서 여전히 바닥에 퍼질러앉은 윌을 들쳐업으려다 등 쪽에 강한 충격을 받고 나뒹굴었다. 어느새 일어난 자신의 그림자에게 걷어챈 것이다. 그림자는 연기를 뿜어대면서도 불붙은 주먹과 발을 휘두르며 계속해서 보로미어를 문의 반대쪽으로 몰아붙였다. 대부분 보로미어의 방패가 막아내기는 했지만, 불이 붙은 채 계속 공격을 해오는 자신의 그림자는 끔찍하게도 위협적이었다.

윌은 보로미어가 다칠까 봐 라이트닝을 쏘지도 못하고 그렇다고 맨주먹으로 불붙은 그림자에게 덤비지도 못한 채 발만 동동 굴렀다. 카일과 라비안도 아까 그 자리에서 각자의 그림자와 엉켜 있었고 윌의 그림자도 다시 비틀거리며 일어나고 있었다.

"윌! 어서! 너라도 어서 이 방에서 나가! 이 빛에서 벗어나라고! 이 염병할 빛에서……."

우왕좌왕하는 위저드의 모습을 보며 외치던 보로미어의 머릿속에, 혼란스런 가운데에도 한 가지 생각이 번뜩였다. 아까 들었던 룬의 글귀에는 분명 '어둠에서 구하여도 빛에서 찾을 것'이라고 했다. 어둠에서 무엇을 구한단 말인가. 또, 빛에서 무엇을 찾는다는 말인가. 그리고 그것이 무엇이든 간에 빛에서 찾으라고 했는데, 왜 우리는 이 빛으로부터 벗어나려고 하는 걸까?

그림자의 주먹이 턱에 적중하는 바람에 보로미어는 다시 두어 걸음 뒤로 밀렸다. 고통과 함께 살이 타는 역한 냄새가 코를 찔렀으나, 그 와중에도 보로미어는 잡힐 듯 말 듯한 어떤 생각을 놓치지 않으려고 안간힘을 썼다. 마치 간단한 그림 하나가 수천 조각의 퍼즐로 쪼개져 왈츠를 추고 있는 느낌이었다. 이 끔찍한 그림자들과 그걸 만들어내고 있는 저 빛으로부터 벗어나야 하는 것은 자명한 사실이다. 윌도 말했다. 빛이 없으면 그림자도 없다고. 그래서 방 밖으로 나가려고 이 발버둥을 치고 있는 것 아닌가! 빛이 없는 방 밖으로, 빛이 없는 곳으로…….

순간 머릿속의 모든 퍼즐들이 철커덕 소리와 함께 들어맞았다.

보로미어는 방패를 그림자에게 집어던진 다음, 입고 있던 미늘 갑옷을 벗어던졌다. 그러자 아직까지 보로미어와 카일, 라비안을 번갈아 보며 어쩔 줄 몰라하던 윌이 악을 썼다.

"이 바보야. 죽기로 작정한 거냐?"

그러나 보로미어는 들은 척도 않고 몸을 돌리더니 제단을 향해 돌진했다. 빛 때문에 도저히 눈을 뜰 수 없었기에 손으로 더듬어 제단 위의 갑옷을 집어든 그는 지체없이 그것을 걸쳐 입었다.

그러자 거짓말 같은 어둠이 방 안을 가득 메웠다.

눈이 어둠에 금방 적응되지 않았기에, 한동안 네 사람 모두 가만히 서 있기만 했다.

"어떻게 된 거지?"

엘프 특유의 시력으로 남들보다 빠르게 어둠에 적응한 카일이 구석에 팽개쳐진 횃불을 집어들며 물었다.

"그림자 마법이……, 꺼져버린 것 같아."

한쪽 눈이 시퍼렇게 멍든 라비안이 느릿느릿 중얼거렸다.

"그러니까 어떻게 그렇게 되었냐고?"

"보로미어가 그 갑옷을 입어버렸어."

카일의 물음에 윌이 황당하다는 목소리로 대답했다. 카일과 라비안이 돌아보자 문제의 갑옷을 입은 보로미어가 제단 옆에서 고개를 갸웃거리고 있었다.

숨을 돌린 대원들은 보로미어에게 다가가 문제의 고물 갑옷을 살펴보기 시작했다. 자세히 보니 그것은 사슬 갑옷이라기보다는 갑판 갑옷에 더 가까운 형태로, 사슬 갑옷에 금속 판을 대었다기보다는 가슴, 등, 배, 양옆구리, 그리고 양어깨를 보호하는 견고한 갑판들을 고리 사슬로 이어놓았다는 표현이 더 적절했다. 갑판 갑옷이 행동에 제약을 많이 준다는 단점을 보완한 기술이었다.

"그런데 보로미어, 어떻게 그 갑옷을 입을 생각을 한 거지?"

갑옷 감상을 끝낸 카일이 궁금한 듯 묻자 전사가 쑥스러운 표정으로 대답했다.

"그러니까, 룬의 글귀에서 힌트를 얻었지."

"……?"

"어둠에서 구해도 빛에서 찾을 거라며? 난 어둠에서 구하는 게 뭘까 생각했어. 그 상황에서 우리가 어둠에서 구할 게 뭐가 있을까? 바로 도망갈 곳, 도피처란 생각이 들더군. 난 룬의 글귀가 그걸 빛에서 찾으라는 말이라고 생각했어. 그리고 아까 윌이 했던 말, 빛이 없으면 그림자도 없다는 말도 기억이 났어. 그러자 답이 나오더군. 빛 속에서 빛이 없는 곳을 찾으면 되는 거야."

"그런 곳이 어딨어?"

"딱 한 군데 있어. 바로 광원이야. 그 갑옷을 입으면 되는 거라고."

"우와. 대단한데, 보로미어! 그런데 그 갑옷을 입으면 그림자 마법이 깨진다는 건 어떻게 알았지?"

라비안의 물음에 전사는 조금 당황하며 더듬거렸다.

"그, 그건 몰랐는데? 난 그저 내가 그 갑옷을 입으면 최소한 내 그림자는 안 생길 거라는 생각에……."

"그러니까 우리야 어떻게 되건 너만 살려는 생각이었단 말이잖아?"

윌이 쏘아붙이자 보로미어의 표정이 험악하게 일그러졌다.

"시끄러, 이 좁쌀아! 네가 이걸 만지작거리지 않았으면 이 난리도 없었잖아."

"이 곰탱아! 내가 그걸 만지작거리지 않았으면 네가 그 갑옷 구경이나 했겠어?"

위저드는 지지 않고 대꾸를 했고, 이어서 두 사람은 조금 더 험악한 말들을 주고받기 시작했다. 둘의 싸움을 말리려 끼어들던 라비안이 갑자기 보로미어의 갑옷을 노려보며 중얼거렸다.

"어라?"

그녀의 눈을 따라 자신의 갑옷을 내려다보던 보로미어도 흠칫 놀라 조용해졌다. 갑옷의 가슴 갑판을 덮은 두터운 녹 아래로 주황색 광택이 살짝 돌고 있었던 것이다. 라비안이 신척을 꺼내들고 갑판을 가볍게 건드렸으나 아무런 변화도 일어나지 않았다.

"내 능력으론 안 되는군. 분명 보통 갑옷은 아닌데."

"이거 왜 이러는 거지?"

보로미어가 불안스레 묻자, 라비안이 갑갑한 듯 말했다.

"힘이 느껴져, 엄청난 마력이. 그런데 그 내용을 알 수가 없어."

마력이 서린 물건들은 그 내용을 정확히 아는 것이 중요하다. 쓰는 사람의 능력을 배가시켜 주는 물건이 있는 반면, 사용자의 영혼을 조금씩 갉아먹는 무시무시한 것도 있기 때문이다. 게다가 이 낡은 갑옷은 원래 보로미어가 입고 있던 미늘 갑옷보다 훨씬 장갑력이 떨어져 보였다.

"난 이런 찝찝한 갑옷은 입기 싫어."

보로미어가 툴툴대며 갑옷을 다시 벗으려 하자 카일과 윌이 성급히 말렸다.

"이 바보야. 그걸 여기서 벗으면 다시 그림자 마법이 발동할 거 아냐!"

"그래, 보로미어. 아까 네 갑옷보다 좀 떨어지지만 그냥 입고 있도록 해."

보로미어는 동료들의 지적에 뜨끔하면서 황급히 갑옷 끈을 풀려던 손을 거둬들였다.

"그래. 안전한 게 좋아. 카자드 쿰에 돌아가서 현자들이나 병기상에 물어보면 어떤 갑옷인지 확실히 알 수 있을 테니까, 그 때까지만 참고 걸치고 있어. 또 모르잖아, 이런 것 중엔 가끔 귀한 보물이 숨어 있기도 하니까."

라비안이 위로하듯 말하자, 윌이 제단 옆에서 망토를 주워 걸치며 말했다.

"자, 됐어. 이젠 루우킨의 신전으로 가자."

"무슨 소리야, 카자드 쿰으로 가기로 했잖아!"

보로미어가 외치자 위저드는 피식 웃음을 흘렸다.

"난 보티살의 모자를 찾기까지는 그러지 못하겠는데?"

보로미어는 말문이 막혔다.

'저 자식이 진짜 간덩이가 부었나?'

"하지만 우린 지금 길을 잃은 상태 아냐? 라비안의 어규리 주문도 한계가 있는 거고, 어디로 가야 할지도 모르면서 무턱대고 신전으로 가겠다는 건 말이 안 돼."

보로미어가 참고 달래자, 윌이 교활한 미소를 지었다.

"그럼 길을 가르쳐준다면 따라올 거야?"

"하지만 넌……."

"가타부타 대답만 해!"

주위를 돌아본 보로미어는 자신이 거절할 수 있는 상황이 아니란 걸 깨달았다. 길을 가르쳐준다는 윌의 말에 카일과 라비안의 표정엔 이미 지대한 관심이 떠올라 있었기 때문이다. 전사는 마지못해 고개를 끄덕였다.

"조, 좋아. 하지만 어떻게……."

윌은 손가락으로 갑옷이 놓여 있던 제단을 가리켰다. 그 주위로 모여든 일행은 제단 위에 정교하게 새겨져 있는 동굴의 지도를 숨을 죽인 채 바라보았다.

"망토를 줍는데 이게 보였어. 우리가 어둠에서 구하는 게 한 가지 더 있지. 그건 길이야, 길! 그걸 빛에서 찾은 셈이니 룬의 글귀가 또다시 맞은 셈이야."

지도에들 정신이 팔려 아무도 듣고 있지 않았지만, 윌은 자랑스레 떠벌였다.

지금까지 일행들이 각자 기억하고 있는 부분으로 확인해 보니 지도는 상당히 정확한 것이었다. 동굴의 입구에서 길이 셋으로 갈라지는 것이며, 그림자의 방과 트롤 소굴, 또 카일이 들어갔다던 어둠의 미로까지 모두 표기가 되어 있었다. 출구로 나가는 길도 생각보다 쉬웠다. 그저 아까 고블린들과 싸운 곳을 지나 간단한 미로를 통과한 후 조금만 더 가면 되었다. 그렇게 간단한 곳에서 길을 잃을 수도 있나 싶은 정도였다.

"재미있군."

카일이 지도를 보며 말했다.

"뭐가?"

"라비안의 주문 말이야. 우리를 입구의 반대 방향으로 인도하고 있었잖아."

"그래, 이 지도가 아니었으면 더 깊은 쪽으로 들어갔을 뻔했군."

보로미어도 무심결에 한 마디 하자 윌이 발끈했다.

"라비안의 주문을 따라왔기에 이 지도도 얻은 거야, 이 멍청아. 마법이란 단순한 네 머리로 이러쿵저러쿵 평가할 수 있는 힘이 아니란 말이야. 도대체 전사들이란……."

윌은 말하다 말고 보로미어의 가슴 갑판이 갑자기 엷은 주황색 빛을 발하자 잽싸게 한 걸음 물러섰다. 주먹을 들어올리던 보로미어도 놀란 눈으로 자신의 가슴을 내려다보다가 빛이 사라지자 망토의 앞섶을 여몄다.

"젠장, 이거 불안해서 입고 있을 수가 있나."

"여기가 신전일 거야."

와중에도 계속 지도를 들여다보던 카일이 한 곳을 짚었다.

"거긴 바로 이 방의 뒤쪽 아냐?"

윌이 놀란 목소리로 외치자 라비안이 고개를 끄덕였다.

"그러니 아직까지 아무도 찾지 못했지."

"그렇지만 저쪽은 그냥 벽이잖아."

보로미어가 귀찮다는 투로 말하자 윌은 '흥, 그 눈깔에 뭐가 보인다고' 하고 낮게 투덜대면서 카일의 손에서 횃불을 가로채 들고 벽으로 다가갔다.

어스름한 횃불 아래 드러난 벽은 울퉁불퉁한 바윗돌로 보통 벽과 다를 게 없어보였으나, 윌은 이맛살을 찌푸리며 벽의 표면을 여기 저기 누르기 시작했다.

"분명히 여기 비밀 문을 여는 장치가 있을 거라고."

윌이 혼자말처럼 중얼대자 지켜보던 카일과 라비안도 윌 옆에서 벽을 더듬기 시작했다.

"소용없을 거야. 빨리 포기하고 돌아가자고."

보로미어가 말했지만 이미 세 사람의 귀에는 들리지 않았다.

"젠장……."

보로미어는 이를 갈면서 동료들을 노려보다가 지금 자신이 할 수 있는 일이 아무것도 없음을 깨닫고는 좀 떨어진 벽에 등을 기대고 앉았다. 그는 눈뜬장님처럼 벽을 더듬고 있는 동료들이 제풀에 지쳐 포기하기를 기다리며, 아예 방패까지 땅에 내려놓곤 입고 있는 녹슨 갑옷을 세세히 뜯어보기 시작했다.

곰팡이 냄새가 풀풀 나는 고물이었지만 자세히 보니 세공 솜씨만큼은 아주 정교했다. 갑판의 재질이 무엇인지는 몰라도 듀란딜이나 아미크론에 필적하는 강도를 가진 금속임에 틀림이 없었고, 사슬 부분의 재질은 천처럼 가벼운 것이 혹시 미스릴이 아닐까 하는 생각마저 들었다. 미스릴이건 아니건 두 가지 이질적인 재질을 무리 없이 조합한 기술은 정말로 보기 드문 것이었다. 지금은 고물이 되었지만 처음 만들었을 때는 상당한 고급품이었을 듯했고, 카자드 쿰에 가서 마이스터 급 무기상에게 수리를 맡긴다면 지금까지 입고 있던 미늘 갑옷보다 더 나은 갑옷이 될지도 모르겠다는 생각도 들었다.

문제는 거기에 걸린 마법이었는데, 그 점이 가장 께름칙한 부분이었다. 심심하면 번쩍거리는 갑판의 비밀도 궁금했고 라비안이 느꼈다는 강력한 마력이 무엇인지도 알아내야 했다. 도움이 되는 마법이라면야 다행이지만, 전투중 속도나 힘을 떨어뜨리는 저주 같은 게 걸려 있을지도 모르는 일이었다. 그런데도 그 무시무시한 그림자 주문이 발동될지도 모른다는 두려움 때문에 계속 그것을 걸치고 다녀야만 한다는 사실은 무척이나 전사를 불안하게 했다. 무지(無知)의 대가를 목숨으로 치르는 것은 여러 번 보아온 일이었기 때문이다.

그때 옆에서 윌이 목청 높여 떠드는 소리가 들려왔다.

"야, 여긴가 봐. 이 돌이 움직이는데!"

그러자 요란한 소리와 함께 갑자기 등쪽의 벽이 사라졌다는 느낌이 들면서 보로미어는 중심을 잃고 뒤로 넘어졌다. 이어서 정신을 차리기도 전에 뭔가 엄청난 것이 오른쪽에서 덮쳐왔다. 반사적으로 몸을 웅크렸으나 극심한 통증이 전사의 오른쪽 반신을 엄습했다. 무엇엔가 걷어차였다는 느낌이 들면서 한참을 날아간 그는 어느 벽엔가 부딪히고서야 땅으로 떨어졌다. 그러나 정신을 차리기도 전에 이번엔 등쪽에서 충격이 오더니 몸이 앞으로 굴렀다.

바닥에 널브러진 보로미어는 정신을 잃지는 않았지만, 몸이 반쪽나는 듯한 고통 속에 잠겨 가만히 누워 있었다. 칠흑 같은 어둠 속이었지만 시간이 지나자 차츰 눈이 적응되어 갔다. 가까스로 고개를 들어보니 사방이 돌로 막힌 통로였다. 어떻게 여기로 오게 되었는지는 모르겠어도, 아까 있던 방이 아니란 것만은 확실했다.

숨을 고르던 보로미어는 바로 옆에서 으르렁거리는 소리가 들려 돌아보다가 소스라치게 놀랐다. 어둠 속에 한 쌍의 파란 안광이 이글거리고 있었다. 미로에서 길을 잃은 맹수일까? 사자? 호랑이? 늑대? 하필 방패도 옆에 내려놓았던 것을 생각하며 보로미어는 쓴 입맛을 다셨다.

아차 하는 순간, 눈동자가 아래위로 흔들리며 덮쳐왔다. 미처 칼을 뽑아들 틈도 없었던 보로미어는 반사적으로 왼팔을 들어올려 막았으나 무방비 상태의 팔뚝은 날카로운 이빨들이 게걸스레 파고들기 좋은 고깃덩어리에 불과할 뿐이었다.

"으아아아!"

녀석의 이빨은 뼛속까지 파고들었고, 보로미어는 참지 못하고 비명을 질렀다. 놈이 놀라운 힘으로 머리를 흔들어대는 바람에 왼쪽 팔뚝이 떨어져 나가는 게 아닌가 하는 생각이 들 정도였다. 그러나 정신을 가다듬은 전사는 오른 주먹으로 놈의 턱과 가슴 사이를 있는 힘을 다해 내질렀다. 캑 하는 소리와 함께 왼팔을 조여들던 고통이 조금 완화되자, 보로미어는 그 틈을 놓치지 않고 몸을 굴려 녀석의 배 위로 올라탔다. 그러고는 두 다리로 짐승의 허리를 힘껏 조이면서 오른손으로는 방금 내질렀던 숨통을 움켜쥔 다음 힘을 주었다. 숨이 막힌 녀석이 고개를 흔들어대는 바람에 아직도 놈의 주둥이에 물려 있는 왼팔이 어깨까지 삐걱거렸고 앞발의 날카로운 발톱들은 양어깨를 무자비하게 찢어댔지만, 눈앞이 아찔해 오는 고통 속에서도 보로미어는 오른손의 힘을 늦추지 않았다.

놈이 잠잠해지며 늘어진 후에도 보로미어는 한참 동안이나 놈의 목을 거머쥔 손을 풀지 못했다. 놈의 턱이 벌어지고 너덜거리는 왼팔이 자유롭게 풀려난 다음에야, 보로미어는 숨을 몰아쉬며 녀석의 배 위에 엎어졌다. 일어날 힘도 없어 계속 엎어져 있는데 요란한 소리와 함께 한쪽 벽에서 환한 불빛이 흘러나왔다.

"보로미어! 아니, 이게 어떻게 된 거야!"

카일이었다. 그는 피투성이인 보로미어를 짐승의 배 위에서 끌어내려 바닥에 뉘었다. 뒤따라 온 라비안이 상처를 살펴보고는 신척을 꺼내들고 회복 주문을 외우기 시작했다. 회복수 정도로 해결될 부상이 아니란 뜻이었다. 사제의 주문 소리가 편안한 노랫가락처럼 보로미어의 몸을 어루만지자 통증이 서서히 잦아들기 시작했다.

잠시 후 보로미어가 겨우 기운을 차리자, 카일은 횃불을 들고 주위를 둘러보다 한쪽 벽에 고정된 홰를 발견하고 불을 붙였다. 환한 빛이 어둠을 밀어내자 그 뒤로 드넓은 홀이 모습을 드러냈다.

"도대체 어떻게 된 거야?"

카일이 묻자 보로미어가 힘겹게 말했다.

"그건 내가 묻고 싶은 이야기야. 왜 내가 이 속으로 빨려들어 온 거지?"

카일이 잠자코 있자 라비안이 대신 대답해 주었다.

"네가 기대고 있던 벽이 이 방으로 통하는 비밀 문이었어. 그게 열린 거지."

보로미어는 그제서야 사태를 파악할 수 있었다. 그리고 누구 탓에 이 꼴이 났는지야 굳이 묻지 않아도 뻔한 일이었다.

"윌, 이 개자식 어디 있어!"

보로미어는 만류하는 카일을 뿌리치고 일어섰다. 위저드는 문밖에 파랗게 질린 채 서 있다가 보로미어가 다가가자 잽싸게 뒷걸음질쳤다.

"이 쥐새끼 같은 녀석! 넌 어떻게든 날 죽이지 못해 안달하고 있는 거야, 그렇지? 이제 둘 중에서 하나 선택을 해! 지금 당장 카자드 쿰으로 돌아가든지, 아니면 여기서 내 손에 죽든지. 지금 당장 결정을 하란 말이야!"

윌은 살기 등등하게 일그러진 보로미어의 얼굴에 질려 사시나무처럼 떨면서도 고개를 저었다. 그러자 보로미어도 치미는 화를 이기지 못해 칼을 휘두르며 윌에게 달려들었고 윌은 갑옷이 놓였던 제단 쪽으로 달아났다. 제단을 다섯 바퀴쯤 뱅뱅 돌다 지친 보로미어는 숨을 헐떡이며 윌을 노려보았다.

"보로미어, 진정해. 그리고 이리로 좀 와봐."

카일이 조심스레 말하자 보로미어는 위저드에게 죽일 듯이 눈을 부라린 다음 칼을 칼집에 넣었다.

"쥐새끼 같은 놈."

전사는 욕을 하며 돌아서서 카일이 손짓을 하고 있는 비밀 문으로 다시 들어갔다.

문을 들어선 보로미어는 순간적으로 멈칫했다. 문 앞에 목을 길게 빼고 누워 있는 큼직한 동굴 사자의 시체 뒤로 거대한 석상이 솟아 있었기 때문이었다. 라비안은 이미 그 앞에서 넋을 잃고 석상을 올려다보고 있었다. 석상의 높이는 어림잡아 7, 8미터 정도였고 두 팔과 두 다리를 가진 몸뚱이 위에는 네 개의 눈이 달린 말의 머리가 올려져 있었다. 근육질의 두 팔에는 각각 칼과 창이 들려 있었고 팔과 다리를 뺀 나머지 부분은 황금빛 미늘 갑옷으로 빈틈없이 휩싸여 있었다. 아마도 죽은 동굴 사자는 이 석상을 지키고 있던 보초인 듯했다.

그러나 석상 자체보다 더 강렬하게 보로미어에게 다가온 것은 석상의 눈이었다. 동자도 없는 네 개의 검은 눈은 깊이를 알 수 없는 빛을 머금고 보로미어의 캐러밴을 굽어보고 있었다. 그리고 거기에는 끝을 알 수 없는 어떤 욕구가 담겨 있었다.

"파괴자 루우킨이라……."

카일이 중얼거렸다.

"고블린 말로는 '마글루비에트'라고 하지. 원래는 예술과 창의력의 신이었다고 해."

어느새 다가온 윌이 경이의 시선을 석상에서 떼지 못하면서 설명했다.

"그런데 왜 파괴자라고 부르는 거야?"

엘프가 묻자 위저드는 흘끗 돌아보고 대답했다.

"그건 가장 유명한 고블린 신화인데 모르고 있는 사람도 있었군. 세상이 처음 만들어지고, 그 원천이 된 다섯 원소에서 다섯 종족이 생겨났다고 해. 인간, 엘프, 드워프, 놈, 그리고 하플링(Halfling) 족이 태초에 생겨난 그 다섯 종족이야. 그때 모든 신들은 이 다섯 종족을 보호하고 인도하여 번영시키기로 뜻을 모았어. 하지만 그들의 모습을 보면서 루우킨은 자기도 그런 족속을 만들고 싶은 욕구를 느꼈던 거야. 결국 끓어오르는 창조의 욕구를 이기지 못한 루우킨은 바위를 깎아 새 종족을 만들었지. 그게 바로 고블린들이야."

"그런데 왜 파괴자냐니까?"

"좀 기다려봐! 이야기하려고 하잖아. 흠흠. 그 당시 루우킨이 새 종족을 만든 것에 대해 다른 신들은 꽤나 불만이 많았나 봐. 신들의 의무는 세상의 종족들을 보호하고 인도하는 것이지 창조주로 군림하는 것이 아니었으니까. 또 어떤 책에는 고블린들이 워낙 우수한 종족이어서 다른 다섯 종족이 점점 그들의 노예가 되어갔기 때문이라고도 해. 어쨌거나, 그런 저런 이유로 다른 신들은 루우킨이 만든 고블린들을 저주했고 고블린들은 위대한 종족에서 거칠고 흉폭한 괴물들로 변해 갔지. 루우킨은 자신의 창조물이 추한 괴물로 전락해 가는 것을 보면서 분노하여 세상의 다섯 종족을 다 파괴하기까지는 잠을 자지 않겠노라고 불타지 않는 나무에 맹세를 했고 그 맹세를 실행에 옮겼어.

루우킨이 몰고 온 피의 바람이 워낙 거세어 다섯 종족의 힘으로 막아내기가 어려워지자, 신들은 자신의 동료인 루우킨을 잡아들이기로 결정을 하지. 그러나 루우킨과 그를 따르는 고블린들의 힘이 워낙 강성하여 여러 신의 힘을 모아도 그를 꺾을 수가 없었어. 그래서 신들은 다섯 종족의 대표를 남녀 한 쌍씩 뽑아 카라카스산의 지하에 숨겨두고 때를 기다렸대. 마지막 인간 마을을 불태우고 난 다음 세상의 모든 종족이 다 죽었다고 믿은 루우킨은 오로두인 강가에서 깊은 잠에 빠져드는데, 이때 다른 신들이 달려들어 헤파이스투스가 특별히 만든 쇠사슬로 루우킨을 꼼짝 못하게 묶어버렸지. 그러곤 땅의 밑바닥까지 이르는 깊고 깊은 굴을 파고 거기에 루우킨을 가두어버렸다고 해. 그 후로 다섯 종족은 다시 번창했고, 루우킨이 지하에서 몸부림을 칠 때마다 지진이 일어나게 되었지. 그리고 고블린들은 지금까지도 창조주인 루우킨을 찾아 땅속의 어둡고 깊은 틈새를 헤매며 살게 되었다는 이야기야."

"야, 윌! 너 대단하구나. 어쩜 그리 멋진 전설을 다 알고 있지?"
카일이 감탄하자 윌은 어깨를 한번 으쓱거렸다.
"대도서관의 책에 다 나와 있는 얘기들인데 뭐."
"그래, 다 옛날 얘기들일 뿐이지."
사방으로 경계의 눈초리를 던지던 보로미어가 시큰둥하게 내뱉었다.
"흥, 글자라곤 읽을 줄도 모르는 놈한테는 헛된 얘깃거리일 뿐이겠지. 쯧쯧, 저 돌덩어리에 총명의 투구는 왜 씌워놓은 거야? 차라리 돼지 목에 진주를 걸어주지."
이제는 대놓고 대들지는 못하면서도, 윌은 낮은 목소리로 빈정대며 고개를 저었다.
"그래, 그게 그리도 꼬우면 너나 뒤집어써라!"
주위를 좀더 경계하라는 뜻으로 한 말에 윌이 또 시비를 걸자 보로미어는 투구를 벗어 그에게 집어던졌다. 윌은 날아오는 투구를 가까스로 피하고는 뭐라고 또 구시렁대며 전사와 거리를 두었다.
"그건 그렇고 도대체 보물은 어디 있다는 거지?"
라비안이 주위를 둘러보며 말했다. 루우킨의 석상이 서 있는 방은 석상이 겨우 들어갈 만한 크기로, 고블린 형상들이 그려진 네 벽에 둘러싸여 있었다. 석상 앞의 작은 돌 제단 외에는 아무 장식이나 가구도 없이 텅 빈 공간을 둘러보던 놈 사제는 연신 고개를 갸우뚱거렸다.
"여기가 루우킨의 신전이 맞긴 맞아?"
보로미어가 투덜거리자 카일이 말했다.
"지도에 그려져 있던 것과 크기도 위치도 정확히 맞아. 그리고 저건 분명히 루우킨의 석상이잖아."

네 명은 다시 석상을 바라보았다. 보로미어는 순간 석상의 눈이 이상하게 번득인다는 느낌이 들어 긴장했지만, 아무 일도 일어나지 않았다.

"아무것도 없는데, 그만 가지."

마음은 이미 동굴 밖에 가 있는 보로미어가 다시 떠날 것을 종용하자 라비안이 그를 무섭게 노려보았다.

"뭐라고? 여기까지 겨우 왔는데 둘러보고 그냥 돌아가자는 거야? 현자 가룻이 뇌신의 지팡이는 분명히 여기 있을 거라고 했어, 바로 여기 루우킨의 신전에!"

갑자기 벌컥 화를 내는 라비안의 모습에 보로미어가 대꾸를 못하고 서 있자, 놀랍게도 월이 그를 두둔하고 나섰다.

"뭐야? 이 냄새 나는 계집애가! 여기 뭐가 있다고 그러는 거야? 보로미어가 없다면 없는 것이지, 웬 말이 그렇게 많아. 자, 돌아가자고!"

그러자 이번엔 카일이 빈정거리며 나섰다.

"흥, 내 도움 없이는 반 걸음도 못 움직일 것들이 서로 이래라 저래라 하고 있으니 웃음도 안 나오는군. 고블린 한 마리만 나와도 벌벌 떠는 놈들이 뭐 서로 가라 마라야."

"뭐라고? 말라빠진 엘프 궁사 주제에 감히 사제인 나를 비웃어?"

라비안이 얼굴색을 바꾸며 단검을 뽑아들었다.

"그래? 네가 칼을 뽑으면 어쩔 테냐?"

카일이 코웃음을 치며 번개같이 화살을 재어 라비안의 미간을 겨누었다.

"이봐, 다들 왜 그러는 거야? 카일! 그 활 내리지 못해?"

갑자기 험악해진 사태에 정신을 못 차리던 보로미어가 다급히 외치자 카일은 이번엔 몸을 돌려 보로미어에게 살촉을 겨눴다.

"뭐라고? 무식한 인간 주제에 나한테 명령을 해? 대가리 속에 든 거라고는 좁쌀만큼도 없는 것이 꼴에 대장 행세를 해보겠다는 거야?"

윌이 질세라 단검을 뽑아들었다.

"야, 이 비리비리한 엘프 나부랭이야. 감히 어디다 활을 겨누는 거야?"

그러자 카일이 얼굴을 일그러뜨리며 윌을 향해 돌아섰다.

"흥, 주제에 너도 인간이라 이거지? 그래, 이 잘난 인간아, 어디 엘프의 화살 맛 좀 봐라."

카일이 활이 부러질 정도로 시위를 당기자 윌이 고함을 지르며 달려들었다. 보로미어는 급한 나머지 윌을 가로막으며 둘 사이에 뛰어들었다. '팅' 하는 소리와 함께 카일의 화살이 보로미어의 방패를 치고 튕겨나갔다. 어쩔 수 없다고 생각한 보로미어는 급한 대로 엘프의 면상을 힘껏 후려갈겼다.

카일이 큰 대자로 뻗자 이번에는 라비안이 단검을 휘두르며 돌진해 왔으나, 역시 보로미어에게 따귀를 얻어맞고 나뒹굴었다.

"만세, 보로미어 만세! 역시 위대한 전사야. 인간 만세!"

윌이 환호를 지르며 보로미어에게 달라붙었다.

"시끄러! 너도 똑같이 미쳤어!"

안 그래도 심사가 뒤틀린 데다 잘은 몰라도 이제는 뭐든 잘못되면 윌의 탓이라고 굳게 믿게 된 보로미어는 주먹으로 그의 머리통을 시원스레 후려갈겼다. 윌마저 비틀거리다 널브러지자 보로미어는 바닥에 자빠져 있는 동료들을 어처구니없이 내려다보았다. 뭐가 어떻게 된 일인지 정신을 차릴 수가 없었다. 갑자기 왜들 이 난리인지 도저히 이해가 가지 않았다. 원래 꼬인 윌 녀석은 그렇다치고, 성격 좋은 카일이나 침착한 라비안마저 서로에게 칼을 들이대다니…….

"끄응……."

라비안이 먼저 정신이 드는지 신음을 하며 일어나 앉았다.

"라비안, 좀 괜찮아?"

"응, 그럭저럭. 아직도 머릿속이 좀 흔들리기는 하지만."

머리를 흔들며 앉아 있던 라비안은 카일이 몸을 일으키자 날카롭게 외쳤다.

"카일! 고개를 들지 마!"

"어떻게 된 거야? 왜 내가 보로미어를 쏘았지?"

눈을 끔벅이면서 카일이 묻자 라비안이 다시 주의를 주었다.

"카일! 저 석상을 바라보지 마! 우린 레이시즘(Racism) 주문에 걸린 거야. 저 석상이 주문을 건 거라고."

"그게 뭔데?"

카일이 묻자 사제가 고개를 숙인 채로 대답했다.

"그건 한 캐러밴 안의 다른 종족들 사이에 적대감을 불러일으키는 주문이야. 자기가 속하지 않은 다른 종족의 공격을 한번 받아야 풀리는 마법이지. 제대로 걸리면 대원들끼리 서로 치명상을 입히고 캐러밴이 전멸하기도 하는 무서운 고급 마법이라고."

"이런 젠장!"

보로미어가 내뱉었다.

"어이구, 머리야. 아아 위대한 보로미어! 어서 저 더러운 엘프와 놈을 처치하여 인간의 위대함을 증명하자!"

정신이 들었는지 윌이 몸을 일으키며 또 헛소리를 지껄여댔다. 같은 종족인 보로미어의 주먹은 효과가 없는 모양이었다. 라비안이 한숨을 쉬며 말했다.

"카일, 부탁해."

"기꺼이."

엘프는 빙긋 웃더니 윌의 면상을 힘껏 쥐어박았다. 위저드가 다시 나자빠지자 보로미어가 말했다.

"확실한 게 좋으니까 몇 대 더 후려갈겨 봐."

잠시 후 네 명은 각자 얼굴을 어루만지며 제단 앞에 모여 앉았다. 물론 모두 고개를 푹 숙인 채로였다. 라비안이 풀이 죽어 말했다.

"너무 방심했어. 룬의 글귀만 상기했어도 걸려들지 않았을 텐데."

"그래. '위대함에 경의를 표할지어다' 라는 글귀의 뜻이 바로 이거였어. 석상을 똑바로 쳐다보지 말라는 말이었는데. 잘못하면 고슴도치가 되어버릴 뻔했잖아."

시퍼렇게 멍이 든 양쪽 눈을 어루만지면서 윌이 주절거렸다.

"맞아. 너무 우리가 보물에 집착한 나머지 정신을 못 차렸던 거야. 젠장. 그건 그렇고 보로미어는 어떻게 주문을 벗어난 거지?"

카일이 묻자 윌이 갑자기 키득거렸다.

"히히, 다 마법의 오묘함이라고나 할까. 키킥."

엘프가 어리둥절해하자 라비안이 힐끔 보로미어의 눈치를 보며 말했다.

"레이시즘 마법은 그 대상이 어느 정도의, 음……, 지능을 갖추길 요구하거든. 아마 보로미어도 총명의 투구를 벗어던지지 않았으면 주문에 걸려들었을 거야."

라비안이 최대한 보로미어의 감정을 상하지 않게 얘기했지만, 윌은 계속 키득거렸다. 보로미어는 순간적으로 다시 욱하는 감정이 치솟았지만 가까스로 자제했다.

"자, 보로미어. 이거나 먼저 받아."

라비안이 갑자기 보로미어에게 무엇을 내밀었다. 받아들고 보니 큼직한 사자 송곳니였다. 라비안이 말했다.

"아까 그 동굴 사자에게서 뽑은 거야."

"이걸로 뭘 하는데?"

"아무것도. 하지만 사제들은 때때로 섬기는 신에게 제물을 바쳐야 할 일이 생기는데, 가끔 이런 걸 요구하는 신도 있어."

"그래서?"

"임자만 잘 만나며 큰 돈을 벌 수도 있지."

라비안이 생긋 미소를 지었다.

"그걸 왜 보로미어에게 주는데?"

윌이 볼멘소리로 퉁퉁대자 라비안은 매섭게 쏘아붙였다.

"보로미어가 죽인 거니까!"

보로미어는 이빨을 잠시 들여다보다 주머니에 쑤셔넣었다. 윌은 불만스런 표정을 짓다가 갑자기 라비안에게 물었다.

"흥, 좋아. 그러면 잘난 네가 현자 가롯 얘기나 좀 해봐."

그러자 놈 사제는 갑자기 그의 눈을 피하며 말을 더듬었다.

"그, 그건……."

"그래. 나도 궁금하군 그래."

카일마저 다그치자 라비안이 포기한 듯 털어놓기 시작했다.

"실은 내가 이번 퀘스트에 뛰어든 이유는 뇌신의 지팡이 때문이야. 알겠지만 사제들은 직접 공격형 주문은 쓸 수 없게 되어 있잖아. 하지만 그 지팡이가 있으면 나도 윌처럼, 우리 사제들은 뇌전(雷電)이라고 부르는 라이트닝을 자유 자재로 쓸 수 있게 되거든. 카자드 쿰의 거리에서 현자 가롯에게 500두카트나 치르고 얻은 정보에 의하면 그 지팡이는 루우킨의 신전에 있다는 거야."

"이런 젠장! 여우 같은 년아! 여기 올 때까지 그런 얘긴 한 마디도 않았잖아. 그럼 도대체 보티살의 모자는 어디 있는 거야."

위저드가 못마땅한 듯 투덜거렸다. 그러자 카일이 한숨을 쉬며 말했다.

"그만! 그런 태도야말로 레이시즘 주문이 우리에게 바라는 거라고. 하지만 이젠 어떻게 하지? 보물은 보이지 않고 기분 나쁜 석상이나 서 있고 말이야."

"글쎄, 나도 도무지 갈피가 잡히지 않으니……."

라비안의 답에 듣고 있던 보로미어가 놓치지 않고 끼어들었다.

"자자, 이제 겪을 만큼 겪었잖아. 더 이상 골머리 썩히지 말고 돌아가자, 응? 여기서 밤을 새울 일은 없잖아?"

그러자 라비안이 손을 들어 그의 말을 막으며 말했다.

"잠깐만 생각을 좀 해보자고. 분명히 룬의 글귀에 단서가 있을 거야. 아까 그림자의 방에서도 그랬잖아."

카일이 고개를 끄덕였다.

"맞아. 룬의 글귀가 마법을 푸는 열쇠도 되었고, 보물을 찾는 단서도 되었지. 2중의 의미를 담고 있었잖아. 이번 것도 마찬가지 아닐까?"

"그래, 그럴지도 몰라. 신성한 자는 루우킨이라 치고, 그럼 위대함에 경의를 표하라는 얘기의 또 다른 의미는 뭐지?"

"뭐야, 그 앞에 가서 꿇어앉기라도 하란 애기야 뭐야?"

보로미어가 투덜대자 라비안의 눈이 번뜩였다.

"그래. 바로 그거야."

라비안은 석상과 눈이 마주치지 않게 조심하면서 고개를 숙인 채로 그 앞으로 다가갔다.

"뭐야? 왜 그래?"

윌이 물었지만 놈 사제는 계속 석상을 향해 다가가며 몸을 낮추더니 아예 기어가기 시작했다. 돌 제단에 이르러 잠시 머뭇거린 그녀는 제단을 지나 석상의 발 쪽으로 계속 기어갔다.

잠시 석상 밑에서 부스럭거리던 그녀는 이내 돌아보며 기쁘게 외쳤다.

"여기야, 여기! 찾았어."

다가가 보니 그녀는 석상의 왼발을 가리키고 있었다. 고블린처럼 비늘에 싸인 두터운 발에는 날카로운 발톱이 박힌 발가락이 세 개는 앞쪽으로, 두 개는 뒤쪽으로 돌아 있었다.

"뭘 찾았다는 거야?"

카일이 묻자 라비안이 말했다.

"여기 발톱이야. 서서는 절대로 보이지 않는 각도지만, 엎드리면 볼 수 있게 되어 있어. 발톱 두 개가 돌아가게 되어 있다고."

"그래서?"

라비안이 발톱 하나를 돌리면서 말했다.

"스위치지. 발톱을 돌리는 조합에 따라 비밀문이 열리는 걸 거야."

그러나 라비안의 말이 끝나기도 전에, 요란한 소리와 함께 루우킨의 석상이 깊은 동면에서 깨어난 곰처럼 기지개를 켰다.

"오오, 제기랄!"

보로미어는 짧게 욕설을 내뱉고는 석상의 발밑에 꿇어앉아 있던 라비안의 뒷덜미를 움켜잡고 재빨리 뒤로 후퇴했다. 카일과 윌도 허겁지겁 물러서고 있었다.

치켜든 방패 위로 보로미어는 루우킨 석상이 칼을 든 오른팔을 서서히 쳐드는 모습을 멍하니 바라보았다. 골렘(Golem) 주문에 대해서는 익히 들어보았지만 이런 거대한 녀석이 골렘화하리라곤 차마 상상도 못했던 것이다.

그러나 한껏 긴장한 채로 방패를 치켜든 보로미어를 무시하듯 석상은 오른쪽 팔에 들린 칼을 옆으로 휘둘러 벽을 내리쳤다. 자욱한 먼지가 솟아오르며 벽의 일부가 무너져내리자 보로미어는 안도의 숨을 내쉬었지만 그것도 잠시, 무너진 벽의 틈으로부터 한 무리의 고블린들이 괴성을 올리며 쏟아져 나왔다. 날카로운 송곳니와 노란 두 눈을 번뜩이는 고블린들은 하나같이 가죽 갑피에 구리 방패와 칼을 든 차림이었다.

"빌어먹을! 빌어먹을!"

보로미어는 쉴새없이 욕설을 지껄이면서도 침착하게 칼을 뽑아들었다. 여덟, 열, 열둘……. 캐러밴이 전투 태세를 갖추는 동안에도 고블린들은 계속해서 벽 틈에서 솟아나오고 있었다.

쉭쉭! 쉭!

뒤쪽에서 경쾌한 시위 소리가 들리는가 했더니 앞에 섰던 두 놈이 피를 뿌리며 나자빠졌다. 보로미어는 칼을 높이 쳐들고는 힘찬 함성을 지르며 고블린 무리의 가운데로 뛰어들었다.

아까 마주쳤던 호브고블린들과는 달리 이놈들은 체구도 작고 지능도 좀 떨어지는 족속들로 보였다. 이런 놈들이야 이미 수십 마리나 상대해 보았기에 보로미어는 자신이 있었다. 다만 놈들이 들고 있는 칼만은 상당히 날카로운 것들이었는데, 입고 있는 낡은 갑옷이 잘 버텨주기만을 바랄 뿐이었다.

첫 칼에 두 녀석의 목을 날리고 돌아서자 양쪽에서 칼날이 날아들었다. 한쪽을 방패로 튕겨내면서 다른 쪽을 칼로 후려치자 고블린이 잡고 있던 칼을 놓치는 것이 보였다. 번개같이 그쪽으로 체중을 이동시키며 칼을 들어올리자 칼끝이 놈의 배를 찢고 들어가는 느낌이 묵직하게 전달되어 왔다. 동시에 등판에 또 다른 충격이 느껴졌지만 갑옷이 보기와는 달리 견고한지 큰 피해는 없었다.

퍽퍽, 퍽!

다시 둔탁한 소리와 함께 앞쪽의 세 마리가 나란히 목에 화살을 박고 넘어가는 것이 보였다. 가까운 거리 덕분인지 놀라운 정확성이었다. 이런 정도라면 열댓 마리 정도는 자신과 카일만으로도 너끈히 처리할 수 있을 것 같은 자신감에 보로미어는 다시 힘차게 칼을 휘둘러대기 시작했다. 고블린들의 목과 팔다리가 공중에 날고 그 비릿한 피냄새에 보로미어 자신의 피도 서서히 끓어올랐다. 그는 전사였고 전사란 바로 이런 순간을 느끼기 위해 살아가는 것이니까.

"홀딩!"

라비안의 목소리에 고블린들이 굳어버리자 보로미어는 앞에 선 녀석을 두 동강 내면서 더 깊숙이 뛰어들려고 했다. 그러나 윌의 목소리가 덜미를 잡았다.

"이 바보야! 후퇴하라고!"

한참 신이 오르던 보로미어는 왈칵 짜증이 솟았으나, 주위를 둘러보고는 자기도 모르게 뒷걸음질을 치기 시작했다.

"뭐, 뭐야, 이게!"

발밑에 이미 열 구 정도의 고블린 시체가 뒹굴고 있었는데도, 놈들의 수는 오히려 더 늘어난 것 같았다. 족히 스무 마리는 되어 보였다.

"뭐긴 뭐야, 라비안이 잘못 건드린 거지. 아직도 저 벽에서 꾸역꾸역 쏟아져 나오는걸. 이젠 몇 마리인지 세지도 못하겠어. 어떡하지?"

윌이 발을 동동 구르며 말하자 카일이 계속 시위를 당기며 외쳤다.

"어떡하긴 뭘 어떡해! 끝까지 뭉쳐서 버텨야지!"

"에이 씨, 파이어 볼!"

홀딩 주문의 효력이 다한 듯, 고블린들이 일제히 전진하기 시작하는 순간 윌의 주문이 무리의 중앙에 작렬했다. 차크라의 과다한 소모를 겁냈는지 라이트닝이 아닌 파이어 볼이었다. 그래도 가까이 밀집해 있었던 탓인지 대여섯 마리가 불길에 휩싸였고 그 중 서넛은 그 자리에서 고꾸라졌다.

보로미어도 정신없이 칼을 휘둘렀으나, 고블린의 수는 좀처럼 줄어들지가 않았고 시간이 갈수록 보로미어의 몸엔 상처가 늘어갔다. 아까 바보같이 홧김에 집어던진 투구가 아쉬워지기 시작했다.

"우욱!"

잠시 집중이 흐려진 순간 고블린 한 놈의 칼이 보로미어의 오른팔을 쑤시고 들었고, 그는 그만 칼을 떨어뜨리고 말았다. 다시 칼을 집어드는 사이에 지금까지 겨우 유지되던 힘의 균형이 깨지면서 보로미어는 걷잡을 수 없이 밀리기 시작했다.

"제기랄, 카일! 후퇴해! 후퇴!"

날아드는 고블린의 칼날들을 몸으로 막으면서 보로미어는 악을 써댔다.

"홀리 핸드(Holy hand)!"

라비안의 목소리가 울려퍼지자, 밀려오던 고블린 무리 앞에 거대한 손 모양의 음영이 형상화되어 나타나더니 괴성을 질러대는 무리 전부를 6, 7미터 밖으로 밀어내었다. 재빨리 옆에 굴러 있던 아미크론 투구를 집어쓴 보로미어의 눈 가장자리에 다시 석상의 발치로 뛰어가는 라비안의 모습이 비쳤다.

"라비안, 이 판국에 또 뭐하는 거야?"

윌의 신경질적인 외침도 들렸으나 몸을 숙인 라비안은 뭐라 말릴 틈도 없이 석상의 나머지 발톱을 돌려버렸다. 그러자 석상의 왼쪽 팔에 들린 창이 다시 신전의 왼쪽 벽을 내리쳐 무너뜨렸다.

"그래! 바로 여기였어!"

놈 사제의 환호성에는 다시 대오를 갖추고 밀려오기 시작한 고블린 군단 앞을 막아서고 있던 보로미어와 카일마저 뒤를 돌아보지 않을 수 없었다. 무너진 왼쪽 벽 뒤로 조그만 방이 모습을 드러냈고 그 중앙에는 다시 조그만 제단이 있었다. 그리고 그 제단 위에 푸르스름한 광채가 서린 길이 1미터 가량의 상앗빛 지팡이가 고혹스럽게 놓여 있었다.

라비안은 지체없이 방 안으로 뛰어들어 가더니 그 지팡이를 거머쥐었다. 보로미어는 순간 안도의 한숨을 내쉬었으나, 웬일인지 라비안은 지팡이를 쥔 채로 꼿꼿이 서서 움직일 줄을 몰랐다.

"이런 젠장, 마스터링(Mastering)까지 필요했나?"

보로미어는 몸을 돌리며 이를 악물었다.

일반 병장기와는 달리 뇌신의 지팡이 같은 특수 무기들 중에는 자체의 지능을 지닌 것들이 있었다. 그런 무기들은 전투시 주인의 마음을 헤아려 도움을 주는 능력을 가지고 있기도 하지만, 반대로 자신을 다룰 능력이 없는 주인을 거부하는 힘을 갖기도 한다. 대부분의 경우 전사들은 웬만한 지능형 무기라도 큰 무리 없이 다룰 수 있지만 무기를 다루는 것이 익숙지 않은 위저드나 사제들은 심심치 않게 마스터링이란 단계를 거쳐야 했다. 그 단계를 거치고서야 비로소 그 무기를 자신의 것으로 만들 수 있는 것이다. 그것은 병장기와 그것을 소유하고자 하는 자의 의지의 대결로, 이길 경우 무기의 완전한 복종을 얻을 수 있지만 반대의 경우엔 차크라나 영력에 영구적인 피해를 입을 수도 있는 위험한 과정이었다.

물론 라비안이 뇌신의 지팡이를 얻었다고 해도 당장 마스터링을 할 생각은 아니었을 터였다. 카자드 쿰에 돌아가서 제사장의 도움을 얻어 안전하게 마스터링을 할 생각이었겠지만, 지금 캐러밴이 위태롭자 자신의 안위는 제쳐놓은 채 위험한 도박을 하고 있는 것이었다.

문제는 고블린들이 마스터링이 끝날 때까지 기다려주려 하지 않는다는 것이다. 이젠 얼추 보아도 마흔 마리 이상으로 늘어난 고블린들은 사정없이 앞으로 밀고 나왔다.

단칼에 두 녀석의 목을 날려버린 보로미어는 미친 듯이 칼을 휘둘렀으나, 옆에 서 있던 카일이 칼을 맞고 쓰러지자 가슴이 철렁했다. 혼자 힘으로는 도저히 역부족이었다. 두서너 합도 지나지 않아 날카로운 통증이 스쳐가며 왼쪽 무릎이 꺾였다. 가까스로 일어나자 이번엔 오른쪽 어깨에 강한 충격이 내려앉으며 칼이 손에서 빠져나갔다. 보로미어는 하는 수 없이 절룩거리며 카일을 끌고 뒷걸음질치기 시작했으나, 카일과 발이 엇갈리면서 둘 다 바닥에 쓰러지고 말았다.

고블린들의 검은 방패로 가려지지 않은 곳을 노리고 집중되었고, 보로미어는 이를 악물었다.

'이런 곳에서, 고블린들 따위한테…….'

고통 때문이 아니었다. 최후치고는 너무 초라했다. 억울했다.

그 순간 푸른 광선이 보로미어의 눈앞을 스치는가 싶더니, 그를 둘러싸고 있던 고블린들의 못생긴 얼굴들이 일순간에 터져나갔다. 동시에 끈적한 검은 피와 냄새 나는 고깃덩어리들이 그의 몸 위로 비오듯 쏟아져내렸다.

"라비안!"

카일의 외침에 돌아본 보로미어의 눈에 라비안이 밀실에서 걸어나오고 있는 모습이 들어왔다. 오른손에는 뇌신의 지팡이를, 왼손에는 듀란딜 신척을 높이 든 채 당당한 표정으로 다가오는 그녀의 모습은 의연하다 못해 아름답기까지 했다.

갑작스런 사태로 고블린들이 주춤거리는 사이에 보로미어는 다시 칼을 주우며 일어섰다. 카일도 활로 몸을 지탱하며 몸을 일으켰다. 라비안은 미리 회복 주문을 외워놓았는지 신척을 간단히 휘둘러 보로미어와 카일의 부상을 치료하고는 말했다.

"늦어서 미안. 이제 다시 시작하자고."

"으하, 으하하하!"

보로미어는 억제할 수 없이 솟구치는 웃음을 한번 크게 웃고는 무시무시한 힘으로 고블린들을 향해 돌진했다. 금속과 금속이 부딪치고 금속과 살이 부딪치는 소리가 요란하게 퍼져나갔다. 조금 전까지 자신의 팔다리를 파고들던 고통을 상기하며 보로미어는 무자비하게 칼을 휘둘렀다. 고블린들의 가죽 갑피와 구리 방패는 성난 파도 같은 그의 기세를 막아내기엔 역부족이었고, 엘프의 화살은 그의 사각으로 달려드는 놈들을 꼬박꼬박 거꾸러뜨려 주었다. 보로미어가 신들린 듯 몸을 놀리며 죽음의 원을 그리자 고블린의 검은 피가 사방으로 튀었다.

"보로미어! 저 벽의 틈! 거기가 열쇠야!"

정신없는 보로미어의 귀에 윌의 목소리가 들려왔다. 뒤에서 관전을 하고 있더니 나름대로 파악한 바가 있는 모양이었다. 보로미어도 짚이는 것이 있어 무너진 오른쪽 벽으로 전진하려고 했으나 놈들의 수가 워낙 압도적이어서 쉽지가 않았다.

"뇌전!"

라비안의 목소리와 함께 다시 청백색 광휘가 고블린 떼의 복판을 휩쓸고 나갔다. 윌의 라이트닝과는 비교도 안 되는 엄청난 파괴력이었다. 벽의 틈새까지 일직선으로 뻗어간 뇌전의 진로에 서 있던 대여섯 마리의 고블린들은 타오르는 게 아니라 아예 풍선처럼 터져버렸다.

순간을 놓치지 않고 벽을 향해 돌진한 보로미어는 벽에 이르러 그 안을 들여다보고는 그만 깜짝 놀라고 말았다. 고블린 병사로 가득하길 기대했던 방 안에는 타오르는 화덕 위에 얹힌 거대한 무쇠 솥만이 덩그러니 놓여 있을 뿐, 텅 비어 있었기 때문이다. 그러나 솥 안에서 메스꺼운 냄새를 뿜어대며 끓고 있던 검은 액체로부터 고블린의 머리가 솟아나오는 것을 보자, 보로미어는 대번에 내막을 알아차리고 방 안으로 뛰어들었다.

보로미어의 검이 완벽한 수평선을 그리자, 아직도 가슴까지 솥 안에 잠겨 있던 고블린의 대가리가 솥 밖으로 날아가 구르며 끈적한 피의 분수가 솟구쳤다. 보로미어는 깨진 파이프 같은 소리로 울부짖는 고블린의 머리통을 한쪽 발로 짓이겨 버리면서 칼과 방패를 옆으로 내던지고는 두 팔로 무쇠 솥을 감싸안았다.

"끄응!"

힘쓰기라면 누구에게도 지지 않는다고 자부하는 그였다. 보로미어가 이를 악물자 캐러밴 전체가 목욕을 할 만큼 커다란 솥이 화덕 위에서 조금씩 들썩거리기 시작했다. 솥에 닿아 있는 피부가 치직거리며 역겨운 연기를 뿜었지만 보로미어는 아랑곳하지 않고 더욱 힘을 쏟아부었다. 그러자 우드득 소리와 함께 솥을 감싸안은 양팔에 동아줄 같은 퍼런 힘줄이 솟아올랐다.

"이야아아아!"

기합 소리와 함께 솥이 화덕에서 뽑혀나왔다. 보로미어는 잠시 휘청거렸으나 이내 중심을 잡고 한쪽으로 솥을 던져버렸다. 그러자 요란한 소리와 함께 솥이 두 조각으로 깨지면서 검은 액체가 사방으로 튀었다.

다시 방패와 칼을 주워들고 밀실을 빠져나오자 카일과 라비안이 스무 마리 남짓한 고블린들과 사투를 벌이고 있는 것이 보였다. 보로미어가 한껏 소리를 지르며 무리의 후미를 치고 들어가자 엘프의 화살과 전사의 칼 사이에 낀 고블린들은 순식간에 지리멸렬 흩어졌다. 칼과 화살을 피해 조금이라도 다시 무리를 짓는 곳에는 라비안의 뇌전이 가차없이 작렬했다.

마침내 카일의 화살이 마지막 고블린을 고꾸라뜨리자, 머리에서 발끝까지 검은 고블린 피로 범벅이 된 보로미어는 주위를 한번 둘러보고는 그 자리에 털썩 주저앉았다. 윌이 다가와 회복수 병을 내밀었고, 카일과 라비안도 말없이 그의 옆으로 모여들었다. 윌은 궁금했는지 고블린들이 쏟아져나온 틈새로 다가가 안을 들여다보고는 고개를 절레절레 흔들었다.

"맙소사, 컬드런 오브 드론(Cauldron of Drone)이었군. 어째 끝도 없이 튀어나오더라."

기운을 좀 차린 보로미어는 라비안이 들고 있는 지팡이를 물끄러미 바라보았다. 길이는 한 1미터 가량, 재질은 알 수 없었지만 아름다운 아라베스크 무늬가 새겨진 몸체에 양끝은 자잘한 보석으로 치장된 것이었다.

"그게……, 그 지팡이인가?"

"으응……."

그러자 보로미어는 말없이 고개를 끄덕이고는 칼에 의지해 자리에서 일어났다.

"자, 가지."

짧게 한 마디를 던지고 몸을 돌리자 사제가 그를 불러세웠다.

"보로미어!"

"……."

"미안해. 그런 함정이 있는 줄 알았다면……, 조심을 했을 텐데. 몰랐어. 정말 몰랐어."

보로미어는 참담한 표정의 라비안을 응시하며 잠시 서 있다가 입을 열었다.

"됐어. 살아 있으면 된 거야. 어서들 돌아나 가자고."

그러자 윌이 전사의 앞을 막아서며 외쳤다.

"잠깐만!"

"왜, 또?"

전사가 인상을 쓰자, 윌은 루우킨 석상의 발치로 뛰어가더니 발톱을 가리켰다.

"이걸 보고도 그냥 돌아가자니, 정말 웃기지도 않아!"

"그 발톱이 뭘?"

라비안의 물음에 위저드는 코웃음을 쳤다.

"흥, 그 머리로 사제라니. 석상에 돌아가는 발톱이 두 개라면서!"

"그래."

"처음에 둘 다 안 돌아가 있었고, 다음에 하나를 돌리자 고블린들이 나왔지. 그리고 또 하나를 돌리자 뇌신의 지팡이가 나온 거 아냐!"

"그게 어쨌다는 거야, 이 자식아!"

윌의 태도에 라비안도 슬슬 부아가 솟는 모양이었다. 그러나 위저드는 오만하게 턱을 쳐들고 말했다.

"그렇다면, 첫 발톱을 안 돌리고 두 번째 것만 돌리는 조합이 아직 남아 있지 않겠어?"

"……."

날카로운 지적에 라비안은 대꾸할 말을 찾지 못했다.

"그래. 할말들이 없겠지! 바로 거기가 마지막 비밀이 있는 곳이야. 보티살의 모자가 있는 곳이라고!"

윌이 발톱을 만지려 허리를 굽히자 보로미어가 외쳤다.

"잠깐! 그게 보물인지 아니면 또 고블린 떼인지는 모르잖아! 함부로 건드리지 마!"

그러자 위저드는 잠시 말없이 전사를 쏘아보았다. 단순한 경멸이나 무시가 아닌 뜨끈한 살기가 담긴 눈빛이었다. 다음 순간 그는 '흥' 하고 한번 코웃음을 치더니 석상을 향해 돌아섰다.

"윌, 잠깐만!"

몸이 가벼운 카일이 나는 듯이 달려가며 소리쳤으나, 채 반도 가기 전에 루우킨의 석상이 기지개를 켜듯 두 팔을 위로 들어올렸다. 석상은 들었던 칼과 창을 떨어뜨린 후 천천히 두 손을 잡아 복잡한 수인을 만들었다.

"오오, 이런, 소환 주문이야! 도망가!"

라비안이 짤막이 외치고는 이내 뒤로 돌아 전속력으로 도망치기 시작했다.

보로미어도 소환 주문에 대해 어렴풋이 들었던 것이 기억났다. 다른 세계, 즉 현재 자신이 존재하는 세계가 아닌 다른 세계로부터 전율한 만한 괴물을 불러오는 주문이라고 했다.

"카일, 어서 돌아와! 어서 여길……."

보로미어의 외침에 그와 윌 사이에서 어쩔 줄 모르고 있던 카일이 잽싸게 몸을 돌려 뛰기 시작했다. 기대했던 비밀의 문 대신에 엉뚱한 주문이 발동되자 어리둥절해 서 있던 윌도 허둥지둥 달려왔다.

그러나 윌이 채 다섯 걸음도 떼어놓기 전에 석상 앞의 공간이 이지러지기 시작하더니, 그 속에서 검은 물체 하나가 아지랑이처럼 솟아올랐다. 그것이 발굽으로 땅을 차며 성난 콧김을 내뿜는 모습을 본 보로미어는 두 다리의 힘이 쭈욱 빠지는 것을 느꼈다.

"고, 고르곤……, 고르곤! 고르곤이다아!"

보로미어는 미친 듯이 소리를 질러대며 신전 입구를 향해 달리기 시작했다. 카일과 앞서거니 뒤서거니 하면서 비밀 문에 다다른 그의 귀에 윌의 처절한 비명이 들려왔다. 흘끗 돌아보자 고르곤 앞에 넘어져 버둥거리고 있는 위저드의 모습이 보였다.

카일이 반사적으로 몸을 돌리자 보로미어가 그의 어깨를 잡았다.

"안 돼, 카일! 우리 상대가 아냐!"

그건 굳이 말을 안해도 익히 아는 바였다. 나이트의 갑판 갑옷도 종이처럼 찢어버린다는 뿔, 온몸을 뒤덮은 무쇠 갑판 같은 가죽, 강철 방패라도 쪼개버릴 것 같은 발굽, 게다가 공기를 들이쉬고 불을 내뿜는 흉폭한 입. 어깨까지의 높이가 족히 2미터는 되어 보이는 검은색 외뿔 황소가 머저리 위저드의 가슴을 밟고 선 모습을 보면서 그들은 전설로만 들었던 모든 것이 사실이라는 걸 확인했다. 분명 그들의 상대는 아니었다.

카일이 잠시 머뭇거리는 동안 고르곤은 시뻘건 불줄기를 내뿜어 버둥거리는 위저드를 깨끗이 태워버렸다. 이어서 고개를 돌린 고르곤이 자신들을 노려보자, 두 전사는 누가 먼저랄 것도 없이 다시 줄행랑을 치기 시작했다.

"쿠아아아!"

신전의 비밀 문을 나서는 순간, 무시무시한 울부짖음에 이어 뒤를 쫓는 소의 발굽 소리가 들리기 시작했다. 문을 나선 보로미어는 옆으로 비키며 카일에게 외쳤다.

"어서 이 문을 닫아!"

"젠장, 난 어떻게 열었는지도 몰라!"

카일이 소리를 지르는 순간, 비밀 문에서 튀어나온 시커먼 그림자가 엄청난 속력으로 그의 뒤를 덮쳤다. 고르곤의 외뿔에 등을 관통당한 엘프는 신음 소리도 내지 못하고 앞으로 날아갔다.

"하아!"

놈이 잠시 멈춰 선 순간 보로미어는 있는 힘을 다해 녀석의 뿔과 머리가 이어지는 부분을 칼로 내리쳤다.

쩡!

쇠끼리 부딪히는 소리와 함께 보로미어의 칼이 반으로 부러지며 날아가자, 고르곤의 눈이 불붙은 루비처럼 달아오르면서 전사를 노려보았다. 다음 순간 짐승의 입이 벌어지면서 엄청난 열기가 덮쳐왔다. 보로미어는 방패로 화염을 막았으나, 방패가 하얗게 달아오르는 바람에 옆으로 구르며 방패를 던져버렸다.

"뇌전!"

순간 푸른 광선이 짐승의 등에 작렬했다. 놈은 펄쩍 뛰면서 반대편으로 물러났으나, 큰 피해를 받지는 않은 듯 낮게 으르렁대며 뇌전이 날아온 방 저편을 쳐다보았다. 라비안이었다.

라비안은 그 순간에도 쉬지 않고 주문을 외우다가 듀란딜 막대가 붉게 달아오르자 그것을 카일에게 내밀었다. 따스한 붉은 기운이 카일에게 날아갔으나 엘프는 반쯤 일어나다 말고 다시 쓰러졌다. 보로미어가 보기에도 카일의 상태는 단순 회복 주문으로는 어림도 없었다.

"이쪽으로 빨리!"

라비안의 외침에 보로미어는 바닥에 굴러 있는 카일을 들쳐업고 있는 힘을 다해 방문 쪽으로 내달았다. 이내 그림자의 방을 나선 보로미어는 이미 앞을 달리고 있던 라비안을 따라잡으며 욕설을 내뱉었다.

"빌어먹을 웜 녀석!"

"지금은 그 자식 욕하고 있을 때가 아니야!"

어둠 속을 정신없이 달리던 두 사람은 고르곤이 쫓아오지 않는다는 것이 확실해지자 숨을 돌리기 위해 멈춰 섰다. 보로미어는 카일을 바닥에 내려놓았고, 라비안은 숨을 헐떡이면서도 그의 상태를 살펴보았다.

"어때?"

보로미어가 걱정스레 묻자, 라비안은 대답 대신 고개를 저었다.

"빌어먹을 월 녀석!"

다시 분통을 터뜨리던 보로미어는 동굴 바닥을 통해 미세하게 전달되어 오는 진동에 흠칫 놀라 뒤를 돌아보았다. 그러자 저 멀리 어둠 속에서 희미한 청백색 빛이 서서히 흔들리며 다가오는 것이 보였다. 고르곤의 뿔이었다.

"저 녀석, 아직도 따라오잖아!"

보로미어가 울부짖자, 라비안은 아랫입술을 깨물며 몸을 일으켰다.

"그래, 어디 한번 해보자."

사제는 짧게 내뱉은 다음 뇌신의 지팡이를 앞으로 내밀며 외쳤다.

"뇌전!"

그러자 엄청난 전광이 동굴 안을 훤히 밝히며 지팡이로부터 뿜어져 나갔다. 그러나 다음 순간 라비안의 뇌전은 고르곤의 뿔에 닿으며 고스란히 흡수되어 버렸다.

"저럴 수가!"

당황한 라비안은 다시 지팡이를 내밀며 외쳤다.

"뇌전! 뇌전! 뇌전!"

그러나 과다한 사용 때문이지 뇌신의 지팡이는 사제의 손에서 산산이 부스러졌다. 연거푸 날아간 뇌전은 모두 고르곤의 뿔에 의해 무력화되었다.

"이런 망할!"

라비안이 눈을 감으며 나직이 중얼거리는 것과 동시에 무섭게 돌진해 온 고르곤의 뿔이 그녀의 가슴을 꿰뚫었다. 고르곤의 뿔에 꽂힌 채 한 줄기 진홍빛으로 사라지는 라비안을 보면서 보로미어는 주춤주춤 뒷걸음질을 치기 시작했다.

외뿔소는 잔인한 두 눈을 번뜩이며 서서히 다가오다가, 바닥에서 신음하고 있는 카일을 보고는 사정없이 앞발굽으로 짓밟기 시작했다.

"카일!"

보로미어의 애타는 부르짖음도 헛되게 엘프 궁사는 눈 깜짝할 사이에 녹옥색 광선을 내뿜으며 사라졌다. 고르곤의 발치에 구르고 있는 카일의 사슬 갑옷을 잠시 바라보던 보로미어는 자신의 죽음도 멀지 않았음을 깨달았다. 그러자 오히려 마음이 차분하게 가라앉았다.

전사가 가슴을 펴고 고르곤을 마주보자 녀석은 앞발로 동굴 바닥을 긁으며 거친 숨을 내쉬고 있었다.

"좋아! 어디 너 죽고 나 죽어보자!"

보로미어는 한 마디 내뱉은 다음, 먼저 달려들어 녀석의 뿔을 두 손으로 거머쥐었다.

"야, 이 송아지 새끼야! 할 테면 해봐!"

보로미어는 버럭 소리를 지르면서 무릎으로 고르곤의 턱을 쳐올렸지만 온몸이 강갑(鋼鉀)으로 싸여 있는 괴물에게는 사소한 충격조차 주지 못했다. 오히려 녀석은 전사를 던져버리려고 머리를 흔들었다.

그러나 보로미어가 두 발을 굳게 딛고 모든 힘을 양손에 쏟아붓자, 갑자기 근원을 알 수 없는 엄청난 힘이 아랫배에서 솟아오르며 고르곤의 머리를 옴짝달싹 못할 정도로 고정시켰다.

스스로의 그 엄청난 힘에 놀라는 순간, 이내 짐승의 입에서 뿜어 나오는 불길이 보로미어의 배와 가슴을 파고들었고 눈앞이 서서히 어두워지기 시작했다.

마지막으로 그의 눈에 비친 것은 고르곤의 입가에 맺힌 엷은 미소였다. 전사는 저도 모르게 마주 미소를 지었고, 그 뒤론 끝없는 암흑뿐이었다.

높지 않은 천장이 눈에 들어왔다. 욱신거리는 사지를 추스르며 천천히 일어나 앉자 견디기 힘든 어지러움이 몰려왔다. 잠시 눈을 감았다 뜨자 조금 나아지는 것도 같았다. 다시 눈을 뜨고 지금 자신이 있는 곳이 어디인가 둘러보자 사방의 동굴 벽이 눈에 들어왔다. 그러자 모든 기억이 일순간에 해일처럼 밀려들었다.

보로미어는 후닥닥 일어나 주변을 살폈다.

'고르곤, 고르곤은 어디에…….'

얼마 떨어지지 않은 동굴 바닥에 시커먼 것이 길게 뻗어 있는 것이 보였다. 걸음마다 밀려드는 통증을 참으며 다가가보니 그것은 끔찍한 모습으로 널브러져 있는 고르곤의 시체였다. 날카로운 병기에 온몸을 찔린 듯 주변엔 검푸른 체액이 흥건했다. 그 몸통을 휘감은 견고한 금속판을 무엇으로 뚫었는지 감히 상상이 가지 않았지만, 어쨌거나 고르곤은 확실히 죽어 있었다.

보로미어는 잠시 자리에 서서 자신이 지금 어떻게 살아 있을 수 있는지 생각해 보았다. 어쨌건 간에 자신이 일단 죽지는 않을 정도의 혼수 상태까지 갔던 것과 시간이 지남에 따라 조금씩 기력을 회복하여 다시 정신이 든 것은 분명한 사실이었다. 하지만 고르곤이 왜 그를 완전히 죽이지 않고 내버려두었으며, 왜 저 혼자 죽어자빠져 있는지는 도저히 알 수가 없었다. 유일한 답은 그가 혼수상태에 빠진 다음 누군가가 고르곤을 처치했으리라는 것인데, 카일이고 라비안이고 모두 죽었는데 누가……?

아니, 카일이나 라비안이 살아 있었다고 해도 이건 말이 안 됐다. 고르곤을 잡기 위해서는 최소한 나이트 급의 상급 전사가 있어야 하는데, 아무리 둘러보아도 상급 전사나 다른 캐러밴이 지나간 흔적은 찾을 수 없었다. 보로미어는 골치가 지끈거려 오자 일단 생각을 접고 상황을 파악하기 시작했다. 어쨌거나 지금 중요한 것은 누가 고르곤을 죽였느냐가 아니라 어떻게 카자드 쿰으로 돌아가느냐 하는 것이기 때문이었다.

겨우 정신이 들기는 했지만 지금 그의 힘은 바닥에 가까워 벌레 한 마리도 상대하기 어려울 정도였다. 무엇보다 칼과 방패가 없는 것이 문제였다. 반면 고물 갑옷은 놀랍게도 그런대로 괜찮았다.

씁쓸하게 입맛을 다시면서 주변을 둘러보던 그의 눈에 희미한 빛을 내고 있는 고르곤의 뿔이 들어왔다. 크기가 적당한 것이 손에 들고 휘두른다면 어설프게나마 공격과 방어가 가능할 듯했다. 혹시나 해서 뿔을 쥐고 비틀자, 뜻밖에도 뿔과 더불어 두 눈이 떨어져 나왔다. 자세히 보니 녀석의 눈은 루비였다. 보로미어는 뜻하지 않은 횡재를 주머니에 챙겨넣은 뒤 뿔을 쥐고 휘둘러보았다. 그런대로 쓸 만했다.

"빌어먹을 월 녀석!"

사방의 적막을 둘러보며 다시 한번 투덜거린 전사는 비틀거리는 걸음으로 동굴 입구 쪽을 향해 걷기 시작했다. 한동안 걸어가자 금세 동굴 입구가 보였다. 동굴 바깥으로 나와 저물어가는 저녁 하늘을 보고서야 보로미어는 안도의 한숨을 내쉬었다.

우거진 숲 남쪽의 구릉 너머로 로인즈 호수의 수면이 황혼의 빛을 받아 황금 거울처럼 반짝이고 있었다. 남은 시간이 얼마 없었기에 전사는 서둘러 숲 사이로 난 길을 따라 걷기 시작했다. 카자드 쿰 주변의 숲은 여러 캐러밴들의 계속된 퀘스트로 이제는 안전한 지역으로 여겨지고 있었지만, 혼자인 보로미어로서는 좀처럼 긴장을 늦출 수 없었다.

좁은 오솔길은 잠시 후, 카자드 쿰과 틴디움을 잇는 틴디움 로로 연결되었다. 카자드 쿰 방향인 북쪽으로 향한 지 얼마 되지 않아 론디움과 카자드 쿰을 이어주는 론디움 로가 어스레한 늦저녁 석양 아래 모습을 드러냈다.

그리고 저 멀리, 틴디움 로와 론디움 로가 만나는 곳에는 거대한 회색 성벽이 긴 그림자를 드리우고 서서 지친 보로미어를 기다리고 있었다.

카자드 쿰이었다.

성문을 들어서자마자 보로미어는 단골 여관인 '달리는 조랑말'로 직행했다. 시간이 시간인 만큼 전사의 집이나 시장 쪽에 들러도 일을 볼 여유가 없을 것 같았고, 몸도 많이 쇠약해 있어 휴식이 우선이라는 생각이 들었기 때문이었다.

참나무로 만들어진 무거운 여관 문을 밀고 들어간 보로미어는 2층에 있는 자기 방으로 올라갔다. 고르곤의 뿔을 구석에 세워두고 습관적으로 갑옷을 벗으려던 그는 흠칫하며 풀었던 고리를 다시 채웠다. 그림자 마법이 완전히 깨졌는지 아닌지를 알기 전까지는 벗지 않을 생각이었다. 혹시 고리가 잘못 잠기지나 않았나 두 번을 더 확인하고서야 전사는 침대에 벌렁 드러누웠다.

작고 삐걱거리는 침대에 지저분한 싸구려 방이었지만, 오늘밤은 이걸로 충분했다. 내일이면 하루에 30두카트짜리 특실로 옮길 생각이었다. 거기서라면 다친 몸의 회복도 빠를 것이고 더 편안한 밤을 보낼 수 있을 것이다. 보로미어는 주머니에 든 두 알의 루비를 떠올리며 앞으로 한 달 동안 여관비는 걱정하지 않아도 되리란 계산을 튕겨보았다.

그러나 루비를 파는 것도 방을 옮기는 것도 다 내일의 일이었고, 오늘은 단지 잠만이 필요했다. 멀리 성루에서 밤의 시작을 알리는 귀에 익은 나팔 소리가 들려왔다. 눈앞에 카일과 라비안, 그리고 윌의 얼굴이 잠시 떠올랐으나 이내 사라졌다.

전사는 물 먹은 솜뭉치처럼 빠른 속도로 잠의 심연 속으로 가라앉기 시작했다.

삐익!

익숙한 동기화 해제음이 귓가에 울려퍼졌다.

5월 20일 00:50

접속을 해제하시겠습니까?

물론이었다.

오늘의 내용을 저장하시겠습니까?

역시 물론이었다.

안녕히 가십시오.

접속이 끊어지자, 원철은 머리에서 멀티 세트를 벗으며 자리에서 일어났다. 시계를 보니 밤 12시 52분, 자기엔 아직 이른 시간이었다.

그는 시스템을 끄고 문을 연 다음 베란다로 나갔다. 담배에 불을 붙이며 크게 기지개를 켜자, 등에서 우두둑 소리가 나며 뿌듯한 만족감이 뒷골로 뻗쳐올라 왔다.

아슬아슬은 했지만 화끈한 하루였다.

제2장
빛의 섬들

5월 20일 화요일 오전 10시 5분

"거스름돈은 됐어요."

원철은 택시 기사에게 5000원 권을 내밀며 황급히 택시에서 내려 빌딩 현관 계단을 뛰어올라 갔다. 미터기에는 4100원이라 나와 있었지만 오늘 아침은 느긋한 개인 택시 기사가 동전 아홉 개를 세는 것을 기다려줄 만한 여유가 없었다. 500원짜리가 하나 들어가면 다섯 개일지도 모르지만 마찬가지였다. 이미 회의 시작 시간에 3분 가량 늦은 상태였다.

바쁘게 유리문을 밀고 뛰어들어 가던 그는 그만 문 앞에 서 있던 사람과 부딪히고 말았다. 다행히 넘어지진 않았지만 폴더에 들어 있던 서류들이 와르르 바닥에 흩뿌려졌다. 당황하여 서류들을 줍는데 성난 목소리가 날아들었다.

"이봐, 자넨 눈은 어따 두고 다니나?"

푸른 제복의 늙수그레한 경비 아저씨가 가슴을 문지르며 서 있었다.

"죄송합니다. 늦어서요."

"어차피 늦은 거 천천히 가지, 원. 출근 시간도 한참 지났는데."

원철은 뭐라 대답을 하려다 말고 다시 서류를 줍기 시작했다. 자신은 회의가 있을 때만 출근하는 사람이라는 것과 9시가 아닌 회의 시작 시간이 출근 시간이라는 것, 그리고 회의에 조금이라도 늦으면 마귀 할멈 같은 강 과장의 30분 훈시를 감내해야 한다는 것 등을 구구 절절이 설명할 시간도 의지도 없었기 때문이다.

대충 서류를 챙긴 원철은 아직도 못마땅한 표정을 짓고 서 있는 경비에게 다시 죄송하다는 말을 하는 둥 마는 둥 엘리베이터 앞으로 달려갔다. 그러나 가장 가까이 있는 엘리베이터는 우물가에서 숭늉이라도 찾고 싶은 그의 마음을 아는지 모르는지, 28층에서 멎은 채 움직일 줄을 몰랐다. 아무리 바쁘다 해도 42층을 뛰어올라갈 수는 없는 일이기에 원철은 5분 동안 계기판의 숫자만 멍하니 노려보고 서 있었다.

문이 열리자 원철은 성급히 뛰어들어 가다가 안에서 나오던 여자와 다시 부딪혔다.

"뭐예요! 내리고 타야 할 것 아녜요!"

정상인 얼굴의 두 배 정도 되는 세숫대야를 가진 여자는 원철이 자신을 어쩌기라도 하려 한 듯 소리를 질러댔다. 사과 반 무시 반 얼버무리며 엘리베이터에 오른 그는 42층 버튼을 누르고 벽에 기대섰다. 그러지 않으려고 해도 자동적으로 고개가 젖혀지며 LCD

계기판에 눈이 고정되었다.

42초. 1초에 한 층씩 오를 수 있는 고속 엘리베이터이므로 42초 후면 자신은 안전하게 42층의 바닥을 딛고 설 수 있을 것이다.

'2초, 3초, 4층, 5층…….'

땡!

가벼운 현기증과 함께 엘리베이터가 멈춰 서더니, 문이 열리고 넥타이 하나가 들어섰다. 그는 원철의 캐주얼 차림을 흘끗 쳐다보고는 32층 단추를 눌렀다. 엘리베이터는 다시 8층, 10층, 11층에서 멈춰 섰고, 그때마다 올라탄 사람들이 21층, 37층, 50층을 눌렀다. 원철은 초조하게 시계와 계기판을 번갈아 보았지만 무정한 시침은 이미 10시 15분으로 다가서고 있었다.

땡!

다시 15층에서 엘리베이터의 문이 열리며 예쁘장한 여사원이 올라탔다. 잠시 엘리베이터 안의 시선들이 모였다가 하나를 제외하곤 다시 흩어졌다. 그녀는 끝까지 자신을 보고 있는 원철을 의식한 듯 살짝 미소를 지으며 돌아서서 16층 단추를 눌렀다.

물론 그녀의 얼굴이 아닌 목적 층에 지대한 관심을 두고 있던 원철은 자신도 모르게 그녀의 뒤통수를 후려갈기려고 주먹을 들어올렸다가, 옆에 서 있던 넥타이가 돌아보자 손을 내렸다.

"거 기왕 뽑은 칼, 호박을 찌르지 그러슈."

넥타이는 여자의 뒤통수 쪽으로 턱짓을 하며 말했다. 원철은 머쓱한 웃음을 지으며 아예 눈을 감아버렸다.

'이러면 안 되지.'

눈앞에 강 과장의 신경질적인 얼굴이 떠올랐으나 원철은 애써

지워버렸다.

'뭐 살다 보면 좀 늦기도 하고 그런 거지 뭐.'

마음을 가라앉히자 푸른 숲이 떠올랐다. 그 위로 황금빛 저녁 햇살의 물결이 흐르고, 그 너머로 보석을 뿌려놓은 듯한 호수가 펼쳐졌다. 심호흡을 하자 맑은 공기가 가슴을 적셔들었다. 빌딩의 공기청정 장치가 인공 향을 가미하여 만들어낸 플라스틱 공기가 아닌 자연 그대로의 원시 대기였다.

'아름다운 나라 가이아…….'

한동안 자신만의 세계에 몰입해 있던 원철은 다시 엘리베이터의 문이 열리는 소리에 눈을 떴다. 42층이었다.

'노바 시스템' 이란 명패가 붙은 문을 열고 들어가자 대여섯 개의 책상이 모여 있는 20평 정도의 사무실이 나왔다. 이 문을 들어설 때마다 느끼는 것이지만, 150명의 고급 브레인을 거느린 대회사의 실체가 이 작은 사무실뿐이라는 것은 도저히 믿기지 않는다. 책상 중 하나에 앉아 있던 앳된 여직원이 고개를 들고 그를 보더니 미소를 지으며 인사를 했다.

"이 대리님, 좀 늦으셨네요."

벽에 걸린 시계는 10시 20분을 넘어가고 있었다.

"응, 미숙씨 잘 있었어? 이거 오랜만에 출근하려니 영 몸이 말을 들어야지. 그리고 그 엘리베이터는 분층한다더니 왜 아직도 층층이 다 서는 거야?"

"그러게 말이에요. 우리 상근들은 더해요. 아침 출근 시간엔 그걸 줄 서서 탄다니까요."

미숙은 익히 공감한다는 표정을 지으며 말했다. 원철은 수백 명이 개미떼처럼 늘어서 줄줄이 엘리베이터에 올라타는 모습을 떠올려 보고는 머리를 저었다.

"그런데 오늘 과장님 별로 안 좋던데……."

미숙이 걱정스러운 듯 귀띔을 해주었다.

"하하, 그 아줌마, 언제 좋은 날도 있었나?"

원철은 여유롭게 웃으며 회의실 문 쪽으로 걸어갔다. 친절한 상근 요원과 같이 일하는 것도 작은 복이라면 복이었다. 자주 보는 것은 아니지만 주고받는 전화나 메일이 딱딱하지 않게 항상 작은 인사를 건네주고, 수시로 회사 분위기 같은 것을 센스 있게 전해주는 상근은 흔치가 않다. 게다가 가끔씩 나오는 사무실이 전혀 낯설지 않게 만들어주는 그녀의 재능은 매번 원철을 감동시켰다. 다음 주엔 꼭 저녁이라도 사줘야겠다고 생각하면서 원철은 회의실 문 손잡이에 손을 올려놓았다.

심호흡을 크게 하고 손잡이를 돌리자 문이 열리며 사무실 두 배 정도 크기의 회의실과 20명은 족히 앉을 수 있는 대형 테이블이 눈에 들어왔다. 동시에 거기에 앉아 있는 대여섯 명의 사람들이 일제히 원철을 돌아보았다. 다들 반가운 듯 인사를 해왔지만, 테이블 머리에 앉은 여자만은 눈썹을 찡그린 채 원철을 노려보았다.

"죄송합니다. 좀 늦었습니다."

원철은 최대한 미안한 표정을 지어 보이며 빈 의자를 찾아 앉았다. 여자는 3, 4초간 더 원철을 째려보다가 테이블 건너편의 남자에게 시선을 돌리며 말했다.

"최 대리, 계속하세요."

최 대리라 불린 사람은 답답한 표정을 지으며 입을 열었다.

“그러니까 결국 그 사람들 요구하는 게 말이 안 된다 이거예요. 주요 사업부만 서울, 대전, 부산에 널려 있다고요. 그걸 전국 어디서나 접속할 수 있으면서 회사 기밀을 100퍼센트 유지할 수 있게 해달라니, 저 밖에 널린 날고 기는 해커들을 바보로 아는 겁니까? 거기다 인터넷 연결까지 해달래요, 글쎄. 내가 그럴 능력이 있으면 미 국방성이나 CIA에서 벌써 날 데려갔겠죠. 안 그래요?”

“맞아요. 혁진인 진영 시스템에서도 안 데려가려고 하잖아요.”

최 대리 옆에 앉은 하얀 스웨터의 여자가 말하자 사방에서 짧은 웃음들이 흘러나왔다.

“야, 은영이 너 오늘은 사랑 표현이 좀 진하다.”

최혁진이 웃는 얼굴로 응수했다.

“이미지 요구도 너무 엉뚱해요. 한국 고유의 전통성을 살린 글로벌 이미지를 요구하는데 어느 선에서 절충을 해줄지 갈피를 못 잡겠어요. 사흘이나 걸려 민속촌 하나 디자인해 줬더니 식품 사업부에 포크와 나이프 사인을 달아달라는 거예요. 이건 연미복 입고 상투 틀어달라는 거지, 원.”

원철의 옆 의자에 비스듬히 기대고 앉아 있던 여자가 빠른 말투로 투덜거렸다. 그래픽 디자이너인 양수정이었다. 짙은 화장에 언제나처럼 팬티가 보일 듯 말 듯한 짧은 원피스를 입고 있었다. 항상 끊임없는 염문들을 달고 다니긴 하지만 성격이나 일 처리는 옷차림만큼이나 화끈하기에 지금 그녀의 말을 이유 없는 투정으로 생각하는 사람은 아무도 없었다. 원철은 그녀의 옆모습을 보며 지금은 누가 그녀와 함께 구설수에 올라 있나 궁금해하다가 강 과장의 매서운 눈초리에 얼른 고개를 돌렸다.

"보안이 해결되지 않으면 삼진 물산 쪽에 양해를 얻든가 시스템을 이원화하는 수밖에 없어요. 그러면 비용이 더블로 들게 되고, 시스템 구조도 조금 변경이 되어야 할 테고……."

최혁진 쪽에 앉아 있던 뿔테 안경의 남자가 곤란한 표정으로 손에 든 볼펜을 연신 돌려대며 말했다. 원철은 시스템 구조가 변경된다는 말에 퍼뜩 정신이 들어 그를 바라보았다. 팀의 팀장 격인 시스템스 애널리스트가 구조 변경이란 재채기를 하면, 프로그래머인 자신에겐 일주일 밤샘이란 태풍이 몰아치는 것이다.

"성식이 형, 우리 구조 변경이란 용어의 사용은 가능하면 자제합시다. 듣는 프로그래머 살 떨립니다."

원철의 탄원조에 애널리스트는 빙그레 웃어 보였다.

"어이쿠, 이거 미안."

"구 대리, 데이터 베이스는 어떻게 되어가고 있나요?"

강 과장이 묻자 구은영이 스웨터 소매를 매만지며 새침한 표정으로 대답했다.

"하얗게 되어가고 있어요."

"무슨 소리예요?"

"데이터가 넘어와야 뭘 하죠."

강 과장의 미간이 좁아졌다.

"디자인은 대충 되었나요?"

"아뇨."

"도대체 어떻게 된 겁니까?"

강 과장의 목소리가 갈라지자 양수정과 강 과장 사이에 앉아 있던 감색 양복의 젊은 남자가 말했다.

"그게 말이죠, 쉽지가 않아요. 일단 의류 사업부와 공장 쪽을 가봤거든요. 전산화할 자료를 요구하니까 먼지 낀 장부를 한 트럭 쌓아놓고 필요한 거 가져가라는 거 있죠? 회사 내에서도 아직 뭘 전산화할지 컨센서스가 이루어지지 않은 모양이에요."

"이봐요. 하경민 대리!"

강 과장이 두 손으로 관자놀이를 비벼대며 피곤한 듯 불렀다.

"네."

감색 양복이 대답했다. 원철과 다른 사람들은 반사적으로 긴장을 하며 몸을 뒤로 젖혔지만, 입사한 지 얼마 되지 않는 하경민은 아직 사태 파악을 못했는지 아무렇지도 않은 표정이었다. 강 과장이 관자놀이를 비빌 때는 사정 거리에서 빨리 벗어나라는 말을 아무도 해주지 않은 모양이었다.

"야!"

아니나다를까 강 과장의 고함과 함께 그녀의 앞에 놓여 있던 노트가 경민에게 날아갔다. 불의의 직격탄에 명중당한 경민이 멍하니 그녀를 바라보자 강 과장은 벌떡 일어나 미친 듯이 소리를 질러댔다.

"야, 이 자식아. 그런 거 다 할 줄 아는 놈이면 왜 우리한테 인드라넷을 의뢰하니? [illegible] 하는 일이 뭐야? 그런 거 컨설팅해주고 이쪽 작업 진행할 수 있게 해줘야 될 거 아냐! 넌 2주 동안 거기 나가서 그놈들이랑 어울려 밥 처먹고 술만 마셨냐? 걔들이 모르면 가르쳐주고 아이디얼 줘야 할 거 아냐! 입력 데이터까지는 아니더라도 데이터 베이스 디자인은 끝나게 해줬어야 하잖아! 너 월급은 왜 받니?"

하경민은 하얗게 질려 아무 말도 하지 못했다. 이어지는 침묵 속에서 마주앉은 김성식이 긴 한숨을 내쉬었다.

강 과장도 따라서 한숨을 크게 쉬고는 자리에 앉았다. 한동안 아랫입술만 잘근대던 그녀가 마침내 입을 열었다.

"좋아요. 이런 상황이면 더 회의할 것도 없네요. 그럼 마무릴 지읍시다. 보안 문제가 타협되기 전에는 필요 없는 부분은 모두 스톱하는 걸로 합시다. 김 팀장하고 이 대리, 구 대리는 팔자에 없는 휴가가 되겠군요."

"저는 아닙니까?"

보안 및 피지컬 라인 디자이너인 최혁진이 조심스럽게 물었다.

"최 대리는 연구를 좀 해봐요. 그 사람들한테 무조건 못하겠다고 할 순 없잖아요. 현 시스템을 가능한 한 유지하면서 보안성을 높일 방법을 찾아보세요. CIA에서 데려갈 정도는 아니더라도 삼진 쪽에서 수용할 수 있을 정도로 보안을 향상시키는 라인 구성을 만들어 오란 말입니다. 크래커 팀 정도는 막을 수 있게 말예요. 그래야 타협이 되지, 그렇지 않으면 지금까지 한 거 몽땅 도루묵하고 시스템 디자인 다시 하는 수밖에 없어요."

최혁진이 머리를 감싸쥐며 테이블 위로 엎어지자, 구은영이 혀를 차며 그의 등을 다독거렸다.

"양 대리도 좀더 머리를 짜요. 전통적인 것과 글로벌한 걸 적당히 절충하려다 보면 죽도 밥도 안 되는 수가 있어요. 아예 골수 토속적인 게 외국인들에겐 더 어필하는 수도 있으니 그런 방향으로도 생각을 해봐요."

이어지는 김과장의 말에 양수정이 고개를 끄덕였다.

"그리고 하 대리."

강 과장은 하경민에게 고개를 돌렸다.

"넷!"

경민이 바짝 언 목소리로 대답했다.

"그 노트 좀 집어줘요."

경민은 번개 같은 동작으로 바닥에 떨어진 노트를 집어 강 과장 앞에 올려놓았다.

"이젠 아타셰가 가장 바빠야 해요. 그 사람들 인트라넷이 왜 필요한지 몰라요. 남들 하니까 하는 거라고요. 그 사람들 업무를 빨리 파악하고 분석해서 넣을 거 넣고 뺄 거 빼줘요. 그 사람들이 우리 시스템에서 뭘 원해야 하는지, 하 대리가 찾아주란 말입니다. '노바에 의뢰해서 만들었는데 써보니 별거 없더라', 이런 소문 돌기 시작하면 우리 다 밥숟갈 놓는 거예요. 알겠어요?"

"넷, 알겠습니다!"

경례마저 붙일 기세였다.

"그럼 다음 회의 때 봅시다. 회의 날짜와 시간은 차후에 미숙씨 통해서 연락이 갈 거예요."

강 과장이 말을 마치자 여섯 명의 대리들은 일제히 자리에서 일어났다.

"아, 잠깐. 이 대리는 나랑 얘기 좀 하고 가세요."

강 과장이 갑자기 생각난 듯 말하는 바람에 원철은 손톱 밑에 가시라도 박힌 표정을 하며 다시 자리에 주저앉았다. 혹시 무사히 넘어가나 했더니, 그러면 그렇지 회의 시간을 10시도 아니고 10시

2분으로 잡는 사람이 19분 하고도 23초의 지각을 그냥 지나칠 리가 없었다.

"이 대리, 도대체 문제가 뭐야?"

팀원들이 다 나가자 강 과장이 짜증이 난다는 투로 물었다. 원철은 고개를 숙이고 아무 말도 하지 않았다.

"출근도 안 하고 집에서 일하면서도 월급은 다른 팀 대리들 두 배나 더 받는 사람이 겨우 한 달에 두 번 나오는 것도 시간을 못 지켜? 오늘은 왜 늦은 거야?"

"죄송합니다."

원철은 자신이 재택 근무를 하는 것이 자신을 위해서가 아니라 회사의 경비 절감을 위해서라는 말도, 또 20분이나 늦게 된 건 거지 같은 회사 사무실을 빌어먹을 98층 빌딩의 씹어먹을 42층에 차려놓아 망할 놈의 엘리베이터 말고는 올라올 방법이 없었기 때문이라는 말도 하지 않았다. 그냥 아무 말도 하지 않고 있는 것이 일을 빨리 끝내는 지름길이란 것을 경험을 통해 잘 알고 있기 때문이었다.

"남들 시간은 개밥으로 보여? 엉? 여기서 다른 사람들이 멀뚱멀뚱 앉아 당신을 기다릴 생각은 못해? 프로그램 아무리 잘 짜도 난 회의 시간 하나 못 지키는 사람하곤 같이 일 못하겠어. 어차피 형식상으로만 회사 사원이지 당신은 프리랜서니까 내 팀에서 빠지고 다른 자리 프리하게 알아봐."

물론 진심으로 원철에게 그만두란 말을 하는 게 아니란 건 그녀도 알고 원철도 아는 사실이었다. 지금 원철이 빠지면 삼진 프로젝트는 엉망이 되어버릴 것이고, 그걸 떠나서라도 원철 정도의 프로그래밍 기술을 가진 시스템 프로그래머를 찾기란 하늘의 별 따기보다 어려운 일이기 때문이다. 그러나 걸핏하면 프리랜서 운운하며 협박을 하는 강 과장이 괘씸한 생각이 들면서, 원철은 한번 장단을 맞춰주고 그녀가 어떤 얼굴을 하는지 보고 싶은 욕구가 치밀었다.

"저……, 그렇다면……."

아니나다를까 원철이 느릿느릿 말을 꺼내자 강 과장의 얼굴은 순식간에 굳어졌다.

"그, 그렇다면?"

말까지 더듬는다.

"그렇다면 앞으로는 정말 조심하겠습니다."

'아차!' 하는 표정이 강 과장의 면상을 스쳐갔다. 물론 원철이 잠시나마 그녀를 가지고 놀았다는 것은 그녀도 알고 원철도 아는 사실이었다. 그러나 달리 꼬투리 잡을 만한 말이 없었으므로 강 과장은 재빨리 현상황을 만회하기 위한 현명하고도 합리적인 방향으로 키를 돌렸다.

"그렇다면 좋아요. 하지만 다음번에는 그냥 넘어가지 않을 겁니다."

원철은 꾸벅 고개를 숙여 보이고 회의실을 나와 문을 닫았다. 물론 원철이 언젠가 또 지각을 할 것이고 강 과장은 또 결국 그냥 넘어갈 수밖에 없으리란 것은 그녀도 알고 원철도 아는 사실이었다. 젠장, 그건 며느리도 아는 사실이었다. 단, 다음번에는 오늘처럼 짧게 끝나지 않을 것이다. 아마도 분명 러닝 타임 30분의 강신자 정규 프로그램이리라.

원철은 놀람 반 걱정 반의 얼굴로 자신을 보고 있는 미숙에게 씨익 웃어주었다.

"오늘은 왠지 짧네."

"너무 빨리 나오셔서 걱정했어요. 혹시나 이번엔 정말로 그만두신 줄 알고."

미숙이 마주 웃으며 말했다.

"미숙 씨가 이렇게 걱정해 주는데 그만두면 안 되지."

"다른 분들은 '레드 파파야'로 먼저 가셨어요. 오래 걸리실 줄 알고요."

"알았어. 고마워, 항상. 같이 가서 차나 한잔 하지."

미숙은 회의실 쪽으로 살짝 눈짓을 해 보이더니 고개를 저었다.

"안 되는 거 아시잖아요. 11시 3분에 그루비 팀 회의도 있고요."

"그래, 그럼 다음에 이거."

원철은 한잔 꺾는 시늉을 해 보이고는 피식 웃는 미숙을 뒤로하고 사무실을 나섰다.

다시 한참을 기다려 엘리베이터를 탄 원철은 60층에서 고층용으로 갈아탔다. 계기판의 숫자가 올라가는 것을 보면서 그는 말을 더듬던 강 과장의 표정이 생각나 빙그레 웃음을 지었다.

사실 강 과장이 어떤 심한 소리를 한다고 해도 상처를 받거나 기분이 상할 그는 아니었다. 또 모든 직원이 재택 근무를 하는 회사의 관리자 입장을 이해 못하는 것도 아니었다. 단지 '프리'하게 잘라버린다는 그 단골 메뉴에 식상했던 것뿐이다. 그리고 그만두다니, 말도 안 되는 소리. 원철만 한 프로그래머를 구하기가 어렵

듯이 노바 시스템만 한 직장을 찾기도 힘들었다.

노바 시스템은 정확히 말해 전통적인 개념의 직장은 아니었다. 노바는 150여 명 정도의 시스템스 애널리스트, 보안 전문가, 멀티미디어 전문가, 그래픽 디자이너, 데이터 베이스 디자이너, 프로그래머, 피지컬 라인 디자이너, 인포 스페셜리스트 등등 컴퓨터 각 분야 전문가들의 협동 조합 같은 것일 뿐이었다.

사회에서 이들에 대한 수요가 늘어나면서 능력이 되는 사람들은 월급을 받는 것보다 프리랜서로 뛰는 것이 더 이득이라는 것을, 또 혼자 뛰는 것보다 몇 명이 프로젝트 지향적인 팀을 이루어 뛰는 것이 훨씬 높은 부가 가치를 창출한다는 것을 깨닫게 되었다. 그러나 이런 팀들도 계약을 따오고 프로젝트 의뢰자와 적정 가격을 협상하는 과정에서 많은 손해를 감수하다가 결국엔 관리 경영 분야의 전문가를 고용하기에 이르렀고, 역시 경제적 이유에서 관리 경영 전문가를 공유하는 팀들이 하나둘 늘더니, 어느새 노바 시스템이란 법인 형태로까지 발전하게 된 것이다.

일반 회사와의 외형상 차이는 거의 없었지만 설립 과정 자체에서부터 사원 중심이 될 수밖에 없던 터라 내용상으론 몇 가지 커다란 차이가 있었다. 첫째, 관리 경영 전문가인 과장은 팀 수익의 일부를 커미션 형식으로 받고 나머지는 팀원들이 나눠 가진다. 어차피 자본이 필요 없는 산업이므로 당연한 이야기긴 하지만, 월급제 고용 사원으로 돌아가는 다른 회사에선 생각할 수도 없는 임금 체계였다. 단, 손해 역시 팀이 나눠 진다.

둘째, 입사와 퇴사가 자유로웠다. 팀이 현재 맡은 프로젝트에 필요한 인물이면 누구든 다른 팀원의 동의만으로 노바 시스템에서 일할 수 있다. 또 아무때라도 마음이 바뀌면 팀원들의 동의 하에 떠날 수 있고, 아무 거리낌없이 노바의 다른 팀으로 합류할 수도 있었다. 실제로 이런 팀 간의 교류는 노바에서 매우 흔한 것으로 프로젝트에 따라 팀의 탄력성을 유지하는 데 지대한 기여를 하고 있었다.

셋째, 모든 팀은 기본적으로 재택 근무를 한다는 것이다. 의뢰자 측과 면담을 한다든지 프로젝트의 진행에 중대한 문제가 발생했다든지 하는 특수한 경우를 제외하고는 모든 팀원은 집에서 자신이 편한 시간에 근무를 한다. 하는 일의 특성이 매일 출근을 요하는 것도 아니었고 팀원 간의 교류도 통신을 통해 무리 없이 이루어질 수 있으므로, 비싼 건물 임대료를 물며 회사의 외형적 틀을 유지할 이유가 없었던 것이다. 실제로 일부 팀의 일부 인원은 아예 몇 개월씩 와이키키 해변에서 북태평양에 발을 담근 채 일하는 사람도 있었다. 다른 팀원들이 양해만 하고 프로젝트에 지장만 주지 않는다면 하와이가 아니라 달나라나 화성에 가서 일을 해도 상관없는 곳이 노바였다. 물론 어떤 팀들은 대형 오피스텔 등에서 의식주 생활을 같이하는 등 반대쪽의 극단을 걷기도 하지만, 역시 출근하지 않는다는 것은 마찬가지였다. 하다못해 과장들도 회의가 있을 때나 사무실에 들르므로 결국 회의실 하나와 팀 구성원 간의 연락 및 스케줄 조정을 위해 상주하는 최소한의 인력만 제외한다면 노바란 진실한 의미의 유령 회사인 셈이었다.

마지막으로 공식 호칭이 독특했다. 가족 같은 팀원 사이에서야 '형님, 아우' 하고 지내지만 공식 직함은 모든 팀원은 대리로, 모든 관리자는 과장으로 통했다. 이런 호칭은 노바의 초기에 몇몇 팀들이 장난 삼아 부르던 것이 그대로 굳어져버린 것인데, 아직도 그럴듯한 외형이 중시되는 대한민국의 후기 산업 사회에서 나름의 장점이 있었기에 지금까지 그대로 통용되고 있었다. 현재 노바에는 여섯 명의 과장이 적게는 두 개에서 많게는 네 개씩, 총 스물세 개 팀을 관리하고 있다. 그리고 과장 한 사람에 상근 요원 한 명이 붙어서 그 과장과 그가 관리하는 팀들의 비서 역을 해주는 구조였다.

그러므로 정확히 말하자면 강신자 과장과 조미숙 양은 원철의 팀인 블레이드 러너와 다른 두 팀이 공동으로 채용한 고용 직원인 셈이다. 아까 강 과장이 원철에게 팀에서 빠지라느니 잘라버린다느니 운운한 것은 실제 내용을 따지고 들어가 보면 '너랑은 같이 일을 못하겠으니 나는 그만두겠다' 는 말인 것이다.

하지만 현실적으로 보면 반드시 그렇지만도 않았다. 그럴 리야 없지만, 만약 강 과장이 원철 때문에 블레이드 러너 팀을 못 맡겠다고 끝까지 우긴다면 다른 팀원들이 원철에게 팀을 떠나달라고 요구할 가능성도 없잖아 있었기 때문이다. 특수 팀인 크래커를 뺀 휘하의 두 팀을 모두 2년 연속 노바의 최고 소득 1, 2위에 올려놓은 과장을 놓치고 싶은 팀이 어디 있겠는가. 강 과장은 고용주에게 당당할 수 있는 능력 있는 프리랜서 관리자인 셈이었다.

그녀의 탁월한 능력은 오늘 회의만 봐도 알 수 있었다. 한 시간 예정인 회의도 소용없겠다 싶자 과감히 끝을 내버리고 그러면서도 팀의 인력이 낭비되지 않도록 최적의 업무 조정을 하는 것을 잊지 않았다. 팀원이 자기 분야에서 막히는 듯할 때 획기적인 조언으로 도움을 준 것도 이번이 처음은 아니었다. 이번에도 분명히

2, 3일 내로 삼진 물산과 타협점을 찾아내어 놀고 있는 팀원이 없도록 조치해 줄 것이다.

그러나 다른 무엇보다 팀에게 중요한 것은, 조금 과격한 방법을 써서 문제이긴 하지만, 강 과장이 뺀질거리는 팀원을 교화시키는 일에 놀랍도록 탁월한 능력을 보유하고 있다는 사실이었다. 누군 밤새고 뺑이치고 있는데 누구는 틈만 나면 놀 생각만 하고 있다면 그 팀은 이미 팀일 수 없었다. 하지만 누가 고양이 목에 방울을 달랴. 서로 팀원 간에 싫은 소리하고 싶은 사람은 아무도 없는 법이다. 결국 당연히 과장이 해야 할 일이기는 하지만, 솔직히 강 과장은 그걸 너무 잘했다.

물론 금전적 이해나 능력이란 면을 완전히 배제하고서도 원철이나 다른 팀원들이 강 과장의 욕지거리에 가까운 설교나 시도 때도 없이 날아오는 볼펜, 노트, 핸드백 등을 기분 나쁘지 않게 인내하는 가장 기본적인 이유는 따로 있었다.

블레이드 러너 팀의 평균 나이는 반올림하여 겨우 27세였고 그 아줌마는 마흔 하고도 여섯이었기 때문이다.

81층에 내린 원철은 한쪽 벽 전면을 거의 차지하고 있는 페어글라스로 다가가 바깥을 내다보았다. 멀리 아래쪽으로 흐릿하게 한강과 남산 타워가 보였다. 맑은 날이면 북한산까지 무리 없이 보인다고 말들을 하는데 원철은 한번도 여기서 북한산을 본 적이 없었다. 물론 자주 오지 않는 탓도 있지만, 1년에 150일은 스모그 경보가 내리는 도시에서 그런 걸 기대하는 것부터가 무리였다.

한강까지는 회색 톤으로 빽빽이 우거진 빌딩들이 깔려 있었고 그 위로 초고층 빌딩 하나가 밀밭에 수수깡처럼 우뚝 솟아 있는 게 보였다. 반포에 짓고 있는 비룡 빌딩이었다. 지금 원철이 서 있는 대호 빌딩에 이어 두 번째로 세워지는 초고층 빌딩으로, 완성되면 102층의 괴물이 될 거라고 들었다.

지상 350미터에서 내려다보아도 도시는 역시 도시였다. 약간 남은 녹지들에 비해 콘크리트 직육면체들만 더욱 부각되어 보이는 것이, 지상에서보다 훨씬 삭막해 보였다. 원철은 잠시 가이아의 우거진 숲을 떠올려 보다 고개를 저으며 돌아섰다.

'레드 파파야'는 대호 빌딩 81층에 자리잡은 고급 카페였다. 양치 식물과 야자 따위로 장식을 해놔서 앉아 있으면 정말 괌이나 피지 같은 남태평양 휴양지에 온 듯한 착각을 유발시켰다. 천장의 반 이상이 유리로 되어 있어 식물들의 광합성과 업소의 조명을 동시에 해결하면서 언제나 따스한 분위기를 자아내므로, 그 기막힌 전망을 차치하고라도 이미 시내의 명물로 소문이 난 곳이었고, 블레이드 러너 팀이 회의 뒷풀이 장소로 애용하는 곳이기도 했다.

원철이 입구에 들어서자 업소 가운데 테이블에서 성식이 그에게 손짓을 하는 것이 보였다.

"웬일이야? 벌써 오게."

원철이 자리에 앉자 성식이 의외라는 투로 물었다. 원철이 회의실에서 있었던 일을 실감나게 이야기해 주자 모두 배꼽을 잡고 웃었다. 특히 강 과장이 말을 더듬던 부분에서 원철이 목소리까지 그럴듯하게 흉내를 내자 은영은 눈물까지 흘려가면서 웃었다.

"그래놨으니 다음번에 걸리면 오빠 국물도 없을 거야."

수정이 조금 걱정스러운 듯 말했다.

"그건 그때고."

원철이 상관없다는 투로 말했다.

"사실 우리 과장님은 좀 너무해요. 회의 시간을 10시 2분으로 통보받고 난 누가 장난치는 줄 알았다니까요. 저번 월급은 10원짜리 까지 보내주질 않나."

이제 좀 정신을 차렸는지 경민이 투덜거렸다.

"인마, 그게 다 프로의 진정한 모습이야."

최혁진이 핀잔주듯 말하자 항상 그를 걸고 넘어지는 은영이 한마디 했다.

"그래, 맞아. 그리고 말 나온 김에 너도 좀 프로다운 모습을 보여봐라."

둘은 대학 동기로 1년 전 나란히 블레이드 러너 팀으로 합류한 사이였다.

"아니, 내가 어디가 프로답지 않단 말이야?"

"삼진 물산 인트라넷 문제 말야. 보안 좀 어떻게 해결이 안 돼?"

혁진이 기가 차다는 듯 '허' 하고 웃더니 대답했다.

"너야말로 프로답지 않은 소리 좀 하지 마라. 시스템 보안이 100퍼센트 된단 얘기 들어봤어? 하다못해 네트워킹이 안 된 개인 PC의 데이터도 문 따고 들어가서 복사해 오면 도둑맞는 거야. 네트워크란 개념 자체가 정보의 공유화인데 그걸 100퍼센트 보안을 해달라는 게 말이나 되는 소리야?"

크게 틀린 말은 아니어서 은영은 대꾸 대신 그냥 혓바닥을 쏙 내밀었다.

"혁진이 형, 그런데 그 사람들 생각은 그게 아니더라고요."

경민이 말했다. 은영에게 마주 혀를 내밀어 보이고 있던 혁진이 고개를 돌렸다.

"자기들이 지금은 그냥 좀 큼직한 중소 기업이지만 통일 후 대북 전략은 빵빵하게 세워놨다고 자부심이 엄청나요. 아마 정성 좀 들여 조사해 놓은 것들이 많은 모양이에요. 다른 대기업들은 상대도 안 될 거라고 기획 조정 실장이 큰소리치던데요. 그래서 그런 정보가 다른 데로 유출되는 데 대해서 굉장히 예민하더라고요."

"아니, 기획 조정 실장이 그런 사항을 네 앞에서 막 떠들고 다녀?"

성식이 이상하다는 듯 물었다.

"하하, 위스키 한두 병 들어가면 비밀이 어딨어요? 사업 계획 내용도 약간은 떠벌리던데요, 뭐."

"야, 너 대접은 제대로 받는 모양이다."

원철이 감탄하는 척하고 떠보자 경민이 으쓱하며 말했다.

"뭐, 그 사람들 그 정돈 기본이라고 생각하던데요. 점심 저녁 대접은 매일이고, 일주일에 한두 번은 룸살롱에도 데려가고. 근데 거기 물은 정말 좋데요? 잘 나간다는 강남 나이트들도 쨉이 안 돼요. 게다가 저번 주에는 대전에 갔는데……."

성식의 표정이 굳어지는 것도 눈치채지 못하고 경민은 삼진에서 받은 칙사 대접에 대해 장황히 늘어놓았다. 경민의 임무는 아타셰였다. 아타셰란 노바 팀의 특성상 프로젝트 의뢰자의 사정을 팀원들이 일일이 파악할 수 없기 때문에 팀에서 의뢰자 측에 파견한 사람을 말한다. 다시 말해서 의뢰자와 팀을 연결해 주는 고리인데, 성식처럼 시스템스 애널리스트를 지망하는 젊은이들이 거의 필수적으로 거치는 단계였다. 시스템의 디자인이란 시스템화하고자 하는 업무의 내용을 알아야 가능한 일이기 때문이다.

기업계에 인트라넷 붐이 불면서 경민 같은 아타셰에 대한 대접이 상당히 융숭해졌다는 것은 주지의 사실이었다. 기업의 입장에서 볼 때 자신들의 요구가 팀에 충분히 전달되기를 희망하는 것은 당연한 일이므로, 아타셰들은 기본적으로 어느 정도 대우를 받을 수밖에 없다. 그에 더해서 각 부서마다 시스템이 조금이라도 자신들에게 유리하게 구성되기를 희망할 테니 그 접대 경쟁이야 오죽하겠는가. 그저 그들이 아는 유일한 방법인 술과 여자로 푹 구워삶으면 된다고 생각하고 달려드는 것이다. 거기에 아타셰가 말려들기 시작하면 팀이 삐그덕거리기 시작하고, 결국 결과는 아무도 만족하지 않는 졸작 시스템으로 나타난다. 그러니 그걸 잘 아는 성식의 얼굴이 굳어지는 것은 당연한 일이었다.

성식은 물론 아타셰를 거치지 않고 시스템스 애널리스트로 성공하긴 했지만, 그것은 성식이 무역 회사에서 근무한 경험이 있었기에 가능했던 일이었다. 지금 서른한 살로 원철보다 두 살 위인 그는 대학 졸업 후 무역 회사 전산부에 입사해 근무하다가 심심풀이 삼아 회사 운영상의 비능률성을 개선할 사내 전산망을 구상하게 되었다. 그런데 대충 초안을 잡아놓은 상태에서 그는 같은 목적의 시스템을 갖추기 위해 회사에서 9000만 원을 들여 용역을 주기로 했다는 이야기를 우연히 듣게 되었다. 성식은 자신의 월급과 그 900배인 용역비를 신중히 비교해 보고는 10분 만에 사표를 던지고 나와버렸다. 다음날로 사장을 만난 그는 자신이 회사에서 뭘 필요로 하는지 가장 잘 아는 사람이라는 점과 6000만 원이라는 낮은 가격을 무기로 단숨에 계약을 따낸 후, 친구와 후배 두엇을 불러모아 3개월 만에 근사한 인트라넷을 구성해 주었다. 그 뒤로 비슷한 일을 계속하던 그가 프로그래머 원철과 알게 된 후 의기 투합하여 블레이드 러너 팀을 구성하고 당시 막 커져가던 노바의 일원이 된 것은 불과 2년 전의 일이었다.

"경민아, 너 그렇게 접대만 받으면 언제 일하니?"

성식이 딱딱하게 묻자 경민이 움찔했다.

"내 생각엔 이제부터는 그런 접대 제의가 와도 딱 잘라 거절하는 게 좋을 것 같다. 그런 데 시간 뺏기기 시작하면 한도 없어. 그거 다 그 사람들이 널 우습게 봐서 그러는 거야. 네가 내 후배로 성적도 우수하고, 또 이 교수님이 특별히 부탁도 하고 해서 경험도 없는데도 이례적으로 블레이드 러너 팀원으로 받아들여진 건 잘 알고 있겠지. 하지만 우리 팀의 일원이 될 자격을 증명해 보이지 못하면 네가 설 자리는 없어지는 거야. 여긴 학교가 아니라 냉엄한 프로의 세계니까."

경민의 얼굴이 벌겋게 달아올랐다.

"됐어, 오빠. 처음이라 잘 모르니까 그랬던 거지. 이젠 그런 얘기 안해도 잘 알아서 할 거야. 아니면 강 과장이 단독 면담하자고 할 테니까."

어린 경민이 안쓰러웠는지, 그래도 누나뻘이라고 은영이 감싸고들었다. 그러나 강 과장이란 말에 경민은 다시 한번 움찔했다.

"그래. 그런 데 따라다니지 말고 아쉬운 거 있으면 이 누나한테 얘기해. 여기 형들한테 얘기하기 곤란한 그런 것들도 괜찮아. 어떤 거라도 주저 말고, 응?"

경민의 옆에 앉아 있던 수정이 농염한 표정으로 '응'이란 음절에 교태스런 음색을 잔뜩 담아가며 진한 농담을 던지자 경민을 제외한 다른 팀원들이 한 차례 웃음을 터뜨렸다. 아직 수정의 농담에 익숙지 않은 경민만 어쩔 줄 모르며 가을 홍시처럼 얼굴을 붉혔다.

"야, 경민아. 네가 거기 실무자들한테 얘기 좀 잘 해봐. 넷에 올린 정보는 절대 100퍼센트 보안이 불가능하다는 걸 좀 설득시켜 보라고. 회사 기밀까지 인트라넷에 올릴 생각을 다 하다니 그 사람들 우릴 너무 믿는 거야, 아니면 또라이들이야? 어째 이름부터 우리랑은 안 맞을 거 같더라. 삼진이 뭐야, 삼진이. 우린 이진수 다루는 사람들이라고. 바이너리!"

혁진이 투덜댔다.

"알았어요. 설득시켜 볼게요."

경민이 기어드는 목소리로 대답했다.

"왜 그래, 혁진아? 이번 기회에 진짜 '철통선' 한번 구상해 보지."

수정이 놀리듯 물었다. 철통선이란 이번 프로젝트 이전에 맡았던 성근 프로젝트 때 수도권 일원의 열다섯 군데에 걸쳐 널려 있는 부서들을 연결하는 라인을 디자인하면서 혁진이 아무도 뚫지 못할 거라며 내놓았던 보안 시스템의 이름이었다.

"아이고, 누나. 크래커 같은 놈들이 있는데 무슨 말도 안 되는 소리야. 걔들 모토가 '보안은 뚫리기 위해 만들어진다' 아냐. 세상에 완전 보안이란 없어요, 없어."

혁진이 두 손을 다 내저으며 넌더리를 냈다. 크래커란 강 과장이 맡고 있는 또 다른 팀의 이름으로, 네 명의 전과자들로 구성되어 있었다. 넷 다 해킹으로 실형을 산 경력들이 있는데 한두 번도 아니라 기본적으로 별 셋씩은 달고 있는 인간들이었다. 모두 해킹 중독자들로 재범의 확률이 높다며 경찰의 특별 관리 대상에 들어 있던 자들이었고, 경찰서에서 만나 서로 신세 한탄을 하던 중 만들어진 팀이었다. 노바와 연결된 지금은 합법적인 해킹으로 전환하여 은행이나 대기업 전산망의 보안성을 테스트해 주며 짭짤한 수입을 올리고 있었다.

성근 프로젝트 때 혁진이 너무 자신 만만하게 설치자 강 과장은 크래커 팀을 시켜 그의 철통선을 해킹해 보게 했다. 평균 나흘이면 대부분의 시스템을 뚫어버린다는 크래커들은 일주일이면 된다고 큰소리를 치며 100만 원 내기까지 걸었던 것인데, 일주일 후 그 돈은 고스란히 혁진의 주머니로 들어왔다. 그러나 오기가 생긴 그들은 다른 일을 집어치우고 다시 매달려 결국 열흘 만에 혁진의 철통선을 해킹해 버리고 말았다. 예정 시한도 넘겼고, 나중에 사석에서 그들 자신이 몇 번이나 포기했었다고 실토를 하긴 했지만, 뚫린 것은 뚫린 것이었다. 물론 뚫렸던 부분은 보완되어 지금 삼진 프로젝트에 쓰일 예정이었으나 그때 함께 뚫렸던 혁진의 자존심은 아직 메워지지 않은 모양이었다. 그래서 이번엔 아예 시작부터 완전 보안은 보장할 수 없다며 지레 엄살을 떨고 있는 것이다.

"그건 그렇고, 우리 시간 남는 사람끼리 여행이나 가요. 날씨도 이젠 슬슬 여름 비슷해져 가던데."

은영이 화제를 돌리며 말했다. 사실 성식과 원철, 그리고 은영은 갑자기 할 일이 없어진 셈이니 어디로 같이 놀러나 가볼 만도 한 일이었다. 강 과장이 연이어 프로젝트들을 들이미는 바람에 올해 들어 한번도 쉴 틈이 없었던 블레이드 러너의 팀원들에게 여행이란 솔깃한 단어가 아닐 수 없었다.

"그럴까? 설악산은 어때? 거기 콘도는 언제든 구할 수 있어."

성식이 신이 나서 제안했다.

"에이, 설악산은 가을에 가야 제 맛이지."

은영이 머리를 저었다.

"그럼 오대산. 설악 콘도에서는 거기도 갈 수 있어."

혁진이 말하자 은영이 웃음을 터뜨렸다.

"바보. 설악산이나 오대산이나 거기가 거기지. 내 말은 산이 싫단 뜻이야. 얜 사람 말뜻을 못 알아들어요."

"그럼 산이 싫다고 그러지 왜 제 맛이 어쩌고 하며 빙빙 돌리냐?"

"그거야 표현의 자유지, 헌법에도 보장된 표현의 자유! 그리고 넌 가지도 않을 거면서 왜 끼려고 그래?"

"내가 왜 안 가?"

혁진이 어리둥절해서 묻자 수정이 빙글거리며 말했다.

"넌 이 누나랑 일해야지. 강 과장이 한 말 벌써 잊었어?"

"그거야 거기 가서 하면 되지. 어디서든 케이블만 있으면 우리 집이나 마찬가진데."

혁진의 항변에 은영이 쏘아붙였다.

"흥, 설마 그러겠다."

"미안하지만 난 못 갈 거 같다."

원철이 말했다.

"왜?"

은영이 '안 되는데' 하는 표정을 지으며 물었다.

"응, 여기서 할 일이 좀 있어서."

"무슨 일?"

"그런 게 좀 있어."

은영은 울상을 지었다.

"그럼 성식이 오빠랑 나랑 둘이 갈 순 없잖아."

"나도 간다니까!"

혁진이 열을 내며 말했다.

"어쩔 수 없지. 은영이와 단둘만의 오붓한 여행을 포기하긴 가슴 아프지만, 남아 일하는 사람들한테 미안하기도 하고……. 내가 강 과장이랑 얘기해서 이번 삼진 건만 끝나면 아예 일주일 정도 다같이 동남아라도 갈 수 있게 스케줄을 조정해 볼게."

성식이 아쉬운 듯 말하자 경민이 걱정스럽게 물었다.

"저, 그럼 그땐 강 과장님도 가시나요?"

또 한바탕 웃음이 터져나왔다.

"어이구, 귀여운 것. 강 과장님은 안 가셔도 이 누난 가니까 마음 푹 놔, 응?"

수정이 이번엔 볼까지 어루만지며 또다시 끈적한 '응' 소리를 내자 경민의 두 볼이 다시 빨개져, 블레이드 러너의 팀원들은 한참을 더 웃어댔다.

"그런데 오빠, 누구야?"

웃음이 잦아들자 수정이 정색을 하며 원철에게 물었다.

"난데없이 누구냐니, 누구가 누구야?"

"누구긴, 사귀는 여자지."

"원철이 형이 연앨 한다고?"

혁진이 펄쩍 뛰면서 물었다.

"무슨 소리야, 나 사귀는 사람 없어. 어디서 사람 잘못 본 거 아냐?"

원철이 얼떨떨해하며 되묻자 수정은 눈을 가늘게 뜨고 그를 째려보았다.

"내숭은. 봐야만 아나? 툭하면 한밤중에 몇 시간씩 집을 비우고, 핸드폰도 안 받고, 사람 성격도 슬슬 성인 군자로 변하고, 오늘은 또 여행 가자는데 할 일이 있다고 빼고, 그럼 연애하는 거지 뭐야. 남녀 관계에 관한 한 내 육감은 빗나간 적이 없어. 내가 저녁 한 끼 사달랄 땐 매일 일 밀렸다고 빼던 일 중독증 환자를 휘어잡은 여자가 누구야? 빨리 이실 직고해."

원철은 그제야 이해가 되었다. 밤에 집으로나 핸드폰으로 연락이 안 되자 수정이 지레짐작한 것이었다. 그리고 그녀가 이렇게 따지고 드는 이유도 알 수 있을 것 같았다.

그녀는 작년에 블레이드 러너에 합류한 이후, 서너 번쯤 원철에게 저녁을 사달라는 이야길 했다. 원철은 그때마다 일 핑계를 대며 피해 다녔는데, 그것은 두 가지 이유 때문이었다. 첫째는 그녀와의 저녁 식사가 대부분 다음 날의 아침 식사까지 이어진다는 소문을 노바의 다른 대리들에게서 들은 적이 있었기 때문이고, 둘째는 차마 내놓고 말할 수 없는 원철 자신의 문제 때문이었다.

어쨌거나 지금 원철에게 여자가 생겼다고 생각한 수정은 자그

마한 질투를 하고 있는 것이다.

"내가 그런 일이 있다면 왜 숨기겠어."

원철은 최대한 순진한 표정을 지으며 잘라 말했다.

"모르지, 현행법에 저촉되는 관계인지."

수정이 입술을 삐죽거렸다.

'이게, 내가 자기랑 같은 줄 아나?'

"야, 하늘에 맹세코 난 사귀는 여자 없다니까!"

"그럼 남자야?"

둘의 대화를 듣고만 있던 은영이 느닷없이 물었다.

허허 웃어넘기려던 원철은 네 쌍의 눈동자가 반신 반의하며 자신을 주시하는 것을 보고는 웃음이 싹 달아났다. 아직 원철을 잘 모르는 경민의 눈은 자못 심각하기까지 했다. 오로지 성식만이 억지로 웃음을 참고 있었다.

"딴 건 몰라도 형 성격이 변한 건 사실이야. 아까 성식이 형이 구조 변경 운운할 때도 가만히 있었잖아. 전 같으면 난리 났을 텐데."

혁진이 고개를 끄덕이며 말했다. 남녀 관계에 대한 육감 운운한 수정의 말이 최근 원철의 변화와 맞물려 상당히 신빙성 있게 받아들여지고 있는 듯했다. 여차하면 꼼짝없이 호모로 몰릴 판이었다.

"형……."

당황한 원철이 성식에게 구원을 요청하자 네 쌍의 눈은 이내 성식에게 옮겨갔다.

"오빠, 설마……."

"형, 설마……."

은영과 혁진이 동시에 경악에 가득찬 표정을 짓자, 웃고 있던 성식은 화들짝 놀라며 두 팔을 내저었다.

"야, 나, 난 아냐. 원철이랑은 집도 멀고……."

그 모습에 원철은 자신도 모르게 웃음을 터뜨렸다.

"그래, 그래. 이실 직고하마. 나 성식이 형한테 장가가기로 했다. 날짜도 잡았고, 혁진이 네가 함 좀 져줘야겠다."

낄낄대는 원철의 모습에 어린 팀원들의 눈에서 호모라는 의심은 사라졌지만, 그래도 뭔가 미심쩍은 표정들이었다. 간헐적인 자신의 야밤 연락 두절과 최근의 성격 변화에 대해 뭔가 합리적인 설명을 해줘야겠다고 느낀 원철은 적당히 둘러댔다.

"실은 내가 얼마 전부터 운동을 시작했거든. 밤엔 사람도 없고 조용하잖아. 그래서 가끔씩 오밤중에 조깅도 하고 철봉도 하고 그래. 운동하니까 스트레스도 풀리고 짜증도 줄고, 그런 거지 뭐."

블레이드 러너들은 고개를 끄덕였다. 경민이 실감나게 안도의 표정을 짓는 바람에 원철은 또 한번 웃지 않을 수 없었다. 그러나 동성 연애의 가능성을 어느 정도 진지하게 받아들이는 그들과 약간의 세대차가 느껴져 조금 입맛이 쓰긴 했다. 은영, 혁진만 봐도 불과 자신과 4년 차이밖에 나지 않는데 호모란 말에 대한 반응이 자신이나 성식과는 다르다. 그들에겐 그만큼 낯선 개념이 아니란 얘기였다.

"자, 자. 오늘은 회의도 짧았고 프로젝트에 대해선 더 할 얘기도 없으니, 밥이나 먹으러 가지. 경민아, 뭐 먹을래?"

성식이 말했다.

"라면요."

"웩!"

경민을 제외한 나머지 팀원들은 모두 얼굴을 찌푸렸다. 은영을 제외하고는 모두 혼자 사는 처지고, 일에 쫓길 때면 질리도록 먹는 게 라면이었다.

"경민아, 우린 모였을 때 라면, 짜장면, 피자는 절대 안 먹어."

수정이 말했다.

"오늘은 멍멍이나 먹으러 가죠."

혁진이 제안하자 은영이 치를 떨었다.

"야만인!"

"왜 인마. 조상의 얼이 담긴 음식을 야만스럽다니."

혁진이 항변했다.

"그러지 뭐. 은영이 넌 다른 거 먹으면 되잖아. 요즘은 대부분 다른 메뉴도 같이 하니까."

개고기라면 사족을 못 쓰는 수정이 은영을 달래며 일어섰다.

성식이 계산을 하러 간 동안 혁진과 경민이 울상이 된 은영을 끌고 나가자 수정이 원철에게 슬쩍 다가왔다.

"오빠, 정말 사귀는 사람 없는 거지?"

원철은 잽싸게 그녀의 머리통에 알밤을 한 대 먹이고 말했다.

"아, 운동한다니까."

"그럼 됐어."

수정은 머리를 문지르면서도 히히 웃으며 다른 사람들 뒤를 쫓아갔다.

원철은 피식 웃곤 저 여자의 자존심을 담보로 하면 얼마 정도 대출이 가능할까 생각을 해보며 가방을 챙겨 카페 입구 쪽으로 걸어갔다. 막 문을 나서려는데 성식이 심각한 표정으로 그를 불러세웠다.

"원철아, 잠깐 얘기 좀 하자."

직감적으로 경민에 관한 것이라고 느낀 원철은 만약 자신의 의견을 물어온다면 더 두고 보자고 말하리라 생각을 하며 성식을 바라보았다. 성식은 팀원들이 모여 있는 엘리베이터 쪽을 흘끗 쳐다보고는 좀더 가까이 오라는 손짓을 했다.

거의 얼굴이 맞닿을 정도로 가까워지자 성식은 낮은 목소리로 물었다.

"너 정말 운동하는 거 맞지?"

1, 2초간 가만히 서서 성식을 쏘아보던 원철은 그의 이마를 힘껏 들이받고는 엘리베이터 쪽으로 걸음을 옮겼다.

원철은 저녁 8시가 조금 넘어 집에 도착했다. 점심을 먹은 후 가벼운 칵테일로 낮술을 하고 볼링까지 한 게임 치고 나서 팀원들과 헤어진 것은 오후 5시가 조금 안 돼서였는데, 집까지 오는 도중 길이 막히는 바람에 세 시간 이상이 걸린 것이다.

택시가 길 가운데 멈춰 서 움직이지 않자, 원철은 그제서야 5시가 퇴근 시간이란 것을 기억해 내고 볼링을 친 것을 후회했지만 이미 늦은 일이었다. 투덜대며 택시를 내려 매연을 헤치고 30분 이상을 걸어 지하철 역에 도착했지만, 바글대는 사람들 때문에 다섯 대쯤 그냥 보낸 후에야 겨우 지하철을 탈 수 있었다. 하다못해 여대생들마저도 굳건히 자기 자리를 지키는 만원 전철 안에서 한 시간 이상 홀로서기를 시도해 보다가, 역시 자신이 이런 식의 생존 경쟁에는 적합치 않다는 결론만 재삼 확인한 채 겨우 분당에 내린 것이 7시였고, 거기에 세워두었던 차를 타고 집까지 또 한 시간이 걸렸다.

원철의 집은 분당에서 광주로 넘어오는 길을 따라오다 옆으로 깊숙이 들어간 산 속에 있었다. 개발의 붐이 용인까지 밀고 내려가면서 전원 도시 운운하던 분당이 서울 못지않은 대도시로 커진 것은 이미 오래 전의 일이었다. 그래도 아직 주변에는 녹지들이 좀 남아 있었고, 특히 광주와 분당 사이의 산지는 도시 조성에 부적합하여 대신 2, 30평 급의 작은 전원 주택들이 들어서 있었는데, 원철의 집은 그중 하나였다.

100평 남짓한 대지에 30평짜리 단층 건물이지만, 현재 가격은 그린 프리미엄인가 뭔가 때문에 엄청난 가격대라고 들었다. 원철이 이 집을 구입한 것은 벌써 2년 전의 일이었는데, 당시만 해도 이곳의 집값은 지금처럼 비싸진 않았다. 하지만 스물일곱 살의 젊은 프로그래머에게 분명 적은 돈이 아니었기에 원철이 집을 사기까지는 우여 곡절이 많았다. 그때까지 살고 있던 서울의 오피스텔 전셋돈을 부모님 모르게 뽑은 일이며, 난생 처음 은행 창구를 쫓아다니며 대출을 받던 일이며, 그것도 모자라 친구들에게 손을 벌려 사채까지 얻어쓴 일 등이 아직도 생생했다.

당시 원철이 무리를 해가면서 탈(脫)서울이란 과감한 결정을 내리게 된 데는 역시 출근을 하고 싶어도 할 수 없는 노바 근무 체계의 힘이 컸다. 원철은 이전부터 회색 개미굴 같은 서울을 뜨고 싶은 생각이 굴뚝 같았지만, 매일 출근을 요구하던 이전의 직장에 다닐 때는 서울 시계(市界)를 벗어난 곳에 산다는 생각은 꿈도 꾸지 못했다. 그러다가 성식과 만나 블레이드 러너 팀을 만들고 노바의 일원이 되자마자 잽싸게 숙원 사업을 실행으로 옮긴 것이다.

또, 어느 정도 금전적인 자신도 있었다. 성식과 첫 프로젝트를 만들며 서너 번 이야기를 나눠본 후 원철은 '이 팀은 된다' 하는 확신을 얻었다. 그는 그 확신 하나만 믿고 2억짜리 빚더미를 괴나리봇짐처럼 덜렁 짊어지고 서울을 떠났던 것이다. 다행히 그의 믿음은 빗나가지 않아 블레이드 러너는 첫해에 그대로 노바 팀들 중 소득 2위로 떠올랐고, 멤버를 교체하여 현재 팀을 이룬 작년에는 기어코 1위를 차지하고야 말았다. 초기에 비해 프로젝트의 가격이 오르기 시작하면서 지금은 원철 혼자서 프로젝트 당 1500에서 2000만 원 가량을 받게 되었고, 또 강 과장이 5, 6주에 하나 꼴로 계속 프로젝트를 물고 왔으므로, 원철이 부모님과 친구들에게 졌던 빚은 현재 다 청산된 상태였다.

그러나 그런 것은 어디까지나 기술적인 문제들이었다. 즉, 근무 방식이니 수입이니 하는 것들은 탈서울을 가능케 해준 여건들일 뿐, 그가 진짜로 서울을 떠날 결심을 하게 된 것은 한 여성으로부터 물리적으로라도 멀어져야겠다는 맹목적인 일념 때문이었다.

그 일념은 지금 훌륭하게 실현되었고, 원철은 다시는 서울로 돌아가지 않을 것이다.

우편함을 체크한 후 현관문을 열고 들어간 원철은 응접실에 앉아 긴 한숨을 내뱉었다. 서울에 한번 다녀오는 날이면 항상 이렇게 진이 빠진다. 한 10분을 멍하니 앉아 있던 그는 억지로 일어나 냉동 밥과 김치를 꺼내 간단히 저녁을 때우고 나서 작업실로 들어갔다. 작업실은 집에 있는 두 개의 방 중 큰 것으로 서재용 마호가니 책상과 참고서들이 꽂힌 책장, 그리고 원철의 전재산이라고 할 만한 컴퓨터가 있는 곳이다. 그러나 컴퓨터 자체는 책상 서랍 속에 들어가는 크기로 밖에서는 보이지도 않았으므로, 작업실은 좀 크다는 것만 빼면 고등학교 학생들 공부방이나 별반 다른 것이 없었다.

책상에 달린 컴퓨터의 스위치를 올리자, 한쪽 벽에 걸린 60인치 평면 모니터에 정교한 은하계를 배경으로 찬란한 신성이 날아오는 모습이 떠올랐다. 신성은 모니터에 부딪힌 듯한 모습으로 터졌고, 그 폭발 속에서 'NOVA SYSTEM' 이란 영문 글자가 튀어나왔다. 이것은 수정이 만든 부팅 영상으로 입사 기념으로 노바 직원들에게 돌린 것인데, 마이크로소프트의 딱딱한 자화 자찬식 부팅 영상보다는 나았으므로 많은 직원들이 그녀의 영상을 애용하고 있었다.

갑자기 벗은 여인의 상반신이 'NOVA SYSTEM' 이란 글자 위로 솟아올랐다. 글자로 두 유두는 간신히 가려졌지만, 가슴의 풍만한 윤곽은 거의 다 드러낸 여인은 윙크를 하면서 손을 흔들어댔다. 이 부분은 수정이 블레이드 러너 팀원만을 위해 만든 스페셜 버전에만 있는 세그멘트로, 원철은 처음 이 영상을 보았을 때 너무도 놀라 앉아 있던 의자에서 굴러떨어질 뻔했다. 물론 수정은 지금까지 긍정도 부정도 않고 있지만, 영상 속의 여자가 수정과 무서울 정도로 흡사했기 때문이다. 그녀 식의 유머에 익숙해진 지금에야 그다지 놀랄 만한 일도 아니지만…….

사실 원철의 컴퓨터는 부팅이 필요 없었다. 전원이 꺼진 후에도 기억이 남아 있는 플래시램에 운영 체계가 담겨 있기 때문에 스위치를 올리기만 하면 바로 사용이 가능했다. 하지만 원철이 아는 다른 사람들도 비싼 플래시램을 달아놓고도 부팅 영상을 고집했는데, 이는 컴의 스위치를 올린 후 부팅 시간을 이용하여 책상 위나 작업 내용을 훑어보는 오래된 버릇을 버리기 어려웠기 때문이었다.

원철은 모니터의 여자를 보면서 새삼스레 씁쓸한 미소를 짓다가, 부팅이 되는 동안 느긋하게 벽면을 마주보도록 놓인 흔들의자로 걸어갔다. 이 의자는 원철이 특별히 맞춘 것으로 오른쪽 팔걸이 옆에는 자이로 마우스가, 왼쪽 팔걸이 옆에는 회전시켜 앞으로 가져올 수 있는 무선 키보드 패널이 장착되어 있었다. 원철은 자이로 마우스를 뽑아 오른손에 끼웠다. 대고 움직일 바닥이 없어도 끼운 손의 움직임을 감지하여 커서를 움직여주는 이 장치는 손등쪽으로 장착이 되므로 키보드 사용에도 제한을 주지 않았고, 따라서 출시된 이후 서서히 인기를 끌며 기존의 마우스들을 대체해 가고 있었다.

부팅이 끝나자 글자들이 나타났다. 원래는 말소리도 들려야 했으나, 스피커의 전원을 꺼놓은 탓에 글자만 보이는 것이다.

2011년 5월 20일 화요일 20:15입니다.

마지막 시스템 오프는 2011년 5월 20일 오전 00:55입니다.

도착한 편지가 6개 있습니다.

지금 보시겠습니까?

원철은 자이로 마우스를 끼운 오른손을 허공에 대고 움직였다.

그러자 커서가 '네' 라는 버튼 위로 이동했다.

첫 편지는 게임 동호회의 모임을 알리는 편지였다. 모임 장소가 서울이었으므로 원철은 고개를 저으며 다음 편지를 열었다. 쓸데없는 프린터 광고였다. 다음 편지도 비슷한 광고였다.

네 번째 편지는 친구인 욱에게서 온 것으로, 얼굴 본 지 오래니 한번 보자는 내용이었다. 마침 할 일도 없어진 원철은 부담 없이 키보드를 당겨 목요일 저녁에 분당에서 만나자는 답장을 써 보냈다. 서울에서 뛰어와야 하는 녀석은 또 짜증을 내겠지만, 원철도 서울까지 가자면 짜증나기는 마찬가지란 걸 알 테니 이의는 없을 것이다.

다섯 번째 편지도 광고였지만, 마지막 편지는 강 과장으로부터 온 것인데 제발 지각 좀 하지 말라는 잔소리와 함께 삼진과 협의가 제대로 안 될 경우를 대비해서 미리미리 시스템 구조 변경에 대비한 작업을 추진하란 내용이었다. 그러면 그렇지 강 과장은 절대로 사람을 편히 쉬게 놔둘 인간이 아니었다. 아마도 지금쯤 성식도 비슷한 내용을 보면서 머리를 쥐어뜯고 있을 것이다.

그러나…….

원철은 크게 손을 휘둘러 메일 매니저를 닫고 화면 구석에서 '팔란티어' 라는 이름이 붙은 폴더를 끌어와 열었다. '접속', '재생', '도움', '메일' 등의 메뉴가 튀어나왔다. 원철은 재생을 선택하고, 다시 튀어나온 서브 메뉴에서 오늘 날짜인 5월 20일로 되어 있는 파일을 선택한 후, 흔들의자에 깊게 기대 앉았다.

잠시 어두웠던 화면이 밝아오면서 동이 터오는 푸른 하늘 아래 솟아 있는 중세식 성이 나타났다. 그리고 열려 있는 성문으로 다섯 명으로 이루어진 캐러밴이 걸어나오고 있는 것이 보였다. 인간 기사 한 명, 엘프 기사 한 명, 놈 사제와 인간 마법사 한 명, 그리고 앞장선 레인저가 한 명이었다. 캐러밴은 기운차게 가이아의 녹음 속으로 행군해 가기 시작했다. 저장해 놓았던 팔란티어의 파일 재생이 시작된 것이다.

"아무리 바빠도 일수 도장은 찍어야지."

혼자말을 중얼거리며 재생 속도를 조절하는 원철의 눈은 화면에 못박힌 채 움직이지 않았다.

원철이 문제의 '팔란티어' 소포를 받은 것은 3월 중순, 성근 프로젝트를 막 시작해서 집에 틀어박혀 한참 코딩 작업에 정신이 없을 무렵이었다. 택배로 배달되어 온 소포의 발신인은 이영호라는 이름이었는데 아무리 생각해 봐도 모르는 사람이었다.

사방 30센티미터 정도 되어보이는 상자를 뜯자 한 권의 안내 소책자와 비닐에 싸인 모자 비슷한 것이 들어 있었다. 소책자를 집어들고 표지를 보자 한없이 펼쳐진 녹색 초원과 푸른 하늘, 그리고 맑은 강이 그려져 있고 그 아래에는 '당신이 진정한 탈출을 원하신다면……' 이라는 글귀가 도드라진 글자체로 인쇄되어 있었다.

첫 페이지를 넘기자 역시 같은 그림이 있었고 그 초원 위로 한 무리의 사람들이 서 있었다. 갑옷을 입고 방패와 칼을 든 엘프 전사와 검은 두건 망토를 입은 마법사, 전투용 양날 도끼를 짊어진 드워프, 그리고 창을 들고 말을 탄 기사 등이 의지에 찬 표정으로 지평선을 바라보며 미소짓는 그림이었다. 그 밑에는 표지와 이어져 '……우리와 함께 떠나십시오' 라고 적혀 있었다.

"뭐야, 새로 나온 RPG(롤플레잉 게임)인가?"

원철이 고개를 갸우뚱하며 다음 장을 넘기자 장문의 편지가 나왔다.

안녕하십니까?

회색 하늘과 회색 아스팔트를 벗어나고 싶으십니까?

출퇴근이 반복되는 생활에서 탈출하고 싶으십니까?

'팔란티어' 는 자연과 모험이 살아 있는 세계로 귀하를 초청합니다.

아름다운 숲과 무시무시한 괴물들, 전설과 마법, 그리고 전쟁.

정통 판타지의 세계로 귀하를 안내합니다.

혹시 이 글을 매일 보는 광고라고 생각하신다면 지금 생각을 바꾸십시오. 이 소포에는 귀하를 '팔란티어' 로 모셔갈 멀티 세트와 접속을 위한 모든 장비가 들어 있습니다. 추첨에 의해 얼마 되지 않는 소수의 선택받은 분들에게만 발송되는 장비이므로 귀하게 다뤄주시기 바랍니다. 이것은 광고가 아니라 받기 힘든 초대입니다.

'팔란티어' 는 톨킨(Tolkien)의 원전에 충실한 정통 판타지입니다.

'팔란티어' 는 전적으로 성인만을 대상으로 하는 게임이며, 접속과 동시에 열 시간의 기본 플레이 타임이 부여됩니다. 그 이후 소정의 사용료를 내고 계속하시는 것은 귀하의 선택에 달려 있습니다.

"MMORPG 온라인 게임 광고였군."

원철은 그제서야 고개를 끄덕였다.

온라인 게임은 여러 명의 플레이어들이 접속하여 동시에 함께 플레이를 할 수 있는 통신 게임으로서, 1980~1990년대의 실험적인 과정을 거쳐 이제는 당당한 게임의 한 종류로 정착하였으며, 최근 온라인 게임은 멀티미디어 기술이 접목되면서 갈수록 화려한 외형을 갖추고 게이머들을 유혹하고 있는 장르였다. 처음에 PC 통신 형식의 텍스트 게임으로 시작되었을 무렵에는 게이머의 상상력에 모든 걸 의존했으나, 1990년대 후반 블리자드 사의 배틀넷 등을 시초로 네트워크 게임의 기술들이 온라인 게임에도 적용이 되면서 얘기가 달라졌다. 21세기에 들어서서 하이퍼드림스 사의 드래곤넷이나 사이버에코 사의 워존 같은 게임들은 놀라운 그래픽과 사운드 지원으로 전세계적으로 수백만 접속자를 모았으며, 지금도 온라인 게임 사용료로 가만히 앉아서 천문학적인 액수의 돈을 벌어들이고 있었다. 그 바람을 타고 낯뜨거운 온라인 게임들도 '성인용'이란 이름 아래 생겨나기 시작했는데, 현재 국내에서는 단속 대상 제1호였다. 하지만 이 팔란티어란 놈은 내용으로 보아 그런 게임이 아닌 듯했는데 왜 성인 전용을 운운하는지 이해가 가지 않았다.

편지는 계속되었다.

'팔란티어'에 접속하시기 전에 필히 알고 계셔야 할 점을 말씀드립니다.

'팔란티어'는 스크린이나 키보드가 아닌 소포에 동봉된 멀티세트[Multiple Sensory Digital Interface Set]를 인터페이스로 사용합니다. 멀티 세트는 귀하와 '팔란티어'를 말뜻 그대로 직접 연결시켜 주므로 사용상 몇 가지 주의를 요합니다. 첫째, 방해받지 않는 조용한 장소에서 접속하시기를 권장합니다. 연결 상태에서 외부 자극은 '팔란티어'의 환상을 깨뜨릴 수 있습니다. 둘째, 익숙지 않으신 분들은 처음 동기화(動機化) 과정에서 약간의 어지러움증을 느끼실 수 있으니 당황하지 마시기 바랍니다.

'팔란티어'는 여러분의 시간을 지켜드립니다. TCT(Time Condensing Technology, 시간 압축 기술)를 이용한 '팔란티어'의 하루는 여러분의 한 시간입니다. 시간에 구애받지 마시고 즐기시기 바랍니다. 또 월, 수, 금 3일에 한하여 23:00시에서 다음날 01:00시까지 두 시간만 개방합니다. 절대로 넷 중독증의 걱정은 하지 않으셔도 됩니다.

'팔란티어'는 처음 접속하시는 분들을 위한 완벽한 안내 시스템을 갖추고 있습니다. 바로 오늘! 아무런 주저를 하지 말고 접속하시기 바랍니다.

편지는 거기서 끝이 났고 그 뒤로 옵틱 LAN 등 시스템 필요 사양과 멀티 세트의 제원 등이 빽빽이 적힌 연결 설명서가 두세 페이지 이어졌다. 팔란티어란 이름으로 보아 판타지 롤플레잉 같기는 한데, 뭘 직접 연결시켜 준다는 거야? 게다가 동기화라니? TCT는 또 뭐지? 원철은 호기심이 동했다.

원철은 컴퓨터 게임을 좋아는 했지만, 마니아는 아니었다. 하지만 이렇게 광고용으로 날아온 게임은 반드시 한번 테스트를 해보는 버릇이 있었는데, 그것은 유달리 강한 호기심이나 보내준 사람에 대한 책임감에서라기보다는 프로그래머로서의 프로 의식 때문이었다. 새로운 게임을 해보면서 그 뒤에 숨은 프로그램 구조를 유추해 보는 재미도 재미였지만, 그 과정에서 평소 골머리를 앓던 문제들의 해답을 발견한 경우가 적지 않았던 것이다.

뭐 그렇다고 반드시 그런 프로 의식만 가지고 게임을 하는 것은 아니었고, 개중에는 간간이 스트레스를 확 날려버리는 것들도 있었으므로, 게임은 평소에 그가 남는 시간을 보내는 데 자주 애용하는 수단이었다.

원철은 그중에서 판타지 롤플레잉 게임을 가장 좋아했다. 두드려 부수는 아케이드나 머리 복잡한 시뮬레이션보다, 좀 느긋하면서도 스토리 요소가 있는 점이 마음에 들었다. 원래 원철이 판타지 롤플레잉 게임의 세계에 관심을 가지게 된 것은 고등학교 때 읽은 소설 때문이었다. 톨킨이란 사람이 쓴 『반지의 제왕(*The Lord of the Rings*)』이란 장편 소설이었는데, 판타지 소설의 원조라는 광고 문구에 충동적으로 집어들었던 책이다. 중간대륙이라는 환상의 세계에 유럽 민담을 가미해 쓴 책으로, 엘프라는 요정족, 난쟁이 드워프 족, 영민한 마법사와 용감한 기사들이 주인공인 호비트 프로도를 도와 절대악인 악마 사우론과 그의 부하들인 오크, 트롤, 고블린 등의 괴물과 싸워 이긴다는 간단한 줄거리였다. 그러나 저자 톨킨은 문명의 때가 묻지 않은 환상의 세계와 아스라한 고대의 전설, 무시무시한 괴물들과의 싸움 등을 실감나게 표현하여 단번에 원철을 매료시켜 버렸다. 오염 물질에 찌든 서울의 공기와 대입 시험 준비에 눌려 있던 원철은 줄거리를 외워버릴 정도로 그 책을 읽고 또 읽었다.

거기서 멈추지 않고 그 후 같은 저자가 쓴, 중간대륙의 바이블이라는 『실마릴리온(*The Silmarillion*)』을 구해 읽은 그는 한 인간의 무한한 상상력에 경외심을 느낄 정도로 감동을 받았다. 톨킨은 단지 자신의 상상력만으로 하나의 세계를 태초에서 현재까지, 그 모든 역사와 전설, 지리, 기후, 생물, 그리고 그 주민의 생활 습관까지 탄탄하게 '창조해' 내어 판타지 소설이라는 문학의 새 장르를 열었던 것이다. 이후 원철은 톨킨에 뒤이어 쏟아져 나온 테리 브룩스(Terry Brooks)의 『섀너러(*Shanara*)』 시리즈라든가 프리츠 라이버(Fritz Leiber)의 『랭크마(*Lankhmar*)』 전설 시리즈 등 다른 판타지 소설들도 틈틈이 구해 읽었으므로, 졸업 무렵에는 판타지 소설의 전문가가 되어 있었다.

그러므로 대학에 진학한 후, 그때까지 컴퓨터 게임이라면 시큰둥해하던 그가 판타지 롤플레잉 게임을 보고 눈이 번쩍 뜨인 것은 어쩌면 당연한 일이었다. 롤플레잉 게임이란 말뜻대로만 따지면 게이머가 자기 자신이 아닌 다른 무엇이 되어 그 역할을 해나가는 게임이고, 판타지 롤플레잉이란 판타지 소설의 내용들을 배경으로 한 롤플레잉이 된다. 그러므로 책에서 읽기만 하던 전사나 마법사의 역할을 게임 속에서나마 해볼 수 있다는 것은 판타지 소설 마니아인 원철에게 상당히 솔깃한 유혹이었다.

그러나 당장 성근 시스템의 소스 코드와 사흘째 씨름하고 있던 당시의 원철에게 게임 따위가 보일 리 없었다. 그러므로 소책자와 함께 소포 박스를 작업실 한귀퉁이로 밀어놓았던 그가 그것을 다시 펼쳐보게 된 것은 메인 코딩 작업이 끝난 다음인 일주일 후의 일이었다.

일주일 후, 머리도 식힐 겸 팔란티어의 소책자를 꺼내 뒤적이던 원철은 멀티 세트의 제원과 사양이 적힌 부분을 읽다가 DLD(Direct Laser Display)라는 단어를 보고는 깜짝 놀랐다. DLD는 최근 미국의 로보스 사가 개발한 환상의 디스플레이 방식으로 저에너지 레이저빔을 망막에 직접 주사하여 영상을 전달하는 장치였는데, 아직 대중화되지 않아 수십만 원을 호가하는 장비였다. 그것이 멀티 세트에 장착되어 있다는 내용이었다. 단지 홍보용으로 그런 장비를 보내다니…….

정신을 차리고 자세히 읽어 내려가자 더 놀라운 내용들이 적혀 있었다. 전자기 뇌파 모듈레이터, 즉 에브왐(EBWaM, Electromagnetic Brain Wave Modulator)도 멀티 세트의 구성 요소 중 하나라는 것이었다. 에브왐은 신경 과학의 급속한 발달이 흘려놓은 찌꺼기 중의 하나로, 자장을 이용하여 뇌파를 감지하고 변화시키는 장치였다. 뇌파를 분석하여 생각하는 것을 읽어내고, 거꾸로 자장의 변화로 뇌파를 조작하여 원하는 환상을 만들어낼 수도 있을 것이라며 키보드나 모니터를 대체할 차세대 입출력 장치로 개발되다가 얼마 전 결국 실패로 끝나고 말았던 기술이기도 했다. 처음에는 들떴던 연구자들도 인간의 뇌란 그렇게 간단한 이론에 만족하는 장기가 아니라는 사실만 비싸게 확인한 채 줄줄이 두 손을 들어버렸던 것이다.

그러나 상용화된 적도 없는 불확실한 장비이지만, 에브왐도 어쨌거나 고가 장비는 고가 장비였다. DLD와 에브왐을 합쳐서 100만 원은 족히 넘을 전자 장비가 게임의 데모를 위한 인터페이스로 배달되어 온 것이었다. 도대체 어떤 작자인지 자신의 게임에 어지간

히도 자신이 있는 모양이었다. 최소한 저 기계값을 뽑을 정도로 사람들이 게임비를 내리라 기대하고 있다는 뜻이었기 때문이다. 아니면 과대 광고이거나.

서둘러 비닐로 포장되어 있는 패키지를 풀자, 검은 천으로 만든 챙 없는 모자가 굴러나왔다. 모자는 신축성 있는 재질로 만들어져 머리에 쓰면 수영 모자처럼 착 달라붙게 되어 있었다. 자세히 살펴보니 한쪽에는 검은색 셰이드가 달려 있있는데, 아마도 DLD인 듯했다. 모자의 내부에는 10여 개의 전극이 붙어 있었고 2중으로 된 천 사이로 전선들이 느껴졌다.

마침 시간과 요일도 월요일 밤 11시겠다, 이런 저런 호기심에 들뜬 원철은 지체없이 설명서대로 멀티 세트를 자신의 I/O 포트에 연결하고 같이 들어 있던 DVD 디스크를 드라이브에 집어넣었다. 그러자 벽의 모니터에 푸른 대지가 그려진 로고 화면이 떠오르더니 '팔란티어에 오신 걸 환영합니다' 하는 글이 그 위로 뿌려졌다. 시간이 1, 2초 흐르자 안내문이 떴다.

멀티 세트를 착용하십시오.

원철은 모자를 눌러썼다. 눈앞을 선글라스처럼 덮은 반투명한 셰이드를 통해 벽의 모니터에 나타난 다음 메시지가 보였다.

DLD 영상의 초점이 맞을 때 아무 키나 눌러주십시오.

무슨 소린가 의아해하고 있는데, 갑자기 눈앞이 번쩍거리더니 흐릿한 이미지가 맺히기 시작했다. 눈앞 렌즈를 통해 주사되는 레이저 광선이 망막의 시신경에 상을 만들고 있는 것이다. 아까 보았던 로고 화면이 시야를 가득 메우며 차츰 뚜렷이 떠오르기 시작했다. 셰이드를 통해 보이던 자신의 방은 DLD 영상에 밀려 순식간에 사라졌다. 원철은 DLD의 장점을 확실히 느낄 수 있었다. 어떤 대형 모니터를 보더라도 결국 화면이란 시야의 일부분일 수밖에 없다는 한계를 가지나, DLD는 시야 전체를 장악해 버리는 시원한 영상을 제공하는 것이다. 이윽고 영상이 완전히 선명해졌으므로 원철은 키보드를 눌렀다.

그러자 영상은 메시지로 바뀌었다. 그러나 이번 메시지는 이전처럼 모니터에 나타난 것이 아니라 DLD로 뜬 메시지였다.

'팔란티어'에 접속되었습니다. 처음 접속이십니까?

아마 원철의 시스템에서 팔란티어 호스트에 자동 접속이 된 모양이었다. 'Yes' 단추를 클릭하자 다음 화면이 떠올랐다.

캐릭터의 이름을 정하시기 바랍니다. 이름은 고유한 아이디와 마찬가지로 다시 바꿀 수 없으니 신중히 정하시기를 바랍니다.

원철이 '마르스'라고 쳐넣자 '이미 사용중인 이름입니다' 하는 메시지가 떴다. '토르'도, '아폴로'도 모두 사용중으로 나왔다. 웬만한 이름은 다 마찬가지였다.

한참을 끙끙거리다 소설 『반지의 제왕』에 나오는 인물 중 하나인 '보로미르'를 변형하여 '보로미어'의 이름을 치자 '이 이름으로 정하시겠습니까?' 하는 물음이 떠올랐다. 'Yes'라고 답하자 화면이 바뀌며 다섯 개의 단어가 떠올랐다.

인간, 엘프, 드워프, 놈, 하플링.

'종족을 선택하십시오' 하는 설명에 원철은 마우스를 움직여 '인간'을 클릭했다.

또 화면이 바뀌었다.

전사, 위저드, 사제, 레인저.

계급을 정하십시오.

소설 속의 보로미르가 전사였기에 원철은 전사를 택했다.

전사는 칼을 주무기로 하는 검사와 활을 주무기로 하는 궁사가 있습니다.

원철은 검사를 택했다.

전사 보로미어는 체력 4, 지능 4, 지혜 4, 민첩성 4, 카리스마 4, 내구력 4의 능력을 가지고 있습니다. 8점을 임의로 더 더하실 수 있습니다.

원철은 전사라면 힘과 민첩성이 제일이라고 생각하고 체력에 6을, 그리고 민첩성에 2를 투자했다.

지금부터 '팔란티어'와 동기화를 하겠습니다.

멀티 세트 동기화 과정에서 약간의 어지러움을 느끼실 수 있으나 잠시만 참으시면 됩니다.

도대체 동기화가 뭔가 궁금해하던 원철은 갑자기 '윙' 하는 소리가 나면서 세상이 빙빙 돌기 시작하자 자신도 모르게 발작적으로 의자의 팔걸이를 움켜잡았다.

몇 번의 경련을 더 일으킨 후, 그는 사지를 축 늘어뜨린 채 죽은 사람처럼 모든 움직임을 멈추었다.

원철이 다시 정신이 든 것은 정확히 23분 후인 11시 50분, 팔란티어 호스트에 의해서 자동 로그 오프가 되면서였다. 원철은 허겁지겁 멀티 세트를 벗고 숨을 몰아쉬었다.

"세상에!"

겨우 진정을 하고 난 원철은 지난 여섯 시간 동안의 일을 되돌아보았다. 자신은, 아니 보로미어는 로고 화면과 크게 다르지 않은 초원에서 전갈, 거미 등과 작은 접전을 벌이며 브루이넨이란 성에 다다랐다. 거기서 전사의 기본 지식에 대한 교육을 받은 후 세 명의 다른 계급 멤버들과 작은 지하도를 탐험했고, 거기서 시궁쥐 두 마리를 죽이는 전과를 올렸다. 5두카트의 은편을 벌었으며, 처음에 들고 있던 나무 몽둥이보다 좀 나은 단검을 얻은 다음,

날이 저물자 다시 지상으로 돌아와 초급 전사들이 흔히 그러듯 여관 마구간을 빌려 잠이 들었다. 그러자 게임이 끝나고 자동으로 로그 오프가 된 것이다.

특이하지 않은 일반적인 온라인 게임의 첫판과 다를 바 없는 내용이었지만, 원철을 흥분시킨 것은 이 모든 것이 자신이 아닌 '보로미어'로 겪은 일이란 점이었다. 보로미어로 접속을 해 있는 동안엔 시각, 청각, 후각, 미각, 촉각 등 모든 감각이 철저하게 팔란티어에 의해 제어되었다. 초원의 바람이 불어왔을 때는 가슴속까지 시원함을 느꼈고, 지하도에서 시궁쥐에게 다리를 물렸을 때는 진짜로 다리가 아팠다. 초원의 풀 향기나 지하도의 시궁창 냄새까지도 그야말로 완벽하게 전달되어 왔다. 너무나 완벽한 감각 제어에 브루이넨의 날이 저물어 자동으로 접속이 해제될 즈음엔 자신이 노바의 프로그래머 이원철이란 사실을 거의 망각할 정도였다.

또 하나 놀라운 것은 보로미어의 행동 제어였다. 특별히 다른 조작이 없어도 걸어야겠다 생각하면 보로미어는 걸었고 몽둥이를 휘둘러야겠다 생각하면 몽둥이가 휘둘러졌다. 처음에는 모든 행동들이 다 굼뜨고 뻣뻣했지만, 시간이 감에 따라 점차 자연스러워져가는 것을 느낄 수 있었다.

놀랄 정도로 완벽한 가상 현실이었다.

시계를 본 원철은 다시 한번 놀랐다. 브루이넨에서 한나절 가까이 플레이를 했는데도 실제 시간은 23분밖에 흐르지 않았던 것이다.

소책자에 씌어 있던 내용이 생각났다. 직접 연결을 시켜주고 사용자의 시간을 지켜주고 어쩌고 하던 말들은 절대 과대 광고가 아니었다.

다른 사람이라면 환호성을 올리며 당장에 다시 접속을 했을 터이지만, 원철은 용솟음치는 프로 의식에 접속을 미루고 인터넷으로 채널을 돌렸다. 과학 분야의 서브 메뉴로 '신경 과학'을 찾아들어간 그는 에브왐과 TCT에 대한 정보를 찾아보았다.

서너 시간 정도 웹을 뒤지고 난 원철은 에브왐과 TCT에 대한 정보들을 통해 팔란티어란 게임에 대해 어렴풋하게나마 이해를 할 수 있게 되었다.

에브왐이란 인간의 모든 느낌과 생각이 대뇌 피질의 전기 신호로 나타난다는 사실에 착안하여 그 신호를 해독하려는 시도에서 출발한 장비이다. 즉, 'ㄱ'이라는 글자를 생각할 때의 뇌파는 이것, 'ㄴ'이라는 글자를 생각할 때의 뇌파는 이것, 이런 식으로 뇌파 신호를 풀어나갈 수 있다면 굳이 키보드로 치지 않아도 '송아지'라고 생각하는 것만으로 컴퓨터가 그것을 '송아지'로 인식하게 할 수 있다는 것이다. 다시 말해서 다른 장비 없이 뇌로부터의 직접 입력을 실현시키려 한 장치였다.

나아가서 최소한 이론적으로는, 역으로 전기 자극을 주어 대뇌 피질에 자장 변화를 유도함으로써 그 실제 감각을 느끼는 것처럼 착각하게 만들 수도 있었다. 즉, 눈을 감고 귀를 막고 있어도 자장에 의한 뇌파 조작만으로 영화를 보는 것 같은 환상을 일으킬 수 있다는 것이다. 이것은 단지 시각과 청각에만 국한된 것이 아니라 뇌가 외부로부터 받아들이는 모든 정보에 폭넓게 적용될 수 있는 개념이었다. 실제로 UCLA의 실험에서는 자장의 변화만으로 파티에 참석하여 칵테일을 마시는 1분간의 완벽한 가상 체험이 성공적으로 유발되었다는 보고서가 발표되기도 했다. 이 실험에서 피험자는 에브왐에 연결된 채 1분간 가만히 누워만 있었는데 1분 후에는 자신이 10분 동안 백악관의 칵테일 파티에 참석하고 왔다고 극구 주장했고, 이는 거짓말 탐지기로 확인이 되었다.

TCT란 에브왐과 함께 주창되던 개념이었다. 에브왐을 이용한 뇌로부터의 직접 입출력은 단위 시간당 전달될 수 있는 정보의 양을 절대적으로 늘려주기 때문에 5분만 접속해 있어도 한두 시간 정도의 시간이 흐른 듯한 착각을 불러일으킬 수 있다는 이론이었는데, 이는 UCLA의 실험에서도 증명이 된 바였다.

하지만 몇 가지 문제 때문에 수년에 걸친 수억 달러의 투자 결과는 비참하게 일단락되었는데, 첫 번째는 바로 충동 전위 신호〔Impulse Amplitude Signal〕 때문이었다. 예를 들어 '이 물건을 사시겠습니까' 라는 질문에 사람들은 '예' 또는 '아니오' 라고 대답을 하지만 그 반응은 현재 주머니 사정이 어떤가, 과연 그 제품이 필요한가 등을 고려한 후에 나오는 것이고, 그 이전에 마음에 드는가 안 드는가에 따른 순수한 반응이 선행하게 된다. 충동 전위 신호란 바로 이 부분에서 발생하는 것인데, 사람들이 궁극적으로 내리는 결정이 만드는 신호와 기술적으로 구분할 수가 없었다. 인간 두뇌의 모든 활동에는 99퍼센트 이러한 충동 전위 신호가 따라다니므로 결국 완전히 마음을 비운 도사가 아닌 다음에야 에브왐을 입력 장치로 쓴다는 것은 아무래도 무리라는 것이 현재까지 진행된 연구의 결론이었다.

두 번째는 출력 장치로서의 문제였는데, 특히 시각 정보의 경우 실제와 비슷한 정도의 느낌을 줄 수 있는 정보를 전달하기 위해서는 뇌의 후두엽에 엄청난 자장 조작이 필요하므로 UCLA의 실험에서도 집채만 한 장비가 동원되었다고 했다.

이런 이유들로 에브왐 연구를 주도하던 연구소가 파산하고 에브왐과 TCT의 개념이 완전히 사장된 것은 불과 1년 전의 일이었다.

추측컨대 팔란티어는 에브왐의 치명적인 단점을 거꾸로 이용한 게임이었다. 원철의 짧은 경험으로 보아 팔란티어는 충동 전위 신호를 잡음으로 생각하지 않고 오히려 주된 신호로 받아들이는 것 같았다. 어차피 가상 현실 상에서 이루어지는 게임이고 그 내용 자체가 괴물과 때리고 치고 받는 것인지라, 게이머들의 반사적인 충동 전위 신호를 그대로 입력 신호로 해석해도 거의 무리가 없다는 데 착안한 것이다. 또 일상 생활에서 인간이 60퍼센트 이상 의존한다는 시각 정보를 DLD로 대체함으로써 에브왐으로 전달하는 정보량을 상대적으로 줄이면서도 거의 완벽한 가상 현실을 구현하는 것이다.

여기까지 팔자에 없는 공부를 마친 원철은 혀를 내두를 수밖에 없었다.

결론적으로, 팔란티어는 가상 현실의 혁명이었다. 강력 접착제의 실패작으로 포스트잇을 상품화했던 3M의 누구처럼 팔란티어의 개발자는 천재적인 발상의 전환으로 폐품 처리되어 버린 장치들을 이용하여 엄청난 게임을 만들어낸 것이다. 사실 이런 종류의 게임 외에는 별로 응용될 만한 분야가 없는 기술이긴 하지만, 이런 용도를 생각해 냈다는 것은 대단한 일임에 분명했다.

다음날 팔란티어에 전화를 걸어본 원철은 처음 열 시간 후의 접속비가 시간당 4만 원이라는 것과 고가 서비스이므로 수입원이 확실한 성인들에 한해서 추천을 받아 멀티 세트와 접속 프로그램을 타겟 광고 형식으로 보내주고 있다는 것 등을 알 수 있었다. 호기심에서 개발자가 누구인지 물어보았으나, 아직도 개발이 진행중인 시스템이므로 개발자들의 신원을 밝힐 수 없다는 말을 들었다. 누군지 더럽게 콧대 높은 녀석이라는 생각이 들었으나, 보안 유지를 위해서라면 어쩔 수 없으리라고 이해했다. 누구라도 이런 정도의 기술을 유출시켜 경쟁 업체를 만들고 싶지는 않을 터이니 말이다.

그것이 두 달 전의 일이었다. 그리고 지금까지 8주 동안 원철은 특별한 경우를 제외하고는 거의 빠짐없이 팔란티어에 접속을 해왔다. 팔란티어가 접속 시간에 제한을 둔 것은 정말 다행한 일이었다. 워낙 중독성이 강한 게임이 되다 보니, 그런 제한마저 없다면 심각한 넷 중독에 빠질 가능성이 농후했기 때문이다. 원철을 가장 끌어당기는 요소는 무엇보다도 현실 이상으로 현실적인 가상 현실 기술이었고, 그 다음은 그것을 통해 경험하는 원시와 야생의 자연이었다.

그런 이유에서 꼬박꼬박 접속을 하다 보니 두 달 동안의 접속 누계가 40시간을 훌쩍 뛰어넘으면서 엄청난 돈이 날아갔지만, 전혀 아깝지 않았다. 첫째로 한 달에 최고 24시간을 접속한다 치면 실제 팔란티어 안에서 느끼는 시간은 한 달이었는데, 월 96만 원으로 한 달의 유급 휴가를 산다고 생각하면 그건 확실히 남는 장사였다. 게다가 재택 근무인 덕에 시간 활용만 잘하면 일에도 전혀 지장을 받지 않았다.

둘째로 자신도 피부로 느끼는 바였지만, 정신없이 칼을 휘두르다 보면 어느새 자신의 '그 문제'로 인한 스트레스가 말끔히 사라져버렸다. 무자비한 폭력을 통해 분출구를 찾지 못하던 욕구 불만의 찌꺼기가 어느새 깡그리 연소되어 버리는 것이었다. 그러다 보니 이미 자신은 이전의 짜증스런 원철이 아니었다. 이전에는 다른 팀원의 실수로 일정에 차질이 생기거나 며칠을 고생해 코딩한 프로그램을 사용자 측의 요구로 다시 작성해야 하거나 할라치면 성식이 제일 먼저 걱정하는 것은 원철을 달래는 일이었다. 그러나 이제는 달랐다. 자신을 한없는 무력감과 짜증으로 몰아넣던 '그 문제'를 어느 정도 직시하고 불완전하게나마 자신의 일부로 받아들일 수 있게 된 것이다.

어쨌거나 원철의 열성적인 접속 덕분에 브루이넨에 떨어진 지 한달 만에 초급 전사인 '검사' 보로미어는 충분한 경험치를 쌓아 2급 전사인 '전사' 급으로 서열이 올랐고 브루이넨을 떠나 카자드로 넘어올 수 있었다. 보로미어의 고향 격인 브루이넨이란 곳은 가이아 대륙의 한귀퉁이에 위치한 조그만 속주(屬州)였는데, 주변은 도리아스, 노르바스, 센트라스 등의 다른 속주들에 둘러싸여 있었고 이들을 통해 카자드라는 나라로 이어졌다. 지금 가이아에는 카자드 말고도 다메시아와 노렐리아라는 두 나라가 더 있었는데, 이 세 나라는 가이아의 남쪽에 놓인 록스란드라는 땅을 차지하기 위해 서로 경쟁적인 관계에 놓여 있는 상황이었다.

지난 한 달 동안 보로미어는 카자드의 수도 격인 카자드 쿰에서 꾸준히 크고 작은 퀘스트들에 참가하면서 경험을 쌓았고 숙식 정도는 걱정하지 않아도 될 만큼 주머니 사정도 피게 되었다. 그러나 3급 전사인 '용사'로 서열을 올리는 데 필요한 경험을 쌓기 위해서는 상급 퀘스트인 원정대에 참가해야 했는데, 큰 도시인 카자드 쿰에서 보로미어는 수많은 하급 전사들 중 하나일 뿐이었고 원정대를 조직할 수 있는 상급 서열인 5급 전사 '나이트'들이나 5급 위저드인 '컨저러(Conjuror)'들은 그를 거들떠보지도 않았다. 뭔가 돌파구가 필요하다고 느낀 그는 급기야 어제 온갖 험한 소문으로 얼룩진 그림자 동굴에 도전했던 것이다.

원철은 갈무리 파일 재생 화면을 통해서 보로미어의 캐러밴이 그림자 동굴의 입구로 들어가는 모습을 지켜보았다. 팔란티어는 매번 접속마다 갈무리 파일을 제공했는데, 진행되었던 실제 플레이를 홈비디오의 뷰파인더를 통해 보는 것처럼 제3자의 시점에서 다시 재생해 볼 수 있는 장치였다. 파일의 크기가 50여 기가바이트 정도로 좀 크긴 했지만, 기본 용량이 4100테라바이트인 원철의 하드에는 전혀 무리가 되지 않았다.

속도를 올려 필요 없는 부분을 지나친 원철은 캐러밴이 그림자의 방으로 들어가다 혼비 백산하여 흩어지는 장면에서 화면을 정지시켰다.

"빌어먹을 초짜들!"

원철은 제일 앞에서 도망가는 위저드 윌과 레인저 두칸을 보고 이를 갈았다.

팔란티어와 종래의 롤플레잉 게임들의 큰 차이 중 하나는 캐릭터의 능력치 관리였다. 이전의 게임들은 각 캐릭터의 경험치가 얼마며, 체력과 지능이 얼마며 하는 정보를 줄줄이 게이머에게 보여

주는 것이 게임의 커다란 요소 중 하나였다. 그러나 팔란티어는 그런 것을 전부 무대 뒤로 감추어놓고 단지 서열이 올라갈 때 약간씩 능력의 변화를 가하는 옵션만 남겨놓았다. 요컨대 애써 가상현실로 제조해 낸 환상을 굳이 깨고 싶지 않다는 것이었다. 덕분에 팔란티어 안에서는 다른 캐릭터가 어떤 능력을 가지고 있고 어떤 서열의 게이머인지 겉으로 보아선 도저히 알아볼 수가 없다는 문제가 생겼다.

그러므로 퀘스트 전날 저녁이나 당일 아침에 이루어지는 캐러밴의 조직 과정은 서로 믿을 만한 인물인가에 대한 치열한 탐색전이라 해도 틀린 말이 아니었다. 이번 그림자 동굴 캐러밴도 그날 아침 '푸른 곰' 술집에서 만난 사람들로 구성된 것인데, 간단히 깰 수 있는 퀘스트라고 떠벌리는 윌과 두칸의 말에 경험치를 올리지 못해 초조해 있던 보로미어와 카일이 깜빡 속아넘어간 것이다.

이런 뻔뻔스런 초짜들은 능력에도 닿지 않는 퀘스트에 끼어들어 캐러밴을 몰살시키기로 소문이 난 족속들이었는데, 속주에서 상당한 경험을 쌓고 카자드로 넘어온 보로미어 등과 달리 제 앞가림도 못하는 부류들이었다. 이들이 최근 들어 카자드에 갑자기 불어나고 있는 이유는 카자드의 영주인 로한의 노력으로 속주에서 카자드에 이르는 길이 초급자들에게도 부담스럽지 않을 만큼 안전해진 때문이었다.

원철은 앞으로 상급 퀘스트에 참가할 경우에는 반드시 캐러밴 멤버를 확인하겠다고 다짐하며 화면을 전진시켰다. 그러나 트롤 소굴에서 윌이 죽을 뻔한 부분에 다다르자 다시 부아가 솟아올랐다. 도대체 저런 녀석들이 어떻게 겁도 없이 그림자 동굴에 뛰어든단 말인가. 만약 윌이 죽었더라면 보로미어와 카일만이 남았을 테고, 그러면 아마도 전사 둘이서 동굴을 헤매다 처참하게 죽었을 것이다.

원철은 고개를 흔들며 화면을 고속 전진시켰다. 화면은 고블린 대장과의 싸움 부분에 이르렀다. 중독이 되어 정신을 잃은 부분에서는 화면도 블랭크로 나왔다. 정신을 잃는다는 것은 히트포인트 즉 건강치가 0 이하로 떨어지면 나타나는 현상으로, 원철은 처음 경험하는 일이었다. 건강치가 마이너스 10이 되면 사망으로 처리가 된다. 그리고 한번 사망한 캐릭터는 다시는 같은 이름으로 팔란티어에 등록할 수가 없도록 되어 있으니, 가상 현실 상에서는 말 그대로 진짜 사망인 것이다.

캐러밴은 그림자의 방으로 향하고 있었다. 원철은 '저때 돌아갔어야 하는데' 하는 뒤늦은 후회를 하면서 윌과 라비안이 망토로 갑옷을 덮어씌우는 모습을 바라보았다.

장면은 계속 진행되어 보로미어가 그림자의 방에서 문제의 갑옷을 입게 되는 부분에 이르렀다. 원철은 그 부분을 서너 번 재생해 보았지만, 도저히 갑옷의 정체를 알 수 없었다. 퀘스트 도중에 얻는 아이템들 중에는 가끔씩 저주가 걸린 것들이 있었다. 입고 있으면 민첩성이나 체력을 떨어뜨리는 갑옷이며, 들고 있으면 화살을 끌어모으는 방패, 전투 중 몸을 굳게 하는 칼 등등 무시무시한 아이템들이 심심찮게 등장했으므로 원철은 내용을 모르는 아이템은 아예 사용하지 않는 것을 철칙으로 하고 있었다. 이번에야 불가피하게 확인도 없이 저 고물딱지를 걸치게 되었지만, 다음 접속을 하자마자 최우선적으로 할 일은 저놈의 정체를 확인하는 것이었다.

원철은 일부분을 건너뛰어 라비안이 뇌전을 휘두르는 장면에서 다시 재생을 시작했다. 사제란 치유와 방어를 고유 업무로 하는 계급이다. 전사든 누구든 전투가 진행중인 상황에서는 회복수로 건강을 회복할 수 없고 반드시 사제의 주문에 의존해야 했다. 사제들은 또 신의 은총을 내려 캐러밴 전체의 방어력을 올려주기도 하고 전투중 적을 혼란시키거나 발을 묶는 주문도 쓸 수 있었다. 대신 상대방에게 직접적인 피해를 입히는 주문이나 무기는 사용이 금지되어 있었는데, 이를 극복하는 유일한 방법은 뇌신의 지팡이 같은 마법 아이템을 얻는 길뿐이었다.

그러므로 라비안이 사제복을 입고 뇌전을 쏘아대는 모습은 신기해 보일 수밖에 없었다. 만약 그녀가 살아서 카자드 쿰으로 돌아갔다면 일약 유명 인사가 되었을 것이다. 저 고르곤만 아니었다면…….

원철은 화면을 정지시키고 윌의 가슴을 누르고 있는 고르곤을 주시했다. 그 모습을 설명하자면 쇠로 된 황소라는 표현이 딱 적격이었다. 이해할 수 없는 것은 저것이 왜 카자드 쿰의 지척에 나타났느냐는 것이다. 그림자 동굴은 좀 난이도가 높은 편이긴 했지만, 그래도 일반 퀘스트였다. 고르곤은 상급 퀘스트나 원정에서 볼 수 있는 괴물이지 이런 데서 튀어나올 놈이 아니었다. 가능한 설명은 팔란티어의 운영을 맡은 던전 마스터가 실수를 했든가, 그림자 동굴이 카자드 쿰에 알려진 것처럼 간단한 퀘스트가 아니라는 것이었다. 만약 후자 쪽이라면 동굴 안 어딘가 엄청난 재화가 쌓인 비밀 방이 있거나, 뇌신의 지팡이를 능가하는 보물이 있거나, 어쩌면 신의 계시가 담긴 신탁이 굴러다니고 있을지도 모르는 일이었다. 원철은 지금까지의 퀘스트 내용을 찬찬히 더듬어보다가 머리를 흔들었다. 답 대신 현자의 집에 문의할 내용만 하나 더 늘어났기 때문이다.

이어지는 화면에서 라비안이 죽고 카일이 죽었다. 원철은 화면을 정지시켰다. 문득 카일로 등록되어 있던 사람이 누굴까 궁금해하던 원철은 조금 더 생각을 해본 다음 고개를 저었다. 예전에 브루이넨에서 초급 전사였던 시절에는 다른 게이머들과 통성명을 나누기도 하고, 두어 번쯤 오프라인으로 만난 적도 있었다. 그러나 레벨이 올라가면서 그런 일은 더 이상 하지 않게 되었다. 아니, 할 수가 없게 되었다는 것이 더 정확했다. 워낙 몰입도가 높은 게임이다보니, 접속하는 순간부터 현실의 일들에 대해 생각하는 것이 점점 어려워졌기 때문이다. 요즘같아서는 카일의 플레이어가 누군지 정말 궁금했다고 해도, 게임속에서 그것을 자의적으로 물을 수 있을지 의심이 갔다.

한숨을 내쉬며 다시 재생을 속개하자 고르곤이 보로미어를 쓰러뜨리는 장면이 나오고, 이어서 한참 동안 빈 화면이 이어졌다. 보로미어가 두 번째로 정신을 잃은 부분이었다. 잠시 후 화면이 다시 열리며 고르곤이 죽어 있는 모습이 보였다. 팔란티어의 모든 캐릭터는 팔란티어 내의 시간으로 한 시간에 한 포인트씩 건강치가 재생된다. 그러므로 정신을 잃었더라도 더 이상의 공격만 받지 않는다면 시간이 지남에 따라 다시 일어설 수 있는 것이다. 문제는 저 송아지가 왜 보로미어를 끝장내지 않고 도리어 죽어 자빠져 있느냐는 것이었다. 각도를 바꿔가며 몇 번을 재생시켜 보아도 답이 될 만한 단서는 찾을 수 없었다.

더 이상 볼 필요가 없었으므로 원철은 팔란티어 재생기를 닫고 기지개를 켰다. 시계를 보니 시침은 이미 10을 넘어 11을 향해 반쯤 나가고 있었다. 밖으로 나온 그는 커피를 한잔 타들고 거실 창밖으로 뻗은 녹음을 바라보았다. 기울어가는 희미한 달빛을 받은 경기도의 삼림은 군데군데 떠 있는 작은 불빛의 섬들을 품어안은 채 암녹색 바다처럼 출렁이고 있었다. 방금 태어난 듯 눈부신 가이아의 대지만은 못했지만, 그래도 아름다운 야경이었다.

전화의 벨이 울려 수화기를 들자 낯익은 목소리가 흘러나왔다.

"오빠, 나야."

수정이었다.

"그래. 웬일이야?"

"운동 잘 하나 하고."

"잘 하고는 있는데, 그거 확인하려고 전화한 거야?"

"뭐, 그거도 그거고, 일도 잘 안 되고."

피곤한 목소리였다.

"왜? 가장 한국적인 거 어쩌고 하던 건 잘 안 돼?"

"흥, 말이 쉽지 가장 한국적인 이미지를 찾기가 쉬운가? 오빠라면 그런 게 당장 떠오르겠어?"

"하하, 내가 그거 아이디어 내주면 네가 내 프로그램 좀 짜줄래?"

"무슨 아이디어 있어?"

"글쎄. 지금 당장은 없지만 떠오를 수도 있지."

"피이. 그래도 혹시 떠오르면 연락 줘. 프로그램까지는 못 짜줘도 저녁 한 끼 정도는 대접할 수 있으니까."

정말 집요한 계집애였다. 원철은 혓바닥에 돋아난 꺼끌한 느낌을 죽이며 최대한 기분 나쁘지 않은 목소리로 대꾸했다.

"쯔쯔, 천하의 양수정이 왜 이래. 내 아이디어 백 개를 모아도 네 것 하나만 못할 텐데."

"모르겠어. 요즘은 왠지 모든 게 옛날 같지 않아. 일도 생활도……, 인생도."

"……."

"모든 게 다 색이 바랜 느낌이야. 짜증만 늘고. 나도 오빠처럼 운동이나 해야 할까 봐."

"운동은 무슨. 너무 힘들면 하루이틀 정도 쉬든가. 너야 시간이 좀 있는 편이잖아?"

"아니야. 이건 일만의 문제가 아닌 것 같아. 오빠는 점점 여유 있어져 가는데, 난 갈수록 그 반대야. 아침에 일어나면 뭔가가 탁 막힌 것 같고, 하루 종일 모든 게 답답하고."

"너도 슬슬 서울을 떠날 때가 온 것 같구나."

"그러고 싶어도 어디 갈 데가 있어야지. 혹시 오빠네 방 남는 거 있으면 나한테 세 놓을래?"

원철은 속으로 한숨을 쉬었다. 이제는 화도 나지 않았다. 그저 지겨울 뿐이었다.

"글쎄……, 정식으로 혼인 신고하고 식을 올린 후라면 모를까, 그건 곤란하겠는걸?"

수정이 '결혼'이란 단어를 몸서리쳐지도록 혐오한다는 것을 잘 아는 원철은 농담조로 대답했다. 그녀가 곤란한 방향으로 화제를 끌어갈 때마다 입을 닫게 만드는 가장 확실한 방법이었다.

"……."

"여보세요?"

"후, 나 실은 요즘 그것도 고민거리야. 나이도 나이고, 우리 엄마 성화도 갈수록 점입 가경이고. 낼 모레면 서른인데 언제까지 혼자서만 살 수도 없는 거고."

'아니, 이건 또 무슨 얘기지?'

원철은 예상치 못했던 그녀의 반응에 긴장하기 시작했다.

"나도 생각 많이 해본 건데, 주변을 아무리 둘러봐도 오빠만 한 사람은 드물다는 생각이 들었어. 하지만 지금까진 '나 같은 게' 하는 생각에 망설이기만 했거든. 그런데 농담 속에 뼈가 있다고, 오빠가 아까 식 올리니 어쩌니 말하는 걸 들으니까 그게 다 농담은 아니란 느낌이 들었어. 내가……, 잘못 들은 거야?"

평소의 그녀답지 않은 진지한 말투였다. 원철은 말문이 막혔다. 그녀를 싫어하는 것은 아니었지만 배우자감으로 생각해 본 적은 없었다. 아니, 설사 그렇다고 해도 지금 자신은 결혼은커녕 하룻밤 연애도 할 수 없는 처지지 않은가! 젠장!

원철은 당황 속에 계속 할말을 찾아 헤맸다. 그녀가 자신에 대해 그 정도의 감정을 갖고 있는 줄 알았다면 그런 쓸데없는 농지거리는 하지 않았을 것이다. 하지만 말은 이미 던져진 것이고 이제는 자신의 의지와 상관없이 수정에게 상처를 줄 수밖에 없는 상황이 되어버렸다. 그렇다고 자신의 수치스런 문제를 그녀에게 밝히고 싶은 생각은 추호도 없었다.

엉거주춤 선 채로 어물거리고 있는데, 갑자기 수화기에서 고음의 웃음소리가 터져나왔다.

"하하하. 내가 그 수에 매일 당하기만 할 줄 알아? 결혼 얘기에 바짝 얼어붙는 건 오빠도 마찬가지네, 하하하."

"야! 넌 농담을 해도……."

원철이 약이 올라 소리를 질렀지만 수화기에서는 이미 단조로운 신호음만 들리고 있었다.

원철은 안도감에 수화기를 내려놓으며 하도 기가 차서 픽 웃었다. 조물주가 그녀를 만들 때 '진지함'이란 양념을 빠뜨렸다는 사실을 익히 알면서도 번번이 당하는 자신이 우스워서였다. 그러나 이내 씁쓸한 허탈감이 밀려왔다.

'결혼이라.'

그럴 수만 있다면 그것도 나쁘진 않겠다는 생각이 들었다. 꼭 수정이와는 아니더라도 말이다.

'그럴 수만 있다면…….'

원철은 갑자기 머릿속이 복잡해 오자 세차게 머리를 흔들었다.

겨우 마음을 추스르고 고개를 들었으나, 여전히 찜찜한 느낌은 사라지지 않았다. 이번엔 자신의 문제 때문이 아니라 수정 때문이었다. 항상 명랑한 그녀였지만, 그런 그녀조차 떨쳐버리지 못하는 그 어떤 것의 어두운 그림자를 잠시 엿본 듯해 마음 한구석이 영 개운치 않았다.

한 인간을 이런 밤중에 한 가닥 전화선에 절박하게 매달리게 만드는 그것은 '스트레스'나 '소외' 같은 피상적 단어들로는 영원히 표현될 수 없는 차원의 문제였다. 오색 네온의 조명 속에 희미한 별빛들이 묻혀갈수록, 돌아본 곳 어디서나 콘크리트의 회색이 낯설지 않은 배경으로 다가올수록, 그리고 그 속을 바글대는 얼굴들이 섬뜩한 이방인의 표정으로 변해 갈수록 사람들의 지친 몸뚱이를 서서히 조여만 가는 그것을 뭐라 불러야 할지 원철도 마땅한 이름을 찾을 수가 없었다.

까닭 모를 한기에 원철은 반쯤 식은 커피를 한 모금 마시면서 다시 창 밖의 암녹색 물결 속에 부유하고 있는 광도(光島)들을 응시했다. 분명 가이아보다는 못한 세상이었다.

제3장
현자의 조언

5월 21일 수요일

시계는 11시 10분을 가리키고 있었다. 원철은 기지개를 켜고 일어나 힘주어 목을 돌렸다. 우드득 하는 소리가 나며 시원한 통증이 어깻죽지를 타고 흘러내렸다. 텔레비전 화면에선 이제 갓 소녀티를 벗은 여가수가 슬슬 노년 티가 나기 시작한 토크쇼 사회자에게 자신의 지나온 인생에 대해 나름대로 심각한 표정으로 이야기하고 있었다. 원철은 그녀의 짤막하고 평범한 인생 유전이 내일의 주식 정보라도 되는 양 열심히 경청하고 있는 방청객들의 뒤통수를 한동안 노려보다가, 정신이 좀 드는 듯하여 소파에서 일어났다.

다시 한번 목을 돌리자 기분 좋은 소음이 재차 우러났다. 아침부터 소스 코드 라이브러리를 정리하느라 하루를 보내고 9시 뉴스를 보면서 깜박 존 것이 그만 초저녁 잠으로 이어진 것이다. 뉴스는 열흘째 국회 건교위 위원장인 송경호 의원의 피살 사건을 톱 뉴스로 다루고 있었다. 통일에 반대하는 우익 운동 세력인 반통련(反統聯), 수풍 발전소 수주를 놓고 경쟁을 벌이던 태한 건설과 진산 건설을 비롯한 국내 유수 건설 업체들, 기타 송 의원의 수많은 정적들을 비롯하여 암살자(뉴스 앵커들은 이제 살인범에 대한 호칭을 암살자로 통일하기로 한 듯했다)가 들고 있던 진검(眞劍) 탓에 불려다니는 검도 협회 이사들까지 그 배후에 대한 광범위한 수사 진행 상황이 연일 보도되고 있었지만, 아직까지도 아무런 단서를 잡지 못한 듯했다. 한 인간을 죽여야 할 동기를 가진 사람이 그렇게 많을 수도 있다는 사실을 신기해하며 뉴스를 시청하던 원철은 보도가 지루하게 늘어지자 그만 잠이 들어버렸던 것이다.

다시 시계를 들여다 본 원철은 작업실로 들어가 팔란티어 접속 프로그램을 시작하고 멀티 세트를 착용했다.

'팔란티어'에 접속되었습니다.

어서 오십시오. 보로미어 님. 마지막 접속은 2011년 5월 21일 00:50분에 해제되었습니다.

지금부터 '팔란티어'와 동기화를 하겠습니다.

멀티 세트의 동기화 과정에서 약간의 어지러움을 느끼실 수 있으나, 잠시만 참으시면 됩니다.

이제는 익숙해진 현기증이 잠시 지나가며, 원철은 눈을 감았다.

눈을 뜨자 밝은 햇살이 좁은 방을 가득 메우고 있었다. 보로미어는 기지개를 켜며 자리에서 일어났다. 평소보다 사지가 묵직한 느낌이 들어 더듬어보니 갑옷을 입은 채였다.

"제기랄."

보로미어는 철그럭거리는 갑옷을 못마땅한 듯 더듬어보다 침대를 박차고 일어났다. 몸은 어느 정도 회복이 됐는지 어제보다는 한결 나았고 얼핏 창 밖을 내다보니 해는 이미 중천에 떠 있었다. 모든 것이 아침 이슬처럼 반짝이는 아름다운 날이었다. 보로미어는 지체없이 고르곤의 뿔을 챙겨들고 방을 나섰다.

여관 1층에는 카운터와 여관 손님들이 간단한 음료나 술을 마실 수 있는 통나무 테이블 두 개가 놓여 있었다. 가끔은 여기서 사람들과 캐러밴을 만들어 퀘스트를 떠나기도 하지만, 오늘은 시간이 시간인 만큼 텅 비어 있었다. 언제나처럼 카운터에서 졸고 있던 '달리는 조랑말'의 주인 발리만은 보로미어가 테이블을 두드리는 소리를 듣고서야 겨우 눈을 떴다.

"이런, 보로미어. 이렇게 늦잠을 자다니 자네답지 않군 그래. 어제는 힘든 퀘스트였나 보지?"

"말도 마쇼. 방값은 얼마요?"

"60두카트야. 어젯밤 것과 밀린 것 이틀치."

보로미어는 주머니에서 90두카트의 금편을 꺼내 카운터 위에 놓았다.

"오늘밤 것은 미리 내겠소. 30두카트짜리 방으로 옮겨주쇼."

"나야 여부가 있을 리 있나. 그런데 오늘밤 걸 미리 내는 걸 보니 오늘은 퀘스트가 없나 보군."

"여기 카자드 쿰에서 할 일도 태산이우."

보로미어는 고르곤의 뿔을 한쪽 어깨에 둘러메고 '달리는 조랑말'을 나섰다.

카자드 쿰 거리의 아침은 여느 때처럼 소란스러웠다. 조직이 끝나 퀘스트를 떠나는 캐러밴들과 약속을 지키지 않은 멤버 덕에 거리까지 나와서 대원을 급조하고 있는 캐러밴들, 그리고 어디서 와서 어디로 가는지 알 수 없는 수많은 전사와 레인저, 사제와 위저드들의 행렬로 카자드 쿰의 남문과 영주의 성을 잇는 가장 큰 도로인 제라드 거리는 발 디딜 틈도 없이 복작거렸다.

보로미어는 사람들을 헤치고 가게들이 몰려 있는 시장 쪽으로 걸음을 옮겼다. 남문 바로 옆에 위치한 '달리는 조랑말'에서 시장까지는 보로미어의 걸음으로 한 15분 정도 걸리는 거리였다. 시장은 200여 개 가량의 점포가 빽빽이 들어차 있었는데, 한두 번쯤은 길을 잃어봐야 익숙해질 수 있을 법한 복잡한 구조로 되어 있었다. 사실 보로미어도 전사인 자신이 필요로 하는 병기상이나 보석상 외의 상점들 위치는 잘 알지 못했다.

보로미어는 먼저 보석상들이 몰려 있는 젬 거리를 찾아가 가장 큰 간판을 내걸고 있는 '그룬발트 보석상'의 문을 열고 들어갔다. 문에 달려 있는 종이 울리는 소리에 주인인 그룬발트가 보로미어를 돌아보았다.

"아하하, 보로미어. 이거 정말 오랜만입니다."

"안녕하시오. 그래도 여기선 항상 날 반겨주니 고맙군."

"저야 채무자가 살아 있는 걸 보면 언제나 기쁘죠. 하하하."

그룬발트가 카운터 뒤에서 터질 듯한 배를 두툼한 손으로 문지르며 너털웃음을 웃었다. 카자드 쿰의 보석상들은 보석 거래 외에도 돈을 빌려주는 은행의 기능도 하고 있었는데, 보로미어도 그룬발트에게 200두카트 가량 빚을 지고 있었다.

"빚이야 때가 되면 갚는 거고, 먼저 이거나 봐주게."

보로미어는 주머니에서 루비 두 개를 꺼내 그룬발트의 앞에 내려놓았다. 그룬발트는 루비를 들고 이리저리 살펴보다가 물었다.

"이거 어디서 난 겁니까?"

"그림자의 동굴에서."

"좋은 보석이군요. 600두카트는 너끈히 가겠어요."

보로미어는 미소를 지었다. 지금까지 그런 돈은 쥐어본 적도 없었다.

빚을 제하고 400두카트를 받아넣은 보로미어는 뿌듯한 기분으로 보석상을 나섰다. 주머니에는 600두카트 남짓의 돈이 있었고 이 정도면 현자의 집 면담비로는 충분했다. 새 검과 방패를 살 돈도 남을 정도였다.

좁은 시장 골목을 빠져나와 다시 제라드 거리로 나선 전사는 영주의 성인 카자드 수르를 향해 걷기 시작했다. 쿰이란 카자드 원어로 큰 도시를 의미했고 수르란 성 또는 성곽이란 뜻이었다. 카자드 수르는 카자드 쿰의 정중앙에 위치한 고딕형 건물로, 카자드 쿰 성벽 안의 또 다른 성이었다.

제라드 거리가 카자드 수르와 만나는 곳에는 수백 명이 모일 수 있는 너른 광장이 있었는데, 출발하는 원정대들로 항상 북적거리는 곳이었다. 하지만 오늘은 떠나는 원정대가 없는지 어느 정도 한산한 풍경이었다.

반대로 광장 한켠에 서 있는 게시판에는 한 무리의 군중들이 모여 있었다. 그 게시판은 영주의 현상금 목록을 붙여놓는 곳이었다. 이는 전략적으로 가치를 가지는 지역의 괴물들을 제거해 주거나 특정 물품을 구해 오는 등 영주가 제시한 목표를 달성하면 퀘스트에서 얻는 재보 이외에 영주가 내건 상금도 챙길 수 있는 것으로, 꿩먹고 알먹기인지라 그 앞에는 항상 사람들이 바글대었다. 영주의 현상 목록 옆에는 다른 여러 계급의 상급 서열들이 각자 자기가 구하는 물건과 가격을 적은 광고들을 붙여놓았기 때문에, 일종의 물건 복덕방 역할도 하는 곳이었다.

그러나 보로미어는 그런 것이 있다는 것은 알았으나 평소 별로 관심을 두지 않고 있었다. 거기 적힌 내용들은 이름 없는 2급 전사가 넘보기에는 무리한 것들이 대부분이었기 때문이다. 그는 그쪽으로는 눈길도 주지 않고 광장의 오른쪽으로 난 길을 따라 계속 걸음을 옮겼다. 길 옆으로 영주와 나이트들의 직속 부하들이 묵는 병영이 보였고, 그 뒤로 초급 전사들의 훈련장인 콜로세움이 웅장한 자태를 드러내고 있었다. 보로미어는 현자들의 집이 있는 대도서관 쪽으로 가다가 오른쪽에 오래된 석조 건물이 나타나자 일단 그쪽으로 방향을 꺾었다.

건물 입구에서 지붕을 지탱하고 있는 커다란 두 개의 기둥 사이로 전사들이 들락거리고 있었고 기둥에는 '발할라, 전사의 집' 이라고 쓰여 있었다. 오딘 신이 죽은 전사들을 위해 만들었다는 집의 이름을 빌린 이곳은 카자드 쿰의 모든 전사들이 모여드는 곳으로 전사 길드에 해당하는 기능을 했다. 모든 전사는 퀘스트가 끝날 때마다 이곳에 들러 각자의 수호신에게 그 동안의 보호에 감사하는 예식을 올렸고 남은 시간에는 전사끼리 모여 이야기를 나누었다.

입구에 들어서자 커다란 술집이 서너 개 줄지어 있었고 4, 50명의 전사들이 모여앉아 떠들고 있었다. 그중 보로미어를 알아보고 손을 흔드는 자들도 있었다. 보로미어는 답례를 하고 술집들을 지나 홀의 안쪽으로 들어갔다. 홀의 양쪽에는 거대한 석상들이 줄지어 늘어서 있었고 간간이 그 앞에 무릎을 꿇고 있는 전사들의 모습이 보였다. 보로미어는 자신의 수호신인 로키의 석상 앞에 이르자 역시 무릎을 꿇고 30두카트의 금편을 석상 앞에 올려놓았다. 온갖 예물과 예식을 준비해야 하는 사제들에 비해 전사들의 예절은 간단한 편이었다.

곧 무릎을 꿇은 보로미어에게 로키 신의 가라앉은 목소리가 울려왔다. 그 목소리가 자신 외에는 누구에게도 들리지 않는다는 것을 잘 아는 보로미어는 귀에 온 신경을 집중시켰다.

"오, 나의 아들 보로미어.

죽음의 계곡을 건너 너를 다시 볼 수 있으니 정말 기쁘도다.

너의 경험은 이제 너를 전사라 부르기에 적당치 않구나.

오늘부터 로키의 이름으로 너에게 '용사'의 지위를 부여하노니, 그 이름에 어울리는 전사가 되기 바란다."

보로미어는 깜짝 놀랐다. 자신이 용사 서열에 오르려면 아직 퀘스트를 서너 번 정도 더 해야 할 것으로 알고 있었기 때문이다. 고르곤이 생각보다 경험치가 컸나 보다는 생각을 하면서 전사는 계속 귀를 기울였다.

"지금 너는 체력 10, 지능 4, 지혜 4, 민첩성 6, 카리스마 4, 내구력 6의 능력을 지니고 있다. 너의 수호신 로키의 이름으로 용사의 지위에 맞는 세 가지 능력을 올려주도록 하마."

처음 브루이넨에 떨어진 이후 서너 번의 퀘스트를 거치며 전투시 부상을 견디는 힘은 내구력에서 나온다는 것을 알고 난 그는 '검사'에서 '전사'로 서열을 올릴 때 받은 능력점 2점을 모두 내구력에 쏟아부었다. '전사'에서 '용사'로 올라갈 때는 두 가지가 아닌 세 가지 능력을 올려준다는 것으로 보아 다음 '투사'의 서열에 오를 때는 네 가지나 그 이상의 능력을 올릴 수 있을 것이란 짐작이 갔다.

"어떤 능력을 올리길 희망하는가?"

보로미어는 조금도 주저하지 않고 대답했다.

"체력입니다."

"두 번째로 어떤 능력을 올리길 희망하는가?"

"체력입니다."

잠시의 침묵이 흐른 후 로키의 음성이 들려왔다.

"나의 아들 보로미어여. 너의 수호신으로서 지금 너에게는 지능이나 지혜의 발전이 더 필요하다는 걸 경고하는 바이다. 두 번째 선택에 변함이 없는가?"

"없습니다."

"좋다. 세 번째로는 어떤 능력을 올리길 희망하는가?"

"체력입니다."

다시 침묵이 흘렀다.

"나의 아들 보로미어여. 너의 수호신으로서 지금 너에게는 지능이나 지혜의 발전이 더 필요하다는 걸 경고하는 바이다. 이런 비정상적인 능력은 너에게 도움이 되지 않는다. 세 번째 선택에 변함이 없는가?"

"없습니다."

"좋다. 이제 너는 체력 13, 지능 4, 지혜 4, 민첩성 6, 카리스마 4, 내구력 6의 능력을 지닌 3급 전사인 '용사'이다. 부디 그 이름에 부끄럽지 않도록 행동하여라. 나의 가호가 너와 함께하리라."

보로미어는 자리에서 일어나 다시 로키의 석상에 예를 표하고 발할라의 입구 쪽으로 걸어나왔다. 팔에 힘을 줘봤지만 아무런 변화가 느껴지지 않아 체력이 과연 증가했는지 의심이 갈 정도였다.

"어이, 보로미어!"

서너 명이 앉아 있는 입구 테이블 중 하나에서 전사 한 명이 손을 흔들어 그를 불러세웠다. 카자드 쿰에 온 이후 한두 번 같이 퀘스트에 참여해 본 적이 있는 칸트라는 이름의 인간으로, 4급인 '투사' 급 전사였다. 힘 못지않게 머리도 뛰어나 보로미어가 존경하는 몇 안 되는 사람들 중에 하나이기도 했다.

"오랜만입니다."

보로미어가 인사를 하자 칸트는 앉으라는 손짓을 하며 환하게 웃었다. 예전과 다름없이 누구에게나 호감을 주는 웃음이었다.

"이게 얼마 만인가. 아직까지 살아 있으니 반갑군."

보로미어가 자리에 앉자 칸트는 테이블에 앉은 다른 두 전사를 소개했다.

"이쪽은 나와 같은 투사급인 라미네즈, 그리고 여긴 용사급인 라시드일세. 여기는 전사급인 보로미어야. 인사들 나누게."

보로미어는 드워프인 라미네즈와 엘프인 라시드와 각각 악수를 나눈 후 칸트의 소개를 정정했다.

"오늘부터는 저도 용사 칭호를 허용받았습니다."

"이런 이런, 내가 몰랐네. 그러나 저러나 축하하네."

칸트가 이마를 치며 말했다.

"우린 지금 하라드림에 대한 얘기를 하고 있던 중일세."

길게 늘어뜨린 드워프 족 특유의 턱수염 때문에 칸트보다 좀더 나이가 들어보이는 라미네즈가 말했다.

"하라……드림이요?"

보로미어가 더듬거리자 훤한 용모의 라시드가 엘프 특유의 높은 웃음을 터뜨렸다. 웃음 때문인지 보로미어는 라시드가 카일과 많이 닮았다고 느꼈다.

"이 친구는 아직 국내 정세도 잘 파악을 못하고 있구먼. 하라드림은 카자드와 다메시아 사이를 점령하고 있는 야만족의 이름이야."

사실 지금까지 보로미어는 퀘스트에만 열중했지, 술집이나 발할라에서 다른 사람들과 이야기를 하고 정보를 모으는 데는 신경을 써본 적이 없었다. 물론 다른 사람들이 많은 시간을 그렇게 보낸다는 것은 알고 있었지만 하급 전사인 그로선 지금까지 그래야 할 이유도 몰랐고, 필요도 느끼지 못했던 것이다.

"보로미어, 자네도 이젠 용사의 반열에 들었다니까 해주는 말인데, 지금 이 카자드가 어떻게 돌아가고 있는지에 대해 대충은 내용을 알고 있는 것이 좋아. 여기서는 매일 수많은 퀘스트와 원정이 이루어지지만, 그 가운데에도 커다란 흐름이 있어. 그 흐름을 타지 못하면 항상 뒷북만 치다 끝이 난단 말이야. 서열이 오를수록 영주인 로한이 뭘 계획하고 있는지, 카자드 전체가 어떻게 움직이고 있는지, 나가서 파라벨 강 건너의 노렐리아나 카라카스 너머의 다메시아의 동향까지도 파악을 하고 있지 않으면 도태될 가능성이 높단 얘길세."

칸트가 친절히 설명을 해주었다. 보로미어는 영 이해가 가지 않았지만 일단 칸트의 얼굴을 봐서라도 열심히 듣는 시늉을 했다.

라미네즈가 수염을 쓰다듬으며 말했다.

"에……, 그러니까 결국은 로한이 아무리 마음이 급하다 해도 하라드림을 평정하기 전에는 남쪽으론 움직이지 못할 거란 말이야. 비록 갈라디움이 요새화되기는 했지만 하라드림의 전면 공격에 버티기는 무리일 테고, 만약 영주가 남쪽 친정을 떠난다고 하면 그 쪽의 하급 전사와 위저드들이 다 이리로 몰려올 것은 뻔한 일 아닌가."

"하지만, 지금 사정이 시급한 편 아닙니까? 노렐의 영주는 이미 록스란드 진입 준비를 마쳤다고 하는 소문도 있던데, 로한이 그냥 앉아서 세월아 네월아 하고 있을 것 같지는 않군요."

라시드가 말했다. 그가 심각한 표정을 하자 눈매가 짐짓 날카로워졌다.

"어쩔 수 없을 거야. 섣불리 움직였다간 카자드 쿰까지도 위험할 수 있다는 사실은 영주 자신이 누구보다도 잘 알고 있을 테니까. 게다가 카자드 쿰 주위조차도 아직 안정이 됐다고는 말할 수 없는 상황 아닌가. 아직 그림자 동굴 같은 곳도 정리가 되지 않고 있으니 말일세."

칸트가 혼자말을 하듯 중얼거렸다.

"그림자 동굴이라면 제가 다녀오긴 했는데……."

보로미어가 천천히 입을 열자 다른 세 명의 눈길이 그에게로 모였다.

"이봐. 거기는 4급인 투사급들도 잘 안 가려는 곳인데 자네가 갔더란 말인가?"

라미네즈가 의심스러운 듯 말했다.

"그런 건 잘 모르겠지만, 그 그림자 동굴이란 게 틴디움으로 가는 길에 있는 그림자 동굴이라면 어제 제가 다녀왔는데요."

보로미어를 제외한 세 사람의 전사들은 서로를 마주보았다. 눈치가 느린 보로미어지만 대충 분위기 파악은 할 수 있었다. 험하다는 소문은 간간이 들었지만, 그 정도로 사람들이 기피하는 곳인 줄은 모르고 있었다. 어수룩한 자신을 꼬셔서 거길 끌고 갔던 윌과 두칸에 대한 뒤늦은 화가 새삼스레 치솟았다.

"어디까지 가봤어? 그림자의 방?"

라시드가 반신 반의하는 표정으로 물었다.

"그림자의 방을 지나면 루우킨의 신전이 나오는데, 거기까지는 가봤지."

같은 서열이므로 라시드에게는 말을 놓았다.

"그림자의 방을 지났다고? 운이 좋았던 건가?"

이번엔 칸트가 물었다.

"운이라기보다는 그냥 그림자 마법을 깨고 지나갔는데요."

보로미어의 대답에 세 사람은 다시 얼굴을 마주보았다.

"도대체 누구랑 같이 갔던 거야? 6급인 스펠바인더(Spellbinder) 급 위저드라도 같이 갔었나?"

라미네즈가 문초하듯 물었다.

"그냥 초짜 위저드 하나하고 카일, 그리고 서열을 알 수 없는 라비안이란 놈 사제와 같이 갔어요."

"라비안?"

칸트가 사제의 이름을 되뇌었지만, 고개를 갸우뚱거리는 것으로 보아 모르는 듯했다.

"그 사제는 지금 어디 있나?"

"죽었죠. 루우킨의 신전에서 뇌신의 지팡이를 얻었지만, 갑자기 나타난 고르곤에게 받혀 죽었어요. 동행했던 위저드와 엘프 궁사인 카일도 거기서 죽었고요."

"고르곤? 그림자의 동굴에? 자넨 어떻게 살아 나왔나?"

"그건 저도 잘 모르겠는데요."

세 명 모두의 얼굴에 강한 불신의 빛이 떠올랐다.

라시드가 먼저 입을 열었다.

"보로미어, 자네 말을 못 믿겠다는 건 아니지만, 솔직히 다 받아들이기는 어렵군. 먼저 고르곤이 카자드 쿰의 지척에서 나타났다는 것부터가 영……."

보로미어는 대답 대신 들고 있던 고르곤의 뿔을 상 위에 올려놓았다. 그것을 본 라미네즈가 벌떡 일어났다.

"아니, 이건……."

라미네즈가 청백색 뿔을 만지며 말을 잇지 못했다. 칸트는 양쪽 관자놀이를 주무르며 곤혹스런 표정을 짓다가 물었다.

"그렇다면 단지 도망쳐 나온 게 아니라 고르곤을 죽였단 말인가? 전사급인 자네가 어떻게?"

사실 그 답을 자신도 잘 모르기에 보로미어는 가만히 입을 닫고 있었다.

"이건 아무래도 보고가 돼야 할 내용인 듯하오. 지금 당장 가이우스에게 알려야겠소."

라미네즈는 고르곤을 누가 처치했는가 하는 것보다는 그 출현 자체에 충격을 받은 듯, 옆에 세워놓았던 커다란 전투용 도끼를 둘러메고 황급히 자리를 박차고 나갔다. 카자드의 치안을 맡고 있는 보안관 가이우스의 이름은 보로미어도 들은 적이 있었다.

"이게 그 정도로 대단한 일인가요?"

라미네즈가 남기고 간 침묵을 깨고 보로미어가 물었다.

칸트가 천천히 고개를 끄덕이며 답했다.

"고르곤이란 원래 이 세계의 짐승은 아니야. 광물계에 살면서 아주 가끔씩만 이 세계에 모습을 드러내는 짐승이지. 영주인 로한도 나이트 급이던 시절에 하나를 잡았다는데, 그때 거의 목숨을 잃을 뻔했다고 해. 지금 로한은 카자드 쿰 지역이 어느 정도 안정되고 기반이 잡혔다고 생각을 하고 있고, 그래서 어디론가 친정을 계획하고 있는 것 같아. 제정신이라면 동북쪽의 하라드림을, 맘이 급해 눈이 멀었다면 남쪽의 네크로맨서(Necromancer)나 메레디트를 택하겠지. 하지만 고르곤 같은 괴물이 카자드 쿰 주변에서 돌아다닌다면 그건 아직 카자드 쿰이 안정된 곳이 아니란 뜻이고, 따라서 아직 영주의 친정은 시기 상조란 결론이 나온단 말야. 조급한 마음에 그런 것도 상관없이 친정에 나섰다가는 1대 영주 제라드의 꼴을 면치 못한다는 건 자기 자신이 더 잘 알고 있을 테니까."

칸트는 씁쓸한 표정을 지으면서 말을 마쳤다.

"1대 영주요?"

보로미어가 묻자 라시드가 답해 주었다.

"지금 영주인 로한 이전에 카자드 쿰을 세운 위저드지. 도리아스 속주 출신으로, 괴물이 득실거리는 원시림이나 다름없던 카자드에 도시를 세우고 다른 도시들과의 경쟁에서 이겨 카자드의 1대 영주가 되었던 위저드야. 서열도 7급 위저드인 인챈터(Enchanter)까지 올랐던 것을, 너무 성급하게 남쪽 원정에 나섰다가 모리아에서 죽고 말았지. 카자드 쿰의 큰 거리 이름도 그의 이름을 따서 지은 거라고."

보로미어는 역시 하나도 이해가 가지 않았지만 라시드가 또 비웃을 것 같아 고개를 끄덕였다. 뭔지 잘은 몰라도 여기 카자드에서 살아나가기 위해서는 힘뿐 아니라 다른 잡다한 지식들도 알아야 할 게 많은 모양이라는 생각이 들면서, 방금 전 로키 신과의 대면에서 세 가지 능력점을 다 체력에 쏟아부었던 것이 조금 후회가 되었다.

라시드가 자신의 검을 집어들며 자리를 털고 일어났다.

"그럼 전 이만 가보겠습니다. 상황이 이렇다면 영주의 친정에 참여할 것인지 말지는 고사하고 친정이 있을지 어떨지의 논의조차 의미가 없으니, 다른 원정대가 있는지나 알아봐야죠."

라시드가 총총 자리를 뜨자 칸트가 보로미어를 노려보았다.

"나는 지금 한 가지 사실이 매우 궁금하네. 바로 자네가 어떻게 고르곤을 죽였느냐는 거지. 혹시 내게 말하지 않고 있는 거라도 있나?"

"제가 죽였다는 말은 한 적이 없어요. 단지 저도 정신을 차리고 보니 고르곤이 죽어 있었을 뿐이죠."

칸트는 잠시 더 보로미어를 응시하다 말했다.

"좋아. 난 자네 말을 믿네. 어쨌건 그림자 마법이 깨졌다니 나도 거길 한번 가볼 셈이네. 고르곤이 왜 죽었는지도 알아볼 겸해서 말이야. 어때, 같이 갈 텐가?"

보로미어는 잠시 생각해 보다가 고개를 저었다.

"글쎄요. 저는 거기서 두 번이나 죽을 고비를 넘겼어요. 별로 좋은 기억이 담긴 곳이 아니라 다시 가고 싶은 생각은 없습니다. 대신 도움이 될 정보를 가르쳐 드릴게요."

보로미어는 칸트에게 그림자의 방에 지도가 있다는 것을 일러 주었다. 듣고 난 칸트는 너털웃음을 터뜨렸다.

"이런, 그 정도 정보라면 퀘스트가 아니라 관광이 되겠군. 고마워. 그리고 웬만하면 용사 지위에 맞는 갑옷도 하나 사 입게나. 겉모양도 때론 중요할 때가 있거든."

보로미어는 칸트와 함께 일어나 발할라를 나왔다. 더 묻고 싶은 것이 많았지만 칸트는 갈 곳이 정해지자 마음이 바쁜 듯, 술집이 모여 있는 시장 쪽으로 급히 달려갔다. 용사로 서열이 올라서인지 아니면 총명의 투구 덕인지 갑자기 퀘스트 외의 것들에 대한 궁금증이 불어난 보로미어는 그가 사라진 쪽을 멀뚱하니 바라보다가, 쓰고 있던 아미크론 투구를 퉁퉁 두드리고는 대도서관 쪽으로 총총 걸음을 옮겼다. 이미 해는 서쪽으로 기울기 시작하고 있었다.

얼마 지나지 않아 카자드 쿰의 동쪽으로 멀리 갈라디움까지 이어지는 갈라디움 로의 시작을 알리는 표지가 나왔고 그 너머로 대도서관의 황금빛 돔이 솟아올랐다.

발할라가 전사들의 길드 역할을 하듯 대도서관은 위저드들의 길드 역할을 겸했다. 그곳은 지식을 신 대신 숭상하는 위저드들이 그들의 성스러운 지식을 모아놓은 곳이었으며, 따라서 위저드가 아닌 사람은 들어갈 수 없게 되어 있었다. 정보를 얻고 싶거나 어떤 지식이 필요한 사람은 도서관에 붙은 현자의 집에서 안내를 받아야 했다.

현자의 집은 도서관 옆에 붙은 단층 목조 건물로, 50개쯤 되는 방이 일렬로 길게 늘어서 있었다. 각 방에는 한 명씩 현자들이 대기하고 있어 지식을 원하는 사람은 일정한 돈을 내고 면담을 신청할 수 있게 되어 있었다.

현자란 달리 특별한 사람이 아니고 바로 위저드들이었는데, 별 절차 없이도 서열을 올릴 수 있는 전사들과는 달리 위저드들에겐 서열 승급 전 얼마 동안을 현자의 집에서 봉사해야 한다는 규정이 있었다. 여기에는 두 가지 이유가 있었는데, 첫째로 위저드 자신의 지식을 체계적으로 늘리기 위해서였다. 위저드의 힘과 마법은 바로 지식에 근원을 두고 있는데, 사실 대도서관에 묻혀 있는 지식이란 워낙 방대한 것이 되어놔서 방향 없이 헤매다가는 쓸데없는 잡지식만 한없이 불어날 위험이 있었다. 그러므로 현자의 집에서 다른 사람들의 질문을 통해 실제로 요구되는 지식이 무엇인지 방향을 잡아야 제대로 공부를 할 수 있는 것이다.

둘째 이유는 금전적인 것이었다. 위저드들이 사용하는 마법 용구들은 일반 병장기와 달리 몇천 두카트씩 하는 것들이 많았고, 그런 물건들을 퀘스트나 원정에서 얻든가 아니면 어떻게든 돈을 모아 구입해야만 자신의 마법을 충분히 발휘할 수 있는 것이다.

그러나 퀘스트나 원정은 항상 불확실한 가능성이었기에 대부분의 위저드들은 현자의 집에서 돈을 모아 자신이 다음 서열에서 필요로 하는 용구를 구입하고 있었다.

물론 이러한 구구한 사연을 자세히 모르는 보로미어는 현자의 집이란 공짜로 알려줘도 될 정보를 괜히 비싼 값으로 팔아먹는 도둑놈들이 사는 곳 정도로 알고 있었기 때문에, 그리로 향하는 발걸음이 그리 가볍지는 않았다.

현자의 집 방문 하나하나에는 모두 가격이 붙은 문패들이 달려 있었고 그 방을 담당하고 있는 위저드의 서열에 따라서 가격이 모두 달랐다. 보로미어는 천 두카트의 가격을 붙여놓은 뮤라드라는 위저드의 문패를 믿을 수 없다는 눈으로 바라보다가 걸음을 옮겼다. 건물의 반대쪽으로 걸어갈수록 가격은 점점 떨어져서 500두카트 이하의 가격들이 보이기 시작했다. 그러나 싼 현자일수록 부정확한 정보를 내민다는 것 정도는 보로미어도 알고 있었다. 그 주변의 문패들을 기웃거리다 찾던 이름을 발견한 보로미어는 그 방문을 열고 들어갔다.

크지 않은 방 안에 들어서자 방 가운데 놓여 있는 통나무 탁자가 먼저 눈에 들어왔다. 그 뒤로 커다란 책상과 마법 책들이 빽빽이 꽂혀 있는 서가가 보였다. 갑작스런 보로미어의 출현에 놀란 듯, 책상에 앉아 책을 읽던 중년의 엘프가 두 눈을 크게 뜨고 고개를 들었다.

"당신이 가롯이오?"

전사가 아닌 다른 계급에 대해서는 웬만해선 존대를 쓰지 않는 보로미어였다.

"자네는 노크하는 법도 모르나?"

위저드는 대답 대신 놀람과 신경질이 섞인 목소리로 소리를 지르며 자리에서 일어났다. 같은 계급끼리도 아닌데 뭔 예절 타령인가 하는 생각이 평소 가지고 있던 위저드에 대한 반감과 상승 반응을 일으키며, 보로미어는 몸을 돌려 나가고 싶은 강한 충동을 느꼈다. 그러나 당장 해결해야 할 몇 가지 궁금증들이 겨우 그의 어깨를 부여잡았다.

"미안하오."

보로미어의 사과에 표정을 누그러뜨린 위저드는 해와 달과 별이 수놓인 푸른색 위저드 가운을 끌면서 책상 뒤에서 나와 통나무 탁자 쪽으로 걸어왔다.

"맞아. 내가 가롯일세."

위저드는 방구석에 놓인 의자를 가리켜 앉으란 손짓을 하며 말했다. 보로미어가 '웬 방구석 자리인가' 하고 속으로 투덜거리며 다가가려 하자, 의자는 갑자기 스읍 테이블 쪽으로 움직여 앉기 좋은 위치에 가서 섰다.

"하하하, 텔레키네시스(Telekinesis) 마법이지. 놀랄 건 없고 요즘 내가 한참 재미를 들인 주문이라."

조금 전의 짜증은 어느새 사라졌는지 가롯은 걸걸한 웃음과 함께 멍해 있는 보로미어에게 다시 의자를 권하면서 테이블에 앉았다. 그러나 가롯의 장난스런 과시 때문에 오히려 위저드에 대한 불신감만 자극받은 보로미어는 의심스런 눈초리로 의자를 바라보며 한동안 머뭇거리다가 겨우 자리에 앉을 수 있었다.

"난 보로미어라고 하는 전사요. 혹시 라비안이란 사제를 아시오?"

보로미어가 묻자 가롯은 잠시 생각에 잠겼다가 고개를 끄덕였다.

"예쁘장한 놈 아가씨 말이로군. 며칠 전에 여기 들렀지. 그래, 그 사제는 잘 있나?"

"죽었소. 그림자의 동굴에서."

전사의 대답에 현자는 안됐다는 표정을 지으며 혀를 찼다.

보로미아가 말했다.

"그 여자 말이, 뇌신의 지팡이가 루우킨의 신전에 있다는 말을 여기서 들었다고 했소."

"왜, 아니었나?"

"아니. 지팡이는 거기 있었지만 전투중 부서지고 말았소."

"이런."

가롯은 더 안됐다는 표정으로 다시 혀를 찼다.

"그걸로 미루어보아 당신은 비교적 정확한 정보를 제공하는 듯하여, 오늘 찾아오게 된 것이오."

보로미어의 말에 가롯은 고개를 저었다.

"아니야, 아니야. 비교적이 아니라 '항상' 정확하지."

"그럼 몇 가지 의문을 풀어줄 수 있겠소?"

가롯은 대답 대신 손을 내밀었다. 보로미어는 괜한 돈 낭비가 아닐까 하는 생각에 잠시 주저하다가 가롯의 손에 500두카트의 금편을 올려놓았다.

"그래, 무엇이 궁금한가?"

잽싸게 돈을 품에 넣은 가롯이 미소를 지으며 물었다.

"먼저 이 갑옷을 봐주시오."

보로미어가 자리에서 일어나며 말했다. 현자도 자리에서 일어나 보로미어가 입고 있는 갑옷을 유심히 살펴보았다.

"참으로 보기 힘든 갑옷이군. 세공 솜씨도 뛰어나고, 장갑 효과도 상당한 놈이야. 좀 낡았다는 게 흠이긴 하지만, 괜찮은 갑옷일세그려. 그런데……."

가롯은 눈을 감고 갑옷의 갑판들을 어루만져 보면서 잠시 말을 멈췄다.

"……그런데, 단순한 갑옷은 아니야. 흔치 않은 마법이 걸려 있었군. 붙박이 주문인데……, 옳지. 그림자 마법이로군."

가롯은 시를 읊듯 조용히 말하다가 스스로의 말에 놀라 눈을 떴다.

"그림자 마법? 그럼 이게 그림자 동굴에서……."

보로미어는 고개를 끄덕였다. 가롯은 의자에 털썩 주저앉더니 한숨을 내쉬었다.

"그림자 주문은 일단 깨졌소만, 내가 궁금한 것은 그 마법이 아직도 이 갑옷에 붙어 있느냔 거요. 그걸 알아야 벗든지 말든지 할 거 아니오?"

보로미어의 물음에 가롯은 깊은 생각에 잠겼다가 천천히 입을 열었다.

"언젠가 자네 같은 사람이 나오리란 건 알고 있었지만, 막상 그림자 주문을 깬 사람을 보니 좀 당황하게 되는구먼. 사실 그 주문에 대한 내용은 여기 대도서관에도 별로 없어. 사람들이 여기 카자드에 들어오기 오래 전부터 존재한 마법이라는 것밖엔 나 역시 자세히는 모르네. 단, 그 주문의 성질이 촛불과 같아서 일단 깨진 후에는 다시 발동되지 않는다는 것만은 알려져 있지. 그러므로 자네의 질문에 대한 답은 '아니오' 일세. 지금 갑옷을 벗더라도 다시 그림자 마법이 터져나오진 않을 거야. 한데, 그 그림자 마법을 어떻게 깨뜨렸는지 나에게 얘기해 줄 수 없겠나?"

보로미어는 잠시 생각을 해보다 대답 대신 손을 내밀었다. 가롯은 이해가 안 간다는 표정으로 보로미어의 손바닥을 바라보다가, 갑자기 너털웃음을 터뜨리고는 흔쾌히 품안에서 100두카트의 금편을 꺼내어 그 위에 올려놓았다. 그러나 보로미어가 계속 손을 거두지 않자 나직이 투덜대며 200두카트를 더 내놓았다.

보로미어는 그제서야 룬의 내용과 자신이 갑옷을 걸치게 된 경위에 대해 입을 열었다. 가롯은 숨도 크게 안 쉬고 전사의 이야기를 끝까지 듣더니 한두 가지 질문을 던지곤 고개를 끄덕였다.

"그래. 그렇게 된 거로구먼. 이제야 어느 정도 이해가 가는군."

가롯이 생각에 잠겨 있는 동안 보로미어는 고리들을 풀고 갑옷을 벗었다. 정말 가롯의 말대로 아무런 일도 일어나지 않았다.

"그런데 보로미어."

가롯이 갑옷을 벗어든 전사를 불러세웠다.

"내가 자네라면 그 갑옷을 팔아치우거나 하진 않겠어. 어쩌면 평생 다시는 얻지 못할 귀한 물건일지도 모르니까."

"그건……, 또 무슨 말이오?"

보로미어가 현자의 심각한 말투에 놀라 자리에 앉자, 이번엔 다시 현자가 손을 내밀었다. 보로미어는 툴툴거리며 조금 전에 받았던 300두카트를 다시 가롯의 손바닥 위에 떨어뜨렸다.

현자는 씨익 웃으면서 입을 열었다.

"그림자 주문은 깨졌지만 그 갑옷에선 아직 마법의 힘이 느껴져. 그림자 주문에 못지않은 강력한 것일세."

"어떤 마법인지……."

"아, 그건 나도 모르네."

현자는 보로미어의 질문을 끊으며 말했다.

"아니, 그럼 내용도 모르면서 방금 돈을 받은 거야?"

보로미어가 황당해서 외치자 가롯은 웃으면서 진정하라는 손짓을 했다.

"하하, 그건 지금부터 알아내면 되는 것이지. 혹시 그 갑옷을 입은 후로 느껴지는 변화 같은 건 없나? 기운이 세졌다든지, 몸이 가벼워졌다든지 하는 변화 말일세."

"전혀 없었소. 아니……, 잠깐."

보로미어는 잠시 생각을 하다 말을 계속했다.

"그때 한번 나도 모르게 힘이 솟았던 적은 있어."

현자는 고개를 끄덕이며 다시 물었다.

"그렇다면 이해하기 어려운 일이 일어났던 적은 없었나?"

"그런 것은 없었……, 아니, 가만. 그러고 보니 내가 정신을 잃었다 깨어나자 상대 괴물이 죽어 있었던 일이 있었소. 그것도 당신에게 물어보려던 것 중 하나였지만."

가롯의 눈이 반짝였다.

"어떤 괴물이 어떻게 죽어 있었단 말이지?"

"고르곤이었소. 내가 정신을 차리고서 보니 날카로운 무엇에 온몸을 난자당해 죽어 있었소."

가롯은 고르곤이란 말에 한쪽 눈썹을 치올리며 고개를 끄덕였다.

"또 가끔은 이 가슴의 갑판이 주황색으로 빛나기도 하오."

현자의 눈이 다시 반짝였다.

"그래, 도대체 이 갑옷에 걸린 마법이 뭐요?"

"일단 체력을 증가시키는 기능이 있다는 건 의심해 볼 수 있겠지만, 나머진 아직은 잘 모르겠구먼."

가롯이 계면쩍은 웃음을 띠며 대답하다가 보로미어의 표정이 험악하게 일그러지자 황급히 덧붙였다.

"나, 난 아까도 말했지만, 항상 정확한 것만 얘기한다네. 다른 현자들처럼 잘 모르는 것에 대해 떠벌리는 사람은 아니야. 짐작은 가지만 그런 이유에서 말을 못해주는 것이니 이해를 하게나. 하지만 확실히 말해 줄 수 있는 것은 괴물들은 이유 없이 죽지 않는다는 것과 고르곤의 죽음이 그 갑옷과 어떤 관련이 있지 않을까 의심을 해 볼 수 있다는 것일세."

"그런 말은 나도 할 수 있소. 내가 궁금한 건 이 갑옷이 어떤 기능을 가지고 있으며 내게 도움이 되는지, 또 된다면 그 기능을 어떻게 사용하는지 하는 것들이지, 괴물의 죽음과 이 갑옷이 관련이 있느냐 없느냐 하는 것은 아니란 말이오."

보로미어가 투덜거렸다.

"미안하게도 그런 것들에 대한 정확한 답을 아는 사람은 없어. 대도서관의 관장을 맡고 있는 살라딘도 도서관에 기록되지 않은 이런 희귀한 물건에 대해선 알 수가 없는 거야. 결국 자네의 궁금증은 앞으로 겪어나가면서 스스로 풀어가야 하네."

보로미어는 불만에 가득 찬 눈빛으로 현자를 바라보았다.

"그러나, 내가 정보로서가 아니라 조언으로 한 마디 해준다면, 첫째는 절대 그 갑옷을 팔거나 물물 교환을 하거나 하지는 말란 것일세. 아마 제값을 알아보는 사람이 없을 거야. 반짝이는 것만이 금인 줄 아는 사람들이 요즘은 너무 많단 말이야. 그리고 일단은 전사인 자네로서는 급할 때 힘을 더해 주는 기능이 있을지 모르는 갑옷을 입고 있어서 손해볼 건 없지 않은가? 둘째로는 이미 그 갑옷이 자네의 생명을 한번 구해 주었다면, 아마도 다음 번에도 그럴 거라고 믿어도 될 걸세. 단, 정말 그랬는지, 또 어떻게 그리 되었는지를 확실히 알 때까지는 갑옷에 아무런 믿음도 두지 않는 게 좋아. 목숨이란 불확실성에 걸고 놀음하기엔 좀 아까운 것이니까."

가롯의 진심 어린 말투에 전사의 불만은 어느 정도 누그러졌다.

"좋아요. 그러면 한 가지 더 묻겠습니다. 말했지만 그 동굴에서 고르곤을 만났어요. 고르곤이 나올 정도면 그 동굴에는 그 정도의 가치를 가지는 물건이 있을 거라는 게 제 짐작인데, 뇌신의 지팡이와 보티 뭔가 하는 모자 외에 무엇이 더 숨겨져 있는 겁니까?"

왠지 따스함마저 배어 있는 현자의 태도에 전사의 말투는 어느새 공손하게 바뀌어 있었다. 가롯은 질문을 듣고 다시 미소를 지었다.

"충분히 가능성이 있는 추측이지만, 반드시 그런 것은 아니야. 보기에 따라선 뇌신의 지팡이와 보티살의 모자만 해도 고르곤 정도의 괴물이 지킬 만한 가치가 충분히 있다고 볼 수도 있는 거고, 또, 아주 귀한 물건이라면 보통 사람의 눈으론 알아볼 수 없는 물건일 수도 있는 거야. 거듭 말하지만 반짝이는 것만이 금은 아니니까."

가롯은 넌지시 보로미어가 들고 있는 낡은 갑옷에 의미 있는 눈길을 던졌다.

"하지만 정확한 말만 하기로 이름난 현자로서의 내 명성을 걸고 추측이 아닌 정답을 말하자면, 지금까지 대도서관 기록에서 보이는 그림자 동굴의 보물은 뇌신의 지팡이와 보티살의 모자뿐일세."

현자가 똑바로 자신을 바라보며 단정적으로 결론을 내리자, 보로미어는 손에 들린 갑옷과 가롯을 번갈아 보며 한동안 눈을 끔벅이다가 자리에서 일어났다.

"잠깐."

몸을 돌리는 보로미어의 등에 현자의 목소리가 날아왔다. 돌아보니 현자는 다시 300두카트의 금편을 탁자 위에 올려놓고 있었다.

"이젠 내 질문에 좀 답을 해주지 않겠나?"

물음과 함께 의자가 다시 한번 스윽 회전해 전사를 향했다. 보로미어는 잠시 주저하다가 다시 자리에 앉았다.

"내가 궁금한 건 보티살의 모자에 대한 이야길세. 그게 그림자 동굴 안 어디엔가 있다는 건 알 만한 사람은 다 아는 사실이지만, 아직까진 본 사람이 없지. 지금 그게 어디 있는지 아나?"

보로미어는 고개를 저었다.

"제가 아는 건 윌이란 위저드가 목숨을 걸고 그걸 찾아 헤맸다는 것뿐입니다. 결국은 찾지 못했지만. 저도 정확한 것만 말씀드리자면, 만약 그 모자가 정말 그림자 동굴 안에 있다면 최소한 제가 거길 나올 때까지는 그 안에 남아 있었을 겁니다."

가롯은 너털웃음을 터뜨렸다.

"이런! 눈에는 눈이라더니. 하지만 많은 도움이 되었네. 많은 도움이 되었어."

그러나 보로미어는 탁자 위에 놓인 금편에 손을 대지 않고 물끄러미 바라보다가 입을 열었다.

"가롯. 솔직히 정말 궁금한 것이 하나 더 있습니다."

현자는 계속하라는 뜻으로 고개를 끄덕였다.

"사람들은 저에게 세상 돌아가는 일에 좀더 관심을 가지라고들 말합니다. 그렇지만 난 그게 왜 중요한지 모르겠어요. 또, 왜 사람들이 영주가 친정을 떠나느냐 마느냐에 그렇게 신경을 곤두세우는 지도 이해가 안 갑니다."

현자는 묵묵히 보로미어를 바라보다 물었다.

"지금 자네 서열이 뭐지? 전사급인가?"

"3급인 용사입니다."

보로미어의 대답에 현자의 눈썹이 치켜올라갔다.

"용사급이라, 용사급……."

생각을 정리하는 듯 잠시 눈을 내리깔았던 가롯이 다시 보로미어를 보며 물었다.

"용사 위에 뭐가 있는지는 알겠지?"

"4급인 투사지요. 그 위로는 상급 서열로 넘어가서 5급인 나이트고."

"그 위론?"

"6급이 챔피언(Champion)……이던가요?"

보로미어가 더듬거리자 가롯이 전사들의 서열을 읊기 시작했다.

"검사 위에 전사, 전사 위에 용사, 용사 위에 투사, 투사 위에 나이트, 나이트 위에 챔피언, 챔피언 위에 가디언(Guardian), 가디언 위에 팰러딘(Paladin), 팰러딘 위에 스튜어드(Steward), 그 위에 제왕."

보로미어가 놀라움에 눈을 크게 뜨고 가롯을 바라보았다.

"왜? 다른 계급의 서열은 알면 안 되나?"

현자가 빙그레 웃으며 물었다.

"아니, 그게 아니라, 그런 걸 다 외운다는 게……."

"디컨(Deacon) 위에 프라이어(Friar), 프라이어 위에 비커(Vicar), 비커 위에 렉터(Rector), 렉터 위에 비숍(Bishop), 비숍 위에 카디널(Cardinal), 카디널 위에 라마(Lama), 라마 위에 브라만(Brahman), 브라만 위에 제사장, 신에 따라 이름은 달라도 그 위에 대제사장."

가롯은 이번에 사제들의 서열을 줄줄이 외워댔다. 보로미어는 갑자기 웬 서열 타령인가 했으나, 가롯에게도 뭔가 이유가 있으리란 생각에 조용히 입을 다물고 앉아 있었다.

현자가 물었다.

"자네도 살아 있다면 언젠가 상급 서열인 나이트가 되겠지. 안 그런가?"

전사는 뜬금없는 질문에 의아해하면서도 고개를 끄덕였다. 그러자 현자가 다시 물었다.

"5급인 나이트가 4급인 투사와 무엇이 다른지는 아나?"

"나이트는 말을 타지요."

보로미어의 대답에 현자는 길게 한숨을 내쉬었다.

"그건 겉으로 보이는 차이일 뿐이야. 물론 나이트가 되면 말도 타고 직속 부하도 거느리지. 상급 서열이니까. 그리고 서열이 오를수록 부하의 수도 늘어나고. 하지만 중요한 것은 나이트가 되면 '행정적' 업무도 봐야 한다는 거야."

"행정이라뇨?"

"영주인 로한, 대도서관 관장인 살라딘, 보안관 가이우스, 신전 대사제인 사이프러스. 이 모든 사람들이 하는 일이 다 행정이지. 모두 자신의 퀘스트나 원정 외에도 이 카자드 쿰을 유지하고 끌고 나가는 일을 해야 한다는 말이야."

"……?"

가롯은 하얀 백지 같은 보로미어의 표정을 보곤 다시 한숨을 쉬었다.

"에……, 그럼 혹시 록스란드에 대해선 들어본 적이 있나?"

이번엔 전사가 고개를 끄덕였고, 현자의 입가엔 안도의 미소가 떠올랐다.

"좋아, 좋아. 거긴 아직 개척이 되지 않은 신천지지. 마치 노르바스나 센트라스에서 사람들이 밀려들기 전의 카자드처럼 말이야. 단, 카자드보다 훨씬 크고 더 많은 재보와 모험과 비밀로 가득 찬 곳이라네. 그래서 사람들이 '신들의 땅'이라 부르는지도 모르지만. 하여튼 지금 가이아에선 카자드, 노렐리아, 다메시아의 세 나라가 바로 그 록스란드를 차지하기 위해 혈안이 되어 있어. 제일 급한 건 록스란드까지의 안전한 통로를 확보하는 건데, 지금 카자드 같은 경우는 남쪽의 네크로맨서와 동남쪽 메레디트 오크들에 의해 그 길이 막혀 있고 다른 두 나라의 사정도 비슷비슷하다네. 그러면 그 막힌 길들을 뚫기 위해 필요한 건 뭐겠나?"

"……."

"바로 힘이야, 국력! 영주라면 적절한 퀘스트와 포상을 내걸어 가능한 한 빨리 나라 안을 안정시키고 인재를 키워야지. 퀘스트야 뭐 아무나 원하는 곳으로 갈 수 있지만, 영주가 따로 포상을 걸면 아무래도 사람들이 그쪽으로 몰리지 않겠어? 또 원정도 사람을 봐가며 허가를 내줘서 카자드 전체의 인력이 적절하게 활용될 수 있도록 해야 하는 거야. 그렇게 카자드가 안정될수록 농민과 상인들로부터 세금도 더 걷을 수 있고, 재정적으로도 기반이 단단해진단 말일세. 충분한 인재와 자금을 모으면, 그 다음엔 전략적으로 중요한 목표에 대해 직접 친정을 나서서 록스란드까지 안전한 통로를 확보할 수 있는 거야."

"하라드림 같은 것 말이지요?"

"조금 빗나가지만 그렇다고도 볼 수 있지. 만약 영주가 네크로맨서를 치려고 군대를 일으킨다면 제일 먼저 카자드 쿰으로 밀고 내려올 놈들이니까. 하여간 행정이란 그런 모든 일을 해나가는 데 필요한 업무를 처리하는 거라네. 예를 들어 퀘스트와 원정대들로부터 정보를 모으고, 정리하고, 기록하여 도서관에 남기고, 또 다른 사람들에게 알리는 일, 즉 지금 내가 하고 있는 일도 행정의 일부분이지."

"그럼 나이트가 되면 나도 그런 일을 해야 한다는 말인가요?"

"부분적으로는. 처음엔 큰 책임이 없는 일을 맡겠지만, 점점 임무가 커져가겠지."

"그런 일을 하기 위해서 세상 돌아가는 걸 어느 정도는 알고 있어야 한다, 그건가요?"

"그렇지. 하지만 그것보다도 자기 자신을 위해서 알아야 해. 예를 들어 어떤 나이트가 지금 용사인 자네에게 원정을 같이 가자고 했다 치세. 그럼 그냥 줄레줄레 따라갈 건가?"

"……."

"그래선 안 되네. 그 나이트가 어떤 사람인지, 원정 목표가 능력에 부칠 만큼 위험하지는 않은지, 그 목표가 지금 정세에 맞춰 보아 적절한 것인지, 또 다른 원정 대원은 어떻게 구성이 되어 있는지, 이런 모든 걸 자세히 고려한 다음에 참가를 결정해야 한단 말이야. 그러지 못해서 개죽음으로 끝난 사람들 수가 하늘의 별들만큼은 될 걸세. 영주의 친정도 다를 바 없는 거네. 뻔히 실패할 게 보이는 곳을 바보처럼 따라갈 이유는 없는 거라고. 이전 영주의 모리아 친정 때 따라갔던 사람들이 그런 운명을 걸었잖나? 그런 큰 흐름을 알고 있어야 자신의 몸을 지킬 수 있고 세태에 뒤처지지 않는 거라네."

보로미어는 자신의 마지막 퀘스트를 돌이켜보면서 천천히 가롯의 말을 되씹어 보았다. 그림자 동굴에 대해 좀더 자세히 알고 있었다면 아마 윌과 두칸의 꼬임에 넘어가 그 말도 안 되는 캐러밴에 끼여드는 바보짓은 하지 않았을 것이다. 아까 친정에 참가를 할지 말지 어쩌고 하던 라시드의 말도 생각났다.

가롯은 계속했다.

"또 나이트가 되면 원정대 대장을 맡는 경우도 생기겠지. 당장 다른 대원들을 이끌어야 하는데, 사람들이 무조건 기운만 센 나이트를 따라 원정을 갈 것 같아? 원정대에 사람들을 끌어넣으려면 설득을 해야 하는데, 카자드 전체 상황을 이해하지 않고서야 자신의 원정 목표가 어떤 가치를 가지는 건지 설명이나 할 수 있을까? 불가능한 일이지, 암. 무엇보다 엉뚱하게 사지(死地)로 동료와 부하를 끌고 들어가지 않기 위해서라도 최소한 카자드 내의 대략적 정세쯤은 파악하고 있어야 하네."

보로미어는 속으로 뜨끔했다. 서열이 오를수록 산다는 게 그렇게 간단하지만은 않다는 생각이 들었다.

"좀 많이 복잡한 일이군요, 서열이 올라간다는 것도."

전사의 혼자말 같은 푸념에 위저드는 껄껄 웃었다.

"자넨 혹시 템플러(Templar)라는 계급은 들어보았나?"

"……?"

"신성 기사(神聖騎士)라고도 하는데, 그런 행정이나 권력 따위는 집어치운 전사들이야. 5급인 나이트에서 6급 챔피언 서열이 올라갈 때 선택의 기회가 주어지는데, 만약 전사에서 템플러로 계급을 바꾸게 되면 전사로서의 능력은 더 이상 늘지 않고 대신 다른 능력이 생긴다네. 그런 사람들은 영주가 되거나 자기가 섬기는 신의 대제사장이 되거나 하는 일을 할 수는 없고, 단지 원정에만 묻혀 사는 거지. 자네도 나이트가 되어 한두 가지 일을 맡아보고 생리에 맞지 않는다 싶으면 템플러의 길을 걸으면 되는 걸세. 나도 지금은 4급 위저드인 메이지(Mage)이지만, 여기 현자의 집에서 봉사를 끝내면 상급 서열인 5급 컨저러로 서열이 오르게 되지. 그 다음에 계속 위저드의 길을 걸어 6급인 스펠바인더로 올라가든가 아니면 계급을 바꾸어 초급 정령사인 루키(Rookie)가 될지를 정해야 되네."

"템플러? 정령사요?"

"지금 자네에겐 설명하기가 좀 어렵군. 일단은 전사나 위저드에 좀 특이한 능력이 더해진 계급이라고 생각하게."

보로미어는 고개를 끄덕였다. 아직도 멀었다는 느낌은 들었지만 뭔가 전보다 조금 이해가 되는 것도 같았다.

"말씀 감사합니다."

전사가 몸을 일으키자 위저드도 일어서며 말했다.

"잘 가고 몸조심하라고. 내 확실한 도움을 못 줘서 미안하구먼. 하지만 뭔가 알게 되면 다음에 만났을 때 꼭 얘기해 줌세."

"다음에요?"

보로미어가 어리둥절한 표정을 짓자 가롯은 의미 심장한 미소를 지었다.

"그런 얼굴 하지 말라고. 앞으로 카자드 안에서 우리 둘이 마주치지 말라는 법은 없잖아? 언젠가 다시 얼굴 볼 일이 있을 거야. 난 항상 정확한 말만 한다는 것을 잊지 말게나."

현자의 집 문을 나서는 보로미어의 발걸음은 가벼웠다. 빌어먹을 갑옷에 대해선 거의 도움을 못 받은 셈이지만, 그 이상으로 중요한 것들에 대해 어렴풋이나마 알게 되었으므로 500두카트라는 거금이 전혀 아깝지 않았다. 낡은 갑옷을 다시 걸쳐입은 그는 시장 쪽으로 걸음을 옮겼다. 새 방패와 칼을 구입할 생각이었다. 카자드 수르 앞의 광장을 다시 지나 시장에 도착한 보로미어는 스틸 거리를 찾았다.

스틸 거리는 싸구려 병기상들이 촘촘히 모여 있는 곳으로, 전사인 그에게는 낯설지 않은 곳이었다. 허름해 보이는 한 상점에 들어간 보로미어는 주인을 불렀다. 그러자 비쩍 마른 놈 종족 하나가 뛰어나오다 허름한 그의 행색을 보고 실망한 표정을 지었다.

"칼, 그리고 방패!"

보로미어가 말하자 주인이 심드렁한 표정으로 한쪽 벽을 가리켰다.

"맘대로 골라보슈."

보로미어는 주인의 태도가 심히 못마땅했으나, 꾹 참으면서 벽에 걸려 있는 병장기를 바라보았다. 나무 방패, 이빠진 칼, 찌그러진 구리 방패…….

"이런 것밖에 없어?"

전사가 신경질적으로 묻자, 주인은 귀찮다는 표정으로 말했다.

"아, 뒷방에야 좀 나은 것도 있지만……."

"좀 보자고."

주인은 짜증스러움이 가득한 걸음으로 보로미어를 뒷방으로 안내했다. 번쩍이는 고급 병기들이 걸려 있는 작은 방이었다. 커다란 양날 검에 나이트들이 쓰는 랜스(Lance)며 바스타드 소드(Bastard sword), 메이스(Mace), 푸른빛이 도는 마법 방패…….

눈을 반짝이며 둘러보던 보로미어는 육중해 보이는 무쇠 방패를 가리켰다.

"얼마야?"

보로미어가 퉁명스레 묻자 주인이 코를 높이 쳐들며 말했다.

"300두카트!"

'제기랄!'

보로미어는 속으로 외쳤다. 가지고 있는 돈은 100두카트 남짓이었다.

"난 이걸 사겠어."

"하지만 그건 무겁기만 하고 별 도움이 안 되는 건데……."

보로미어는 주인을 노려보며 가지고 있던 돈을 몽땅 내밀었다. 주인은 돈을 세보더니 고개를 갸우뚱거렸다.

"손님, 좀 모자라잖소?"

"곧 돈을 구해 오겠어."

보로미어가 대답하면서 나가려 하자 주인이 그의 앞을 막아섰다.

"그건 곤란한데."

"왜? 돈 구해다 주면 될 것 아냐?"

주인이 조심스레 보로미어의 손에서 방패를 빼내며 말했다.

"여긴 병기상이지 보석상이나 은행이 아니우. 돈을 다 치르지 않으시면 물건을 가져갈 순 없어요. 차라리 밖에서 좀 싼 걸 고르지 그러슈? 격에 맞는 걸로."

부아가 치민 보로미어는 주인의 손에서 방패를 다시 뺏었다.

"난 반드시 이걸로 사겠어."

"그럼 돈을 내시오. 아니면 보안관에게 신고할 수밖에 없어."

주인의 단호한 대답에 보로미어는 얼굴을 붉히며 그를 노려보다 말했다.

"좋아. 돈은 구해 오겠어. 하지만 이 방패를 다른 사람에게 판다면 가만히 두지 않을 거야."

주인도 지지 않았다.

"좋아. 하지만 이 돈은 계약금으로 놓고 가셔야 하오."

"맘대로!"

홧김에 정신없이 밖으로 나온 보로미어는 한동안 씩씩거리며 거리를 걸었다. 카자드에 온 이후로 이런 대접을 받아본 적은 없었다. 모두가 이 걸레 같은 갑옷 탓이었다. 싸구려 병기상에게마저 무시당할 정도의 낡은 갑옷을 입고 있으니 거지 취급을 받는 것이다.

날은 이미 저물어 있었다. 보로미어는 좀처럼 가벼워지지 않는 발길을 끌고 술집 '푸른 곰'으로 향했다. 문을 열자 왁자지껄한 사람 소리가 밀려나왔다. 푸른 곰 술집은 서비스는 형편없으나 술값이 싸서 주로 낮은 서열들이 모여드는 곳으로, 오늘도 여지없이 만원이었다.

"보로미어, 안녕하십니까?"

바텐더 겸 주인인 페드로가 바 뒤에서 인사를 했다.

"페드로, 큰 걸로 한잔 주게."

페드로가 가져온 흑맥주를 마시며 보로미어는 그제서야 자신이 빈털터리란 것을 깨달았다. 주머니를 톡톡 털어 그 병기상에게 내주었으니 남은 돈이 있을 리가 없었다. 아직까지 칼도 방패도 없는 반쪽 전사에다가, 이빠진 녹슨 칼 한 자루는 고사하고 마시고 있는 맥주 값조차 낼 돈이 없는 알거지인 것이다. 그제서야 충동적으로 저질러놓은 일의 심각성이 머릿속에 내려앉기 시작했다.

"젠장……."

돈이 없으면 칼도 방패도 살 수 없었다. 칼과 방패도 없는 전사를 퀘스트에 끼워줄 얼간이들은 없을 테고, 그러다 보면 이 카자드 쿰에서 영영 썩게 될지도 몰랐다. 아니면 돈을 빌려줄 사람이

나 보석상을 찾아 며칠이고 이 도시를 헤매든가. 보로미어는 머리를 감싸쥐며 다시 한숨을 쉬었다.

"제기랄!"

고개를 숙인 채 혼자말로 욕설을 내뱉고 있는데, 갑자기 옆에서 누가 자신을 빤히 쳐다보고 있는 것이 느껴졌다. 돌아보니 바의 반대쪽 끝에서 고급스러워 보이는 차림의 중년 인간이 자신을 보고 있었다. 그는 시선이 마주치자 자기 술잔을 들고 옆으로 다가왔다. 중키에 탄탄한 체구, 날카로운 인상을 가진 그는 레인저의 표식이기도 한 나침반 목걸이를 걸고 있었다. 나침반이 금제(金製)인 것으로 보아 서열이 낮지는 않은 듯했으나 물론 그것만으론 확신할 수 없었다.

"안녕하신가, 친구?"

"별로 안녕 못하우."

머릿속이 복잡한 보로미어가 퉁명스레 대답하자 사내는 옆자리에 주저앉으며 말했다.

"혹시 자네가 고르곤을 난도질해 잡았다는 전사 보로미어인가?"

보로미어가 놀란 눈으로 바라보자 그는 껄껄 웃었다.

"놀랄 건 없어. 여기 카자드 쿰에서 소문이 퍼지는 속도는 가끔 나도 믿을 수 없을 정도니까. 난 자네가 이 술집 단골이란 얘기를 듣고 아까부터 기다리고 있었네. 아참……."

전사는 손을 내밀어 악수를 청했다.

"난 이스마엘이라 불러주게나. 패스파인더(Pathfinder) 급 레인저일세."

패스파인더라면 5급으로, 전사의 나이트에 해당하는 상급 서열이었다. 보로미어는 마주 손을 내밀어 악수를 했다.

"그런데 왜 날 찾는 거요?"

"두 가지 이유가 있네. 첫째는 고르곤을 처치한 전사가 누군지 궁금했지. 나이트 급도 힘에 겨워하는 괴물을 2급 전사가 잡았다니 궁금하지 않을 사람이 있겠나? 그리고 둘째는 자네에게 제안이 있어서야."

"……?"

"난 어제 원정대를 조직해도 좋다는 영주의 허가를 얻었지. 그래서 같이 원정에 참여할 대원을 모으고 있는 중이야. 어때, 흥미가 있나?"

보로미어는 가슴이 두근거렸다.

비슷해 보이긴 해도 원정과 퀘스트에는 큰 차이가 있었다. 퀘스트는 하루 이내에 이루어지는 것이고 원정은 여러 날, 또는 여러 주가 걸리기도 하는 것이다. 그러므로 퀘스트가 카자드 쿰 주변에서만 가능한 데 반해 원정은 카자드 국경 내 어디나 목적지가 될 수 있었다. 그러나 그런 단순한 시간과 거리의 차이뿐은 아니었다. 더 기본적인 차이는, 이미 수많은 사람들이 거쳐간 카자드 쿰 근처의 퀘스트에 비해 미개척지를 대상으로 하는 원정에서 훨씬 많은 재보와 경험이 보장된다는 점에 있었다. 한번의 원정으로 너댓 번의 퀘스트에서나 모을 수 있는 돈과 경험을, 아니 가끔은 그 이상을 거머쥘 수 있는 것이다. 물론 그것은 뒤집어 말하면 원정에 따르는 위험이 그만큼 크다는 뜻도 되었다. 그러므로 당연히 원정대의 구성도 그날그날 의기 투합한 사람끼리 캐러밴을 조직하는 퀘스트에 비해 상당히 복잡했다.

원정을 위해서는 간단한 캐러밴이 아닌 정식 원정대를 조직해야 했고, 그 권한은 상급 서열, 즉 5급인 나이트 이상의 전사나 비숍 이상의 사제, 컨저러 이상의 위저드나 패스파인더 이상의 레인저에게만 주어졌다. 그것도 반드시 출발 전에 영주의 허가를 받아야만 했다. 또 원정 대장들은 원정을 성공시키기 위해서 주로 자기가 잘 알고 믿을 수 있는 사람을 주축으로 원정대를 모으기 때문에, 무명의 하급 서열들에겐 웬만해서는 원정 참여의 기회가 돌아오지 않았다.

보로미어가 지금 흥분하고 있는 이유도 원정에 참여하지 않겠느냐는 권유를 받은 게 이번이 처음이었기 때문이다. 그러나 덥석 승낙하려던 보로미어는 레인저였던 두칸에 대한 안 좋은 기억과 현자 가롯의 조언을 상기하고 조심스레 물었다.

"글쎄, 어떤 원정인지……."

전사가 흥미를 보이자 레인저는 신이 나서 이야기를 시작했다.

"혹시 메아리의 숲이라고 들어본 적이 있나? 여기 카자드 쿰에서 하루 거리에 있는 숲이지. 로웬 강을 따라 북쪽으로 가면 소도시 미디움이 나온다네. 거기서 계속 북쪽으로 가면 다메시아의 속주인 트로이스탄과 경계를 이루는 다메시안 강이 나오는데, 그에 못 미쳐 우리의 목표인 메아리의 숲이 있어."

이스마엘은 '우리'라는 말에 힘을 주었다. 그러나 보로미어가 아무 반응이 없자 레인저는 목소리를 낮추고 계속했다.

"이것은 내가 고생 끝에 비싸게 얻은 정보인데, 메아리 숲의 한가운데에는 보석이 열리는 나무가 있다고 하더군. 그 나무가 바로 이번 원정의 목표일세. 거기 열려 있는 보석을 수확해 오는 거지. 영주에게 3분의 1만 떼어주면 나머진 모두 우리 거라고! 카자드 최고의 부자가 되는 거야."

보로미어는 번쩍이는 구원의 빛을 보았다. 하늘이 무너져도 솟아날 구멍이 있다더니, 지금이 바로 그런 경우였다.

"듣기 싫지는 않군."

"이건 좀처럼 오기 힘든 기회야. 어때? 같이 가겠나?"

힘차게 고개를 끄덕이려던 보로미어는 겨우 자신을 진정시키고 물었다.

"그런데 문제가 뭐요?"

"문제라니?"

"그런 좋은 원정감이 아직도 고스란히 남아 있는 이유가 있을 거 아뇨? 게다가 미디움 바로 옆이라는데, 미디움 사람들이 바보가 아닌 이상은 아직까지 그런 보물 단지를 고스란히 내버려뒀을 리는 없잖소?"

레인저는 눈을 가늘게 뜨고 보로미어를 바라보았다. 잠시 긴장된 침묵이 흐른 뒤 이스마엘이 웃음을 터뜨렸다.

"좋아, 좋아. 말하지. 어차피 말하려고 했던 건데, 뭐. 자넬 속이려 한 건 절대 아니니까 날 무슨 사기꾼 대하듯 하진 말라고."

물론 보로미어는 그 말을 전부 믿지는 않았지만, 일단 레인저의 이야기에 귀를 기울였다.

"메아리의 숲은 예로부터 많은 사람들이 원정을 시도했던 곳이야. 그 이유야 물론 아까 말한 그 나무 때문이겠지. 하지만 그 원시림은 그 자체로 만만한 곳이 아니야. 길도 없고 수십 미터 높이의 나무로 대낮에도 햇빛을 보기 어려운 곳이지. 그 어두운 구석에 어떤 놈들이 숨어 있는지도 잘 알려져 있지 않고. 게다가 그 숲 일부에는 사람의 접근을 막는 메아리 마법이 걸려 있다고 해."

"메아리 마법?"

"내용은 나도 잘 몰라. 하지만 나에겐 정확한 정보가 있고 또 상급 서열인 컨저러 급 위저드 한 명이 같이 가기로 했으니 그쪽에 관한 한 큰 문제는 없을 거라고 봐."

보로미어는 가볍게 코웃음을 쳤다.

"이봐, 이스마엘. 그 위저드가 컨저러 급인지 아닌지 어떻게 알아? 난 위저드란 놈들은 통 믿지 못한단 말이오."

"글쎄, 하지만 그 위저드는 자넬 믿는 것 같던데? 아니면 왜 자넬 추천했겠나?"

"……?"

"가롯이란 위저드를 모르나? 오늘로 현자의 집 봉사가 끝난다던데."

보로미어는 멍하니 레인저의 얼굴을 쳐다볼 뿐이었다.

"어때? 같이 가겠나? 출발은 모레 아침이야."

가롯이 같이 간다면 안심이 되었다. 최소한 그림자 동굴 짝은 나지 않을 것이다. 그러나 보로미어는 고개를 끄덕이려다 말고 한숨을 쉬었다.

"가곤 싶소만, 난 지금 칼도 방패도 없는 빈털터리 개털이오."

"이런, 그런 걸 걱정하다니. 듣자니 고르곤의 뿔을 가지고 있다는 이야기가 있던데 아직 돈을 못 받았나?"

"그건 또 무슨 소리요?"

"아니, 오후에 가이우스가 붙여놓은 광고를 못 봤단 말인가? 고르곤의 뿔에 500두카트를 내겠다는 광고. 가이우스는 아까부터 자넬 기다리고 있다던데?"

이스마엘과 원정 조건에 대해 이야기를 마친 보로미어는 부리나케 카자드 수르로 달려갔다. 그 커다란 대문 앞에 선 보로미어는 잠시 머뭇거렸다. 그는 지금까지 한번도 그 문을 지나 영주의 성 안으로 들어가 본 적이 없었다.

용기를 내어 참나무 문을 두드리자, 곧 문이 열리고 영주의 직속 부하로 보이는 병사가 나왔다.

"무슨 용무요?"

"난 보로미어라는 용사요. 가이우스 님을 뵈러 왔소."

병사는 안으로 사라졌다 잠시 후 다시 나타나, 보로미어를 카자드 수르 안으로 인도했다.

길게 늘어선 횃불들의 조명을 받으며 성문에서 안쪽의 방들까지 이어지는 긴 회랑을 지난 전사는 한 커다란 방으로 안내되었다. 방에는 긴 테이블과 의자들이 놓여 있었고 그 벽을 따라 수십 개의 초상화가 걸려 있었다. 그 밑의 이름들을 하나하나 읽고 있는데 방 입구 쪽에서 굵은 목소리가 들려왔다.

"상급 서열들의 얼굴들이지. 전사에서 레인저까지 카자드 내에서 원정대를 모을 수 있는 사람은 모두 여기에 모여 있어. 대단하지 않나?"

돌아보니 문가에 눈부신 은색 갑판 갑옷을 입은 엘프가 서 있었다. 남자인 보로미어도 혹할 만큼 놀라운 미남인 데다가, 엘프답지 않게 벌어진 어깨와 단단한 팔의 근육은 그가 범상치 않은 힘의 소유자임을 은연중 알려주었다. 늘어진 은발 사이로 범접할 수 없는 위엄을 내뿜고 있는 푸른 눈은 힘 못지않은 지능을 짐작하게 했다.

"드디어 이렇게 만나게 되는군. 기다렸네, 보로미어."

엘프는 다가오며 손을 내밀었다. 마주선 키는 보로미어가 더 컸으나 역시 엘프치고는 큰 덩치였다. 그러나 그 체구보다는 거기서 풍겨 나오는 어떤 위압감 같은 것이 선뜻 그와 악수하기를 망설이게 했다. 머뭇거리던 보로미어가 겨우 그의 손을 마주잡자 엘프는 붙임성 있어보이는 커다란 미소를 지으며 말했다.

"내가 이 도시의 치안을 맡고 있는 가이우스일세. 영주의 성인 카자드 수르는 처음인가?"

그의 분위기에 압도된 보로미어는 혀가 떨어지지 않아 대답 대신 고개만 끄덕였다.

"후후, 너무 긴장할 필요는 없어. 용사 서열이랬지?"

보로미어는 다시 고개만 끄덕거렸다.

가이우스는 의자에 앉으며 보로미어에게도 자리를 권했다. 마주앉은 가이우스는 잠시 보로미어를 지그시 쳐다보았다. 그 강렬한 눈빛에 보로미어는 마치 자신이 투명한 유리 인형이 된 듯한 느낌이었다.

"그림자 동굴에서 고르곤이 출현했다는 이야기를 들었을 때, 많이 놀라지는 않았네. 전에도 그런 소문이 돌긴 했으니까. 하지만 그 고르곤을 전사급 전사가 해치웠다는 걸 알았을 때는 솔직히 믿을 수가 없었어."

가이우스는 노래하는 듯한, 그러나 사람의 주의를 한순간에 사로잡는 그런 목소리로 천천히 입을 열었다. 보로미어는 마법에라도 걸린 듯 멍하니 듣기만 했다.

"게다가 골칫거리였던 그림자 방의 마법도 해체시켰다는 걸 아는 순간, 난 그 인물이 누구인지 꼭 만나보고 싶었지."

"마법은 제가 깬 게 아닌데요."

보로미어가 가까스로 말을 하자 가이우스는 다시 미소를 지었다.

"아! 중요한 건 카자드 쿰 주변의 위험 요소가 하나 줄어들었다는 거지. 그것도 아주 큰 것이. 자네는 잘 모를지 모르지만 이번 일은 카자드 전체에 아주 큰 영향을 끼친 사건이야. 영주님을 비롯하여 대도서관장 살라딘과 신전 대사제 사이프러스, 그리고 카자드의 운영을 맡은 다른 고위 서열의 사람들 모두 지대한 관심을 가지고 있어."

보로미어는 어떤 거북스런 느낌이 서서히 목을 죄어드는 느낌이 들었다. 가이우스도 그걸 느꼈는지 부드러운 손짓으로 보로미어를 안심시켰다.

"긴장하지 말라니까. 이 자리는 내가 자네를 만나고 싶어 만든 것이지, 자네를 심문하기 위한 자리는 아니야. 우리에게 필요한 정보는 이미 가롯을 통해 대도서관의 기록으로 남겨졌고, 난 더 이상의 쓸데없는 질문으로 자넬 괴롭힐 생각은 추호도 없네. 그리고 아직 나이트 서열도 아닌 자네에게 정책이나 전략적 차원의 국가 상황 같은 거창한 문제를 거론해 필요 없는 고민을 하게 만들고 싶지도 않아. 내 공식적인 입장은 자네 몫인 상금을 전달해 주는 것뿐일세. 내가 라미네즈에게서 이야기를 듣자마자 급히 고르곤의 뿔을 구하는 광고를 낸 것은, 이렇게라도 자네 얼굴을 한번 보고 싶었기 때문이야."

가이우스는 말을 마치자 허리춤에서 묵직한 돈주머니를 꺼내어 테이블 위에 놓았다.

"세어보게나. 500두카트일세."

보로미어는 고르곤의 뿔을 테이블에 올려놓고는 잽싸게 돈주머니를 들고 일어섰다. 다른 무엇보다도 가이우스가 뿜어대는 분위기에서 벗어나고 싶었기 때문이다. 기분이 나쁘거나 그런 건 전혀 아니었고, 오히려 앞에 앉은 엘프로부터는 거부할 수 없는 강렬한 친근감이 풍겨왔다. 다만 그 강도가 좀 지나친 것이 보로미어 특유의 반항 심리를 자극한 것뿐이었다.

"아니, 벌써 일어나려나?"

가이우스가 의외라는 듯 말하며 따라 일어섰다.

"모레 원정 때문에 준비할 게 많아서요."

보로미어는 엘프와 눈을 마주치지 않으려고 노력하면서 말했다.

"아, 그랬나? 어디로 가는데?"

"메아리 숲이오."

가이우스는 '아, 그런가' 하는 표정을 지었다.

"그럼, 이만."

보로미어가 간단히 고개를 숙이고 방을 나가려 하자, 가이우스가 그를 다시 불러세웠다.

"이보게, 보로미어."

보로미어는 마지못해 돌아서서 가이우스를 쳐다보았다. 그는 가슴이 철렁할 정도로 아름다운 미소를 띠고 말했다.

"영주님과 난 자네에게 상당한 관심을 두고 있어. 개인적으론 내 다음 원정에 자네가 꼭 같이 갔으면 하고 있고 말이야. 머지않아 자네의 얼굴을 이 초상화들 사이에서 볼 수 있기를 기대하겠네. 그때는 날 잊지 말고 기억해 주게나."

보로미어는 그 말이 무슨 의미인지 이해할 수는 없었으나 일단 억지 미소로 답례를 하고는 떨어지지 않는 발길을 재촉해 황급히 카자드 수르를 나섰다.

광장에 나와서야 겨우 정신을 가다듬은 보로미어는 도대체 아까 그 위압적이면서도 자신을 매혹시켰던 분위기가 무엇이었을까 궁금해하며 '달리는 조랑말'로 걸음을 옮겼다.

처음 들어와 보는 30두카트짜리 고급 침실에 들어설 때까지 계속 그 문제로 생각에 잠겨 있던 전사는 성루의 나팔수 소리에 침대에 몸을 뉘었다. 어차피 혼자 골치 썩혀봐야 소용이 없다고 생각한 보로미어는 모든 생각을 떨쳐버리고 잠을 청했다.

하루의 피곤이 몰려오면서 전사는 기분 좋은 잠 속으로 빠져들었다. 오늘밤은 우거진 숲과 그 가운데 서 있는 커다란 나무의 꿈을 꿀 것이다. 그리고 그 나무에는 가지마다 활짝 핀 오색의 보석들이 주렁주렁 매달려 있을 것이다.

5월 21일 23:50

접속을 해제하시겠습니까?

오케이!

오늘의 내용을 갈무리하시겠습니까?

예스!

안녕히 가십시오.

"할렐루야, 관세음보살!"

로그 오프한 원철은 멀티 세트를 벗어놓으며 감탄했다. 누가 만들었는지 이 팔란티어란 게임은 정말 대단한 물건이었다. 하면 할수록 사람의 호기심을 자극했다. 오늘도 어느 정도 레벨이 올라가면 단순한 롤플레잉 게임이 아닌 전략 시뮬레이션 성격의 게임도 같이 할 수 있다는 중요한 사실을 알게 되었다.

자신이 영주가 되면 적절한 퀘스트 포상이나 원정대 허가를 통해 다른 게이머들을 원하는 방향으로 유도하고, 카자드에 자금과 인력이 모이면 록스란드라는 신천지를 개척한다는 전략적 목표를 공략하기 위해 친정, 즉 영주가 직접 떠나는 원정을 계획할 수 있는 것이다. 아마 카자드도 그 속주를 지배하던 소영주 중 하나인 제라드라는 위저드에 의해 그런 식으로 세워졌을 것이다. 다른 나라와 경쟁을 하면서 국력 키우기 게임을 한다는 것은 어쩌면 롤플레잉 마니아들에게는 환영받지 못할지 모르지만, 성공해서 수십, 아니 어쩌면 수백의 캐릭터들을 이끌고 국경을 향해 달려가는 그 광경은 상상만 해봐도 가슴이 두근거렸다. 그런 대군을 이끌어보고 싶은 권력욕은 롤플레잉 마니아건 아니건 누구에게나 조금씩은 있는 것 아닌가.

그뿐이 아니었다. 전에 루우킨의 신전에서 윌이 읊조리던 전설 같은 것이 무궁 무진하게 널려 있는 곳이 카자드였다. 대도서관의 책들을 읽을 지능만 있다면 위저드가 되어 거기에 기록된 전설과 정보를 읽어보는 것도 퀘스트 못지않게 재미있는 일일 것이다. 나날이 새로운 정보가 현자의 집 위저드들을 통해 수집되고 정리 보관되니, 아마도 거기에 빠지면 퀘스트고 뭐고 집어치우고 도서관에만 틀어박혀 있으려는 게이머도 있을 법했다.

그리고 갈수록 솟아나는 의문들도 원철의 호기심을 자극했다. 나이트가 되면 병력이 생긴다는데 그건 어떻게 움직이는 건지, 상급 마법에는 어떤 것들이 있는지, 템플러와 정령사는 뭐며 사제나 레인저 계급에도 그런 특수 계급이 있는 건지, 노렐리아, 다메시아란 어떤 나라일지, 록스란드엔 무엇이 있는지 등등 게임 자체에 대한 궁금증도 궁금증이었고, 또 도대체 그 빌어먹을 고물 갑옷에 과연 무슨 마법이 감춰져 있는 건지, 가이우스가 풍기던 묘한 분위기는 무엇이었는지, 원정대는 어떻게 운영되는 것이며 보석이 열리는 나무는 어떻게 생겼는지 하는 보로미어 개인으로서의 의문들도 거대한 전자석이 작은 못을 끌어당기듯 원철을 빨아들이는 것이었다.

그러나 무엇보다 원철을 감동시키는 것은 이런 모든 게임의 내용이 수많은 게이머들의 개별적 플레이로 이루어지고 있다는 점이었다. 그 행동과 말 하나하나까지, 셀 수 없는 변수들을 무리 없이 조율해 내어 가이아의 세계가 실재하는 듯한 환상을 유지시켜 주는 틀, 그 엄청난 시스템을 만들어낸 사람들에 대해 원철은 프로그래머로서 존경심마저 느꼈다.

이렇듯 팔란티어는 어느 누구라도 순식간에 빠져들지 않고는 못 배기게 하는 게임이었다. 단 하나 문제라면 가이아 대륙에서의 자신의 분신인 보로미어가 가끔씩 삐딱한 행동을 한다는 점이었다. 원철이 가이아의 세계에 대한 궁금증을 해소하는 건 오로지 보로미어를 통해서만 가능했으므로, 팔란티어를 즐기고 의문 나는 것들에 대한 궁금증을 풀기 위해서는 무엇보다 보로미어의 지능과 지혜치를 높이는 일이 급선무였다. 그러나 치고 박고 베고 죽이는 것만이 세상의 전부인 줄 아는 그 단세포 전사는 그렇게 생각하지 않는 모양이었다. 무조건 힘, 힘, 힘이었다. 오늘만 해도 보로미어 그 자식은 용사 서열로 오르며 받은 어트리뷰트 포인트(캐릭터의 능력치) 3점을 모두 체력에 쏟아부었다. 그건 원철이 그걸 원했던 것이 아니라 '보로미어'가 원했던 행동이었다.

수호신 로키의 이름을 빌린 팔란티어의 시스템 안내가 그렇게 경고 메시지를 주는데도 지능이나 지혜란 항목은 존재하지도 않는다는 듯이 '체력요, 체력요, 체력요'를 쫑알거리던 그 덩치 큰 바보천치를 생각하면 원철은 당최 어이가 없었다. 지능을 조금만 높여도 상급 서열들의 대화 내용을 이해하고 자신에게 필요한 질문을 할 수도 있으련만, 앞으로 저 돌대가리를 끌고 어떻게 가이아에 대한 정보를 모으고 게임을 풀어나갈지 조금 걱정이 되었다.

그게 다면 차라리 나았다. 그 돌대가리는 쓸데없는 무기 욕심만 엄마 개구리 배처럼 불어가지고 용사 서열 주제에 어울리지도 않는 병기에 엄청난 돈을 후딱 써버리고 알거지가 될 뻔하기도 했다. 이 역시 원철이 의도한 바는 아니었다. 만약 가이우스가 500두카트의 상금을 내주지 않았다면 보석상에서 푼돈이나 빌려 싸구려 칼과 방패를 사고 실속 없는 하급 퀘스트 꽁무니만 따라다니다가 다시 알거지가 되었을 것이다. 스스로를 줄레줄레 그런 상황으로 몰아가는 멍청이가 멀티 세트를 통해 자신의 조종을 받는 캐릭터라는 사실을 원철은 도저히 받아들이기가 어려웠다.

물론 그것이 보로미어란 별개 존재의 행동이 아니라 자신의 반응에 의한 것임을 익히 알고는 있었지만, 제어할 수 없는 충동적인 '보로미어적' 행동의 수가 요즘은 조금씩 늘고 있었다. 오늘만 두 번이었다. 그리고 그럴수록 원철은 보로미어라는 존재에 대해 알 수 없는 거리감을 느꼈다.

처음 브루이넨에 떨어졌을 때는 원철이 보로미어였고 보로미어가 원철이었다. 비록 에브왐을 통한 환상이더라도 완전한 일체감이 있었다는 얘기다. 그러나 지금은 그 전사 놈은 팔란티어 안 가이아 땅에, 원철은 이곳 대한민국 땅에 따로따로 존재하는 것 같았다. 물론 팔란티어가 에브왐으로 전해 오는 모든 감각들은 여전히 실제와 구별할 수 없을 정도였고 보로미어의 모든 체험은 원철 자신의 체험과 다름이 없었다. 그러나 종종 원철 자신은 보로미어란 놈이 카자드에서 지지고 볶고 하는 모든 행동을 방관자적 입장에서, 제3자가 되어서 바라만 보고 있다는 느낌을 받는 경우가 있었다.

어쩌면 원철이 느끼지 못하는 사이에 팔란티어 안에서의 생존을 위한 자기 보존적 판단 기준이 보로미어의 머릿속에 들어섰는지도 모르는 것이다. 그렇게 생각하는 것이, 자신의 대뇌 중 일부분이 멀티 세트에 그런 단세포적인 충동 전위를 내보내고 있을 것이라는 또 다른 설명보다는 훨씬 받아들이기가 쉬웠다.

문득 생리 작용이 급해진 원철은 아예 시스템을 끄고 화장실로 향했다. 오늘은 자정에 다시 접속할 이유가 없었으므로 일찍 자기로 작정을 한 것이다. 카자드의 여관방들은 단순한 쉴 곳이 아니라 퀘스트에서 입은 부상을 회복하는 곳이었다. 물론 가만히 있어도 한 시간에 1포인트가 회복되기는 하지만 그건 낮의 일이고, 밤에는 여관에 묵을 때만 건강치가 회복되었다. 비싼 방일수록 그 속도가 빠르고, 만약 낮에 밖으로 나가지 않고 방에서 잠을 잔다면 회복은 밤의 두 배로 가속된다. 그러므로 바로 다음날이라도 퀘스트를 떠나고 싶은 게이머는 비싼 방에서라도 빨리 회복을 해야 했고, 돈이 없는 게이머는 여관이 아닌 야외에서 여러 날 동안 회복을 기다려야 했다.

메아리 숲의 원정은 모레였고, 아직 몸이 다 회복되지 않은 보로미어에게 원정 출발 전 최대한의 휴식을 주기 위해서는 내일 하루 종일 녀석을 자게 내버려두는 것은 당연한 일이었다. 즉, 자정에 또 한 시간의 접속을 할 필요가 없는 것이다. 물론 보로미어라면 내일 하루도 가만 있지 못하고 카자드를 쏘다니겠지만 지금 그 결정권은 녀석에게 있지 않았다. 이성적인 현실 세계의 게이머인 원철에게 있는 것이다.

배설의 쾌감 속에서 원철은 팔란티어에 대한 몰입에서 벗어나 현실 세계로 돌아왔다. 내일은 삼진 프로젝트의 상황을 다시 파악하고 필요한 사전 작업이 있다면 낮 동안에 마무리를 해놓아야 했다. 그래야 저녁에 오랜만에 욱이 녀석과 술도 한잔 할 시간이 날 것이다.

그러나 현실의 일들을 마무리짓고 자리에 누운 후에도, 보로미어적 흥분 한 가닥이 사라지지 않고 마음 한구석에서 아지랑이처럼 흔들리고 있는 것을 원철은 느낄 수 있었다. 처음인 원정에 가슴이 설레는 것은 가이아의 보로미어만이 아니었던 것이다.

원철은 자신도 눈부신 보석이 탐스럽게 열린 커다란 나무의 꿈을 꿀지도 모른다고 생각하면서 억지로 눈을 감았다.

제4장
두 친구

5월 22일 목요일

욱은 상 위에 놓인 노트북을 한쪽으로 밀어놓으며 앞에 앉은 청년을 무섭게 노려보았다. 스물두셋이나 되었을까? 아직도 소년티를 채 벗지 못한 청년의 얼굴은 파랗게 질려 있었지만, 욱의 눈길에도 고개를 숙이진 않았다. 어설픈 방음벽으로 둘러싸인 이 작은 방에 좁은 탁자 하나를 사이에 두고 두 남자가 마주앉은 지는 벌써 한 시간을 넘기고 있었다.

한동안 눈싸움을 하던 욱은 한숨을 쉬며 주머니에서 껌을 꺼내 청년에게 내밀었다. 청년은 머뭇거리다 수갑을 찬 두 손을 내밀어 껌을 받았다. 욱은 또 하나의 껌을 꺼내 거칠게 포장을 벗긴 다음, 철천지원수의 심장이라도 되는 양 사납게 씹기 시작했다.

청년은 껌을 손에 든 채 멍하니 욱을 바라보다 말했다.

"저기, 혹시 담배는 없습니까?"

욱은 기가 차서 천장을 보고 허허 웃고는 말했다.

"야, 이 새꺄! 여기가 무슨 까펜 줄 알아? 여긴 경찰서 취조실이야. 넌 지금 취조 받으러 와 있는 거라고."

"그러니까 달라는 거 아닙니까. 영화에 보면 취조할 때 담배 한 대씩은 주잖아요."

"인마, 그건 자백할 때나 주는 거야. 그러니까 너도 빨리 불라고."

그러자 청년은 손에 들었던 껌을 욱과 자신 사이에 놓인 상 위로 집어던지며 외쳤다.

"뭘 불란 말입니까. 뭘!"

"너와 박현철이의 관계지 뭐긴 뭐야!"

욱도 지지 않고 더 크게 소리를 질렀다.

"그건 다 말씀드렸잖아요. 대학 선배라고요. 그 형은 07학번, 나는 09학번. 2년 선배고 볼링 서클 같이 했다고 다 말했잖아요."

"그런 거 말고. 넌 반통련 간부잖아!"

"그래요. 맞아요. 나 반통련이에요. 근데 민주주의 국가에서 자기 의사 밝히는 것도 죄가 되나요? 통일하지 말자고 하면 이렇게 막 끌고 와서 잡아놔도 되는 거예요?"

청년은 이판 사판이라는 듯 힐난조로 대들었다.

"이 새끼가 어따 대고 따따거려!"

욱이 참지 못하고 눈을 부라리며 손을 들어올리자 청년은 찔끔하며 몸을 뒤로 젖혔다. 앉은키만도 청년보다 머리 하나는 더 큰 욱이 주먹을 쥔 모습은 섬뜩할 만큼 위협적이었다. 욱은 자신의 위협이 충분히 먹혀들었음을 확인한 다음, 옆에 놓인 서류철에서 종이 한 장을 꺼내 청년의 얼굴에 들이밀었다.

"아까 보여준 거지만 다시 한번 잘 봐! 민주주의 법원에서 적법하게 발행한 민주주의 영장이야. 넌 적법하게 연행되어서 적법하게 취조받고 있는 거야. 지금 니 처지가 어떤 처진 줄 알아? 털어서 먼지 하나라도 나오면 당장 구속에 검찰 송치야. 민주주의 좋아하네."

"난 잘못한 거 없어요."

청년이 소리쳤다. 태어나서 추위와 끼니 걱정은 한번도 해보지 않은 중상층 가정의 냄새가 물씬 풍기는 태도였다.

"야 인마, 꼭 죄가 있어야 감옥 가니? 죄형 법정주의인 이 나라에 법으로 정해진 죄가 몇 가지나 되는지 알아? 그중 아무거나 하나 갖다붙이는 게 어려운 일일 거 같아?"

욱이 다시 윽박지르자 청년의 입술이 가늘게 떨렸다. 욱은 그 모습을 보고 밀어놨던 노트북을 다시 끌어당겨 앞에 놓았다.

"이름 유동하. 맞아?"

"네."

"나이 스물둘."

"네."

"한국대 경영학과 3학년, 맞아?"

"네."

"박현철이랑 선후배 관계지?"

"네."

"너 반통련 서울 지부 선전 부장, 맞지?"

"우린 그런 조직 같은 거 없어요. 그냥 내가 성명 발표를 자주……."

"반통련 맞아, 틀려? 그것만 말해!"

"……맞아요."

"박현철이도 반통련이지?"

"아뇨."

"아니긴 뭐가 아냐!"

욱이 주먹으로 상을 내리치자 동하라는 청년은 다시 움찔했다. 욱은 청년을 잡아먹을 듯한 기세로 다그쳤다.

"니들이 사주한 거 아냐! 송경호 의원 죽이라고 너희가 시킨 거잖아! 수풍 발전소 계획 반대하는 사람은 너희밖에 없었잖아. 반대해도 송 의원이 계속 밀어붙이니까 박현철이 시켜서 죽였잖아. 맞지!"

"아녜요. 우린 사람 죽이는 과격 단체가 아니란 말예요! 단지 우리 의견을 알리려고 만든 모임일 뿐이라고요!"

청년의 쉰 목소리는 떨리고 있었지만 강력히 혐의를 부인했다.

"야, 너 조경숙이 알지."

청년은 부은 눈으로 고개를 끄덕였다.

"걔가 이미 다 말했어. 너희들이 자금을 모아 빈둥거리는 선배에게 송경호 살인 청부를 맡겼다는 거 이미 다 불었어. 박현철이 만난 장소, 시간, 같이 있던 사람까지 몽땅! 나 지금 피곤하니까 빨리 다 말해. 확 말아버리기 전에."

욱이 으름장을 놓자 청년은 갑자기 고개를 들고 물었다.

"경숙이가 다 불었다고요? 뭐라고요?"

"인마, 니가 하는 말이랑 맞춰봐야 하는데 어떻게 그걸 가르쳐 주니? 어서 말해! 박현철이한테 처음 접촉한 게 누구야?"

청년은 황당한 표정으로 욱을 바라보다 말했다.

"난 몰라요. 그런 일이 없는데 어떻게 말해요. 경숙이 걔가 왜 그런 없는 일을 꾸며댔대요? 혹시……."

청년은 무슨 생각이 떠올랐는지 갑자기 벌벌 떨기 시작했다.

"당신들이 경숙이한테 무슨 짓을 한 거죠! 그렇죠! 고문한 거죠!"

욱은 말없이 청년을 바라보며 싸늘한 미소를 지었다.

"그러니 어서 말하라니까."

청년을 이제 완전히 이성을 잃은 듯했다. 의자에서 내려와 아예 무릎을 꿇고 울음보를 터뜨렸다.

"으앙……, 난 정말 몰라요. 제발 고문만 하지 마세요. 잉잉……, 그냥 경숙이 말한 대로 나도 말했다고 쓰세요. 고문만 하지 마세요. 잉잉잉……."

수갑을 찬 두 손을 앞에 모아 싹싹 비는 청년의 모습을 기가 찬 표정으로 쳐다보던 욱은 신경질적으로 노트북의 뚜껑을 닫아버리고 두 손으로 자신의 머리카락을 움켜쥐었다.

한동안 그 자세로 앉아 있던 욱은 청년의 울음소리가 잦아들자 피곤으로 찌그러진 미간을 손가락으로 문지르며 고개를 들었다.

"얀마. 일어나 앉아."

그러나 청년은 여전히 훌쩍이며 움직이지 않았다.

"야, 이 개애쌔끼야! 일어나 앉으라니까!"

욱이 거센 시옷 발음을 섞어 소리를 지르자 청년을 그제야 엉거

주춤 일어나 의자에 앉았다.

"야, 유동하."

"네."

"박현철이 정말 반통련과 상관 없어?"

욱이 가라앉은 목소리로 묻자, 청년은 뭐라 대답을 할지 몰라 우물쭈물하다가 다시 울음을 터뜨렸다.

"야 인마! 안 그쳐?"

욱이 다시 소리를 질렀으나 청년은 1, 2분이 지나서야 다시 울음을 멈췄다.

"인마. 너 아는 대로만 말하면 고문 같은 건 하지 않아. 박현철이와 반통련은 무슨 관계야?"

"……정말 아무 관계도 없어요."

"너 '바로크'가 뭔지 알아?"

"……네?"

유동하의 어리둥절한 얼굴을 살피던 욱은 의자 뒤로 몸을 기대며 천장을 향해 한숨을 내뿜었다. 그러곤 겁에 질린 눈초리로 자신을 쳐다보고 있는 청년에게 다시 껌을 내밀었다.

"얀마. 됐다. 껌이나 씹어라."

청년이 떨리는 두 손으로 껌을 받아들자, 욱은 주머니에서 열쇠를 꺼내 그의 수갑을 풀어주었다.

"가봐."

"네?"

"집에 가보라고."

청년은 이해가 가지 않는다는 표정으로 욱을 쳐다보다 갑자기 씨근거리기 시작했다.

"거짓말이었군요. 그죠? 경숙이가 고문당했다는 말은 거짓말이었군요?"

"인마, 난 걔가 고문당했다는 말은 한 마디도 안 했어. 어디서 큰일날 소릴 하고 있어."

"씨이……."

억울함과 안도감이 섞이며 청년의 얼굴이 요상하게 일그러졌다.

"왜 엉뚱한 사람 끌고 와서 겁주고 그래요?"

"얀마, 니들이 통일 반대니 뭐니 떠들고 다니며 수풍 발전소 때려치우라고 시위만 안 했으면 왜 너희를 끌고 오니? 그리고 그 영장은 분명히 진짜야."

"우린 송 의원 살인 사건하고는 아무런 관계가 없어요."

"그거야 나중에 알게 되겠지."

청년은 기가 막힌다는 표정을 지으며 욱을 노려보다가 자리에서 일어났다. 취조실 문 앞에서 몸을 돌린 그는 한심하다는 투로 욱에게 말했다.

"낼 모래면 우리나라도 G7에 든다는데, 아직도 일제시대로군요. 심문을 꼭 이런 식으로 해야 합니까?"

욱은 껌을 짝짝 씹으며 어깨를 으쓱해 보였다.

"우리도 그러고 싶지는 않지만 고문을 못하게 하잖아. 그리고……."

욱은 피곤한 듯 기지개를 켜며 말을 이었다.

"담배는 집에 가다 사 펴. 난 끊었거든. 건강에 해로워서."

청년은 욱에게 경멸의 눈총을 사납게 쏘아보내곤 문 밖으로 사라졌다.

문이 닫기자 욱은 노트북을 다시 열어 지금까지의 취조 기록을 정리하기 시작했다. 특별 수사반으로 배속된 지 아흐레째로 지금까지 50명 가까운 용의자를 취조한 기록들이었다. 주로 반통련 관계 인물들로서 대부분 대학생들이었다. 아흐레 동안 잠도 제대로 못 자며 조사한 내용은 수백 페이지나 되었지만, 결론은 단 한 줄로 요약할 수 있었다.

'반통련은 송경호 의원 살해 사건과 아무런 연관이 없다.'

물론 남북 통일을 반대하는 소수 대학생 모임인 반통련은 대부분의 국민들에게 증오의 대상이었고, 그들이 이번 살인의 배후로 드러나 뒨서리를 맞는 모습을 보고 싶은 게 일반적인 국민 정서이긴 했다. 매스컴도 자꾸 그런 방향으로 보도를 끌어가고 있었다.

하지만 흰 걸 보고 검다고 할 수는 없는 일이다. 비록 상부의 압력으로 반통련 근처에라도 간 사람은 모두 연행해 조사를 하고 있지만, 지금까지의 수사로 판단하건대 반통련인지 뭔지 하는 조직은 조직이라기보다는 거의 친목회 수준의 느슨한 모임으로 살인 테러 같은 것은 계획도 하지 못할 집단이었다. 정부와 매스컴이 극렬 학생 조직으로 밀어붙이려고 애를 쓰고는 있지만, 막 귀가 조치시킨 유동하라는 학생만 보아도 알 수 있듯이 그 조직원이라는 것들은 하나같이 책상물림 샌님들로 학문적 경제 논리만 가지고 정부의 대북 집중 투자를 반대하는 또라이들일 뿐이었다. 단지 우연하게 송 의원이 살해당하기 사흘 전 국회 의사당 앞에서 가두 시위를 한 것이 죄라면 유일한 죄였다.

그러나 상부에서 요구하는 보고서가 그게 아닌 것이 문제였다.

윗사람들은 자신들이 '반통련'이라 이름붙인 학생 모임과 송경호 의원을 '암살'한 박현철이라는 인물 사이에서 어떻게든 모종의 관계가 발견되길 원했다. 그리고 그것으로 이 혼란스런 사건을 빨리 마무리짓고 이전의 일상 생활로 복귀하기를 간절히 바라고 있는 것이다.

"염병할!"

욱은 작업을 마친 후 일어서며 중얼거렸다. 경찰 업무란 게 영화에서 보는 긴장되고 박진감 넘치는 액션이 절대로 아니며, 셀 수 없을 정도로 무수한 조서와 보고서로 이루어지는 서류 작업이라는 걸 깨달은 후의 실망은 이미 오래 전에 극복했다. 그러나 코끼리를 개미 구멍으로 밀어넣으라는 식의 이런 압력이 주는 무기력감은 좀처럼 극복하기가 쉽지 않았다. 아니, 극복하고 싶지 않았다. 그렇다고 자신이 혼자 독야 청청하는 백로라고 외치자는 것은 물론 아니었다. 세상이 초등학교 도덕책에서 배운 대로만 돌아가는 것이 아니고 위인전에 나오는 위인들의 삶이 그렇게 바람직한 인생이 아니라는 것쯤은 스물이 되기 전에 이미 깨달은 그였기 때문이다.

하지만 그렇다고 얼마 남지 않은 최소한의 양심마저 저버리고 살고 싶지는 않았다.

"씨발, 좆같이!"

욱은 씹고 있던 껌을 뱉어 버릇대로 책상 밑에 붙이려고 했다. 그러다가 NIS(National Intelligence Service: 국가정보원)의 최경식이 취조실을 쓰려고 기다리고 있다는 사실을 떠올리고는, 자신이 앉았던 취조관 쪽 의자 위에 껌을 곱게 발라놓고 취조실을 나섰다.

'긴급 합동 수사반'이란 팻말을 지나 사무실로 들어간 욱은 자기 책상에 앉아 다른 서류들을 정리하기 시작했다. 아흐레 전 급히 구성된 수사반은 처음엔 경찰, 검찰, NIS, 정보사 등 온갖 기관에서 모인 수사관들로 시장통 같은 분위기였으나, 당초 예상과 달리 수사 기간이 일주일을 넘기자 차츰 한산해져 가고 있었다. 넓은 사무실에는 책상만 열다섯 개 가량 있었는데 실제로 자리에 앉아 있는 사람은 너더댓 명도 되지 않았다.

"장 형사, 뭐 좀 나온 거 있어?"

고개를 들어보니 검찰 수사관인 남기철이었다. 평소 안면도 있었고 합동 수사반 구성 후엔 바로 옆 책상을 쓰고 있는 처지라, 이제는 서로 터놓고 지내는 사이였다.

"나오긴 뭐가 나와, 썩은 홍어좆이나 나오겠지."

욱이 투덜거리자 기철이 낄낄거리며 말했다.

"그러게 너무 열심히 뛰지 말라니까. 이거 어차피 처음부터 정치판 놀음이야. 우리가 끼어들어서 득볼 게 없는 일이라고. 우리 역할은 한두 달 바람 잡아주고 막판에 매스컴에 두들겨맞아 주면 되는 거야."

"또 그 소리야? 진보와 보수의 갈등?"

"당연하지. 사실 통일이야 반대할 사람이 없겠지만, 갑자기 북쪽에 거액의 돈을 쏟아붓자니 겁나는 사람들이 없는 건 아니잖아. 진보주의자들이 보수파의 입을 닫아버리기에 국회 의원 살해 사건만큼 좋은 건수가 어디 있겠어? 대북 투자에 회의적이던 여론이 쑥 들어갔잖아."

"그러면 진보파가 여론을 잡으려고 자기들의 우두머리를 죽이는 고육지계를 썼다 이거지?"

욱이 묻자 기철은 고개를 갸우뚱했다.

"뭐 자기들이 죽이기까지야 했겠어? 하지만 기왕 사건이 발생한 바에야 기회를 놓치지 말고 활용하자, 이거겠지."

"그럼 한 가지만 물어보지."

"뭐?"

"그럼 도대체 송 의원은 누가 죽인 거야? 진보주의자들이야, 아니면 그 사람들이 주장하듯 보수주의자들이야?"

욱의 질문에 기철은 답을 하지 못하고 머뭇거렸다.

"……아, 뭐 글쎄……, 어……, 그거야 지금은 중요한 문제가 아니지 않을까?"

그럴지도 몰랐다. 하지만 그것이 바로 문제였다. 가장 중요한 문제가 가장 중요하지 않은 문제로 되어가고 있다는 것이 문제였다.

"내 생각엔 바로 그게 제일 중요한 문제인 것 같아. 아무도 그렇게 생각하지 않더라도 최소한 우리한테는 그게 제일 중요해야 할 문제인 것 같단 말이야."

욱의 말에 조금 무안을 느꼈는지 기철이 얼굴을 살짝 붉히며 혼자말처럼 중얼댔다.

"그거야 박현철이가 죽인 거지, 뭐. 그거 모르는 사람도 있어?"

"내가 그걸 물어본 게 아니란 거 알면서 왜 그래?"

"그거야……, 그렇지만 뭐가 나오는 게 있어야지. 열흘이 되어가도록 아무것도 잡히는 게 없으니 답답한 거 아냐. 그 박현철인가 하는 녀석의 할아비에서 초등학교 동창의 사돈의 팔촌까지 싸그리 달아다 걸러봐도 아무것도 나오질 않잖아."

기철이 답답한 투로 말하자, 욱이 중얼거렸다.

"나올 리가 없지."

"무슨 소리야?"

"난……, 그러니까 배후 같은 건 없을 거란 얘기야."

"그럼 단독 범행이란 말이야? 국회 건교 위원장의 정확한 스케줄과 경호 상황을 혼자서 조사하고 범행을 했다고?"

"내 생각엔 그런 준비도 없이 벌어진 우발적 사건 같아."

욱의 말에 기철은 어이없다는 표정으로 그를 쳐다보다 말했다.

"그럼 전과 기록도 하나 없고 생전 쌈박질 한번 안 하고 살았다던 애가 어느 날 아침 일어나서 우발적으로 '아, 오늘을 국회 건교 위원장 목이나 잘라야겠다' 하는 생각이 들어 그 일을 벌였단 말이야? 우발적으로 칼까지 들고?"

"그거야 모르지. 그랬을는지. 송경호가 매주 빠지지 않고 그 교회에 나간다는 건 알 만한 사람은 다 아는 일이었잖아. 아니, 송경호가 꼭 그 자식의 목표였다는 증거는 또 어디 있어?"

그러자 기철이 고개를 저으며 말했다.

"말도 안 돼. 그 많은 인파 속에서 경호원 둘을 쓰러뜨리고 우연히 자른 게 국회 건교 위원장 목이었다고? 그런 일은 절대로 우연히 일어나지 않아. 그리고 그 검도 실력 봤잖아. 칼이야 그 자식 아버지가 십수 년 전부터 집에 가지고 있었던 거라지만, 아버지 말로는 사건이 있던 날까지 그 칼에는 손도 대지 않았다잖아. 아예 검도 같은 것은 어려서부터 배우려 하지도 않고 들입다 책만

읽었다던 놈이 어디서 그런 검술을 배웠겠어? 사람 목을 단칼에 날리는 검술이 하루아침에 생기나? 누군가가 몇 달, 아니 몇 년 이상 부모도 모르게 그놈을 키워온 거야. 이런 일에 써먹을 행동대원으로 말이지. 이건 아주 치밀하게 계획된 테러야. 절대 우발적 단독 범행은 아니야."

틀린 말은 아니었다. 하지만 박현철이 검도를 배웠다는 증거는 어디에도 없었다. 서울 시내뿐 아니라 경기도 일원의 검도 도장이란 도장은 이미 다 훑었지만 박현철의 흔적은 찾을 수가 없었다. 그리고 그 자식의 최근 종적을 살펴보아도 검도는커녕 운동이라곤 조깅조차도 안 하고 살던 놈임이 확실했다.

"그렇다면 그 배후가 누구냐고. 없잖아! 이만큼 찾아봐서 없으면 없다는 게 답 아니겠어? 빨리 포기하고 '배후는 없다' 하고 발표해 버리면 되잖아. 자꾸 질질 끄니까 애꿎은 대학생 애들에게라도 죄를 뒤집어씌우라고 이 난리들 아냐!"

욱의 언성이 조금 높아지자 기철은 안됐다는 듯 혀를 찼다.

"거봐, 이러니까 내가 너무 열심히 하지 말라고 했잖아. 어차피 정치적 사건이니까 정치적으로 결론이 나게 돼 있는 걸 왜 신경을 쓰냐고. 그래봤자 괜히 장 형사만 스트레스 받고 엉뚱한 좆뺑이 치는 거라니까."

욱은 서류 더미로 눈을 돌리고 한숨을 쉬었다. 어쩌면 기철의 말이 맞는지도 몰랐다. 이 사건은 설명할 수 없는 문제들이 너무 많았다. 아니, 아예 처음부터 끝까지 설명할 수 없는 문제들로만 이루어진 사건이었다. 그냥 죽치고 앉아서 시간을 보내다 보면, 매스컴과 정치권이 어떻게든 끝을 내줄 것이다. 문제는 거기까지

도달하는 과정을 자신의 양심이 얼마나 수용할 수 있느냐 하는 것이었다.

"어이, 장 형사. 우리 저녁에 소주나 한잔 땡길까? 이럴 땐 술이 제일이야."

기철이 미소를 지으며 말했다. 상당히 구미가 당기는 제안이었지만 욱은 고개를 저었다.

"미안하지만 오늘 저녁은 약속이 있어."

"이거?"

기철은 새끼손가락을 흔들어 보였다.

"아니. 고등학교 동창 녀석."

"그럼 다음에 하지. 앞으로야 남는 게 시간일 텐데 뭐……, 저 양반만 아니면."

기철은 욱의 어깨 너머를 바라보며 말꼬리를 바꿨다. 욱이 슬쩍 뒤를 돌아보자 막 문을 들어서고 있는 40대 후반의 거한이 눈에 들어왔다. 그다지 큰 키는 아니었지만 걸치고 있는 잠바가 팽팽할 정도로 비대한 몸집 덕에 신장 194의 욱조차 움츠러들게 만드는 사내였다. 사내는 살찐 두 뺨과 툭 튀어나온 이마 사이에 박힌 작은 단추 같은 두 눈을 사방으로 굴리면서 욱과 기철 쪽으로 걸어왔다. 가까이 다가올수록 현무암처럼 얼굴 전체를 얽은 마마 자국이 선명하게 드러났다.

"안녕하십니까, 반장님."

"안녕하십니까."

욱과 기철이 건성으로 인사를 하자 사내는 답례도 없이 볼을 씰룩이며 욱에게 물었다.

"야, 아까 유동한가 뭔가 하는 그 자식 나가는 것 같던데, 어떻게 된 거야?"

"보냈습니다."

욱이 대답하자 반장의 작은 눈이 더 작아졌다.

"보내? 누구 맘대루 보내."

"그 친구는 아무것도 아는 게 없어요. 여기 더 잡아놓을 이유가 없었습니다."

욱이 항변조로 말하자 반장의 두터운 입술이 부르르 떨렸다.

"그렇다고 연행해 온 피의자를 니 맘대로 보내? 나한텐 얘기도 없이?"

"피의자가 아니라 참고인입니다."

욱이 또박또박 대답하자 반장의 손이 반쯤 올라가다 내려갔다.

"너 이 새끼 일루 와봐."

반장을 맷돌을 갈아대는 듯한 목소리로 내뱉고는 사무실 안쪽을 막아 임시로 만든 반장실로 들어갔다. 욱은 안됐다는 눈길로 자신을 바라보고 있는 기철에게 씨익 웃어 보이고는 그 뒤를 따라 들어갔다.

크지 않은 사무실의 작은 책상 위에는 '반장 오환철'이라는 임시 명패가 놓여 있었고 그 뒤로 정리되지 않은 서류 뭉치들이 어지러이 쌓여 있었다. 반장은 책상에 앉자 손짓을 하여 욱을 가까이 불렀다.

"야, 인마. 반통련 관련자는 무조건 3일 기본 구금하란 얘기 들었어, 못 들었어?"

"들었습니다."

"그런데 왜 그랬어?"

"제가 아는 경찰 규정엔 그런 조항은 없었습니다."

"허! 규정? 그럼 상관의 직접 지시를 어기라는 규정은 어디 붙어 있는 거야?"

"……."

"말해 봐! 이 좆만 한 자식아!"

"하지만 그건 잘못된 지십니다. 그런 인권 유린을 할 수는 없습니다."

"뭐? 인권 유린?"

"네. 소위 반통련이란 조직은 존재하지도 않습니다. 그냥 대북투자를 반대하는 학생들일 뿐입니다. 조금 시기가 공교롭긴 하지만 그렇다고 그들이 살인 테러 조직은 아닙니다. 자꾸 우리가 그들을 잡아놓고 있기 때문에 그렇게 얘기가 만들어져가고 있는 것뿐입니다!"

"너 이 새끼, 어디다 함부로 목소릴 높여?"

반장의 목소리는 욱의 항의보다 훨씬 컸다. 작은 반장실 안을 쩌렁쩌렁 울려대는 그의 목소리에, 핏대를 올리던 욱은 온몸을 움찔했다.

"인마! 아무리 까투리 불알 같은 놈들만 모아놓은 합동 수사반이라지만 아래위는 있어야 할 거 아냐! 저 지미랄 남가 놈이나 기생 보지털 같은 최가 새낀 딴집 애들이라 그렇다 쳐도, 넌 경찰 아냐! 넌 선배도 없냐, 이 너구리 좆 같은 새끼야!"

오 반장 특유의 걸쩍지근한 형용 어구들이 봇물 터진 듯 쏟아져 나왔다. 오 반장은 본청 형사국에서, 욱은 사건 발생지인 서울 지

방 경찰청에서 따로따로 이 합동 수사반으로 배속이 된 처지지만 경감과 경사라는 계급의 차이는 엄연히 존재했다. 욱은 오 반장의 엄청난 욕설 포화에 잠시 당황했으나 이내 정신을 차렸다. 수사반에 배속되기 전, 오 반장과 근무해 본 경험이 있는 선배로부터 그에 대해 들은 바가 있었기 때문이다. 선배의 말에 따르자면 오 반장은 온갖 험한 욕을 수시로 퍼붓는 사람이지만 그건 평상시 말버릇이니 전혀 기죽을 필요가 없다고 했다. 그리고 정말로 화가 났을 때는 '호로자식'이라는 표현을 쓰므로 그때만은 목숨을 걸고 무조건 도망을 가라고 했다.

오 반장의 욕설 중 아직까진 '호로자식'이란 말이 없었으므로 욱은 어깨를 쭉 펴고 당당히 말했다.

"경감님, 그럼 한 가지만 묻겠습니다. 그 학생들을 무조건 구인해 오고 무조건 3일을 채운 후 내보내라는 지시는 경감님 자신의 생각에서 나온 겁니까?"

오 반장은 욱의 질문에 갑자기 말을 잃었다. 욱은 내친 김에 죽 쏘아붙였다.

"그게 정말 선배님 생각이라면 저 바깥에 죽치고 있는 까투리 불알들이 선배님을 비웃습니다. 모두들 지금 우리가 정치가 놈들 꼭두각시냐는 푸념만 하고 앉았고 수사 진척은 전혀 안 되고 있습니다. 게다가 우리가 그렇게 몰아붙이니 매스컴에서 자꾸 엉뚱한 보도를 내보내고 있고 그런 보도들이 거꾸로 수사 방향에 혼란을 가져오는 거 아닙니까! 이건 우리가 우리 무덤을 파고 있는 꼴입니다!"

오 반장은 잠시 욱을 노려보다 말했다.

"인마. 이게 우리만 하는 수사냐? 온 나라가 발칵 뒤집어진 일이야. 위로는 온갖 정보가 홍수처럼 밀려들고 있어. 청와대 영감까지 난리란 말야. 우린 위에서 판단한 방향으로 수사만 하면 되는 거야."

아까보다는 누그러진 말투였지만, 욱은 추궁의 고삐를 늦추지 않았다.

"그럼 우린 정말 꼭두각시군요. 이리로 가라 하면 이리로 가고 저리로 가라 하면 저리로 가는 충실한 사냥개처럼요."

오 반장의 작은 눈 속에서 뭔가 파란 불꽃이 번쩍였다.

"뭐가 어째, 이 씨발놈이! 그럼 니들이 나한테 뭔가 물어다줘야 할 거 아냐! 나도 위에 뭐 내놓을 게 있어야 말발이 스지, 이 똥강아지 같은 놈아! 쥐뿔이라도 있어야 내가 말발이 스지!"

"……."

"나라고 용빼는 재주 있겠어? 수사가 진척이 없으니 위에서 하란 대로 할밖에!"

오 반장이 욱을 보며 울부짖듯 소릴 질렀다. 그러나 왠지 자신을 향해 지르는 소리가 아니란 느낌이 들었기에, 욱은 더 이상 말을 하지 않고 반장의 씰룩이는 얼굴만을 조용히 바라보았다.

"아무 말이나 해봐, 이 새끼야."

화가 다 가라앉았는지 오 반장이 투덜대는 투로 말했다. 욱은 솔직한 느낌을 말했다.

"실은 애초에 수사 방향이 잘못된 것 같습니다."

"그래, 그렇겠지. 이젠 위에서도 다들 그 소리야. 엉뚱한 대학생들은 왜 건드리냐고. 씨발! 다 잡아다 족치랄 땐 언제고……,

개자식들, 이젠 건설업자들을 다시 족치자더군."

반장이 책상 위의 서류들을 뒤적이며 혼자말처럼 빈정거렸다.

"그게 아니라 누군가 이 일을 책임져야 할 사람이나 조직이 있으리란 방향이 잘못되었단 말입니다."

욱이 차근차근 말하자 오 반장의 작은 눈이 다시 그에게 초점을 맞췄다.

"뭐? 그게 무슨 소리야?"

"단지 죽은 사람이 국회 의원이라고 해서 이 사건이 정치 테러라고 단정을 지은 게 잘못이란 겁니다."

"그럼 뭐란 얘기야?"

"그 박현철이란 놈이 그저 휘까닥 한 놈일 수도 있는 겁니다."

욱은 손가락으로 머리 옆에 원을 그려 보였다.

"그래서 휘까닥 미친 놈이 어느 날 '에라 사람 목이나 하나 잘라보자' 하고 자른 게 국회 건교 위원회의 위원장이라고? 그 말을 누가 믿을 것 같아? 증거 있어?"

"그놈 눈빛을 보셨잖습니까! 그게 정상인의 눈빛입니까? 더 이상 무슨 증거가 필요하신 겁니까!"

반장은 한숨을 쉬며 고개를 저었다.

"일단 그렇게만으론 설명 안 되는 부분이 너무 많아. 게다가 그런 발표가 나가면, 그게 사실이고 아니고를 떠나서 정부와 매스컴에서 우릴 모두 직무 유기로 몰아세울 거야. 지금 필요한 건 진실보다 희생양이라고. 단시간 내에 먹음직스럽게 포장될 수 있는 희생양! 우리가 빨리 그걸 내놓지 못하면 모두들 우리 피라도 받아마실 기세들이야."

"그럼 진실은 어떻게 하고요?"

욱이 날카롭게 묻자, 오 반장은 메마른 눈으로 말없이 욱을 바라보았다. 욱은 그 시선을 마주보다가 문득 자신이 더 이상 아무 말도 하고 싶지 않다는 것을 깨달았다.

형사는 인사도 없이 몸을 돌려 반장실을 나왔다.

"어이, 괜찮아?"

기철이 다가오며 묻자, 욱은 신경질적으로 말했다.

"에이, 쌍! 나 집에 가니까, 누가 찾으면 전화 받고 황급히 뛰어나갔다고 그래. 아주 황급히."

"이봐, 왜 그래?"

"남 수사관 말이 맞아. 우린 그냥 시간만 때워주면 되는 거라고. 빌어먹을! 다 집어치라고 해, 씨발!"

욱은 노트북을 챙겨들고 달리다시피 사무실을 나오다가 마침 취조실에서 나오던 최경식과 마주쳤다.

"어이, 장 형사. 어딜 그리 급히 가나? 무슨 일이야?"

'니가 무슨 상관이야!'

욱은 속으로 외치며 그냥 지나가려 했으나, 최경식은 몸으로 그의 앞을 막아섰다.

"이봐, 무슨 일이냐니까? 나도 좀 알자고."

합동 수사가 시작된 이후로 누구보다도 욱의 신경을 건드리는 놈이 바로 이놈이었다. NIS란 기관의 특성을 이해하지 못하는 것은 아니었지만 이 자식은 정말 상식 이하였다. 반장을 대하는 태도도 거만했고 걸핏하면 특별 대우를 요구했다. 또, 다른 수사반 사람들을 수하 부리듯 하질 않나, 상의도 없이 병력을 출동시키질 않나, 정말 아니꼬워서 눈 뜨고 볼 수가 없었다. 게다가 자신이 무슨 CIA 요원이라도 되는 양 옷은 날씨에 상관 없이 항상 감색 정장이요, 밖에 나서기만 하면 비가 오는 날에도 선글라스는 기본이었다. 아마도 이놈은 NIS에서 상대의 복장을 터뜨려 암살하는 방법만을 전문적으로 교육받은 것 같았다.

반통련 학생들에 대한 마녀 사냥에 가장 앞장을 서고 있는 것도 바로 이놈이었다.

"바쁘니까 비켜."

욱은 거칠게 경식을 밀쳐버리고 엘리베이터로 걸어갔다. 그러나 경식은 집요하게 욱을 쫓아오며 물었다.

"어디로 가는 거야? 무슨 단서라도 잡혔어?"

욱이 계속 상대를 않자, 경식은 욱의 어깨를 잡아 돌려세웠다.

"이봐, 같이 합동 수사를 하는 입장에서 서로 알려줄 건 알려주자고."

욱은 그의 턱을 한 대 후려갈기려다 가까스로 참았다. 더 좋은 생각이 떠올랐기 때문이었다.

"박현철이가 NIS 요원이었다는 제보가 있어 확인하러 가는 길이야."

욱의 말에 최경식의 표정이 순식간에 굳어지며, 두 눈에 강한 의혹이 떠올랐다.

"설마……."

"설마라니. NIS 일을 자네라고 다 알아?"

욱은 의미 있는 투로 말을 던지고는 엘리베이터 앞으로 걸어가며 슬쩍 뒤를 돌아보았다. 경식은 벌써 사무실 쪽으로 급히 걸어가고 있었다. NIS의 구조상 충분히 가능성이 있는 얘기였다. 녀석도 NIS 쪽에서 반통련 사냥을 강력히 밀어붙이는 데 대한 의구심이 없지는 않았을 테니, 어떻게든 방금 욱이 한 말의 사실 여부를 확인해 보려 할 것이다. 그러나 그러자면 아마도 예닐곱 단계는 거치며 상관들을 괴롭혀야 할 것이고 결국 봉창 두드리는 소리란 게 판명이 되면 다시 예닐곱 단계를 거치며 한 소리씩을 들어야 할 것이다. 물론 욱 자신이야 나중에 제보자가 정신 병원에서 나온 지 한 달도 안 된 사람이었다고 말하면 그만이다.

'기생 보지털이라……'

경식의 감색 정장 엉덩이에 허옇게 붙은 껌 자국을 바라보며 피식거리던 욱은 엘리베이터의 벨 소리에 몸을 돌렸다.

하릴없이 강남 일대를 쏘다니던 욱이 주차장에 차를 박아넣고 분당선에 몸을 실은 것은 오후 4시 반이 조금 넘어서였다. 성남을 통과하여 한 시간이면 넉넉히 도착할 거리니, 지난번처럼 지하철이 멈춰 서지만 않는다면 원철과의 약속엔 늦지 않을 것이다.

전철의 단조로운 흔들림 속에서 30분 정도를 보내고 나자, 욱은 문득 원철이 녀석이 괘씸하다는 생각이 들었다. 자기는 시간이 풀풀 남아도는 재택 근무자면서, 단지 중간 지점이라는 이유로 격무에 시달리는 경찰 공무원에게 분당까지 오기를 요구하다니! 이건 분명히 따지고 넘어가야 할 일이란 생각이 들었다.

아니, 이건 그냥 따지고 넘어갈 일이 아니라 흠씬 두드려패 줄 일이었다. 공평과 평등을 자기에게 유리한 방향으로만 해석하는 녀석의 나쁜 버릇을 고치는 방법은 매박에 없었다. 일단 만나자마자 장마철에 먼지 나게 패놓기부터 해야겠다고 생각하며, 욱은 손가락 마디를 꺾어 우드득 소리를 냈다.

원철이 '청기와'에 나타난 것은 욱이 도착하고도 20분이 흐른 후였다.

"야, 이 자식아! 사람을 여기까지 불렀으면 미리 와서 기다려야지, 지금 나타나냐?"

욱이 눈살을 찌푸리고 핀잔을 주자 원철은 싱글거리며 자리에 앉았다.

"5분 가지고 뭘 그래?"

"자식아. 누가 5분 늦은 거 가지고 뭐라고 그러는 거야? 넌 왜 꼭 분당서 만나자는 거냐? 내가 여기까지 오려면 몇 분이나 걸리는 지 알아?"

"얼라? 이놈이 뭘 잘못 먹었나? 너희 집하고 우리 집 중간이면 됐지 뭐가 또 불만이야?"

"인마, 내가 너 같은 줄 아냐? 난 몸이 열 개라도 모자랄 지경으로 바쁜 사람이란 말야. 너처럼 시간 풀풀 남아도는 백수가 아니라고."

"그렇게 바쁜 놈이 그럼 왜 보자고 그랬어?"

"그거야……."

욱은 말문이 막혔다. 원철은 그런 욱의 얼굴을 빤히 쳐다보았다.

"에이, 관두자 관둬. 밥 먹자."

그러나 원철은 집요했다.

"왜 보자고 그랬냐니까?"

"네 얼굴 까먹을까 봐 그랬다, 왜! 됐냐?"

욱이 골난 말투로 내뱉자, 원철은 배가 고픈 듯 메뉴를 들여다 보며 말했다.

"응, 됐다. 밥 먹자."

끓어오르는 부대찌개 위로 소주를 따라주며 욱이 물었다.

"그래 요즘은 좀 살 만하냐?"

"살림은 좀 폈지. 빚을 다 갚고 나니 이제야 돈이 좀 모이는 것 같아."

"일은 잘 들어오나 보지?"

"그런대로. 팀원들이 맘이 잘 맞으니까 일도 잘 되고, 그러다 보니 일거린 심심찮게 있는 편이야."

"심심찮은 정도가 아닌 것 같은데?"

"날 취조하는 거야? 인마, 난 세금 다 내고 살아."

"하하, 취조가 아니라 왠지 전보다 훨씬 여유 있어 보여서 그래."

"어딜 봐서?"

"일단 날 만난 지 20분이 지나도록 신경질 한번 안 내고 있잖아."

원철의 최근 변화는 무딘 욱마저도 뚜렷이 느끼는 모양이었다.

"돈 때문에 생긴 여유는 아니지만, 솔직히 좀 벌긴 벌어. 하지만 이 일도 마흔 넘으면 계속하기 힘들 것 같아."

"왜?"

원철은 소주로 목을 축인 뒤 말했다.

"프로그래밍이란 게 그렇잖아. 창의력은 나이가 들수록 옛날 같지 않고, 밑에선 무서운 아이들이 치고 올라오고. 좀 처진다 싶으면 당장 밀려나는 게 우리 세계니까."

욱은 고개를 끄덕였다.

"그 프리랜서라는 것도 좋기만 한 것은 아니군. 그래도 능력만큼 돈은 벌잖아?"

원철은 씁쓸히 웃으며 남은 술을 비웠다.

"넌 프리랜서가 무슨 뜻인지는 아냐?"

원철의 질문에 욱은 고개를 갸우뚱했다.

"월급 대신 건수마다 돈 받고 일하는 사람 아냐?"

"어원이 뭔지 아냐고."

"글쎄……."

원철은 욱이 빈 잔을 채우는 것을 기다렸다 말했다.

"옛날 서양 중세 시대에 기사들이 쓰던 긴 창 있지? 그걸 랜스라고 불렀거든. 그래서 그 창을 쓰는 사람, 즉 말을 타고 창을 쓰는 기사를 랜서라고 했지. 기사들이란 봉건제 안에서는 왕과의 주종 관계에 매인 사람들이었는데, 일부 기사들 중에는 자신의 영지 없이 돈벌이를 위해 전쟁터를 전전하는 사람들도 있었어. 다시 말해서 이 사람들은 돈만 받으면 누구와도 싸워주는 용병이 된 거야. 주종 관계에 매여 있지 않고 아무나 고용할 수 있는 랜서, 그래서 프리랜서라고 불리게 된 거라고."

욱은 원철의 이야기를 귀기울여 듣더니 말했다.

"그래, 세계사 강의는 잘 들었다. 그런데 박식한 원철아, 그 얘긴 갑자기 왜 하는 거냐?"

"나라고 다를 게 없다 이거지. 용병이란 게 뭐야? 죽을지도 모르는 싸움터에 돈 받고 뛰어드는 사람이잖아. 내 고용주들도 내가 죽든 말든 상관 안해. 자기들의 전쟁만 이기면 되는 거야. 그런 비정한 직업이 프리랜서라고."

욱은 고개를 끄덕이고 말했다.

"그런지도 모르지. 하지만 그건 너무 부정적인 것만 크게 뻥튀기 한 거 아냐? 나처럼 완전히 주종 관계에 목 매인 기사들은 내가 원하지 않는 전쟁에도 끌려나가야 해. 너야 거절할 수 있는 자유가 있잖아."

"하지만 넌 전쟁을 하지 않아도 돈을 받잖아, 안정적으로."

"너보단 턱없이 적은 돈이지."

욱은 투덜거리며 앞에 놓인 잔을 단숨에 비웠다. 원철이 말했다.

"너 어째 전하고 많이 달라진 것 같다. 전엔 박봉이라도 경찰일이 재미있는 편이라고 그랬잖아. 부수입도 좀 있고."

"후후, 그런 때도 있었지."

"왜, 요즘은 부수입이 시원찮아?"

"인마. 자꾸 부수입 운운하지 마라."

욱은 쑥스러운 눈으로 원철을 째려보고는 잔으로 눈을 돌렸다.

"하하, 우리 나라 경찰 중에 그런 거 없이 먹고 살 수 있는 사람이 얼마나 되겠냐? 안 좋은 거라는 거 알고 받는 거면 받아도 돼. 당연히 받는 거라고 손 내미는 놈들이 문제지."

원철이 낄낄 웃으며 말했다.

"명태 월경하는 소리하고 있네, 자식."

욱은 병을 들어 자신의 빈 잔을 채우며 말했다.

"상대적 상실감이라던가? 뭐 그런 게 없는 건 아냐. 하지만 그거보다 힘든 건 이젠 무력감이야. 내가 과연 옳은 일을 하고 있는 건지, 옳은 일이란 걸 할 수는 있는 건지, 뭐 그런 거지."

"무슨 소리야?"

"그런 게 있어. 맨정신에 말하긴 조금 어려운 그런 거지."

"뭐야? 또 프러포즈할 일이 있어?"

"푸하하하."

욱은 원철의 말에 옛날 일 한 가지를 떠올리고는 박장 대소를 터뜨렸다. 오랜만에 시원하게 털어내 보는 웃음이었다.

머나먼 태곳적, 원철이 어수룩한 복학생이고 욱이 이파리 하나짜리 의경이던 때의 일이었다. 욱은 낯선 격무에 시달리면서도 외출만 나오면 원철을 불러 만났고 둘의 만남은 반드시 꼭지가 비틀어지도록 마시는 술자리로 끝나곤 했다. 불알 친구라는 사실보다는 서로의 주량을 감당할 만한 술 상대를 찾기가 쉽지 않았기에 서로를 포기할 수 없던 두 사람이었으나, 욱이 근무하는 동네의 한 아가씨가 사이에 끼어들면서 조금 사정이 달라졌다.

몇 번 데이트를 하긴 했지만 아가씨의 태도가 영 분명치 않자, 그때까지만 해도 숫총각이었던 욱은 커다란 덩치에 어울리지도 않게 덜컥 상사병이 나버렸다. 파출소 한구석에 틀어박혀 보내지도 않을 유치한 편지를 끄적이고 있던 그를 찾아간 원철이 전후 사정을 물어도 욱은 눈물만 찔끔찔끔 흘릴 뿐이었다. 결국 원철에게 끌려가 말술이 들어간 후에야 욱은 사정을 털어놓았고, 이미 술이 오를 대로 오른 원철은 당장 그 아가씨 집에 찾아가 프러포즈를 하라고 후앙질을 놓았다. 그러자 욱은 그런 말을 맨정신에

하기 힘들다며 술을 더 펐고, 결국 다음날 둘은 욱이 근무하는 파출소 유치장에서 눈을 떴다. 술에 취한 두 사람이 아가씨 집 대문을 두드리며 결혼해 달라고 소리소리를 질러대자 단잠에서 깬 동네 어르신이 파출소에 신고를 해버렸기 때문이다.

웃지 못할 일은 출동했던 욱의 동료가 얼굴도 보지 않고 유치장 안에 두 사람을 던져넣어 버리는 바람에 욱이 유치장 안에서 출근 도장을 찍은 일과, 신고를 했던 동네 어르신이 바로 그 아가씨의 아버지였다는 사실이었다. 물론 그 아저씨도 자기 딸과 결혼하겠다고 부르짖는 청년을 경찰서에 신고해 버리는 매정한 인간은 아니었고 단지 밤중에 웬 청년 둘이 나타나 옆집 문을 두드리며 소란을 피우자 수화기를 들었던 것뿐이었다. 욱과 원철이 취중에 두들겨대던 대문은 그 아가씨 집이 아니라 그 옆집의 대문이었던 것이다. 오히려 가장 고초를 겪었을 옆집에서는 막상 아무런 말도 없었는데, 나중에 듣자니 서른 넘은 노처녀가 혼자 사는 집이라고 했다.

"그때 누구더라, 맞아 김 경위님이던가? 아침에 눈을 똥그랗게 뜨고 그랬지, '야! 장욱이! 너 왜 거기 들어가 있어?'."

원철이 양손으로 쇠창살을 잡는 시늉을 하면서 눈을 크게 떠 보이자, 욱은 친구의 익살에 배를 쥐고 웃어댔다. 웃음이 잦아들자 욱이 말했다.

"그게 벌써 6년? 아니, 7년 전 얘기구나."

"그렇게나 됐나? 그렇군."

원철이 담배에 불을 붙이며 고개를 끄덕였다. 욱은 눈을 감으며 푸념조로 말했다.

"이젠 술도 그렇겐 못 마셔."

"암."

"그때처럼 솔직하지도 못하지."

"푸우……."

원철이 천장 높이로 담배 연기를 길게 뿜었다. 욱은 계속 눈을 감은 채 혼자말처럼 중얼거렸다.

"언제 그 날들이 다 지나간 거야? 난 내가 이제 30대라는 게 안 믿어져."

"믿어라. 믿는 자에게 복이 있단다."

"그래. 안 믿을 도리가 있냐. 허리 치수가 해마다 하나씩 꼬박꼬박 늘어가는데."

욱이 원철을 보며 양손으로 자신의 뱃살을 쥐어 보였다.

"너 좀 심하구나."

원철이 눈썹을 찌푸렸다.

"나 많이 변했지?"

욱이 씩 웃으며 물었다. 원철이 마주 미소를 지었다.

"나도 많이 변했어."

"에라, 저무는 20대, 마지막 기분이나 내자고."

욱은 물컵의 물을 한입에 마셔버리고 거기에 소주를 가득 부어 원철에게 내밀었다.

"어이구, 그 버릇 개 주나."

원철은 그렇게 말하면서도 잔을 받아 단숨에 비워버렸다. 돌아온 잔을 욱 역시 한 모금에 해치운 다음, 둘은 서로를 마주보며 커다랗게 트림을 했다. 옆자리의 여자가 그들을 흘끗 돌아보았다.

"근데 우리가 언제부터 이 작은 잔에 술을 마셨지?"

술이 오르는 듯 얼굴이 벌개진 원철이 엄지와 검지로 작은 소주잔을 만지작거리며 물었다.

"몰라. 너 집 사고 우리 둘 다 개털 돼서 소주 한 병 놓고 밤새우던 그때겠지 뭐."

욱은 다시 소주로 물컵을 채우며 건성으로 대답했다. 원철은 다시 욱이 내미는 잔을 받아 한 모금 마시고는 앞에 내려놓았다.

"인마, 비우고 잔 줘."

욱이 인상을 쓰자, 원철이 손을 저었다.

"넌 괜찮을지 몰라도 이젠 난 못 버텨. 그리고 네 얘기도 들어야겠고."

"무슨 얘기?"

"맨정신에 못한다는 그 얘기. 너야 맨정신이 아니래도 그 얘길 할 수 있을 지 모르지만, 난 맨정신이 아니면 듣질 못하거든."

"자아식."

욱은 4분의 1쯤 남은 소주병을 잡고 깨끗이 나발을 분 다음 내려놓았다. 원철은 말없이 그런 욱의 모습을 쳐다보다 물었다.

"도대체 무슨 일이야?"

"아무 일도 아니다, 네가 해결해 줄 수 있는 문제도 아니고. 그냥 여러 가지 쌓이는 건 많은데 맘 놓고 술 대작할 상대가 없어서 만나자고 한 거니까, 술이나 마시자고."

"뭐야, 사람을 불러놓고! 얘기 안 하면 난 간다."

원철이 일어서는 시늉을 하자 욱이 황급히 그의 소매를 잡았다. 옆자리의 여자가 다시 그들을 돌아보았다.

"앉아라. 보안 사항이라 그래."

"보안 좋아하시네. 그럼 나보고 여기 멍하니 앉아서 너 답답해하는 모습을 안주 삼아 술이나 푸라는 거냐? 그러라고 나 불러낸 거야?"

원철은 엉덩이를 붙이지 않은 채로 따졌다.

"일단 앉아봐."

욱은 원철의 소매를 잡은 손에 힘을 주었다. 엄청난 완력으로 원철을 눌러앉힌 욱은 목소리를 낮춰 말했다.

"수사중인 사건에 대해선 말할 수 없는 거 잘 알잖아. 그것도 살인 사건인데."

살인이라는 말에 원철의 태도도 좀 누그러졌다.

"오늘 널 불러낸 건 그냥 네 얼굴 보고 싶어서 그런 거니까, 조용히 옛날 얘기나 하면서 술이나 마시자. 응?"

욱의 다독거림에 원철은 다시 담배를 한 대 꺼내 물었다. 한 모금을 빨고 난 원철은 욱의 얼굴을 보며 희미한 냉소를 흘렸다.

"웃기지 마, 이 자식아."

"……."

"난 널 알아. 네가 네 자신을 아는 것보다 더 잘 알지. 옛날 얘기나 하자고? 네가 지금 하고 싶은 건 옛날이 아니라 현재의 얘기야. 하지만 아무리 둘러봐도 터놓고 얘기할 사람이 없었겠지. 사람들은 옆에서 바글대도 다 자기 일밖에는 관심이 없고, 가까운 척 해도 네 짐을 나눠지긴커녕 네가 힘들어한다는 걸 알면 어느새 고개를 돌리지. 그리고 어느 날 정신을 차려보면 뭔가가 널 친친 감고 조여대고 있는 거야. 그렇게 조여주지 않으면 터지기라도 할 것처럼."

욱은 원철을 쳐다보며 아무 말이 없었다. 원철의 말 한 마디 한 마디가 어떤 물리적인 형체가 되어 실제로 자신의 몸을 조여드는 듯한 느낌이 들었기 때문이었다. 가느다란 떨림이 전신을 훑는 바람에 욱은 원철 앞에 놓인 잔을 거칠게 집어들고 한 모금에 벌컥 넘겼다.

"원철이 너……."

욱이 잔을 내려놓으며 말했다. 그의 손은 아직도 미세한 경련을 완전히 떨쳐버리지 못했다.

"……너 정말 많이 변했구나."

원철이 어깨를 으쓱했다.

"글쎄, 같은 값이면 좀 철이 들었다고 표현해 다오."

가까운 술집으로 자리를 옮긴 두 친구는 조용한 룸에 자리를 잡았다. 곧 매끈하게 생긴 웨이터가 들어와 주문을 받았다. 국산 양주와 과일을 주문하자 웨이터는 역시 매끈한 미소를 지으면서 메뉴판처럼 생긴 얇은 화상 장치를 내밀었다.

"저, 아가씨들은……."

유행처럼 번지고 있는 '메뉴 걸'이었다. 수십에서 수백까지의 화상 이미지를 저장할 수 있는 장치로, 접객 업소마다 데리고 있는 아가씨들의 프로필과 '여러 종류'의 사진을 입력시켜 손님에게 미리 열람해 볼 수 있게 하는 기계였다. 원철은 눈살을 찌푸렸다. 처음에는 자신도 신기해서 몇 번 뒤적여본 적이 있지만, 지금은 그걸 볼 때마다 왠지 씁쓸한 느낌을 떨쳐버릴 수 없었다. 세계의 명화 전집이나 기록 사진 화보집 같은 용도로도 충분히 쓰일 수 있건만, 지금까지 술집 밖에서는 그걸 본 적이 없다는 사실이 인간성의 어두운 구석을 자꾸 들춰내는 것 같아서였다. 하긴 상대성 이론으로 원자력 발전보다 원자탄을 먼저 만들어낸 족속들이니 이 정도는 약과랄 수도 있지만.

"그냥 술이나 주쇼."

그런 원철의 생각을 읽기라도 한 듯 욱이 말하자, 웨이터는 그 매끈한 미소를 입가에 인쇄한 채로 물러갔다.

욱은 입을 꾹 닫은 채로 앉아 있다가, 웨이터가 술과 안주를 놓고 나가자 기다렸다는 듯 말을 꺼냈다.

"너 송경호 의원 살인 사건 알지?"

"응, 그 교회 앞에서 칼 맞은 사람 말이지?"

원철은 고개를 끄덕이며 대답하다 말고 갑자기 눈을 동그랗게 떴다.

"너 설마……."

"맞아. 바로 그 수사팀에 차출돼 있어."

욱은 길게 한숨을 내쉬었다. 원철이 혀를 찼다.

"완전히 재수 옴 붙었구나, 너."

"거의 똥 밟았다고 할 수 있지."

"많이 힘드니?"

"힘든 건 상관없어. 하지만 나야 일반 강력 사건을 주로 다뤘지 이런 시국 사건은 처음 아니냐. 정말 쌓이는 게 한두 가지가 아니야."

"어떤 게?"

"그러니까 말이다, 이 수사팀이 처음엔 잘 돌아가는 듯했어. 검경, NIS, 군 기관, 국회, 뭐 이렇게 대충하고 떨거지 기관들까지 몽땅 모여 소란을 떨어대면서도 그럭저럭 굴러가는 분위기였다고. 정보 수집도 원활하고 수사 방향도 다각적이고 처음엔 그랬다고."

"그런데?"

"그런데 조금 지나자 아무도 관심이 없는 거야. 그 염병할 박현철이란 놈이 왜 송씨 아저씨 목을 따버렸는지 아무도 알고 싶어하지 않더라고."

"정치적 사건들이야 물론 그렇겠지. 모두들 많은 사람 다치지 않고 해결되길 바랄 테니까."

원철의 말에 욱은 코웃음을 쳤다.

"흥. 일반인인 너도 그렇게 생각하고 있으니……. 다들 그저 빠르고 깨끗하게 해결되기만 기다리고 앉았지. 쓸데없는 마녀 사냥이나 몰아붙이고."

"마녀 사냥?"

"학생들 말야."

"아, 반통련?"

"반통련은 무슨 얼어죽을!"

욱은 벌컥 화를 내면서 술병을 따 물컵에 들이부었다. 원철은 말없이 욱이 잔을 비울 때까지 기다렸다. 욱은 속이 좀 가라앉았는지 차분한 목소리로 다시 입을 열었다.

"위에선 그 조무래기들한테 책임을 지우고 빨리 이 사건을 마무리지으란 압력을 넣고 있어."

“위의 누가?”

“알 게 뭐야, 배보다 사공이 많은 상황인데 뭐. 하여간 너한테 메일 보내던 날은 거의 미치는 줄 알았어. 젖비린내 나는 애들 한 스무 명을 취조하며 밤을 샜는데, 아침이 되니까 모두 집어넣으라는 거야. 피곤하고 그런 걸 떠나서, 참을 수가 없었어. 아무 혐의도 없는 애들을 어떻게 잡아놓으라는 건지.”

“왜? 그래도 뉴스에선 걔들이 제일 확실한 용의자라고 그러던데? 사건 나기 사흘 전에 데모도 있었다며? 그 죽은 의원 사퇴하고 수풍 발전손가 뭔가 집어치우라고.”

“흥, 바로 그거야. 우리가 그놈들을 집중적으로 수사하니까, 바깥에는 유력한 용의자로 비치는 거지. 하지만 죽은 송 의원에게 그보다 더한 원한을 품고 있던 사람도 많아. 그쪽으로 수사가 흐르지 못하게 하는 놈들이 있어서 그렇지.”

욱은 이를 질끈 물었다. 원철이 목소리를 낮춰 물었다.

“누구?”

“누구긴. 원한을 품었던 새끼들이겠지.”

잠시 침묵이 흐른 후 욱이 말했다.

“아무리 파봐도 그 애들은 혐의가 없어. 다 마녀 사냥일 뿐이야. 난 그 사냥에 앞장선 사냥개고.”

“너무 심한 자기 비하 아냐?”

“자기 비하? 이건 정의와 진실의 문제야. 내 양심이 걸린 문제라고.”

원철이 피식 웃음을 흘렸다. 욱은 그런 친구를 흘겨보며 물었다.

“왜?”

"정의, 진실, 양심, 그런 단어가 네 입에서 나오니까 좀 안 어울린다."

"나도 그런 것들이 조금씩은 있어, 인마."

욱은 못마땅한 얼굴로 쏘아붙이며 술잔을 채우다, 문득 생각난 듯 말했다.

"너 이번 사건이 얼마나 웃기는 사건인 줄 아니?"

"글쎄, 별로 우스워보이진 않던데?"

"하긴 대낮에 사람 모가지가 잘려나간 사건인데 우스울 건 없겠지. 하지만……."

욱은 잔을 원철에게 내밀며 말했다.

"살인 사건치곤 우스운 사건이야."

"왜?"

"왜냐고? 살인자가 누군지 알지, 살인 흉기 확보됐지, 확실한 증인도 한 100명 정도 있지, 그런데도 이 지랄 같은 사건은 끝이 나질 않는 거야."

"하하, 그렇게 단순하게 생각할 수 있는 문제가 아니잖아."

원철이 웃었다.

"왜?"

욱은 정말 모르겠다는 표정으로 친구를 쳐다보자, 원철이 더듬거렸다.

"어, 그러니까……, 뭐라더라, 아! 배후! 그래, 그 배후란 게 밝혀져야 하잖아."

"꼭 배후가 있어야 사람을 죽이나?"

욱이 여전히 시치미를 떼며 되묻자, 원철은 그의 태도에 조금

약이 오르기 시작했다.

"야, 그럼 국회 뭔 위원횐가 위원장이었다며 아무런 이유도 없이 죽이겠니? 그 뒤에 아무런 배후가 없다면 누가 믿을 수 있겠어? 나도 못 믿는다."

욱은 대답 대신 상 위의 안주 접시를 바라보며 중얼거렸다.

"그렇겠지."

"네 생각은 달라?"

원철의 질문에 욱은 대답을 않고 우물거렸다.

"인마, 나한텐데 어때? 네 생각은 누가 사주한 것 같냐?"

원철이 다시 채근하자 욱이 고민스러운 투로 입을 열었다.

"내 생각은……, 음, 아무도 아닐 것 같아."

"뭐? 무슨 소리야?"

원철이 이해할 수 없다는 얼굴을 하자, 욱이 말을 이었다.

"사람들은 누구나 믿고 싶은 것을 믿잖아. 그러니 이번 사건 뒤에 뭔가 엄청난 정치 음모 같은 게 도사리고 있다고 믿는 거지. 아니, 그러길 바라잖아, 너부터도."

원철은 잠시 생각해 보고는 마지못해 고개를 끄덕였다. 욱이 말했다.

"하지만 그렇게 생각을 하기 시작하면, 반드시 누군가를 잡아넣어야 한다는 결론이 나오잖아. 아무런 배후나 동기가 없을 수도 있다는 가능성을 완전히 배제하면 무고한 사람 누군가를 범인으로 만들어야 한다는 얘기거든. 난 그런 건 싫다."

욱은 자르듯 말을 마치고 파인애플 한 쪽을 집어 우적우적 씹기 시작했다. 원철이 물었다.

"그렇게 생각하는 이유라도 있어?"

친구의 질문에 욱은 씹던 것을 힘들게 넘기고 말했다.

"그 녀석의 눈빛이야. 눈빛."

"그 녀석이 살아 있어? 현장에서 사살당한 거 아냐?"

"놈은 죽었어. 하지만 난 살인 현장을 다 봤어."

"뭐? 네가 그 자리에 있었어?"

놀란 원철이 언성을 높이자, 욱은 목소리를 낮추며 소곤거렸다.

"조용히해. 그런 게 아니야. 녹화된 테이프가 있다고."

"테이프?"

"그래. 그날 인파 속에서 가족 비디오를 찍던 사람이 있어서 그걸 다 테이프에 담았단 말야. 다행히 그걸 우리에게 먼저 가져와서 매스컴들은 아직 모르고 있지. 덕분에 난 범행 현장을 직접 목격한 셈이 되었는데, 그 테이프를 보고 난 내 느낌으론 녀석은 분명히 사이코야. 따라서 이번 사건에 어떤 정치적 목적이나 배후따윈 없을 거란 게 내 생각이고."

"테이프에서 그런 게 보여?"

"당연하지, 그 박현철이란 놈의 눈을 보면 너라도 당연히 그렇게 느낄걸?"

백주의 살인 사건 현장이라. 원철은 갑자기 호기심이 동했다. 메스꺼울 정도로 피범벅인 영화들이야 많이 봤지만, 실제 살인을 녹화한 비디오는 한번도 본 적이 없었다.

"야, 그거 한번 볼 수 없겠냐?"

"안 돼."

욱은 게슴츠레하던 눈을 갑자기 부릅뜨며 정색을 했다.

"그 테이프는 존재하는 것 자체가 최고 기밀 사항이야. 위쪽 사람들도 한두 명밖에는 모르는 일이라고."

원철은 욱의 단호한 태도에 별로 놀라진 않았다. 말 그대로 법 없이 사는 사람의 표본이라 할 만큼 법을 무시하고 사는 녀석이었지만, 몇 가지 중요한 것에 대해서는 철저한 교범주의자였다. 한 번의 특진을 포함한 승진 운도 운이었지만 어쩌면 녀석의 그런 면이 서른 진에 무궁화 봉오리 네 개를 단 비결인지도 몰랐다.

하지만 녀석이라고 완벽한 건 아니다. 그리고 원철은 녀석의 어느 부위에 적당한 구멍들이 뚫려 있는지 속속들이 알고 있는 것이다.

"좋아. 비밀이라. 그것도 아주 극비란 말이지? 예를 들어 네 개 은행에 곱게 나뉘어 있는 네 녀석 차명 계좌 같은……, 그런 거라 이거지?"

욱의 안색이 변했다.

"……협박이냐?"

"아니, 부탁이야. 일단 말을 듣고 나니 궁금해 죽겠잖아. 아예 말을 꺼내질 말든가."

"……."

"우리 사이에 그거 하나 못 보여줄 이유는 없잖아. 내 입 무거운 건 너도 알 거고. 한번만 보고 싹 잊어버릴게."

욱은 곤란한 표정을 지으며 껌을 꺼내 씹기 시작했다.

"절대 아무한테도 말 안 할게. 딱 한번만, 응?"

원철이 다시 조르자 욱은 내키지 않는 표정으로 가방을 열었다.

"좋아. 딱 한번이다. 그리고 절대로 아무한테도 말해선 안 돼."

재삼 다짐을 받은 욱은 가방에서 노트북을 꺼내 상 위에 올려놓았다. 그러나 내심 불안한 듯 몇 번을 망설이던 그는 긴 한숨을 쉰 후에야 비디오 플레이어를 작동시켰다. 원철은 15인치 평면 플라즈마에 투영되는 동영상을 묘한 흥분으로 바라보았다.

처음 화면은 할아버지와 할머니를 위시한 열 명 가량의 가족이 계단을 내려오는 장면이었다. 다섯 살 정도 되어보이는 여자아이가 천진스럽게 깔깔대며 카메라를 향해 손을 흔들었다. 계단을 내려온 가족들이 카메라 쪽으로 다가오고 있을 때, 갑자기 여자의 높은 비명 소리가 들리더니 주변이 소란해졌고 화면의 가족들 표정이 돌처럼 굳어졌다. 이어서 무엇엔가 부딪힌 듯 화면이 심하게 흔들리며 흐려졌으나, 이내 사람들 사이로 장검을 들고 뛰어가는 연두색 잠바 차림의 사내에게 초점을 맞추더니 마구 흔들리며 그 뒷모습을 쫓기 시작했다.

"이 사람은 실제로 살인범 뒤를 쫓아갔다는 거야. 비디오 카메라를 들고. 대단한 기자 정신 아냐?"

일단 화면이 돌아가기 시작하자 욱은 걱정 따위는 아예 포기해 버린 듯 몸을 뒤로 기대며 말했다.

원철이 물었다.

"이 사람, 기자 출신이야?"

"아니, 중학교 국사 선생님이라더군."

"그럼 역사 의식이라고 해야지."

둘이 농담을 주고받는 동안, 연두 잠바는 갑자기 속도를 높였다. 그는 계단에서 앞을 막아서는 건장한 체구의 선글라스 낀 사내와 껴안는가 싶더니, 눈 깜짝할 새에 그를 거꾸러뜨리고 계단을 뛰어올라 갔다.

"대단한 실력이네."

"쉿, 여길 잘 봐."

원철이 감탄을 하자 욱이 주의를 주었다. 송 의원으로 짐작되는 노인이 계단 위에서 뒷걸음질을 치고, 또 다른 선글라스가 잠바를 막아서며 권총을 꺼내들었다. 다음 순간 허연 것이 번뜩이더니 선글라스의 손목이 붉은 꼬리를 끌며 팔에서 분리되어 날아갔다. 총을 쥔 채로였다.

"비켜라, 바로크."

영상과 같이 녹음된 연두 잠바의 외침이 노트북의 스피커를 통해 흘러나왔다.

바로크? 원철은 고개를 갸우뚱했다.

다음 순간 연두 잠바는 두 팔을 날개처럼 뻗으며 공중으로 솟아올랐다.

"이놈, 올림픽에 나갔으면 금메달 감이야. 저 높이와 유연성 좀 봐."

잠바의 도약을 보며 욱이 약간 혀 풀린 말투로 중얼거렸으나, 원철은 이미 듣고 있지 않았다. 살인자의 동작에서 뭔가 매우 낮익은 느낌이 전해져 왔기 때문이었다.

"흥, 웃기지 마라, 벨랴!"

잠바의 외침과 함께 송 의원의 목이 뒤쪽으로 날아가며 붉은 분수가 어깨 사이의 빈 공간에서 뿜어져 나왔다. 사람 목이 잘리는 것을 처음 보는 원철은 자기도 모르게 몸을 움찔했다.

피범벅이 된 잠바는 카메라를 향해 돌아서며 외쳤다.

"디어어어! 드디어 정의가 실현되었다아아!"

잠바는 황급히 다가오던 목사를 베며 또 뭐라고 했으나, 사람들의 비명 때문에 잘 들리지 않았다. 이어서 팔이 잘린 경호원의 가슴에 아무렇지도 않게 검을 찔러넣은 잠바는 몸을 꼿꼿이 세운 채로 이제는 피의 강이 되어버린 계단을 한 걸음씩 내려왔다. 화면이 줌 인되면서 살인자의 얼굴이 스크린을 가득 메우는 순간, 욱이 손을 뻗어 동화상을 정지시켰다.

"여길 봐. 놈의 눈을 보라고. 저게 테러리스트의 눈이야?"

욱이 화면을 세우는 바람에 정신이 든 원철은 잠시 그의 말을 이해하지 못하고 눈만 끔벅였다.

"저게 방금 살인을 한 사람의 눈이냐고. 제 정신인 사람이 사람을 셋씩이나 죽인 직후에 저렇게 평화로운 눈을 할 수 있느냐 말야!"

화면을 다시 들여다 본 원철은 그 말에 어느 정도 공감을 할 수밖에 없었다. 사내의 눈에는 마치 긴 고행 끝에 해탈을 이룬 수도승의 감동 같은 것이 담겨 있었다. 그렇지만 원철의 관심은 다른 데 있었다. 욱이 노트북을 닫으려 하자 원철은 손을 뻗어 그를 제지했다.

"앞으로 돌려봐."

"왜?"

"글쎄 돌려봐."

욱이 화면을 앞으로 돌리자 원철은 살인자가 경호원을 밀치고 나가는 장면에서 화면을 정지시켰다. 다시 재생을 시작하자, 화면의 사내는 막 계단에서 발을 떼며 공중으로 날아올랐다. 보면 볼수록 어디서 한번 본 듯한 느낌이 강하게 다가오는 장면이었다.

칼을 든 손과 들지 않은 손을 양쪽으로 벌려 중심을 잡으며 족히 1.5미터는 되어 보이는 계단 위까지 부드러운 곡선을 그리는, 마치 한 마리의 고양이과 동물과도 같은 도약이었다. 욱이 옳았다. 분명 금메달 감이었다. 인간이라면 도저히 저렇게…….

'인간?'

"아하!"

원철은 겨우 그 낯익은 느낌의 배경을 생각해 내고는 반사적으로 소리를 질렀다.

"왜? 왜?"

소리가 좀 컸는지 욱이 덩달아 놀라며 물었다.

"아니야. 그냥 무슨 생각이 나서."

"이 자식아, 뭔데 그래?"

"아니, 저 점프하는 모습이 낯익다는 생각이 들었는데, 팔란티어에서 저런 모습을 본 것 같아서."

"뭐? 팔란티어? 그게 어디야? 누가?"

욱은 어느새 술이 다 깬 말투였다.

"응. 저 정도의 높이뛰기를 저렇게 부드럽게 할 수 있는 종족은 엘프밖에는 없어."

"엘프? 요정?"

"그래. 요정. 하지만 팔란티어에서는 한 종족의 이름이지."

"도대체 무슨 소리를 하는 거야? 그 팔란티언가 뭔가 하는 건 도대체 뭔데?"

욱이 답답한 듯 짜증을 냈다.

"온라인 게임이야."

"온라인 게임?"

원철은 팔란티어에 대해 간략히 설명을 해주었다. 설명을 듣는 동안, 흥분으로 씰룩거리던 욱의 얼굴이 조금씩 굳어져갔다. 드디어 원철이 말을 마치자 욱은 턱에 바짝 힘을 준 채로 물었다.

"그러니까 칼 들고 괴물들을 죽이는 '애들 게임' 이란 말이지?"

"간단히 말하면 그렇지."

욱은 멍하니 원철의 얼굴을 쏘아보다 소리를 질렀다.

"야, 컴퓨터 게임에서 요정이라고 현실에서 저렇게 칼 들고 날아다닐 수 있는 거냐? 넌 고등학교 때 격투기 게임의 왕이면서도 매일 맞고 다녔잖아. 게임에서 본 거랑 현실의 살인이 무슨 상관이야? 섞갈리게 하지 마, 인마."

잠시나마 흥분했던 자신이 스스로도 우스워진 욱이 괜스레 딱딱거리는 바람에 원철은 무안한 얼굴로 어깨를 움츠렸다. 물론 말은 맞는 말이었다. 게임은 게임이고 현실은 현실이니까. 하지만 녀석이 별일에 다 열을 낸다는 생각은 들어, 원철은 퉁명스레 쏘아붙였다.

"아, 누가 뭐래? 내가 그냥 어디서 본 것 같았다고 그랬지, 게임이랑 살인 사건이 무슨 관련이라도 있댔어? 괜히 혼자 흥분하고 그래."

언성이 높아졌던 두 사람은 잠시 말을 멈추고 앞에 있는 술을 비웠다.

"그런데 바로크는 뭐야?"

얼굴을 찡그리며 술을 넘긴 원철이 묻자 욱은 '아, 그거' 하는 표정을 짓더니, 헛기침을 크게 한번 하고 읊어나갔다.

"바로크. 이탈리아 화가 바로치의 이름에서 유래한 유럽의 건축, 미술, 음악의 사조. 화려한 귀족 문화의 정수가 배어 있는 양식으로 유명하다. 바로크. '괴이한', '괴상한' 이란 뜻의 형용사. 바로크. 취미, 취향이 이상하고 거칠다. 이상."

원철은 멍한 표정으로 욱을 쳐다보았다.

"놀라지 마. 매일 반복하다 보니 저절로 외워진 거야. 저 녀석이 내뱉은 말 중 두 마디는 아무도 이해할 수가 없었어. 첫 번째는 경호원을 밀치며 말한 '바로크' 란 단어, 그리고 두 번째는 송 의원을 호칭한 것으로 생각되는 '벨랴' 라는 단어지. 바로크의 사전적 뜻은 지금 말한 대로고, '벨랴' 는 송 의원에 대한 어떤 조직의 암호명이란 설에서 '베어주랴' 아니면 '베랴' 라는 말이란 설까지 의견이 구구해. 하여간 우린 아침마다 모여서 이 빌어먹을 동화상을 보고 '바로크' 의 숨겨진 뜻과 '벨랴' 에 대한 음성 분석실의 최신 견해를 좆 빠지게 토론한다고. 모든 증거를 매일 새로운 기분으로 다시 보자는 의미지만, 아직까지 왜 녀석이 그런 말을 했는지, 그리고 그게 무슨 뜻인지를 이해하는 사람은 아무도 없어. 그런데 왜?"

"바로크라……."

원철은 고개를 갸우뚱거렸다. 살인을 목전에 둔 사람이 외치는 소리치고는 징허게 우스운 소리란 생각이 들었다.

"자, 이제 됐지? 어쨌든 너 이 영상 기록이 존재한다는 사실조차도 입 밖에 내면 안 된다, 응? 이거 매스컴에 흘러나가면 완전히 난리 나는 거야. 나 밥숟갈 놓게 될지도 모른단 말야. 알았지?"

욱은 단단히 다짐을 받은 다음에 노트북을 닫아 가방에 넣었다.

원철은 고개를 갸우뚱거리며 앞에 놓인 잔을 홀짝거렸다.

"그때 그 아가씬 어떻게 됐어?"

욱은 화제를 바꿔야겠다고 생각하며 물었다.

"누구?"

"너희 팀에 디자이넌가 뭔가 하는 아가씨 말야."

"아, 수정이?"

"그래. 잘 빠졌다던 애."

어두운 그림자가 원철의 얼굴을 살짝 스쳐갔다.

"뭐, 그냥 그렇게 지내지."

"너한테 관심도 많다더니 어떻게 잘 돼가곤 있냐?"

"잘 되긴 뭐. 난 관심이 없으니까."

욱이 게슴츠레한 눈으로 원철을 바라보았다.

"너란 놈은 알다가도 모르겠다. 나 같으면 벌써……."

"됐다, 인마. 화장실 좀 다녀오마."

거북스러워진 원철은 갑자기 자리에서 일어서며 욱의 말을 끊었다. 방을 나온 원철은 방문 옆에 잠시 기대고 서서 눈을 감았다.

'빌어먹을 놈. 쓸데없는 소리나 해대고.'

잠시 후 눈을 뜬 원철은 천천히 고개를 저었다. 하긴 욱이 녀석이 자신의 속사정을 알 리도 없으니 그의 탓만을 할 수는 없는 일이었다. 그나저나 말 몇 마디에 아직도 이렇게 흥분하다니, 아무래도 '그 문제'에 대해서만큼은 아직도 수양이 부족한 것 같았다. 아니, 어쩌면 빌어먹을 알코올 때문인지도 몰랐다. 한숨을 내쉰 원철은 좁은 복도를 지나 화장실로 향했다.

소변을 보고 나오던 원철은 갑자기 웬 사람이 자신의 앞을 막아서자 놀라서 걸음을 멈췄다. 연두색 배꼽티에 아슬아슬한 미니를 입은 소녀였다. 얼굴엔 짙은 화장을 하고 있었지만 10대 후반만이 뿜어낼 수 있는 싱그러움을 감추기엔 아무래도 역부족이었다.

"오빠, 안녕?"

소녀가 방긋 웃으며 말했다.

"누군지……?"

"나 주리라고 해요. 그래두 우리 집에 왔으면 내 얼굴은 보고 가야지, 아예 메뉴 걸도 들여다보지 않으면 어떡해? 귀엽게 생기신 오빠가 왜 그래?"

소녀는 어울리지 않는 농염한 미소로 다가서며, 한 손으로 원철의 볼을 쓰다듬으려 했다. 어찌할 틈도 없이 솟아오른 강한 혐오감에 원철은 반사적으로 그녀의 손을 쳐냈다. 그러나 날카로운 비명소리와 함께 소녀의 얼굴이 표독스럽게 일그러지자, 그는 이내 후회를 하며 사과했다.

"미, 미안. 난 그냥……."

"뭐야!"

원철의 사과는 갑자기 복도 한쪽에서 들려온 굵은 목소리에 눌려 사그라들었다. 돌아보자 힘깨나 쓸 것 같은 사내가 인상을 찌푸리고 다가오고 있었다.

"뭔 일이냐니까? 뭐야, 주리 너 맞았어?"

사내가 재차 묻자, 소녀는 아픈 손목을 움켜쥐고 고개를 끄덕였다.

"뭐 이런 새끼가 다 있어? 너 깡패야? 왜 남의 집 여자를 치고 난리야?"

자기 쪽이 더 깡패 같아 보이는 그자는 원철에게 바싹 다가서며 으르렁댔다. 원철은 한 뼘은 더 커보이는 사내의 덩치에 밀려 화장실 안으로 뒷걸음질을 쳤다.

"이, 이거 왜 이래요? 나, 난……."

"넌 뭐?"

사내가 다시 한 걸음을 다가서며 물었다. 화장실의 조명 속으로 눈 밑을 가로지른 칼자국이 벌겋게 드러났다.

'이런, 잘못 걸렸군.'

원철은 입맛을 다셨다. 이런 식으로 손님들을 갈취하는 술집들이 있다는 얘기를 들어보긴 했지만, 막상 당해 보기는 처음이었다.

"미안합니다."

"야, 남의 집 상품을 폭행해 놓고 미안하면 다야?"

폭행? 원철은 등줄기가 서늘해 오는 것을 느꼈다.

"이거 봐요, 폭행이라니, 말이 좀 심하지 않소?"

"허!"

사내는 고개를 돌리고 기가 차다는 듯 웃더니, 느닷없이 원철의 멱살을 움켜쥐었다.

"말이 심하다고? 그럼 어쩔래, 이 자식아."

사내의 엄청난 완력에 상대적으로 작은 체구의 원철은 숨이 막혀 아무 말도 할 수 없었다.

"켁……, 아라, 알았어……."

사내는 씨익 웃더니 손의 힘을 풀었다.

"원하는 게 뭐요?"

잠시 후 숨을 돌린 원철이 묻자 사내가 말했다.

"그래그래. 좋은 게 좋은 거 아니겠어? 손을 댔으면 책임을 져야지. 오늘밤 얘 데리고 가라고. 딱 잘라서 50만 원."

'씨발! 그 돈에 저 계집앨 데려가서 나더러 어쩌란 말이야!'

직면한 신체적 위협에도 불구하고, 뜨거운 것이 흥분한 원철의 목구멍을 치밀고 올라왔다.

퍽!

자기도 모르게 날아간 원철의 주먹이 사내의 얼굴을 후려갈겼으나 사내는 잠시 고개를 돌렸을 뿐 신음 소리조차 내지 않았다.

"이 새끼가, 간이 부어도 아주 일진 사납게 부었네."

사내는 웃긴다는 듯 한 마디 하더니 돌덩이 같은 주먹으로 원철의 관자놀이를 후려갈겼다.

원철은 통증보다도 갑자기 하얗게 변한 시야 때문에 화장실 바닥으로 주저앉았다. 그러자 허리춤에 새로운 통증이 쑤시고 들어왔다. 원철은 두 팔로 얼굴을 가리고 제3, 제4의 통증을 기다렸으나 웬일인지 사내의 공격은 더 이상 이어지지 않았다.

눈을 떠보자 사내는 피범벅이 된 얼굴로 복도 바닥에 큰 대자를 그리고 있었고 그 위로 주리라 불린 소녀의 파랗게 질린 얼굴이 보였다.

"인마, 괜찮냐?"

언제 나타났는지, 욱이 옆에서 부축해 주며 물었다. 원철은 밀려오는 고통을 참으며 일어섰다.

"응, 별로 다친 덴 없는 것 같아."

"어떻게 된 거야?"

원철이 간략히 이야기를 해주자 욱은 소녀를 쏘아보며 말했다.

"이거 아주 큰일날 놈들이네. 야, 너 몇 살이야?"

소녀가 대답을 않자 욱은 그녀를 무시하며 원철을 끌고 홀로 나왔다. 방에서 가방을 들고 나온 욱은 다시 원철을 부축하려 했으나 원철은 손을 저었다.

"이젠 괜찮아."

그때 등뒤에서 살기 어린 목소리가 날아들었다.

"야! 사람을 이렇게 만들어놓고 어딜 가!"

돌아보니 근육질 사내 둘이서 비틀거리는 첫 번째 사내와 함께 홀로 나오고 있었다.

"어이구, 그 정도 맞은 거 갖고 쩨쩨하게 치료비라도 달라는 거야?"

욱이 시비조로 대꾸하자, 두 녀석은 손에 든 쇠파이프를 보란 듯이 거머쥐며 성큼 다가왔다. 그러나 욱은 태연하게 품안에서 뭔가를 꺼내더니 그들의 얼굴 앞에 들이밀었다.

"자, 내일 여기로 오면 치료비는 달라는 대로 주지."

살기 등등하던 사내들은 욱의 손에 들린 경찰 신분증을 보자 갑자기 걸음을 멈추고 머뭇거렸다.

"서울 지청이라 여기선 좀 멀 테니 차비까지 얹어줄까?"

욱이 계속 비아냥거렸지만 녀석들은 얼굴만 시뻘겋게 붉힌 채 아무 말도 하지 못했다. 그러자 욱은 두 녀석 사이를 지나 엉거주춤 서 있는 첫 번째 사내 앞으로 다가갔다.

피투성이인 그의 얼굴을 잠시 들여다보던 욱은, 갑자기 입에서 껌을 꺼내어 사내의 이마에 난 상처에 우겨넣었다.

"일단 이걸로 지혈이나 해라."

"아아악."

사내가 비명을 지르며 주저앉자, 다른 녀석들이 이를 악물며 당장이라도 달려들 듯 파이프를 든 손에 힘을 주었다. 그러나 욱은 태연히 몸을 돌려 원철의 옆으로 걸어오더니,

"야, 3차 가자. 술값 굳었다."

하고는 멍청히 입을 벌리고 선 친구를 끌고 가게 문을 나섰다.

거리로 나선 원철은 얼굴색 하나 변하지 않은 욱을 한동안 쳐다보다가 고개를 저었다.

"너……, 넌 전혀 변한 게 없구나."

"바랄 걸 바라야지. 야, 3차 가자니까."

욱이 눈을 뜬 것은 새벽 5시가 조금 지나서였다. 방 안에 가득한 알코올 냄새로 골이 조금 지끈거렸지만 심하진 않았다. 출근 시간에 늦지 않으려면 5시 25분 전철을 타야 했으므로 대충 눈곱만 떼고 옷을 꿰입었다. 침대에는 원철이 녀석이 옷을 입은 채로 세상 모르고 자고 있었다. 형사는 가방을 집어들며 자신도 재택근무하는 직장을 얻을 걸 잘못했다고 속으로 툴툴거렸다.

여관 문을 나서는데, 조바 놈이 이상한 눈빛으로 욱을 쳐다보았다. 밤늦게 덩치 큰 자신과 자그맣고 곱상한 축인 원철이 한 방을 잡은 것에 대해 쓸데없는 상상을 하고 있음이 분명했다. 욱은 쓴웃음을 지으며 서둘러 거리로 나섰다. 여름이 가까워오는지 이미 동이 튼 거리는 대낮처럼 훤했고, 바삐 움직이는 사람들도 하나둘 보이기 시작하고 있었다.

어제 저녁 극구 몸을 사리던 원철도 그 작은 사건 이후에는 무슨 원수라도 진 듯 옛 실력대로 술을 푸기 시작했고, 이어서 두 사람은 고등학교 시절 욱의 기념비적 결투들에 대한 추억에서부터 시작하여 사회와 범죄와 폭력의 역학 관계에 대한 심각한 토론을 벌였다. 결국 밑도끝도없이 이어지는 대화와 대립을 서로 주고받으며, 말이 말을 술이 술을 불렀던 것이다. 밤은 늦었겠다, 술은 취했겠다, 걱정할 처자식도 없는 두 사람은 자연스레 근처 여관에 방을 잡았다. 덕분에 아침 잠도 날리고 기분 나쁜 두통마저 머리에 인 채로 출근을 하고는 있었지만, 욱의 발걸음은 어느때보다 가벼웠다. 굳이 원철의 표현을 빌리자면 '조여주지 않으면 터지기라도 할 듯한 무엇'이 '자신을 친친 감고 조여대는 무엇'을 찢고 시원하게 터져버린 듯한 느낌이었다.

비록 두 사람이 어젯밤 곯아떨어질 때까지 한 일이라곤 십몇 년 전의 일까지 미주알고주알 꼽아가며 내 잘했네 네 잘했네 서로 삿대질을 해댄 것뿐이었지만, 어쩐 이유에선지 가끔씩 그렇게 하고 나야 속이 후련해지는 욱이었다. 그리고 바로 그것이 욱이 생각하는 우정과 애정의 차이이기도 했다. 술 마시고 밤새 여자와 입씨름을 한 다음날은 절대로 이렇게 상쾌하지 않다.

전철에 올라탄 후 빈자리를 찾아 몸을 기대자, 잠시 물러갔던 아침 잠이 전철의 규칙적인 리듬을 타고 꾸물꾸물 다시 기어들어왔다. 서서히 깊은 잠의 나락으로 가라앉던 형사의 머리에 뭔가 매우 중요한 생각이 떠올랐으나, 그것은 미처 윤곽이 잡히기도 전에 거세게 밀려드는 잠의 파도 아래로 잠겨버리고 말았다.

'뭐였더라, 아주 중요한 것이었는데…….'

욱은 완전히 눈꺼풀이 감기기 전에 입 속으로 중얼거렸으나, 그 혼자말이 울린 것은 이미 어두운 잠의 심연 속에서였다.

5월 23일 금요일

묶여 있는 팔을 풀려고 몸부림을 쳤지만, 쇠사슬로 옭아맸는지 양팔은 꿈쩍도 하지 않았다. 두 다리도 마찬가지였다. 이를 악물고 몸을 틀어대는 욱에게 송경호 의원이 살찐 얼굴에 미소를 가득 담은 채 다가왔다.

"자, 잘 보라고."

속삭이듯 말한 송 의원은 기다란 장검을 꺼내들어 욱의 목을 겨눴다.

"똑똑히 잘 보라고."

벙긋 웃음을 지은 송 의원은 칼을 뒤집어 자신의 목으로 가져갔다.

"안 돼……."

욱은 반사적으로 소리를 지르려 했으나, 외침은 입 안에서만 울릴 뿐이었다.

송 의원은 계속 미소를 지으며 칼을 휘둘렀고, 그의 머리는 미소와 함께 욱의 발치로 굴러떨어졌다.

머리 없는 송 의원은 잘린 목에서 피를 뿜으며 자신의 머리를 찾아 욱의 발치를 더듬기 시작했다. 욱은 계속 비명을 질러댔으나 입만 벌어질 뿐 아무런 소리도 나오지 않았다. 겨우 자신의 머리를 찾은 송 의원은 피투성이인 그것을 두 손에 들고 욱의 얼굴 앞에 들이댔다. 그러나 그것은 송 의원이 아닌 박현철의 얼굴이었다.

"바로크, 바로크."

피 묻은 입술이 주문을 외듯 중얼거렸다. 박현철의 얼굴은 어느새 원철의 얼굴로 바뀌어 있었다.

"이건 단지 게임일 뿐이야."

원철의 피 묻은 입이 움직이는 동안 욱은 계속 비명을 질러댔으나 목구멍이 솜으로 틀어막힌 듯 쌕쌕하는 소리만 나올 뿐이었다.

"이런 쓸모 없는 똥돼지 새끼야."

옆에서 오 반장의 질책이 날아왔다.

"난 묶여 있다고요. 난 움직일 수가 없단 말이에요."

그러자 뒤통수에 번쩍하는 강한 충격이 날아왔다.

고개를 들어보니 오 반장의 험악한 얼굴이 있었다. 손에는 방금 자신의 뒤통수를 가격하는 데 사용한 듯한 두꺼운 서류철을 든 채였다.

"이런 약에도 못쓸 개똥 같은 놈아. 아침 내내 비루먹은 당나귀처럼 빌빌대더니, 이젠 아예 사무실에서 코까지 골면서 자? 다른 사람들 눈치는 개차반이냐? 아니면 나한테 좆부리 까라고 시위라도 하는 거야?"

욱이 정신을 차릴 틈도 주지 않고 오 반장의 욕설이 비오듯 이어졌다. 욱은 눈을 비비며 주변을 둘러보았으나, 피 묻은 머리는 보이지 않았다.

'꿈이었구나.'

전날 퍼마신 술 때문에 피곤하던 차에 점심을 먹고 깜빡 잠이 든 모양이었다. 책상 위의 서류에는 침이 흥건히 고여 있었고 건너편 책상에서 최경식이 구경이라도 난 듯, 선글라스도 밀어올린 채 신이 나서 이쪽을 보고 있었다. 윗도리는 어제와 같은 감색 정장이었으나 바지는 검은색이었다.

"반통련 관련 보고서, 오늘 저녁까지 제출하란 말야. 알았어?"

오 반장은 욱의 뒤통수를 한번 너 후려갈기곤 그것을 마지막으로 반장실 쪽으로 사라졌다.

"어이, 괜찮아?"

최경식이 미소를 띠고 물었다. 욱은 그의 면상을 한번 째려보고 고개를 돌렸다.

"박현철은 국정원 요원은 아니라더군. 자네 덕에 어제 밤새고 확인했거든."

경식은 욱의 뒤통수에 대고 계속했다.

"중요한 사항 같아서, 아니라는 확인을 오 반장님께 드렸지. 조금 어리둥절해하셔서 장 경사한테 들은 거라고 말씀을 드렸어. 미안해, 자고 있는 줄 알았으면 굳이 반장실서 모시고 나오기까지는 안 했을 텐데."

빌어먹을 녀석. 자신이 자고 있는 걸 보고 반장을 끌고 나온 것이 틀림없었다.

욱은 애써 녀석을 무시하며 수사반을 둘러보았으나 여전히 텅 빈 것이 흡사 월요일의 경마장이었다.

잠에서 깨려고 커피를 한잔 뽑은 욱은 잠시 복도에 기대어 정신을 가다듬었다. 오늘 아침에 더 이상의 닦달이 없었던 걸 보면 아마도 어제 반장이 말했던 대로 학생들에 대한 압력은 줄어들 기색인 것 같았다. 여기서 끝을 내려는 심산이든 아니든, 욱은 반통련 관련 보고서에는 '관련 없음' 이란 네 자 외에는 아무것도 적지 않을 작정이었다. 오 경감이 아니라 대통령이 와서 대가리에 총을 들이대더라도 그 구미에 맞춰 사실을 왜곡할 수는 없었다.

그렇다면 보고서야 이미 작성을 해놓은 것이고, 오늘 저녁 무렵에 제출만 하면 된다. 젠장, 그럼 한잠 자도 상관없는 건데. 욱은 최경식과 그의 삼족을 저주하며 수사반 쪽으로 걸음을 옮겼다. 그나저나 자신도 모르는 사이에 스트레스를 많이 받기는 받는 모양이었다. 잠시의 낮잠 도중에 그런 험한 꿈을 꾸다니. 그런데 거기 원철이 녀석은 왜 나온 거지?

욱은 갑자기 복도 한가운데에 우뚝 멈춰 섰다.

아침나절 내내 기억이 날 듯 말 듯하며 자신을 감질나게 하던 생각 하나가 '두둥' 하고 머릿속에 떠올랐기 때문이다.

'증거 보관실' 라는 팻말이 적힌 문을 지나 들어가자, 책상 하나가 놓인 작은 공간만을 남기고 방을 포위한 나무 칸막이와 정면에 설치된 창구가 눈에 들어왔다. 가슴 높이의 칸막이와 천장 사이에는 둥근 쇠창살이 빽빽하게 둘러쳐져 있고 그 뒤로 수많은 선반들과 그 위를 가득 메운 자질구레한 물건들이 희미한 형광등 빛 아래 열을 짓고 있었다.

"어떻게 오셨습니까?"

정복 차림의 경관이 창구 너머로 물어왔다. 얼핏 보니 순경 계급을 달고 있었다.

욱은 신분증을 제시하고 말했다.

"지금 합수부에 있는 장 경사요. 사건 수사 관계로 증거물 좀 볼게 있어서 왔소."

"허가 서류는요?"

경관이 사무적인 말투로 물어오자 욱은 잠시 고민했다. 물론 허가 서류는 없었다. 허가 서류를 받자면 사유를 구구 절절이 적어야 하는데, 그냥 컴퓨터 기억 장치를 잠깐 들여다보기 위해서 다섯 장의 종이와 시간을 낭비하고 싶지는 않았다. 사실 마지막으로 자신이 그런 규정을 다 지켜가며 일을 했던 때가 언제인지는 기억조차 나지 않았다. 그러나 여기는 본청이고 자신을 가로막고 있는 이 녀석의 태도는 상당히 단호해 보였다.

욱은 그래도 한번 시도를 해보기로 했다.

"좀 급해서 그러는데, 잠깐 보기만 할 거요. 가지고 나갈 것도 아니라니까."

"곤란한데요."

경관은 굳은 표정으로 거절했다. 적당히 사정해서 될 분위기가 아니었다.

"거, 전화 좀 씁시다."

욱의 요구에 경관은 못마땅한 표정으로 구내 전화를 넘겨주었다. 요즘은 보기 힘든 구형 유선 전화기였다. 수화기를 든 욱은 슬쩍 번호판을 가리고 아무 번호나 눌렀다.

"여보세요? 오환철 경감님?"

아직 신호가 가고 있었지만 욱은 천연덕스럽게 말을 시작했다.

"예, 지금 여기 내려와 있습니다. 네. 아까 급하시다던 그거요.

그런데…….”

욱은 흘끗 경관을 쳐다보았다. 오 경감의 이름에 긴장하는 눈치였다.

“예, 그런데 서류가 없다고 여기서 안 된다고 해서요. 네? 이름요?”

욱은 경관의 명찰을 노려보았다. 그러자 그는 갑자기 명찰을 손으로 가리더니 질겁한 표정을 지었다. 그러면서 다른 한 손을 휘두르며 입을 벙긋거리는데 전화를 끊으란 뜻인 것 같았다.

“여보세요.”

갑자기 들고 있던 수화기에서 흘러나온 굵직한 목소리에 놀라 욱은 하마터면 수화기를 떨어뜨릴 뻔했다. 그러나 가까스로 침착을 되찾은 욱은,

“아닙니다. 잘 되는 것 같습니다. 역시 오환철 석 자가 들어가야 일이 되는군요.”

하고는 후딱 전화를 끊어버렸다.

“뭐 이름까지 들먹이고 그러십니까.”

경관이 원망스러운 투로 말하며 장부를 펼쳤다. 이마엔 땀방울마저 송글송글했다.

“나야 그냥 오 반장님이 물어보시니까 그랬지. 미안하오. 딱 하나만 보면 돼요.”

욱은 정말로 미안한 듯한 표정을 지으며 말했다.

“사건 번호 185937, 증거물 15번이오.”

욱이 번호를 불러주자 경관은 장부를 잠시 뒤적이더니 이내 선반들 틈으로 사라졌다. 욱은 껌을 하나 꺼내 씹으며 창구 옆에서

기다렸다.

어제 원철에게 컴퓨터 게임 어쩌고 하는 이야기를 들었을 때에는 말도 안 되는 소리라고 일축을 해버렸지만, 동시에 박현철의 집을 수색하여 압수해 온 증거물 중에 컴퓨터가 한 대 있었다는 사실도 생각이 났다. 그러나 컴퓨터 하나 없는 집이 드문 게 요즘 세상이다. 따라서 박현철이 집에 컴이 하나 있다고 해서 특별할 것도 없다고 생각하고 그 순간에는 더 이상 깊이 생각을 하지 않았다.

그러나 한참 원철이 녀석과 술을 마시던 중, 문득 그 컴에 수록된 파일들에 대한 보고서 내용이 생각났다. 문서와 화상 파일들에 대해서는 암호까지 크랙해서 보고가 되어 있었으나, 어느 컴에나 두어 개는 있게 마련인 게임에 대한 내용이 전혀 없었다는 점이 새삼스레 기억났던 것이다. 어쩌면 시간에 쪼들린 담당 수사팀에서 아예 게임들은 건너뛰었는지도 몰랐다. 한번 확인을 해봐야겠다고 생각하다가 숙취 탓에 잊었는데, 아까의 꿈에 원철이 나오는 바람에 다시 그것이 생각났던 것이다.

물론 천천히 처리해도 될 사안임에도 한달음에 여기까지 내려온 이유는, 만약 자신의 예상대로 분석팀에서 내용의 일부를 건너뛰었다면 그 책임을 맡았던 최경식에게 조직의 쓴맛을 보여줄 좋은 건수가 되리라는 기대 때문이었다.

"자, 여기 있습니다. 185937-15 맞죠."

경관이 베이지색 박스를 들고 창구에 모습을 드러냈다.

박스를 받아든 욱은 옆의 책상에 그것을 내려놓고 살펴보았다. 1년쯤 전에 유행하던 북케이스 형 PC였다. 사이즈는 좀 두꺼운 책한 권 정도밖에는 되지 않지만 기능은 욱이 들고 다니는 구형 노트북에 비하면 하늘과 땅 차이인 놈이다. 측면의 단추를 누르고 뚜껑을 열자 뚜껑 안쪽에 붙은 박막 모니터가 깜박이며 자동으로 전원이 들어왔다. 아래쪽 레버를 잡아당기자 열 감지 센서로 작동하는 얇은 키보드가 끌려나왔다.

"야, 이거 탐나는 놈인데?"

욱은 중얼거리며 화면을 주시했다.

전원이 들어오는 것과 거의 동시에 바탕 화면이 나타났다. 그 위로 '통합', '응용', '학교', '통신', '유틸리티' 등의 이름이 붙은 폴더들이 나타났다. 역시 욱의 예상대로 '게임' 폴더도 있었다. 득의 만만해진 욱은 뭐가 들었나 하고 그 폴더를 열어보았다.

라이언 전사

모이란스 사가

워크래프트 V

로드 워리어

삼국지 세계편 IV

……

수십 가지는 되어보이는 게임 아이콘들이 화면에 떠올랐다. 분석팀이 게임에 대한 부분을 건너뛴 것이 얼마쯤은 공감이 갈 정도였다.

"이 새끼 게임 마니아였잖아."

욱은 혼자말로 중얼거리면서 화면을 계속 이동시켰다. 그러나 워낙 수가 많아서 한번에 정리가 되지 않았다. 잠시 헤매던 욱은 아이콘 화면을 목록식으로 바꿨다. 그러자 게임들의 이름과 크기, 마지막 사용일 등이 가나다 순으로 정리되어 나타났다.

"많기도 하구먼."

욱은 투덜거리며 목록을 계속 훑어보았지만 별로 특이한 것은 없어보였다. 어쨌거나 목적은 달성되었다. 오 반장은 이걸 보는 순간 재분석을 지시할 것이고, 최경식이 녀석은 그때부터 최소한 3, 4일은 밤샘 뺑뺑이를 돌아야 할 것이다. 사악한 미소를 지으며 폴더를 닫으려는데, 뭔가 이상스러운 것이 욱의 눈에 띄었다.

거의 모든 게임들의 마지막 사용일이 대부분 2010년 11월로 되어 있는 것이었다. 마치 어느 순간에 사용자가 모든 게임을 일시에 그만둔 듯했다.

"어느 날 갑자기 타락한 게임광이 정신을 차렸다?"

욱은 마지막 사용일을 기준으로 게임들을 다시 정리해 보았다. 그러자 2011년 5월 10일자로 마지막 사용일이 표시된 게임 이름이 맨 위로 올라왔다. 사건이 나기 하루 전의 날짜였다.

그리고 날짜 옆에는 '팔란티어'란 네 글자가 반듯한 에어리얼 폰트로 또박또박 찍혀 있었다.

욱은 귀신에라도 홀린 듯 멍하니 그 글자들을 쳐다보았다. 그것이 어제 원철이 얘기하던 바로 그 게임이란 사실을 깨달은 것은 약간의 시간이 더 흐른 다음이었다.

"후우우아……."

욱은 깊은 한숨을 내쉬며 몸을 뒤로 젖혔으나, 그의 눈은 화면에서 떨어질 줄을 몰랐다.

제5장
메아리 숲

5월 23일 금요일, 카자드 쿰, '달리는 조랑말' 여관

보로미어는 어스름한 새벽빛을 받으며 눈을 떴다. 몸은 더할 나위 없이 가뿐했다. 아마도 지난 하루의 휴식이 몸을 완전히 회복시켜 준 듯했다. 서둘러 갑옷을 걸쳐입은 전사는 원정대의 집합 장소인 광장으로 가는 길에 스틸 거리에 들러 문제의 무쇠 방패와 장검 하나를 구입했다. 방패는 육중한 것이 마음에 들었으나, 칼은 서너 군데 이가 빠진 중고품이었다. 이른 아침이라 문을 연 병기상이 얼마 없기도 했지만 가지고 있던 돈으로 구입할 수 있는 것은 그쯤이 한계였다.

나름대로 서둘렀지만 카자드 수르 앞의 광장에 도착했을 때는 이미 원정대의 대부분이 모여 있었다. 10여 명의 대원들은 굳은 얼굴로 번쩍이는 투구와 갑옷을 두르고 햇살을 등진 채 서 있었다. 단지 옷차림뿐만이 아니라 그들에게서 풍기는 근엄한 분위기 때문에 보로미어의 눈에는 그들 모두가 자신보다 한없이 위대한 상급 서열들로 보였다. 주눅이 든 보로미어가 한켠에 조용히 서 있으려니 멋진 흑마를 탄 이스마엘이 손을 흔들며 다가왔다.

"어이, 보로미어! 안 오는 줄 알았어."

겨우 아는 얼굴을 발견한 보로미어는 활짝 미소를 지으며 인사를 했다.

"무기를 구입하느라고 좀 늦었소."

"이리로 오게. 대원들을 소개해 주지."

이스마엘은 말을 탄 채로 사람들 사이를 돌아다니며 보로미어를 소개해 주었다.

"여기는 나와 같은 레인저로 클린트라고 하지. 서열은 4급 레인저인 트래커(Tracker)야."

은색 망토를 입은 붙임성 있게 생긴 금발의 엘프 청년이 손을 내밀었다. 가슴의 은색 나침반이 눈에 띄었다.

"실버 클린트라고 불러주게."

망토는 일부러 나침반과 색을 맞춘 듯했다. 대단한 멋쟁이라고 생각하며 보로미어는 그의 손을 마주잡았다.

"여기는 디크. 자네와 같은 전사로 4급 전사인 투사급이지."

덩치가 보로미어와 비슷한 거구의 흑인이 몸을 돌렸다. 온몸이 근육질인 정통파 전사였다. 고급 사슬 갑옷 위에 좀 싸구려 티가 나는 가슴 갑판을 덧입고 있었고, 널찍한 날이 전체 길이의 반 정도를 차지하는 드래곤 슬레이어(Dragon slayer)를 칼 대신 들고 있었다.

"네가 그 말 많은 용사급 조무래기인가? 그래 어디 이번 원정에서 실력 좀 보자고."

디크는 악수를 청하지 않았으나 보로미어는 같은 계급의 상위 서열에 대한 예를 취했다.

이스마엘은 누구를 찾는 듯 주위를 둘러보다 소리를 질렀다.

"아비누스! 어디 있는 거야?"

그러자 갑자기 이스마엘 발치의 땅이 솟아오르더니 가녀린 체구의 하플링 여인이 나타났다.

"깜짝이야, 넌 마법으로 장난 좀 치지 마!"

이스마엘이 나무라자 여인은 입을 삐죽이면서 대꾸했다.

"흥, 난 그냥 앉아 있었던 것뿐인데 뭘. 레인저 주제에 그것도 발견 못한 것은 자기면서."

보로미어는 여인이 입고 있는 사제복을 보면서 어찌 된 일인지 대충 짐작을 할 수 있었다. 그녀가 입고 있는 사제복은 움직일 때마다 색이 변하는 듯 보였는데, 신기하게도 주변의 색과 비슷하게 바뀌고 있었다. 아까도 그녀는 그녀의 말대로 그냥 앉아 있었던 것뿐인데 그 옷의 색이 땅의 색과 조화되면서 작은 체구의 그녀를 완벽하게 숨겨주었던 것이다. 어차피 중장갑이 허용되지 않는 사제들에게는 그런 위장복이 그 어떤 마법 갑옷보다도 더 유용할지 모르겠다는 생각이 들었다. 물론 구할 수만 있다면 말이다.

"여기는 4급 사제인 렉터 아비누스. 좀 장난이 심하긴 하지만 비숍 급 못지않은 능력을 갖춘 사제지."

이스마엘이 한숨을 쉬면서 말했다.

아비누스는 귀여운 미소를 지으며 보로미어에게 손을 내밀었다.

"대단한 전사라고 들었어요. 잘 부탁해요."

하플링 사제의 손은 보로미어의 5분의 1도 되지 않았다. 혹시라도 다치게 할까 겁이 난 보로미어는 악수를 하는 대신 살며시 그녀의 손을 잡았다 놓기만 했다.

대원의 소개는 계속 이어져 3급 레인저인 스카우트(Scout) 헬리오스에서 끝났으나, 보로미어의 머리로는 처음 세 명과 마지막 한 명의 이름 외에는 도저히 기억을 할 수가 없었다. 원정을 진행해 가면서 차차 익혀야 할 첫 과제였다.

보로미어가 겨우 파악한 원정대의 구성은 세 명의 레인저와 두 명의 사제, 보로미어를 포함한 세 명의 전사, 그리고 위저드가 하나였다. 원정 대장이 레인저인지라 레인저가 좀 많은 편이었고, 정식 대원 말고도 상급 서열인 이스마엘에게 딸린 부하가 세 명 더 있어 실제 인원은 총 열두 명이었다. 말을 탄 사람이 이스마엘 혼자뿐인 걸로 봐서 나머지 대원들은 모두 하급 서열인 듯했다.

보로미어는 대원들을 소개받고 나서도 여전히 거북스런 느낌을 떨쳐버릴 수 없었다. 모든 사람이 다 디크처럼 무뚝뚝한 것은 아니었지만 다른 대원들은 모두 노련해 보였고 원정엔 초짜인 자신과는 아무래도 거리가 있어보였기 때문이다. 자신만이 남루한 갑옷에 이빠진 칼을 들고 있다는 사실도 그런 거리감을 더 가중시켰다.

한옆으로 빠져 있던 보로미어는 가롯이 보이지 않는다는 사실을 깨닫고 다시 이스마엘에게 다가갔다.

"가롯은? 가롯도 같이 간다고 했지 않소?"

이스마엘은 눈썹을 살짝 찡그리며 대답했다.

"알고 있어. 나도 기다리고 있는 중이야."

보로미어는 뭔가 속는 듯한 기분이 들어, 만약 가롯이 가지 않는다면 자신도 빠지겠다고 말을 하려 했다. 그러나 입을 여는 순간, 동쪽에서 요란한 말발굽 소리와 함께 회색 말 한 필이 전속력으로 달려왔다. 가롯이었다.

"이런, 이런. 늦어서 미안."

도저히 위저드라 여길 수 없는 부드러운 동작으로 말을 세운 가롯은 다른 대원들에게 양손을 합장하며 사죄의 표시를 했다. 복장은 전에 보았던 위저드 가운이 아니라 보라색 두건 망토 차림이었는데, 아침 햇살에 푸르스름하게 빛나는 것이 그 역시 보통 물건은 아닌 듯했다.

"늦은 건 괜찮지만, 준비는 다 되었나?"

이스마엘이 안심한 듯 미소를 지으며 물었다.

"물론, 물론."

가롯은 껄껄 웃으며 두 손으로 망토의 앞자락을 열어 보였다. 망토 속에 받쳐입은 가죽 갑피는 금색 쇠못이 줄지어 박힌 최고급품이었다. 그러나 더 눈길을 끄는 것은 그 갑피에 더덕더덕 붙은 서너 개의 양피지 두루마리와 형형 색색의 약병들이었다.

망토를 다시 여민 가롯은 보로미어를 보며 반가운 듯 손을 흔들었다.

"이야! 보라고, 용사 나리. 우린 결국 다시 만나지 않았나?"

가롯은 현자의 집에서보다 더 호들갑스러워 보였다. 아마도 오랜만에 원정에 나서는 흥분 때문이겠지만, 오히려 그런 모습이 보로미어에게는 더 친근하게 느껴졌다.

"자, 그럼 출발만 남은 건가?"

이스마엘이 북쪽을 향해 말머리를 돌리며 말하더니, 높은 목소리로 힘차게 소리를 질렀다.

"아하이이야!"

그러자 나머지 대원들도 방패를 두드리며 우렁찬 함성을 내질렀다.

함성이 가라앉자 이스마엘은 가슴에 달린 나침반을 높이 쳐들고 외쳤다.

"할리마 라그라슈 에크로발데! 메아리 숲으로!"

찬란한 금색 광선이 나침반에서 뿜어져 나오더니 북쪽을 향해 뻗어나갔다. 이스마엘은 하늘을 향해 검을 높이 들어 보인 후, 광선이 날아간 방향으로 말을 몰아나갔다. 대원들은 다시 함성을 지르며 그의 뒤를 쫓아 달리기 시작했다. 멍청하게 서 있던 보로미어는 디크가 뒤에서 거칠게 밀어붙이는 바람에 비틀거리며 앞으로 튕겨나갔다.

"처지지 마라, 꼬마야."

디크는 퉁명스레 한 마디를 던지고는 멀어져가는 원정대의 후미를 향해 달려갔다.

"빌어먹을!"

보로미어는 그의 뒤통수에 대고 한 마디 내뱉은 후, 겨우 중심을 잡고 그를 쫓아 달리기 시작했다.

한없이 달리던 원정대는 카자드 쿰의 북쪽 성문을 나서고서야 속도를 늦추었다. 보로미어도 그제서야 숨을 돌리고 보조를 맞추어 걸으면서 주위를 둘러보았다. 넓게 펼쳐진 녹색의 대지가 아직은 젊은 태양의 빛을 받아 선명하게 빛나고 있었다. 카자드 쿰에서 뻗어나온 로웬 강은 아직은 작은 시냇물에 불과했지만 점점 그 너비를 더해가며 북쪽으로 우거진 숲 사이로 사라지고 있었고, 그 숲 위 북동쪽으로는 거대한 산 하나가 만년설을 머리에 이고 우뚝 솟아 있었다.

"판게아 산일세."

갑자기 옆에서 들려오는 소리에 돌아보니 가롯이 안장 위에 앉은 채 기분 좋은 미소를 짓고 있었다.

"가롯."

보로미어가 반가움에 이름을 부르자 가롯은 두 팔을 벌리며 심호흡을 했다.

"아, 이 공기 맛을 좀 보라고, 응? 지난 두 달 간 현자의 집에 틀어박혀서 내가 얼마나 이 냄새를 그리워했는지 아나? 자네 같은 전사는 상상이 안 갈 거야. 로웬 강아, 널 본 지 정말 오랜만이구나. 아하하."

가롯은 뭐가 그리 좋은지 연신 웃어댔다.

"그저께 이스마엘에게서 당신의 이름을 듣고는 조금 놀랐습니다."

보로미어가 말했다.

"놀랐다고? 흠, 하긴 나도 내가 이 원정에 끼어들게 될 줄은 몰랐으니까. 물론 나도 이젠 컨저러 급으로 상급 서열이 됐으니 내 원정을 계획할 수도 있었지. 하지만 새 원정 허가를 내는 데는 일 주일이나 걸리고, 그걸 참자니 좀이 쑤시는 걸 어떻게 하겠나. 당장 떠나는 원정이 있다는 소리에 덜렁 뛰어들었지, 허허."

"어쨌든 절 추천해 주셔서 고맙습니다."

"추천? 내가? 이스마엘이 그러던가? 그 친구가 먼저 고르곤을 잡은 전사를 찾아왔지, 내가 자넬 추천하지는 않았어. 난 자네 이름을 가르쳐준 것뿐이야."

"그게 그거 아닙니까?"

"허허, 하긴 좀 적극적으로 가르쳐주긴 했지. 다시 만나게 될 거라던 내 말의 정확성을 증명하는 건 빠를수록 좋으니까 말야."

보로미어는 계속되는 가롯의 웃음에 저도 모르게 미소를 지었다.

"그럼 가는 길에 그 정확한 가르침들을 좀더 받아보도록 하지요."

"얼마든지. 그리고 지금은 현자의 집 봉사중도 아니니, 특별히 공짜로 답을 해주지."

"글쎄요, 하도 궁금한 게 많아서……."

보로미어가 입을 열자, 앞에서 디크의 거친 목소리가 날아왔다.

"어이, 꼬마. 처지지 말라고 했잖아. 행군 대형을 무너뜨리면 안 돼!"

보로미어는 반사적으로 칼을 뽑아들려다가 겨우 자제했다. 원정에 관한 한 자신은 초짜였고, 같은 원정대 대원을, 그것도 같은 전사 계급의 상위 서열을 후려갈기는 것은 아무래도 초짜로서 좋은 출발이 아니라고 생각되었기 때문이다. 그러나 평소 소규모 퀘스트에서 골목대장 노릇에 익숙해 있던 그로서는 앞으로 며칠이 될지 모르는 이번 원정 내내 성미를 죽이고 살아야 할 것을 생각하자 쓸쓸 속이 뒤집히기 시작했다.

"어이, 전사 양반, 뒤쪽은 내가 맡을 테니 걱정 말고 가라고."

가롯이 외쳤다. 그러자 디크는 가롯을 한번 쏘아보더니 몸을 홱 돌려 앞으로 걸어갔다.

"도대체 저 자식은 왜 자꾸 시비를 거는지……."

가롯과 남게 된 보로미어가 툴툴대자 가롯이 말했다.

"물론 다 이유가 있지. 원정대가 행군을 할 때는 대형이 매우 중요하거든. 인원도 많고, 낙오자도 생기고, 무엇보다 행군 도중에 습격을 받게 되면 누가 어느 위치에 있느냐 하는 것이 생사를 가르기도 하니까. 예를 들어 원정대에 단 하나뿐인 위저드가 죽어버리든가 하면 큰일이지 않겠나? 지금도 이 원정대 대형을 보라고."

보로미어는 가롯이 가리키는 앞쪽을 바라보았다. 50미터쯤 앞에 선두인 이스마엘의 흑마가 보였다.

"맨앞에 원정 대장인 이스마엘이 서 있고, 그 바로 뒤에 병사 셋이 주인을 호위하며 가는 게 보이지? 전위는 가장 위험한 곳이기에 대장이 서는 거야. 다른 원정대라면 레인저가 대장 옆에 붙겠지만, 이 원정대야 대장이 레인저니 상관없지. 그 뒤에는 위저드와 레인저가 한 명씩 서 있잖나? 레인저 둘에 위저드 하나면 전위 그룹으로는 충분하지. 일반적으로 그 뒤인 중간 그룹엔 사제들이 서는데, 그건 그곳이 안전한 장소이기 때문에 그래. 사제란 물리적 방어력이 약한 계급이니까. 그건 이 원정대도 다르지 않구먼."

보로미어도 이스마엘의 선두 그룹을 10미터쯤 뒤에서 따르고 있는 두 명의 사제를 볼 수 있었다. 하플링인 아비누스와 이름이 기억나지 않는 키 큰 청년이었다.

"그리고 사제들 옆에는 하급 전사가 한둘 붙게 마련인데, 이 원정대는 전사 하나에 레인저 하나를 붙였군."

보로미어는 사제들 뒤에 조금 처져서 걷고 있는 두 사람 중 한 사람이 레인저 헬리오스임을 알아보았다.

"마지막이 바로 우리가 속한 후위지. 디크와 나, 그리고 보로미어 자네까지야. 우리는 만일의 경우 앞을 지원해야 하고 또 뒤에서 달려드는 위험에도 대비해야 하는 그룹이므로 부 대장 격인 내가 여기 서게 되지. 어때, 대형의 중요성이 이해가 가나?"

지금까지 해왔던 퀘스트에서도 가끔씩은 부딪혔던 문제이고 또 가롯의 설명이 자세했기 때문에, 보로미어는 행군 대형에 대해 쉽게 이해할 수 있었다.

보로미어가 고개를 끄덕이자 가롯이 말했다.

"하지만 디크의 태도는 단지 그것만이 이유는 아니야."

"네? 그럼요?"

"대부분의 원정대들은……, 음……, 뭐랄까, 작은 가족 같은 집단들이거든."

"……?"

"생각해 보게나. 하루도 아니고 며칠씩이나 목숨을 건 원정을 떠나는데, 당연히 서로 신뢰할 수 있는 사람과 같이 가고 싶지 않겠나? 전투시 서로의 행동을 예상할 수 있고 서로 믿을 수 있는 사람과 있는 편이 아무래도 더 안전하니까 말이야. 그런 이유로 한번 원정을 떠났던 사람들끼리 다음 원정을 함께하는 일이 많아진단 말이야. 그리고 계속 그런 일이 되풀이되다 보면, 멤버가 굳어지고 서로 정이 들어 가족처럼 되어버리는 거지. 당연히 원정대 대원들 간의 관계는 하루에 모이고 흩어지는 퀘스트 캐러밴에 비해 상상도 할 수 없을 정도로 단단하다네. 대원이 죽거나 특별한 필요가 있기 전에는 새 대원을 받아들이지 않는 원정대도 많아. 그러다 보니 자네나 나처럼 처음 동행하는 대원에 대해서는 본능적으로 적대감 같은 게 생기는 걸세."

"가롯, 당신도 이 원정대와 첫 동행입니까?"

보로미어가 놀란 듯 묻자 위저드는 혀를 끌끌 찼다.

"아까 말해 주지 않았나. 바로 출발하는 원정이라고 해서 덜렁 뛰어들었다고. 이 원정대는 마지막 원정에서 4급 서열인 메이지급 위저드를 잃었다더군. 난 그 대신이지."

"그런데 저 디크란 전사는 왜 가롯한테는 고분고분한 겁니까?"

보로미어가 뿌루퉁하니 따지자 가롯은 껄껄 웃더니 타고 있는 말의 목덜미를 툭툭 두드렸다.

"난 말을 탄 상급 서열이잖나. 부대장이기도 하고."

가롯의 대답에 보로미어는 혼자 뭐라고 투덜대다가 다시 물었다.

"그런데 지금 가고 있는 메아리의 숲이란 곳은 어떤 곳인가요?"

가롯은 잠시 고개를 숙이고 생각을 하다 말했다.

"내가 어제 대도서관에서 알아본 바에 의하면 사람들이 메아리 숲이라 부르는 지역은 실제로는 미디움 북서쪽에 있는 광활한 원시림의 일부분일 뿐이야. 실제로 대부분의 지역은 이미 다른 원정대들에 의해 탐사가 되어 있지만 한 부분만은 아무도 접근을 못하고 있지. 대도서관의 지도에도 그 부분만은 공백으로 되어 있다네."

"거기가 보석이 열리는 나무가 있는 곳인가요?"

가롯은 빙그레 웃으며 말했다.

"이스마엘이 그러던가? 하긴 그런 이야기도 떠돌아 다니긴 하지. 그러나 실제로 거기에 뭐가 있는지는 아무도 몰라. 아무도 거기까지 가본 사람이 없으니까."

"왜요?"

"괴물과 마법 때문이야. 거기엔 수많은 괴물들이 득실거리는데, 그렇게 만만한 상대들이 아닌 걸로 되어 있어. 그런 데다 메아리 마법이 버티고 있는 통에 아직까진 아무도 괴물들을 뚫고 들어가지 못한 거지."

"메아리 마법이 뭔가요?"

안 그래도 그 점이 궁금하던 보로미어였다.

"어떤 마법이든 마법의 효과를 그 마법을 편 위저드 자신에게 메아리처럼 되돌리는 주문이지. 아직까지 풀리지 않은 카자드의 미스터리 중 하나야."

"그럼 마법을 쓰지 않으면 되잖아요."

"그게 그렇게 간단하지가 않아. 자네는 경험이 짧아서 잘 모르겠지만, 세상엔 칼과 창만으로는 죽일 수 없는 존재들이 많이 있다네. 그 숲에선 상급 서열 전사라도 위저드의 도움 없이는 살아남지 못할 거야."

보로미어는 고개를 끄덕이며 잠시 생각에 잠겼다. 이스마엘에게 속았다는 느낌이 들었지만 이미 늦은 후회였다. 보석이 열리는 나무의 존재도 확실하지 않고, 메아리 마법을 해결해 준다던 가롯은 마법을 해결하기는커녕 바로 그 마법 때문에 아무런 도움도 주지 못하는 위치인 것이다.

"그럼 이번 원정은 가나마나 아닌가요? 전사는 위저드 없이 살아남을 수 없고 위저드는 마법을 쓸 수 없는 곳이라면, 이 원정대가 가더라도 뾰족한 수가 없잖아요?"

보로미어가 뚱한 표정으로 묻자 가롯은 '아하!' 하고 탄성을 올리며 손뼉을 쳤다.

"자네도 생각을 하기는 하는구먼! 좋은 지적이야. 하지만 확실하기로 이름난 가롯이 이 원정에 뛰어들었을 때는 그 문제에 대해 나름대로 자신이 있었기 때문이라는 생각은 안 드나?"

"그렇……네요."

보로미어는 조금 자존심이 상했지만 마지못해 동의를 표했다.

"나만 믿으라고."

가롯이 턱을 치켜들며 자신 있게 말했다.

보로미어는 가롯의 태도에 약간의 희망이 되살아났다. 보석이 열리는 나무가 아니더라도 분명 큰돈이 될 만한 것이 있을 테니, 자신은 어떻게든 그것을 챙기면 되는 것이다. 그리고 사실 여기까지 와서야 달리 선택의 여지가 없기도 했다.

가롯과의 대화가 계속되는 동안에도 그들이 걷고 있는 미디움 로는 점점 좁고 거칠어지고 있었다. 카자드 쿰 주변을 둘러싸고 있던 녹색 초원에는 차츰 아름드리 나무들이 눈에 띄기 시작했고, 미디움 로를 따라 흐르는 로웬 강의 폭도 점점 넓어져갔다.

"어떤가, 이 경관이. 카자드 쿰의 북쪽은 카자드 땅 전체에서도 알아주는 곳이지. 카자드의 3대 삼림 중 하나라네. 동쪽의 에스트발데, 남쪽의 네크로발데, 그리고 여기 에크로발데."

"무슨 뜻입니까?"

"엘프들의 옛 언어야. 말뜻 그대로라면 '동쪽 숲', '죽음의 숲', 그리고 '메아리의 숲'이란 뜻인데, 카자드에서 가장 무성하고 오래된 숲들이지. 모두 셀 수 없이 많은 전설과 재화와 재앙이 숨어 있는 곳일세. 메아리 숲에 얽힌 전설을 하나 듣고 싶나?"

"네."

가롯은 흠흠 목청을 다듬더니 약간 과장된 손짓까지 섞어가며 이야기를 시작했다.

"아주 오래오래 전, 여기 카자드가 아직 신들의 땅이고 사람들이 들어오기 전일 때, 이곳에는 카비나라는 여정령과 메키루스라는 남정령이 살았다네. 카비나는 동물의 혼을 새로 태어나는 동물들에게 인도하는 일을, 메키루스는 죽은 동물의 혼을 안식처로 안내하는 일을 맡아서 서로 로웬 강을 사이에 두고 살았는데, 메키루스는 카비나를 짝사랑했지. 그러나 문제는 카비나가 메키루스를 전혀 사랑하지 않았다는 거야. 어쨌건 메키루스는 1년에 한번씩 카비나에게 청혼을 하고 카비나는 그걸 거절하는 일이 가이아가 탄생한 이래로 계속되어 왔다네.

그러던 어느 날, 남쪽의 사악한 마법사인 네크로맨서가 자신이 새로 창조한 괴물에게 혼을 인도해 줄 것을 카비나에게 요청했네. 그러나 그 괴물의 끔찍한 모습을 보는 순간 카비나는 그 짐승이 카자드의 땅을 돌아다니게 되면 다른 짐승들은 모두 공포에 떨며 도망다닐 수밖에 없으리란 걸 깨닫고 네크로맨서의 청을 거절했지. 그 일로 앙심을 품은 네크로맨서는 카비나에게 복수를 하기로 마음을 먹고 메키루스를 이용할 계획을 세우게 됐어.

네크로맨서는 메키루스에게 카비나의 사랑을 얻기 위해서는 카비나의 마음을 얻으면 된다고 귀띔해 주었네. 네크로맨서로부터 카비나의 마음이 있는 곳과 그걸 손에 넣을 방법을 알게 된 메키루스는 밤의 어둠을 타고 로웬 강을 건너 서쪽의 판게아 산 기슭에 이르러, 그곳에 서른여섯 개의 촛불을 밝혔지. 카비나의 마음은 서른여섯 개의 눈이 달린 부엉이가 지키고 있었는데, 부엉이가 촛불마다 하나씩 눈을 맞추느라 정신이 없는 동안 메키루스는 어렵지 않게 영혼의 나무 속에 숨겨져 있던 카비나의 마음을 손에 넣을 수가 있었네.

그러나 날이 밝자 메키루스는 자신을 찾아온 네크로맨서를 보고 깜짝 놀랐지. 메키루스는 비로소 자신이 카비나의 마음인 줄 알고 가져온 것이 카비나의 생명이었고, 네크로맨서가 그것을 얻기 위해 정령인 자신을 이용했다는 걸 깨달은 거야. 영혼의 나무엔 정령만이 손을 댈 수 있거든.

하여간 메키루스가 카비나의 생명을 내놓으라는 말을 거부하고 듣지 않자 네크로맨서는 실력을 행사하기 시작했고, 메키루스는 사력을 다해 사랑하는 카비나의 생명을 지키려고 노력을 했지만 역부족이었다네. 결국 점점 숲속 깊숙이 쫓겨 들어간 메키루스는 자신의 힘만으론 도저히 카비나의 생명을 지켜낼 수가 없음을 깨닫고 최후의 방법을 사용하지."

"최후의 방법이오? 그게 뭔데요?"

가롯의 이야기 솜씨에 흠뻑 빠져든 보로미어는 가롯이 잠시 입을 다물자 참지 못하고 물었다. 가롯은 잠시 그 열성적인 반응을 즐기다가 다시 이야기를 이어갔다.

"메키루스 역시 자신의 생명을 숨겨둔 곳이 있었거든. 가까스로 거기에 다다른 메키루스는 자신의 주인인 생명의 신 디안세크트에게 자신의 생명을 바치고 그 대신 네크로맨서의 마법으로부터 카비나의 생명을 지킬 수 있는 마법을 보내달라고 기원을 했다네. 그러나 청을 들은 디안세크트는 난감할 수밖에 없었지. 자신이 부리는 정령이 생명까지 바치며 청하는 요구를 거절할 수도 없고, 또 명색이 생명의 신인 자신이 남을 공격하는 마법을 내릴 수도 없고. 그렇다고 보호 마법을 보내주자니 아무리 강한 보호 마법이라도 언젠가 네크로맨서의 힘이 더 강해진다면 결국은 깨지게 마련인 것이니 그것도 그럴 수 없고. 한 마디로 진퇴 양난에 빠지게 된 거야.

그러나 자신의 생명을 도둑맞은 것과 사태가 어떻게 돌아가고 있는 것을 알게 된 카비나가 디안세크트에게 한 가지 꾀를 내주지. 아무런 공격도 하지 않으면서, 또 네크로맨서가 아무리 강한 마법으로 공격을 해온다 해도 자신의 생명을 지킬 수 있는 방법을 말이야."

"메아리 마법!"

보로미어가 소리를 질렀다. 앞에 가던 디크가 얼굴을 찌푸리며 돌아보았으나, 가롯은 신경도 쓰지 않고 큰소리로 맞장구를 쳤다.

"맞아, 맞아! 바로 그게 메아리 마법이 생겨난 기원이라고 전설은 얘기하고 있지."

"그 다음은 어떻게 됐나요?"

"뭐, 카비나의 생명은 디안세크트의 마법으로 영원히 보호받게 되었고 네크로맨서는 신나게 되돌아온 자신의 마법에 혼쭐이 나서 남쪽으로 돌아갔지. 결국 메키루스는 사랑하는 사람의 생명을 자신의 죽음으로 지켜냈다, 뭐 이렇게 끝이 나는 거야. 아, 그리고 메키루스가 죽는 바람에 죽은 짐승들의 혼을 안식처로 안내하는 일에 좀 문제가 생겼지. 그래서 언데드(Undead) 괴물들이 생겨난 거라더군."

"언데드요?"

"왜, 죽은 후에도 완전히 죽지 않고 돌아다니는 놈들 말이야. 좀비나 해골 기사, 이런 놈들 있잖아."

"아, 그렇군요. 그럼 우리가 찾으려고 하는 것이 카비나의 생명인가요?"

전사의 물음에 가룻은 고개를 젖히고 크게 웃었다.

"이런, 이런. 내가 너무 실감나게 이야기를 해준 모양이군. 이건 전설이야, 전설. 우리한테야 정령의 생명 따위가 뭐에 필요하겠나? 메아리 마법 속에 숨겨진 게 무엇인지는 아무도 몰라. 단지 호기심 많은 사람들의 추측만이 있을 뿐이지. 혹시 또 모르지, 정말 보석이 열리는 나무가 있을지도."

가룻은 이어서 카자드 땅에 전해 오는 전설 몇 가지와 자신이 전에 참여했던 원정 이야기를 해주었다. 평소엔 전설이나 옛이야기에 별 관심이 없던 보로미어였지만 가룻의 매끄러운 이야기 솜씨에는 시간 가는 줄 모르고 귀를 기울이게 되었다. 그러다보니 해는 이미 남쪽 하늘을 지나가고 있었다.

가롯이 보로미어에게 러너(Runner), 스프린터(Sprinter), 스카우트, 트래커, 패스파인더로 이어지는 레인저들의 서열을 가르쳐 주고 있을 때, 앞쪽에서 이스마엘이 손을 들어 원정대를 정지시켰다.

"무슨 일이지?"

가롯은 순간적으로 웃음을 지우며 말고삐를 고쳐잡았다.

주위를 둘러보자, 어느새 원정대는 깊은 숲속으로 들어와 있었다. 우거진 나무 때문에 로웬 강은 물소리만 들릴 뿐 보이지 않았고 사방에는 지름이 족히 두 발은 될 거목들로 빽빽했다.

행군이 멈추자 대원들은 이스마엘을 중심으로 가까이 모여들었다. 이스마엘은 말에서 내려 쭈그려앉더니 조심스레 땅을 살피기 시작했다.

"왜 그러나?"

가롯이 물었다.

"오크 발자국이야."

이스마엘이 땅에서 얼굴을 떼지 않으면서 말했다. 보로미어는 오크란 말에 온몸의 털이 곤두섰다. 그림자 동굴에서 상대했던 호브고블린들은 오크들에 비하면 아무것도 아니었다. 오크 한 마리면 고블린 서넛 몫은 충분히 해낼 정도이고, 고블린들이 무리를 지어 공격할 정도의 지능을 가졌다면 오크들은 군대를 조직해 전쟁을 걸어올 수 있는 놈들인 것이다.

"숫자는 열여덟, 그리고 말발굽 자국이 하나로군. 한 30분 전에 여기를 지나서 북서쪽으로 갔어."

이스마엘이 말하자 아비누스가 답답하다는 표정으로 물었다.

"'여기'는 어딘데?"

그러자 이스마엘 뒤에 서 있던 레인저가 나침반을 꺼내들었다. 나침반은 은빛을 내뿜으며 빙글빙글 돌다가 아비누스를 가리키며 멈춰 섰다.

"여기는 아비누스가 있는 곳이라는군."

클린트가 빙글거리며 말했다.

"클린트, 나침반으로 장난하지 마라."

이스마엘이 엄한 목소리로 그를 꾸짖으며 몸을 일으키자 아비누스도 맞장구를 치며 이죽거렸다.

"맞아. 그리고 장난도 꼭 썰렁한 것만 해요."

아스마엘이 북쪽을 바라보며 말했다.

"여기는 미디움에서 남쪽으로 한 시간 반쯤 떨어진 곳이야. 오크들이 이렇게 떼거리로 돌아다니는 걸로 봐서 요즘은 미디움도 사정이 별로 안 좋은 것 같군."

"큰 문제도 아니잖아, 일개 소대도 안 되는 오크들뿐이라면."

아비누스와 함께 서 있던 사제가 별것 아니라는 투로 말했다. 열여덟이라는 엄청난 숫자에 질려 있던 보로미어는 반사적으로, 눈 하나 깜짝 않고 그렇게 말하는 사제를 돌아보았다. 이름은 기억나지 않지만 상급 서열은 아니고 3급 비커나 4급 렉터라던 인간 사제였는데, 뭘 믿고 저렇게 자신 만만할 수 있는지 궁금했다.

"조심해서 손해 볼 건 없어, 프레이저. 선제 공격을 받으면 아무리 오크들이라고 해도 껄끄러운 상대가 될 수 있으니까."

디크가 퉁명스레 말했다.

"그래도 좀 이상하군 그래. 오크들은 말을 타고 다니진 않아. 탄다면 레퀴나를 타지."

가롯이 고개를 갸우뚱거렸다. 이스마엘도 그 말을 듣더니 잠시 생각에 잠겼다가 말했다.

"타기 위한 말은 아닐 거야. 간식거리로 끌고 다니는 야생마거나 미디움에서 약탈한 건지도 모르지. 어쨌든 오크는 열여덟이니까 상관없어. 행군은 계속한다. 단, 라시켄은 단단히 준비하고 있어. 아무리 나와 클린트가 눈을 부릅뜨더라도 놈들이 먼저 우릴 발견할 수도 있는 거니까."

이스마엘이 명령조로 말하고 다시 말에 오르자 선두 그룹에 있던 드워프 위저드가 고개를 끄덕였다. 보로미어는 그제서야 그가 3급인 매지션(Magician) 급 위저드라는 사실을 기억해 냈다.

원정대는 조심스럽게 앞으로 나아갔다. 한동안 아무 일도 일어나지 않자, 보로미어는 차츰 긴장이 풀리는 것을 느꼈다. 그러나 뽑아들었던 칼을 내리고 마음을 푸는 순간 이스마엘이 다시 말을 멈췄다.

"오크다. 전방에 열둘, 우측에 다섯……, 아니 여섯."

이스마엘의 외침에 보로미어가 침을 삼키며 달려나가려 하자 가롯의 목소리가 날아왔다.

"어이, 보로미어. 침착하게. 자네 차례가 아니야."

돌아보자 가롯이 느긋한 표정으로 말 위에 앉아 있었다.

"하지만 오크들이……."

"자네 차례가 아니라니까. 원정대가 퀘스트 캐러밴과 뭐가 다른지 일단 지켜보라고."

보로미어는 마지못해 왼손의 방패를 힘껏 움켜쥐고 가룟 옆에 붙어섰다.

앞쪽에선 이스마엘이 천천히 말을 몰아 앞으로 달려나가고 있었다. 뒤로 젖혀진 망토가 펄럭이면서 그 밑에 받쳐입은 이상한 무늬의 사슬 갑옷이 번쩍거렸다. 그 뒤를 실버 클린트와 라시켄이 조심스러우면서도 빠른 걸음으로 따랐다. 실버 클린트의 망토도 뒤로 젖혀져 그 밑의 가죽 갑피가 드러나보였다.

그들이 스무 걸음 정도 나아갔을 때, 전방의 나무들 사이로 열 마리쯤 되는 오크들이 괴성을 지르며 뛰어나왔다. 지금까지 보로미어가 보아왔던 오크들과는 비교도 안 될 만큼 커다란 종류였다. 주먹만 한 눈알에는 벌겋게 핏발이 서 있었고 일그러져 벌어진 주둥이 옆으로는 날카로운 송곳니가 삐져나와 있었다. 그 사이로 푸르스름한 침을 질질 흘리면서도 놈들은 계속 소리를 질러댔다. 디크나 보로미어를 무색하게 하는 근육질의 팔뚝마다 예외 없이 날카로운 칼과 창을 움켜쥐었고, 찔러도 상처 하나 나지 않을 것 같은 단단한 몸통에는 오크 풍으로 만들어진 사슬 갑옷이나 미늘 갑옷들을 걸치고 있었다.

"오오, 로키여."

보로미어가 몸을 부르르 떨며 중얼거리자 가룟이 빙그레 웃으며 전사의 어깨를 툭툭 쳤다.

"긴장하지 말라니까."

가룟의 말을 증명이라도 하듯, 이스마엘은 여유 있게 말의 속력을 붙여나가며 그대로 오크 무리 한가운데로 뛰어들었다.

"하나, 둘!"

큰소리로 숫자를 세면서 눈 깜짝할 사이에 두 마리의 목을 베어 버린 레인저는 잽싸게 말을 돌려 무리에서 빠져나왔다. 오크들의 신경이 이스마엘에 쏠린 순간, 클린트가 갑자기 그들의 후미에 나타났다. 레인저 워크(Ranger walk)라고 불리는, 상대의 눈을 피해 움직이는 레인저 특유의 이동 동작이었는데 보로미어는 지금까지 그렇게 완벽한 레인저 워크는 본 적이 없었다. 클린트는 오른손에는 검을 왼손에는 단검을 들고선 단검을 방패처럼 사용하여 오크들의 공격을 막아내면서 그 틈에 오른손의 검을 휘둘러 한 녀석을 쓰러뜨렸다. 레인저들의 위력은 비록 전사보다 강도는 약해도 빠르게 공격을 할 수 있다하는데 있다. 그리고 클린트의 현란한 칼놀림은 충분히 그 장점을 보여주고 있었다. 그러나 다음 순간, 세 마리의 오크가 동시에 클린트에게 무기를 겨누고 달려들었다.

"위험해!"

보로미어는 반사적으로 소리를 질렀으나, 그와 동시에 클린트의 몸에서 눈부신 빛이 춤을 추듯 뻗어나왔다. 라시켄의 댄싱 라이트 주문이었다. 섬광이 잦아들자 클린트 앞에는 이미 두 마리의 오크가 더 뻗어 있었고, 남은 한 마리도 정신을 못 차리고 비틀대다가 레인저의 칼에 쓰러졌다.

순식간에 동료 다섯을 잃은 오크들은 으르렁거리며 주변을 둘러보다가, 한쪽에 서 있는 라시켄을 발견하고는 괴성을 지르며 달려들었다. 그러나 라시켄은 침착하게 버티고 서서 양손으로 수인을 맺었다. 파이어 볼 주문은 한치의 오차도 없이 달려오는 오크 무리의 선두에서 터졌다. 두엇은 그 자리에서 쓰러졌고 서넛은 화염에 싸여 비틀거렸지만, 나머지 두 마리는 피해를 입지 않은 듯 여전히 괴성을 지르며 무시무시한 속도로 라시켄에게 달려들었다. 이스마엘이 박차를 가하며 달려가고 있어도 거리상으로 보아 너무 늦었다. 그러나 헬리오스도 디크도 제자리에 서서 바라만 볼 뿐 도무지 움직이려 하지 않았다.

쩡!

날카로운 쇳소리와 함께 라시켄을 향해 날아들던 오크의 칼들이 튕겨나갔다. 땅에서 솟아난 듯, 어느새 이스마엘의 부하들이 라시켄의 앞을 막아서고 있었다. 안 그래도 전투의 시작부터 보이질 않는 게 이상했는데 아마 라시켄 주위에 매복하고 있었던 모양이었다.

"밀어붙여!"

이스마엘이 달려오며 소리치자 세 명의 부하는 검을 휘두르며 두 오크를 무섭게 몰아붙이기 시작했다. 놈들의 중장갑을 완전히 뚫을 능력은 안 되어도 세 명이 번갈아가며 칼을 휘둘러대자 오크들은 조금씩 밀리기 시작했다.

"히이이야!"

거의 동시에 이스마엘은 소름 끼치는 기성을 내뱉으며 오크들의 등뒤를 스치듯 말을 달렸고, 검붉은 피의 분수와 함께 두 개의 오크 머리가 공중을 날았다.

"자, 마무리를 짓자고."

이스마엘이 말머리를 돌리며 외치자 라시켄이 고개를 끄덕이며 다시 수인을 맺었다.

"파이어 레인(Fire Rain)!"

남아 있던 오크들의 머리 위로 잠시 동안 가느다란 불줄기가 비처럼 쏟아져 내렸다. 무시무시한 괴성과 함께 비틀거리던 오크들이 하나둘 쓰러졌다. 한 녀석은 불이 붙은 채로 끝까지 칼을 휘둘러 댔지만 이내 클린트의 검에 두 동강이 나고 말았다.

"으르렁!"

마지막 오크가 실버 클린트의 칼에 쓰러지자, 숨돌릴 틈도 없이 오른쪽 숲에서 다시 한 무리의 오크가 몰려나왔다. 이스마엘의 말대로 여섯이었다. 그러나 이스마엘 3인조는 이전처럼 완벽한 전법으로 여섯 마리 모두를 순식간에 황천길로 보내버렸다.

"어떤가? 대단하지?"

가롯이 물었으나, 처음으로 원정급 전투를 목격한 보로미어는 마른침을 삼키며 이스마엘과 클린트, 그리고 라시켄을 번갈아 쳐다볼 뿐이었다.

완벽한 전투였다. 아무리 부하들의 도움이 있었다지만, 단 세 명으로 열여덟 마리의 오크를 저렇게 완벽하게 처리할 수 있다니! 완벽한 리듬, 완벽한 힘의 안배, 그리고 완벽한 팀워이었다. 이스마엘의 병사를 포함한 세 명 중 누구도 정말 위험한 위치에 놓인 적이 없었다. 그리고 리듬에 한치의 빈틈도 없는 것이, 마치 이번 전투를 위해 수십 번이라도 연습을 한 듯한 호흡이었다.

이스마엘의 부하들이 뒤에 남아 전리품을 챙기는 동안, 세 명은 의기 양양하게 나머지 대원들이 있는 곳으로 돌아왔다. 아비누스가 하품을 하며 말했다.

"이거 너무 재미없잖아. 난 전혀 할 일이 없으니."

"메아리 숲에 다다를 때까지만 기다리라고. 그때는 쉬고 싶어도 쉬지 못할 테니까."

이스마엘이 미소를 지으며 대꾸했다.

그때였다.

"캬아아알그르르."

원정대의 허리쯤 되는 곳, 오른쪽의 숲속에서 오싹한 포효 소리와 함께 검은 그림자가 솟구쳐올랐다.

"피해!"

소리를 지른 이스마엘은 잠시 자신의 몸을 껴안는 듯한 자세를 취했다가 번개처럼 두 팔을 앞으로 뻗었다.

슈슈슉.

공기를 가르는 소리가 나면서 그림자는 허공에서 잠시 주춤하더니 이내 땅 위로 내려서서 다시 한 번 그 소름 끼치는 목소리로 울부짖었다.

슉, 슉, 슈슉.

이스마엘이 계속하여 두 팔을 앞으로 뻗어대자 그림자는 끊임없이 몸부림을 치다가 겨우 중심을 잡았다. 보로미어는 그제서야 놈의 모습을 제대로 볼 수 있었다. 오크의 상반신, 그 아래로 이어진 말의 몸통과 다리…….

"오르켄타우루스(Orcentaur)!"

뒤에서 가롯이 고통스럽게 중얼거렸다. 짐승의 가슴, 즉 오크인 상체의 가슴 부분에는 언제 박혔는지 여덟 개의 단검이 박혀 있었고, 놈은 그것 때문에 발굽으로 땅을 구르며 고통스러워하고 있었다.

"라이트닝!"

어느새 수인을 맺었는지 라시켄의 두 손에서 청백색 광휘가 뻗어나가 오르켄타우루스에 명중했다. 파란색 불꽃이 짐승의 몸을 휩쓸고 지나갔으나, 놈은 비틀거리면서도 천천히 등에서 뭔가를 꺼내 들었다. 오크들이 즐겨 쓰는 초승달 모양의 시미터(Scimitar)였다.

보로미어는 반사적으로 방패를 들어올렸으나 디크가 한발 빨랐다. 벌써 놈에게 달려가고 있던 디크는 손에 든 드래곤 슬레이어를 한두 바퀴 돌리더니 멋진 호를 그리며 오크의 허리가 말의 가슴으로 이어지는 부위를 잘라버렸다.

"빌어먹을! 말이 아니라 오르켄타우루스의 발자국이었어. 빌어먹을!"

투덜거리며 쓰러진 짐승의 옆으로 말을 몰아간 이스마엘은 칼을 휘둘러 녀석의 마지막 버둥거림을 잠재우고는 그 주검에서 단검들을 되찾아 갑옷에 꽂아넣기 시작했다. 보로미어가 이상한 무늬라고 생각했던 것은 이스마엘의 사슬 갑옷에 줄지어 꽂혀 있던 단검들이었고, 이스마엘은 아까 그것들을 공중에 떠 있는 오르켄타우루스에게 던졌던 것이다.

"그래도 피해를 입지 않았기에 다행이야."

검푸른 무늬로 얼룩진 드래곤 슬레이어를 닦으며 디크가 말했다.

"이스마엘."

뒤에서 가롯의 무거운 목소리가 들려왔다. 돌아보니 가롯은 땅에 쓰러진 아비누스 옆에 허탈한 표정을 짓고 서 있었다. 아비누스 옆에는 프레이저라 불렸던 사제가 파랗게 질린 얼굴로 앉아서 푸른빛 부채를 펴들고 주문을 외우고 있었다.

"어떻게 된 거야?"

이스마엘이 허겁지겁 달려오고 보로미어를 포함한 다른 대원들도 그 주위로 모여들었다. 사람들 사이로 아비누스의 가슴을 관통한 창자루가 가늘게 떨리는 것이 보로미어의 눈에 들어왔다.

"빌어먹을, 케이언 스피어(Cayan spear)야. 독이 묻은 것 같은데, 심장에 정통으로 맞았어. 날아오는 건 보지도 못했는데. 제기랄!"

가롯은 일그러진 얼굴로 계속 욕설을 퍼부어댔다.

프레이저는 부들부들 떨면서 계속 주문을 외우고 있었지만, 아비누스의 상태는 보로미어가 보기에도 전혀 나아지는 것 같지 않았다. 이스마엘은 입을 굳게 다물고 아비누스를 지켜보기만 했다. 이윽고 잠시 시간이 지나자 프레이저는 고개를 저으며 일어났다.

"안 되겠어. 내 능력으론 치유는커녕, 해독도 안 돼."

"이런 망할 자식! 이 여잔 꼭 살려내야 한단 말야."

가롯이 그답지 않게 화를 내며 프레이저의 멱살을 잡았다.

"이 늙은이가! 그 손 못 놔?"

디크가 험상궂은 표정으로 둘에게 다가서자 이스마엘이 손을 들어 막으며 소리쳤다.

"그만들 해!"

디크가 물러나고 가롯이 프레이저의 멱살을 쥔 손을 풀자, 이스마엘은 아비누스의 옆에 무릎을 꿇고 앉았다.

"아비누스, 내 말 들려? 결국은 이렇게……."

이스마엘은 말을 잇지 못하고 고개를 숙였다. 그의 어깨가 들먹거렸다. 한동안 그렇게 있던 이스마엘은 아비누스의 몸이 뻣뻣하게 굳기 시작하자 그녀의 이마에 손을 얹고 울먹였다.

"잘 가, 아비누스."

눈부신 호박색 광채가 모두의 시야를 가렸다가 사라진 뒤, 아비누스가 누워 있던 자리에는 피 묻은 창과 그녀의 소지품들만이 어지럽게 널려 있었다.

"너희들은 뭘 한 거야?"

디크가 무거운 침묵을 깨고 사제들을 호위하고 있던 헬리오스와 또 한 명의 전사에게 소리를 질렀다.

"그만들 하랬지!"

이스마엘이 일어나면서 낮게 명령했다. 그러곤 몸을 돌려 가롯에게 물었다.

"이제 어떻게 하는 게 좋겠어?"

가롯은 한숨을 쉬고 대답했다.

"돌아가야지."

"무슨 소리야? 아비누스가 죽은 건 가슴이 아프지만, 그렇다고 원정까지 포기하잔 말이야?"

디크가 가롯에게 으르렁댔다.

"어쩔 수 없다. 아비누스 없이는 힘들어."

이스마엘이 힘없이 말했다.

"메아리 마법에 대항하기 위해서는 아비누스의 안티매직(Anti-magic) 주문이 필수적이야. 메아리 숲에서 내 마법이 되돌아오는 걸 해결할 수 있는 방법은 그것밖에는 없어. 아비누스는 카자드쿰에서 안티매직 주문을 자유롭게 쓸 수 있는 몇 안 되는 사제 중

한 사람이었어."

가롯이 침통한 목소리로 덧붙이자, 디크는 낮게 으르렁대며 불만을 표시했다.

"잠깐만."

프레이저가 끼어들었다.

"여기서 미디움이 한 시간 반 거리라면 먼저 거기로 가는 게 어떻겠어요?"

"네가 미디움 구경을 하고 싶은 맘은 이해하지만, 원정 목표가 불가능해진 지금 필요 이상의 위험을 감수하고 싶진 않아. 남은 인원이라도 안전하게 카자드 쿰으로 데리고 가는 게 내 첫째 임무야."

이스마엘이 거절하자 프레이저는 소리쳤다.

"누가 놀러가자는 건가? 어쩌면 미디움에서 안티매직 주문을 쓸 줄 아는 다른 사제를 찾을 수도 있잖아요!"

이스마엘은 가롯을 돌아보았다. 위저드는 천천히 고개를 끄덕였다.

"가능성은 적지만, 불가능한 얘기는 아니지. 게다가 여기서 카자드 쿰으로 다시 돌아가기 시작하면 날이 저물기 전에 도착하기는 힘들 거야. 프레이저 말대로 일단 미디움에 가서 안티매직을 쓸 줄 아는 사제가 있는지 둘러보고, 없으면 내일 아침에 카자드 쿰으로 돌아가는 게 좋을 것 같아."

이스마엘은 잠시 생각을 해보다 이번엔 귓속말로 다시 뭔가를 가롯에게 물었다. 가롯이 좀 놀라는 표정을 지으며 고개를 끄덕이자, 이스마엘은 대원들을 둘러보며 기운이 좀 돌아온 목소리로 말했다.

"좋아, 그럼 일단 미디움까지 가도록 하자. 대형은 전과 같이 유지하되 거리를 좁혀서 행군한다."

그때 이스마엘의 부하들이 오크들로부터 얻은 전리품을 들고 돌아왔다. 180두카트 정도의 금편을 빼고는 쓸모없는 오크 병장기류뿐이었다. 혹시 더 나은 무기가 없을까 해서 기웃거리던 보로미어는 포기하고 몸을 돌리려던 찰나 죽은 오르켄타우루스 옆에 굴러 있는 시미터를 보았다.

보로미어가 그것을 집어들려고 하자 디크의 거친 목소리가 날아왔다.

"이 바보야, 네 힘으로 그걸 휘두르려면 두 손을 다 써야 하잖아! 그럼 방패도 버려야 하고, 그 아미크론 벙거지와 넝마 같은 갑옷만으론 장갑이 너무 허술해. 그냥 버려두라고."

보로미어는 디크의 말에 멈칫했으나, 이내 오기가 솟아 시미터를 집어들었다. 들고 있던 칼보다 두 배는 더 무거웠지만 두 배의 길이와 두 배의 두께가 가히 그 파괴력을 짐작케 했다. 휘둘러보니 한 손으로도 충분히 다룰 만했다.

보로미어는 돌아서서 시미터를 한 손으로 빙빙 돌리며 디크에게 말했다.

"내 걱정은 내가 알아서 하겠소."

보로미어는 아침에 샀던 싸구려 칼을 이스마엘의 병사들이 버려놓은 오크 무기들 위에 던져버렸다. 그러고는 믿을 수 없다는 듯 입을 쩍 벌리고 섰는 디크 앞을 지나 가룻을 따라 걷기 시작했다. 디크도 곧 정신을 차리고 자신의 위치로 달려갔지만, 계속 보로미어를 힐끔거리는 품이 여전히 믿기 어렵다는 눈치였다.

보로미어는 가롯에게 안티매직 주문에 대해 물어보고 싶었으나 그가 뭔가 깊은 생각에 잠겨 있었으므로 도저히 말을 걸 수가 없었다. 행군은 그런 침울한 분위기로 계속되었고, 어쩌면 자신의 첫 원정이 여기서 그냥 끝날지도 모른다는 생각에 보로미어 역시 그 분위기에 휩쓸려갔다. 견디다 못한 보로미어는 앞에서 전투용 도끼를 메고 걷던 드워프 전사에게 억지로 말을 걸었다. 물론 키가 큰 보로미어는 아래를 굽어보아야 했다.

"어이, 미디움에 가본 적 있나?"

전사는 보로미어를 흘끗 올려다보더니, 덥수룩한 갈색 수염을 흔들며 고개를 저었다.

"이름이……, 어……, 뭐랬더라?"

"듀란. 너와 같은 용사급 전사야. 하지만 이번 원정만 끝나면 디크와 같은 투사급으로 올라갈 거야."

"원정은 몇 번이나 해봤어?"

"이번이 네 번째야. 이스마엘과는 세 번째고."

"어떤 원정들이었는데?"

듀란은 얼굴을 찡그렸다.

"이봐, 넌 분위기도 모르냐? 모두 아비누스의 죽음으로 슬퍼하고 있잖아. 이스마엘의 기분을 생각해서라도 좀 조용히해 줘."

보로미어는 드워프의 머리를 한 대 후려갈기려다가 간신히 참고 맥없이 가롯 옆으로 돌아왔다. 이스마엘의 기분? 비록 원정대 성공의 열쇠를 쥐고 있던 대원이긴 하지만, 사제 하나 죽은 것 가지고 별 난리들을 다 피운다는 생각이 들었다. 디크도 이 듀란이란 놈도, 아니, 이 원정대 모두가 어디서 일부러 모아온 것처럼 하나같이 통명스런 녀석들이었다.

'빌어먹을!'

보로미어는 속으로 욕을 해대며 자신을 꼬셔서 원정대에 끌어넣은 이스마엘을 저주했다.

"미디움이다!"

전사의 저주에 대답이라도 하듯 이스마엘이 외쳤다.

보로미어는 고개를 들어 앞쪽으로 모습을 드러내기 시작한 성채를 바라보았다. 높이는 카자드 쿰 성벽의 5분의 1정도밖에 안되어보였고 재료도 나무와 돌을 섞어 쌓은 것이, 카자드 쿰의 다듬어진 석벽에 비하면 영 볼품이 없어보였다. 원정대가 다가가자 성루의 경비병이 뿔나팔을 불어 그들의 도착을 알렸다.

성문을 들어선 원정대는 일단 가장 큰 여관이자 음식점인 '황소의 뿔' 에 방을 잡고 여장을 풀었다. 제일 좋은 여관이라지만 카자드 쿰으로 치면 중간 정도 시설이었다.

이스마엘은 거실에 대원들을 모아놓고 모두에게 말했다.

"좋아, 아직 밤의 시작까지는 시간이 남았다. 모두 흩어져 술집이란 술집은 다 뒤져보기로 하자. 사제 비슷해 보이는 사람은 무조건 잡고 물어보란 말야. 안티매직 주문을 쓸 줄 안다면 수단과 방법을 가리지 말고 이리로 데려오라고. 난 여기서 기다리고 있겠다."

"만약 찾지 못하면?"

디크가 물었다.

"그럼 내일 카자드 쿰으로 돌아가는 거지, 뭐."

프레이저가 당연하다는 투로 대답했다.

"에이 씨, 정말 더럽게 꼬이는군."

디크가 투덜대며 일어서자 다른 대원들도 뿔뿔이 흩어져갔다. 보로미어는 멍하니 앉아 있다가 갑자기 모두가 사라지자 남아 있는 이스마엘과 가롯을 바라보았다.

"당신 원정대 사람들은 영 정이 안 가는군. 날 같은 원정 대원으로 보지도 않으니."

혼자 남겨진 보로미어가 이스마엘에게 투덜거렸다.

이스마엘이 뭐라 말을 하려는데, 디크가 다시 문을 열며 고개를 들이밀었다.

"야, 꼬마! 빨리 안 따라오고 뭐하는 거야? 모셔가기라도 바라는 거야?"

머쓱해진 보로미어는 말없이 일어나 황소의 뿔을 나왔다. 디크는 말없이 미디움의 저녁 거리를 걸어가기 시작했고 보로미어 역시 입을 꾹 다문 채 그의 뒤를 쫓았다.

잠시 후, '붉은 메뚜기' 란 간판의 술집으로 들어간 디크는 뚱보 주인에게 술을 두 잔 시킨 후 보로미어와 마주앉았다.

"그래, 시미터를 한 손으로 휘두르는 걸 보니 영 숙맥인 건 아니더군."

디크가 퉁명스레 대화를 열었다.

"나에겐 신경도 안 쓰는 줄 알았는데 의외로군요."

보로미어도 퉁명스레 대답했다. 그러자 디크는 술을 한 모금 마시고 나서 말했다.

"신경을 안 쓰다니, 내가 원정대 중에서 가장 신경을 쓰고 있는 대원인데."

"그러세요?"

빈정대는 듯한 보로미어의 말투에 디크는 입술을 한번 씰룩하며 옆으로 고개를 돌렸다.

"어디 사제 비슷한 사람이라도 있나 한번 둘러보라고."

보로미어는 디크를 따라 술집 안을 둘러봤지만, 사제로 보이는 사람은 없었다.

"없는데요?"

"정말? 잘 보라고."

디크는 상 위로 올라가 버티고 서서 큰소리로 외쳤다.

"어이! 이 안에 사제가 있으면 나와보라고. 우리 원정에 끼워줄지도 모르니까."

술집 안에 있던 사람들은 일제히 디크를 바라보았다. 그의 무례한 행동에 일부는 눈살을 찌푸리기도 했지만 서넛은 관심을 보여왔다.

"어디로 가는 원정인데?"

구석에 앉아 있던 드워프 하나가 물었다.

"메아리 숲!"

디크의 대답에 술집은 갑자기 터져나온 요란한 웃음들로 가득 찼다. 사람들은 절레절레 고개를 흔들며 다시 각자의 대화로 돌아갔고, 어리둥절해진 디크는 사방을 둘러보다 상에서 내려왔다.

"어떻게 된 거야? 다들 왜 이래?"

보로미어 역시 영문을 알 수 없었으므로 그냥 어깨만 으쓱해 보였다.

"당연하지. 여기서 메아리 숲을 운운하다가는 웃음만 살 뿐이오."

갑자기 옆에 나타난 사내가 끼어들었다. 크지 않은 체구의 놈 레인저였다.

"어째서?"

보로미어가 물었다.

"메아리 숲이라면 여기 사람들은 이제 제쳐놓고 살거든. 지난 한 달 동안만도 서른 명 이상이 거기서 목숨을 잃었소. 난다 긴다 하는 전사와 위저드들이 모두 덤벼들어 봤지만 소용이 없었다 이거요."

"우린 달라. 우린 메아리 마법 따위는 겁나지 않는단 말이야."

디크가 말했다.

"댁은 아직 잘 모르셔서 그래."

레인저는 아예 보로미어들의 테이블에 자리를 잡고 앉았다.

"난 칼라슈라고 하오. 4급 레인저인 트래커고 여기 미디움 토박이기도 하지."

"난 디크, 그리고 여긴 보로미어요. 도대체 무슨 얘기요?"

칼라슈의 말에 디크가 궁금해하며 물었다.

"얼마 전부터 메아리 숲에 새로운 저주가 들렸다는 소문이 자자해. 이전 원정대들은 당신들처럼 자신 만만하게 떠났다가 메아리 마법에 혼쭐이 나서 돌아오곤 했는데, 요즘 그쪽으로 간 원정대들은 아예 돌아오질 않는단 말이야."

디크와 보로미어는 서로를 마주보았다.

"소문엔 한 원정대가 메아리 숲에 잠들어 있던 고대의 저주를 건드렸다고도 하지. 그게 무엇이든 간에, 지난 한 달간 그쪽으로 떠난 원정대 셋 중에서 살아 돌아온 대원은 하나도 없어. 그러니 아예 그쪽으론 갈 생각도 하지 말라고."

칼라슈는 잠시 쉬었다 계속했다.

"하지만 다메시안 강 쪽은 아직 안전하지. 거기서 크라켄(Kraken)을 보았다는 사람이 있는데, 어때? 내일 나와 같이 가보지 않겠어?"

디크는 묵묵히 앉아서 아무 대답도 하지 않았다. 칼라슈는 디크가 말이 없자 보로미어를 쳐다보았다. 보로미어 역시 뭐라 답을 해야 할지 몰라서 가만히 있자, 레인저는 아까운 시간만 낭비했다는 표정으로 일어나서 사라졌다.

"고대의 저주가 뭡니까?"

칼라슈가 사라진 다음 보로미어가 물었다.

"나도 모르겠어. 고대의 저주? 빌어먹을, 그게 도대체 뭐야? 너도 몰라?"

"모르니까 물어보는 거 아뇨?"

보로미어가 틱틱거리자 디크가 눈을 부라렸다.

"아니, 넌 도대체 예의라곤 전혀 모르냐? 아까부터 영 태도가 맘에 안 들어."

"당신이야말로 아침부터 나한테 시빈데, 대체 이유가 뭐요?"

"왜냐고? 난 네가 맘에 안 들어. 같은 전사 계급이라 데리고 나왔지만, 그 가롯이란 놈이 널 싸고도는 거며 고르곤을 죽였다는 허황된 소문에 이스마엘이 덜렁 널 원정대에 집어넣은 거며 다 마음에 들지 않는다고."

"그건 나도 동감이오. 단지 서열이 위라는 이유로 날 어린애 취급하는 건 나도 맘에 들지 않아."

"이 자식이?"

디크가 벌떡 일어서며 보로미어의 멱살을 움켜잡자 술집 안의 사람들이 모두 그들을 쳐다보았다.

보로미어도 더 이상 참지 못하고 디크의 손목을 힘껏 움켜쥐었다. 보로미어가 힘을 쓰자, 동시에 보로미어 갑옷의 녹슨 가슴 갑판이 밝은 주황으로 달아올랐다. 디크의 눈이 놀라움으로 크게 벌어지는 순간, 보로미어는 그의 손을 간단히 뿌리쳐버렸다.

"이 자식이……."

디크가 다시 중얼거렸지만, 기운이 쭉 빠진 목소리였다. 보로미어가 똑바로 노려보자 디크는 낮게 투덜거리며 자리에서 일어났다.

"이 일은 발할라의 전사 모임에서 따질 거야."

"맘대로."

보로미어가 위협에도 꿈쩍을 않자, 디크는 휙 돌아서 나가버렸다.

보로미어는 숨을 고르며 자리에 앉았으나 다른 사람들의 시선이 모두 자기에게 집중되어 있음을 깨닫고는 더 이상 거기에 있을 수가 없어 밖으로 나왔다. 디크의 모습은 이미 사라지고 보이지 않았다.

멍하니 서 있다가 황소의 뿔 쪽으로 걸음을 옮기기 시작한 보로미어는 착잡한 심정이었다. 첫 원정에서, 그것도 같은 계급과 다투다니 영 좋지 않은 징조였다. 그리고 고대의 저주라니, 뭔진 몰라도 이번 원정의 앞길이 순탄치는 않을 것 같았다. 만약 실패한다면? 성공하더라도 메아리 마법에 가려 있는 것이 이스마엘의 말대로 보석이 열리는 나무가 아닌 다른 것이라면? 아니, 안티매직 주문을 쓰는 사제를 찾지 못해서 아예 원정을 중단해야 한다면? 여러 가지 걱정들이 보로미어의 머릿속에 먹구름처럼 몰려들었다. 아직도 거의 빈털털이인 자신의 처지를 생각하자 절로 한숨이 나왔다.

갑자기 뒤에서 인기척이 나서 돌아보니 두건 망토를 뒤집어쓴 사람이 자신을 보고 서 있었다.

"누구쇼?"

안 그래도 심란하던 보로미어가 귀찮다는 투로 묻자, 굵은 목소리가 대답 대신 물어왔었다.

"메아리 숲에 간다고 들었는데, 맞소?"

보로미어는 귀가 번쩍 뜨여 두건을 자세히 쳐다보았다. 얼굴은 두건에 가려 보이지 않으나 키는 보로미어의 어깨에 닿을 정도로, 드워프나 하플링은 분명 아니었다. 호리호리한 몸집으로 보아 엘프라는 느낌이 들었지만 덩치 큰 놈 족이거나 깡마른 인간일 수도 있었다.

"왜 그러쇼?"

"사제를 찾는 건 안티매직 주문 때문이오?"

보로미어는 깜짝 놀라 물었다.

"아니, 당신이 그걸 어떻게……."

그러나 두건은 아무 말도 하지 않았다.

"당신 사제요?"

보로미어가 묻자 두건은 조용히 머리를 저었다.

"별 싱거운 녀석 다 보겠네."

보로미어는 다시 돌아서서 걸음을 옮겼다. 두건이 거리를 두고 계속 자신의 뒤를 따라오는 것을 느꼈지만, 여러 가지 일로 머리가 복잡했으므로 달리 신경을 쓰지 않았다.

보로미어가 '황소의 뿔'의 문을 열고 들어가자, 거실에 이스마엘과 가롯을 비롯하여 대부분의 대원들이 모여 있었다. 디크가 자신을 보고 얼굴을 돌리는 것도 눈에 들어왔다.

"어서 오게. 같이 온 사람은 사제인가?"

보로미어의 뒤를 따라 들어온 두건을 보고 이스마엘이 묻자, 전사는 어물어물 대답했다.

"아니, 그게……."

"나는 실바누스. 사제는 아니오만 안티매직 주문은 쓸 줄 아오."

두건이 한 걸음 나서며 대신 대답했다. 이스마엘이 이해할 수 없다는 표정을 짓고 있는데 무슨 생각이 났는지 가롯이 말했다.

"그럼 이 정도는 받아낼 수 있겠지?"

번개같이 수인을 맺은 가롯의 손에서 푸른 섬광이 뻗어나왔다. 작은 라이트닝이었다. 그러자 실바누스도 재빨리 손등을 바깥쪽으로 하여 오른손을 들어올렸고 그 손에 끼고 있던 반지에서 보랏빛 광선이 그물처럼 뻗어나와 가롯의 라이트닝을 흡수해 버렸다.

모두 놀라 입을 벌리고 있는 가운데 실바누스가 이스마엘에게 말했다.

"나에 대해 더 이상 묻지 않는다는 조건이라면 당신들의 원정에 동반하겠소."

이스마엘은 잠시 생각을 해보다 고개를 끄덕였다.

"알았소."

모두 어리둥절해 있는 가운데, 이스마엘과 다음날 출발 시간 등을 논의한 실바누스는 이내 자리를 떴다.

"뭐야, 이거?"

디크가 이스마엘에게 신경질을 부렸다.

"저런 떠돌이를 뭘 보고 믿는 거야?"

"됐어, 디크. 우리가 필요한 건 안티매직 주문을 쓸 수 있는 사람이야. 더 이상 왈가 왈부할 필요는 없어."

이스마엘이 그렇게 결론을 내리자 헬리오스가 말했다.

"하지만 대장, 그 고대의 저준지 뭔지 하는 건요?"

"가보면 알겠지."

이스마엘은 마음을 굳힌 듯, 더 이상 입을 열지 않았다.

"제길, 혹이 혹을 달고 왔구먼."

디크가 보로미어를 흘끗 쳐다보며 투덜거렸다. 보로미어는 한마디 하려 했지만 가릇이 눈짓을 하는 바람에 억지로 입을 다물었다.

모두 방으로 올라간 후 거실에 남은 가릇은 방으로 올라가려는 보로미어를 불러내렸다.

"디크와 싸웠다며?"

"먼저 시비를 걸었어요."

"지금 모두들 신경이 날카로워져 있어. 드러내진 않지만 이스마엘이 가장 심하고."

"왜요?"

"아비누스 때문이지."

"사제 하나 죽은 것 때문에요? 말도 안 돼. 그리고 디크 그 자식은 카자드 쿰을 떠날 때부터 그랬다고요."

"원정대란 하나의 작은 가족 같다는 말, 벌써 잊었나? 아까 아비누스가 죽을 때 이스마엘의 얼굴 못 봤어? 이야길 들어보니 아비누스는 이스마엘과 보통 사이가 아니었다더군. 아비누스가 상급 서열인 비숍으로 오르면 둘이 결혼할 계획이었다고 해."

"결혼요?"

어리둥절해진 보로미어가 물었다.

"그런 게 있어. 아까부터 걱정하던 문제긴 하지만, 하여간 지금 상황이 무척 안 좋아. 대원들은 바짝 당긴 활시위처럼 신경들을 세우고 있고, 이스마엘은 무조건 원정을 강행하려는 눈치야. 아까 실바누스를 보았을 때도 내 동의에 관계없이 그 녀석을 받아들였잖나."

"그게 뭐가 문젠가요? 우리가 찾는 건 안티매직이었잖아요. 이젠 원정을 계속할 수 있게 되었으니 된 거 아녜요?"

"문제는 메아리 숲 쪽의 상황이 우리가 알던 것과 많이 달라졌다는 거야. 고대의 저주 운운하는 소문은 제쳐놓더라도, 최근 그쪽으로 간 원정대가 하나도 돌아오지 않았다는 것은 객관적으로 보아 아주 좋지 않은 징조야. 그런데도 이스마엘은 막무가내로 원정을 강행하겠다는 거지. 열심히 설득을 하고 있는데 자네가 그 친구를 데리고 들어온 걸세. 정말 기막힌 타이밍이었어. 라이트닝으로 놀래켜 쫓아버리려고 했는데, 진짜 안티매직 주문을 펼치는 바람에 오히려 상황이 악화되어 버렸어."

"그치는 내가 데리고 온 것도 아네요. 그냥 지가 날 따라왔다고요."

보로미어가 변명을 하며 언성을 높이자, 가롯이 손을 들어 막았다.

"자넬 탓하자는 게 아니야. 단지 상황이 그랬다는 얘길 하는 거지."

보로미어는 입술을 깨물었다. 도무지 제대로 되는 일이 없는 날이었다.

보로미어가 물었다.

"대장은 왜 고집을 피우는 겁니까? 아까는 돌아가자고 그러더니."

"'소원' 때문이지. 아까 이스마엘이 귓속말로 5만 두카트면 소원을 하나 살 수 있느냐고 묻더군. 보석이 열리는 나무든 뭐든 메아리 숲의 재보를 얻으면 그걸로 소원을 살 수 있다는 생각을 한 거지. 그래서 아비누스를 다시 살리려는 거야."

"소원이라고요? 아비누스를 다시 살릴 수 있다고요?"

보로미어의 눈이 동그래지자 가롯이 설명해 주었다.

"소원이란 신들이 보기에 자신들을 위해 큰 공을 세웠거나 신전에 값비싼 예물을 바친 사람에게 주는 선물이야. 죽은 자를 다시 살리거나, 보통 노력으로는 얻을 수 없는 물건을 얻거나, 하여간 웬만한 건 다 이룰 수 있는 만능 주문 같은 거지. 어쨌건 지금 중요한 건 그게 아니야."

가롯은 잠시 주위를 둘러보고는 목소리를 낮춰 말을 계속했다.

"지금 원정대의 일부는 이스마엘과 같은 생각이지만 디크나 헬리오스 등 나머지는 원정을 계속하는 것을 반대하고 있어. 하지만 이스마엘은 내가 보기엔 이성적 판단 능력을 잃은 것 같아. 자신의 욕심에 눈이 멀었단 말이야! 원정 대장이 저렇게 독단적으로 나가는 원정은 아주 위험해. 원정대 전체가 삐그덕거리다 모두 죽는 수도 있다고."

보로미어는 순간 갈등에 빠졌다. 주머니를 생각하자면 당연히 자신도 원정을 계속하고 싶은 욕심이 있었다. 가롯의 말을 듣기 전까지만 해도 실바누스 덕에 원정을 계속할 수 있게 된 것에 대해 내심 다행스러워하고 있었던 것이다. 그러나 죽은 윌이 모습이 떠오르자 생각이 바뀌었다. 욕심은 명을 단축시키는 지름길이다.

"그럼 지금이라도 그만두면 되잖아요."

"일단 원정을 시작하면 대장의 허락 없이는 마음대로 원정대를 떠날 수 없어. 영주의 처벌도 문제지만, 한번 소문이 잘못 나면 이 카자드 땅에서는 어느 원정대에도 다시는 낄 수가 없거든."

"그럼 어떻게 하자는 겁니까?"

"이스마엘이 대장인 이상 일단은 그가 하자는 대로 해야지. 하지만 동시에 그를 완전히 믿지는 말라고. 지금 그에겐 우리들의 목숨보다 자신의 목적이 더 중요하단 말야. 무슨 뜻인지 알겠나?"

"더럽군. 자기 원정대 대장도 믿지 못하다니."

보로미어가 혼자말로 투덜거리자 가롯이 정색을 하며 말했다.

"세상에 자기 자신 말고 믿을 사람은 없어. 자네라면 다른 사람을 위해 죽을 수 있겠어? 뒤집어 생각하면 누가 자네를 위해 위험을 무릅쓰겠나?"

가롯의 말에 보로미어는 한 사람의 얼굴을 떠올렸다. 가롯은 그런 보로미어를 바라보며 눈을 가늘게 뜨고 속삭였다.

"혹시라도 자네가 어제 만났던 가이우스를 생각하고 있다면, 정신 차리게."

보로미어는 소스라치게 놀라 위저드를 쳐다보았다. 가롯이 계속했다.

"이스마엘에게 들었네. 어젯저녁 자네가 가이우스를 만났다고. 대단히 호감이 가는 친구긴 하지만, 정신 바짝 차리지 않으면 큰 코다칠 거야."

보로미어는 간신히 마른침을 삼키고 물었다.

"무슨, 무슨 말입니까?"

"가이우스는 레인저 나이트, 그러니까 7급 레인저이지만 기운이 세다든가 싸움을 잘해서 상급 서열에 오른 사람이 아니야. 그는 칼보다 더 무서운 무기를 쓰지, 카리스마라는."

"카리……, 뭐요?"

"카리스마. 말하자면 사람을 끌어당기는 흡인력 같은 거야. 자네같이, 에……, 솔직히 표현해서 미안하지만, 좀 지능과 지혜가 떨어지는 사람일수록 녀석에게 잘 넘어가지. 그 녀석만 보면 괜히 가슴이 두근거리고 무조건 따르고 싶은 생각이 나지 않던가?"

보로미어는 가까스로 고개를 끄덕였다.

"그렇게 조금 더 지나면 그 녀석을 위해 불 속으로라도 주저없이 뛰어들게 돼. 아니, 자네 정도라면 아마 지금도 그럴지 몰라."

가롯의 지적에 보로미어는 아무 말도 할 수 없었다. 맞는 말이었다.

위저드가 다시 말했다.

"그리고 그 간악한 레인저 녀석은 실제로 눈도 깜짝 않고 자네에게 그런 요구를 할 놈이야. 원래 레인저란 계급이 서열이 올라갈수록 꾀만 느는 계급이긴 하지만, 그놈은 좀 심해. 이미 그런 식으로 수많은 전사와 위저드, 그리고 사제를 홀려서 자신의 개인적 욕심을 채우는 데 부려먹은 경력이 있단 말이야. 물론 그중 일부는 이미 이 세상에 없지만 말일세. 그가 자네에게 접근했다면 분명히 순수한 뜻에서는 아니야."

"그, 그럴 리가."

보로미어는 고개를 저었다.

그러자 가롯은 보로미어의 어깨에 손을 올려놓았다.

"정신 똑바로 차리게. 내가 얘기하고 싶은 건, 아무리 호감이 가고 자네에게 친절하게 대하는 사람이라고 해도 자신의 이득을 먼저 따지지 않는 사람은 없다는 거야. 단지 제 이익을 지키는 와중에 자네의 이익과 안전을 얼마나 생각해 주느냐의 차이가 있을 뿐이지. 그런데 지금 상태에서 이스마엘이 우리의 이익과 안전을 얼마나 고려해 줄 거라고 생각하나?"

"……비, 빌어먹을. 어쩌죠?"

보로미어가 더듬거리자 가롯은 한숨을 쉬며 말했다.

"나도 잘은 모르겠어. 이런 원정에 자넬 끌어들여 미안하이. 하지만 내가 해줄 수 있는 말은 이스마엘의 명령은 꼭 한번 다시 생각해 보고 따르라는 거야. 그러지 않기를 바라지만, 저런 상태에서라면 자신의 목적을 위해 자넬 소모품으로 볼지도 모르니까. 그리고 웬만하면 몸을 사리라고."

"왜요?"

"이제 원정대에 사제는 프레이저 한 명뿐이지 않나. 그리고 저 실바누스라는 사람은……."

이야기를 꺼내던 가롯은 갑자기 입을 닫더니 더 이상 말을 하려고 하지 않았다. 일어서서 방으로 올라가려던 보로미어는 갑자기 어떤 생각이 떠올라 걸음을 돌렸다.

"가롯, 한 가지만 더 물어볼게요."

위저드가 고개를 끄덕였다.

"당신이 내게 이런 말들을 해주는 이유는 뭐죠? 내 안전에 이렇게 신경을 써서 당신이 얻는 건 뭔가요?"

가롯의 얼굴이 한 방 얻어맞은 듯 굳어졌다. 그러나 위저드는 이내 다시 웃으며 말했다.

"정말 빨리도 배우는군. 좋아. 알량한 책임감 때문이라고 거짓말하진 않겠어. 맞아, 나도 내 나름대로의 목적이 있어서 자넬 여기에 끌어들였네. 뭐, 나쁜 목적은 아닐세. 그리고 내 목적을 위해선 자네가 반드시 살아 있어야 하네. 어때? 이 정도의 이해 관계라면 최소한 자네가 손해보는 일은 없을 테고 나도 자넬 이용해먹고 있다는 죄책감을 느낄 필요는 없겠지. 안 그래?"

"아직까지는요. 그리고 그 말이 책임감 때문이란 말보단 훨씬 믿기가 쉽군요."

보로미어는 마주 미소를 지으려 했지만 잘 되지 않았다.

접속을 해제하고 난 원철은 깊은 한숨을 몰아쉬며 일어났다. 별다른 전투가 없이 지나간 하루였지만 전투보다 더한 긴장의 연속이었다. 처음 떠나는 원정길에 가면 갈수록 문제만 늘어가고, 일의 진행은 전혀 안 좋은 쪽으로 가고 있었다.

첫째로, 이스마엘이 보석이 열리는 나무라느니 하는 바람에 들떠 있었는데 가롯의 말을 들어보면 그 이야기는 별로 확실치 않은 것 같았다. 그것은 돈 좀 제대로 벌어보겠다던 자신의 원정 목적이 수포로 돌아갈 위험이 존재한다는 뜻이었다. 둘째로, 장기간 함께 생활해야 하는 원정대 안에서 인간 관계가 생각대로 되질 않고 있었다. 물론 저 성깔 사나운 보로미어에게 매끄러운 외교적 기술을 기대했던 것은 아니지만, 그냥 조용히 입이라도 닥치고 있으면 될 것을 굳이 디크와 싸움을 일으키고 만 것이다. 셋째로, 원정 대장인 이스마엘이 상당한 위험 속으로 자신을 끌고 들어가려 하고 있는데, 그를 말리기 위해 자신이 할 수 있는 것은 아무것도 없었다.

게다가 보로미어를 제어하는 것이 갈수록 힘들어지고 있었다. 물론 특별한 결정이나 행동을 해야 할 필요가 있었던 날은 아니었지만, 디크와 싸운 것이나 처음 보는 두건을 '황소의 뿔'로 달고 간 것 모두, 보로미어가 원철의 통제에서 벗어나 저지른 일들이었다. 가롯에게 던진 마지막 질문만은 원철 자신의 의식적 행동이었는데, 그 한 마디를 묻기 위해서는 보통 이상의 노력이 필요했다.

그리고 가롯…….

그 위저드는 또 무슨 꿍꿍이속이란 말인가.

화장실에서 일을 마치고 돌아온 원철은 멀티 세트를 바라보며 잠시 고민에 빠졌다. 지금 접속을 하면 가이아의 보로미어는 꼼짝 없이 위험한 원정에 따라가야만 했다. 하지만 현실의 자신에겐 선택권이 있었다. 지금 이 멀티 세트를 쓰지 않는다면 가이아의 보로미어는 이스마엘을 따라나설 수 없는 것이다. 평판은 나빠지고 다른 원정에 끼기는 어려워지겠지만, 최소한 목숨은 건질 수 있다.

시계는 11시 59분을 가리키고 있었다. 원철은 멀티 세트를 만지작거리며 고민하다가 결심한 듯 기계를 뒤집어썼다. 위험한 원정이라지만 반드시 죽는다는 법은 없다. 반대로 원정 도중 사라진 비겁자란 소문이 퍼지면 앞으로 카자드 땅의 어떤 원정에도 낄 수 없으리란 것은 거의 확실한 사실이었다. 그리고 첫 원정부터 중도에 포기하긴 싫었다.

"에라, 죽어봤자 게임인데."

원철이 중얼거리며 몸을 뒤로 눕히자 동기화의 어지러움이 기다렸다는 듯 덮쳐왔다.

약간 구름이 꼈지만 아름답고 조용한 아침이었다. '황소의 뿔'은 이스마엘 원정대의 출발 준비로 부산했다. 보로미어가 장비를 챙겨 아래로 내려오자 이미 대부분의 대원들이 앞마당에 모여 있었다.

"모두 모였나?"

이스마엘이 말 위에서 대원들을 내려다보며 물었다.

"이스마엘, 지금이라도 원정을 포기하는 건 늦지 않았어."

디크가 불만이 가득한 투로 말했다.

"포기할 수는 없어. 그리고 이제 상급 서열인 가롯과 안티매직 주문을 쓸 줄 아는 실바누스도 있으니 메아리 숲에 정면으로 도전해도 승산이 있어. 디크, 넌 이렇게 완벽한 원정대가 모이는 게 쉬운 일인 줄 알아?"

디크는 뭐라고 낮게 그르렁거리며 고개를 돌렸다. 보로미어는 가롯을 슬쩍 쳐다보았지만, 위저드는 말 위에서 무표정한 얼굴로 입을 굳게 다물고 있었다. 원정 시작 때의 쾌활하던 분위기는 온데간데없이 사라져버렸고 덕분에 보로미어의 기분도 어둡게 가라앉았다.

"이스마엘, 헬리오스가 일어나질 않는데?"

프레이저가 여관 문을 나오며 투덜댔다.

"무슨 소리야? 일어나질 않는다니."

이스마엘이 얼굴을 찡그리더니 말에서 내려 다시 여관 안으로 들어갔다. 가롯은 디크와 의미 있는 눈길을 주고받았다.

잠시 후 이스마엘이 시뻘개진 얼굴로 문을 박차고 뛰쳐나왔다.

"비열한 자식, 원정 도중에 배신을 때려? 두고 보자. 앞으로 다신 카자드 땅에 발을 못 붙이게 만들어버릴 테다."

이스마엘은 대원들의 얼굴을 죽 돌아보더니, 더 이상 말을 않고 안장에 올랐다. 헬리오스를 제외한 다른 모든 대원들은 출발 준비가 끝나 있었으므로 이스마엘은 기다리지 않고 말을 몰아 나아갔다.

행군은 그런 꺼림칙한 분위기에서 시작되었다. 아비누스의 자리에 실바누스가 선 것을 빼고는 대형은 어제와 같았다. 보로미어는 가롯 옆에 바짝 붙으며 물었다.

"가롯, 헬리오스는 어떻게 된 거예요?"

위저드는 계속 앞을 바라보면서 나직이 말했다.

"'밤 속으로 사라진' 거지. 이 원정에 불만이 많았으니 아예 빠져버린 거야. 탓할 수야 없지. 나도 아침에 돌아올까 말까를 심각하게 고민했으니까. 자네는 안 그랬나?"

"안 돌아오면 어떻게 되는데요?"

가롯은 보로미어의 얼굴을 흘끗 돌아보았다.

"어제 얘기해 주지 않았나? 영주의 처벌을 받는다고. 대원들이 원정 도중에 마구 떠나버린다면 원정대는 어떻게 되겠어? 당연히 그런 짓을 한 사람은 영주로부터 그에 따르는 벌을 받게 돼."

"그러니까 그 처벌이 뭐냐고요."

"서열을 강등당하고 체력이든 지능이든 일부 능력을 잃게 되지."

"로한이 그런 일도 할 수 있어요?"

"물론. 영주가 그런 권한도 없이 어떻게 카자드를 통치하겠나."

보로미어는 고개를 끄덕이고 물었다.

"그럼 다시는 헬리오스가 카자드 땅에 발을 못 붙이게 만들어 버린다는 건 뭐예요?"

"……소문을 내겠다는 거지. 누구라도 밤 속으로 사라진 경력이 있는 사람을 자기 원정에 데리고 가려 하진 않을 테니까. 이스마엘이 정말로 소문을 낸다면 헬리오스는 아마 영영 상급 서열에 못 오를 거야."

"좀 잔인하군요."

그러자 옆에서 걷고 있던 디크가 성난 목소리로 투덜댔다.

"뭐가 잔인해? 자기만 훌쩍 사라지고 나머지 대원들은 어떻게 되든 상관 않겠다 이거야? 나도 이러긴 싫지만, 다른 대원들에 대한 책임감으로 같이 가고 있는 거라고. 헬리오스 같은 놈은 내 손으로 목을 졸라 죽여도 시원치 않겠어."

"누가 당신한테 물었어?"

보로미어가 쏘아붙이자 디크의 표정이 무섭게 일그러졌다.

"보로미어, 내 생각엔 자네가 중간에서 사제들과 같이 가는 게 좋겠다 싶어. 헬리오스가 빠지는 바람에 대열의 허리가 많이 약해졌거든."

가롯이 중간에 끼어들며 보로미어의 등을 떠밀었다. 보로미어는 마지못해 프레이저, 실바누스, 듀란으로 이루어진 중간 대열로 옮겨갔다.

"당신은 왜 저런 놈을 싸고도는 거요?"

뒤에서 디크가 가롯에게 따지는 소리가 들렸다.

중간 대열에 끼여든 보로미어는 입을 다물고 걷기만 했다. 프레이저는 이스마엘과 같이 원정을 계속하자는 쪽이었으므로 말을 걸기가 껄끄러웠고, 어제의 경험으로 보아 듀란이나 실바누스는 별로 대화를 즐기는 성격이 아니라고 생각되었기 때문이다.

그러나 그런 답답함도 미디움의 성문을 나선 뒤에는 이내 사라져 버렸다. 미디움에서 북쪽으로 나아갈수록 주변의 경관이 빠르게 달라져갔기 때문이다. 로웬 강은 이제 커다란 급류로 변해 나무들 사이에서 꿈틀거렸고 길은 점점 거칠어지더니 아예 길과 숲을 구분하기도 어려울 정도가 되었다. 이어서 나무들의 줄기도 점점 굵어져 밑으로는 길을, 위로는 하늘을 가리기 시작했다. 숲은 나무줄기 위에 앉은 이끼들에서 풍겨나는 신선한 향으로 가득했고 나뭇잎 틈으로 촘촘히 내리뻗은 빛의 기둥들은 천지의 색을 시시 각각으로 바꿔놓고 있었다.

놀랍게 아름다우면서도 한편 무서울 만큼 깊어져만 가는 숲을 자신 있게 헤쳐나가던 이스마엘은 커다란 바위에 이르러 갑자기 서쪽으로 방향을 틀었다.

"자, 이제부터는 정신들 바짝 차리는 게 좋을 거야. 여기서부터는 에크로발데의 진짜 심장부인데 한번 길을 잃으면 꼼짝없이 헤매게 된다고."

보로미어는 이스마엘의 말을 듣고서 진짜로 번쩍 정신을 차렸다. 주위를 둘러보자, 우거진 나무들 때문에 방향조차 알기가 힘들었다. 사실 상급 서열 레인저인 이스마엘이 아니었다면 여기까지 제대로 찾아오기도 힘들었을 것이란 생각이 들었다. 물론 그 자신은 여기가 어디인지 도저히 종잡을 수도 없었다.

이스마엘은 말에서 내리더니 땅을 훑어보며 중얼거렸다.

"지난 한 달 사이에 여기를 지나간 원정대는 최소한 셋이야. 인원은 우리랑 비슷했고 구성도 마찬가지였어. 하지만 모두 우왕좌왕하고 있었군. 길에 자신이 없었던 모양이야. 게다가 하나는 전사와 위저드만으로 이루어진 원정대였네! 레인저도 없이 여길 들어가다니 완전히 자살 특공대로군."

레인저에게는 길을 찾는 능력 외에도 땅의 흔적을 읽고 해석할 수 있는 트래킹 능력이 있었다. 3급 서열의 레인저를 트래커라고 부르는 것도 그런 이유에서이며 어제 오크들을 미리 발견할 수 있었던 것도 이스마엘의 트래킹 능력 덕분이다. 보로미어는 트래킹에 대해 어느 정도는 알고는 있었지만, 맨땅에서 한 달 전에 지나간 원정대의 흔적과 그 인원 구성까지 읽어내는 이스마엘을 보고는 혀를 내두를 수밖에 없었다.

"왜 중요한 얘기는 빼먹는 건가? 어차피 모두 따라나섰는데, 이야기해 줄 건 다 해주지 그래."

가롯이 메마른 목소리로 말하자 이스마엘은 뜨끔한 표정을 지었다.

"후후, 역시 위저드의 눈은 속일 수 없군. 좋아. 여긴 모두 들어간 발자국뿐이야. 다시 나온 흔적이 없어."

대원들은 모두 불안한 표정으로 서로를 마주 보았다.

"하지만 걱정들 놓으라고. 우린 이 녀석들보다는 훨씬 강한 원정대야."

이스마엘은 힘 있게 말하고 다시 말 위에 올랐다. 보로미어는 가롯을 돌아보았으나 위저드의 얼굴은 무표정하게 굳어 있을 뿐이었다.

이스마엘은 일부러 과장스런 자신감을 드러내며 원정대를 이끌었으나, 그를 따르던 보로미어는 시간이 갈수록 긴장으로 몸이 굳어지는 것을 느꼈다. 숲은 길의 흔적이 점점 희미해지다 사라질 정도로 깊어졌고 잠시 후에는 사람의 발길이 한번도 닿지 않은 곳이 아닐까 하는 의심이 들 정도가 되었다. 이스마엘이 아니었다면 한 시간에 100미터도 나가지 못할 것 같았다. 이제 대원들은 아무도 입을 열지 않았다.

그때였다.

피이이잉!

견디기 힘들던 고요를 가르며 날카로운 파공음과 함께 도끼 하나가 날아왔다. 피할 틈도 없이 목줄기에 도끼를 맞은 이스마엘의 말이 옆으로 쓰러지자 원정대는 일대 혼란에 휩싸였다. 보로미어는 반사적으로 오크 시미터를 뽑아들고 방패를 든 손에 힘을 주었다.

"적이다! 전투 준비!"

쓰러진 말 옆에서 이스마엘이 소리를 지르며 일어나 검을 뽑는 모습이 보였다. 두어 개의 도끼가 더 날아들었으나 이스마엘은 날렵한 몸놀림으로 이를 피했다.

자기도 모르게 앞으로 걸음을 내딛던 보로미어는 나무들 틈에서 모습을 드러낸 적들을 본 순간 걸음을 주춤했다. 사람들이었다. 돌 같은 회색 피부에 동자 없는 흰 눈을 부라리고는 있었지만, 분명히 머리와 두 팔 두 다리를 가진 사람들이었다. 그러나 맨 앞에 선 녀석이 이스마엘을 가리키며 입을 벌리자 가지런히, 그러면서도 위험스레 돋아나 있는 날카로운 이빨이 드러났다.

그 순간 스물은 족히 되어 보이는 놈들의 무리가 일제히 전진하는 것을 본 보로미어는 녀석이 단순히 입을 벌린 것이 아니라 뭔가 명령을 내린 것이란 걸 깨달았다. 그러나 그의 귀엔 분명 아무 소리도 들려오지 않았다.

"저게 뭐야?"

보로미어가 혼자말로 중얼거리자 어느새 다가와 있던 가룟이 말을 받았다.

"그림락(Grimlock)들이지. 땅 밑 사람."

"젠장, 그럼 땅 밑에 있을 것이지 왜 이 숲속에 나타난단 말입니까?"

"글쎄, 배가 고팠나 보군. 인육만 먹고 사는 놈들이니까."

위저드의 대답에 오싹해진 보로미어는 다시 앞을 바라보았다. 천천히 다가오는 놈들은 하나같이 입가에 침을 흘리고 있었다. 선제 공격의 기회를 놓친 이스마엘 일행은 라시켄을 중심으로 서서 방어 대형을 갖췄다. 이스마엘과 클린트는 모두 칼을 들지 않은 손에 단검을 서너 개씩 움켜쥐었고 라시켄은 두 손을 앞에 모아 수인을 맺은 채 뭔가 주문을 외고 있었다.

그 동안에도 그림락들은 계속 소리 없는 울부짖음을 토하며 전진해 왔다. 그들이 적당한 거리에 도달하자, 이스마엘이 단검을 내던지는 것을 신호로 원정대의 반격이 시작되었다. 이스마엘과 클린트는 쉬지 않고 단검을 날렸으나 놈들의 수가 워낙 많았던 탓에 겨우 앞줄에 선 녀석들의 전진을 늦추는 정도밖에 안 되었다. 그때 라시켄이 주문을 완성시켰는지 수인을 맺은 손을 머리 위로 들어올렸다.

"저 머저리 같은 놈!"

옆에 있던 가롯이 갑자기 분통을 터뜨리는 것과 동시에 태양이 땅 위에 내려온 듯한 엄청난 빛이 숲을 가득 메웠다. 고급 플래시 주문이었다.

보로미어가 감았던 눈을 뜨자, 피투성이가 된 이스마엘과 클린트가 간신히 그림락 무리를 막아내고 있는 것이 보였다. 라시켄은 그림락의 칼을 맞은 듯 비틀거리며 뒤로 물러나고 있었다.

"앞으로!"

이스마엘이 비명을 지르자 뒤에서 사제들을 보호하고 있던 부하들이 주인을 향해 달려나갔다.

"어떻게 된 거야?"

어리둥절해하는 보로미어의 옆으로 디크가 바람처럼 스쳐가며 외쳤다.

"언제까지 멍청히 서 있을 거냐, 꼬마야!"

잠시 머뭇거리던 보로미어는 프레이저가 라시켄에게 회복 주문을 쓰는 것을 곁눈으로 보며 디크의 뒤를 따라 그림락 무리에게 달려들었다.

처음 내리친 칼은 정통으로 앞에 있던 녀석의 어깨에 꽂혔다. 그림락은 입을 크게 벌리고 소리 없이 울부짖었으나, 칼은 보로미어가 생각했던 것만큼 깊이 들어가지 않았다. 가까이서 보니 이들의 피부는 색깔만이 아니라 실제 강도도 돌처럼 딱딱하여 마치 살로 된 갑옷을 입고 있는 꼴이었다.

보로미어는 당황했으나, 이내 주특기인 연속 공격으로 놈의 가슴을 찔렀다. 그러자 그림락은 뒤로 밀리면서 들고 있던 쇠뭉치를 보로미어에게 던졌다. 그 쇠뭉치를 방패로 튕겨내며 다시 공격의 기회를 잡은 보로미어가 시미터를 휘두르자, 놈은 그제야 피와 창자를 쏟으며 쓰러졌다.

고개를 든 보로미어는 사태가 심상치 않음을 직감했다. 보로미어의 시미터보다 훨씬 파괴적인 무기인 드래곤 슬레이어를 든 디크는 한두 번 공격마다 하나씩 놈들을 쓰러뜨리고 있었지만, 속도가 너무 느렸다. 그리고 부하 세 명이 돕고는 있어도 이런 식의 완전한 근접전에서는 레인저인 이스마엘과 클린트에게 전사만큼의 활약을 기대하기란 힘들었다. 게다가 이스마엘은 말까지 잃어 공격력이 반감된 상태였다. 지금이야 정면으로 부딪치고 있으니 이만하지만, 만약 뒤쪽의 녀석들이 밀고 나와 에워싸이기라도 하면 그때는 정말 대책이 없을 듯했다. 장갑이 약한 사제들과 위저드들은 서너 합도 견디지 못하고 죽을 것이다.

'위저드? 맞아, 가롯은 뭘 하고 있는 거야?'

"라우드니스(Loudness)!"

가롯의 외침과 함께 정신이 멍할 정도의 굉음이 숲을 뒤흔들었다. 보로미어는 무슨 마법인가 하고 효과를 기다렸으나 아무 일도 일어나지 않았다. 그냥 소리뿐이었다.

그러나 밀려오던 그림락들은 갑자기 우왕좌왕하면서 사방으로 흩어졌다. 보로미어와 디크는 더 이상 생각하지 않고 놈들 한가운데로 뛰어들었다. 그래도 그림락들은 왠지 더 이상 공격을 해오지 않았고 곧 일방적인 도살이 이어졌다. 이스마엘과 클린트도 계속 단검을 날렸고, 단검이 떨어지자 칼을 휘두르며 그림락들을 공격했다. 레인저인 두 사람은 둘이서 서너 번씩 칼을 휘둘러서야 겨우 한 녀석을 쓰러뜨리는 정도였지만, 그래도 전혀 반격이 없었기에 순식간에 예닐곱의 그림락이 쓰러졌다.

그러나 신나게 칼을 휘두르던 보로미어는 놈들이 정신을 차린 듯 일제히 돌아서 덤벼오자 이내 둘러싸이고 말았다. 디크도 같은 상황이었다. 안간힘을 쓰며 겨우 한 녀석을 쓰러뜨렸을 뿐인데도 몸의 상처는 시시 각각으로 늘어갔다. 곁눈으로 보니 이스마엘과 클린트가 힘을 합쳐 디크의 혈로를 뚫고 있었다.

"제기랄, 난 안 도와주냐!"

보로미어가 부르짖었으나 그림락들의 공격만 거세질 뿐이었다.

"퍼억!"

갑자기 옆에 있던 그림락의 얼굴에 빛의 화살이 날아와 박혔다. 회복한 라시켄이 매직 애로(Magic arrow)를 발사한 것이다. 그쪽으로 포위를 뚫으려고 몸을 돌리는데, 또다시 라우드니스 주문의 굉음이 울려 퍼지며 그림락들이 흩어졌다.

그래도 아직은 대단찮은 부상뿐인 보로미어는 다시 놈들의 뒤를 쫓으며 칼을 휘둘러댔다. 디크의 포위도 풀렸지만 그는 심한 부상을 입은 듯 클린트의 부축을 받고 있었다. 그럭저럭 놈들의 수는 다섯 정도로 줄어 있었고, 잠시 후 라시켄과 이스마엘의 도움으로 거의 쓰러뜨릴 수 있었다.

보로미어는 마지막 두 녀석이 정신없이 도망을 치는 것을 보고서야 시미터를 거두었다.

"어떻게 된 거요! 왜 기습을 당한 거지? 놈들이 있는지 몰랐소?"

보로미어가 이스마엘을 돌아보며 소리쳤다.

"알 수 없었어. 제기랄, 아무 기척도 없었단 말야!"

이스마엘도 황당한 듯 말했다.

"당연하지. 그림락들이니까."

가롯이 말을 탄 채로 다가오며 말했다.

"그림락?"

"지하 동굴에만 사는 놈들이야. 배가 고프면 이렇게 무리를 지어 땅 위로 나오곤 하는데, 눈은 박쥐처럼 퇴화되었고 청력만으로 움직이지. 당연히 자신들이 이동할 때는 아무 소리도 내지 않고 다닐밖에."

보로미어는 그제서야 그들이 굉음을 듣고 우왕좌왕하던 이유를 이해할 수 있었다. 그 소리에 녀석들의 귀가 순간적으로 마비되자 놈들은 말 그대로 '장님'이 되어버렸던 것이다.

"그래서 플래시 주문이 안 들어먹혔군."

이스마엘이 고개를 숙이고 있는 라시켄을 무시무시한 눈으로 쏘아보며 중얼거렸다. 애초에 눈이 없는 녀석들에게 눈을 멀게 하는 주문을 쓴 그의 무지함 덕분에 피해가 만만치 않았기 때문이다. 가롯은 고개를 저으며 회복수 한 병을 보로미어에게 건네주었다.

"우우욱!"

뒤에서 디크의 신음이 들려왔다. 돌아보니 프레이저가 신척인 부채를 흔들며 어깨를 맞은 그의 상처를 치료하고 있었다. 어깨와 가슴 갑판이 이어지는 부위에 깊이 박혀 있는 칼이 눈에 들어왔다.

"뭐야? 심한 거야?"

이스마엘이 묻자 프레이저가 이마의 땀을 닦으며 대답했다.

"회복수로는 효과가 없어. 대회복 주문을 써야 하는데, 난 그 주문은 한번밖에 쓰지 못해서……."

전사인 보로미어는 이내 그의 말뜻을 알아들었다. 만약 원정중 누군가가 다시 저런 상처를 입게 된다면, 그때는 치료할 방법이 없다는 이야기였다.

"그럼 빨리 하라고!"

이스마엘이 프레이저에게 소리를 질렀다.

프레이저가 디크를 치료하는 동안 보로미어는 그림락들이 가지고 있던 병장기를 살펴보았으나, 한 손으로 쓸 수 있는 칼 중에는 지금 들고 있는 시미터보다 나은 것은 없었다. 커다란 양손 칼이 한 자루 있었으나 그걸 사용하자면 정말로 방패를 버려야 했기에 그냥 시미터를 들고 있기로 했다.

잠시 후 원정대는 정리를 마치고 대열을 정비했다. 피해를 입었던 대원들은 모두 회복이 되었지만 이스마엘은 타던 말을 잃었고 대원들의 사기는 매우 저하되었다. 그러나 쓰러진 그림락들에게서 300두카트 이상의 금편과 두 개의 보석이 나와 가라앉은 분위기를 조금이나마 끌어올렸다.

이스마엘이 보석 하나를 들어 보이며 말했다.

"이 사파이어의 굵기를 좀 보라고. 한 알에 3, 400두카트는 족히 나갈 거야. 이런 놈들도 이런 걸 마구 들고 다닐 정도라면 숲 안에는 이런 게 널려 있을 거야."

일부 대원들의 눈이 반짝였고 보로미어의 귀에는 가롯의 낮은 한숨 소리가 들려왔다.

"자 그럼, 출발하지."

이스마엘이 몸을 일으키자 프레이저가 말했다.

"잠깐만."

프레이저는 부채를 들고 주문을 외운 다음 그것을 이스마엘 쪽으로 내밀었다. 연두색 빛이 레인저에게 뻗어나가 그의 몸을 감싸고 사라졌다. 보로미어가 궁금한 표정을 짓고 있자 가롯이 옆에서 말했다.

"샤픈 어큐어티(Sharpen acuity) 주문이야. 보고 듣는 능력을 배가시켜 주는 거지."

"그런데, 정말 계속 가는 건가요?"

보로미어가 반문했다.

가롯은 어쩔 수 없다는 듯 어깨를 으쓱할 뿐이었다.

원정대는 이내 다시 움직이기 시작했고 숲은 갈수록 더 깊어졌다. 이제 시야는 10미터 앞을 보기가 어려울 정도였고 가롯도 말에서 내려 걸어야 했다. 이스마엘도 더 자주 나침반을 들여다보고 있었는데, 그래도 길을 잃지는 않았는지 걸음엔 자신이 넘쳐흘렀다.

그러던 중 어느 순간엔가 빽빽하던 숲이 일시에 사라지며 5, 60미터 너비의 너른 공터가 나타났다. 그 안으로 걸음을 옮기던 이스마엘은 갑자기 손을 들어 일행을 정지시켰다.

"뭐 있어요?"

라시켄이 나직이 묻자 이스마엘은 조용히하라는 손짓을 하며 서서히 나침반을 들어올렸다. 나침반은 공터의 한구석을 가리키며 황금빛으로 박동치고 있었다.

"글쎄, 이 거리에선 확실치가 않아."

"이 공터는 영 마음에 들지 않는군. 피해 갈 순 없을까."

가롯이 물었지만 이스마엘은 고개를 저었다.

"곤란해. 이곳만 지나면 목적지까진 금방이야. 돌아가자면 시간도 시간이지만 다른 길이라고 위험이 없다는 보장도 없잖아. 부딪쳐봐야지."

이스마엘이 손짓을 하자 옆에 있던 부하 한 사람이 조심스레 앞으로 나아갔다. 대원들은 모두 숨을 죽이고 그를 지켜보았다. 그러나 그가 공터의 중앙에 다다르도록 아무런 일도 일어나지 않았다. 병사는 다음 지시를 기다리며 이스마엘을 돌아보았다.

"아무것도 없는 것 같은데?"

디크가 중얼거렸다.

"그럼 네가 나가보지 그래?"

클린트가 약을 올리자 디크는 '끙' 하고 못마땅한 소리를 내며 전진했다. 단지 약이 올라서가 아니라 이렇게 자신을 위험에 노출시키는 일이 원래 전사의 몫이기 때문이었다. 디크는 병사 옆에 이르자 일행을 돌아보며 손을 흔들었다.

"어이, 봐. 아무것도 없잖아."

이스마엘은 고개를 갸웃거렸다.

"분명히 뭔가 있는 것 같은데."

그러나 디크가 계속 손을 흔들어대자 이스마엘도 마지못해 나머지 대원들에게 전진 신호를 보냈다. 원정대는 그를 뒤따라 하나씩 공터로 들어갔다.

그러나 듀란의 뒤에서 공터로 발을 들여놓던 실바누스가 일순간 멈칫거렸다. 그 뒤에 있던 가롯도 잠시 전진을 멈추고 앞으로 손을 내밀어 무엇을 더듬는 시늉을 했다.

"가롯, 왜 그래요?"

뒤에 서 있던 보로미어가 묻자, 가롯은 대답 대신 조용히 실바누스의 이름을 불렀다.

"실바누스!"

"나도 느꼈어. 준비는 되어 있으니, 언제든지."

실바누스의 굵은 목소리가 낮게 대답해 왔다. 가롯은 다시 보로미어에게 고개를 돌려 속삭였다.

"보로미어, 이제부턴 내 옆에 꼭 붙어 있게나."

위저드의 말투가 너무 긴박했으므로 보로미어는 고개만 끄덕일 뿐 아무것도 되물을 수 없었다. 보로미어는 맨 마지막으로 공터에 발을 들여놓았는데, 그때까지도 디크는 공터의 중앙에서 손을 흔들고 있었다.

그 위로 불벼락이 떨어지는 것이 시작이었다.

"아아악!"

디크와 그 옆에 서 있던 병사가 비명을 지르며 화염에 휩싸였다. 동시에 공터 반대편의 나무들 사이에서 커다란 머리 하나가 나타났다. 갈라진 혀를 날름거리는 입 위에는 검은 연기를 뿜는 콧구멍이 나 있었고, 붉은 두눈을 번득이는 머리 뒤로는 검은 박쥐 날개 같은 지느러미가 달린 긴 목이 계속해서 나무들 사이로 밀려나왔다. 그 무시무시한 기세에 대원들 모두가 그 자리에 잠시 얼어붙었다.

제일 먼저 정신을 차린 것은 프레이저였다.

"스플래시(Splash)."

사제의 외침과 함께 허공으로부터 연푸른 물줄기가 불길 속에 뒹굴고 있는 디크와 병사 위로 쏟아져내렸다. 디크는 불이 꺼지자 병사의 목덜미를 움켜쥐고 그대로 이스마엘 등이 있는 쪽으로 달려왔다. 달리는 모습으로 보아 표면적 화상 이외의 큰 상처는 입지 않은 듯했다.

"보로미어, 내 옆을 떠나지 마."

가롯은 다시 한번 다짐을 하고는 자리에 주저앉더니 품안에서 빈 그릇과 색색의 약병들을 꺼내 바닥에 늘어놓기 시작했다.

"가롯, 도대체 무슨……."

당황한 보로미어가 외치듯 말했으나, 위저드는 서둘러 약병들의 내용물을 그릇에 섞기 시작했다.

"라시켄!"

이스마엘이 정신을 차린 듯 클린트와 남은 병사 둘을 데리고 달려나가며 외치자, 라시켄이 수인을 맺고 라이트닝을 발사했다. 푸른 섬광이 공간을 가르고 괴물의 머리에 명중했다.

"저린 머저리 같으니."

가롯의 옆에 서 있던 실바누스가 혼자 중얼거렸다.

라이트닝에 명중당한 괴물은 머리를 휘두르며 고통으로 울부짖었고 그 긴 목이 미친 소 꼬리처럼 요동을 쳐댔다.

"이야아아!"

기회를 보고 있던 이스마엘은 그 머리가 땅에 가까이 내려오자 번개같이 칼을 내리찍었다. 칼은 괴물의 아래턱을 뚫고 땅에 깊숙이 박혔다. 놀라운 스피드였다.

"어서!"

이스마엘이 칼자루를 잡은 채 외치자, 이내 클린트의 검이 괴물의 목을 관통하여 땅에 박혔다. 병사들의 검도 연이어 놈의 목줄기에 들이박혔다.

"이 망할 뱀대가리야!"

마지막으로 아직도 온몸에서 연기를 뿜어대는 디크가 갈라진 목소리로 외치며 드래곤 슬레이어를 휘둘렀고, 거대한 괴물의 머리는 외마디 포효와 함께 그 목에서 분리되었다. 머리가 잘린 목은 사방으로 붉은 피를 뿌리며 무시무시한 속도로 숲속으로 사라져버렸다.

보로미어는 방패를 부여잡은 채 가롯 옆에 서서 거친 숨을 몰아쉬고 있는 나머지 대원들을 바라보았다.

"가롯, 다 끝났는데요?"

보로미어가 속삭였으나 위저드는 여전히 약물들을 배합하는 데 정신을 쏟고 있었다.

"가롯, 다 끝났다니까요!"

보로미어가 좀 크게 말하자 옆에 있던 실바누스가 대신 대꾸했다.

"이제 겨우 시작이야."

그 말에 대답이라도 하듯, 또 하나의 머리가 괴성을 지르며 반대편 숲 위로 솟아올랐다. 이어서 또 하나, 그리고 또 하나. 대원 모두가 얼이 빠진 채 바라보고 있는 가운데 그 흉칙한 대가리들은 계속해서 올라오고 있었다. 모두 여섯이었다.

"오오, 로키 신이여. 도대체 저게 뭐지?"

보로미어가 부들부들 떨며 중얼거리자, 실바누스의 낮은 목소리가 대답했다.

"히드라. 머리가 여러 개 달린 이무기야. 머리 하나가 잘리면 두 개가 다시 생겨나지."

"그, 그럼 어떻게 해야……."

"모든 머리를 동시에 잘라야 해."

"어떻게?"

그러나 실바누스는 두건 그늘을 깊게 드리운 채 더 이상 말을 하지 않았다. 보로미어는 다시 다가오고 있는 여섯 개의 머리를 바라보았다. 다른 대원들도 그 끔찍한 광경에는 질려버린 듯 서서히 뒷걸음질을 치고 있었다.

여섯 개의 머리는 점점 가까이 다가왔고, 이어서 공터 가장자리의 잡목들이 쓰러지며 두꺼운 비늘에 싸인 검은 몸체가 모습을 드러냈다. 길이는 15미터 가량, 네 다리와 꼬리까지 달린 작은 용의 모습이었다. 10미터 길이의 긴 목은 모두 일곱 개였는데 방금 잘려나간 하나를 빼고는 모두 아까와 같은 모양의 머리가 달려 있었다. 머리가 잘린 목에서는 보로미어가 보고 있는 동안에도 흉물스런 머리 두 개가 새로 자라 나오고 있었다.

"후, 후퇴!"

이스마엘이 부르짖는 것과 동시에 여섯 개의 불덩이가 여섯 개의 머리로부터 한꺼번에 날아들었다. 가롯을 향해서도 하나가 날아왔으나 보로미어가 방패로 막자 옆으로 튕겨나갔다. 앞을 보니 대부분 어렵지 않게 피한 것 같았지만 이스마엘의 부하 하나는 정통으로 얻어맞은 듯 불길에 휩싸여 있었다.

"스, 스플래시!"

프레이저의 다급한 주문에 다시 물줄기가 쏟아져내렸다. 하지만 당장 급한 불을 끌 뿐이었다. 공터 안은 순식간에 아수라장이 되었다. 이젠 여덟 개가 된 괴물의 머리는 각각 대원들의 뒤를 쫓으며 사방을 날아다녔고 대원들은 덮쳐오는 날카로운 이빨과 간간이 그 사이에서 튀어나오는 불덩이를 피하느라 정신이 없었다. 그새 히드라의 몸은 천천히 공터 한가운데로 기어나왔으므로 반대편 가장자리에 비교적 안전히 서 있던 보로미어도 이내 공격의 사정거리 안으로 들어갔다.

처음엔 불덩어리만 날아와 방패만으로 버틸 수 있었지만, 이내 머리 하나가 집중적으로 공격해 오는 바람에 전사는 정신이 없을 지경이었다. 다른 대원들과 달리 뒤에 가롯과 실바누스가 있어 비킬 수도 없었다. 다행히 오크 시미터가 기대 이상의 위력을 발휘하여 일단은 비등한 싸움이 가능했지만, 시간이 갈수록 녀석의 날카로운 이빨에 몸의 상처가 늘어갔다. 더 이상 버티기 힘들다는 생각이 고개를 쳐들자 보로미어는 저도 모르게 한 걸음 뒤로 밀렸고, 그 틈을 타서 히드라의 우악스런 턱이 방패를 우그러뜨렸다.

"염병할!"

보로미어는 방패를 히드라에게 집어던지며 시미터를 두 손으로 움켜쥐었다. 가까스로 방어는 가능하겠지만 더 이상 공격을 할 여력은 없었다. 그리고 방패마저 날아간 이상 놈이 다시 불을 뿜어댄다면 꼼짝없이 얻어맞아야 할 참이었다.

순간 히드라의 머리는 보로미어를 비웃는 듯 입을 쩍 벌렸다. 빌어먹을! 저 흉물스런 미꾸라지 대가리는 무슨 공격을 해야 할지 정확히 알고 있었다! 뒤에선 가롯이 정신없이 주문을 외우고 있는 소리가 들렸다.

아주 잠깐 동안이었지만, 비킬 것인가 말 것인가 하는 고민이 뇌리를 스쳐갔다. 그러나 그 고민이 미처 끝나기 전에 따스한 온기가 몸을 감싸며 새로운 기운이 솟아나는 것이 느껴졌다. 어떻게 된 것인지 생각할 겨를도 없이 땅을 박차고 솟구쳐 오른 보로미어가 시미터를 휘두르자 히드라의 머리가 불덩이를 입에 문 채로 떨어져나갔다. 곧 두 개의 머리가 되어 돌아오리라는 걸 알고는 있어도 그 순간엔 달리 어쩔 수가 없었다.

잠시 여유가 생긴 보로미어가 고개를 돌리는 찰나 실바누스가 반지를 낀 손을 감추는 것이 보였다. 머리 회전이 빠르지 않은 그였지만 잠시 전의 회복 주문이 어디서 날아온 것인지는 어렵지 않게 짐작할 수 있었다.

'사제가 아니라더니…….'

하지만 질문을 하고 있을 틈이 없었다. 공터의 상황은 훨씬 더 악화되어 있었다. 히드라의 머리 하나는 쓰러진 듀란에게 달려들고 있었고 또 하나는 불붙은 이스마엘 부하의 목을 물고 휘휘 돌리고 있었다. 목은 하나가 더 잘려 있었는데 아마도 디크가 날려버린 듯했다. 나머지 머리들은 여전히 다른 대원들과 혼전을 거듭하고 있었다. 그러나 가까스로 버티던 그들도 어디선가 날아온 라이트닝에 라시켄이 쓰러지자 차츰 밀리기 시작했다. 히드라의 몸에 가까이 붙어 싸우고 있던 디크가 제일 먼저 넘어갔다.

보로미어가 어쩔 줄 모르고 있는데, 뒤에서 가롯의 힘찬 목소리가 들려왔다.

"라벨루스 엘 알브레스! 인시네라 드라고 플라마!"

위저드의 외침과 동시에 화끈한 열기가 머리 위를 스치고 지나갔다. 반사적으로 숙였던 머리를 들자, 거대한 불줄기가 히드라를 향해 날아가고 있었다. 그것은 차츰 용의 모양으로 변하더니 순식간에 히드라의 몸통과 거기서 뻗어 나온 목들을 감싸고 조이기 시작했다. 여섯 개의 목이 토해 내는 요란한 비명 소리가 온 숲을 메웠다.

"어서, 보로미어. 지금이야!"

"에?"

가롯의 외침에 보로미어가 어리둥절해하자, 실바누스가 빠르게 쏘아댔다.

"놈은 지금 움직이질 못해!"

보로미어는 말뜻을 이해하자마자 히드라를 향해 달려갔다. 멍하니 서 있는 다른 대원들 옆을 바람처럼 지나 놈의 발치에 이른 전사는 정신없이 시미터를 휘두르기 시작했다.

몇 번을 휘둘렀을까, 갑자기 '쩡' 하는 소리와 함께 시미터가 부러져 날아갔다. 위를 보니 아직도 두 개의 머리가 더 남아 있었고 히드라의 몸을 둘러싼 화룡의 두께는 반으로 줄어 있었다. 언제 떨치고 일어설지 예측할 수 없는 상황이었다. 주위를 둘러보자 땅에 쓰러진 디크 옆에 놓여 있는 드래곤 슬레이어가 눈에 들어왔으나, 가지러 가기에는 거리가 너무 멀었다.

망설이는 순간 드래곤 슬레이어가 둥실 떠오르더니 손으로 날아 들어 왔다. 가롯의 텔레키네시스 마법이었다.

"잘 가라, 이 해골 복잡한 미꾸라지 새끼야!"

보로미어가 이를 갈며 드래곤 슬레이어를 휘두르자 남아 있던 두 개의 목이 단칼에 잘려나갔다. 동시에 가롯의 화룡도 한 줄기 연기와 함께 사라졌다.

그러나 거친 숨을 고르기도 전에 허공에서 또 한 마리의 화룡이 괴성과 함께 솟아오르더니 가롯을 향해 쏜살같이 날아갔다.

"조심해!"

보로미어는 반사적으로 소리쳤으나, 화룡은 어느새 가롯 앞에 버티고 선 실바누스의 손에서 뻗어나온 보랏빛 그물 속으로 연기처럼 빨려들어가 사라졌다.

일행은 침묵 속에 한참동안 멍하니 서 있었다.

"……세상에, 가롯! 그, 그게 도대체 뭐였소?"

프레이저가 먼저 입을 열었다.

"드라고 플라마. 불의 정령 중 하날세."

가롯이 약병들을 챙겨넣으며 대수롭지 않다는 듯 말했다.

"그럼, 그게 정령 마법?"

이스마엘과 실바누스를 제외한 나머지 대원들의 입이 쩍 벌어졌다. 단 무슨 얘긴지 모르는 보로비어는 예외였다. 그는 그냥 입을 닫고 있는 것이 덜 바보 같아보이리란 생각이 들어, 그렇게 했다.

"그런데 두 번째 용은 뭐였죠?"

클린트가 다시 묻자 가롯은 잠자코 있었다.

"그게 바로 메아리 마법이야, 마법을 그걸 시전한 사람에게 되돌리는."

가롯이 대답을 않자, 프레이저가 짧게 대답했다. 순간 철썩 하는 소리와 함께 연푸른 물벼락이 연거푸 그의 머리 위로 쏟아졌다.

"아하! 그래서 그 화룡이 가롯에게 돌아왔던 거군. 그럼……, 세상에! 라시켄!"

쫄딱 젖은 프레이저를 보며 빙글거리던 클린트는 갑자기 외마디 비명을 지르며 주위를 돌아보았다. 그제서야 몇 사람이 보이지 않는 것을 깨달은 대원들은 아직도 연기가 모락모락 오르고 있는 히드라의 시체 주변을 헤집기 시작했다.

부상자들을 한곳으로 모은 후, 이스마엘은 얼굴을 찌푸렸다. 디크, 라시켄, 듀란, 그리고 자신의 부하 둘이 부상을 입었고 나머지 한 명은 죽은 채로 발견되었기 때문이었다. 다른 사람들은 회복수로 쉽게 치유가 되었으나 되돌아온 자신의 라이트닝에 당한 라시켄의 부상은 제법 심각했다. 프레이저가 그를 들여다본 후 고개를 젓자 클린트가 답답한 듯 소리를 질렀다.

"거기 섰지만 말고 어떻게 좀 해봐!"

"나도 어쩔 수 없어. 대회복 주문은 아까 사용했고, 라시켄이 미디움까지 버틴다면 모를까 지금은 나로서도 방법이 없어."

프레이저가 난처한 듯 말했다. 클린트는 발을 동동 구르다 갑자기 실바누스에게 소리를 질렀다.

"넌 안티매직을 쓸 줄 안다더니 왜 라시켄의 라이트닝은 막아주지 않았어?"

"라시켄이 그럴 기회를 주지 않았어."

실바누스가 짧게 대답했다.

"무슨 시답지 않은 소리야? 너 정말 안티매직 쓰는 거 맞아? 저 위저드와 짜고 쇼하는 거 아냐?"

클린트가 계속 소릴 질러대자 이스마엘이 손을 들어 그의 입을 막았다.

"그만! 잘 모르면서 쓸데없는 소리는 하지 마라. 라시켄이 지금 죽은 것도 아니고 치료할 방도를 찾을 여유는 아직 있어. 라시켄의 운반은 내 부하들에게 맡기고 일단 주변을 찾아보자. 저 괴물이 뭐든 간에 근처에 둥지가 있을 거야. 거기서 도움이 될 것을 찾을 수도 있으니까."

대장의 말에 대원들은 둘씩 셋씩 흩어져 공터 주위를 뒤지기 시작했고, 보로미어는 잽싸게 가롯에게 따라붙었다.

"가롯, 아까 저보고 옆에 붙어 있으라던 건 그 정……, 정 뭣이냐……."

"정령 주문 때문이었느냐고?"

보로미어가 말을 더듬자 위저드가 되물었다.

"……네."

"맞아. 공터에 들어서는 순간 메아리 마법을 느꼈지. 메아리 마법이 있다면 그에 걸맞는 괴물도 근처에 있다는 말일 테고, 정령 마법이 필요할지도 모르겠다는 생각이 들어서 자네보고 옆에 있으라고 했던 걸세. 정령 마법이란 위력이 대단한 대신 준비하는 데 시간이 많이 걸리거든. 전사의 보호가 없는 위저드는 주문을 완성시키기 전에 황천행이 되고 말아."

"그럼 실바누스는……."

"실바누스는 내 정령 마법이 메아리로 돌아오는 걸 막기 위해 준비하고 있었던 거고."

보로미어는 고개를 끄덕이고 물었다.

"그런데 왜 실바누스는 라시켄의 마법에 대해선 안티매직을 쓰지 못했던 거죠?"

보로미어의 질문에 가롯은 씁쓸히 미소를 지었다.

"클린트가 한 쓸데없는 소리 때문에 그러나? 그건 실바누스보다는 라시켄의 잘못일세. 안티매직을 펼치려면 보호하려는 대상 앞에 사제가 자신을 노출시켜야 하거든. 장갑이 약한 사제가 라시켄처럼 히드라의 발치에서 뛰어다니는 위저드의 앞을 어떻게 막아서겠나? 굳이 탓을 하자면 라시켄 자신의 무지를 탓하는 수밖에."

보로미어는 이어서 실바누스가 자신을 회복시킨 이야기를 하려 했으나, 디크의 힘찬 목소리가 숲속에 울려퍼지는 바람에 그들의 대화는 중단되었다. 달려가 보니 작은 동굴 앞에 디크가 자랑스레 버티고 서 있었다. 역시 이스마엘의 판단대로 히드라의 둥지는 멀리 있지 않았던 것이다. 곧 이스마엘과 듀란도 도착했다.

히드라의 둥지에서는 조금 그을리긴 했으나 완전한 모양의 갑판 갑옷 상의와 병장기 약간, 그리고 400두카트 가량의 금편과 자루 하나, 상자 하나가 발견되었다. 상자 속에는 붉은 약물이 든 병 하나와 양피지 두루마리 하나가 들어 있었는데, 이스마엘은 내용을 언뜻 보더니 아예 상자째 가롯에게 넘겨주었다. 가롯이 약병과 양피지를 살펴보는 동안 보로미어는 드래곤 슬레이어를 디크에게 돌려주고 대신 작은 방패 하나와 도끼 한 자루를 집어들었다. 체력이 허락하는 한 일반 칼보다 큰 파괴력을 지닌 병기를 쓰고 싶었기 때문이었다. 갑판 갑옷도 탐이 나기는 했지만 가롯과 자신만이 아는 이유 때문에 지금의 갑옷은 벗을 수가 없었고, 그렇다고 저 무거운 갑판 갑옷을 들고 다닐 수도 없었다.

"이봐, 저 갑옷을 그냥 놓고 갈 거야?"

디크가 물어왔다. 보로미어가 고개를 끄덕이자 디크는 여기저기 부서진 자신의 갑옷을 벗어버리고 새 갑옷으로 갈아입었다. 보로미어는 그제서야 디크가 방금 그 갑옷에 대한 우선권을 자신에게 양보했다는 걸 깨달았다.

'이 녀석이 웬일이지?'

듀란의 탄성이 들려 돌아보니 그의 손바닥 위로 몇 알의 진주가 빛을 내고 있었다. 자루 속에 있었던 모양이었다. 그는 진주들을 다시 자루에 넣으며 말했다.

"7, 80두카트짜리 싸구려지만, 자루 한가득이라고. 헤헤, 정말 이 숲은 보석으로 가득한 것 같아."

보로미어도 막상 그 광채를 보고 나자 약간의 위험을 감수하고서라도 원정을 계속하고 싶은 욕심이 슬쩍 고개를 들었다.

그때 가롯이 상자를 이스마엘에게 돌려주며 말했다.

"우리가 찾는 건 없어. 이 약병은 보통 이상의 회복약이긴 하지만 대회복 주문에 미치는 건 아니야. 그리고 이 두루마리는 환상미로를 만드는 마법일 뿐일세."

"큰일이군."

이스마엘의 이마에 깊은 주름이 패었다.

공터로 돌아오자, 이스마엘의 부하들이 임시로 들것을 만들어 라시켄을 눕혀놓고 있었다. 프레이저가 약병을 보더니 말했다.

"이것으론 안 돼. 어려워."

"그럼 지금 당장 미디움으로 돌아가야겠군."

클린트의 말에, 프레이저가 난처한 기색을 띠며 이스마엘을 돌아보았다.

"클린트."

이스마엘이 무겁게 입을 열었다.

"솔직히 말하자면, 라시켄은 미디움까지도 버티기 힘들 것 같다."

"그럼 이대로 계속 가자는 거야?"

디크가 소리를 지르자 가롯이 그를 막아서며 이스마엘을 향했다.

"여보게, 이스마엘. 라시켄 문제를 떠나서, 이 원정을 계속할지 말지를 심각하게 고려할 시점이 아닌가 생각하네."

이스마엘의 얼굴에 불만스런 표정이 떠올랐다.

"지금까지 잘해왔잖아. 위저드는 아직 자네가 있고 라시켄을 제외하곤 다른 사람들도 아직은 멀쩡하잖아."

"자네 부하도 하나 죽었잖나, 라시켄도 곧 그렇게 될 거고. 게다가 프레이저는 더 이상 대회복 주문을 쓰지 못하잖나."

가롯이 꼬집자, 이스마엘은 잠시 생각을 정리하는 듯 눈을 감았다 뜨더니 말했다.

"좋아. 지금 상황은 이렇다. 우리의 목표는 바로 저 숲만 지나면 된다. 거기엔 우리가 목적하던 보물이 있고, 어쩌면 라시켄을 살릴 수 있는 약이나 두루마리가 있을지도 모른다. 지금 여기서 원정을 포기할지 계속 갈지에 대해 각자의 의견을 말해 주기 바란다. 난 계속하자는 쪽이다."

"나도."

"나 역시 계속해야 한다고 생각해."

듀란과 프레이저가 거의 동시에 말했다.

"난 반댈세."

"나도 돌아갔으면 좋겠어."

가롯과 디크는 반대 의사를 분명히했다.

"너는, 클린트?"

이스마엘이 묻자 클린트는 라시켄을 내려다보며 괴로운 표정을 지었다.

"결정을 내리게."

가롯이 조용히 다그치자 엘프는 결심한 듯 말했다.

"난 계속 가겠습니다."

그러자 이스마엘은 고개를 끄덕이더니 보로미어를 돌아보았다.

"그럼 라시켄은 지금 의사 표시를 하기 힘드니 제외하고, 보로미어와 실바누스는?"

보로미어는 이스마엘과 가롯을 번갈아 보며 머뭇거렸다. 가롯의 말대로 원정대의 분열 상태는 심각해 보였다. 그리고 몇 번의 전투에서 이스마엘 대원들이 보여준 모습은 사실 조금 실망스러운 쪽에 들었다. 하지만 이스마엘의 말대로 바로 저 너머에 엄청난 보물이 있다면…….

"보로미어?"

가롯이 자신의 이름을 부르는 바람에 보로미어는 엉겁결에 대답을 했다.

"나, 난 가롯과 생각이 같소."

"그럼 4 대 3이로군. 실바누스는?"

이스마엘의 말에 대원들의 눈이 실바누스에게 집중되었다. 그러나 깊이 눌러쓴 두건에 가려 그의 표정은 보이지 않았다.

"난 이 원정대의 정식 대원이 아니니까……."

두건 속에서 굵은 목소리가 천천히 흘러나왔다.

"……이 문제에 대해 뭐라고 할 수가 없겠지."

"기권이라. 좋아. 그럼 4 대 3으로 가는 걸로 결정이 난 거요."

이스마엘은 실바누스의 말이 끝나자마자 잽싸게 선언을 해버리고 돌아섰다. 가롯도 어쩔 수 없다는 표정으로 자신의 말이 서 있는 쪽으로 걸어가 버렸다. 뒤에는 디크만이 다른 사람들이 출발 준비를 하는 동안에도 시뻘건 얼굴을 한 채 혼자 뭐라고 중얼거리며 서 있었다.

이스마엘은 먼저 대형을 개편한 후 원정대를 출발시켰다. 라시켄 대신 프레이저와 보로미어를 전위로 끌고 들것에 실린 라시켄은 두 부하들에게 들려 실바누스와 듀란만 남은 중간 대열로 보냈다. 보로미어는 전위로 옮겨가며 불안한 눈으로 가롯을 쳐다보았지만 가롯은 무겁게 고개를 끄덕일 뿐이었다.

원정대는 출발하자마자 이내 이상한 분위기에 휩싸였다. 처음 그것을 느낀 것은 실바누스였다.

"이스마엘, 잠깐만."

좀처럼 말이 없는 그가 갑자기 대장을 부르며 대열을 정지시키자 모두 무슨 일인가 하고 그를 돌아보았다.

"뭔가 이상해. 무슨 향기가 나는 것 같지 않아? 그리고 공기도 축 처진 것 같고."

그의 말에 이스마엘은 주위를 조심스레 둘러보았다.

"글쎄, 별로 이상해 보이는 것은 없는데? 냄새도 별다른 건 없고."

실바누스가 고개를 갸우뚱거리는 가운데 원정대는 다시 앞으로 나갔다. 그러나 5분도 안 되어 이번엔 프레이저가 제자리에 우뚝 서버렸다.

"이상한걸. 뭔가가 달라. 느낌이 영……."

"느낌이 어떻단 말이야? 도대체 뭐가 이상하다는 거야?"

이스마엘이 좀 짜증스러운 듯 말했다. 다른 대원들도 냄새를 맡아보고 사방을 둘러보았으나 별다른 것이 없자, 이해가 안 간다는 눈으로 프레이저를 쳐다보았다.

"아니, 그게……, 좀 설명하기는 어려운데……."

프레이저가 뭐라 말을 하려고 애를 쓰다 포기하자, 이스마엘은 못마땅한 표정을 지으며 다시 앞으로 나갔다.

얼마나 갔을까. 대원들은 각기 고개를 갸우뚱거리며 사방을 둘러보기 시작했고 무딘 보로미어조차도 요상한 분위기가 자신을 휘감아 들어오는 것을 느꼈다. 실바누스의 말대로 공기에 조금씩 냄새가 돌기 시작했다. 향기는 향기였으나, 전혀 즐겁지 않은 괴상한 종류의 향기였다. 이스마엘도 그걸 느꼈는지 점점 전진 속도를 늦추었다.

그리고 잠시 후 일행은 푸른 잔디밭에 다다랐다. 아까의 공터보다는 작아도 고운 잔디가 녹색 벨벳처럼 깔려 있고 그 사이로 꽃들이 만발한 아름다운 곳이었다. 이스마엘은 고개를 갸우뚱거리며 원정대를 정지시켰다.

"무슨 일이오?"

가롯이 불안한 표정으로 다가오자 이스마엘은 주위를 둘러보며 말했다.

"여기야."

"에?"

"여기라고. 여기가 바로 우리 목적지란 말이오."

그의 말에 위저드도 사방을 둘러보았다.

"혹시 잘못 온 거 아니야?"

프레이저가 묻자 이스마엘은 나침반을 들어올렸다. 금빛 광선이 하늘로 뻗어가더니 활처럼 휘어 다시 그의 발치로 떨어졌다.

"아니, 바로 여기 맞아."

"그런데 아무것도 없잖아."

디크가 으르렁댔다. 보로미어도 잔디밭 주위를 둘러보았으나 보석이 열리는 나무는커녕 사과나무 한 그루도 보이지 않았다. 원정이 시작된 이래 계속 품고 있던 의심이 거세게 고개를 들고 일어섰다.

'속았구나!'

"이보쇼, 이스마엘. 보석이 열리는 나무는 어딨는 거요?"

보로미어가 어깨를 건들거리며 나서자, 가롯이 그를 제지하며 프레이저에게 말했다.

"자네, 비저빌리티(Visibility) 주문을 쓸 줄 아는가?"

프레이저가 고개를 끄덕였다.

"한번 시도해 보는 게 어떻겠나? 여기 있는 게 뭐든 간에 눈에 보이지 않게 감춰져 있지 말란 법은 없는 거니까."

"잠깐만!"

실바누스가 입을 열었다.

"갑자기 향기가 심해진 것 같지 않아? 바람도 세지고."

프레이저가 고개를 끄덕이며 머뭇거리는 것을 디크가 재촉했다.

"무슨 상관이야? 어서 주문을 풀라고, 프레이저."

프레이저는 부채를 꺼내 주문을 외기 시작했다. 푸른 부채가 서서히 빛을 발하기 시작하더니 프레이저를 중심으로 푸른빛의 반구가 자라나기 시작했다. 점점 커지는 구체가 닿는 곳은 잔디건 사람이건 할 것 없이 하얗게 빛이 났다. 이윽고 직경 20여 미터 가량으로 자라났던 구체는 빛을 잃고 희미해지더니 스르르 사라져 버렸다.

일행은 잠시 넋을 잃고 주변에 펼쳐진 장관을 바라보았다. 보로미어는 가이아 땅에 들어선 이래로 이렇게 아름다운 광경은 본 적이 없었다. 잔디 위로 만발해 있던 꽃들이 마치 보석처럼 반짝이고 있었다.

제일 먼저 정신을 차린 것은 이스마엘이었다. 그는 땅에 주저앉아 꽃들을 자세히 살피다가 갑자기 고개를 들고 앙천 대소를 터뜨렸다.

"맞았어! 여기야 여기! 아하하하하!"

그는 양손에 꽃을 가득 꺾어 쥐고 다른 대원들에게 내보였다. 디크, 클린트 등도 이스마엘이 들고 있는 꽃을 보고는 환호성을 내질렀다. 발 옆에 피어난 꽃을 하나 따들고 살펴보던 보로미어는 이내 그 이유를 알 수 있었다. 꽃잎으로 곱게 싸인 꽃술 속으로 도토리만 한 루비 한 알이 수줍은 듯 박혀 있었다.

"보석이 열리는 나무가 아니라 보석이 맺히는 꽃밭이었군."

가롯이 중얼거리는 소리가 뒤에서 들려왔다. 누가 먼저랄 것도 없이 대원들은 사방으로 흩어져 꽃을 꺾기 시작했다. 순식간에 2, 300개의 보석이 모였다.

"으하하하, 하나에 100두카트씩만 쳐도 2, 3만 두카트는 너끈히 되겠어."

디크가 너털웃음을 터뜨렸다.

"하나도 남기지 말라고!"

프레이저가 계속 바닥을 더듬으며 소리쳤다.

"가롯, 향기가, 향기가 점점 심해지고 있는 것 같소."

열심히 바닥을 기고 있던 보로미어는 옆에서 실바누스의 목소리가 들리자 이마를 찌푸렸다. 저치는 아까부터 저 소릴 해대는데, 도대체 향기가 어쨌다는 건가.

돌아보자 가롯과 실바누스가 조용히 뭔가를 이야기하는 모습이 보였다. 갑자기 가롯이 얼굴을 굳히며 외쳤다.

"이스마엘, 모두 모이게 하시오! 여길 빨리 떠나는 게 좋겠어."

"저 위저드는 또 뭐가 불만이야?"

디크가 성가시다는 듯 투덜댔고 이스마엘도 고개를 들지 않은 채 물었다.

"왜 그러는 거요?"

가롯이 다급한 목소리로 말했다.

"이 향기, 이 느낌! 아직도 모르겠소?"

이스마엘은 고개를 들고 냄새를 맡아보더니 잘 모르겠다는 표정을 지었다. 그러나 프레이저는 갑자기 감전이라도 된 듯 벌떡 일어섰다.

"이런! 맞았어. 마족(魔族)! 마족이 가까이 있다!"

"빨리 떠날 준비를!"

뛰어오르듯 일어나며 외치는 이스마엘의 명령에 대원들은 황급히 일어서서 모은 보석들을 자루에 담기 시작했다.

"보로미어! 뒤로 물러나 있게."

가롯이 스치고 지나가며 속삭였다. 보로미어는 일단 쥐고 있던 보석들을 챙겨 일어섰다. 그러나 아직도 사태의 심각성을 실감하지 못한 그가 보석에 대한 미련으로 머뭇거리고 있을 때 실바누스의 탄식이 들려왔다.

"이미 늦었어!"

보로미어가 고개를 돌리는 것과 동시에 잔디밭 가장자리의 나무들이 칼로 잘린 듯이 넘어가면서 갈색의 거구가 모습을 드러냈다. 키는 4미터 가량, 들개 모양의 머리에는 두 개의 뿔이 돋아 있고 귀가 있을 위치에는 박쥐의 날개가 펼쳐져 있었다. 사람의 상반신을 하고는 있었지만 무릎까지 내려온 두 팔에는 손 대신 날카로운 낫이 달려 있었다. 하반신은 염소의 모습이었고 긴 꼬리가 다리 사이에서 꿈틀꿈틀 움직였다. 놈의 출현과 함께 기분 나쁜 향기는 참을 수 없을 정도로 짙어졌다.

"글라브레즈(Glabrez)!"

가롯이 신음하듯 내뱉는 소리가 들렸다.

"디먼(Demon) 족이라, 고대의 저주란 게 바로 이놈이었군. 이 숲속을 헤매며 원정대들을 잡아먹고 있었던 거야."

이스마엘도 중얼거렸다.

"캬아아아!"

녀석이 두 팔을 벌리고 포효하자, 가슴에 기형적으로 돋아난 두 개의 작은 팔이 추가로 드러났다. 앞가슴에 돋은 그 두 손은 잠시 번쩍거리는가 싶더니 곧 '어둠'이 그곳으로부터 뿜어져 나왔다. 보로미어의 눈앞은 순식간에 밤보다 더 깜깜해졌으나 이내 다시 밝아졌다. 가롯의 손 위에 환한 빛의 구체가 떠 있는 것이 보였다.

"어서 후퇴하시오."

가롯의 다급한 외침에 다른 사람들은 모두 뒤로 물러섰다. 그러나 디크는 혼자 앞으로 나섰다.

"마족이라고 도망칠 필요는 없어! 난 전에도 이런 놈들과 붙어본 적이 있다고."

디크는 말릴 틈도 없이 드래곤 슬레이어를 휘두르며 달려들었다. 자신의 마법이 통하지 않자 주춤거리고 있던 글라브레즈는 양 팔에 달린 낫을 무섭게 휘두르며 디크를 맞이했다.

챙, 챙, 챙! 서너 번 정도 쇳소리가 나더니 글라브레즈가 비명을 지르며 물러섰다. 그 허벅지에서 끈적거리는 검은 액체가 흘렀다.

"이 덩치만 큰 강아지 녀석! 맛이 어떠냐!"

디크가 신이 나서 소리를 질렀다. 그러나 글라브레즈의 가슴에 달린 팔이 빠르게 움직이며 수인을 맺자, 그는 갑자기 비명을 지르며 뒷걸음질치기 시작했다.

"매직 애로!"

가롯이 보다 못해 겨우 맺어가고 있던 수인을 포기하고 두 손을 뻗치자 대여섯 개의 푸른 화살이 공중을 날았다. 글라브레즈의 낫이 일부를 막아냈지만 그래도 세 대는 녀석의 어깨와 가슴에 명중했다.

"이스마엘! 이 머저리 좀 끌고 가!"

글라브레즈가 비명을 지르는 틈을 타서 가롯이 부르짖었다. 이스마엘과 그의 부하들이 재빨리 디크를 끌고 물러나자, 혼자 남은 가롯은 복잡한 수인을 맺으며 뒷걸음질치기 시작했다. 잔디밭의 가장자리까지 물러나 있던 보로미어는 가롯이 혼자 전방에 노출되어 있는 것을 보고 달려나가려고 했으나, 뒤로 물러나 있으라던 그의 말이 생각나 참기로 했다.

이스마엘이 끌고 온 디크의 얼굴엔 겁에 질린 표정이 역력했다.

"제길! 피어(Fear) 주문에 당했군. 별건 아냐."

프레이저가 투덜거리며 디크를 눕혔다.

"그랜드 라이트닝(Grand lightning)!"

가롯의 고함과 함께 보통 라이트닝의 배는 되어보이는 붉은 광선이 글라브레즈를 향해 뻗어나갔다. 그러나 녀석의 앞에 갑자기 노란색 원반이 나타나더니 가롯의 그랜드 라이트닝을 옆으로 튕겨버렸다.

"호오! 실드 오브 앰버(Shield of amber)까지."

옆에서 실바누스가 중얼거리는 소리가 들렸으나, 왠지 감탄하는 듯한 투였기 때문에 보로미어는 얼굴을 찡그리며 그를 째려보았다. 그러나 그는 보로미어에겐 신경도 쓰지 않고 망토 속에서 뭔가를 부스럭대고 있었다.

가롯은 자신의 마법이 통하지 않자 파랗게 질리며 뒤돌아 달리기 시작했다. 위저드치고는 놀라운 속도였다. 그 뒤를 글라브레즈가 성큼성큼 쫓아오고 있었는데, 그 걸음걸이로 보아 가롯의 매직 애로나 디크의 공격은 큰 피해를 입히지 못한 듯했다.

"아아악!"

가롯은 달리다 말고 갑자기 공중으로 떠오르며 비명을 질렀다. 뒤에서 글라브레즈가 다가오는데도 가롯은 공중에서 허우적거리기만 할 뿐 속수 무책이었다.

보로미어가 반사적으로 달려나가려는데, 갑자기 글라브레즈의 전후 좌우에서 네 개의 그림자가 솟아올랐다. 이스마엘과 그 부하들, 그리고 클린트였다. 네 개의 칼날이 동시에 무릎과 허리를 파고들자 글라브레즈는 날카로운 비명을 질렀고, 동시에 가롯도 땅으로 떨어졌다. 네 명의 레인저는 번개 같은 동작으로 계속하여

글라브레즈를 공격했지만 녀석이 우악스런 두 팔을 휘둘러대기 시작하자 물러날 수밖에 없었다. 글라브레즈는 그 와중에도 가슴에 달린 손으로 수인을 맺더니 다시 마법을 펼쳤다.

"안 돼!"

아직도 땅에서 일어나지 못하고 있는 가롯의 외침과 함께 글라브레즈와 이스마엘 등이 갑자기 검은 어둠 속으로 사라졌다. 가롯은 주저앉은 채로 황급히 라이트 글로브를 만들어 어둠 속에 던져 넣었다. 그러자 어둠은 이내 걷혔으나, 비틀거리는 클린트 이외에 나머지 세 명은 보이지 않았다.

"이런! 이스마엘! 이스마엘이 보이지 않아!"

프레이저가 떨리는 목소리로 말했다.

"프레이저! 너한텐 디먼에 대한 프로텍션(Protection) 마법이 있지 않아?"

정신을 차린 디크가 옆에서 말하자 프레이저는 부들거리면서도 주문을 외기 시작했다. 그러자 분홍빛 광채가 순간적으로 일행을 감쌌다가 사라졌다.

"빌어먹을 강아지 새끼! 진짜 맛을 보여주마!"

디크는 듀란을 끌고 아직도 비틀거리는 가롯 옆을 지나 성난 파도처럼 글라브레즈에게 달려들었다. 그 모습을 보고 있던 보로미어는 자신도 모르게 어떤 뜨거운 것이 가슴속을 가득 메우는 것을 느끼고 앞으로 내달았다. 가롯이 손을 저어 말리려고 했지만, 보로미어가 디크의 뒤를 쫓는 것을 막을 수는 없었다.

세 명의 전사에게 둘러싸인 글라브레즈는 조금씩 밀리기 시작했다. 디크의 드래곤 슬레이어와 듀란의 커다란 전투용 도끼가 양쪽에서 몰아치고 보로미어의 도끼가 전면에서 난무하기 시작하자, 녀석은 사방에 상처를 입으며 서너 걸음 물러났다. 당황한 글라브레즈는 다시 아까처럼 주문을 외웠지만 이번엔 어둠이 뻗어 나오다 말고 전사들에 닿자마자 스르르 사라지고 말았다.

"이 똥강아지야! 또 당할 줄 알았냐?"

디크가 소리를 지르며 무섭게 몰아붙이자, 글라브레즈는 낮게 으르렁대며 뒤로 펄쩍 물러났다.

"칼만으론 안 돼! 어서 돌아와!"

가롯이 뒤에서 소리를 질렀으나 기세가 오른 전사들은 계속 놈을 쫓았다. 그러나 다음 순간, 녀석은 가슴의 두 팔을 아예 접어버리더니 번개 같은 속도로 큰 팔에 달린 낫들을 휘두르기 시작했다. 아까와는 상당히 다른 모습이었다.

챙, 챙, 챙!

글라브레즈는 보로미어 등의 공격을 간단히 막아내 반격을 시작했다. 먼저 집중적인 공격을 받은 것은 듀란이었다. 아차 하는 사이에 서너 번의 치명타를 받은 듀란은 보로미어의 눈앞에서 아쉬운 광채를 남기고 사라져버렸다.

글라브레즈의 흑단색 눈은 차갑게 빛나며 주춤거리는 디크와 보로미어에게 돌아왔다. 그리고 다음 순간 두 개의 낫이 눈에 보이지도 않을 정도의 속도로 두 전사를 향해 날아왔다. 보로미어와 디크는 사력을 다해 방어했으나, 글라브레즈의 낫 하나는 보로미어의 가슴 정면으로 파고들었다.

깡!

놀랍게도 보로미어는 약간의 피해만 입었을 뿐 오히려 낫의 끝부분이 부러져나갔다. 그러나 디크는 비명을 지르고 있었다. 그를 돌아본 보로미어는 글라브레즈의 반대쪽 낫이 갑판 갑옷을 뚫고 디크의 옆구리에 박혀 있는 것을 보았다.

"이야!"

놈의 한쪽 팔이 디크에게 묶여 있는 틈을 타서, 보로미어는 들고 있던 도끼를 힘껏 집어던졌다. 도끼는 운 좋게도 글라브레즈의 어깨를 찍었고 녀석은 비명을 지르며 뒤로 물러섰다. 그 때 가롯의 낭랑한 목소리가 들려왔다.

"엘라힘 요르다스 칼라브리에 구스로투스!"

그러자 글라브레즈가 갑자기 허공을 더듬고 소리를 질러대며 날뛰기 시작했다. 돌아보자 가롯의 손에서 방금 읽은 두루마리 하나가 재로 변하고 있었다. 보로미어는 허겁지겁 클린트와 디크의 목덜미를 잡아끌며 뒤로 물러났다. 디크는 아직 정신이 있었으나 클린트는 눈을 허옇게 까뒤집고 있었다.

"가롯! 어떻게 해야 합니까?"

"조금만 더 버티면 돼. 하지만 저 환상 미로 주문이 얼마나 갈지는 나도 모르겠어."

가롯은 연신 얼굴을 찡그리며 대답했다. 그 역시 아까 부상을 입은 모양이었다.

"이거 놔!"

디크가 보로미어의 손을 거칠게 뿌리치며 일어섰다. 그러나 그도 주위를 돌아보곤 어이없다는 표정을 지었다. 제대로 서 있는 것은 가롯, 보로미어, 프레이저, 실바누스, 그리고 자기 자신뿐이었다. 이스마엘과 듀란은 죽었고 라시켄과 클린트는 정신을 잃고 있었다. 정말 눈 깜짝할 사이에 일어난 일들이었다.

"어, 어쩌다 이렇게 됐지?"

"지금이 그거 따질 때야?"

디크의 힘없는 중얼거림에 보로미어가 쏘아붙였다. 그때 글라브레즈가 다시 으르렁대며 다가오기 시작했다.

"이런 젠장!"

가롯은 욕지거리를 내뱉은 다음, 다리를 절며 숲을 향해 달리기 시작했다. 보로미어와 디크도 각각 클린트와 라시켄을 끌고 내달았다. 그러나 프레이저는 글라브레즈가 달려오는데도 그 자리에 얼어붙은 듯 뻣뻣이 서 있었다.

"프레이저!"

보로미어는 달리면서도 그의 이름을 외쳤으나 소용이 없었다. 뒤에서 글라브레즈의 포효와 함께 프레이저의 최후를 알리는 섬광이 번뜩였다.

"제기랄! 저 강아지 새끼가!"

디크가 뛰면서도 욕설을 퍼부었다. 그러나 부상이 심했는지 그는 이내 보로미어 뒤로 처졌고, 보로미어는 절룩거리는 가롯 또한 금세 따라잡을 수 있었다.

"가롯!"

보로미어가 걸음을 늦추자, 가롯이 매섭게 소리쳤다.

"멈추지 말고 뛰어!"

위저드의 험악한 표정에 보로미어가 다시 달리기 시작하는데 뒤에서 디크의 비명이 들렸다. 그와 라시켄의 죽음을 알리는 두 번의 섬광이 그 뒤를 이었다.

후들거리며 가까스로 잔디밭 가장자리의 숲에 도달한 보로미어는 클린트를 내려놓고 뒤를 돌아보았다. 파랗게 질린 가롯이 절룩거리면서도 필사적으로 달리고 있었고, 그 뒤를 글라브레즈가 바짝 쫓고 있었다. 글라브레즈가 한쪽 낫을 휘두르자 가롯이 앞으로 나뒹굴었다.

"안 돼! 돌아와!"

반사적으로 달려나가는 보로미어의 뒤에서 실바누스의 외침이 길게 이어졌으나, 전사의 귀에는 이미 들리지 않았다. 그의 온 신경은 글라브레즈와 그 발 앞에 고꾸라져 있는 가롯에게 집중되어 있었다. 빈손인 그가 할 수 있는 공격은 단 하나뿐이었다.

왼팔의 방패를 앞으로 쳐든 그는 있는 힘을 다해 달려 가속을 붙인 채 쓰러져 있는 가롯의 옆을 지나 글라브레즈에게 부딪쳐 갔다.

퍼억!

엄청난 충격과 함께 나뒹굴었던 보로미어가 땅바닥에서 고개를 들자, 글라브레즈의 커다란 덩치가 10미터 앞에서 비틀거리며 일어서고 있는 것이 눈에 들어왔다. 반사적으로 옆에 놓인 디크의 드래곤 슬레이어를 움켜쥔 전사는 조금의 지체도 없이 그것을 내던졌다. 일직선으로 날아간 슬레이어는 글라브레즈의 털북숭이 등판에 깊숙이 꽂혔다.

"캬아아!"

성난 비명소리를 등뒤로 하면서 보로미어는 가롯을 들쳐업고 달리기 시작했다. 위저드는 아직 정신이 있었지만 혼자 달릴 수 있는 상태는 전혀 아니었다. 그때 기다리고 있었다는 듯 앞쪽 잔디밭 가장자리에 실바누스가 나타났다. 하늘로 쳐든 그의 두 손 사이에 위험스런 붉은색 전광이 이글거리는 것을 보로미어는 똑똑히 볼 수 있었다.

"뭐, 뭐야."

보로미어가 머뭇거리자, 실바누스가 소리쳤다.

"이 바보 녀석! 어서 뛰지 못해!"

날카로운 실바누스의 외침에 보로미어는 마지막 힘을 다해 겨우 숲으로 뛰어들었다. 그에 이어 뒤에서 실바누스의 당당한 목소리가 울려퍼졌다.

"크레덴스 레므레덴 가덴 브레멘 라! 마이스테스(Mystes)의 이름으로 숲과 대지에 명하노니, 열려라! 빛과 어둠, 세상과 세상, 세계와 세계를 연결하는 문이여!"

갑자기 땅이 흔들리는 바람에 보로미어는 그대로 나뒹그러지고 말았다. 흔들리는 것은 땅만이 아니었다. 풀, 나무, 아니 숲 전체가 무거운 진동으로 요동을 치고 있었다. 갑자기 거센 바람이 일어 뒤를 돌아보자 글라브레즈 등뒤의 공간이 순간적으로 이지러지더니 깨진 거울처럼 산산이 부서지며 검은 구멍이 입을 벌렸다.

"세상에! 아스트랄 게이트(Astral gate)! 어쩐지……."

전사의 옆에 쓰러져 있던 가룻이 믿을 수 없다는 표정을 지으며 재빨리 근처에 있는 나무를 부둥켜안았다. 그동안에도 바람은 계속 거세지더니 순식간에 거센 돌풍으로 변해 모든 것을 검은 구멍 속으로 빨아들이기 시작했다. 보로미어는 옆에 쓰러져 있던 클린트가 아직도 정신을 차리지 못하고 슬슬 구멍 쪽으로 끌려가는 것을 황급히 붙잡았다. 요란한 바람소리와 함께 자신의 몸도 들썩거리기 시작하자, 보로미어는 가롯을 본받아 옆에 있는 나무 그루터기를 힘껏 끌어안았다. 저 망할 실바누스란 작자가 발동시킨 게 뭔지는 몰라도 갑자기 나타나 입을 쩍 벌린 그 공간은 전혀 호의적으로 보이지 않았고, 그 속에 뭐가 있는지 별로 알고 싶지도 않았기 때문이었다.

돌아보자 글라브레즈도 같은 생각인지, 그 공간으로 빨려들어가지 않으려고 안간힘을 쓰고 있었다. 그러나 한동안 자신을 끌어당기는 구멍과 힘의 평형을 이루고 있던 글라브레즈는 한 발 뒷걸음질을 친다 싶더니 순식간에 검은 공간 속으로 빠져들어 사라졌다.

"끼아아아……."

글라브레즈의 비명은 그가 공간 속으로 빨려들어간 후에도 길게 이어졌다. 공간은 글라브레즈를 삼키자마자 '슛' 하는 소리와 함께 사라졌고 잔디밭은 다시 원래의 평온한 모습으로 돌아왔다.

"가롯!"

보로미어는 황급히 위저드 곁으로 기어갔다.

"이제 다 끝난 건가?"

위저드의 물음에 보로미어는 힘겹게 고개를 끄덕였다.

"거기서 날 구하러 다시 뛰어나오다니, 자넨 정말 바보야."

가롯이 희미한 미소를 지으며 말했다.

"엎드리게."

다가온 실바누스가 가롯을 부드럽게 뒤집으며 말했다. 위저드의 등에는 길쭉한 상처가 대각선으로 나 있었고 상처의 가장자리는 푸른 빛을 띠고 있었다. 실바누스는 고개를 갸우뚱거렸다.

"어떤가?"

가롯이 물었다.

"좋지는 않아. 상처 자체는 문제가 아니지만, 중독이 된 것 같아."

실바누스가 말했다. 보로미어는 의심스런 눈으로 그를 보았다. 사제가 아니라더니…….

"젠장."

가롯이 낮게 한숨을 쉬더니 보로미어에게 말했다.

"날 좀 앉혀주겠나?"

보로미어는 위저드를 안아올려 근처 나무에 기대어 앉혔다. 보로미어와 실바누스도 그의 옆에 자리를 잡고 앉았다. 실바누스가 내민 회복수를 마시고 기운을 차린 가롯은 부끄러운 미소를 지었다.

"부끄럽군, 실바누스. 마족이라니. 좀더 일찍 깨달았어야 하는데."

실바누스는 아무 대답을 하지 않았다.

"중독되었다면 해독을 해야 되는 거 아냐?"

보로미어가 말했으나 실바누스는 여전히 대답을 하지 않았다.

"괜찮아. 보로미어. 심하진 않아."

가롯이 쾌활하게 말했으나, 둔한 보로미어조차도 뭔가가 이상하다는 것을 눈치챌 수 있었다.

"흥, 언제나 정확한 말만 한다더니. 실바누스, 어떤 상태야?"

실바누스는 잠시 머뭇거리다 말했다.

"마족의 독은 일반 해독 주문으론 해독이 어려워. 어쩌면 카자드의 대신전까지 가야 할지도 몰라."

"그럴 시간 여유가 있겠어?"

전사의 질문에 실바누스는 다시 입을 다물었다.

"뭐야! 있다는 거야, 없다는 거야!"

보로미어가 소리를 지르자 가룻이 손을 들어 그를 막았다.

"그건 아무도 모르네. 마족 중 디먼들은 특히 독을 잘 사용하기로 유명하지. 하지만 그들의 독이 얼마나 빨리 작용할지는 아무도 알 수 없어. 어쩌면 몇 시간일 수도, 또는 몇 년일 수도 있네. 글라브레즈는 하급 디먼이니 그렇게 빨리 작용하지는 않을 거야. 어쨌거나 그건 중요한 문제가 아니야."

가룻은 숨을 깊이 들이마신 다음, 기운이 나는지 나무에 기댔던 윗몸을 일으켜세우며 말했다.

"지금 중요한 건 여기서 미디움까지 돌아가는 일이지."

실바누스가 보일 듯 말 듯 고개를 끄덕였다.

"돌아가는 게 문제라뇨?"

보로미어가 이해할 수 없다는 표정을 짓자 가룻이 말했다.

"이런 숲은 레인저 없이는 빠져나갈 수 없어. 아마 십중팔구 길을 잃고 헤매게 될 거야."

"헤매고 헤매다 보면 나가는 날이 있겠죠."

보로미어가 간단하다는 듯 말했다. 가룻이 고개를 저었다.

"언제까지? 날이 저물면 야영을 해야 하는데, 원정 대장 없이는 야영을 할 수 없어. 밤 사이에 무슨 일을 당할지 모르거든."

"그럼 그냥 여기 계속 죽치고 있자는 겁니까?"

"물론 그럴 수도 없지. 어떻게든 오늘 안으로 미디움까지 가야

해."

"레인저 없이는 안 된다면서요!"

"물론 그건 그렇지."

"그럼, 도대체 뭘 어쩌자는 겁니까!"

가롯의 대답이 다람쥐 쳇바퀴 돌듯 돌아가자 보로미어는 참지 못하고 짜증을 냈다.

"물론 방법이 없는 건 아니지만……."

보로미어의 씩씩거림이 가라앉자 가롯이 입을 열었다.

"우리한테 레인저가 없는 건 아니거든."

가롯은 아직도 정신을 잃고 쓰러져 있는 클린트 쪽을 바라보았다.

"하지만 프레이저도 죽었고, 그치가 살아 있다고 해도 저런 상처는 대회복 주문인가를 써야 하는 거 아녜요?"

기대를 걸었던 보로미어가 실망한 듯 말하자, 가롯이 고개를 끄덕였다.

"물론 지금 클린트를 회복수나 단순 회복 주문만으로 치료할 수는 없겠지. 그리고 프레이저가 살아 있었어도 대회복 주문은 더 이상 쓰질 못하니 소용이 없을 거야. 하지만……."

가롯은 보로미어가 또 짜증을 내려 하자 손가락을 들어 그를 조용히시킨 다음 계속했다.

"하지만 우리에겐 아직 사제가 한 명 남아 있어."

"에?"

보로미어는 어리둥절해 주위를 둘러보다가 가롯의 시선을 따라 실바누스를 돌아보았다.

가롯이 실바누스에게 물었다.

"당신……, 드루이드(Druid) 맞지?"

위저드의 물음에 실바누스가 당황한 듯 머뭇거리자 가롯이 다시 말했다.

"아스트랄 게이트가 드루이드 계급의 고유 주문인 것 정도는 나도 알아."

그러자 실바누스는 더 이상 감출 수 없다는 듯 고개를 끄덕였다. 위저드가 물었다.

"아까 마이스테스라고 하는 걸 들었는데, 에폽트 위, 두 번째 서열 맞지?"

"놀랍군. 그걸 아는 사람은 많지 않은데."

실바누스가 씁쓸히 말했다.

"후후, 에폽트 위에 마이스테스, 마이스테스 위에 데이누스, 데이누스 위에 하이에로스, 하이에로스 위에 하이에로판트, 하이에로판트 위에……."

"가롯!"

실바누스의 칭찬에 가롯이 으쓱한 투로 줄줄이 읊어대자 보로미어가 소리를 질렀다.

"또 서열 타령입니까? 지금 그게 왜 나와요?"

보로미어의 질책에 가롯은 쑥스러운 듯 헛기침을 하고 말했다.

"전에 말해 준 바 있지 않나, 템플러와 정령사에 대해서. 사제들 중에도 그런 사람들이 있어. 드루이드란 5급 사제인 비숍에서 6급인 카디널로 올라가지 않고 아예 계급을 드루이드로 바꾼 사람들이야. 물론 드루이드로서의 서열은 다시 밑바닥부터 밟아야 하지만 비숍 급 사제의 능력은 여전히 가지고 있게 되지."

"그래서요?"

"그러니까 실바누스가 클린트를 회복시키고 클린트가 우릴 데리고 나가면 되는 거야."

"아하!"

보로미어의 입에서 탄성이 흘러나왔으나, 가롯의 얼굴은 아직도 어두웠다.

"하지만……."

위저드의 눈이 다시 실바누스에게로 옮겨갔다.

"당신이 이미 그렇게 하지 않은 것으로 봐서는 거기에 조금 문제가 있는 게 아닌가 하는데……."

실바누스는 찔끔해 고개를 끄덕였다.

"뭐가 문제야?"

보로미어가 물었으나, 드루이드는 괴로운 듯 말을 하지 않았다.

"인마, 뭐가 문제냐니까?"

성미 급한 보로미어가 다그치자, 실바누스가 말했다.

"나에 대해선 더 이상 묻지 않기로 했잖아."

"야, 그건 그때고, 지금은 우리 목숨이 달렸는데 어떻게 안 물어보냐?"

"후후, 당신들한테 얘기한다고 뭐 달라지는 게 있겠어?"

"최소한 죽더라도 곱게 죽겠지."

열 받은 보로미어가 주먹을 쥐고 일어서자, 가롯이 그의 허리춤을 끌어당겼다.

"이봐, 실바누스. 당신 고집만 내세울 때가 아니야."

가롯의 말에 드루이드는 잠시 생각에 잠겼다가 고민스런 말투로 이야기를 시작했다.

"드루이드는……, 사제들과는 많이 다른 계급이야. 사제였을 때는 신들을 섬기지만, 드루이드가 되면……, 강과 숲과 나무를 숭배하게 되지. 그게 드루이드 주문의 근원이니까. 뭐 다 알겠지만, 사제나 드루이드나 그 능력을 유지하기 위해선 주기적으로 여러 가지 복잡한 의식을 치러야 해. 하지만 그렇게 두 가지를 다 섬긴다는 게 항상 쉬운 일은 아니고, 가끔 한쪽에 신경을 쓰다보면 다른 쪽에 소홀해지는 경우도 생기게 마련이야. 그러다 보면 신과의 약속을 제대로 지키지 못하는 경우도 생기고, 또 그러다 보면 조그만 제재 같은 게 떨어지기도 하고……."

"야, 도대체 결론이 뭐야?"

보로미어가 짜증을 내자 실바누스는 바르르 몸을 떨다 소리쳤다.

"그러니까, 난 지금 사제로서의 능력이 거의 없단 말이야! 초급 디컨이나 2급 프라이어 정도의 기초적인 주문밖에는 사용할 수가 없다고. 내가 사제로서 섬기는 신에 대한 속죄물을 마련하지 못하는 이상 내 비숍 급 사제 능력은 없는 거나 마찬가지란 말이야!"

"푸하!"

보로미어가 짧게 웃음을 터뜨리며 말했다.

"그게 뭐 그리 어려운 얘기라고. 별것도 아니잖아."

"그건 사제들에겐 매우 수치스런 일이야."

실바누스가 가까스로 흥분을 가라앉히며 대꾸했다.

"그럼 지금 가능한 주문이 뭐지?"

가롯이 묻자 실바누스가 한숨을 쉬며 대답했다.

"마이스테스 급 드루이드 계열의 주문은 다 가능하지만, 사제 계열 주문으로 쓸 수 있는 건 단순 회복 주문과 실드 종류뿐이야. 안티매직 주문은 내 신척인 반지에 원래부터 각인되어 있던 거라 가능했던 거고."

가롯이 곤란하다는 듯 머리를 긁적거리며 물었다.

"그럼 그 사제 능력은 어떻게 되돌릴 수 있는 거지?"

"신에게 제사를 드릴 속죄물만 마련하면 되는데, 그게 쉽지가 않았어. 벌써 한 달 가까이 찾아다녔고 광장의 게시판에도 몇 번인가 광고를 냈지만, 필요한 제물을 구할 수가 없었어. 오늘도 이쪽에서 이상한 소문이 돌길래 혹시나 해서 원정에 끼어들어 봤던 것인데……."

실바누스가 맥빠진 목소리로 대답했다. 보로미어가 물었다.

"그 속죄물이란 게 뭐길래 그러는데?"

"별것도 아냐. 그냥 동굴 사자의 송곳니 하나면 되는데. 젠장! 도대체 카자드 땅의 동굴 사자들은 다 어디로 간 거야!"

보로미어는 순간 자신이 잘못 들은 것은 아닌가 하는 의심이 들었다.

"뭐, 뭐라고?"

"동굴 사자의 송곳니라고 했잖아."

실바누스가 더 이상 말하기도 싫다는 투로 말했다. 보로미어는 허겁지겁 주머니를 뒤져보았다. 그림자 동굴에서 얻은 동굴 사자의 이빨을 꺼내든 그는 실바누스에게 그것을 내밀었다.

"이런 거 말이야?"

실바누스는 벼락이라도 맞은 듯 앉았던 자리에서 벌떡 일어섰다.

"이, 이럴 수가. 세상에!"

실바누스가 부들거리는 손을 내밀자, 가롯이 가로막았다.

"잠깐만."

실바누스와 보로미어가 동시에 위저드를 돌아보았다. 가롯이 눈을 가늘게 뜨고 말했다.

"이걸 찾아서 한 달 동안이나 카자드를 돌아다녔다고 하는데, 어쩌면 앞으로도 한동안 이걸 구하기 힘들지도 모르는 일 아냐?"

"무, 무슨 소릴……."

실바누스가 더듬거리자 가롯은 헛기침을 한번 하고 계속했다.

"아무리 상황이 상황이라도 이런 걸 아무런 대가도 없이 넘겨줄 수는 없는 일 아니겠소?"

"가롯, 상관없어요. 나한테는 아무런 소용도……."

"자네는 가만히 있게나."

가롯은 보로미어의 말을 일축해 버리고 다시 실바누스에게 말했다.

"많은 걸 바라는 게 아니오. 이걸 넘겨주는 대신 부탁을 하나 들어달라는 것뿐이니까."

"무슨 부탁인지……."

실바누스는 갑작스런 가롯의 말에 불안한 듯 말꼬리를 흐렸다.

"걱정 마시오. 충분히 당신 능력으로 들어줄 수 있는 것일 테니까."

실바누스는 잠시 머뭇거리다 말했다.

"내가 내 사제 능력을 회복하는 것은 당신들이 살기 위해서도 필요한 일이야. 만약 내가 여기서 끝까지 당신들의 부탁을 거절한다면, 결국엔 당신들도 그걸 내놓을 수밖에는 없을 거란 말이지. 하지만 좋아. 어차피 한 배를 탄 몸인데, 지금의 상황을 이용해서 이 친구의 물건을 대가 없이 가로챌 생각은 원래 없으니까. 말해보게, 무슨 부탁인지."

가롯이 안심했다는 듯 빙그레 웃으며 말했다.

"그건 아직 말할 수 없어. 어쩌면 부탁할 필요가 없을지도 모르니까. 하지만 만약 부탁을 하게 된다면 반드시 들어주겠다고, 당신이 섬기는 신의 이름으로 맹세를 해줬으면 해."

위저드의 말에 실바누스가 잠시 생각을 해보곤 물었다.

"사제가 자신이 섬기는 신의 이름으로 맹세를 한다는 게 어떤 것인지 알고 하는 말이야?"

가롯이 미소를 띤 채로 고개를 끄덕였다. 실바누스가 한숨을 쉬었다.

"내용도 모르는 부탁을 들어주겠다고 맹세를 하라고? 그것도 섬기는 신의 이름으로?"

"절대로 무리한 부탁은 아니라고 했잖아? 그리고 당신도 절대로 손해 보는 일은 아니란 걸 나도 맹세하겠어."

"후후, 사제의 맹세 대 위저드의 맹세라. 그건 확실히 손해 보는 건데……."

"지금의 내가 바라봤자 뭘 바라겠소?"

실바누스는 그 말에 가롯의 얼굴을 자세히 쳐다보더니, 뭔가를 깨달은 듯 고개를 끄덕였다.

도대체 무슨 일이 벌어지고 있는지 감을 잡지 못하고 있던 보로미어는 가롯이 손짓을 하자 들고 있던 이빨을 실바누스에게 건네주었다. 실바누스는 땅에 꿇어앉아 이빨을 자기 앞에 박아놓더니, 오른손 손가락에서 반지 하나를 뽑아 그 옆에 놓았다. 얼핏 그의 가느다란 손에 또 하나의 반지가 더 끼워져 있는 것이 보로미어의 눈에 들어왔다.

이윽고 그는 알아들을 수 없는 언어로 조용히 노래를 부르기 시작했다. 그러자 잠시 후 노래 가락을 타고 반지가 연보라색 광채를 뿜기 시작했고, 사자의 이빨도 같이 빛나기 시작했다. 실바누스의 노래가 점점 더 빠르고 격해짐에 따라 이빨이 서서히 희미해지더니, 다음 순간 반지 속으로 빨려들어가듯 사라져버렸다. 그러자 실바누스는 두 손을 하늘을 향해 뻗더니 외쳤다.

"당신의 종은 이로써 능력이 허락하는 범위 안에서 위저드 가롯의 부탁 하나를 들어줄 것을 맹세합니다!"

이어서 실바누스는 반지를 주워 끼고 가벼운 동작으로 일어나더니, 이내 클린트 옆으로 다가가 그를 치료하기 시작했다. 순식간에 정신을 차린 레인저는 멀뚱해서 셋을 바라보았다.

"어때? 정신이 좀 드나?"

가롯이 묻자 그는 느릿느릿 되물었다.

"어떻게 된 거요? 이스마엘은? 프레이저……? 이스마엘은……."

아무도 대답을 않자 레인저는 갑자기 당황하기 시작했다.

"라시켄은? 디크?"

동료들의 이름을 부르던 클린트는 갑자기 말을 멈췄다. 가롯이 무겁게 고개를 저었다.

"이런 세상에."

클린트의 어깨가 힘없이 처졌다.

"이런 세상에."

레인저가 같은 말만 반복하며 망연 자실해 있자 가롯이 그를 위로했다.

"모두 마지막 순간까지 용감했어. 이봐, 기운을 내게. 우리 살아남은 사람들은 또 갈 길이 있지 않나?"

출발 준비를 하면서 보로미어는 미련이 남아 다시 잔디밭을 뒤져보았다. 그러나 실바누스의 아스트랄 게이트 주문 덕분에 대장인 이스마엘이 모아 가지고 있던 금과 보석들을 포함하여 잔디밭의 재보들은 모두 사라지고 없었다. 보로미어는 실바누스의 뒷모습을 보며 혼자 투덜댔지만, 덕분에 목숨을 구한 처지인지라 대놓고 뭐라 하지는 못했다. 그래도 샅샅이 조사한 결과 열 개의 보석을 더 찾을 수 있었고, 보로미어가 따로 들고 있던 것까지 합치면 알이 굵은 놈이 열대여섯은 되었다. 보석들은 만약의 사태를 대비하여 네 명이 고르게 나눠가졌다.

클린트는 가족 같던 원정대 사람들이 모두 죽었다는 사실에 충격을 받은 듯 한동안 정신을 차리지 못했지만, 마음을 진정하고 왔던 길을 더듬어가기 시작했다. 그의 뒤에 실바누스가 따랐고 그 뒤로 보로미어, 가롯의 순이었다.

히드라의 동굴을 지날 때까지는 클린트가 한두 번 길을 잃을 뻔해 모두가 긴장했지만, 이후 별다른 일 없이 미디움으로 귀환할 수 있으리라는 확신이 들게 되자 보로미어는 뒤로 처져 가롯의 말 옆에 붙었다.

"후후, 궁금한 게 많은 눈빛이군."

가롯이 먼저 입을 열었다.

"그래요. 마족이 뭐죠?"

"마족이란 말은 그냥 사람들이 쓰는 말일 뿐이고 정해진 정의는 없어. 그저 지능을 가지고 마법을 쓰는 족속들을 통틀어 부르는 말이야."

"어떤 것들이죠?"

"먼저 아까 본 디먼 족이 있고, 훨씬 높은 지능과 마법력을 가진 데블(Devil) 족이 있지. 또 마법 능력은 떨어져도 엄청난 기운을 쓰는 데이먼(Daemon) 족이 있지. 그 외에도 데모단드 족, 모드론 족 등이 있는데, 모든 마족은 우리가 살고 있는 세계가 아닌 각자의 다른 세계에 살고 있다네. 아까 실바누스가 펼쳤던 아스트랄 게이트 주문은 그런 세계들로 통하는 문을 여는 마법이야. 그걸 통해서 글라브레즈를 자신의 세계로 돌려보냈던 거지."

"으흠."

"그리고 마족들은 그 존재가 워낙 강력하기 때문에 조금만 집중을 하면 느낄 수 있어. 자네가 꼭 기억을 해야 하는 것은 어떤 마족이든지 칼만으론 처치할 수 없다는 걸세. 칼과 마법의 적절한 조화가 이루어지지 않으면 절대로 이길 수 없어. 아니면 마법 무기를 쓰든가."

"마법 무기요?"

"마력이 깃들인 병장기들이지. 아, 자네가 전에 말했던 뇌신의 지팡이 같은 거야. 그냥 지팡이이기도 하지만, 라이트닝을 쏠 수 있는 마력도 깃들여 있었잖나."

보로미어는 고개를 끄덕인 다음 물었다.

"그런데 실바누스에게는 왜 부탁을 하느니 맹세를 하느니 하신 겁니까? 무슨 부탁인지는 말도 안 하고."

가롯이 빙그레 웃으며 말했다.

"난 확실한 것만 얘기한다니까. 그 부탁을 하게 될지 안 하게 될지를 모르는데 내용은 미리 말해 뭐하겠나? 안 하게 되었으면 하는 게 내 바람이지만."

보로미어는 도무지 무슨 말인지 어리둥절했으나, 일단 고개를 끄덕였다. 하지만 물건은 자신의 것이었는데 왜 가롯이 그 대가로 부탁을 한단 말인가?

"그건 그렇고……."

가롯이 갑자기 주제를 바꾸며 말했다.

"다시 말하지만 절대로 레인저를 완전히 믿어서는 안 돼. 절대로."

갑작스런 가롯의 말에 보로미어의 머릿속에 가이우스의 얼굴이 순간적으로 스쳐갔다.

"……."

보로미어의 멍한 표정을 본 가롯이 말했다.

"말했지만 레인저들은 서열이 올라갈수록 꾀가 는다고. 낮은 서열들은 꾀래봤자 별게 아니지만, 상급 서열 정도 되면 전투와 트래킹 능력도 능력이지만 잔꾀는 거의 사기 수준이 된단 말이야. 그래서 소수의 레인저들은 사제가 드루이드가 되듯 5급인 패스파인더에서 로그(Rogue)로 계급을 바꾸기도 한다네. 로그들 중 심한 녀석들은 아예 나라 하나를 대상으로 사기를 쳐먹기도 하지. 그 정도 되면 사기도 예술이라니까."

"에이, 설마."

"설마라니, 옆 나라 다메시아의 지금 영주인 그레이브스가 바로 그렇게 영주 자리에 오른 로그란 걸 모르나?"

가롯은 거기서 클린트를 의식했는지 목소리를 낮췄다.

"내 얘기의 요지는, 로그가 아니더라도 상급 서열 레인저들이란 일단은 믿을 수 없는 작자들이란 말이네."

일행은 벌써 그림락들과 전투를 벌였던 곳을 지나고 있었다. 새 길을 찾는 것이 아니라 단지 몇 시간 전에 지나온 흔적을 되돌아 짚어가는 것뿐이므로 클린트는 상당한 속도를 내고 있었다.

보로미어는 말 위의 가롯이 비틀거리는 바람에 황급히 고삐를 잡았다.

"괜찮아요?"

가롯은 이내 중심을 잡고 미소를 지었다.

"이런 잠시 딴 생각을 좀 하다보니. 그건 그렇고 자네 갑옷 말이야……."

웬일인지 가롯이 말이 많아지고 있다는 생각을 하면서 보로미어는 다시 걸음을 옮겼다.

"이번 원정 내내 자네의 갑옷을 지켜보았네. 전에 가슴 갑판이 빛났다는 얘기를 한 적이 있었지?"

보로미어는 고개를 끄덕였다.

"어제 디크에게 잠깐 얘기를 들었지. 자네와 싸우는데 가슴 갑판에서 빛이 났다고. 그리고 그건 오늘 나도 보았어."

"네? 오늘요? 오늘은 그런 적이 없는데."

위저드가 장난스런 미소를 지었다.

"물론 자네야 모르겠지. 하지만 아까 보석을 줍느라 엎드려 있던 자네의 등판에 붉은색 빛이 도는 걸 보았네. 또 아까 나를 들쳐메고 글라브레즈로부터 도망갈 때는 오른쪽 어깨 갑판에 초록빛 광채가 서리는 것도 보았고."

"그럼 그게 다 뭘 의미하는 겁니까?"

가롯은 대답 대신 어깨를 으쓱하며 쑥스러운 미소만 지어 보였다. 실망한 보로미어는 고개를 돌리며 툴툴거렸다.

"제길, 그럴 줄 알았어. 걱정 마쇼, 답은 기대도 안 했으니까. 그리고 뭐 급할 때 힘을 더해준다더니 오늘 보니 그것도 아니잖아요."

"아, 끝까지 듣게나."

가롯의 눈가에 다시 장난기가 돌았다. 보로미어가 다시 돌아보자 위저드가 조금 빠른 속도로 말했다.

"솔직히 난 위저드니까, 갑옷의 재질이 뭔지는 모르겠어. 하지만 장갑력이 대단한 재질임엔 틀림이 없네. 그건 아마도 드워프 마이스터에게 감정을 맡기는 게 나을 거야. 내 주된 관심사는 거기에 깃들인 마법일세. 그게 정확히 뭔지는 아직 모르겠지만 추측은 할 수 있지. 지금까지 본 바로는, 그 갑옷이 자네의 감정에 반응을 하는 것 같아. 화가 나면 가슴 갑판이, 기쁘면 등 갑판이, 두려우면 오른쪽 어깨 갑판이, 아마 이런 식으로 빛을 내는 것 같아. 그리고 그 색깔도 각각이고."

"그래서요?"

보로미어는 조금 이상한 기분이 들었다. 항상 정확한 어쩌고 운운하던 사람이 갑자기 추측이라니.

"자네는 칠정(七情)에 대해서 아나?"

보로미어는 자신 있게 고개를 저었다.

"희(喜), 노(怒), 우(憂), 구(懼), 애(愛), 증(憎), 욕(慾). 인간의 일곱 가지 감정을 말하는 걸세. 그리고 자네 갑옷의 갑판 수도 일곱이지. 그리고 또 한 가지."

가릇이 잠시 말을 쉬면서 보로미어를 보며 함박웃음을 지었다.

"뭐, 뭐요?"

"무지개의 색깔도 일곱이라네."

가릇의 미소 때문에 보로미어는 그가 농담을 하는 건지 진담을 하는 건지 종잡을 수가 없었다. 농담이라면 전혀 우습지 않았고 진담이라면 저 바보 같은 웃음은 또 뭐란 말인가.

가릇의 얼굴을 들여다보던 보로미어는 갑자기 뭔가가 잘못되었다는 것을 깨달았다. 위저드의 미소는 즐거운 미소가 아니라 억지로 만든 듯한 아주 부자연스런 미소였다.

다음 순간 가릇의 얼굴이 고통으로 일그러지더니, 위저드의 몸은 썩은 나무토막처럼 안장에서 굴러떨어졌다.

"가릇!"

보로미어의 비명에 클린트와 실바누스가 달려왔다. 실바누스가 가릇의 상태를 살펴보더니 고개를 저었다.

"왜, 왜 그래? 도대체 무슨 일이야?"

보로미어가 갈라진 목소리로 물었다.

"글라브레즈의 독이야. 너무 많이 퍼졌어."

"무슨 소리야! 별 문제 아니라더니! 어떻게 해야 되는 거야?"

"마족의 독은 해독약을 따로 마련해 오지 않은 이상, 방법이 없어."

실바누스가 대답하기가 무섭게 보로미어는 다짜고짜 그의 멱살을 거머쥐었다. 당황한 클린트가 어찌할 바를 모르고 서 있는 동안 실바누스의 홀쭉한 몸은 보로미어의 손에 들려 한 자 이상 공중으로 떠올랐다.

"야, 이 자식아! 너 사제라며! 그것도 상급 서열인 비숍이라며! 그럼 어떻게 해봐야 될 거 아냐. 방법이 없다는 게 말이 돼?"

보로미어가 눈을 부릅뜨고 악을 써댔다. 동시에 입고 있던 갑옷의 가슴 갑판에서 주황색 광채가 현란하게 뿜어져 나왔다.

"내려놔!"

누워 있던 가롯이 쉰 목소리로 소리질렀다. 보로미어가 실바누스를 내려놓고 다가가자, 위저드의 입이 힘겹게 열렸다.

"별거 아니라고 말했던 건 실바누스가 아니라 나야. 물론 나나 실바누스나 미디움까지도 힘들 거란 건 알았지만, 이건 생각보다 빠르군."

"왜 날 속인 거야?"

아직도 급변한 사태에 당황하고 있는 보로미어가 소리쳤다. 가롯은 희미한 미소를 지으며 말했다.

"왜냐고? 쓸데없는 질문이야. 시간이 없어. 하지만 자네에게 이것만은 말해 줘야겠군. 어제 왜 자네에게 신경을 써주느냐고 물었지? 내 목적이 뭐냐고. 후후, 지금 대답해 주지. 난 내 원정대를 만들고 싶었던 것뿐이야. 나를 믿고 내가 믿을 수 있는 사람들로 내 원정대를 만들어보고 싶었어. 자네가 그 첫 대원이었던 셈이지. 다른 사람들이야 어떻게 긁어모은다 쳐도, 명색이 위저드 대장이면 전사 하나 정도는 내 가족이 있어야 되지 않겠나? 안 그래?"

"가롯! 그런 얘기 안해도 돼!"

보로미어가 위저드 옆에 주저앉으며 소리쳤다. 그러나 가롯은 그에게서 눈을 돌리더니 실바누스를 손짓해 불렀다.

"이봐, 드루이드. 아까 말했던 부탁을 이제는 해야겠어."

실바누스가 고개를 끄덕였다. 가롯이 떨리는 손으로 보로미어를 가리켰다.

"내가 내 가족으로 책임지려던 친굴세. 좀 성격이 급하고 거칠지만 자질이 좋은 전사야. 당신이 나이트까지만 돌봐주게."

실바누스는 보로미어가 움켜쥐었던 목 언저리를 어루만지면서 말했다.

"이 친구 옆에 있다간 내가 내 명에 못 죽을 것 같은데……."

"맹세했다는 것 잊지 말게나. 링메이든(Ringmaiden)의 맹세."

가롯이 사악한 미소를 지으며 말했다. 실바누스가 고개를 절레절레 흔들었다.

"쳇, 약아빠진 위저드 같으니라고. 다 알고 있었군."

가롯이 다시 보로미어를 돌아보았다.

"이보게, 날 믿었듯이 저 친구를 믿게나. 내 말이라 생각하고 그의 말을 들으란 말이야. 날 믿고 이 원정에 따라와 준 보답으로 내가 자네에게 해줄 수 있는 건 이제 이것뿐이네."

"난 뭐 보답 같은 걸 바란 게 아녜요."

보로미어가 울먹였다.

가롯은 갑자기 고통스런 얼굴을 하더니 보로미어를 바짝 끌어당겼다. 얼굴이 마주닿을 정도로 가까워지자 위저드는 보로미어에게만 들릴 정도의 목소리로 속삭였다.

"자네 갑옷은 절대로 포기하지 말게. 왜냐하면 무지개란 건 말이지……."

순간 갑자기 눈부신 빛이 가롯의 몸에서 뿜어져나오더니, 보로미어 앞에는 빈 망토와 자질구레한 마법 용구, 그리고 피 묻은 가죽 갑피만이 남아 있었다.

"가롯……."

보로미어는 얼빠진 목소리로 중얼거리며 움직일 줄을 몰랐다.

잠시 후 실바누스가 그의 어깨에 손을 얹었다.

"이봐, 그만 일어나지 그래."

"손 치워!"

전사는 그 손을 거칠게 뿌리쳤다. 그러자 클린트가 옆으로 다가오며 말했다.

"보로미어, 슬퍼하고 있을 시간이 없어. 해 저물기 전에 어떻게든 미디움까지 가야 한다고."

"그래. 그리고 그 갑옷은 어떻게 된 거야?"

실바누스의 말에 보로미어는 자신의 갑옷을 살펴보았다. 왼쪽 어깨 갑판이 눈부신 노란 광채를 내고 있었다. 전사는 대답을 하는 대신 가롯이 남기고 간 망토를 갑옷 위에 덮어쓰며 일어섰다. 클린트가 가롯의 갑옷과 소지품 등을 챙기는 동안 실바누스는 말없이 보로미어 옆에 서 있었다.

다시 출발을 한 다음에도 보로미어의 표정이 무섭게 굳어 있었기 때문에, 다른 둘은 아무도 입을 열지 않았다. 말을 탈 수 있는 것은 상급 서열뿐이었으므로 가롯의 회색 말은 실바누스가 책임질 수밖에 없었다.

"그 갑옷은 도대체 뭐야?"

로웬 강이 보이기 시작할 즈음, 한참만에 입을 뗀 실바누스가 물었다. 그러나 별로 얘기할 기분이 아니었던 전사는 대답을 하지 않았다.

실바누스가 다시 물었다.

"녹은 잔뜩 슨 게, 시도 때도 없이 번쩍이는 이유가 뭔데?"

"나도 몰라."

보로미어는 귀찮다는 듯이 대답했다.

잠시 침묵이 이어지다가 실바누스가 다시 물었다.

"두 사람이 서로 안 지는 얼마나 된 거야?"

"사흘. 아니, 나흘!"

전사가 짧게 대답했다. 실바누스가 놀란 투로 말했다.

"나흘 정도 알고 지낸 것치고는 두 사람 사이가 아주 각별했나 보지? 눈물까지 흘리고."

"넌 이해하지 못해."

보로미어가 쏘아붙이자 실바누스가 되물었다.

"그래? 그럼 내가 한 가지만 묻지. 그 위저드가 너한테 뭘 약속했던 거야? 돈? 무기?"

보로미어의 손에 반사적으로 힘이 들어가다 풀어졌다.

"그런 게 아니었어. 알지도 못하면서 함부로 말하지 마."

"이런 이런. 이젠 내가 자네의 보호자인 만큼 나에게 그런 말투는 좀 삼가줬으면 좋겠어."

실바누스가 말했다.

"누구 맘대로 네가 내 보호자라는 거야? 반쪽짜리 사제인 주제에."

보로미어가 쏘아붙이자 실바누스는 '흥' 하고 코방귀를 뀌더니 더 이상 말을 하지 않았다.

걸음을 재촉하는 이스마엘 원정대의 초라한 생존자들 앞으로, 멀리 초저녁의 어스름에 묻힌 미디움의 낮은 성벽이 다가오고 있었다.

제6장
불청객

5월 24일 토요일 오전 1시

원철은 두근거리는 가슴을 안고 멀티 세트를 벗었다. 입맛이 씁쓸했다. 팔란티어에서 슬픔을 느끼는 것은 이번이 처음이었다. 전투 도중에 상처를 입으면 육체적 통증을 느끼지만 그것은 멀티 세트를 벗는 순간, 아니, 팔란티어에서 로그 오프하는 순간 사라지는 것이었다. 그러나 원래 마음으로 느끼는 아픔은 육체적 고통과 달리 그 여운이 상당히 오래가는 것이고, 그 점은 팔란티어라고 다르지 않았다. 게임이 끝난 지금도 아직 앙가슴에 찡한 느낌이 남아 있었다. 누군지는 몰라도 가롯의 플레이어는 참 대단한 사람이라는 생각이 들었다. 아무리 게임중 캐릭터의 죽음이라지만 그렇게 담담하게, 그리고 차분하게 맞을 수 있다는 것이 감탄스러웠다.

그러나 그의 엉뚱한 장난으로 갑자기 실바누스란 인물이 등장

한 것에 대해선 뭔가가 영 꺼림칙했다. 우선 명랑하고 말이 많던 가롯에 비해 딱딱하고 차가워보이는 실바누스를 성미 급한 보로미어가 잘 받아들일 수 있을까 하는 것부터가 의문이었다. 또, 가롯은 믿으라고 했지만 사실 가롯도 완전히는 믿지 못했던 보로미어가 그 드루이드를 믿을 수 있을 것인지, 그리고 과연 그가 믿을 만한 인물이기는 한지 하는 의심들이 꼬리를 물고 이어졌다. 게다가 난생 처음 들어보는 드루이드라니.

원철은 가롯이 드루이드에 대해 말하던 것을 기억해 내려고 애를 쓰다가 생각을 털어버렸다. 답이야 언제든지 뽑아볼 수 있는 갈무리 파일 안에 남아 있을 테고, 사실 앞으로 어떻게 되든 그것은 보로미어가 알아서 할 일이란 생각이 들었기 때문이다. 자신은 지금 원철로서 해야 할 일이 있었다.

원철은 흘끗 시계를 쳐다보고는 서둘러 작업하던 내용을 불러들였다. 어제 혁진에게 연락 받기로는 삼진 프로젝트의 보안 체계에 서너 가지 세이프 가드가 추가될 예정인 듯했다. 그에 따라 시스템 구조에도 약간의 변경이 이루어지는 것은 불가피한 일이라고 짐작되었고, 내일쯤 성식이 형과 자세한 내용을 상의하자면 몇 가지 기본적인 자료를 준비해야 했다.

코드 라이브러리에서 필요한 내용을 훑어보고 있는데 화면 오른쪽 위에 반짝이는 아이콘이 눈에 들어왔다. 전자 우편이 들어와 있다는 신호였다.

"뭐야?"

편지함을 열어보자 네 통의 편지가 와 있었다. 발신자는 모두 욱이었고 밤 11시에서 12시 반 사이에 도착한 것들이었다. 처음 편지의 내용은 다음과 같았다.

잘 있었냐? 전화가 안 되어 이메일을 보낸다. 너와 꼭 상의해야 하는 중요한 문제가 있어서 그러니 이 편지 받는 대로 연락을 바란다. 빨리 연락해 다오.

전화야 가이아에 있는 동안에는 코드를 뽑아놓으니 안 되는 것이 당연했다. 다음 편지는 그보다 15분 후에 날아온 것이었다.

전화를 안 받는 거냐, 집에 없는 거냐. 호출기도 안 받고. 너 어디 있는지 몰라도 빨리 연락해 다오.

세 번째 편지의 내용은 좀더 간곡했다.

야, 이 자식아! 연락 좀 해라! 독신 운운하던 놈이 이 밤중에 뉘 집 구멍을 쑤셔대고 있는 거냐! 지금 당장 연락 안 하면, 다음에 만났을 때 골통을 바숴놓을 테다.

원철은 피식 웃음이 나왔다. 녀석 성미하고는…….
마지막 편지는 한 줄뿐이었다.

나, 지금 네놈 골통을 바수러 간다.

녀석은 이메일에 전화에 호출까지 계속 해대다가 참지 못하고 이리로 달려오고 있는 것이다. 한 시간 반 동안 씩씩거리며 전화통에 매달려 번호판을 두들겨댔을 녀석의 모습이 떠올라 원철은 다시 웃음이 나왔다.

'자식, 무슨 일이지? 또 통장 빌려달란 얘긴가?'

원철은 고개를 갸우뚱거리며 일어나 전화선을 잭에 연결했다. 그러자 기다렸다는 듯 벨이 울렸다. 물론 욱이었다.

"야, 이 자식아! 너 지금까지 어디 있었어?"

욱은 다짜고짜 소리를 질렀다.

"여기 있었지."

"그럼 왜 전화를 안 받았어?"

"코드를 빼놨거든."

"이 미친놈아! 코드는 왜 뽑아놔! 그럴 거면 전화는 왜 달고 사니?"

욱의 목소리가 하도 크게 울리는 바람에 원철은 수화기를 잠시 귀에서 떼어야 했다.

"인마, 그거야 내 맘이지. 근데 무슨 일이야?"

"너 거기 꼼짝 말고 있어. 곧 도착하니까."

원철이 물었으나 욱은 대답 대신 짤막하게 말하고 전화를 끊었다.

"하여간 희한한 놈이야."

원철은 혼자말로 투덜거리고 수화기를 내려놓았다.

욱이 도착한 것은 5분 후였다. 아무리 오밤중이라지만 강북에서 원철의 집까지 그 시간에 왔다는 건 놀라운 일이었다. 얼마나 밟아댔는지 가히 상상이 갔다.

욱은 원철의 인사를 받는 둥 마는 둥 들어서더니 다짜고짜 들고 있던 베이지색 상자를 내밀었다.

“이거 좀 봐봐.”

“북케이스 PC 아냐? 좀 된 모델이네.”

“뭔진 나도 알아. 그 속엣걸 보란 얘기야.”

원철은 응접실에 앉아 컴퓨터의 뚜껑을 열었다. 화면이 켜지자 원철은 욱을 돌아보았다.

“뭘 보란 말야?”

“여기, 여기 게임 목록.”

욱이 원철 옆으로 바짝 다가앉으며 조작을 했다. 폴더가 열리자 수십 개의 게임들이 스크롤되었다.

“이젠 뭐?”

“팔란티어라고 했지? 네가 전에 얘기한 게임 말이야. 여기도 그게 있어.”

원철은 욱의 말에 다시 화면을 돌아보았다. 중간쯤 내려가자 과연 팔란티어란 항목이 눈에 띄었다.

“응. 여기 있네. 그런데?”

“그런데는 무슨 그런데야? 너 이게 누구 컴퓨터인 줄 알아?”

“인마, 그걸 내가 어떻게 알아?”

자꾸 두서없는 소리를 해대는 욱에게 원철은 퉁명스레 쏘아붙였다. 그러자 욱은 침을 꿀꺽 삼키고 숨을 고른 후 말했다.

“박현철이 거야. 송 의원 살인 사건의 범인 말이야!”

원철은 멀뚱멀뚱 욱을 바라보았다.

잠시 후 두 사람은 문제의 컴퓨터를 사이에 놓고 마주앉아 있었다.

"우연치고는 너무 기묘하잖아?"

욱이 껌을 질겅질겅 씹으며 말했다.

"그건 그렇지만, 그게 어쨌다는 거지? 이런 게임이란 건 누구에게나 있을 수 있는 거잖아. 아마 전국에 수백, 아니, 수천 명은 될 거야."

원철의 반문하자 욱이 정색을 했다.

"그렇지만 왜 하필 이 게임이 그 녀석 컴퓨터에 들어가 있냐고. 너도 그 녀석의 모습이 이 게임 속에서 본 것과 비슷하다는 말을 했잖아."

"그래. 그건 그랬지. 하지만 그건 내 느낌이었을 뿐이야. 그리고 너도 말했지만, 게임과 현실의 사건을 연관지어 생각할 수는 없잖아."

원철이 말하자 욱은 잠시 생각을 하더니 거세게 고개를 저었다.

"아냐, 아니야. 내 짧은 경험으로도 이런 식의 우연은 우연이 아니라는 정도는 알아. 네가 언급한 그 게임이 정확히 살인범의 컴퓨터에서 발견되었다? 이건 우연처럼 보여도 절대로 우연이 아니야. 우연처럼 보이는 필연이라고. 분명히 무슨 관계가 있을 거야. 분명한 감이 온다고, 감이 와."

"도대체 무슨 관계가 있을 수 있단 말이야?"

"그건 나도 모르겠어. 지금부터 알아봐야지."

원철은 기가 막힌다는 듯 욱을 쳐다보다 말했다.

"너 휴가 얻겠다."

"뭐?"

욱이 이해할 수 없다는 표정을 지었다.

"인마, 생각을 해봐. 네 그 노련한 감이 맞건 틀리건을 떠나서, 살인자가 가지고 놀던 컴퓨터 게임에 뭔가 사건의 단서가 있다고 주장을 한다면 아마 위에서는 너보고 좀 쉬라고 할걸? 약도 좀 먹고. 어쩌면 너랑 비슷한 생각을 하는 사람들 모인 데서 잠시 단체 생활을 하라고 할지도 몰라."

원철이 조롱하는 듯한 말투로 놀려대자 욱은 그를 사납게 쏘아보았다.

"생각해 보라고."

원철이 진지한 목소리로 다시 말하자 형사의 눈초리가 서서히 누그러졌다.

"맞아. 그런 식으로 하면 미친놈 취급을 받을 수밖엔 없겠지."

욱이 무겁게 고개를 끄덕였다.

원철이 계속했다.

"또 네가 그 말을 꺼내는 순간, 이 게임 회사는 명예 훼손으로 대한민국 경찰을 고소할 거야. 그러면 넌……."

"아, 됐어!"

욱이 소리를 질렀다. 원철이 입을 다물었는데도 욱은 다시 소리를 질렀다.

"알아들었다고!"

원철은 그제야 미소를 짓고 고개를 끄덕였다.

"그래그래, 잘 생각한 거야. 이제 좀 진정하고 새벽 2시에 남에 집에 홍두깨처럼 나타나서 말도 안 되는 소리를 주절대는 짓은 다시는 하지 마라, 응? 그래도 기왕 왔으니 커피 한잔은 타주마."

원철은 자리에서 일어나다 말고 욱을 쳐다보았다. 그는 아직도 팔짱을 낀 채로 소파에 앉아 깊은 생각에 잠겨 있었다.

"뭐야, 인마. 커피 마실래 안 마실래?"

원철이 다시 묻자, 욱은 생각에 잠긴 채 느릿느릿 입을 열었다.

"맞아. 정상적인 방법으로는 어려울 거야."

"뭐?"

"어느 정도 확실한 증거가 잡힐 때까지는 과외로 나 혼자 수사를 하는 수밖에 없겠어."

"인마, 정신 좀 차리라니까."

원철이 얼굴을 찡그리며 소리쳤다.

한동안 대답이 없던 욱은 갑자기 고개를 들더니 물었다.

"그러니까, 이 게임 정확히 어떻게 하는 거냐?"

원철은 황당한 표정으로 마주앉은 친구의 얼굴을 쏘아보았다. 그러나 껌만 짝짝 씹고 있는 욱의 뻔뻔스런 표정을 살피던 원철은 머리를 쥐어뜯으며 다시 주저앉았다.

"으이그, 내 팔자야."

"이제는 좀 알겠어?"

원철이 하품을 하며 물었다.

작업실 벽에 걸린 시계의 바늘은 이미 3시를 지나 3시 반으로 달리고 있었다. 갈무리 파일의 도움을 받았는데도, 원철은 팔란티어가 어떤 게임인지를 욱에게 이해시키는 데만 지나간 두 시간을 꼬박 허비하고 있었다. 원철의 초인적인 노력에도 아랑곳없이 몇 가지 개념들이 욱의 두개골 속으로 주입되길 완강히 거부했기 때문이다.

클래식 RPG 게임의 내용(엘프니 드워프니 하는 종족이나 갑옷, 칼, 방패 등의 무기, 그리고 전설과 마법에 대한 것들)에 관해서는 조금 시간이 걸렸지만 어쨌든 억지로 우겨넣을 수 있었다. 그러나 멀티 세트에 대한 것만큼은 아무리 노력을 해도 불가항력이었다. 뇌파를 읽고 쓰는 방법으로 입출력을 한다는 간단한 개념이 무슨 연유에서인지 욱의 두뇌 속에서는 용납할 수 없는 사상적 이질감을 일으키는 모양이었다.

원철이 몇 번이나 짜증을 냈지만, 욱은 돌부처처럼 버티고 앉아 자신을 이해시켜 주길 요구했다. 단어와 비유를 바꿔가며 네 번째로 설명을 해주고서야 원철은 간신히 욱에게서 석연찮은 끄덕거림을 이끌어냈다.

"좋아, 그런데 말이지……."

욱은 지치지도 않는지 또 질문을 해왔다.

"그 팔란티어에 접속을 할 때, 시스템 안으로 들어오는 사람들이 각각 누구인지 구별을 하기 위한 방법이 있겠지?"

"물론이지. 각각 나름대로의 접속 아이디와 암호가 있겠지."

원철이 뻐근한 목을 돌리며 대답하자 욱이 다시 물었다.

"그걸 알 수 있을까?"

"물론 어렵지 않을 거야. 아마도 대부분의 경우처럼 캐릭터의 이름이 그 접속 아이디가 될 테니까. 그리고 암호야 내장 암호일 거고."

"그게 정확히 뭔 소리냐?"

원철이 다시 하품을 하고 대답했다.

"사용자가 정한 이름, 예를 들면 '보로미어' 같은 거, 그게 그냥 접속 아이디가 될 거란 얘기야. 그리고 처음 접속 때 암호를 입력하란 말이 없었거든. 그건 아마도 처음 접속 때 프로그램이 자동적으로 암호를 만들어 내 컴퓨터 안 어디엔가 저장해 두고 매번 접속 때마다 그걸로 본인임을 확인하는 방식일 거란 말이야. 그러니까 매번 아이디와 암호를 안 쳐넣어도 자동 접속이 되지."

욱이 바싹 다가앉으며 물었다.

"그거 한번 확인해 볼까?"

원철은 친구를 곱지 않은 시선으로 노려보다가 한숨을 내쉬었다.

파일을 찾는 데는 많은 시간이 걸리지 않았다. 팔란티어 폴더 내에 'login.palant'라는 파일이 보이지 않게 숨겨져 있었었고, 간단히 그것을 찾아낸 원철이 파일을 열자 다음과 같은 문자열들이 쏟아져나왔다.

login name=Boromir

link sound=sound.name.palant

link spell=spell.name.palant

link pass= 3(**v*^5426$%@#%#&77%))85-98-98&^%&65%%#^%3

DAT::·ㅎ df09·챈ㅎ 瞑··峻匹泥 賂J챈ㅎ 李 텐 帆垠 萩玧챈ㅎ 텐 shh4h泥s汐h偉765y shh 茄Jsj sjhJs J556……74h54w·8·38 m me 賈Jm7·m··과 i8, ·9, 4怡9. e'……

"이게 다 뭐냐?"

옆에서 보고 있던 욱이 물었다. 원철은 고개를 갸우뚱했다.

"글쎄……."

"네가 모르는 것도 있냐?"

욱이 큰 덩치를 쪼그리며 다가앉자 원철이 혼자말처럼 중얼거렸다.

"이상하군. 접속 아이디는 맞는데, 나머지는 순 가비지야."

"가비지?"

"쓰레기라고. 하지만 또 모르지. 혹시 접속 암호가 이 안에 인코딩되어 숨겨져 있는지도."

"도대체 뭔 소린지."

욱이 고개를 젓자 원철이 다시 하품을 하며 말했다.

"나도 그 이상은 모르겠어."

"그럼 일단 저쪽 컴퓨터에 있는 접속 아이디만은 알 수 있겠지?"

욱이 물었다.

"그거야 어렵지 않겠지."

원철은 억지로 몸을 일으켜 응접실로 나갔다. 북케이스는 아직도 테이블 위에 얌전히 놓여 있었다. 원철은 일단 담배 한 대를 물고 불을 붙인 후 북케이스를 앞으로 끌어당겼다. 역시 팔란티어 폴더 안에서 찾아낸 login.palant 파일을 열자, 비슷한 문자열들이 모니터로 쏟아져 나왔다.

```
login name=Zeus
```

link sound=sound.name.palant

link spell=spell.name.palant

link pass=5(**g*^28764%@#$^*58%))34-51-65%*&082

DAT::·ㅎ峻匹shh4h df0·m··과 i8, 泥·9·챈ㅎ 瞑…… 泥s 汐h 텐…… 9, 4怡9·e偉76h54w·8·38 m me帆垠 萩…… 玧챈sj sjhJs J556…… ァÅ m7 賂5y shh·茄J텐 74·J챈ㅎ

"여기 있네, '제우스'."

욱은 원철의 어깨 위로 바짝 고개를 들이밀고, 모니터에 나타난 것들을 꼼꼼히 수첩에 옮겨 적었다. 욱은 바삐 펜을 놀리면서 물었다.

"그러니까 팔란티어 게임 안에서 박현철이는 제우스였단 말이지?"

"이걸로 보면 아마도 그랬던 것 같은데?"

"무슨 답이 그렇게 뜨뜻미지근해?"

원철은 무의식적으로 어깨를 으쓱했다. 덕분에 그 위에 수첩을 얹고 있던 욱은 갑작스런 진동이 자신의 수첩 속에 그려낸 불규칙한 선들을 바라보다, 못마땅한 눈으로 원철의 뒤통수를 노려보았다. 물론 수첩 속의 선이나 자신의 뒤통수에 박히고 있는 욱의 불만스런 시선에 대해 전혀 알 턱이 없는 원철은 모니터에서 눈을 떼지 않고 말했다.

"게임 안에서 한 캐릭터가 유명해진다면, 다른 게이머들 사이에서 별명 같은 게 생길 수도 있어. 나도 보로미어란 이름 대신 가끔 '황금 전사'라고 불리기도 하거든. 그리고 아마도 이 친구는 게임을 시작한 지 꽤 오래된 것 같아. 다시 말하면 레벨도 상당히 높은 유명 인사일 테고, 따라서 게임 안에선 별명으로 불렸을 가능성이 높아."

"게임을 한 지 오래됐다는 건 어떻게 알 수 있지? 여기 써 있나?"

원철이 피식 웃으며 말했다.

"아니, 느낌이랬잖아. 너만 감이 있냐? 나도 프로그래머로서의 감이 온다고."

욱이 믿을지 말지 고개를 갸우뚱거리고 있자, 원철은 그 우스꽝스런 표정을 보며 웃음을 터뜨렸다.

"하하, 그런 얼굴 하지 마. 자, 이 녀석 이름을 봐. 제우스, 신들의 제왕 아냐? 이건 이런 온라인 게임에선 누구나 갖고 싶어하는 이름이라고. 나도 처음 등록할 때 이 이름을 쓰려고 했는데, 이미 사용자가 있어서 포기했던 거지."

"그래서?"

친구의 웃음에 기분이 상한 욱이 약간 시비조로 되물었다.

"모든 시스템이 그렇지만, 한 유저가 등록이 되면 절대로 같은 이름으로는 다른 유저를 등록받지 않아. 다시 말해서 인기 있는 이름들은 시스템 가동 초기에 다 없어져버린다고. 따라서 제우스란 이름은 이 게임이 시작될 무렵에 등록한 초기 멤버의 아이디일 가능성이 높다는 거지."

"흠……."

욱의 고개가 너무 크게 끄덕였기에 원철은 서둘러 덧붙였다.

"물론 아닐 수도 있지만."

잠시 후 욱이 다음 질문을 던졌다.

"그럼 이 게임, 아니, 이 시스템은 시작한 지 얼마나 됐지?"

이번엔 원철이 고개를 갸웃거렸다.

"글쎄, 내가 이걸 시작한 지가 두 달 정도 전이니까, 그것보다는 오래되었겠지. 그 이상이야 내가 어떻게 알겠냐. 궁금하면 차라리 게임 회사에 문의를 해보지 그래?"

"맞아, 이 게임 회사는 도대체 어디 있는 거야?"

"글쎄, 이 정도 게임이면 회사도 잘 알려진 곳에 있을 거란 생각이 드는데……. 난 홈페이지랑 전화 번호밖에는 모르거든?"

"그래? 번호만 있으면 주소야 언제든 찾을 수 있지."

원철은 작업실 구석을 뒤져 팔란티어 광고 책자를 찾아주었다. 욱은 잠시 책자를 뒤적거리다가 고객 문의용 전화 번호를 수첩에 옮겨 적었다.

"이상하군. 전화와 인터넷 주소 말고 진짜 주소는 안 적혀 있네."

욱이 번호를 적으며 중얼거리자, 원철이 다시 하품을 하며 물었다.

"요즘 첨단 기업들은 다 그래. 뭐 더 궁금한 건 없냐?"

욱은 잠시 이마를 찌푸리고 있다가 말했다.

"저기, 혹시 나도 다음에 이 게임을 해볼 수 있을까?"

욱의 물음에 원철은 단호히 머리를 저었다.

"그건 안 돼."

"왜?"

"이 게임은 일주일에 여섯 시간밖에는 할 수 없어. 그리고 다른 게이머들과의 약속 같은 것도 있기 때문에, 너에게 빌려줄 수는 없어. 그 시간엔 내가 꼭 들어가 있어야 한단 말이야."

"자식, 짜게 놀기는……."

욱이 입술을 삐죽거렸다.

"인마, 아무때나 할 수 있는 거면 나도 빌려주지. 하지만 이건 다르잖아. 뭘 그런 걸로 삐치고 그래."

원철이 항변했다.

"알았다, 알았어."

욱이 수첩을 품안에 집어넣으며 툴툴거렸다.

"그리고, 정 하고 싶으면 박현철이 컴퓨터로 하면 되잖아."

원철은 아무 생각 없이 말했는데, 욱은 갑자기 펄쩍 뛰어올랐다.

"맞다! 바로 그거다!"

"뭐, 뭐가?"

"이 기계로 접속을 하면 팔란티어는 날 박현철로 알 거 아냐?"

"그래서?"

원철이 물었다.

"그래서 거기서 단서를 찾아내는 거지."

욱이 자신 있게 대답하자, 원철은 그런 욱의 모습을 처량한 듯 바라보다 입을 열었다.

"너, 수사도 좋고 단서도 좋지만, 이 팔란티어 안에 분명히 무슨 단서가 있으리란 투로 말을 한다?"

"어, 엉? 그런 건 아니야."

"아니긴, 내 귀엔 그런 투로 들리는데? 전에 그런 식의 수사는 좋아하지 않는다고 그러지 않았어?"

"자식 웃기네."

욱이 말을 얼버무리자 원철은 잠시 생각을 해보고 말했다.

"만약 그 컴 안에 갈무리 파일이 있다면 네가 원하는 건 지금이라도 알 수 있을지도 몰라."

"맞아! 넌 정말 예리한 녀석이야."

욱이 손뼉을 치면서 북케이스를 원철 앞으로 밀어놓았다. 그러나 원철은 잠시 디렉토리들을 훑어보더니 고개를 저었다.

"박현철이란 녀석, 게임을 즐길 줄만 알았지 감상할 줄은 모르는 녀석이었군."

원철은 컴퓨터의 화면을 닫아, 실망한 표정의 욱 앞으로 되밀어놓았다.

"어쨌든 네가 접속을 하고 싶으면 이 기계로도 충분할 거야. 아마 멀티 세트도 찾아보면 어디 있을 테고."

욱은 북케이스 컴퓨터를 집어넣으며 내키지 않는 듯 고개를 끄덕였다.

"뭐, 다른 건 또 도와줄 거 없니?"

"없어."

"그런데 이 컴퓨터는 어디서 찾았냐?"

"증거물 보관실에 있었지. 사건 직후부터 압수되어 있던 거야."

욱은 짐을 다 챙기자 소파에서 일어섰다.

"그런데 사건 증거물을 이렇게 막 들고 다녀도 돼?"

원철이 따라 일어서며 묻자 욱은 친구를 돌아보며 씩 웃었다.

"물론 서류상으로야 아직도 증거 보관실에 있지."

"이런 녀석."

원철은 기가 차다는 듯 피식 웃었다. 정말 법 없이 사는 놈이었다.

신을 신고 현관문을 나서던 욱은 갑자기 돌아서서 원철이 물고 있던 담배를 빼앗아 던져버렸다.

"너, 담배 끊어라. 건강에 해로워."

"야, 이 자식아!"

원철이 버럭 소리를 지르자 욱은 그 큰 덩치를 뒤뚱거리며 자기 차까지 도망가더니, 돌아서서 손을 흔들며 껄껄 웃었다. 원철도 손을 마주 흔들며 웃어주었다.

욱의 차가 어둠 속으로 사라지는 것을 보고, 원철은 문을 닫았다. 웬일인지 빙그레 웃음이 나왔다. 성미 급한 친구를 둔 데 장점이 있다면 밤이고 낮이고 절대로 심심하지는 않다는 것이다. 물론 단점도 만만치는 않았지만.

원철은 크게 기지개를 켜며 시계를 보았다. 새벽 4시였다. 성식이 형과의 약속은 오후 3시, 자료를 뽑고도 적어도 일곱 시간은 잘 수 있을 터였다. 갑자기 입이 허전해진 그는 다시 담배 한 대를 꺼내 입에 물었다

"자식, 사내 자식이 껌이나 짝짝거리며 돌아다니는 주제에."

투덜거리며 작업실로 들어가던 원철은 갑자기 머리를 스치는 생각에 걸음을 멈췄다. 잠시 고개를 까딱이며 생각에 잠겼던 프로그래머는 총총히 응접실로 돌아와 소파 옆 마루에 납작 엎드렸다. 탁자 밑을 살피던 그의 눈은 아직 마르지 않은 타액으로 반짝거리고 있는 치클 덩어리를 어렵지 않게 발견할 수 있었다.

"저런 우라질노므 스키!"

프로그래머의 나지막한 욕설이 새벽 응접실의 고요를 깨뜨렸다.

5월 24일 토요일 오전 10시 48분

욱은 수첩을 펼쳐 적힌 주소를 확인했다. 그리고 힘들게 찾아온 건물을 쳐다보고 고개를 갸웃거렸다. 최첨단 게임을 운영하고 있는 회사라고 해서 그에 걸맞는 깔끔한 이미지와 하이테크 스타일을 갖춘 미래 지향적 건물을 상상했는데, 앞에 서 있는 지저분한 5층 건물은 미래와는 거리가 먼 전형적인 구식 변두리 건물이었다. 커피숍과 화장품 할인점이 있는 1층 위로 중국집과 당구장, 그리고 만화 가게의 싸구려 간판이 빌딩의 정면을 어지러이 장식하고 있었다.

시계를 보니 10시 50분이었다. 아무래도 잘못 찾은 것 같다는 생각에 맥이 빠지면서 피로가 밀려왔다. 어제 원철의 집을 떠난 이후로 두 시간 정도밖에 잠을 자지 못했으니 피로한 것은 당연했다.

욱은 밀려오는 졸음을 참으며 1층 커피숍의 문을 밀고 들어갔다. 토요일 오후가 시작되기 전이었으므로 커피숍은 아직 한가로운 풍경이었다. 에스프레소 한 잔을 주문한 그는 커피를 들고 온 여종업원에게 물었다.

"저기, 여기가 경신 빌딩 맞죠?"

"네, 그런데요?"

"실은 주소를 하나 찾고 있는데, 여기 영진 판타지란 회사가 있습니까?"

종업원은 고개를 갸우뚱거렸다.

"글쎄요. 3층에 조그만 사무실을 운영하는 회사가 있기는 한데 이름은 저도 잘 모르겠어요."

"컴퓨터 게임을 만드는 회사거든요."

"뭐하는 회산지는 잘 모르겠어요. 직원이 두세 명 정도밖에 안 되는 것 같던데."

종업원이 사라진 다음, 욱은 잠시 눈을 감고 의자에 몸을 기댔다.

새벽같이 수사반에 출근한 그는 조회과 일직을 통해 원철에게서 얻은 전화 번호의 주소를 추적했다. 전화를 걸어 주소를 물어볼 수도 있었겠지만, 시간은 아무도 출근하지 않았을 이른 새벽이었고 맘이 바빠 9시까지 기다리고 싶지 않았기 때문이다. 물론 조회과에서는 규정에 따른 서면 신청 운운하며 의례의 관료주의적 사족을 늘어놓았으나, 규정을 따르지 않고 사는 것을 자부심으로 여기는 욱은 절대로 그 말에 고분고분 따를 수가 없었다. 두드려 열리지 않는 문은 없다는 것이 그의 지론이었다, 최소한 이곳 대한민국에는.

욱은 곧 지방청 조회과에 근무하는 옛 친구에게 전화를 했다. 최근 개인 정보 보호에 대해 말들이 많아진 탓에 약간의 설득이 필요했지만, 결국엔 다시는 추근대지 않겠다는 조건으로 그녀로부터 원하는 정보를 얻을 수 있었다. 그러나 막상 이 빌딩에 도착해 보니 최첨단 게임 회사 따위는 눈을 씻고 보아도 없는 것이다.

빌어먹을! 어쩌면 아직도 옛날 일로 화가 나 있는 그녀가 자신을 골려주려고 엉뚱한 주소를 불러줬을지도 모르는 일이었다. 어쩌면 원철이 가르쳐준 번호가 틀렸을지도 몰랐다. 제기랄, 하여간 두 연놈 중 하나가 뭔가를 잘못한 게 틀림없었다. 나쁜 놈들!

욱은 자신이 갑작스레 필요 이상으로 열을 올리고 있다는 생각이 들었다. 어제 오후 박현철의 컴퓨터에서 팔란티어란 네 글자를 본 이후론, 마치 불가항력적인 어떤 급류에 휘말려 떠내려가는 느낌이었다. 퇴근 이후에 안 된다고 펄펄 뛰는 증거 보관실 당직자를 협박하여 컴퓨터를 꺼내오고, 새벽에 원철의 집까지 달려가고, 그리고 잠까지 포기해 가며 전화 번호의 주소를 알아내고. 분명 평소의 자신과는 많이 다른 행동들이었다.

그러나 이 모든 것은 핏속에 끓어오르고 있는 확신 때문이었다. 형사의 가슴엔 그 게임이 이 지루한 사건의 끝장을 보기 위한 단서라는 감이 확실하게 와닿고 있었다. 지난 7년간의 경찰 생활을 돌아보아도 이렇게 확실한 느낌은 처음이었다. 아직 그게 뭔지는 몰라도, 자신이 찾는 것이 분명 그 게임 안에 있었다.

그렇다. 이제 겨우 시작인데 벌써 포기할 수는 없다.

감기는 눈을 억지로 뜨며 커피 잔을 비운 욱은 일단 커피숍에서 일어났다. 밑져야 본전이라는 심정으로 빌딩의 좁은 계단을 올라가자, 중국집과 전자 오락실이 있는 2층을 지나 3층이 나왔다. '뽀리 만화'라는 조잡한 간판 맞은편에 아무런 명패도 달려 있지 않은 철문이 보였다.

문 앞에서 잠시 머뭇거리던 욱은 노크를 한 다음 문을 열었다.

열 평 정도인 사무실 내부는 바깥에서 보기와는 달리 잘 단장되어 있었다. 컴퓨터가 놓인 책상 두 개와 한쪽에 놓인 응접 세트가 구의 전부이기는 했으나 생각보다 깔끔한 인테리어였다. 안쪽으로 문이 또 하나 있는 것이 형사의 눈길을 끌었다.

욱이 들어서자, 응접 세트에 마주앉아 순대를 먹고 있던 여자 둘이 놀란 눈으로 그를 돌아보았다.

"누구세요? 뭐하시는 분이세요?"

둘 중 나이가 많아보이는 붉은 스웨터의 여자가 일어서며 물었다. 왼손으론 우물거리는 입을 가리고, 오른손의 나무젓가락에는 반쯤 베문 순대 조각을 집은 채였다.

"저, 영진 판타지라는 곳을 찾고 있는데요."

욱의 대답에 두 여자는 서로를 마주보며 어리둥절한 표정을 지었다. 붉은 스웨터가 다시 욱을 돌아보며 물었다.

"여기가 맞기는 맞는데요. 그런데 무슨 일이죠?"

제대로 찾아왔다는 안도감에 욱은 문을 닫으며 말했다.

"아, 몇 가지 문의드릴 게 있어서요."

욱이 다가가자 나머지 한 여자도 자리에서 일어났다. 경계하는 눈초리가 역력했다. 욱은 경찰 신분증을 꺼내 보였다.

"저는 서울 지청의 장욱 경삽니다. 별다른 일 아니니 안심하십시오. 몇 가지 질문에만 답을 해주시면 됩니다."

여자들의 표정에서 여전히 경계의 빛이 사라지지 않자, 욱은 억지로 커다란 미소를 지어 보이며 말했다.

"저, 앉아도 될까요?"

이때 안쪽 문이 열리고 머리가 벗겨지기 시작한 40대 초반의 사내가 기지개를 켜면서 나타났다.

"야, 미스 정. 왜 이리 소란스러워? 무슨……, 어? 당신 누구야?"

"경찰이래요."

붉은 스웨터가 대신 대답했다.

"장욱 경사라고 합니다. 몇 가지 여쭤볼 일이 있어서요."

욱이 인사를 하자, 사내는 당황스런 얼굴로 답례를 한 다음 안쪽 문을 향해 손짓을 했다.

"어……, 일단 이리로 들어오시죠. 미스 김, 커피 좀."

두 번째 여자가 대답을 하는 둥 마는 둥하며 욱의 옆을 스치고 지나갔다. 귀여운 얼굴에 향긋한 향수 냄새가 코끝을 스쳤다. 욱은 곁눈질로 그녀를 돌아보며 남자가 가리키는 문 쪽으로 걸음을 옮겼다.

방에 들어서는 것과 동시에, 욱은 날카로운 눈으로 사방을 둘러보았다. 다섯 평 남짓한 작은 방 안에는 남자의 것으로 보이는 책상과 의자 하나가 딸린 테이블이 놓여 있었다. 책상 위에는 잡지 몇 권과 전화 외에는 별다른 것이 없었고, 테이블 위에도 플라스틱 재떨이 하나뿐이었다. 어딜 보아도 최첨단 컴퓨터 게임을 운영하는 대회사의 면모는 찾아볼 수 없었다.

얇은 창문을 통해 벌써부터 밀리고 있는 주말 교통의 소음이 흐릿하게 들려왔다.

"앉으시죠."

문을 닫은 남자가 테이블을 가리켰다.

욱이 자리에 앉자, 그는 책상에서 자신의 의자를 끌고 와 욱의 맞은편에 앉았다.

"전 여기 책임자인 고석만이라고 합니다. 혹시 무슨 일인지 얘기를 해주실 수 있을까요?"

상당히 불안스런 말투였다.

"걱정하실 거 없습니다. 다른 사건을 수사하는데, 참조하려고 몇 가지 질문을 좀 드리러 왔습니다. 그냥 관례적인 질문들이니 놀라실 이유는 전혀 없습니다."

"예에."

욱의 시원한 대답에 고석만의 얼굴이 좀 풀어졌다.

"에, 그럼 시작하죠. 혹시 팔란티어란 게임을 아십니까?"

"물론입니다. 우리 영진 판타지에서 운영하는 게임입니다."

"인기가 좋은가요?"

"인기는요, 뭘. 하지만 반응이 좋기는 좋은 모양입니다. 문의가 꾸준히 들어오거든요."

"그래요? 가입자가 얼마나 됩니까?"

"글쎄요. 몇백 명은 될걸요? 자세히는 저도 잘 모릅니다."

욱은 사무실을 둘러보았다.

"여기는 본사가 아닌 모양이지요?"

"네. 그냥 고객 지원 업무를 맡아보는 부서입니다. 사용자들의 문의 사항에 답을 해주고 요금 안내나 게임 세트의 고장 신고 같은 걸 처리하는 곳입니다."

"별로 바쁘지 않은 업무인가 봅니다."

욱의 말에 고석만이 씨익 웃었다.

"잘 보셨군요. 실은 별로 하는 일은 없는 부서입니다. 우린 그냥 전화로 고장 신고나 문의가 들어온 걸 본사로 알려만 주면 되거든요. 그럼 거기서 알아서 다 처리를 하죠. 그나마도 하루에 전화 열 통 정도 오는 게 고작입니다. 워낙 잘 만들어진 게임이라 별로 불평들이 없는 모양이에요."

그때 미스 김이라고 불린 여자가 자판기 커피 두 잔을 들고 들어왔다. 욱이 커피를 받아들며 슬쩍 윙크를 했으나 그녀는 본 척도 하지 않았다.

"제가 궁금한 것은……."

여직원이 나가자 욱이 다시 입을 열었다.

"……그 팔란티어란 게임에 등록되어 있는 한 사람의 신원입니다."

고석만의 이마에 깊은 골이 패었다.

"무슨 말씀인지……."

욱은 잔을 내려놓고 수첩을 펼쳐들었다.

"에……, 가만 있자. 아, 제우스, 대문자 제트, 소문자 이, 유, 에스란 등록명을 가진 사람이 등록이 되어 있는지, 되어 있다면 누구인지, 그리고 그 사람의 게임 내용은 뭐였는지, 이런 것들을 말하는 겁니다."

물론 제우스가 박현철의 아이디인 것은 알고 있었다. 하지만 그 이름이 매일 9시 뉴스 첫머리에 인사말처럼 붙어 나오는 판국에 그 석 자를 들먹여 괜한 경계심을 유발시키고 싶진 않았다. 그리고 돌다리도 두들겨보고 건너랬다고, 원철이 녀석이 제대로 짚었는지 확인을 해보는 것도 나쁘진 않을 것이었다.

그러나 고석만은 상당히 곤란한 표정을 지으며 말했다.

"그건 어렵습니다."

"왜요?"

"경사님도 아시겠지만, 통신 비밀 보호법이 있지 않습니까. 통신망에 등록된 사람의 신원은 범죄 행위에 관련되어 있음이 입증되지 않는 한, 철저하게 보호되게 되어 있습니다. 이름, 주소, 전화 번호 등등의 모든 사항들이요."

욱은 갑자기 말이 막혔다. 그런 법이 있었던가?

"신원은 여기서도 확인을 해드릴 수 있지만, 수색 영장이 필요하고 본사의 허락도 필요합니다. 저희 회사가 그런 측면에 있어서는 워낙 까다로워놔서 말이죠."

"저기, 잘 이해가 안 가시는 모양인데, 저는 그 이름만 확인하면 됩니다. 게임 내용 약간하고요."

"글쎄, 그게 곤란하다니까요. 그리고 게임 내용은 본사에서만 확인이 가능합니다. 게임 자체에 대한 접근은 본사 기술진만 할 수 있고 여기선 아예 불가능하거든요."

욱은 재빨리 상황을 정리해 보았다. 결국 영장을 받아오든가, 아니면 여기선 아무것도 확인할 수 없다는 이야기였다.

"이보시오, 고 선생. 물론 나도 법을 수행하는 경찰의 일원으로 그렇게 적법하게 절차를 밟고 싶어요. 하지만 그러자면 서류가 법원까지 올라가야 한단 말입니다. 내가 절대 귀찮아서 그러는 게 아니에요. 그 와중에 소문이라도 나고 하면 이 회사의 이미지만 나빠지는 거 아닙니까? 그냥 여기서 간단히 확인만 해주시면 회사 평판도 걱정할 필요가 없고, 나도 시간과 노력을 절약해 좋고, 말 그대로 누이 좋고 매부 좋은 거 아니겠냔 말이오. 설마 내가 법원까지 들쑤셔 가며 영장을 받아오길 정말로 바라고 있는 건 아니시겠죠? 그런 건 본사의 윗사람들도 바라지 않는 바일 텐데요."

욱의 협박 아닌 협박에 고석만의 얼굴은 심각한 고민으로 일그러졌다.

"그, 그래도, 법이……."

고석만이 더듬거리자 욱이 이해한다는 미소를 지으며 말했다.

"거, 법이란 게 다 편히 살자고 만들어놓은 거 아닙니까. 그리고 난 다른 사람도 아니고 경찰이에요. 당신이 말하는 그 법을 수행하는 사람이란 말입니다. 절대로 피해가 가지 않도록 할 테니, 협조 좀 부탁드립니다."

고석만은 계속 입맛을 다시며 말이 없었다. 욱은 속이 뒤집어지려는 것을 억지로 참으며 얼굴의 미소를 계속 유지했다. 세상에 이런 사람들만 있다면 자신은 당장 실직자가 될 것이다. 남들은 수조 원짜리 사기에 심지어는 살인까지도 눈 깜짝 않고 해치우는데, 이런 사람들은 가슴이 떨려 2차선 도로 무단 횡단도 하지 못하는 부류들이었다. 평소에야 이런 사람들이 많음에 감사를 하고 사는 욱이었지만 지금은 속으로 고래고래 소리를 지르고 있었다.

'세상을 이 정도 유도리도 없이 어떻게 사냔 말이다, 이 답답한 친구야!'

"안 되겠습니다."

고석만이 심사 숙고 끝에 결심을 한 듯 말했다.

'빌어먹을!'

어금니를 악무는 바람에 욱의 얼굴이 일그러졌다.

"여보시오, 고 선생. 뭐가 좋은 건지 알 만도 한 사람이 왜 그러쇼?"

욱이 시비조로 언성을 높이자 고석만은 찔끔했으나, 이내 욱을 똑바로 마주보았다.

“장 경사님, 분명히 말씀드리지만, 요구하시는 것들은 제 권한 밖의 일입니다. 저희 회사의 가장 큰 방침에 정면으로 배치되는 일이고 법에도 어긋납니다. 무슨 말씀을 하셔도 제겐 그 부탁을 들어드릴 권한도 능력도 없습니다. 이해하십시오.”

욱은 못마땅한 눈초리로 앞에 앉은 남자를 쏘아보았다. 남자는 욱의 눈초리에 몸둘 바를 몰라 안절부절했지만 눈길을 돌리지는 않았다. 욱은 더 이상의 설득이나 협박이 아무 효과가 없으리란 걸 깨닫자 깨끗이 포기하고 일어서기로 했다.

“좋습니다. 그러면 권한을 가진 분과 이야기를 나누는 게 좋겠군요. 본사는 어딥니까?”

고석만이 다시 곤란한 표정을 지었다.

“그것도 알려드릴 수가 없습니다.”

“뭐라고요?”

“그건 저희 회사 보안 사항입니다.”

“그게 무슨 말입니까?”

욱이 황당한 듯 묻자, 고석만은 정말로 미안하다는 투로 말했다.

“이해하십시오. 본사는 우리 게임의 메인 시스템이 있는 곳입니다. 경쟁 회사나 기술을 훔치려고 드는 산업 스파이들로부터 회사를 보호하기 위해, 이건 어쩔 수 없는 조치입니다. 영장을 가져오시면 물론 연락을 해드릴 수 있습니다만, 사실은 저도 위치는 모른답니다.”

욱은 멍하니 고석만을 바라보았다. 이건 정말 웃기지도 않는 인간이었다.

"자, 잠깐만. 그럼 위치도 모르면서 당신은 어떻게 회사에 들어갔소?"

어느새 말투가 취조조로 바뀌고 있었다.

"그냥 인터넷 광고를 보고 지원했죠. 채용되었다는 이메일을 받고 여기로 출근하래서 나왔더니, 저 두 직원도 비슷한 과정을 거쳐 와 있더군요. 업무 내용도 이메일로 지시받고 보고도 이메일로 합니다. 물론 전에도 본사 위치를 묻는 사람들이 가끔 있었지만, 본사에 문의해 보면 절대로 가르쳐줄 수 없다는 답변뿐이었습니다."

욱은 어쩔 수 없다는 표정을 짓고 있는 고석만을 허탈하게 바라보았다.

"당신은 본사가 어디 있는 건지 궁금하지도 않소?"

"궁금할 게 뭐 있습니까? 일 편하고, 월급 꼬박꼬박 나오고. 뭐 별 불만이 없는 직장이라 다른 거 따지지 않고 근무하고 있습니다."

"그럼 당신은 그 게임 해본 적은 있습니까?"

"아뇨. 본사 내규에 회사 직원은 그 게임을 못하게 되어 있다는군요."

욱은 김이 모락모락 올라오는 커피 잔을 바라보며 생각에 잠겼다. 이건 완전히 황당한 상황이었다. 고석만의 태도로 보아 거짓말은 아닌 듯한데, 여기서 뭘 더 어떻게 해야 할지 머릿속이 텅 비는 기분이었다.

"알았어요, 알았어. 그럼 그 이메일 주소라도 좀 가르쳐주실 수 있습니까."

"그거야 어렵지 않습니다."

고석만은 이내 메모지에 주소를 적어주었다.

"별 도움은 안 되었지만, 어쨌든 고맙습니다."

욱은 시큰둥하게 말하고 일어섰다.

"죄송합니다. 정식 영장을 가지고 오시면 얼마든지 협조해 드리겠습니다."

고석만이 미안한 듯 따라나오며 말했다. 사무실 밖으로 나오자 두 여직원이 호기심 어린 눈으로 욱을 쳐다보았다.

밖으로 나온 욱은 건물을 다시 돌아보았다. 귀신에 홀린 기분이었다. 경찰 생활을 하면서 별의별 해괴한 꼴을 다 당해 봤지만 이런 경우는 정말 처음이었다.

욱은 서서히 불어나고 있는 인파 속을 지나 주차장으로 향하면서 상황을 정리해 보았다. 지금 상태로 정식 영장을 요청하는 것은 말도 안 되는 짓이었다. 아마도 오 반장은 자신의 이야기를 반쯤 듣다가 국어 사전에 나와 있는 모든 욕설을 다 퍼부으며 사무실에서 내던져 버릴 것이다. 아니, 아예 유리창 밖으로 내던져 버리거나, 어쩌면 원철의 말대로 정신 병원에 보내려 할지도 몰랐다.

결국 어떻게든 송 의원 사건과 팔란티어 사이의 상관 관계를 입증할 만한 객관적 증거가 필요했는데, 지금으로선 말 그대로 쥐뿔도 없는 상태였다. 박현철이 정말 팔란티어에 등록을 하고 있었는지도 확인을 할 수 없었고, 이젠 확인을 할 방법조차도 알 수 없었다. 그 빌어먹을 본사란 게 어디 있는지, 담당자는 누구인지, 또 어떤 절차를 밟아야 하는지, 종이 쪽지에 적힌 이메일 주소 하나 외에는 아무런 단서가 없는 것이다.

아무리 무식한 그였지만 이메일 주소란 게 지도상의 물리적 위치를 가지는 것이 아니란 것쯤은 알고 있었다. 그리고 그 주소를 사용하는 사람은 북극에서 남극 사이의 아무곳에나 있을 수 있는 것이다. 결국 현재로서 자신이 할 수 있는 일은 아무것도 없었다.

갑자기 맥이 탁 풀렸다. 어쩌면 이 모든 게 허깨비 사냥일지도 모른다는 생각이 들었다. 원철의 말대로 우연인 것을 붙잡고 혼자 난리 법석을 피우고 있는지도 모른다.

차에 시동을 걸면서 욱은 마지막으로 생각을 정리했다. 사실 자신이 생각해도 좀 말이 안 되는 짓을 하고 있다는 건 인정을 하고 넘어가야 했다. 경찰 생활 7년의 알량한 육감도 중요하지만, 일단 어제와 오늘의 흥분을 가라앉히고 모든 걸 냉철하게 다시 따져봐야겠다는 생각이 들었다. 그리고 나서도 계속 수사할 가치가 있다고 판단이 된다면, 거기서부터의 방법은 그때 생각해 보면 될 일이었다. 그리고 생각해 보면, 분명히 방법은 있을 것이다.

문득 아직 박현철의 컴퓨터가 남아 있다는 것이 생각났다. 그걸로 접속을 해보면 어느 정도 도움이 되리란 생각이 들었다. 그러나 그건 게임이 열리는 월요일까지 기다려야 했다.

가속 페달을 밟자 차는 욱의 고민만큼이나 무겁게 구르기 시작했다.

제7장
2중 나선

5월 24일 토요일 오후

원철은 자명종 소리에 잠이 깼다. 지끈거리는 머리를 억지로 들어올리자 오후의 햇살 틈으로 2시 40분이란 시계의 문자판이 눈에 들어왔다.

"어우, 머리야."

원철은 극렬히 저항하는 팔다리를 움직여 억지로 몸을 일으켰다. 망할 놈의 욱이 녀석이 돌아간 후 간신히 자료 정리를 마치고 잠이 든 게 아침 10시 경이니, 겨우 네 시간 반 정도밖에 자지 못한 셈이다. 지난 사흘중 이틀 밤을 녀석에게 시달렸으니 잠과 상관없이 머리가 아픈 것은 당연한 일이었다.

양치질을 하면서 겨우 정신이 든 원철은 속으로 쉬지 않고 욱의 욕을 해댔다. 원래가 예의 범절이나 교양하고는 담을 쌓고 사는 놈이긴 하지만, 아무리 그렇더라도 새벽 1시에 불쑥 찾아와 막무가내로 사람을 괴롭히다니. 그 살인 사건 때문에 어지간히도 압력을 받고 있는 모양이었다. 게다가 게임과 사건이 무슨 연관이 있다고 그 난린지! 원철은 목요일 밤 괜히 팔란티어 얘기를 꺼내는 바람에 곤욕을 치렀다는 생각에 후회가 막심했다. 그거야 지난 일이라 치고, 지금은 그저 녀석이 정신을 차리고 더 이상 자신을 괴롭히지 만 말았으면 하는 생각뿐이었다.

세면을 마친 원철은 컴퓨터의 스위치를 올리고 흔들의자에 앉았다. 부팅 영상이 지나가는 동안 얼핏 시계를 보니 2시 58분이었다. 성식이 형과 화상 연결을 하기로 한 것이 3시였으니 늦은 건 아니다.

자이로 마우스로 화상 연결을 위한 콘솔을 활성화시킨 원철은 의자를 앞뒤로 흔들며 신호가 들어오기를 기다렸다. 지금까지 들은 바로는 혁진이 녀석이 삼진의 라인 구성을 완전히 뒤집어엎은 건 아니라고 했다. 사실 일반 기업의 인트라넷 구성에는 전에 녀석이 만들었던 철통선만으로도 충분하다는 게 원철의 생각이었다. 물론 크래커 팀이 뚫어 보이긴 했지만, 국내 최고의 해커 세 명이 열흘 동안 밤낮으로 혼신의 힘을 기울여서야 가능했던 일이다. 그리고 자세한 내용은 모르겠지만 기존의 삼진 라인과 보안은 그때 문제가 되었던 것을 보완한 것이라고 했다. 그 정도라면 충분히 안심할 수 있을 텐데도 혁진이 굳이 새 라인 구성을 들고 나온 이유는 바로 그 알량한 프로의 자존심 때문이리라는 게 원철의 생각이었다. 나중에라도 해킹을 당했다는 소리를 듣기가 싫은 것이다.

모니터가 깜박거리며 메시지를 디스플레이했다.

김성식님으로부터 직접 화상 연결 요청입니다.

원철이 연결을 허락하자 모니터의 왼쪽에 창이 열리며 예의 뿔테 안경을 쓴 성식의 얼굴이 나타났다. 카메라에 가까이 앉았는지 얼굴만 대문짝만하게 나오고 있었다.

"잘 있었냐?"

"잘 있기는. 그 놈의 삼진 녀석들 때문에 피곤해 죽겠수."

"하하. 피곤하기는 나도 마찬가지야. 한 4, 50프레임은 다시 디자인한 것 같다."

원철은 울상을 지었다. 성식이 디자인을 고친 것은 모두 자신이 다시 프로그램 코드를 수정해야 하는 것이다. 50프레임이라. 밤을 새도 이틀은 꼬박 걸릴 분량이었다.

"야, 그런 표정 짓지 마. 많이는 안 바꿨어."

성식이 안쓰러운 듯 위로했다.

"어쩌겠수. 돈 받고 하는 일인데, 그네들 구미에 맞춰줘야지."

원철이 한숨을 쉬자 성식이 미소를 지었다.

"그 운동인가 뭔가가 정말 효과가 있는 모양이네. 난 네가 길길이 뛸까 봐 밤새 걱정했는데."

"안 그래도 속으론 뛰고 있으니 걱정 말아요."

원철이 억지 인상을 쓰며 쏘아붙였다.

"자, 그럼 먼저 혁진이 라인 구성부터 보여줄게."

성식이 아래를 보며 뭔가를 누르자 화면 오른쪽에 새 창이 열리며 도표가 나타났다. 같은 도표를 그쪽에서도 보고 있는지 약간 오른쪽으로 고개를 돌린 채로 성식이 말했다.

"이게 원래의 구성이었어. 각 사무실마다의 연결은 서브 서버와 1 대 1로 하고, 도시 간 라인은 병렬 구성이었잖아."

원철은 고개를 끄덕였다. 도표가 있던 창이 일단 비워진 다음 새 도표가 나타났다.

"이게 새로 만든 거야. 아예 사무실 간 연결도 병렬로 한 거지. 다시 말해서 서브 서버를 거치지 않고도 정보를 주고받을 수 있는 구성이야. 물론 중요 부서에 한해서만이지만. 다시 말해서, 해킹을 당해도 중요 정보는 아예 서브 서버를 거치지 않으니까 그만큼 안전하다는 거지. 그리고 여기."

화면에 빨간 연필이 하나 나타나더니 메인 서버와 서브 서버 연결 부위에 동그라미를 쳤다.

"여기가 전에 철통선이 뚫렸던 곳이라더군. 나야 자세한 건 모르겠지만 혁진인 이 부분에 새 가디언 파일을 집어넣겠다는 거야."

동그라미 안에 푸른색 방패가 나타나더니 깜박거렸다.

"그럼 메인의 모든 프레임들이 한 레벨 아래로 내려가겠군요. 보안에 1차 우선권을 주고."

원철이 물었다. 이건 좋지 않았다. '약간의 변화'가 아니었다. 성식도 알고 있다는 듯 미안한 표정을 지었다.

"응. 바로 이것 때문에 수정한 프레임 수가 늘어난 거야."

"시스템 전체가 무지 느려지겠네."

"그래도 괜찮다고 그랬다더군. 경민이가 세 번이나 확인을 했대."

"병신 같은 녀석. 확인만 하면 뭘 해. 설득을 좀 해보지."

원철이 투덜대자 성식이 한숨을 쉬었다.

"강 과장이 직접 이야기를 해봤는데도 안 통했다더라. 사장이 해킹 노이로제에 걸린 컴맹이란다."

원철은 쓴웃음을 지었다. 어떤 상황인지 대충 상상이 갔다.

"그렇다고 이렇게 시스템 전체에 중장갑을 씌워놓은 혁진이 녀석도 병이야."

원철이 계속 투덜대었다.

"누가 아니라냐. 하지만 덕분에 조금 더 받기로 하고 작업 기간도 좀 여유를 얻었다더라."

성식의 말에 원철은 '훅' 하고 짧은 웃음을 터뜨렸다. 역시 강 과장이었다. 다른 사람 같으면 작업이 늦어지는 것을 미안해하며 오히려 약간 값을 깎아줬을지도 모르는 상황이었다. 그러나 무슨 방법을 썼는지는 몰라도 시간과 돈을 더 받아냈다니, 타고난 재능이라고밖에는 할말이 없었다.

"자, 이제 프레임에서 바뀐 부분을 설명해 줄게."

성식이 안경을 올리며 말하자 오른쪽의 도표가 사라지며 프레임 디자인이 나타났다.

"여기가 로그 온 네 번째 프레임이야. 센드 버튼을 누르면 서브 서버로 신호를 보내게 되어 있는 걸, 다른 클라이언트로 직접 연결이 되게 해야 해. 그러자면……."

성식의 지루한 설명이 10분 가량 이어지고 있을 때였다.

비너스 님으로부터 직접 화상 연결 요청입니다.

모니터 하단에 메시지가 반짝이는 바람에 원철은 고개를 갸우뚱거렸다. 비너스가 누구지?

열심히 설명을 하고 있는 성식이 눈치채지 못하게 슬쩍 마우스를 움직여 연결 허락을 하자, 오른쪽의 도면 창 위로 새 창이 하나 열리더니 낯익은 얼굴이 나타났다.

수정이었다.

방금 샤워를 마치고 나온 듯, 젖은 머리에 목욕 가운 차림이었다. 화장을 안 한 모습은 오늘 처음 보지만 여전히 여성으로서의 매력이 부족하지는 않은 모습이었다.

'저 계집애가 또 무슨 일이지?'

원철이 의아해하고 있는데 수정은 장난스런 미소를 머금고 손을 움직였다. 말 대신 키보드를 사용하는지 모니터 하단에 메시지가 나타났다.

〉〉 오빠, 안녕? 토요일 오후를 정말 지겹게 보내고 계시네요?

성식은 아직도 눈치를 못 챘는지 계속 뭐라고 지껄이고 있었다. 원철은 대충 상황을 파악할 수 있었다. 수정은 성식과 자신이 이 시간에 화상 연결을 하기로 한 걸 알고 있었던 것이다. 자신은 말을 한 적이 없으니, 아마도 성식에게 들은 것이리라. 그러고는 그 시간에 맞춰 끼어들어 장난을 치고 있는 것이다. 성식에게는 들리지 않게 문자 채팅으로.

원철은 슬며시 미소를 지으며 키보드를 끌어당겼다. 성식의 장구한 설명은 갈무리해 놓았다가 나중에 보아도 되는 것이고, 수정의 가벼운 장난 정도는 받아줘도 무방하리란 생각에서였다.

〉〉 지겹다 못해 죽겠다.

수정이 살짝 웃으며 다시 손을 움직였다.

〉〉 나두 지겨워 죽겠어.

〉〉 일은 잘 돼가?

〉〉 대충 마쳤어. 저쪽서도 맘에 들어한대.

〉〉 잘됐네. 이젠 노는 일만 남았겠군.

〉〉 응. 그런데 다 일들 하고 있어서 같이 놀 사람이 없는 게 문제야.

〉〉 천하에 양수정이 같이 놀 사람이 없다니, 믿을 수 없다.

〉〉 맘이 맞는 사람이 없어.

〉〉 푸하! 너 입맛이 까다로워졌다. 입덧하냐?

〉〉 흥. 처녀보고 그게 무슨 소리야? 아니지, 아니야. 심심한데 애나 배볼까?

〉〉 으이그. 얘하곤 농담도 못해요.

원철은 속으로 미소를 지으며 다시 키를 두드렸다.

〉〉 애는 혼자 배냐? 너야말로 처녀가 할 소리 좀 가려서 해라.

》 물론 혼자야 못 배겠지. 오빠가 좀 도와줄라우?

원철은 갑자기 얼굴이 굳어졌다. 망할 계집애.

"그렇게 찡그리지 좀 마라. 나도 미안하다. 하지만 여긴 그렇게 밖에는 구조를 만들 수가 없었어. 집중 좀 해줘."

성식이 설명을 하다말고 애원조로 말했다. 원철의 표정이 자신 때문이라고 생각한 모양이었다.

"알았어요. 그럴게요."

원철이 말하자 성식은 미안한 표정으로 계속 설명을 했다.

》 알았다고? 그러겠다고? 킥킥.

모니터 하단에 수정의 메시지가 찍혀 나왔다.

》 너한테 한 소리 아닌 거 알잖아. 이제 그만 해라, 응?

》 왜? 오빠도 남잔데 그 정도도 못 도와줘? 그러지 못할 문제라도 있어?

안 그러려고 해도, 자신도 모르게 안면 근육들이 딱딱하게 경직되었다. 이마에 땀방울 맺히는 소리가 들리는 듯했다. 원철은 속으로 자신에게 부르짖었다.

'이원철, 참아라! 저 계집애는 모르고 하는 소리야.'

"야, 좀 그러지 좀 말라니까. 낸들 다 만든 시스템 구조에 손 대고 싶어서 그랬겠니? 왜, 이렇게 하면 코딩이 얽히기라도 하냐?"

원철의 표정을 본 성식이 좀 짜증난다는 투로 말했다.

"아, 아니에요. 아무 문제 없어요."

원철이 엉겁결에 말하자 수정이 잽싸게 말을 받았다.

>> 정말 문제없어? 어디 확인해 볼까?

수정은 키보드에서 손을 떼더니 의미 심장한 미소를 지으며 목욕 가운의 허리띠를 살짝 늦췄다. 여며졌던 가운의 앞섶이 한 뼘쯤 벌어지면서 그녀의 풍만한 왼쪽 젖무덤 가장자리가 옷깃 사이로 살짝 삐져나왔다.

원철은 입을 딱 벌린 채 멍하니 화면을 바라보았다. 놀라움에 이어 분노와 혐오감이 밀려들었다.

'망할 년! 그만 하라는데도!'

원철은 치밀어 오르는 감정을 억제할 수가 없어 자리에서 벌떡 일어났다. 아랫입술을 씹으며 잠시 방 밖으로 나갔던 그는 고래고래 소리를 지르는 성식의 목소리에 마지못해 돌아와 다시 흔들의자에 엉덩이를 붙였다.

"야! 너 도대체 오늘 왜 그러는 거야! 지금까지 내가 한 말을 듣기는 들은 거야?"

"저, 형, 그게 아니라……."

원철은 화면 오른쪽에서 앞뒤로 몸을 흔들어가며 웃고 있는 수정의 모습을 잡아먹을 듯이 노려보았다. 그러나 그녀의 악의 없는 웃음을 보고 있자니 그의 분노는 차츰 누그러들었다. 그녀의 행동은 단순히 그녀 나름대로의 유머일 뿐이고, 자신을 괴롭히기 위한 고의적 행동이 아닌 것이다. 자신이 느끼는 분노도 그녀에 대한 것이 아니라 아직도 이런 상황을 흥분 않고 넘기지 못하는 자기 자신에 대한 것일 뿐이었다.

그것을 이해하자 화는 차츰 가라앉았다.

'그래, 이젠 이런 걸로 흥분할 때는 지나지 않았니.'

원철은 심호흡을 하며 자신에게 다짐을 했다. 천천히 맥박수가 정상으로 돌아왔다.

하지만 이런 장난을 묵과하고 넘어갈 수는 없었다. 아무리 장난이래도 이건 도가 지나쳤다. 이런 농담은 전혀 재미있지 않다는 것을 수정에게 똑똑히 알리기 위해서, 그리고 성식이 형의 오해를 풀기 위해서라도, 수정의 못된 장난은 폭로되어야 했다.

"그게 아니라, 뭐!"

성식은 정말로 화가 난 듯했다. 원철은 슬쩍 키보드를 끌어당겨 수정과 성식 사이에 가상 연결을 만들어주려고 했다. 그러면 각각 따로 들어오고 있는 신호를 자신의 컴퓨터로 중계하여 수정과 성식이 서로 연결된 것처럼 만들어줄 수 있는 것이다. 그러나 키를 두드리려던 원철은 수정이 둘째손가락을 흔들며 '노, 노' 하는 입 모양을 만드는 것을 보고 키보드를 밀어버렸다. 수정은 만약 가상 연결을 시도하면 그대로 접속을 끊어버릴 셈인 듯했다.

일단 수정이 연결을 끊고 나면, 그 다음에는 아무리 이야기를 해도 성식은 믿지 않을 것이다. 원철은 난감한 표정으로 수정을 바라보다가 한 가지 생각을 해내고 자리에서 일어섰다.

"잠깐만."

성식과 수정이 동시에 어리둥절한 표정을 짓고 있을 때, 원철은 벽에서 떼어온 거울을 느닷없이 모니터 앞에 들이대었다. 모니터 귀퉁이에 달린 카메라에는 현재 원철이 보고 있는 모니터가 그대로 비칠 테고, 자신이 보고 있는 것을 성식과 수정도 에누리없이 보게 되는 것이다.

"수, 수정아. 너 거기서 뭐하는 거야?"

잠시 말을 잊고 있던 성식이 소리쳤다.

"오, 오빠. 안녕?"

수정은 당황하여 옷깃을 여미더니, 곧 황급히 접속을 끊었다.

"그, 그게 뭐였어?"

원철이 거울을 내려놓고 다시 자리에 앉자 성식이 더듬거리며 물었다.

"수정이."

"나도 알아. 왜 걔가 거기서 누드 쇼를 하고 있느냐는 거야."

"낸들 알아? 갑자기 화상 연결을 해오더니 사람 당황하게 만들잖아."

성식이 고개를 갸우뚱거렸다.

"걔가 네가 접속해 있는 걸 어떻게 알고 화상 연결을 해오냐?"

"형이 말했겠지. 난 이 시간에 콘솔 열어놓을 거란 얘긴 한 적이 없으니까."

그 말을 듣더니 성식이 이마를 치며 말했다.

"아, 맞아! 어제 잠깐 그런 얘기를 했지. 맞아, 맞아. 그런데 너희들 언제부터 그런 사이였냐?"

"우린 그런 사이 아니라니까! 재 혼자 저러고 장난하는 거야."

원철이 소리지르다시피 말했다.

"정말?"

"그럼 우리 둘이 그런 사이면 내가 형한테 저걸 보여주겠수?"

성식이 그제야 고개를 끄덕였다.

"하긴 그래. 그런데 걔도 참 중증이다."

"중증 정도가 아니라 말기야, 말기."

"근데 왜 너한테만 그러냐?"

"몰라. 나한테만 그러는 건지 아닌지는 또 어떻게 알아?"

원철이 퉁명스레 대꾸하자 성식은 상당히 진지한 표정을 지으며 말했다.

"나한테는 안 그러거든."

원철은 갑자기 웃음이 나왔다.

"푸하! 그래서 부러우셔?"

"아니, 뭐 그렇다는 게 아니라……."

성식이 갑자기 얼굴을 붉히며 말을 더듬었다.

"하하, 아예 상대가 경민이였으면 깨끗이 포기했을 텐데, 두 살 아래인 나라니까 좀 질투가 나나 보지? 아하하하."

원철이 카메라에 바짝 얼굴을 대고 웃어대자 성식이 버럭 소리를 질렀다.

"그게 아니라니까!"

성식은 헛기침을 한번 하더니 최대한 엄숙함을 씌운 말투로 말했다.

"수정이의 그 좀, 어……, 독특한 유머 감각은 나도 익히 아는 바지만, 그런 유머라도 한 사람에게만 집중이 될 경우엔 단순한 유머로만 보기는 좀 어렵지 않을까 하는 게 내 생각이야."

"그러니까……, 우씨, 그게 도대체 무슨 뜻이야?"

"혹시 수정이가 너한테 단순한 동료 이상의 감정을 가진 게 아니냐는 거지."

"에이, 설마. 갠 선천적으로 그런 진지한 감정 같은 건 절대로 갖지 못하게 만들어졌잖아."

원철이 일축하자 성식이 고개를 저었다.

"아니야. 꼭 그렇게 단정지어 생각할 수 있는 문제는 아니야. 여자란 우리로선 영원히 이해할 수 없는 동물들이라고 그랬어."

"누가?"

"어……, 우리 엄마가. 웃지 마. 그건 중요한 게 아니야. 하여간 수정이가 너한테 유독 심한 장난을 많이 걸고 있다면, 그게 모두 장난이라고 치부하고 넘어갈 일만은 아니라고 생각해."

"거 무슨 섬뜩한 말씀이우?"

"섬뜩한 말이 아니라 그래도 공깃밥 2년치 더 먹은 사람이 해주는 조언이니 잘 들어둬. 여자란 말야, 자신이 감정을 내보였을 때 상대방이 그걸 무시하면 아주 크게 상처 입는 존재라고. 내가 걱정하는 건 수정이가 저러는 게 혹시 너에 대한 관심을 달리 표현할 방법을 몰라서 그러는 게 아닌가 하는 거야. 그리고 네가 그걸 눈치채지 못하고 계속 무시만 하고 있는 게 아닌가 하는 것하고."

원철과 모니터 사이의 공간에 무거운 침묵이 내려앉았다. 최근 수정의 행동들을 돌아볼 때 성식의 말이 전혀 터무니없는 소리로만 들리진 않았다. 갑자기 가슴속에 묵직한 납덩이가 들어앉은 느낌이었다. 만약, 만약에…….

"하지만 걔가 바라는 건 형이 생각하는 그런 심각한 관계가 아닐걸?"

원철은 항변하듯 말했으나, 왠지 기어들어 가는 목소리였다.

"그거야 본인이 아닌 이상은 알 수 없는 거지."

성식이 안경을 벗고 콧날의 눌린 자국을 문지르며 말했다.

원철은 대답을 하지 않았다.

다시 약간의 침묵이 흐른 뒤 성식이 말했다.

"어휴, 자, 자. 이제 머리 아픈 이야기는 그만 하고, 일하자 일해."

시스템스 애널리스트는 두꺼운 뿔테를 다시 콧날에 걸고 지루한 설명을 재개했다. 원철은 성식이 뜯어고쳐 놓은 수많은 프레임들을 코딩하는 것이 수정이 문제보다 훨씬 더 머리가 아프다고 말하려다가, 긴 한숨을 내쉬며 화면에 정신을 집중했다.

머리는 더 아플지 몰라도 마음의 부담은 훨씬 적기 때문이었다.

제8장
호기심의 종점

5월 26일 월요일

합동 수사반 안으로 들어서면서 욱은 묘한 분위기를 느꼈다. 이미 출근해 있던 너더댓 명의 사람들이 일제히 자신을 돌아보았기 때문이었다.

'왜들 이래? 지각이라도 했나?'

시계를 들여다보았으나 겨우 아침 8시 10분이었다. 이르면 일렀지 늦은 시간은 아니다. 욱이 다시 고개를 들자 사람들은 모두 그의 시선을 피해 고개를 돌렸다.

'뭐야, 이거!'

사무실 안을 다시 둘러본 그는 코방귀를 한번 뀌고는 자기 자리로 가서 앉았다. 토요일 오후를 내리 자고 내친김에 일요일마저 침대 위에서 뒹군 덕에, 월요일 아침임에도 간만에 상쾌한 기분으로 출근한 참이었다. 쓸데없는 일로 좋은 기분을 잡치고 싶진 않았다.

책상에 가방을 올려놓고, 노트북을 꺼내고, 일요일에 처리하려고 마음먹고 있던 밀린 서류들을 뒤적이고 있을 때, 갑자기 반장실 쪽에서 날벼락에 바위 갈라지는 소리가 터져나왔다.

"그 자식 아직도 출근 안 했어?"

돌아보자 남기철이 이마의 땀을 닦으며 반장실에서 나오는 것이 보였다.

"어이, 뭔 일 났어?"

욱이 묻자 기철은 기가 차다는 표정으로 그를 보았다.

"뭔 일인지는 장 형사가 더 잘 알 거 아냐?"

"나?"

"그래. 자네 도대체 무슨 일을 벌인 거야?"

"무슨 일이라니?"

"아니, 장 형사가 모르면 누가 안다는 거야?"

"도대체 무슨 소리야?"

욱이 어리둥절해하자, 기철이 소리를 죽여 말했다.

"나도 모르겠어. 상부에서 자네 때문에 말이 내려온 것 같아. 반장이 새벽 6시에 불려나와서 돼지게 터지고 온 모양이야. 벌써 30분이 넘게 자넬 찾아내라고 저 발광을 하고 있다고. 어서 들어가 봐."

욱이 고개를 갸우뚱거리며 몸을 일으킬 때, 반장의 비대한 몸집이 반장실 앞에 모습을 드러냈다. 작은 두 눈은 분노로 하얗게 이글거리고 있었다.

"절 찾으셨습니까?"

욱이 다가가며 묻자, 반장은 다짜고짜 그의 멱살을 움켜쥐고 반장실 안으로 끌고 들어갔다.

"왜, 왜 이러세요?"

욱이 당황하며 반장의 손목을 잡자, 반장은 사무실 문을 거칠게 닫으며 던지다시피 그의 멱살을 놓았다.

"왜 이러시냐니까요?"

목을 어루만지며 투덜대는 욱 앞에 반장은 어금니를 악물고 말했다.

"'왜 이러세요?' 너 이 새끼, 바른 대로 말해!"

"뭘요?"

"너 증거 보관실에 내 이름 팔고 뭘 들고 나갔어?"

'이런, 그거였구나!'

욱은 아차했다. 박현철의 컴퓨터는 저녁에 접속을 시도해 보기 위해 아직 자신의 책상 서랍에 넣어두고 있었다. 증거 보관소 직원이 별다른 말을 할 것 같지 않아 안심을 하고 있었는데, 그게 아닌 모양이었다.

욱은 옷매무새를 가다듬으며 빠르게 생각을 정리했다.

"뭘 들고 나갔냐니까, 이 호로새끼야!"

오 반장의 목소리에 유리창이 다 웅웅거렸다.

"커, 컴퓨텁니다."

"이 자식 이거 완전히 미친놈 아냐? 그건 뭐하러 들고 나갔어, 이 씨발놈아!"

"저, 저기, 수사에 좀 참고하려고……."

"야, 이 새끼야. 찢어지면 다 아가리고 뱉으면 다 말이냐? 말 같지도 않은 소리 좀 하지 마!"

"……."

"넌 좀 생각이 있는 새끼라고 봤는데, 어디서 수송아지 달거리하는 소릴 하고 있어, 인마!"

"저, 그게 말이죠, 실은……."

욱은 그간에 있었던 일들을 말하려다가 입을 다물었다. 어차피 지금 설명을 한다 해도 반장이 납득할 것 같지 않았고, 지금 같은 상황에선 오히려 그의 부아를 돋우기밖에야 더하겠는가 하는 생각이 들어서였다.

"그리고 너 토요일 오전엔 어디 갔었어?"

"네?"

"이 새끼가! 고막이 좆물에 불어 터졌나, 뭘 '네' 야, '네' 가! 토요일 오전에 어디 갔었냐고!"

오 반장의 고함에 욱은 실제로 고막이 터지지 않았나 걱정이 될 정도였다.

"저, 타, 탐문 수사를 좀……."

"뭐? 이, 이런 자식이 다 있어?"

오 반장의 어깨가 바르르 떨렸다. 욱은 움찔했다.

"이 자식아! 경찰 배지만 휘두르면 멀쩡한 남의 회사에 불쑥 들어가 아무 소리나 찍찍 해대쌓고 다녀도 된다고 배웠냐! 이거 정말 간이 배 밖으로 나온 놈이네!"

"전 그, 그냥 질문만 몇 가지 한 건데……."

"시끄러! 주둥일 확 찢어버리기 전에 당장 그 컴퓨터 가져와!"

반장의 서슬에 욱은 할 수 없이 박현철의 북케이스를 들고 왔다. 반장은 그걸 받아 자신의 책상 위에 던지듯 올려놓은 후 돌아섰다.

"너 말야, 일은 규정에 따라서 하라고 배웠냐, 아니면 니 맘대로 하면 된다고 배웠냐?"

너무 뻔한 질문이어서 욱이 머뭇거리자 반장이 다시 소릴 질렀다.

"어떻게 배웠냐고, 이 개새끼야!"

"규, 규정에 따라 하라고 배웠습니다."

욱이 엉겁결에 대답했다.

"그러면 증거물을 반출할 때 필요한 서류를 만들어 제출하면 되지, 남의 이름은 왜 팔아?"

욱은 대답을 하지 못했다.

"그리고! 하라는 수사는 않고 왜 엉뚱한 남의 회사엔 들락거리며 공포 분위기 조성하고 그래!"

"네? 공포 분위기라뇨?"

"인마, 네가 토요일날 가서 들쑤셔 놓은 회사에서 국장님한테 직접 민원이 들어왔어. 네놈이 갑자기 나타나 어줍잖은 개소리를 늘어놓으며 영업 방해를 하고 갔다고."

"전 정말 그냥 질문 몇 가지 한 것뿐입니다."

욱이 항변조로 말하자 반장의 얼굴이 무섭게 일그러졌다.

"이 염병할노므 새끼가? 무슨 회산데 지금 우리가 수사하고 있는 사건이랑 관계가 있다는 거야? 말 좀 해봐! 나도 좀 알고 싶어 확 돌아버릴 지경이다. 말해 봐!"

욱은 아무 말도 하지 않았다. 물론 설명을 할 수는 있었지만, 두려운 것은 그 이후였다. 차라리 한 소리 듣고 끝나는 게 나았다.

"요즘이 그런 데 삥이나 뜯으러 다닐 때야? 너 그딴 짓거리 하고 돌아다니라고 수사반으로 차출해 온 줄 알아?"

이건 너무 심한 소리였다. 그러나 욱은 이를 악물었다.

"너 재조사할 건설업자들 명단 받은 건 들여다나 봤어, 이 새끼야?"

"……."

"새끼, 이거 순 개자식이네."

욱이 말이 없자 반장은 혼자서 씨근덕거렸다.

"아, 씨발, 토요일날은 전날 어떤 미친 새끼가 청장님한테 전화 장난하면서 내 이름 들먹였다고 한 소리 듣고, 일요일 하루 좀 쉬고 나왔다 싶으니 네놈 자식이 또 내 이름 팔아대며 증거물 들고 나갔다고 한 소리 듣고. 야, 이거 정말 눈알 돌아간다. 법만 없으면 넌 오늘 이 방에 사지 중 하나는 떼놓고 갔어, 알아?"

토요일의 전화 장난? 욱은 속으로 뜨끔했으나, 겉으론 내색을 하지 않았다. 지금 분위기로 봐선 반장이 '어떤 미친 새끼'가 누구인 줄 알게 된다면 정말로 팔이나 다리 하나 정도는 감수해야 할 것 같았다.

"나가!"

계속 혼자 씨근덕거리던 반장이 분을 이기지 못하고 소리를 질렀다. 욱은 고개를 푹 숙인 채 서둘러 반장실을 나왔다.

"뭐야? 왜 그래?"

기철이 걱정스러운 표정으로 물었다.

"아니, 금요일날 증거물 하나 들고 나간 게 있는데, 그걸 가지고 저러네."

투덜대는 욱의 뒤통수에 다시 반장의 목소리가 날아들었다.

"재조사 보고서 내일 아침까지 가져와! 반성문 열 장하고!"

반장이 사라지자 욱은 자리에 앉아 껌을 꺼내들었다.

"아, 쌍, 더러워서."

껌을 씹기 시작하자 향긋한 박하 향이 입 안으로 퍼져나갔다.

"뭘 들고 나갔는데?"

기철이 궁금한 듯 물었다.

"박현철이 컴퓨터. 에이, 씨발, 별것도 아닌 걸 가지고 저 난리야."

욱이 투덜거리는 순간, 수사반 문으로 NIS 최경식이 모습을 드러냈다. 여전히 감색 양복에 선글라스를 쓴 채였다.

"아, 좋은 아침이야. 모두들 안녕하신가?"

뭐가 그리 좋은지 벙글거리며 들어서던 그는 욱을 보더니 물었다.

"아니, 장 형사는 왜 아침부터 표정이 그래? 출근길에 똥이라도 밟았나?"

"아니, 출근하는 똥을 봐서 그래."

욱이 쏘아붙이자 그의 얼굴에서 웃음이 사라졌다.

"이 친구 건드리지 마슈. 지금 막 반장님이랑 한바탕 하고 나왔으니."

기철이 옆에서 말했다.

"아하, 그러니까 똥을 밟은 게 아니라 밟힌 똥이었군. 아하, 아하하."

경식은 자신의 어거지 유머에 감탄한 듯 혼자 웃어젖혔다.

욱의 표정이 위험스레 일그러지는 것을 본 기철이 얼른 두꺼운 서류 뭉치를 그의 얼굴 앞에 내밀었다.

"재조사할 건축업자들 명단이야."

욱은 껌을 또 하나 까 씹으며 서류를 받아들었다. 총 마흔다섯 명이었다. 1차 조사 때보다는 수가 적었지만 내일 아침까지 처리하는 건 도저히 불가능한 숫자였다. 물론 할 생각도 없었지만.

흘끗 돌아보자 경식이 자리에 앉아 한가로이 중국어판《뉴스위크》를 펼쳐드는 것이 보였다.

'까투리 불알 같은 새끼!'

욱은 속으로 욕을 하면서 손에 든 서류로 다시 눈을 돌렸다. 지겨운 또 한 주에 어울리는 시작이었다.

욱은 기철의 뒤를 따라 고개를 숙이고 좁은 문을 들어갔다. 작고 지저분한 가게였지만, 욱은 퇴근 시간의 인파로부터 해방되는 것만으로도 감지덕지해하며 기철의 맞은편에 자리를 잡고 앉았다.

"여긴 어떻게 알았어? 아직까지 서울에 이런 곳이 다 있네."

가게 안을 둘러보며 욱이 말하자 기철이 싱긋 웃었다.

"용케 철거당하지 않고 버티고 있는 곳이지. 주인 할머니가 땅주인이라 세 걱정 않고 장사하는 곳이야. 가끔 본청에 들르면 여기서 저녁을 먹곤 했지. 겉보기엔 이래도 맛은 일품이라고."

대답이라도 하듯 주인으로 보이는 할머니가 주방 쪽에서 소리쳤다.

"뭐 줄까?"

"국밥 둘이오. 간 좀 많이 넣어주세요. 소주 하나하고요."

기철이 마주 소리를 질렀다. 할머니는 대답을 하지는 않았지만 잠시 후 와서 소주 한 병과 물에 젖은 잔 두 개를 놓고 갔다.

잔을 채운 두 사람은 건배를 하고, 다시 잔을 채웠다. 욱이 먼저 입을 열었다.

"에이 참, 내 더러워서 정말."

"거 고만 좀 해. 하루 종일 그러네."

기철이 욱의 잔을 채워주며 다독거렸다.

"재수가 없으면 뒤로 자빠져도 불알이 터진다더니, 내가 꼭 그 짝이야. 위에서 컴퓨터 들고 나간 건 어떻게 알았을까? 보고될 정도의 일도 아닌데."

"지금 그게 문제야. 일단 일이 났으면 난 거지, 왜 났는지는 따져서 뭐해? 그만 빨리 잊어버리라고. 생각할수록 장 형사만 손해야."

기철이 타이르듯 말했다.

욱은 앞에 놓인 술잔을 바라보았다. 정말 꼬여도 더럽게 꼬였다. 사실 큰 기대를 걸고 있던 것은 아니지만, 이제는 팔란티어에 대해 아무런 조사도 할 수 없게 된 것이다. 민원까지 들어왔다니 그 사무실에 다시 가서 다시 캐겨보는 것은 생각도 할 수 없는 일이었다. 하긴 지금 찬찬히 생각해 보면 거기서 뭔가를 건져보려고 했던 자신이 좀 우습기도 했다.

'맞아. 쓸데없는 일이었어.'

욱은 다시 잔을 비웠다. 하지만 그래도 그 고석만이란 자는 좀 괘씸했다. 분명히 민원까지 넣을 일은 아니었는데, 앞에서는 사근사근하게 거절을 해놓고 이런 식으로 뒤통수를 갈기다니. 아니, 어쩌면 그 본사라는 데서 한 짓인지도 몰랐다. 어쨌거나 아침에 반장에게 된통 당한 이후론 그에 관련된 일은 더 이상 생각하기도 싫었다.

욱이 말했다.

"그런데 요즘은 정말 세상이 많이 달라졌더라고."

"또 뭔 얘길 하려고 그래?"

기철이 잔을 다시 채워주며 물었다.

"아니, 토요일날 어떤 회사에 잠깐 들렀는데, 당장 위로 민원이 날아들어 왔다잖아. 아침에 그것까지 뭉뚱그려서 두드려맞았어."

"거긴 왜 갔는데?"

"아니, 그냥 잠깐 몇 가지 물어볼 게 있어서 갔던 거야. 그냥 가서 차 한잔 마시고 물어볼 거 물어보고 곱게 나왔다고. 그런데도 영업 방해 어쩌고 말이 나오니, 나 참."

욱의 투덜거림에 기철이 짧게 웃었다.

"요즘이야 다 그렇지, 뭐. 근데 뭐하는 회산데?"

"온라인 게임 만드는 회사라는데, 거 좀 웃기더라고."

"뭐가? 오락이?"

"아니, 그 회사가. 작은 사무실에 직원 세 명이 있는데 자기들도 본사가 어딘지를 모른다는 거야."

기철이 갑자기 얼굴에서 웃음을 지우며 되물었다.

"본사를 모른다고?"

"응, 그냥 이메일로 연락하고, 또 업무 지시 받고. 아예 본사 사람들하고는 얼굴도 마주치지 않고 일을 하고 있더라고."

"그 사람들 하는 일이 뭔데?"

이제 기철의 얼굴은 자못 심각했다.

"별것도 없어. 전화 받고, 뭐 고장 신고를 받는다나? 그리고 그걸 본사에 연락해 주고, 뭐 그런 자잘한 일들이야. 그리고……."

"그리고 본사로의 연락 창구는 이메일 하나고, 그치? 전화 번호나 주소도 없고 말이야."

욱이 채 마치기도 전에 기철이 앞질러 말했다.

"어? 그걸 어떻게 알았어?"

욱이 놀라서 묻는데 기철은 입을 굳게 다물고 껄끄러운 표정을 지었다.

"왜 그래?"

욱이 재차 묻자, 기철은 대답 대신 물었다.

"장 형사, 거긴 어떻게 알고 갔어? 무슨 일로?"

욱은 잠시 머뭇거렸다. 이야길 하자면 길었다. 그리고 자신이 가졌던 말도 안 되는 의심을 털어놓고 싶은 마음도 없었다.

"어, 그냥. 개인적인 일이었어."

"그래? 혹시 간판도 없는 작은 사무실 아니었어?"

"어? 그걸 어떻게 알았지?"

욱이 눈을 동그랗게 떴다. 기철은 뭔가를 골똘히 생각하며 잔을 만지작거리다가 입을 열었다.

"한 2년쯤 전인가? 젊은 검사 하나가 일부 벤처 기업들이 상당한 세금을 포탈하고 있다는 이야기를 듣고 수사를 벌인 적이 있어. 소자본에 규모도 크지 않은 회사들이 고부가 상품을 만들면서 엄청난 돈을 움직이고 있다는 정보가 은행 쪽에서 들어왔거든. 그때 한 열 개 정도의 회사가 비밀리에 수사를 받았지. 대부분 탈세 혐의가 드러났지만, 그 당시 경제 사정을 고려해 추징금만 적당히 내고 모두 조용히 넘어가는 걸로 처리가 됐어."

"그런데?"

"그런데 한 회사가 문제가 된 거라. 그 검사가 아무리 난리를 쳐도 그 회사는 아무것도 파악이 안 되는 거였어. 전화 번호 하나와 그 번호에 연결된 경리 사무실 하나 외에는 아무리 추적을 해도 나머지를 알 수가 없었다더군. 전화도 없고, 주소도 없고, 그냥 그 사무실에 매일 들르는 부장이란 사람이 일을 시키고 보고를 받고 월급도 주고 했다는 거야. 사무실 직원이 넷이었는데, 모두 그 이상은 아무것도 몰랐대."

"어, 그거 상당히 비슷하게 들리네. 그래서?"

"그 검사는 젊은 혈기에 끝까지 달려들었는데, 어느 날 갑자기 후딱 수사를 종결해 버렸어. 그러곤 그 다음 달로 지방으로 전보되어 내려가 버렸지."

욱은 이제 두 귀를 바짝 세우고 있었다.

"왜 그런 거야?"

"정확한 건 아무도 몰라. 하지만 나중에 소문이 돌기로는……."

기철이 주위를 돌아보더니 몸을 앞으로 숙이며 목소리를 낮췄다. 욱도 따라서 몸을 기울였다.

"그 회사는 일종의 유령 회사였다는 거야, 모 기관에서 운영하는."

욱은 짧은 숨을 내뱉았다. 모 기관이라면 정보 기관을 말하는 것일 것이다.

"우리 나라 것만이 아니야. 서울엔 미국, 일본, 중국, 러시아의 기관들이 그런 식으로 운영하는 사무실도 많다고 하더라고."

기철이 덧붙였다.

욱은 소리 없는 신음을 내뱉으며 생각에 잠겼다. 남북 경협으로 통일이 점점 가시화되어 가는 지금의 정치 상황 덕분에, 지금 한반도에는 극동 각국의 이해와 관심이 서서히 집중되어 가고 있었다. 영화에 나오는 것 같은 제임스 본드 식의 폭발적 첩보전은 한 번도 발생하지 않았지만, 서울이 정보를 모으기 위해 혈안이 된 그림자들로 바글대고 있다는 것은 알 만한 사람이면 누구나 다 아는 사실이었다. 국가의 정보 기관뿐만 아니라 국내외의 몇몇 굵직한 다국적 기업들 역시 나름의 정보망을 가동시키고 있다는 것도 일종의 공개된 비밀이었다.

그러나 욱은 고개를 저었다.

"아니야. 이 회사는 달라. 컴퓨터 게임을 제공하는 회사야. 실제로 그 게임을 하는 친구도 알고 있다고. 이름만 있는 유령 회사는 아니야."

"그럴까? 듣자니 그런 회사들이라도 실제로 무역 업무 같은 걸 하는 데도 있다더군."

"……."

욱이 다시 생각에 잠겨 있을 때, 주인 할머니가 순대국 두 개를 쟁반에 담아서 들고 왔다. 삶은 돼지 간이 수북이 얹혀 있었다.

"자, 일단 먹자고. 이거 하난 서울 시내 제일이라니까."

기철이 숟가락을 들며 말했다. 할머니는 그 말을 듣자 쪼글쪼글한 얼굴의 주름을 더 깊이 구기며 커다란 미소를 지었다.

문 앞에서 망설이던 욱은 결심을 한 듯, 지갑을 꺼내들었다. 지갑에서 못쓰게 된 신용 카드 한 장을 뽑아든 그는 문틈으로 카드를 밀어넣었다.

딸칵.

잠겨 있던 문은 너무도 손쉽게 열렸다. 무기고를 제외한 본청 청사 내의 웬만한 처부들은 간단한 자물쇠 이외에는 별다른 시건 장치가 되어 있지 않았다. 조금 아이로니컬한 이야기지만, 아마도 서울 시내에서 가장 털기 쉬운 곳을 꼽으라면 이곳은 다섯 손가락 안에 들고도 남을 것이다.

욱은 숨을 훅 들이쉰 다음 문 안으로 들어섰다. 어둠에 적응이 되는 데는 잠시 시간이 필요했지만, 1분 가량 시간이 지나자 이내 낯익은 탁자가 눈에 들어왔다.

기철의 이야기를 듣고 나서 욱은 여러 각도에서 생각을 해봤다. 하지만 팔란티언지 뭔지 하는 게임을 만든 그 회사가 정보 기관의 위장 간판일 가능성은 매우 적어보였다. 정보 기관에서, 얼굴을 숨기기 위해 간단한 무역업도 아니고 수백 명이 접속을 하는 머든가 무든가 하는 걸 운영한다는 가설은 아무래도 설득력이 없었기 때문이다. 욱은 아마도 고석만의 말대로 회사의 기밀과 보안을 위해 그런 기관 비슷한 형식을 도입해서 운영하는 것이리라고 잠정 결론을 내렸다.

그러나 기철의 말을 가만히 곱씹다 보니 하나둘씩 수상쩍은 부분들이 생각에 치이기 시작했다. 자신이 처음 문을 열고 들어갔을 때, 여직원은 '누구세요? 뭐하시는 분이세요?' 라고 했다. 어떤 회사라도 손님이 오면 응당 '어서 오세요. 무슨 일로 오셨읍니까' 가 정상적인 반응일 것이다. '누구세요? 뭐하시는 분이세요?' 란 말은 '여긴 당신이 올 곳이 아닌데 왜 왔소?' 란 말을 듣기 좋게 바꾼 것에 불과했다. 다시 말해서 그것은 그 사무실에 드나드는 사람이 매우 적었고 거의 고정되어 있다는 것을 뜻했다.

아무리 심심풀이 게임이라지만 그래도 수백 명을 상대한다는 회사의 고객 지원 부서에 방문하는 사람이 그렇게도 없을까? 만약 자신이 전화로 사무실의 위치를 물었다면 그들이 순순히 가르쳐주었을까? 그날 직원들의 반응으로 미루어보건대 분명 아닐 거라는 생각이 들었다.

그리고 고석만이라는 자도 그랬다. 아무리 일이 편하고 월급이 꼬박꼬박 나온다고 해도 본사에 대해 어쩌면 그렇게 무관심할 수 있느냔 말이다. 그리고 인간이라면 자기가 팔고 있는 물건에 대해 약간이나마 호기심이 생기는 법인데, 자신들은 회사의 게임을 할 수 없다고 말하던 그 태도는 마치 '대전은 충남이요, 부산은 경남이요' 하는 투였다.

그렇게 생각을 하고 보니 모든 것들이 영 석연치가 않았다.

저녁 식사 후 기철이 퇴근하자 욱은 밀린 일을 처리하고 반성문을 쓰기 위해 다시 사무실로 돌아왔다. 그러나 계속 그런 생각들로 머리가 복잡해 오자, 게임 접속에 대한 욕심이 또다시 슬며시 고개를 들기 시작했다. 아무래도 그 게임에 접속해 보면 그런 의문들에 대한 몇 가지 답을 얻을 수 있을 것 같았다.

그리고 그것이 지금 그가 여기 증거 보관소에 다시 와 있는 이유였다.

욱은 주머니에서 작은 펜라이트를 꺼내 불을 켰다. 방을 가로지르고 있는 칸막이와 창살들이 보였다. 칸막이의 오른쪽 끝으로 가자 허리를 구부려야 겨우 들어갈 수 있는 작은 문이 눈에 들어왔다. 거기 달린 작은 자물쇠를 본 욱은 잠시 머뭇거렸으나, 자세히 보니 그것은 그냥 잠긴 것처럼 보이게 걸쳐져만 있었다. 아침 저녁으로 여닫는 게 귀찮아서 그래놓은 모양이었다.

"자식들, 지들 근무는 이따위로 하면서 남들에겐 괜히 빡빡하게 굴어."

욱은 투정 반 감사 반으로 툴툴거리며 문을 열고 들어갔다. 둘러보니 칸막이 뒤쪽에 작은 컴퓨터가 놓여 있는 것이 보였다. 뒤를 더듬어 스위치를 올리자 9인치 미니 스크린이 깜빡이며 초기 화면이 떠올랐다.

〈증거 보관소 관리〉

1. 신규 증거물 등록
2. 증거물 반출
3. 증거물 파기
4. 증거물 조회

부팅 없이 일곱 가지 정도의 메뉴가 주욱 올라왔다. 4번 '증거물 조회'를 누르자 사건 번호를 묻는 화면이 올라왔다.

"가만있자……."

욱은 수첩을 뒤져서 번호를 찾은 후 조심스레 자판을 눌렀다. 화면이 다시 반짝이더니 다음 페이지로 넘어갔다.

사건 번호: 185937

발생 일자: 2011. 5. 11

사건 종류: 살인

피해자: 송경호

욱은 필요 없는 부분을 뛰어넘어 증거물 목록을 훑어보았다.

증거물 목록

1. 장검 (1자루)

2. 상의 (1벌)

3. 하의 (1벌)

4. 운동화 (1족)

5. 안경

6. 내복 상의 (1벌)

7. 내복 하의 (1벌)

8. 잠바 (1벌)

9. 도면통 (1개)

10. 서적-1

11. 서적-2

—— 아무 키나 누르시오.

"15번이라고 그랬겠다……."

욱이 엔터 키를 누르자 다음 화면이 올라왔다.

증거물 목록 (계속)

12. 서적-3

13. 서적-4

14. 서적-5

17. 시계

18. 녹음 테이프-1

19. 녹음 테이프-2

20. 녹음 테이프-3

21. 플래시 메모리-1

22. 플래시 메모리-2

23. 플래시 메모리-3

"어? 이게 뭐야?"

화면을 들여다보던 욱은 놀라움에 나지막이 소리쳤다. 증거물 15번과 16번이 보이지 않았다. 15는 컴퓨터였고, 16은? 계속해서 몇 번을 더 엔터 키를 눌렀으나, 계속해서 이어지는 증거물 번호 중 어디에도 컴퓨터는 보이지 않았다. 멀티 세트도 마찬가지였다. 플래시 메모리의 목록은 한없이 이어졌지만 막상 있어야 할 컴퓨터는 없다. 욱은 직감적으로 16번이 멀티 세트인가 뭔가 하는 그 장치였을 거라고 판단했다.

"어이 씨, 이게 어떻게 된 거야?"

욱은 투덜거리며 옆에 있는 장부들을 더듬기 시작했다. 이미 모든 자료가 전산화되어 있었지만 거의 대부분의 부서에서는 고풍스런 흑색 장부의 기재를 병행하고 있었다. 한민족 특유의 고집이요 대한민국 공무 행정의 자랑인 비능률의 대표랄 수 있는 2중 작업 시스템이나, 이런 경우엔 나름대로 도움이 되기도 했다.

펜라이트를 입에 문 욱은 사건 번호가 포함된 장부를 펼치고 페이지를 넘기기 시작했다. 그러나 잠시 후 해당 페이지를 찾아간 그는 다시 한번 낮게 신음했다. 14번과 17번 증거물 사이에는 아무것도 없었다. 지운 자국이나 빈칸이라도 있어야 할 텐데, 장부의 목록은 그런 것도 없이 14번 다음에 바로 17번으로 매끄럽게 이어지고 있었다.

욱은 귀신에라도 홀린 느낌이었다.

바로 며칠 전 이곳에서 15번 증거물을 내받지 않았던가. 오늘 아침까지만 해도 자신의 책상에 들어 있던 물건이 아예 기록에도 나와 있지 않다니. 그럼 그때 그 경관은 어떻게 컴퓨터를 찾아서 내주었단 말인가. 아니 그리고, 차례대로 번호가 붙게 되어 있는 증거물 목록에서 두 개만 깨끗이 빠져 있다니. 이건 분명 뭔가가 심상치 않았다.

갑자기 주위가 환해지는 바람에 욱은 반사적으로 고개를 들었다.

"아니 이게 누구야?"

철창 사이로 나머지 스위치를 마저 올리고 있는 최경식의 목소리가 날아왔고, 그의 어깨 너머 일그러진 얼굴로 서 있는 오 반장의 모습이 보였다. 뒤쪽으로 굳은 표정의 정복 경관 두 명이 서 있는 것도 얼핏 눈에 들어왔다.

"바, 반장님."

욱이 더듬거리자 반장이 양볼을 씰룩거리면서 내뱉았다.

"이런 호로자식……! 저, 저……, 순 호로새끼 같으니라고."

제9장
사제의 맹세

5월 26일 월요일, 카자드 쿰

잠에서 깬 보로미어가 아래층으로 내려오자 주인인 발리만이 여느 때처럼 인사를 했다. 건성으로 인사를 받아넘기며 그가 가리키는 쪽을 돌아보자, 통나무 탁자에 앉은 두건 망토의 뒷모습이 눈에 들어왔다.

"쳇."

보로미어는 잠시 머뭇거리다 탁자로 다가갔다.

어제 하루는 미디움에서 카자드 쿰으로 돌아오느라고 몽땅 날려버렸다. 느린 속도로 조심스레 행군하는 바람에 하루가 꼬박 걸린 여정이었다. 게다가 여러 가지 이유로 심란하던 보로미어가 입을 꾹 다물었기 때문에, 몇 번 말을 걸어오던 실바누스와 클린트도 결국 따라서 입을 다물었다. 덕분에 어제 하루는 보로미어가 카자드에 들어온 이후로 기억할 수 있는 가장 우울한 하루였다.

클린트는 쿰에 도착해 작별 인사를 나누자마자 어디론가 사라졌지만, 저 실바누스란 작자는 무슨 이유에선지 보로미어가 묵는 '달리는 조랑말' 까지 쫓아왔다. 그리고 지금 꼴을 보니 아마도 여기서 밤을 지낸 모양이었다.

'설마 녀석이 가롯의 부탁을 정말로 심각하게 받아들이고 있는 건 아니겠지.'

전사는 생각하며 테이블에 마주앉았다.

실바누스가 물었다.

"잘 잤나?"

굵직하면서도 시원시원한 목소리였다. 보로미어는 대답 대신 고개만 끄덕였다. 실바누스가 다시 물었다.

"이제 어떻게 할 생각이야?"

"그게 너하고 무슨 상관이 있는데?"

보로미어의 퉁명스런 대답에 실바누스는 픽 웃음을 흘렸다.

"말했잖아. 이젠 내가 너의 보호자라고."

"누구 맘대로."

"누구의 맘대로도 아니야. 그냥 이젠 그렇게 정해졌을 뿐이지."

"웃기고 있네. 이젠 난 상관 말고 어서 네 갈 길로 가버려."

보로미어가 쏘아붙이자, 실바누스는 잠시 고개를 갸우뚱거리다 물었다.

"도대체 왜 날 그렇게 싫어하는 거지?"

"맘에 안 들어."

"어떤 점이?"

"그냥 싫다. 얼굴도 안 보이게 눌러쓴 두건이며, 쓸데없이 나에게 보이는 관심이며."

전사의 대답에 실바누스는 잠시 생각을 해보더니 말했다.

"두건은 내 사정상 어쩔 수 없는 것이고, 내 관심은 네 보호자로선 당연한 거야."

"왜 네가 내 보호자인 거냐고! 난 지금까지 그런 거 없이도 잘 살아왔어."

보로미어가 조금 언성을 높이는 바람에 실바누스가 고개를 들었다. 덕분에 얼핏 섬세해 보이기까지 하는 얇은 입술이 잠시 보로미어의 시야에 들어왔다.

실바누스가 물었다.

"보호자가 있어서 나쁠 건 뭔데?"

"그럼 있어서 좋을 건 또 뭔데?"

보로미어가 되묻자 실바누스는 말했다.

"일단 여기 카자드에서 네가 살아남을 수 있게 도와주지. 엉뚱한 원정에 뛰어들어 목숨을 잃지 않도록 조언해 주고, 또 원정에서 같이 싸워주고."

"흥, 그거야 말이 좋아서지, 결국 나보고 네 딱가리 하라는 얘기 아냐."

"글쎄, 그럼 넌 가롯의 딱가리였나?"

보로미어는 갑자기 말문이 막혔다.

"그랬냐고!"

실바누스가 다시 다그치자, 전사는 마지못해 대답했다.

"……그건 아냐."

"그럼 왜 난 다르다고 생각하는 거지?"

"……."

보로미어는 대답을 할 수 없었다. 그런 그를 묵묵히 응시하던 실바누스가 말했다.

"넌 아직 잘 몰라서 그렇지만, 많은 사람들이 오히려 보호자가 있었으면 하고 바라. 그리고 보호자와 피보호자는 종적이라기보다는 횡적인 관계야."

"뭐? 횡……, 뭐라고?"

보로미어가 말을 잘 알아듣지 못하자, 실바누스는 한숨을 내쉬었다.

"일단 네 지능치부터 올려야겠다."

"흥, 네 녀석 체력치나 걱정해라. 비리비리해 가지고선."

"이봐. 우린 서로 도울 수 있는 관계야. 내가 너에게 이래라 저래라 하는 관계가 아니란 말이야. 생각해 봐, 넌 전사고 난 드루이드야. 둘이서 좋은 팀이 될 수도 있어. 잘 생각하라고. 하급 서열들에게 이런 기회는 자주 있는 게 아니야."

보로미어는 잠시 생각을 해보다 물었다.

"좋아. 그렇게 내게 도움이 되는 거라면, 네게는 무슨 도움이 되는데? 왜 기를 쓰고 내 보호자가 되려는 거지?"

"아니, 그걸 정말 몰라서 묻는 거야?"

"그래!"

그러자 실바누스는 믿을 수 없다는 표정으로 보로미어를 뚫어져라 쳐다보다가 더듬거리며 대답했다.

"음……, 그거야, 가롯과 약속도 있고……. 음……, 나도 너처럼 듬직한 전사와 같이 다니면……, 좋잖아. 네 말대로 난 비리비리하니까."

보로미어는 눈알을 굴리며 그 대답을 음미해 보았다. 왜 자신에게 극구 붙어 있으려는지 충분히 납득이 가는 대답은 아니었지만 일단 저렇게 나오는데 굳이 거절을 할 필요는 없다는 생각이 들었다. 일단 보호잔지 뭔지를 하게 내버려두었다가 나중에 맘에 들지 않으면 쫓아버려도 된다.

"좋아, 가릇의 이름까지 들먹인다면, 당분간만 그렇게 하도록 허락해 주지. 잊지 마, 당분간만이야. 그리고 절대 나한테 이래라 저래라 하진 않기야. 알았어?"

"그래. 그러진 않을게. 하지만 너도 보호자에 대한 최소한의 예의는 지켜줘야 하겠어. 일단 말투부터 시작해서 말이야."

"말투?"

"그래. 카자드 어딜 보아도 너처럼 자신의 보호자에게 꼬박꼬박 반말을 하고 언성을 높이는 하급 서열은 없어."

"호오, 그래?"

보로미어의 눈꼬리가 올라갔다.

"굳이 그렇게 따진다면, 어디 보자. 난 3급 전사인 용사급이고 넌 2급 드루이드인 마이……, 어, 마이……."

"마이스테스."

보로미어가 기억을 더듬으며 어물거리자 실바누스가 일러주었다.

"그래, 마이스테스. 그러니까 넌 2급 드루이드고 난 3급 전사 아냐. 왜, 내가 너에게 존대를 해야 한다는 거지?"

"말도 안 돼. 난 상급 서열이야. 드루이드와 전사의 서열은 그렇게 비교할 수 있는 게 아냐."

실바누스가 황당한 듯 항변했으나 보로미어는 고개를 저었다.

"왜 말이 안 돼. 우린 홍적인 관계라면서."

"횡적인 관계!"

실바누스는 한숨을 쉬며 낮은 목소리로 보로미어의 말을 정정했다. 그러나 보로미어는 듣지도 않고 계속했다.

"뭐든 간에. 하여간 넌 나한테 이래라저래라 하지 않는다더니 처음부터 말투 타령이야?"

"그래도 난 상급 서열이고 네 보호자란 말이야!"

실바누스가 답답한 듯 소리를 질렀다. 그러나 보로미어는 상관없다는 듯 코웃음을 쳤다.

"그래? 싫으면 말고. 보호자고 뭐고 관두자고. 그러면 반말이니 뭐니 따질 필요도 없잖아. 난 상관없어."

"으으으……."

실바누스는 낮게 신음하며 두 팔로 머리를 감싸쥐었다.

"그렇게 할까?"

보로미어는 실바누스의 입에서 그렇게 하자는 말이 나오길 반쯤 기대하며 되물었으나, 뜻밖에도 실바누스의 입에서는 고분고분한 대답이 흘러나왔다.

"에이 씨. 알았다, 알았어."

시장 거리를 나와 영주의 성 앞으로 향하는 보로미어의 발걸음은 사뭇 가벼웠다. 메아리 숲에서 챙긴 보석을 팔자 무려 1300두카트라는 거금이 생겼기 때문이었다. 일단 그 돈으로 400두카트짜리 강철 방패와 600두카트짜리 브로드소드(Broadsword)를 구입했다. 오랜만에 제대로 된 무기를 갖추고 나자 마음이 훨씬 편해졌다. 귀찮은 실바누스도 자기 볼일이 있다고 어디론가 가버렸고, 전사는 앞으로 어떤 원정에 참여할지 정보를 모으기 위해 발할라로 향했다.

발할라에 가서 로키에게 간단한 예물을 바친 후, 보로미어는 다른 전사들과 한동안 잡담을 나누었으나, 얼마 지나지 않아 실망하여 자리에서 일어서고 말았다. 대부분 자신과 마찬가지인 하급 전사들로 허황된 소문만 떠벌리는 사람들이었고, 그나마도 원정이 아닌 자잘한 퀘스트에 대한 토론뿐이기 때문이었다. 일단 원정대에 참여해 본 보로미어로서는 아무래도 시시한 퀘스트 캐러밴에 끼기가 영 내키지 않았다. 더욱이 자신의 남루한 옷차림을 보고 무시하는 듯한 태도를 보이는 일부 전사들의 태도는 참기 힘들었다.

하릴없이 하루종일 카자드 쿰을 쏘다니던 보로미어는 영주의 성 앞을 지나다 현상 목록을 붙여놓은 게시판 앞에서 잠시 걸음을 멈췄다. 목록에는 열 가지 정도의 원정 목표가 올라가 있었는데, 스톤 헨지나 스토머라이즌 등 들어보지 못한 것들이 대부분이었다.

영주의 게시판 옆에는 상급 서열들이 필요로 하는 물건들을 적어 놓은 광고들이 붙어 있었다. 나이트 브라인이 +2 마법 방패를 만 800두카트에 구하고 있고 솔 헌터(Soul hunter) 사이어스가 +1 백금 단검을 9000두카트에 구하고 있고 하는 식이었다. 엄청난 가격에 머리를 흔들며 돌아서려던 보로미어는 아래쪽에 붙어 있는 광고 하나가 눈에 들어오자 그 자리에 못박힌 듯 서버렸다.

거기에는 '대신전 사제 로즈마리, 동굴 사자의 송곳니를 구함. 3500두카트' 라고 씌어 있었다.

"이런 빌어먹을."

보로미어는 광고를 노려보며 낮게 신음했다.

자신이 엉겁결에 실바누스에게 줘버린 그 송곳니를 3500두카트나 주고 사려는 사람이 있었다니!

3500두카트라면 멋진 갑판 갑옷의 상의 정도는 가뿐하게 살 수 있는 돈이었다. 갑자기 뱃속이 뒤틀리며, 자기도 모르게 입에서 욕이 흘러나왔다.

"젠장! 바보 같은 놈."

"아니, 이게 누구야. 보로미어 아닌가!"

갑자기 뒤에서 친근한 목소리가 들려와 돌아보자, 환하게 웃는 가이우스의 모습이 눈에 들어왔다. 아는 얼굴을 만난 반가움에 인사를 하던 보로미어는 가롯의 주의가 생각나 잠시 머뭇거렸다.

가이우스가 물었다.

"메아리 숲으로 갔다고 했는데, 잘 됐나?"

"실패했습니다, 완전하게. 가롯도 이스마엘도 다 죽었고요."

"저런."

가이우스는 놀라움과 애통함이 뒤섞인 표정을 지었다. 진심으로 그들의 죽음을 안타까워하는 얼굴이었다.

"두 사람 다 영주님이 믿었던 사람들인데, 참 큰일이구먼. 할 일은 많은데, 상급 서열 두 사람이 또 죽었다니."

가이우스는 근심 가득한 얼굴로 중얼거렸다.

그러나 잠시 침묵이 흐른 후, 카자드의 보안관은 다시 환한 미소를 지으며 말했다.

"그래, 죽은 사람들은 죽은 사람들이고, 자네는 어때? 잘 지내고 있는 거지?"

보로미어는 레인저의 파란 눈을 마주보면서 고개만 끄덕였다. 말을 할 수가 없었기 때문이었다.

가이우스의 눈을 들여다보는 순간, 전사는 마치 자신이 그 눈 속에 빠져드는 것 같은 느낌을 받았다. 그것은 조용하고 시원한 푸른 호수 속에 편안히 몸을 담근 것 같은 느낌이었다. 그러나 그 느낌이 왠지 거북스러울 정도로 강렬했기 때문에 보로미어는 의식적으로 눈을 돌렸다.

"암. 자네라면 잘 지내고 있을 거라고 생각했어."

가이우스는 미소를 띤 채로 보로미어의 어깨를 두드렸다.

"참, 좋은 원정감이 하나 있는데, 한번 가보지 않으려나?"

보로미어는 원정이란 말이 귀가 솔깃해 다시 레인저의 눈을 쳐다보았다.

"어떤……."

"어려운 건 아니야. 뭐, 간단한 정찰 정도 되는 건데, 카자드 쿰에서 먼 곳은 아니고. 에스트발데라고 들어봤나? 여기서 동쪽으로 펼쳐진 숲이야. 좀더 정확히 말하자면 론디움과 갈라디움 사이에 있는 지역이라네."

가이우스의 말을 다 이해한 것은 아니지만, 전사는 말없이 듣기만 했다.

"그 지역은 조용하던 곳인데, 요즘 갑자기 습격을 당하는 원정대들이 많아져서 말이지. 뭐, 나타나는 놈들이라고 해봤자 좀비나

수수깡들 수준이니까 큰일은 아니지만, 영주님은 왜 갑자기 그런 사건들이 늘었는지 궁금하신 모양이야."

"수수깡이오?"

"해골 전사들 말이네. 한칼이면 수수깡처럼 쓰러지는 놈들 말이야."

"네에……."

보로미어는 느릿느릿 고개를 끄덕였다.

"하여간, 거기를 목표로 원정대가 조직되고 있어. 자네가 알 만한 사람이……, 에……, 아, 라미네즈라는 전사가 원정 부대장인데……."

"예. 압니다! 라미네즈라면 그 큰 도끼를 들고 다니는 드워프 말이죠?"

"그래그래. 잘됐군. 아는 사람도 있고 하니 원정대에 합류하는 덴 문제가 없겠군."

가이우스가 정말 잘됐다는 듯 껄껄거리며 말했다.

'잠깐만, 이 바보야! 가롯의 말을 잊었어? 찬찬히 생각을…….'

가냘픈 목소리가 마음 한구석에서 주의를 주었지만, 가이우스의 분위기에 따라 이미 들떠버린 기분에 전사의 입은 멋대로 움직이고 있었다.

"그럼 어떻게 하면 될까요?"

"내가 라미네즈와 원정 대장인 레트에게 말을 해주지. 저녁때 '들소의 뿔' 술집으로 가보라고. 자 그럼, 간단한 원정이지만 좋은 결과를 얻기를."

말을 마친 가이우스는 마주 웃지 않을 수 없는 웃음을 활짝 떠올린 다음, 성 쪽으로 사라졌다.

두근거리는 가슴을 안고 '달리는 조랑말'로 향하던 보로미어는 흥분이 가라앉자 하나둘 걱정거리가 떠오르기 시작했다. 무엇보다도 가룻의 말이 생각났다. '레인저들이란 믿을 수가 없는 작자들이란 말이야' 하던 그의 목소리가 귓가에 울리는 듯했다.

하지만 가이우스는 크게 위험한 곳은 아니라고 했고, 그것은 자신이 생각하기에도 그랬다. 그리고 가이우스가 굳이 자신에게 위험한 원정을 권유할 만한 이유도 없다. 또 투사급인 라미네즈도 바보가 아닌 이상, 그가 참가하기로 한 원정이 목숨을 걸어야 하는 종류의 것은 아닐 것이다.

그러나 가룻이 했던 말 때문인지 뭔가가 영 꺼림칙했다.

'실바누스는 뭐라고 할까?'

얼핏 그런 생각이 떠올랐으나, 보로미어는 서둘러 그것을 털어버렸다.

"그게 무슨 상관이야."

자기도 모르게 혼자말을 입 밖에 내어 중얼거리며, 전사는 '달리는 조랑말'로 걸음을 재촉했다.

실바누스가 여관으로 돌아온 것은 기다리던 보로미어가 슬슬 짜증을 내기 시작할 때쯤이었다.

"왜 이리 늦은 거야?"

1층 테이블에 앉아 있던 보로미어가 퉁명스레 묻자, 실바누스는 뭐라고 대꾸를 하려다 말고 그냥 자리에 앉았다.

"야, 뭐하느라 늦었냐고?"

전사가 다시 다그치자 드루이드가 귀찮다는 듯 말했다.

"그냥, 이것저것 준비할 게 많아서 그랬어."

"준비? 무슨 준비?"

"우리가 다음에 갈 퀘스트 준비지 뭐긴 뭐야."

"퀘스트?"

보로미어가 되묻자 실바누스는 한숨을 쉬며 말했다.

"그래. 아무리 네가 막돼먹은 전사지만, 그래도 난 네 보호자잖아. 당연히 네게 적당한 다음 퀘스트를 물색해 줘야 할 의무가 있지 않겠어?"

"푸하!"

보로미어가 짧게 웃음을 터뜨린 다음 말했다.

"이봐, 드루이드. 그러게 굳이 보호자니 뭐니 나서지 말란 말이야."

"무슨 소리야?"

"이미 다음 건수는 퀘스트가 아니라 원정으로 내가 다 알아놨어."

보로미어가 거드름을 피우며 말하자, 실바누스가 자리에서 벌떡 일어섰다.

"도대체 누구 맘대로!"

두건 밑으로 드러난 그의 입술이 가늘게 떨렸다.

"물론 내 맘대로지."

"넌 정말……."

드루이드는 보로미어에게 손가락질을 하며 소리를 지르다 말고 다시 자리에 앉았다. 한참을 씩씩거리던 실바누스는 숨을 가다 듣고 입을 열었다.

"좋아. 무슨 원정인지 들어나 보자."

"에스트발데."

전사의 대답에 드루이드는 고개를 갸우뚱거렸다.

"이상한데? 거긴 나무밖에 없는 곳인데 무슨 원정거리가 있다는 거지?"

"몰라. 최근 수수깡들이 자주 출현한다고 들었어. 간단한 정찰이 목적이라고 하더군."

실바누스는 고개를 끄덕이며 잠시 생각에 잠겼다가 물었다.

"그래서 간다고 했단 말이야?"

"응. 오늘 저녁 '들소의 뿔'에서 다른 원정 대원들과 합류하기로 했어."

"그 모든 걸 나와는 아무런 상의도 없이 결정해 버렸단 말이지?"

"바로 그렇지."

전사의 시원스런 대답에 드루이드는 손가락으로 테이블 표면을 톡톡 두드리기 시작했다.

"그러니까, 어떤 위험이 존재할지도 모르는 '정찰' 원정에 나와 상의도 없이 덜렁 지원을 해버렸다……."

실바누스가 혼자말처럼 중얼거리자 보로미어는 고개를 크게 끄덕였다.

"바로 맞았어."

"정말 못해먹겠군!"

실바누스가 테이블을 주먹으로 내리치며 소리질렀다.

"아무리 네 멋대로 돼먹은 녀석이라지만, 어떻게 나한테는 단 한 마디 상의도 없이 그런 결정을 내려버릴 수 있는 거지? 겨우 용사급인 주제에 정찰 원정 좋아하시네. 그런 원정은 대규모 원정대를 보내기 전에 소모품으로 보내는 거란 말이야. 도대체 누가 그런 원정에 널 끌어들인 거야?"

"나도 아무 생각 없이 결정한 건 아니야. 다 믿을 만한 사람의 추천이 있었다고."

"그게 누구냐니까?!"

"……가이우스."

"하! 너 미쳤구나!"

실바누스는 기가 차다는 듯 더 이상 말을 하지 않았다. 보로미어는 무시당한 느낌이 들어 언성을 높였다.

"미쳤다니, 말 다했어? 그래도 가이우스는 여기 카자드에서 내 진가를 인정해 주는 몇 안 되는 사람이야. 날 생각해서 원정까지 주선해 준 건데, 뭐 잘못된 거라도 있어?"

"……관둬. 너랑은 더 이상 말도 하고 싶지 않아."

"얼씨구! 그러는 넌 뭘 잘했다고 그래? 남의 물건을 공짜로 슬쩍 먹어버린 도둑놈 주제에!"

"뭐가 어째?"

실바누스가 발끈하며 자리에서 일어섰다.

"동굴 사자의 송곳니. 내가 모를 줄 알아? 3500두카트는 족히 나갈 물건을 그냥 공짜로 꿀꺽했잖아!"

보로미어도 마주 일어나 으르렁댔다. 그러자 실바누스가 두 팔을 휘저어가며 소리쳤다.

"그건 네가 준 거잖아. 그리고 그 덕에 너도 같이 목숨을 건졌고!"

"흥. 하지만 그게 그렇게 값진 것인 줄 알았다면, 얘기가 달라지지."

보로미어가 팔짱을 끼며 드루이드를 노려보았다. 그러자 실바누스도 팔짱을 끼고 되물었다.

"그래? 어떻게 달라지는데?"

"……."

갑자기 전사는 할말이 없었다.

"도대체 뭐가 달라진다는 거야?"

드루이드의 재촉에 보로미어는 답을 찾아 끙끙댔으나 그때 그 상황에서 뭐가 어떻게 달라질 수 있었는지는 결국 대답을 할 수 없었다.

보로미어의 얼굴이 시뻘겋게 달아오르자, 실바누스가 지친 듯 자리에 주저앉으며 말했다.

"젠장, 좋아. 그 얘긴 그만 하자. 너랑 말싸움을 하면 나만 피곤하지."

자리에 앉은 실바누스는 잠시 숨을 고르곤 말했다.

"지금도 늦지 않았으니까, 어서 가서 원정에서 빠지겠다고 이야기해. 그리고 아무리 모자란 놈이라도 그렇지, 다른 사람도 아니고 사기꾼 가이우스가 권하는 원정에 덜렁 뛰어들다니. 그건 절대 안 돼! 아마 그 원정대의 다른 대원들도 너처럼 한 멍청 하는 놈들일 거야. 그런 원정대는 자살 특공대나 마찬가지라고. 난 너의 보호자로서 도저히 허락을 할 수가 없어. 게다가 넌 아직 원정대에 끼기엔 좀 미숙한 부분이 있어. 일단은 몇 가지 퀘스트를 더 거치는 게 안전할 거야. 그러니 잔말 말고 내일은 나와 같이 로인즈 호수 옆의 늑대 소굴이나 소탕하러 가자고. 마침 내일 출발할 캐러밴을 찾아놨으니까."

한풀 꺾인 전사는 일단 드루이드를 따라서 자리에 앉았지만 여전히 불만스러운 듯 투덜댔다.

"너 이래라 저래라 하지 않기로 했잖아. 그리고 송곳니 문제가 아니더라도, 난 아직 널 믿을 수가 없어. 도무지 믿음이 가지 않는 것투성이야."

그러자 실바누스가 앞으로 몸을 기울이며 말했다.

"그래? 도대체 뭘 못 믿겠다는 건지 들어나 보자."

전사가 기다렸다는 듯 말했다.

"좋아. 가장 큰 것만 하나 묻지. 도대체 넌 왜 날 졸졸 따라다니려는 거야? 아까처럼 가롯과 한 약속 따위로 핑계를 대려고 하지 마, 이젠 안 통해. 그리고 같이 다닐 전사가 필요하니 어쩌니 하는 소리도 이번엔 소용없어. 아무리 내 머리가 나쁘다지만, 카자드에 나 말고도 좋은 전사들이 많이 있다는 것 정도는 알고 있으니까. 그러니 말 돌리지 말고 솔직하게 대답해 봐. 굳이 내 보호자가 되려고 애를 쓰는 이유를 내가 납득할 수 있게 설명해 보라고."

보로미어답지 않은 날카로운 질문에 실바누스는 말을 잊고 전사를 쳐다보았다. 그러나 전사가 눈썹 하나 까딱하지 않고 계속 자신을 노려보자, 드루이드는 결심한 듯 입을 열었다.

"좋아. 하긴 언젠가는 알아야 할 일이니까. 물론 가롯한테 미안하니 어쩌니 하는 건 핑계지만, 결국은 그 망할 놈의 위저드 때문인 게 맞아."

"가롯에 대해 함부로 말하지 마. 좋은 사람이었어."

보로미어가 말하자, 실바누스는 '픽' 하고 허탈한 웃음을 흘렸다.

"그래. 너한텐 좋은 사람이었지, 더할 나위 없이. 하지만 나에겐 지옥의 악마 같은 놈이었어! 빌어먹을."

드루이드의 목소리가 차츰 격앙되기 시작했다.

"그 엘프 때문에 난 네가 나이트가 될 때까지 돌봐주기로 신의 이름을 걸고 맹세를 했단 말이야. 그 맹세만 아니었다면 지금 이렇게 네 녀석 뒤치다꺼리나 하고 있지는 않을 거야."

"웃기고 있네. 그 따위 맹세 때문이란 말을 나보고 믿으란 말이야?"

보로미어가 고개를 젓자, 실바누스는 경멸스럽다는 듯 '흥' 하고 코방귀를 뀌었다.

"그래. 물론 너 같은 애송이가 그런 걸 알리라고는 기대도 하지 않았다. 하지만 사제가 모시는 신의 이름으로 맹세를 한다는 게 어떤 일인 줄이나 알아? 그건 그 맹세를 지키지 않았을 땐 무슨 벌이든 달게 받겠다는 약속이야."

"벌?"

"작게는 가진 돈이나 신물(神物)을 빼앗기기도 하고, 몇 달간 아주 안 좋은 운에 시달리기도 하지. 그러나 만약 맹세의 내용이 중요한 것이었을 경우엔 서열이 강등되며 능력치들을 모두 날려버리게 되기도 하고 또 심하면 죽기도 해. 모든 계급 중 유일하게 사제만이 자신의 맹세에 그런 식으로 구속을 받게 되어 있어."

금시 초문의 일이었다. 메아리 숲에서 가롯이 실바누스에게 맹세를 하게 하는 것을 지켜볼 때만 해도 그 속에 그런 엄청난 뜻이 담겨 있는 줄은 꿈에도 상상을 하지 못했다.

"그, 그럼……."

"그래! 실은 내가 사제 능력을 상실하고 그 송곳니를 찾아 헤매고 있던 이유도 이전에 한 맹세 하나를 깼기 때문이었어. 지금 이 맹세를 또 깬다면 아마도 난 드루이드 계급을 박탈당하고 당장 초급 사제로 강등되고 말 거야. 죽지 않으면 다행이고. 만약 네놈이 이렇게 막무가내로 돼먹지 못한 놈인 줄 알았더라면 메아리 숲에서 길을 잃어 죽더라도 절대로 그 따위 맹세는 하지 않았겠지만, 일단 맹세를 한 이상은 우린 서로에게 매인 거야. 최소한 네가 상급 서열인 나이트가 될 때까지는."

"말도 안 돼!"

전사가 소리지르자, 실바누스는 고개를 쳐들었다. 그의 입술에 빈정대는 듯한 미소가 살짝 스쳐갔다.

"말이 안 된다고? 흥, 네가 아무리 싫다고 발버둥을 쳐도 난 이 세상 너머까지라도 널 쫓아다니며 도와줄 거야. 물론 절대로 내가 원해서가 아니라, 그렇게 해야만 내가 살 수 있으니까 말야. 이제 좀 상황이 이해가 가니, 이 아둔한 인간아?"

"……."

보로미어는 멍한 기분으로 앞에 앉은 두건을 쳐다 보았다. 그렇다면 좋건 싫건 간에 나이트가 될 때까지는 이 포댓자루 같은 녀석을 달고 다니며 잔소리를 들어야 한단 말인가? 빌어먹을 가롯! 남의 의견은 물어보지도 않고 이런 일을 저질러놓다니.

전사의 표정을 본 실바누스가 낮게 웃으며 말했다.

"후후, 그래, 너도 이젠 그 위저드를 원망하겠지. 그 친구, 대단히 영악한 녀석이야. 실은 내가 맹세한 건 부탁 하나를 들어주기로 한 것뿐이야. 보통 부탁이라는 게 기껏 해봤자 무슨 물건을 구해 달라든가 원정을 같이 가자든가 뭐 그런 것들이니까, 큰 부담 없이 승낙을 한 거지. 누가 너 같은 녀석의 뒤를 상급 서열까지 돌봐달라는 것일 줄이야 상상이나 했겠어? 이런 건 나도 들어본 적조차 없다고. 직접 그런 걸 맹세하라면 안 들어줄 게 뻔하니까 그냥 부탁 하나만 들어줄 걸 먼저 맹세를 시킨 거지. 약은 녀석! 젠장!"

"그럼 그 맹세를 뒤집거나 깰 방법은 없는 거야?"

보로미어의 물음에 드루이드는 고개를 저었다.

"전혀 없어. 내가 너로부터 해방되는 길은 딱 두 가지뿐이야."

"뭔데?"

"첫째는 네가 어서 나이트 급이 되는 것. 그러면 맹세에 따라 내 책임이 끝나는 거니까."

"그리고 둘째는?"

실바누스는 숨을 크게 들이쉬고 대답했다.

"둘째는 네놈 뒤치다꺼리를 하다 내가 죽는 것."

둘 사이에 잠시 침묵이 흐른 후, 전사가 입을 열었다.

"거참 더러운 맹세로구먼."

"피차 일반이지, 네가 먼저 죽을 수도 있으니까. 하지만 웬만해서야 그럴 일은 없겠지. 만일 내가 그렇게 되도록 내버려둔다면 그것도 맹세를 어기는 일일 테니까."

갑갑한 고요 속에서 실바누스는 다시 테이블을 두드리기 시작했고 전사는 얼굴을 찌푸린 채 드루이드가 한 말들을 조용히 곱씹어보았다. 그러던 중, 전사의 머릿속에 갑자기 한 가지 생각이 떠올랐다. 보기에 따라선 이 상황이 그렇게 나쁜 상황만은 아닐 수도 있었다.

"이봐, 드루이드. 그러니까, 그 맹세에 따르자면 내가 나이트가 되도록 네가 도와야 한다는 거 아냐?"

"그래."

"그건 그냥 돕는다는 뜻이지, 꼭 내가 네 말을 따라야 한다는 말은 아니겠지?"

고개를 숙이고 있던 실바누스가 갑자기 자세를 세우며 불편한 목소리로 말했다.

"하지만 보호자의 의견을 존중해 주는 게 예의야. 그리고 아무래도 너보단 내가 경험이 많으니 내 말을 듣는 게 널 위해서도 좋은 일이지."

"그래, 물론 다 좋은 말들이고 날 위해서 하는 말들이겠지. 그렇지만 그건 일반적인 보호자와 피보호자의 관계고, 우린 좀 다르지 않아?"

"……."

"예를 들어 내가 네 말을 듣지 않는다고 해서 네가 보호자 역할을 그만둘 수 있는 건 아니잖아."

"무슨 소리야?"

드루이드가 갑자기 긴장한 듯 자세를 바로하며 물었다. 보로미어는 계속했다.

"그러니까, 간단히 말해서 내가 내일 에스트발데 원정에 참여하기를 끝까지 고집한다면, 싫으면 관둬버릴 수 있는 다른 보호자와는 달리 넌 따라올 수밖에 없다는 얘기 아니냐고, 그렇지?"

"개자식!"

실바누스가 자리를 박차고 일어서며 소리질렀으나, 전사의 입가엔 엷은 미소가 피어올랐다.

"아, 흥분하지 마, 보호자. 그 정도로 흥분하면 앞으로 나랑 긴긴 날들을 어떻게 보내려고 그래, 응?"

실바누스는 주먹을 쥔 채로 전신을 부들부들 떨었지만, 보로미어는 눈도 깜짝하지 않고 드루이드의 두건을 마주 쏘아보았다

"어이, 보호자. 왜 그래? 뭔 문제라도 있어?"

"난 지금 네놈을 따라다니다 열 받아 죽는 것과 맹세를 깨서 죽는 것 중에서 어떤 것이 더 빠를지 고민중이다."

분노에 찬 실바누스의 목소리에 보로미어는 자리에서 일어나며 쾌활하게 대꾸했다.

"헛. 그거 참 힘든 선택이로군. 난 지금 '들소의 뿔' 에 좀 다녀올 테니, 답이 나오면 천천히 알려줘."

생각만큼 힘든 선택은 아니었는지, 실바누스는 보로미어가 '달리는 조랑말' 을 나선 지 5분도 되지 않아 따라붙었다. 하지만 자신의 선택에 완전히 만족하는 것은 아닌 듯, 그는 걸으면서도 보로미어와 가롯, 그리고 자신의 빗나간 운명에 대한 저주를 쉬지 않고 주절거렸다. 드루이드의 신세 타령은 그들이 '들소의 뿔' 의 문을 열고 들어갈 때까지 계속되었지만 보로미어는 전혀 신경을 쓰지 않았다.

'들소의 뿔'은 '달리는 조랑말'에 비해 조금 규모가 큰 여관이었다. 널찍한 1층 홀에는 대여섯 개의 테이블이 흩어져 있었는데, 거기서 탐스러운 턱수염을 쓰다듬으며 이야기에 열중하고 있는 라미네즈의 모습을 찾는 것은 어렵지 않았다.

보로미어가 다가가 인사를 하자, 라미네즈는 먼저 반갑게 일어서서 악수를 청하며 테이블에 앉아 있던 다른 사람들에게 보로미어를 소개했다.

"자, 자, 이 친구가 아까 내가 이야기하던 전사야. 용사급인데 벌써 고르곤을 날려버린 대단한 친구지. 인사들 하라고. 먼저 여기는 우리 원정 대장님인 5급 사제 비숍 브레트라스."

사제답지 않은 덩치에 우락부락하게 생긴 인간 남자가 자리에 앉은 채 손을 들며 미소를 지었다.

"그냥 레트라고 부르게."

보로미어가 레트와 악수를 하고 나자, 라미네즈는 자신의 옆자리에 앉아 있던 여자 놈을 가리키며 말했다.

"여기 이 미인은 알하즈란. 4급 위저드인 메이지 서열이고, 아마 이번 원정을 마치면 상급 서열인 컨저러가 될 거야."

"물론 현자의 집에서의 봉사가 끝난 후겠지만."

알하즈란은 활짝 웃으며 말했다. 라미네즈의 칭찬이 없었더라도 그녀의 귀여운 얼굴은 확실히 눈에 띄었다. 보로미어의 눈이 계속 알하즈란에게 머물러 있는데도 라미네즈는 소개를 계속했다.

"이쪽은 로젠브란트. 역시 4급 레인저인 트래커야. 아마 단검 다루는 솜씨는 카자드 땅에선 제일일걸."

작고 민첩해 보이는 하플링 레인저가 단검이 줄지어 꽂힌 가죽 갑피를 입고 손을 흔들었다.

"그리고 마지막으로 자네와 같은 용사급 전사인 마리안."

지금까지 보로미어에게 등을 돌리고 앉아 있던 금발 엘프가 고개를 돌려 목례를 했다. 머리가 길지 않아서 남자라고 생각하고 있었는데, 돌아본 얼굴을 보니 눈이 번쩍 뜨일 만한 미녀였다. 나름대로 미인 축에 드는 알하즈란도 그 옆에서는 빛이 죽을 정도였다.

보로미어가 얼떨결에 마주 목례를 하자마자 마리안은 이내 다시 고개를 돌렸다.

"자, 그럼 우리 소개는 되었고, 보로미어 자네랑 같이 온 사람은 누구지?"

라미네즈가 보로미어의 뒤에 서 있던 실바누스를 가리키며 물었다.

"아, 이 사람은……."

"난 4급 사제인 렉터 실바누스. 보로미어와는 미디움에서 만났고, 믿을 만한 전사라 당분간 같이 다니기로 했소."

실바누스가 보로미어의 대답을 중간에서 끊으며 말했다. 보로미어는 의아한 표정을 지으며 드루이드를 돌아보았으나, 그가 조용히 옆구리를 찌르며 헛기침을 하는 바람에 더 이상 말을 않고 입을 다물었다.

"카자드의 사제라면 내가 대충 아는 편인데, 처음 듣는 이름이로군."

상급 서열 사제인 레트가 실바누스를 보며 말했다.

"주로 미디움 쪽에 있었죠. 카자드 쿰은 이번이 처음입니다."

실바누스가 예의를 갖춰 대답하자 레트는 고개를 크게 끄덕이더니 말했다.

"마침 잘됐어. 조금 위험 부담도 있고 해서 사제 한 명이 더 있었으면 하는 생각이었는데, 보로미어가 알아서 데리고 와주는군."

"자, 그럼 다시 하던 얘기로 돌아갈까?"

라미네즈가 자리에 앉으며 말하자, 로젠과 마리안이 옆으로 움직여 보로미어와 실바누스에게 자리를 만들어주었다.

두 사람이 자리에 앉자 레트가 말했다.

"그럼 이걸로 원정대 편성은 다 끝난 셈이군. 라미네즈, 좋은 전사를 추천해 주어 고맙다고 나중에 가이우스에게 전하게. 그리고 새로 온 두 사람을 위해서 간략하게 다시 얘기를 하자면, 원래 영주 로한의 계획은 하라드림을 견제하고 있는 갈라디움과 남쪽의 전진 기지인 론디움 사이를 잇는 전선을 구축하는 거였어. 그렇게 모리아 오크들을 눌러놓았다가, 필요시 일순간에 병력을 몰아 모리아를 함락시키겠다는 전략이지. 로한은 먼저 영주였던 제라드의 실패가 병력의 횡적 연결이 부족했기 때문이라고 생각하고 있거든. 하지만 그건 장기적인 계획이고 당장 급한 것이 아니었기 때문에 지금까지는 에스트발데에 대해서는 특별한 조치가 없었어. 한데 요즘 들어 점점 이상한 보고들이 들어오자 이번에 정찰대를 보내기로 결정을 한 거야. 그게 바로 우리들일세."

"이상한 보고들이오?"

실바누스가 묻자 라미네즈가 대신 대답했다.

"에스트발데 속에 작은 마을이 하나 있어. 로한이 에스트발데 개척을 염두에 두고 오래 전에 농부들을 이주시킨 곳이지. 규모는 크지 않지만, 론디움과 갈라디움 사이를 오가는 원정대들이 잠시 들러 쉬어가기엔 적당한 곳이었어. 그런데 2주 전부터 그 마을과 연락이 끊어졌다는 거야. 게다가 최근 에스트발데 근처를 지나던 원정대 셋이 좀비와 해골 기사 무리로부터 약간의 피해를 입었다더군. 죽은 사람은 없지만, 원정대 중 하나는 피해가 심해서 원정을 포기할 정도였다는 거야."

"그런데 그 정도 일에 따로 정찰을 보낼 필요가 있는 건가요?"

알하즈란이 레트를 바라보며 묻자, 사제가 대답을 했다.

"글쎄. 그 결정은 로한이 하는 거니까. 하지만 피해가 심했던 원정대의 말을 빌자면, 놈들 중에 블루 좀비(Blue zombie)가 있었다더군."

"블루 좀비!"

로젠브란트가 놀란 투로 나직이 외쳤다.

"블루 좀비가 뭡니까?"

보로미어가 큰 소리로 묻자 옆자리의 마리안이 기가 막힌다는 눈으로 그를 쳐다보았고 실바누스는 테이블 밑으로 전사의 정강이를 힘껏 걷어찼다. 그러나 라미네즈는 빙그레 미소를 지으며 말했다.

"좀비의 상급 서열이라고 할 수 있지. 그러니까 좀비를 전사라 치면, 나이트 급 좀비라고 보면 돼."

알하즈란이 고개를 끄덕이며 말했다.

"그 정도면 정찰 원정을 보내봄직도 하겠네."

그때 실바누스가 레트를 보고 말했다.

"하지만 제 생각으론 이 원정은 위험 부담이 너무 큰 것 같군요."

"어째서지?"

"우릴 보세요. 대장님 하나만 상급 서열이고 나머진 다 하급 서열들이잖아요? 전사 셋에 위저드 하나, 사제 둘, 레인저 하나. 우린 일곱밖에 되지 않는데, 블루 좀비는 좀 벅차지 않겠습니까? 그리고 그 이상의 뭔가가 없다는 보장도 없고."

"이봐. 블루 좀비 정도는 나 혼자서도 해결할 수 있어."

라미네즈가 끼어들자 실바누스는 그를 돌아보며 말했다.

"좀비나 해골 전사 같은 언데드들이 무리를 지어 나타난다면, 그들을 불러일으킨 마스터가 있게 마련이야. 블루 좀비를 일으킬 정도의 마스터라면 우리 원정대만으론 어렵다는 게 내 생각이야."

라미네즈가 다시 뭐라고 하려고 하자, 레트가 손을 들어 막은 후 말했다.

"대단하군. 역시 유유 상종이라더니 보로미어와 같이 다니는 자네도 안목은 렉터 급 이상이로구먼. 아주 날카로운 지적이야. 하지만 나도 그런 생각을 안해 본 건 아닐세. 여기서 우리는 원정의 목적을 분명히 할 필요가 있어. 우리 임무는 에스트발데의 상황이 어떤지만 로한에게 알려주면 끝나. 좀비 마스터는 물론이고, 좀비나 해골 전사들조차도 직접 상대할 필요가 없단 애길세. 위험하다 싶으면 그대로 잽싸게 빠져나오면 돼. 도망칠 길은 갈라디움, 론디움, 그리고 여기 카자드 쿰까지 사방으로 열려 있으니까 말이야. 그리고 아무런 전투를 벌이지 않더라도 로한이 약속한 5000두카트는 챙길 수 있을 테고."

"그리고 역시 가고 안 가고는 네 자유에 달린 거니까, 내키지 않는다면 지금 그만둬도 상관없어."

라미네즈가 덧붙이자, 보로미어는 기다렸다는 듯 말했다.

"아닙니다. 실바누스와 저는 빠질 생각이 전혀 없습니다."

실바누스는 고개를 홱 돌려 보로미어를 노려보았다. 그의 눈은 두건에 가려 보이지 않았지만 그 눈총의 따가움은 피부로 느낄 수 있을 정도였다. 그러나 보로미어가 전혀 상관하지 않는다는 투로 앞만 바라보자, 드루이드는 들릴까 말까한 낮은 신음을 흘리며 고개를 숙였다.

"좋아. 그러면 내일 아침에 모이는 일만 남았군. 라미네즈와 나는 여기 묵고 있으니 같이 가면 될 테고, 나머지는 내일 아침 해가 뜰 때 광장에서 모이기로 하지."

레트가 결론을 내리며 자리에서 일어섰다.

'들소의 뿔' 을 나서자마자 실바누스는 보로미어의 뒤통수에 대고 내뱉았다.

"그래, 네 맘대로 다 해먹어라."

"물론이지. 난 지금까지 그렇게 살아왔고 앞으로도 그럴 거야."

"널 계속 따라다녀야 하는 내 입장이나 의견은 눈곱만치도 생각해 주지 않는 거냐?"

"지금의 네 입장과 난 아무 상관이 없어."

그러자 실바누스는 보로미어의 어깨를 잡아 돌려세웠다.

"이봐, 보로미어. 널 위해서야. 날 위해서가 아니라고. 이 원정에 가서는 안 될 이유가 최소한 두 가지는 있어."

"그래?"

전사가 시큰둥하게 되묻자, 실바누스가 말했다.

"첫째는 아까도 말했지만, 블루 좀비 정도를 일으킬 녀석이면 우리 원정대로는 역부족이란 거야. 레트도 상급 서열이긴 하지만 경험이 없어. 지금 어떤 위험에 직면해 있는지 모르고 있단 말이야. 겁주려는 말이 아니라, 에스트발데 속엔 십중 팔구 강력한 흑사제 능력을 지닌 뭔가가 있어. 한 마디로 네가 참여할 원정이 아니란 얘기야."

"그리고 또?"

"둘째는 널 추천했다는 가이우스의 의도야. 이런 위험을 모를 리 없는 자식이 너 같은 용사급을 저 원정대에 소개했다는 게 수상해. 정말로 널 생각한다면 이런 원정에 따라가는 걸 말려야 되는 거 아냐? 그리고 원정대라는 게 그렇잖아. 처음 보는 사람이면 서로 어느 정도 의심을 갖게 마련인데, 너나 나나 어쩜 그렇게 간단히 환영을 받을 수 있는 거지? 뭔가 이상하다는 생각 안 들어?"

"그게 다야?"

전사가 하품을 하면서 묻자, 실바누스는 고개를 끄덕였다. 분명히 귀담아 들어야 할 이야기들이었으나 레트와 라미네즈의 환대에 잔뜩 우쭐해져 있던 보로미어에게는 씨알도 먹히지 않았다.

"자꾸 용사급 용사급 하지 마. 마리안인가 하는 그 여자도 나처럼 용사급 전사였고, 오늘도 느꼈겠지만 내 이름은 여기선 잘 알려진 축에 속한다고. 나와 같이 원정을 하게 된 사람들이 기뻐하는 걸 꼭 이상하게 해석해야만 되겠어? 그리고 그 숲속에 뭐가 있든 간에 난 겁나지 않아. 난 고르곤을 죽인 보로미어라고. 알아?"

실바누스는 잠시 그를 바라보다가 코웃음을 치며 중얼거렸다.

"정말 무식에 오만이 더해지면 눈 뜨고 볼 수 없다더니……."

"뭐가 어째?"

"블루 좀비도 몰라서 그 많은 사람들 앞에서 무식을 떨어대는 주제에! 레트가 비웃는 거 못 봤어?"

"비웃다니! 사람들이 날 대접하는 건 지식 때문이 아니야!"

"그래. 하지만 그런 건 '대접'이 아니라 '이용'이라고 하는 거야."

"이게 정말!"

보로미어가 주먹을 움켜쥐자, 실바누스도 지지 않고 소리쳤다.

"생각해서 얘기해 주면 좀 들어!"

"흥, 네가 날 생각해 준다는 건 왠지 믿을 수 없는데?"

"왜!"

"난 너 자체를 믿을 수 없으니까. 왜 4급 사제라고 거짓말을 했지? 넌 드루이드잖아."

"그, 그건 어……, 레트가 원정 대장이기 때문이지. 원정 대장보다 서열이 높은 사람이 대원으로 있으면 대장의 입장이 어떻게 되겠어? 안 그래?"

더듬거리며 대답하는 게 완전히 믿음이 가지는 않았으나 틀린 얘기는 아니었기 때문에, 보로미어는 더 이상 그 문제를 물고 늘어지지 않았다.

"하여간 자꾸 날 무시하는 식으로 말하지 마. 그리고 이번 원정에 대해선 더 말해도 소용없어. 난 갈 거니까."

보로미어가 얘기를 자르자, 실바누스는 그를 물끄러미 바라보다 포기한 듯 말했다.

"좋아. 네가 이 질문에 납득할 수 있는 답을 하면, 나도 더 이상 내일 원정에 대해 왈가 왈부하지 않겠다."

"뭔데?"

"도대체 이 원정을 꼭 가야만 하는 이유가 뭐야?"

보로미어는 이미 어두워진 밤하늘을 향해 껄껄 웃은 다음, 당연하다는 투로 말했다.

"그럼 너는 저런 미인이 둘씩이나 있는 원정대를 꼭 무슨 이유가 있어야 따라가니?"

전사는 다시 몸을 돌려 '달리는 조랑말'로 향했고, 혼자서 한참을 씨근덕대던 드루이드도 그 뒤를 따라 터덜터덜 걸음을 옮기기 시작했다.

접속을 마친 원철은 미친 듯이 멀티 세트를 벗어던진 다음, 두근거리는 가슴을 진정시키려고 애썼다.

어쩌면 별것 아닐지도 모른다.

'하지만 만약에, 정말 만약의 일이지만, 정말로 그게 가능하기만 하다면…….'

원철은 전신에 소름이 쫙 돋는 것을 느꼈다. 두려움이 아니라 흥분 때문이었다.

제10장
난파선

5월 28일 수요일

몇 번인가 계속 흐려지던 초점이 겨우 맞자, 낯익은 벽지의 무늬가 눈에 들어왔다. 고개를 들려고 하자 빠개지는 듯한 고통이 몰려와 이내 포기하고 말았다. 잠시 시간이 지나고 전신의 고통이 차츰 견딜 만해진 다음, 욱은 천천히 자리에서 일어나 앉았다. 머리가 흔들리지 않게 조심을 하며 침대에서 내려서려는 욱의 발치엔 술병들이 널려 있다가 발에 걸려 쓰러지며 요란한 소리를 냈다.

"어유, 머리야."

욱은 술병들 사이로 널려 있는 김치 쪼가리들을 밟지 않으려는 자신의 노력이 무위로 돌아가는 것을 희미하게 의식하면서 가까스로 일어섰다. 1, 2초간 방 전체가 자신을 축으로 고속 회전을 하는 듯한 어지러움이 지나간 뒤, 욱은 두 손으로 양쪽 관자놀이를 누르면서 방을 나와 화장실로 들어갔다.

화장실은 방보다 더 가관이었다. 세면대며 욕조, 변기 할 것 없이 자신의 것임이 분명한 토사물로 범벅이 되어 있었다. 갑자기 밀려드는 악취에 그는 다시 변기를 부여잡고 서너 번의 헛구역질을 해댔으나, 이미 나올 것은 다 나왔는지 노란 물만 한 모금 올라올 뿐이었다.

"으으으……."

욱은 한 손으로 윗배를 부여잡은 채 샤워기를 틀어 일단 세면대에 묻은 오물만 대충 씻어냈다. 세면대에 물을 받으려던 그는 자신이 알몸인 것을 깨닫고 아예 들고 있던 샤워기를 정수리에 들이댔다. 차가운 물이 날카롭게 전신을 베고 지나가자 머리와 배의 통증이 한결 누그러들었다.

한참을 그렇게 서 있던 그는 조금 정신이 들자, 화장실 곳곳에 물을 뿌리며 대충이나마 청소를 마쳤다. 젖은 몸을 말리며 화장실을 나온 그는 반사적으로 눈을 찌푸렸다. 엉망인 곳이 침실과 화장실만이 아니었기 때문이다. 냉장고 문은 열려 있었고 싱크대에는 깨진 유리 파편이 어지러이 널려 있었다. 혹시나 하고 돌아보자 대문의 자물쇠도 열려 있었다.

욱은 일단 대문을 잠그고 냉장고 속에서 미지근해진 물통을 꺼내들었다. 식탁에 앉아 한 모금을 마시자, 달콤한 부드러움이 식도를 타고 내려갔다.

"으으으……."

다시 밀려오는 두통을 이를 악물고 참던 그는, 두통약을 먹고 싶은 욕구를 간신히 억누르고 다시 물을 마셨다. 지금 이 속에 두통약이 들어가면 어떻게 되는지는 경험을 통해 익히 알고 있는 바였기 때문이다.

오 경감에게 근신 처분을 받은 게 벌써 그저께 밤이었다.

'부를 때까지 집구석에 조용히 처박혀 있어. 그 전에 내 눈에 띄면 좆뿌리를 뽑아버릴 거야!'

반장은 단지 그렇게만 으르렁대곤 등을 돌려버렸다. 그러자 최경식이 회심의 미소를 지으며 욱의 안주머니에서 경찰 신분증을 뽑아갔고, 그걸로 끝이었다.

어제 하루 동안은 반장의 명령대로 집에 틀어박혀 있었다.

그리고 생각을 했다. 일단 현재 상황에 대해서 이해를 해보려고 무던히도 노력했다. 그러나 생각을 하면 할수록 이해가 안 되는 것들이 늘어만 갔다. 아니, 정확히 말하자면 이해가 가는 부분이 하나도 없었다.

자신이 증거물을 불법 반출했다는 건 인정할 수 있었다. 그러나 그건 다른 목적이 있어서 그랬던 건 아니다. 그리고 실제로 비공식적으로 증거물을 반출하는 경우쯤이야 어디서나 비일 비재했다. 그런 정도의 일을 가지고 현재 진행중인 사건의 수사 반원을 근신시킨다는 게 일단 이해가 가지 않았다. 아무리 생각해도 반장의 처사는 과했다. 게다가 뭐가 그리 맘에 안 들었는지 '호로자식'이란 소리까지 하고.

그리고 반장과 최경식이 왜 그 자리에 나타났는지도 이해가 가지 않았다. 하필 그 시간, 그 자리에. 하지만 자기가 그 시간에 증거 보관소에 있으리란 건 아무도 모르는 일이었다. 막상 거기에 갈 맘을 먹기까지는 자기 자신도 모르던 일이었으니, 반장이나 최경식이 미리 알고 있었을 리는 절대로 없었다. 하여간 정말 재수 없게 당했다는 생각밖에는 나지 않았다.

그러나 생각하면 할수록 자꾸 반장의 마지막 눈빛이 떠올라 견딜 수가 없었다. 마치 더러운 벌레라도 보는 듯한 표정이었다. 억울했다. 하루종일 끓어오르는 속을 달래며 생각에 잠겨 있던 욱은 팔란티어란 게임에 대해 가졌던 자신의 '감'이 과연 이런 대가를 치를 만큼 확실한 것이었는지를 스스로에게 반문해 보았다. 그러자 시간이 지날수록 지난 며칠간의 행동들이 차츰 황당해 보이기 시작했고, 종국엔 모든 것이 무의미하고 지겨워졌다.

결국 욱은 술이나 몇 잔 마시고 깨끗이 잊어버릴 양으로 밖으로 나갔다. 그는 저녁도 건너뛴 채 집 근처 단골 포장마차에 앉아 소주를 마셨다. 한두 잔 술이 들어가자 너무 열심히 하지 말라던 남 수사관의 말이 생각났다. 역시 모든 게 쓸데없는 일인 듯했다. 수사고 뭐고 다 잊어버리고 이번 기회에 아예 지청으로 원복 신청을 해버리는 게 정답이라는 생각이 들었다. 그러나 차츰 취기가 오르자 눌러놓았던 울분이 슬슬 솟아올랐다.

옆의 단란주점으로 자리를 옮긴 그는 여자애 둘을 불러놓고 글라스로 위스키를 마셨다. 최경식이 욕을 하고, 반장 욕을 하고, 박현철이 욕도 했다. 대통령과 내무부 장관 욕도 한 듯했다. 상 위에 빈 위스키 병이 두 개 놓여 있는 광경도 잠깐이나마 본 듯했다. 그러나 여자애 중 하나의 부축을 받으며 낯익은 계단을 올라가던 것은 확실히 기억이 났다.

'여기까지 데리고 왔던 건가?'

평소엔 그런 애들을 절대로 집에 데리고 오지 않았는데, 취하긴 엔간히도 취했던 모양이었다. 그러나 사방에 널려 있는 술병들로 보아 집에 들어와서도 술만 더 퍼마셨던 것 같았다.

욱은 다시 물 한 모금을 마셨다. 그러자 관자놀이 사이의 통증이 참을 만한 수준으로 줄어들었다.

"으으……."

욱은 신음을 하면서도 억지로 몸을 일으켰다. 그는 침실로 돌아가 창문을 열고 느릿느릿한 동작으로 방바닥에 널려 있는 술병들을 치우기 시작했다. 집안이 정리되어 감에 따라 숙취도 차츰 물러갔다. 침실 하나에 화장실과 부엌만 딸린 작은 아파트였지만, 어설픈 걸레질까지 마치고 나니 벌써 오후 6시가 가까워오고 있었다.

대충 옷을 꿰입은 욱은 인삼차 한 잔을 타서 다시 식탁에 앉았다. 더운 차가 목을 넘어가자 순간적으로 찌르는 듯한 통증이 윗배를 스쳐가 저도 모르게 얼굴이 찡그려졌다.

한참 동안 멍하니 벽을 바라보던 욱은 움직이기를 완강히 거부하는 대뇌를 다그쳐 현재 자신이 처한 상황을 차분히 판단해 보았다. 경미한 근신이라지만 일단 1주일이 넘어가면 자신의 기록에 남을 것이고, 그건 자진 원복도 마찬가지였다. 어느쪽이건 지금까지 새해 첫눈처럼 깨끗한 기록을 유지해 온 그로서는 받아들일 수 없는 일이었다.

'빌어먹을 컴퓨터 한 대 때문에.'

욱은 한숨을 쉬었다. 일전에 마약 공급책을 일망 타진할 때는 증거실에서 미끼로 쓸 금괴 5킬로그램을 그냥 들고 나갔어도 오히려 칭찬만 들었다. 그런데 이게 뭐란 말인가.

그러나 아무리 억울하다고 항변을 해도 이번 건만큼은 빼도 박도 못할 것이란 느낌이 들었다. 그건 반장의 에누리없는 태도에서 느낄 수가 있다. 그렇다면 역시 반장에게 원복 신청을 하고 근신을 풀어달라는 게 상수일 것이다. 근신보다는 그게 기록상 더 나아보인다. 게다가 미운털이 박힌 지금 괜히 더 이상 수사반에서 어물거리다가는 수사 부진에 대한 책임까지 덮어쓸지도 모르는 일이었다. 지금 돌아가는 꼴을 보면 조만간 희생양이 하나 필요해질 가능성이 다분했다.

"가만……."

갑작스레 떠오른 생각 하나에 머릿속이 확 맑아졌다.

'지금 개인 기록 따위가 문제가 아니잖아!'

박현철의 컴퓨터는 현재 분실 상태인 것이다. 증거물 분실은 심각한 일이다. 분실 정도가 아니라 기록까지 변조되었으니, 보기에 따라선 계획적인 횡령으로 보일 수도 있는 문제였다. 아니, 이건욱이 알고 있는 한, 법적 정의를 100퍼센트 만족시키는 분명한 '횡령'이었다. 만약 수사 부진에 대한 내사라도 벌어진다면 이 문제는 간단히 드러날 테고 그 책임은 몽땅 자신이 뒤집어쓰게 될 것이다. 벌써 사진 기자들의 플래시가 눈에 번쩍이는 듯했다.

'빌어먹을! 이렇게 고분고분 집구석에만 처박혀 있을 때가 아니었어!'

동물적 생존 본능이 자극을 받았는지, 술에 전 그의 머리가 삐그덕거리며 움직이기 시작했다. 차근차근히 생각을 하고 미리미리 손을 써야 했다. 누가 꾸민 일인지 알아내는 것은 일단 급한 일이 아니다. 중요한 것은 현재 진짜로 컴퓨터를 빼돌린 놈과 자신 말고는 아무도 박현철의 컴퓨터가 사라진 사실을 모르고 있다는 점이다. 나중에 무방비 상태로 엉뚱한 누명을 뒤집어쓰지 않기 위해서는, 일단 컴퓨터가 사라진 사실을 미리 문제화해 놓아야 할 필요가 있었다. 누구의 짓인지 밝혀내는 것은 그 다음의 일이다.

그러나 수사반에 전화를 걸기 위해 일어섰던 욱은 일단 다시 자리에 앉았다. 섣불리 처리할 문제가 아니란 생각이 들었기 때문이다. 이 일을 알리자면 자신이 애초에 그 컴퓨터에 손을 댄 이유를 납득이 가게 설명할 수 있어야 했다. 그렇지 않으면 거꾸로 의심을 받을 소지가 있었다.

의심을 받지 않으려면 박현철과 팔란티어, 그리고 이번 사건 간에 모종의 관계가 있음을 증명할 객관적 증거가 필요했다. 아니, 증거까지도 필요 없다. 조그만 단서면 충분하다. 사실 그 게임이 이번 사건과 무슨 관계가 있으리라는 건 이젠 욱 자신도 별로 기대하고 있지 않았다. 하지만 자신의 의심을 정당화할 정도의 어떤 것을 제시할 수는 있어야 했다. 최소한 그 게임 안에 제우스란 인물이 존재한다는 것과 그게 박현철이었다는 것 정도는 확인을 해야 했다. 상부에 알리는 것은 물론 그걸 확인한 다음의 일이었다.

하지만 영진 판타지에서는 그걸 확인해 주지 않을 것이다. 그렇다면 방법은?

결국 모든 것은 다시 원점으로 돌아가고 있었다. 어떻게든 팔란티어에 접속을 하는 것이 답이었다. 그러나 박현철의 컴퓨터가 사라져버린 지금 어떻게?

욱은 지끈거리는 머리를 몇 번 더 굴려보곤 고개를 끄덕였다.

약간 귀찮긴 하지만 간단한 방법이 없는 것은 아니었다.

'그런데…….'

인삼차를 비운 그는 신음 소리와 함께 의자에서 일어났다.

'그걸 알아낸 다음엔 누구에게 이 문제를 알린다?'

이틀 전의 사건에도 불구하고 반장의 두툼한 얼굴이 먼저 떠올랐다. 그는 주머니에서 찌그러진 껌을 하나 꺼내어 천천히 씹기 시작했다.

"안 돼! 안 돼! 안 된다면 안 되는 줄 알아, 이 자식아!"

욱은 발작적으로 소리를 지르는 원철을 멍청한 표정으로 바라보았다.

"야, 인마! 내가 너보고 내 대신 순교라도 하라고 했냐? 거 게임기 잠깐만 빌려달라는데 왜 미친년 널 뛰듯 지랄이야?"

욱이 황당해하자 원철은 답답하다는 듯 친구를 쳐다보았다.

"이건 단순한 게임기가 아니야! 네가 생각하는 그런 게 아니라고. 넌 이해하지 못하겠지만 나한텐 아주 중요한 거야."

"호오, 그래? 그까짓 게임이 친구인 나보다 더 중요하다 이거지?"

욱의 빈정거림에 원철은 잠시 머뭇거리다 말했다.

"그래!"

너무도 단호한 대답에 욱은 잠시 당황해 눈길을 돌렸다. 원철의 작업실 벽에 걸린 시계는 11시 8분 전을 가리키고 있었다. 윽박지른다고 말을 들을 놈도 아니고, 아직 8분이란 시간이 남아 있었기에 욱은 좀더 찬찬히 설득을 하기로 방향을 정했다.

"인마. 내 말 좀 들어봐. 난 지금 상당히 곤란한 지경에 빠졌단 말야."

"……?"

"전에 내가 보여줬던 박현철이의 컴퓨터가 없어졌어. 물건도 기록도 싸그리 사라졌다고. 여차하면 내가 그 책임을 꼼짝 없이 뒤집어쓰게 되어 있단 말야. 그러지 않으려면 내가 여기에 접속을 해야 해."

원철은 팔짱을 낀 채 욱의 말을 듣고 있더니, 기가 막힌다는 듯 쏘아붙였다.

"도대체 뭔 소린지 모르겠다만, 또 책임질 일을 하나 벌인 모양인데, 그거하고 네가 여기 접속하는 거하고 무슨 관계가 있냐고! 여기 접속만 하면 네가 책임을 지지 않아도 되는 거야?"

"모든 걸 자세히 설명하기는 좀 그렇고, 일단 지금 나한테 필요한 건 박현철이 그 게임을 했다는 걸 확인하는 일이야."

"그러니까 지금 네가 여기로 들어가서 박현철이, 아니, 제우스란 게이머가 있는지 찾아보겠다는 거야?"

욱이 고개를 끄덕이자 원철은 머리를 절레절레 흔들었다.

"말도 안 돼. 그건 마치 서울서 김 서방 찾기나 마찬가지야. 카자드 하나만 해도 넓이가 경기도만 하다고. 가이아엔 그런 나라가 셋이나 돼. 몇 달, 아니, 몇 년은 걸릴 거야. 아니, 잠깐! 그걸 떠나서 그 박현철이란 놈은 죽었잖아! 죽은 사람이 지금 접속을 하고 있을 리가 없잖아!"

"야, 인마. 나 좀 도와줘. 접속을 해보면 어떻게든 방법이 있겠지. 지금은 이 방법뿐이야."

욱이 거칠게 원철의 양어깨를 움켜잡으며 애원했다. 그러나 원철은 잠시 친구의 얼굴을 마주보다가 고개를 저었다.

"안 돼. 네가 지금 팔란티어를 잘 몰라서 그런 생각을 하는 것 같은데, 일단 네 발상은 현실성도 없고 시간 낭비에다가 비논리적이야. 한 마디로 말도 안 된다 이거야. 그리고 이건 네가 내 말을 믿고 이해해 줘야 하는 건데, 비록 게임이지만 이건 나한테 매우 중요해. 내 또 다른 인생과 마찬가지라고. 그리고 다른 게이머들과의 약속도 있어. 난 11시 정각에 정확히 접속을 해서 다른 원정대원들과 합류해야 해. 내가 늦으면 그들에게도 피해가 간다고. 네 입장은 안됐다만, 그렇게 말도 안 되는 이유로 게임 타임을 날려버릴 순 없어. 네 문제를 해결하는 덴 다른 방법을 찾아보도록 해."

욱의 얼굴이 일그러졌다.

"더러운 놈! 친구가 이렇게 곤경에 빠졌는데 게임에 미쳐서 외면을 해? 너랑은 이제 절교다."

절교라는 말에 원철의 얼굴에 곤혹스런 빛이 떠올랐다.

"야, 그렇게 말하지 마. 이해를 해줘야 하는 건 너야. 이게 나한테 얼마나 중요한 건지 네가 몰라서 그래. 정말 미안하지만 이건 안 돼. 마누란 빌려줘도 이건 안 돼. 더 더욱 오늘은."

욱은 다시 시계를 쳐다보았다. 11시 1분 전이었다. 어쩔 수 없이 마지막 방법을 쓸 수밖에 없었다.

"좋아. 이해를 해주지. 그래도 아직은 내 친구니까."

욱의 말에 안쓰럽던 원철의 표정이 조금 풀어졌다.

"그러니 원철아, 너도 친구로서 한 가지만 이해해라!"

욱이 한 걸음 다가서면서 말하자 원철은 당연하다는 듯 고개를 끄덕였다.

"그래. 뭘?"

욱은 대답 대신 억센 두 팔로 다짜고짜 원철을 집어들어선 작업실 문 밖으로 집어던졌다. 친구의 비명 소리에 그는 잠시 얼굴을 찡그렸으나, 이내 방문을 단단히 걸어잠근 후 흔들의자에 앉아 자이로 마우스를 집어들었다. 사용이 익숙하지 않은 바람에 화면의 커서가 사방으로 날아다녔지만 형사는 얼마 지나지 않아 '팔란티어 접속' 이란 아이콘을 클릭할 수 있었다.

스크린에는 이내 메시지가 떠올랐다.

팔란티어에 접속되었습니다.

어서 오십시오. 보로미어 님. 마지막 접속은 2011년 5월 26일 00:50분에 해제되었습니다.

원철이 거칠게 방문을 두드리는 소리가 욕설을 동반하여 들려왔으나 욱은 무시하며 멀티 세트를 덮어썼다.

지금부터 팔란티어와 동기화를 하겠습니다.

멀티 세트의 동기화 과정에서 약간의 어지러움을 느끼실 수 있으나, 일시적 현상이니 잠시만 참으시면 됩니다.

욱은 의자에 앉아 눈앞에 떠오르는 영상에 정신을 집중했다. 그러자 밝은 광선이 잠시 번뜩이는 듯하더니, 가벼운 어지러움이 덮쳐왔다.

'뭐, 심하진 않구먼.'

속으로 중얼거리며 몸을 뒤로 눕히는 순간, 갑자기 눈앞이 시뻘개지며 엄청난 두통이 엄습해 왔다.

"으아아악!"

욱은 자기도 모르게 벌떡 일어나 비명을 질렀다. 엄청난 고통이 연속되는 해일처럼 밀려오다가 갑자기 뚝 끊어졌다.

"야, 인마! 너 괜찮아?"

가까스로 눈을 뜨자, 원철이 걱정스런 표정으로 자신을 바라보고 있었다. 손에는 욱의 머리에서 벗겨낸 멀티 세트와 방문 열쇠가 들려 있었다.

욱은 저도 모르게 바닥에 철퍼덕 주저앉았다.

"무, 무슨 게임이 이러냐?"

"글쎄……."

원철도 당황스러워하며 경고 메시지로 번쩍이고 있는 스크린을 돌아보았다. 스크린의 메시지는 간단했다.

User Authentication Failure

"뭐야? 이거. 게임이야, 고문 기계야?"

욱이 황당하다는 듯 투덜거리자 원철은 다시 욱의 상태를 잠시 살펴본 다음 쌤통이라는 표정을 지었다.

"자식, 꼴 좋다."

"어떻게 된 거야?"

"어떻게 되긴, 내 아이디로 네가 접속을 했으니 호스트에서 거부한 거지. 아마 그쪽 신호와 동기화가 어긋나며 일어난 일일 거야. 후후, 네가 한 짓을 생각하면 당해도 싸다."

원철이 고소하다는 듯 말했다.

"얌마, 그런 소리 마라. 너도 당해 봤으면 그런 소린 못할 거야. 그런데 네가 아니고 나란 걸 컴퓨터가 어떻게 알았지?"

욱의 물음에 원철은 고개를 갸우뚱했다.

"글쎄. 이 기계 자체가 뇌파를 감지하는 장치니까, 아마도 내 고유 뇌파가 아니면 거부하게 되어 있는 거겠지. 흐음. 그러고 보니 저번에 로그 인 파일에 접속 암호가 없었던 게 이제 이해가 가는군. 햐! 그렇다면……."

원철은 말을 하다 말고 눈을 동그랗게 뜨며 감탄했다.

"이거 정말 대단한데? 이건 지문이나 망막 혈관을 이용하는 기술보다도 한 세대는 더 나간 기술이야!"

"제기랄, 은행 금고도 아니고 무슨 게임에 그런 장치를 다 해놨어?"

욱이 계속 투덜댔지만, 원철은 그를 무시하며 흔들의자에 앉았다.

"자, 어쨌거나 이젠 내 컴퓨터로 팔란티어에 접속하는 게 불가능하다는 걸 확인했으니 미련은 없겠지? 그리고 그 박현철이 컴퓨터로도 넌 접속할 수 없을 거야. 그러니 이젠 여기에 접속해야 무슨 사건의 단서를 잡느니, 누명을 벗느니 하는 해괴한 소리 좀 작작하고 가서 없어졌다는 컴퓨터나 잘 찾아봐. 그런 물건 찾는 게 경찰이 해야 할 일이잖아."

원철은 차갑게 쏘아붙이고는 멀티 세트를 뒤집어썼다.

욱은 아직도 지끈거리는 관자놀이를 문지르면서 친구의 몸이 살짝 경련을 하다가 늘어지는 모습을 속수 무책으로 지켜보았다.

"야, 원철아."

불러보아도 대답이 없는 것으로 보아 이미 게임과 연결이 끝난 모양이었다.

"젠장!"

욱은 의자에 늘어진 원철 옆에 쭈그리고 앉았다. 몸소 고통스럽게 확인한 대로 자신이 직접 팔란티어에 접속을 하기는 아무래도 불가능한 것 같았다.

하지만 박현철의 북케이스 문제는 당장 내일이라도 불거져나올 수 있는 사안이었다. 그런데도 막상 자신은 그 녀석이 이 게임을 했다는 간단한 사실조차도 확인할 수가 없다니.

욱은 좌절감에 아랫입술을 깨물었다.

그나저나 정말 골 때리는 게임이었다. 아무리 첨단 산업이라지만 모든 것이 베일에 싸인 데다가, 이젠 영화에서나 볼 듯한 최첨단 보안 장치까지. 정말 남 수사관 말대로 무슨 정보 기관이 아닐까 하는 생각이 들 정도였다. 그리고 저 원철이 녀석은 그게 뭐가 그리 좋다고 백치마냥 저리 헤벌레 앉아 있고.

욱은 죽은 듯 꼼짝 않고 흔들의자에 앉아 있는 원철을 노려보았다.

'개자식! 곤경에 빠진 친구를 두고 저렇게 자빠져 있을 수 있는 거야?'

욱은 멀티 세트인가 뭔가의 코드를 확 뽑아버리려다가, 아까의 두통이 생각나 멈칫했다. 혹시 뭐가 잘못되어 원철도 같은 꼴을 당할지 모른다는 걱정 때문이었다.

"이런 제기랄!"

욱은 두 손으로 머리카락을 잡아뽑으며 바닥에 벌렁 누워버렸다.

가라앉아 가는 배의 돛대에 쇠사슬로 꽁꽁 묶여 있는 느낌이었다.

제11장
영혼이 춤추는 숲

5월 28일 수요일, 에스트발데

모든 날이 항상 좋을 순 없는 법이다. 살다 보면 마음대로 되지 않는 일들은 항상 생기게 마련이니 그런 일이 있다고 해서 특별히 기분 나빠할 필요까지는 없겠지만, 오늘 보로미어는 기분이 나빴다.

물론 지금 따라가고 있는 레트의 원정대가 특별한 위험이나 난관에 봉착했기 때문은 아니었다. 자신이 늦잠을 자는 바람에 출발 전에 약간의 문제가 있었지만, 그 이후의 원정은 전날 실바누스의 걱정을 비웃기라도 하듯 매우 순조롭게 진행되었다. 대장인 레트는 딱딱하거나 권위적이지 않으면서도 믿음을 주는 인물이었고, 라미네즈를 비롯한 다른 대원들 역시 든든한 동료들이었다. 특히 라미네즈는 디크와 달리 친절한 성품이라 선배 전사로서 조언을 아끼지 않았으므로, 성질 사나운 보로미어조차도 이내 따르게 되었다.

에스트발데는 어두컴컴하던 메아리 숲과는 달리 나무가 좀 들어찬 초원 같은 곳이었으니 길을 잃거나 할 염려도 없었다. 두 차례의 가벼운 접전만 제외한다면 간간이 맑은 시내가 흐르는 아름다운 숲의 풍경을 즐기기 위한, '소풍' 이란 표현이 더 어울리는 그런 원정이었다.

첫 번째 조우는 에스트발데에 발을 들여놓은 지 얼마 되지 않아서였다. 일곱 마리의 좀비 무리였는데, 100미터 전방에서 로젠브란트가 발견했기 때문에 간단히 선제 공격을 할 수 있었다. 힘들지 않은 상대라는 판단 하에 마리안과 보로미어 둘이서만 상대했는데, 보로미어가 미처 무리에 다다르기도 전에 마리안의 화살이 셋을 쓰러뜨렸고 보로미어가 셋을 죽이는 동안 나머지 하나마저 처리해 버려 싱겁게 끝나고 말았다.

미모도 미모였지만 50미터도 넘는 거리에서 은화살을 정확히 명중시키는 마리안의 활 솜씨와 그녀의 하얀 두 팔이 그려내는 우아한 동작에 보로미어는 그만 반해 버리고 말았다. 그리고 그것이 불운의 시작이었다.

나름대로 좀비들을 멋지게 처리했다는 생각에 우쭐해진 그는 새로 산 브로드소드를 자랑스레 둘러메고 마리안에게 말을 걸었다. 그러나 전투중에는 그리도 호흡이 잘 맞던 그녀는 웬일인지 퉁명스런 태도를 보이며 미처 몇 마디 꺼내기도 전에 쌀쌀맞게 돌아서 버렸다.

보로미어는 한창 열을 받은 상태에서 열 마리 남짓한 두 번째 좀비 무리들과 마주쳤다. 숫자도 숫자였고 해골 기사까지 서넛 섞인 집단이어서, 이번엔 알하즈란과 라미네즈까지 합세하여 맞아주었다. 그러나 라미네즈는 보로미어를 보조하는 정도로 적당히 도끼를 휘두르는 시늉만 했고 실제로는 보로미어 혼자서 거의 대부분을 베어버렸다. 비록 알하즈란이 플레임 웨이브(Flame wave)로 반쯤 그슬러놓은 숯덩이들을 토막내는 정도이긴 했지만, 안 그래도 화풀이 상대를 찾아 눈이 벌개져 있던 보로미어는 마리안이 두어 번 시위를 당기는 동안 미친 듯이 칼을 휘둘러 일곱인가 여덟을 해치워 버렸다.

"여어, 고르곤 전사라는 소문이 헛말이 아니었구먼!"

대장인 레트가 신이 나서 감탄을 하고 로젠과 알하즈란도 혀를 내두르며 고개를 끄덕였다. 그러나 보로미어의 주관심사인 마리안의 반응은 여전히 냉담하기만 했다. 이것이 보로미어의 지금 기분을 한층 더 더럽게 만들고 있었다.

참다 못한 보로미어는 이동중 슬쩍 후미 쪽에 있는 마리안 옆으로 다가갔으나, 한참이 지나도록 그녀는 그를 돌아보지도 않았다. 보로미어는 한동안 그녀의 무시를 감내하다가 참지 못하고 먼저 입을 열었다.

"이봐, 마리안."

"왜?"

마리안은 여전히 앞을 보면서 대답했다.

"나한테 그렇게 딱딱하게 대하는 이유가 뭐야?"

"딱딱하게라니 무슨 소리야?"

"무슨 소리냐니, 아까부터 넌 날 길가의 돌덩이 보듯 하고 있잖아."

"글쎄."

"도대체 이유가 뭐야. 며칠이 걸릴지도 모르는 원정인데, 서로 친해져서 나쁠 건 없잖아?"

보로미어가 따지듯 묻자, 마리안은 한 손으로 머리를 쓸어올리며 그를 돌아보았다. 눈부신 금발 아래 드러난 녹색 눈동자가 뿜어대는 아름다움에 보로미어는 잠시 숨이 막히는 듯했다.

"우린 여기 놀러 온 게 아니야. 언제 무슨 일이 일어날지 모르는 정찰 원정이야. 네가 왜 이러는지는 알겠는데, 난 쓸데없는 감정 놀이로 신경 쓰고 싶지 않아. 하기야 너한테야 무슨 감정이 생길 리도 없지만."

외모와는 어울리지 않는 차가운 말투에 보로미어는 움찔하고 걸음을 멈췄다. 마리안이 멀어져가자 뒤에 따라오던 실바누스가 스쳐가며 속삭였다.

"제발 망신스런 짓 좀 하지 마. 도저히 눈 뜨고 못 봐주겠다."

전사는 드루이드의 머리통을 쥐어박으려다 말 위에 앉은 레트와 눈이 마주치는 바람에 손을 내렸다.

"후훗, 보기보다 과격한 성격이네?"

레트 옆에서 걷고 있던 알하즈란이 재밌다는 듯 말했다.

"상대에 따라선."

보로미어는 그녀가 자신과 마리안 사이의 대화를 들었을까 궁금해하며 뚱한 목소리로 대답했다.

"그래? 그럼 난 어떤 상댈까? 참고로 난 과격한 걸 좋아해."

알하즈란이 붙임성 있게 미소를 지으며 물었다. 화가 나 있던 보로미어도 그녀의 엉뚱한 말엔 어이가 없어 피식 웃음을 터뜨리고 말았다.

"허, 저 옆구리 터진 보릿자루 같다면야 얼마든지 과격하게 대해 줄 수 있지."

"보릿자루?"

"실바누스 말이야. 사사 건건 내 일에 참견하는."

"후훗, 보릿자루라. 어울리는 별명이군."

알하즈란이 다시 웃으며 고개를 끄덕였다. 놈인 그녀가 보로미어의 걸음을 따라오기는 힘들었으므로 보로미어는 보폭을 줄여야 했다.

"그런데 저 마리안인가 하는 친군 뭐가 문제야? 나한테 무슨 불만이라도 있는 거야? 죽으나 사나 이젠 같은 원정댄데 저렇게 뻣뻣하게 굴 이유가 뭐야?"

보로미어가 툴툴대자 알하즈란은 당연하다는 투로 대답했다.

"질투지."

"질투?"

"암. 너와 같은 전사 계급이고 서열도 같은데, 힘으론 너만 못하니까 질투를 할밖에."

"흥, 그래도 같은 서열인데 그렇게 많이 차이가 나려고."

그러자 알하즈란은 정색을 하며 말했다.

"무슨 소리야. 내가 보기엔 최소한 네가 두세 배는 강한 것 같던데."

보로미어는 고개를 갸우뚱했다.

"어떻게 그럴 수가 있지? 마리안은 나와 같은 용사급인데."

"서열이 오를 때 어떤 능력을 더 중요시했느냐의 차이겠지. 아마도 마리안은 부여받은 능력치를 체력보다는 카리스마에 투자했을 거야."

"카리스마?"

전사의 고개가 더 크게 갸우뚱거리자, 알하즈란이 눈을 동그랗게 뜨더니 깔깔 웃었다.

"호호. 네 힘이 어떻게 그렇게 센지 이유를 알 것도 같구나. 카리스마란 성격, 말투, 외모 등을 통틀어 다른 사람의 호감을 얻게 해주는 힘을 말해. 분명히 마리안은 체력보다는 카리스마가 강할 거야, 그것도 아주 많이."

"왜 그렇게 하지?"

"가치관의 차이겠지."

보로미어는 잠시 생각을 해봤다.

"이해가 안 돼. 전사가 힘 대신 카리스마를 바랄 필요가 뭐 있지?"

그러자 알하즈란은 빙긋이 웃었다.

"후훗, 남자인 네가 여자를 완전히 이해하길 바라진 않겠어. 하지만 라미네즈와 마리안이 동시에 위험에 빠지면 넌 누굴 먼저 구하겠어? 누구에게 먼저 손이 가겠냐고."

"물론 마리……."

보로미어는 반사적으로 대답하다가 얼굴을 붉히며 입을 다물었다.

"호호호, 그것 봐. 그게 바로 카리스마의 힘이야."

알하즈란은 배를 잡고 깔깔거리다 말고 갑자기 보로미어의 얼굴을 빤히 올려다보았다.

"왜, 뭐라도 묻었어?"

전사가 묻자 알하즈란이 방글거리며 말했다.

"글쎄, 뭐랄까……, 넌 다른 사람들과 달리 매우 솔직해. 그건 정말로 보기 힘든 기질이야. 남들이야 어떻게 생각할지 몰라도, 난 솔직한 사람이 좋아."

놈은 잠시 말을 끊었다가 살짝 얼굴을 붉혔다.

"네가 싫지만 않다면……, 앞으로 우린 좋은 친구가 될 수 있을 거야."

마리안에 대한 반발이었을까, 보로미어는 갑자기 이 놈 위저드에게 보통 이상의 끌림을 느꼈다. 지금까지 사람들은 자신의 체력이나 힘에 대해서는 칭찬을 아끼지 않았지만, 성격에 관해서는 비꼬거나 충고를 하는 경우가 대부분이었던 것이다.

"그래? 솔직한 것도 좋고 과격한 것도 좋단 말이지?"

보로미어는 작은 체구의 알하즈란을 번쩍 들어 자신의 어깨에 올려놓았다. 그녀는 순간적으로 깜짝 놀랐으나, 전사가 성큼성큼 걷기 시작하자 맑은 목소리로 웃음을 터뜨렸다.

"호호호, 급하긴. 역시 맘에 드는걸."

마리안 때문에 꼬였던 보로미어의 기분은 알하즈란 덕분에 금세 풀어졌다. 마리안보다는 못하지만 어쨌거나 알하즈란의 미모도 절대로 보통 이하는 아닌 것이다. 게다가 쉬지 않고 옛 전설과 원정 이야기들을 재잘거리는 그녀의 수다 덕분에 보로미어는 순식간에 행군의 지루함을 잊을 수 있었다.

이후 제3의 접전이 없었더라면 전사의 하루는 그런대로 기분좋게 끝날 수 있었을 것이다. 그러나 날이 저물 무렵 선두에 섰던 레인저 로젠브란트가 손을 들어 경계 신호를 보냈고, 잠시 후 일행은 스무 마리가 넘는 늑대 무리에게 둘러싸였다. 원정대는 레트와 알하즈란, 실바누스를 가운데 두고 나머지 네 명이 이들을 에워싸는 형태로 방어 대형을 취했다.

수는 좀 많았지만, 방어에만 주력을 하자면 늑대 무리 따위야 힘든 상대는 아니었다. 그러나 마리안과 알하즈란을 의식한 보로미어는 순간적인 과시욕에 사로잡혔고, 실바누스의 만류도 아랑곳없이 혼자 대형 밖으로 뛰쳐나갔다가 순식간에 10여 군데를 물어뜯기는 중상을 입고 말았다. 그는 칼과 방패도 모두 놓친 채 황급히 달려온 라미네즈와 로젠의 손에 간신히 구출되었다.

알하즈란의 플레임 웨이브와 마리안의 화살에 도움을 받은 라미네즈가 나머지 늑대들을 쫓아버릴 때까지, 보로미어는 실바누스 옆에 꼼짝못하고 널브러져 있었다. 회복 주문을 써서 치료를 해줄 수도 있으련만, 드루이드는 전투가 다 끝나도록 보로미어 쪽은 돌아보지도 않았다. 나중에 알하즈란이 걱정스런 표정으로 다가왔을 때에야 전사를 회복시킨 실바누스는,

"꼴 좋다."

하고 한 마디 하더니 찬바람이 나도록 자리를 떠버렸다.

마리안을 비롯한 다른 대원들 역시 자신을 비웃는 것 같아, 보로미어는 도저히 견딜 수가 없었다. 알하즈란의 위로도 들은 체만 체 혼자서 뒤처져 터벅터벅 걷던 전사는 일몰 후 야영 장소에 이르러서도 다른 대원들과 떨어져 자리를 잡았다.

대원들은 모두 각자의 일로 바빴기 때문에 실바누스가 다가오기까지는 아무도 보로미어에게 관심을 보이지 않았다.

"이제 좀 정신을 차렸나?"

드루이드가 옆에 앉으며 묻자, 보로미어는 그의 두건 머리를 한번 흘끗 올려다보곤 고개를 돌렸다.

"시끄러. 넌 좀 저리 가."

"녀석, 성깔하고는."

"지금은 좋은 소리 들어도 기분이 좋아질까 말까하니까, 쓸데없는 얘기 하려면 아예 꺼내질 마."

전사가 으르렁대자, 실바누스는 긴 한숨을 쉰 다음 차분한 목소리로 말했다.

"후우. 좋아! 난 입을 다물고 있을 테니, 말은 네가 하렴. 도대체 아까 내가 그렇게 말리는데도 혼자서 늑대 무리 속으로 뛰어든 이유가 뭐야? 열다섯이 넘는 늑대 무리는 나이트 급 전사라도 혼자선 상대하기는 힘들다는 걸 몰라?"

보로미어는 드루이드를 쏘아보았다. 녀석의 눈치로 보아 아마도 속으론 다 짐작을 하고 물어보는 것일 게다. 하지만 차마 자기 입으로 여자들 앞에서 한번 으스대보기 위해서였다고 할 수는 없었다.

"것도 몰라? 난 네놈이 나한테 이래라 저래라 하는 게 싫어. 그래서 아까도 네가 말리니까 더 뛰어나가고 싶어진 거야. 됐어?"

보로미어의 볼멘 대답에 드루이드는 다시 한숨을 쉬었다.

"자식이 또 억지를! 이봐, 난 일단 이 원정에 따라온 이상은 최선을 다하기로 작정을 했어. 그러니 네가 필요 이상으로 나한테 적대감을 가질 이유는 없다고. 아까 내가 말렸던 것도 널 걱정해서 그랬던 거야. 분명히 네 능력 밖이란 게 보이니까……."

"시끄럽대도. 내 능력에 부치고 아니고는 내가 판단해. 그리고 제발 내 일에 참견 좀 그만 할 수 없어?"

"참견이 아니라 충고야."

"충고도 필요 없어. 네가 전투에 대해 뭘 안다고 나한테 충고를 하니? 그리고 그게 정말 날 걱정해서 하는 충고야? 혹시라도 내가 죽으면 그 맹세 때문에 벌을 받을까 봐 전전 긍긍해서 하는 소리지."

그러자 드디어 실바누스도 참지 못하고 소리를 쳤다.

"젠장! 뭐 이런 자식이 다 있어? 도대체 넌 왜 그리 생각이 비뚤어진 거냐! 그러니까 같은 대원들도 널 무시하지!"

"뭐가 어쩌고 어째?"

"흥! 창피한 줄도 모르고 계속 마리안 꽁무니를 쫓아다니는 걸 본 게 나뿐인 줄 알아? 꼴에 또 잘난 체하려다 늑대들한테 죽도록 물어뜯기질 않나."

그도 이젠 정말로 화가 난 듯했다.

"이 자식이 정말."

안 그래도 하루 종일 쌓인 것들에 대한 분풀이 대상을 찾고 있던 전사는 옳다꾸나 하고 실바누스의 멱살을 움켜쥐었다. 그러나 실바누스는 멱살을 잡히고도 여전히 기세 등등하게 빈정거렸다.

"흥, 무식한 녀석. 마리안이 왜 그러는지 이유도 알지 못하는 주제에!"

"뭐?"

전사의 손아귀에서 힘이 빠졌다.

"무슨 소리야? 무슨 이유?"

보로미어가 거듭 묻자, 실바누스는 그의 손을 거칠게 뿌리치며 쏘아붙였다.

"무슨 이유는! 마리안이 널 개밥에 도토리 보듯 하는 이유지."

"그것도 무슨 이유가 있어?"

"흥!"

실바누스는 고개를 돌리며 코방귀를 뀌었다.

"뭔데? 말해 봐."

전사가 조르자 실바누스는 팔짱을 끼며 말했다.

"관둬. 나도 널 나이트가 되도록 도와주기만 하면 될 뿐이야. 그런 것까지 너에게 일일이 설명해 줄 책임은 없다고. 네가 내 말을, 아니, 내 충고를 들을 책임이 없다고 주장하는 것처럼 말이야."

"끙……."

자신이 판 함정에 빠진 전사가 낮게 신음했다. 실바누스는 그런 보로미어를 흘긋 올려다보더니 덧붙였다.

"하지만 네가 몇 가지 약속을 한다면 이야기를 해줄 수도 있지."

전사는 잠시 그를 노려보았다. 자신을 가지고 노는 녀석의 태도는 참을 수 없이 얄미웠지만, 그 이유란 것만은 반드시 듣고 싶었다. 그것만 알아내면 마리안의 마음을 돌릴 수 있을지도 모른다.

"무슨 약속?"

"첫째, 앞으론 내 멱살을 움켜잡는 행동을 하지 말 것."

"빌어먹을! 좋아! 또?"

"둘째, 반드시 내가 시키는 대로 하라는 건 아니지만, 내가 뭐라고 하면 일단 한번쯤 말을 들어는 볼 것."

"또."

"현재로선 그게 다야. 약속하는 거야?"

"……."

보로미어가 머뭇거리며 대답이 없자 실바누스는 몸을 돌렸다.

"그럼 잘 자."

"알았어. 약속한다."

전사가 황급히 그의 팔을 잡자, 드루이드는 '흠흠' 하고 헛기침을 하며 비로소 자리에 앉았다. 그는 보로미어가 따라 앉기를 기다렸다가 천천히 입을 열었다.

"먼저 이야기를 해줄 게 있어."

"마리안이 날 피하는 이유를 말해 준다며."

"가만히 있어. 내 말은 일단 들어보기로 약속했잖아."

보로미어가 불만 가득한 눈으로 쏘아보았지만 실바누스는 무시하며 이야기를 계속했다.

"좀비나 해골 기사들이 언데드라고 불리는 건 알고 있겠지? 그리고 오늘도 수없이 해치운 녀석들이니 이젠 자신도 좀 붙었을 테고. 하지만 명심해, 언데드의 본질은 썩은 살과 뼈 부스러기들이 아닌 암흑의 힘이야. 그리고 개중에는 네 칼만으론 벨 수 없는 놈들도 있어. 그러니 앞으론 절대로 먼저 달려들지 말라고."

"알았다. 알았으니까 이제 그 이유란 거나 말해 봐."

"아직 얘기할 게 한 가지 더 남았어."

실바누스는 단호한 말투로 보채는 보로미어의 입을 봉해 버린 뒤 물었다.

"설마해서 묻는 거긴 하지만, 너 혹시 지금 혼자서 야영을 하려는 건 아니겠지?"

갑작스런 질문에 보로미어가 멀뚱멀뚱하니 바라만 보자, 실바누스는 답답한 듯 다시 물었다.

"여기서 잘 거냐고."

"아니면?"

"레트는 저쪽에 있잖아!"

"그래서?"

"후우."

실바누스는 또 한숨을 쉬더니 머리를 절레절레 흔들었다.

"젠장. 이거야 정말! 너 원정 나가서 야영해 본 적이 한번도 없냐?"

전사가 머뭇거리며 대답이 없자, 드루이드는 다시 소리를 지르려다 간신히 참고는 두 팔을 벌린 채 하늘에 대고 뭐라고 혼자 중얼거렸다. 주문인지 푸념인지 모를 혼자말이 끝나자, 드루이드는 조금 흥분이 가라앉은 목소리로 말했다.

"원정대는 항상 원정 대장이 만든 안전 지대 안에서 야영을 하도록 되어 있어."

"왜?"

"능력이 안 되는 하급 서열들이 사방을 마구 돌아다니는 것을 막기 위한 거야. 영주는 상급 서열인 원정 대장에게만 야영권을 허락해 주고, 야영권을 허락받은 원정 대장만이 안전 지대를 만들

수 있어. 안전 지대를 벗어난 곳에서 밤을 지내게 되면 다음날 아침에는 건강치의 반을 잃게 돼. 넌 어떻게 이런 기본적인 것도 모르냐?"

"넌 뭐 초짜 때부터 그런 걸 다 알았냐?"

보로미어가 퉁명스레 받아치자, 실바누스는 뭐라고 하려다 참고 얘기를 접었다.

"관두자, 관둬. 어쨌건 여긴 안전 지대 밖이니, 저쪽으로 자리를 옮기도록 해."

실바누스의 명령하는 듯한 말투 때문인지 아니면 탄로난 자신의 무식 때문인지 보로미어의 얼굴은 벌겋게 달아올랐다. 억지로 화를 참으며 그는 물었다.

"좋아. 이젠 네 할말은 다 들어줬으니, 마리안이 왜 날 피하는 지나 얘기해 줘. 알하즈란 얘기론 내가 힘이 세서 질투하는 거라던데."

"푸하! 알하즈란은 아무것도 모르는 멍청이야. 마리안은 널 피하는 게 아니라 무시하는 거라고. 그리고 그 이유도 질투는 절대로 아니고."

"그럼 뭐야?"

"그건 네가 전사이기 때문이지."

"그건 또 무슨 뚱딴지 같은 소리야?"

잔뜩 기대를 하고 있던 보로미어는 엉뚱한 소리에 왈칵 짜증을 냈다. 그러나 실바누스는 그의 태도엔 아랑곳하지 않고 말했다.

"마리안을 봐. 저 정도 외모라면 아마 능력치의 반은 카리스마에 쏟아부었을 거야. 그러다 보니 체력이 부족해서 아직도 칼 대신 활을 들고 다니는 거고. 하지만 이제 곧 그것도 한계가 오겠지. 용사급까지는 몰라도, 서열이 투사급으로 오르면 도저히 활만으론 버틸 수 없을 테니까 말이야."

"도대체 그게 나랑 무슨 상관이야?"

"끝까지 좀 들어. 이런 정찰 원정에 낀 걸로 보면 그녀도 아직 고정적인 원정대의 일원은 아닌 거야. 결국 이런저런 원정대들을 전전하다 보니 상급 서열에 오르기 위해선 자신의 힘만으론 어렵다는 걸 깨달았겠지. 곧 4급 전사인 투사가 되는데, 투사급 전투력이 없는 투사를 어느 원정대가 받아들여 주겠어? 웬만한 원정대에 끼지 못하면 투사에서 상급 서열인 나이트로 넘어가는 데 필요한 경험은 10년이 걸려도 다 쌓을 수 없거든. 결국 그녀는 자기를 나이트까지 도와줄 보호자를 얻어야 한다는 결론에 도달했겠지."

"그런데?"

"그런데 나같이 속아서 맹세에 묶인 불운한 사람이 아니라면 막상 누가 공짜로 그런 귀찮은 일을 맡겠어? 상응하는 대가가 있다면 또 모르지만 말야."

"대가? 돈?"

"웃기고 있네, 돈은 무슨 돈. 저 여자가 내놓을 건 자기 자신밖에 없어. 혼인 서약뿐이야."

혼인? 메아리 숲에서 얼핏 이스마엘과 아비누스를 두고 결혼이란 말을 들었던 기억이 났다.

"그건 또 뭐야?"

"그건 상급 서열들 사이에서 이루어지는 일종의 계약이야. 물론 따르는 제약이 많아 쉽게 이루어지는 건 아니지만, 저 정도 얼굴이라면 또 좋다고 나설 사람이 있을지도 모르지. 물론 상급 서열인 나이트가 된 후에 혼인을 한다는 조건이겠지만 말야."

"젠장! 그게 도대체 나랑 어떻게 관련이 있는 거냐고?"

이야기가 점점 자신과는 상관없어 보이는 방향으로 흐르자 보로미어는 신경질을 내어 따졌다.

"관련이 있지. 일단 마리안 입장에서 필요한 건 자신을 도와줄 능력이 되는 상급 서열이야. 그러니 일단 거기서 넌 안 돼. 그리고 더 중요한 건 혼인 서약이 같은 계급 사이에서는 이루어질 수 없다는 거야. 그러니 그녀가 같은 전사 계급인 네게 관심이나 있겠어? 아마 이 원정대에서 그녀가 관심을 가질 만한 사람은 레트밖에는 없을걸?"

보로미어는 멍하니 실바누스를 바라보았다. 아무리 무식한 그였지만 지금 들은 이야기가 조금도 희망적인 것이 아니란 정도는 알 수 있었다. 마리안이 자신을 냉대하는 이유를 알 수 있다면 뭔가 분위기를 바꿀 수 있지 않을까 하는 기대 하나로 모든 설교를 꾹 참고 듣고 있던 전사는 마침내 거칠게 폭발하고 말았다.

"겨우 그런 걸 얘기해 주려고 지금까지 뜸을 들인 거야?"

"겨우 그런 거? 인마, 지금 마리안이 겪고 있는 문제는 네가 곧 겪을 문제이기도 해. 아무리 서열이 올라가도 능력치의 균형적인 발전이 없으면 너도 상급 서열에는 오르지 못해. 심각하게 들으라고."

"필요없어. 그녀 사정이 어떤지 네가 어떻게 알아? 다 네 짐작일 뿐이잖아. 확실한 얘기도 아니면서."

"불 보듯 뻔한 얘기야. 어차피 네겐 관심도 없는 여자니까, 오늘처럼 괜히 잘 보이려고 무리하지 말라 이거야. 쪽팔리지도 않아? 용사급 전사란 녀석이 들짐승 밥이나 될 뻔하고."

다음 순간 드루이드의 몸은 허공으로 떠올랐고, 보로미어는 그의 목덜미를 잡은 채 이를 갈며 으르렁거렸다.

"제발 꺼져줘. 이젠 네 잔소리라면 진절머리가 난다."

"너 이러지 않기로 했잖아!"

실바누스가 분한 목소리로 악을 썼다.

"난 멱살을 잡지 않기로 했지 목덜미를 잡지 않겠다는 말은 한 적이 없어. 네놈 잔소리는 고맙게 들었으니까, 이제는 좀 꺼지라고."

거칠게 던져지는 바람에 땅에 나뒹군 실바누스는 한동안 씩씩대며 보로미어를 노려보더니 휙 몸을 돌려 사라졌다.

보로미어는 잠시 실바누스에게 들은 이야기를 곱씹어 보았다. 그의 말이 크게 틀린 것 같지는 않았지만, 마리안을 볼 때마다 여전히 마음이 끌리는 것은 어쩔 수 없었다. 그래도 녀석의 말을 듣기 전에는 조그만 희망이라도 있었는데.

"에이 씨, 저 녀석은 한번도 듣기 좋은 얘기를 하는 적이 없어."

투덜대고 있는데 알하즈란이 다가왔다.

"보로미어. 아직도 여기서 뭘 하고 있는 거야? 곧 밤이 시작될 텐데."

"그래, 안 그래도 옮겨가려던 참이야."

보로미어는 칼과 방패를 집어들고 일어섰다. 알하즈란을 따라 걷다보니 녹색으로 빛나는 커다란 오각형 안에 다른 대원들이 모여 있는 것이 보였다.

"레트의 안전 지대야. 계급이 사제라서 규모가 큰 편이지."

"이 안전 지대란 것도 대장에 따라 달라지는 건가?"

보로미어가 묻자 알하즈란은 당연하다는 듯이 대답했다.

"암, 얼마나 큰 안전 지대를 만들 수 있느냐에 따라 이끌 수 있는 원정대의 규모가 정해지는 거니까. 또 계급에 따라 위저드가 가장 작고, 전사가 가장 크지."

고개를 끄덕이며 안전 지대에 다가가던 전사는 마리안과 레트가 나란히 앉아 웃고 있는 모습을 보고 움찔했다.

"왜 그래?"

옆에 섰던 알하즈란이 묻자 보로미어는 그녀를 돌아보았다. 초저녁의 어스름 속에 반짝이는 위저드의 눈을 바라보던 전사는 그녀의 어깨에 팔을 둘렀다.

"이봐. 한 가지 궁금한 게 있는데……."

전사는 놈 위저드와 함께 녹색 오각형을 향해 천천히 걸음을 옮기면서 말했다.

"혼인 서약이란 것에 대해서 좀 알아?"

멀티 세트를 벗은 원철은 두근거리는 가슴을 진정시키려고 애썼다. 역시 자신의 짐작이 옳았던 것이다.

원철은 자리에서 일어나 부엌으로 향했다. 냉수 한 컵을 마시며 호흡을 고른 그는 다시 방으로 돌아와 자리에 앉았다.

이건 놀라운 발견이었다. 지금까지 팔란티어를 하면서 한번도 그런 적이 없었던 보로미어가 이번 원정에서만큼은 이성에 대해

'감정' 을 느끼고 있었다.

'하지만 왜 이제서야?'

물론 그건 알 수 없었다. 그러나 지금까지 보로미어가 참여했던 퀘스트나 원정에서 마리안 정도 되는 외모의 여자 캐릭터는 없었던 것이다. 굳이 추측을 하자면 아마도 무디기도 무딘 녀석인지라 상대의 카리스마 치가 어느 정도 이상이 아니면 그런 반응을 보이지 않는 것일지도 몰랐다. 그러고 보니 비록 동성이지만 보로미어가 가이우스의 카리스마에 강한 반응을 보인 적이 있었던 것이 생각났다.

그러나 지금은 그런 따위 문제를 따질 때가 아니었다. 중요한 것은 원철 자신은 아무리 노력해도 여자들에 대한 자연스런 감정을 가질 수 없는데, 그게 팔란티어 안의 보로미어로서는 가능하다는 점이었다. 만약 현실에서 자신이 가질 수 없는 감정을 보로미어로서는 가질 수 있다면, 현실에서 불가능한 행동도 보로미어로서는 가능하지 않을까? 게다가 혼인 서약인지 뭔지 하는 것도 있다는데…….

'그렇다면…….'

맨 처음 팔란티어의 소개에서 '성인용' 운운하던 부분이 또 다른 의미로 새롭게 다가왔다.

다시 멀티 세트를 착용하려던 원철은 아까까지 옆에 있던 욱의 모습이 보이지 않는 것을 깨달았다. 아마 자신이 팔란티어에 접속을 하고 있는 동안 돌아간 모양이었다. 그러나 지금은 그런 데 신경을 쓸 여유가 없었다.

시계가 11시 59분을 가리키는 것을 보며, 원철은 서둘러 멀티 세트를 뒤집어썼다.

원정대는 아침 일찍 출발했다. 어젯밤 일 때문인지 실바누스는 보로미어에게 한 마디도 말을 하지 않았다. 전사는 혼인 서약에 대해 좀더 캐묻고 싶어 먼저 말을 걸려다 생각을 바꿨다. 그의 잔소리를 듣지 않아도 된다고 생각하니 걸음이 다 가벼워졌기 때문이었다.

로젠의 인도로 남쪽을 향해 이동하기 시작할 즈음, 보로미어는 이젠 아예 레트의 말 옆에 착 달라붙어 있는 마리안의 모습을 보고 반사적으로 알하즈란을 찾았다. 그러나 그보다 먼저 라미네즈가 다가왔다.

"잘 잤나?"

"네, 그럭저럭."

"오늘도 일진을 보니 어제처럼 별일 없을 것 같아."

"그럼 좋겠죠."

"그러나저러나 어제 보니 자네 정말 대단하더구먼."

"뭘요."

"처음에 자네가 고르곤을 잡았다는 말을 난 믿지 않았지만, 어제 활약을 보니 이젠 확실히 믿을 수 있겠어. 정말 대단한 전사야."

"천만에요."

"물론 아직은 경험이 좀 모자란 게 흠이긴 하지만 그거야 차차 나아지겠지."

아마도 어제 늑대 무리와의 접전을 두고 하는 얘기인 듯했다.

“그건 그렇고 말이야. 자네 그 망토는 어디서 구한 건가?”

“아, 이거요? 전에 알던 한 위저드의 유품이죠.”

“어쩐지.”

“네?”

“그건 클로크 오브 파이어 프로텍션(Cloak of Fire Protection)이라는 망토지. 위저드나 사제들이 입으면 불 공격을 받았을 때 피해를 줄일 수 있는 옷일세. 하지만 사슬 갑옷 이상을 입은 전사라면 그것만으로도 충분히 같은 효과를 볼 수 있지. 자네는 입어도 도움이 안 되니 차라리 위저드나 사제에게 팔아버리는 게 나아.”

“전 그런 건 잘 모릅니다. 하지만 이건 장갑으로 입은 게 아니라 입고 있는 갑옷이 워낙 낡아놔서 좀 가리려고…….”

“아, 그때 발할라에서 봤던 그 고물 갑옷을 아직도 입고 있는 건가?”

라미네즈가 놀란 듯 묻자, 보로미어는 얼굴을 붉히며 고개를 끄덕였다.

“아무리 그래도 이제 용사급이면 그런 고물보다는 싸구려라도 슬슬 갑판 갑옷을 마련할 때가 되지 않았을까? 가슴 갑판부터라도 차근차근 마련해야 나이트가 되었을 때 충분한 장갑을 갖출 수 있을 거야.”

라미네즈가 자신의 상체를 덮고 있는 갑판 갑옷을 두드리며 말했다.

“아직 주머니 사정이 허락하질 않아서요. 그리고 이 갑옷도 낡았지만 그럭저럭 입을 만은 해요.”

보로미어의 답변에 라미네즈는 탐스러운 수염을 쓰다듬었다.

"이봐, 난 명색이 드워프라네. 갑옷과 병장기를 보는 데는 일가견이 있다고. 한데 내 생각엔 그 낡은 갑옷은 아무래도 용사급이 입을 게 아니야. 물론 자세한 거야 직접 봐야 알겠지만, 늑대 이빨도 막아내지 못하는 장갑력이라면 말 다했지. 최소한 미늘 갑옷 정도로라도 빨리 바꾸는 게 좋다고. 아니면 혹시 자네가 그 갑옷을 계속 고집하는 다른 이유라도 있는 건가?"

보로미어는 그래도 늑대들에게 공격을 당한 곳은 갑옷이 보호해주지 않는 팔다리뿐이며, 이래봬도 메아리 숲에서는 글라브레즈의 공격도 막아낸 갑옷이라고 말하려다 말고 멈칫했다. 자신을 뚫어져라 바라보고 있는 드워프의 두 눈에, 아주 잠깐이지만 뭔가가 번뜩이며 스쳐가는 것이 보였던 것이다. 보로미어는 반사적으로 말꼬리를 흐렸다.

"아니, 그게……, 안 그래도 돈만 생기면 더 나은 걸로 바꿀 겁니다."

"허허, 그럼 그때 내게 말을 하라고. 아무리 낡은 갑옷이라도 제값을 쳐주는 병기상을 알고 있으니까."

그때 레트의 목소리가 들렸다.

"어이, 라미네즈. 후위를 그렇게 비워두면 어쩌나?"

"우리 대장도 보기보단 걱정이 많군."

라미네즈는 보로미어에게 싱긋 웃어 보이고는 대열의 후위로 멀어져갔다.

무엇이라 집어 말할 수는 없었지만 드워프의 눈 속에서 번뜩이던 그것이 그다지 좋은 느낌을 주는 것은 아니었기에, 보로미어는 흘긋 뒤를 돌아다보았다. 그러나 실바누스와 한가로이 잡담을 주고받고 있는 라미네즈의 모습에서는 더 이상 이상한 점을 찾아볼 수가 없었다.

"마을입니다."

앞에서 로젠의 목소리가 들려와 일행은 걸음을 멈췄다. 바라보니 앞의 숲속에 조그만 촌락이 보였다.

"저게 뭐죠?"

알하즈란이 묻자 레트가 말했다.

"로한이 세운 개척촌이야. 우리의 1차 목적지지."

"그럼 어서 가자고."

보로미어가 한 걸음 내딛자 레트가 손을 들어 제지했다.

"잠깐만. 일단 마을이 안전한지부터 알아보고서."

보로미어는 머쓱해져서 뒤로 물러났다. 옆에 서 있던 실바누스를 돌아보자 그는 꼴도 보기 싫다는 듯 전사를 외면했다.

레트는 말에서 내려 허리에서 작은 단검을 뽑아들었다. 그것이 신척인 모양이었다. 땅에 꽂은 후 주문을 외자 단검은 한 줄기 붉은 빛을 마을 쪽으로 뿜어내었다. 한동안 계속 주문을 외던 레트는 빛이 사그라들자 다시 단검을 집어들었다.

"됐어. 현재로선 저 마을 안에 우리에게 위험이 될 존재는 없어."

"좋아. 보로미어, 마리안, 우리가 앞장서자."

라미네즈가 말했다.

잠시 후 원정대는 마을 광장에 모여 있었다.

"이거 아주 골 때리는군."

라미네즈가 사방을 둘러보며 말했다. 마을에는 십여 채의 농가가 있었는데, 하나도 빠짐없이 텅텅 비어 있었다.

"어떻게 쥐새끼 한 마리도 없을 수 있지?"

말수 적은 마리안도 황당한 듯 말했다. 땅을 살피던 로젠 역시 고개를 갸웃거렸다.

"최소한 최근 3, 4일 이내엔 짐승이나 다른 괴물들에게 공격당한 흔적이 없어. 그 이전의 흔적은 트래킹이 불가능하고."

전사들에 이어 도착한 레트도 사방을 둘러보다 위저드를 불렀다.

"알하즈란?"

"글쎄. 이렇게 마을 주민이 전멸당한 경우라면 뭐든 단서가 남아있을 법한데……. 일단 건물들을 다시 뒤져보도록 하지."

원정대는 다시 둘씩 조를 나눠 마을을 수색하기 시작했다. 보로미어는 실바누스와 한 팀이 되었는데 예상했던 대로 그는 시종 침묵으로 일관했다. 처음엔 무시하려 했지만, 갈수록 자라만 가는 거북스러움을 견디지 못한 전사는 결국 먼저 말을 걸었다.

"인마, 너 언제까지 그렇게 입 다물고 있을 거야?"

"……."

"어차피 같이 다닐 거, 그만 적당히 하지 그래?"

"……."

"야, 보호자! 그래, 미안하다, 인마. 어젠 내가 좀 심했다."

"뭐, 보호자? 이 자식아, 관둬! 난 네놈으로부터 내 자신을 보호하기도 바빠!"

"그거야 네가 날 무시하듯 말하니까 그런 거지."

"넌 무시당해도 싼 놈이야. 생각해서 얘길 해줘도 알아듣지 못하는 돌대가리!"

"뭐가 어쩌고 어째?"

그때 뭐라고 외치는 로젠의 목소리가 들려와 두 사람은 말다툼을 멈추었다. 달려가 보니 로젠이 한 농가 앞에서 먼지 쌓인 두루마리 하나를 들고 서 있었다. 두루마리를 받아든 레트는 한번 슥 들여다보고는 알하즈란에게 넘겨줬다.

"공용 문자군. 네가 읽는 게 낫겠어."

알하즈란은 두루마리의 내용을 꼼꼼히 읽어내려 갔다.

"무슨 내용이야?"

라미네즈가 궁금한 듯 묻자 위저드는 두루마리에서 눈을 떼지 않으며 말했다.

"마을 공회당의 기록이야. 약 한 달 전부터 마을 주변에 언데드들이 나타나기 시작했다는 게 적혀 있고……, 오크들과 같이였다고 하는데?"

"에스트발데에 오크?"

레트가 이해가 되지 않는다는 표정을 지으며 되물었다.

"여긴 그렇게 씌어 있는걸. 기록은 일주일 전에서 멈춰 있어."

"알하즈란! 피해!"

라미네즈가 갑자기 소리를 지르며 알하즈란의 머리 위로 도끼를 휘둘렀다. 도끼가 '붕' 하는 소리를 내며 지나간 뒤에야 보로미어는 뒤에서 위저드를 덮치려는 그림자를 볼 수 있었다. 언뜻 보기엔 좀비인가 했지만 마치 유령처럼 반투명한 것이 분명 좀비는 아니었다. 라미네즈의 도끼가 빗나갔는지, 그림자는 전혀 상처받지 않은 모습으로 위저드에게 달려들었다.

"알하즈란!"

보로미어도 칼을 뽑아들고 달려들었으나, 그 그림자를 정확히 베었다고 생각한 순간 웬일인지 자신의 칼은 허공을 긋고 있었다. 중심을 잃고 비틀거리는 전사의 눈에 그림자의 반투명한 팔이 알하즈란의 가녀린 목을 감아들어 가는 것이 보였다.

"좀 비켜!"

레트가 고함을 지르는 바람에 라미네즈와 보로미어는 반사적으로 한 걸음 물러섰다. 레트는 두 팔을 벌리고 알하즈란과 얽혀 있는 그림자를 향해 커다란 고함을 질렀다.

단지 한 단어로 된 말일 뿐이었다. 그러나 그것은 레트와 그림자 사이의 공간에서 어떤 물리적 형태를 갖추는 듯하더니 실제로 질풍처럼 그림자를 강타했다. 그림자는 거대한 망치로 얻어맞은 듯 뒤로 날아갔다. 하지만 알하즈란은 전혀 충격을 받지 않고 제자리에 서 있었다.

나머지 대원들이 주춤하는 사이에 레트는 번개같이 신척인 단검을 뽑아들고서 땅에 나뒹굴고 있는 그림자를 향해 주문을 외웠다. 그러자 그림자는 순식간에 푸른 불꽃에 휩싸이더니 이내 한 줌의 재로 변하고 말았다.

"휴우, 아슬아슬했다."

레트는 한숨을 쉬며 이마에 송글송글 솟아난 땀을 씻었다. 그러자 아직도 파랗게 질린 얼굴의 알하즈란이 비틀거리며 다가왔다.

"괜찮아?"

레트의 물음에 놈 위저드는 가까스로 고개를 끄덕였다.

"젠장, 왜 내 도끼가 빗나간 거지? 분명히 제대로 맞았다고 생각했는데."

라미네즈가 이해가 가지 않는다는 투로 말했다.

"도끼로는 흠집조차 나지 않을 놈이었어. 스펙터(Specter)니까."

알하즈란이 목덜미를 문지르며 말했다.

"스펙터?"

보로미어가 묻자 레트가 단검을 허리춤에 꽂으며 말했다.

"일종의 유령 같은 거지. 육체가 없이 단지 악의 기운으로만 존재하는 놈이야. 오래된 책이나 두루마리 같은 데 붙어 있다가 누가 손을 대면 튀어나와서 공격을 해오지. 일단 나타나기 전에는 내 디텍트(Detect) 주문으로도 알 수가 없고, 피와 살로 된 실체가 없으니 칼이나 화살은 아무런 피해를 주지 못해. 오로지 신들의 성력을 빌려서만 퇴치할 수 있는 놈이야."

"그럼 아까 그 불꽃이……."

"홀리 플레임(Holy flame). 사악한 영체(靈體)를 정화시키는 불이지. 그 전에 쓴 주문은 홀리 워드(Holy word), 그런 영체들을 무력화시키는 주문이고."

레트가 설명했다.

"뭐 그런 놈이 다 있어?"

보로미어가 투덜대자 레트가 껄껄 웃었다.

"아직 상급 영체들을 못 봐서 그러는군. 스펙터 정도는 영체류 중에선 하급에 해당하는 놈들이야."

"그래도 조금만 늦었으면 그 하급 영체에게 차크라를 다 빨릴 뻔했어."

알하즈란이 몸을 부르르 떨며 말했다.

"레트, 이제 이만하면 이곳 사정을 다 파악한 편이 아닌가요?"

입을 다물고 있던 실바누스가 조용히 말하자, 레트는 그를 돌아보았다.

"어떻게?"

"우리 원정의 목표는 이곳 사정을 파악하는 것이었잖아요. 로한의 개척 마을이 언데드와 오크의 습격으로 전멸했다는 건 알았고, 또 공회당 기록에 스펙터가 붙을 정도인 걸 확인했으면 사정 파악은 충분히 된 거 아닌가요? 나머지 일은 카자드 쿰에서 정식 원정대를 조직해서 해결하는 게 정석이라고 생각되는데……."

"잠깐, 잠깐."

라미네즈가 끼어들었다.

"아무리 정찰 원정이라지만 빈 마을 하나만 달랑 돌아보고 끝낼 수는 없어."

"그럼 우리끼리 이 숲을 다 돌아보기라도 해야 한다는 거야 뭐야?"

실바누스가 날카롭게 되받아쳤다.

"그만."

레트가 재빨리 나서며 손을 들었다.

"우리가 단지 정찰 원정대라는 건 실바누스 말이 맞아. 하지만 솔직히 지금 당장 로한에게 돌아가 이 마을이 전멸당했다는 소식만을 전할 수는 없어. 왜냐하면 아까 기록에는 언데드만이 아니라 오크들도 언급이 되어 있었거든. 그런데 내가 알기론 지금까지 여기 에스트발데에는 마을을 전멸시킬 정도의 조직적인 오크 준동은 없었단 말이야. 분명히 저 숲 안에서 우리가 모르는 무슨 일이 벌어지고 있어."

레트는 잠시 말을 멈추고 마을 건너편에 펼쳐져 있는 숲의 심장부를 노려보았다.

"그게 뭔지를 알아내는 것까지가 우리가 맡은 책임이야. 아직까지 우리들 누구도 죽거나 심하게 다친 사람은 없으니, 오늘 하루만 더 정찰을 계속해 보기로 하자."

레트가 결심한 듯 말하자 실바누스를 제외한 모두가 고개를 끄덕이며 출발 준비를 서둘렀다.

보로미어는 혼자서 고개를 절레절레 흔들고 있는 실바누스에게 다가갔다. 그는 보로미어를 보더니 '흥' 하고 고개를 돌리기는 했지만, 이제는 어느 정도 화가 풀렸는지 막상 말을 걸자 전처럼 침묵하지만은 않았다.

"이봐. 어차피 가기로 된 거 혼자서 너무 그러지 마. 오늘 하루뿐이라잖아."

"소용없어. 정찰을 더 해보나마나 이 숲은 이미 저주받은 곳이 돼버린 것 같아."

"저주?"

"이 마을에 들어선 순간 느낄 수 있었어. 여긴 단지 시작일 뿐이야. 저 숲 안에 곧 카자드를 덮칠 커다란 재앙이 자라고 있는 걸 난 느낄 수 있어. 어쩌면 이미 우리 원정대 정도는 흔적도 없이 삼켜버릴 정도로 자라 있을지도 몰라."

"또 걱정, 걱정. 그게 뭐든 막상 보기 전에야 걱정할 필요가 있어?"

핀잔을 주자 드루이드는 천천히 전사를 돌아보았다.

"우리 원정대엔 사제라곤 나와 레트뿐이야. 상대에 따라선 네 칼이 무용지물이라는 걸 이제 깨달았을 테니 묻는 건데, 만약 아까 그 스펙터 같은 녀석들이 떼거리로 달려들면 넌 어떻게 할 거지?"

보로미어는 꿀꺽 침을 삼켰다. 물론 어떠한 적도 겁나진 않는다. 하지만 칼로 벨 수 없는 놈들이라면…….

전사가 눈만 끔벅이며 말이 없자 실바누스는 하늘을 보며 한숨을 쉬었다.

"으이그, 내 팔자야."

실바누스의 걱정은 얼마 가지 않아 현실로 나타났다. 마을을 떠난 지 얼마 되지도 않아서 로젠이 다시 정지 신호를 보낸 것이다.

"레트, 이거 큰일인데. 앞에 말을 탄 녀석이 있어. 나머진 해골 기사들인 것 같고."

로젠이 당황한 듯 말했다.

"해골 기사 정도면 크게 걱정할 필요가 없잖아."

스펙터가 아님을 알고 안심한 보로미어가 대수롭지 않게 말하자 레트가 고개를 저었다.

"언데드라도 말을 탄 이상은 상급 서열로 간주해야 돼."

"우회하는 게 어떨까요?"

실바누스가 조심스럽게 말하자 라미네즈가 눈썹을 찌푸렸다.

레트는 다시 로젠에게 물었다.

"수는?"

"여덟, 아홉 정도?"

"그럼 일단 부딪쳐 보자."

라미네즈와 보로미어를 선두로 단단히 준비를 하고 나아가던 원정대 앞에 상대가 모습을 드러낸 것은 5분도 채 지나지 않아서였다. 그러나 그들의 모습이 눈에 보이기 전부터 요란스레 울려퍼지는 쇠붙이 소리에 보로미어는 이미 소름이 돋아 있었다. 그것은 마치 녹슨 경첩이 삐걱대는 것과 비슷한, 아주 기분 나쁜 소음이었다.

처음 모습을 드러낸 적을 보는 순간 옆에 있던 로젠이 '헉' 하고 숨을 들이쉬었다. 해골 기사는 해골 기사였지만 어제 보았던 녀석들과는 무장부터 판이하게 달랐기 때문이었다. 어젯놈들이 맨 뼈대에 가끔 가죽 갑피 정도나 걸치고 짧은 소검이나 곤봉 따위를 무기로 들고 있었던 것에 비해, 이 녀석들은 녹은 슬었어도 최소한 미늘 갑옷을 입고 있었고 또 제대로 된 방패와 검을 들고 있었다. 기분 나쁜 쇳소리는 그들의 녹슨 장갑이 내는 소리였다.

잠시 머뭇거리는 동안 여덟 명의 해골 기사들이 차례로 모습을 드러냈다.

"레트, 이거 좀 분위기가 좋지 않은데."

라미네즈가 그들에게서 눈을 떼지 않으며 말했다. 그 말이 끝나자마자 해골 기사들 뒤에서 검은색 말 한 마리가 요란한 울부짖음과 함께 나타났다. 말 위에는 일부 삭기는 했어도 완전한 갑판 갑옷을 입은 해골이 방패와 커다란 바스타드 소드를 들고 앉아 있었다. 머리에는 투구 대신 철로 만든 왕관을 쓰고 있었고, 그 밑에 퀭하니 뚫린 두 구멍에선 깊이를 알 수 없는 어둠이 보로미어 일행을 노려보고 있었다.

"리치(Lich)!"

라미네즈가 얼이 빠진 목소리로 중얼거렸다. 보로미어는 말 위에 앉은 녀석의 이름이 리치든 뭐든 일단 선제 공격을 해야겠다는 생각에 한 걸음 내딛었으나 레트의 손이 어깨를 잡는 바람에 멈춰 섰다.

"천천히, 천천히. 저 리치는 아직 공격을 않고 있으니, 먼저 알하즈란에게 맡겨보자고."

레트가 알하즈란에게 고개를 끄덕이자, 위저드는 전사들을 제치고 앞으로 나섰다. 전투에서 장갑이 약한 위저드가 앞에 나서는 것을 본 적이 없는 보로미어는 그녀가 무엇을 할 작정인지 궁금했다.

"타이테!"

알하즈란은 손을 들며 리치를 향해 말했다.

"뭐하는 거지?"

보로미어가 작은 소리로 중얼거리자, 어느새 등뒤에 다가와 있던 실바누스가 역시 속삭이는 소리로 대답했다.

"리치와 이야기를 해보려는 거야. 지능이 있는 편이니까 말이 통할 수도 있어. 먼저 공격을 않는 것으로 보아 뭔가 다른 목적이 있는 무리인 것 같은데, 알하즈란이 얘기하기에 따라서 충돌하지 않고 비켜갈 수도 있을 거야."

"왜 비켜가려는 거지?"

그러자 드루이드는 답답하다는 투로 말했다.

"저건 리치잖아. 가능하면 피하는 게 좋아."

"야위트 드리미라스 우요레데 히."

보로미어는 여전히 알아들을 수 없는 말로 리치와 뭐라고 이야기를 나누고 있는 알하즈란을 돌아보았다. 레트가 왜 충돌을 피하려 하는지 알 수는 없었지만, 알하즈란 혼자 해골 기사 무리의 전면에 노출이 되어 있는 상황이 전혀 마음에 들지 않았다.

아니나다를까 알하즈란이 당황스레 뒷걸음치기 시작하는 것과 동시에 리치가 칼을 들고 뭐라고 소리를 질렀다.

"실드 오브 앰버!"

레트가 황급히 주문을 펴자 일행의 앞쪽으로 밝은 호박색 실드가 나타났다. 실드는 리치의 눈에서 뻗어나온 검은 기운을 대부분 막아냈지만, 일부는 실드를 뚫고 보로미어가 서 있는 곳까지 날아왔다. 라미네즈는 재빠른 동작으로 피했지만 보로미어는 미처 그럴 여유가 없어 방패를 들어 막았다. 그러나 그 기운과 방패가 충돌하는 순간, 보로미어는 온몸을 두드려맞는 듯한 충격과 함께 뒤로 나뒹굴었다.

정신을 차리자 다른 대원들이 리치와 그 부하들을 맞아 혼전을 벌이고 있는 모습이 보였다. 하지만 아무리 움직이려고 해도 사지가 말을 듣지 않았다. 알하즈란은 정신없이 라이트닝을 쏘아대고 있었고, 라미네즈와 로젠도 수적으로 너무 밀리고 있었다. 이대로라면 전멸은 기정 사실이었다.

그러나 다음 순간 등뒤에서 따스한 기운이 솟아오르더니 사지의 마비가 감쪽같이 사라졌다. 돌아보니 실바누스가 서 있었다.

"흥, 전사란 놈이 어쩜 동작이 그리 굼뜨냐!"

드루이드는 투덜대며 보로미어의 가슴에 손을 얹고 뭔가 다시 주문을 외웠다. 순간적으로 화끈한 기운이 가슴을 스치고 지나갔다.

"어서 가봐. 효과는 15분이니까 그 안에 끝내라고."

전사는 뭐가 15분이냐고 물으려다 그럴 여유가 없음을 깨닫고 서둘러 몸을 일으켰다. 앞으로 달려나간 보로미어는 가장 먼저 맞닥뜨린 해골 기사를 향해 칼을 휘둘렀다. 그러자 상대는 방패로 멋지게 보로미어의 공격을 막으며 반격을 가해 왔다. 해골 기사의 칼이 머리에 명중하는 바람에 전사는 비틀거리며 한 걸음 물러설 수밖에 없었으나, 아미크론 투구가 잘 버텨준 듯 큰 피해는 없었다.

'이거 만만히 볼 놈이 아닌걸.'

보로미어는 브로드소드를 거머쥐고 달려드는 상대를 향해 특유의 연속 공격을 퍼부었다. 내질러 오는 검을 먼저 밖으로 쳐낸 다음 상대가 중심을 잡기 전에 연이은 쾌검으로 치명타를 날리는 것이다. 보로미어의 치명타는 정확히 명중했으나, 상대의 두터운 장갑 때문에 많은 피해를 주지는 못했다.

열이 받친 보로미어는 방패를 집어던지고 두 손으로 검을 움켜잡았다. 힘을 다해 내리치자, 비틀거리던 해골 기사는 그제서야 기묘한 소리를 지르며 뒤로 넘어갔다. 그러나 동시에 왼쪽 옆구리에 화끈한 통증이 엄습해 왔다. 또 한 녀석이 뒤에서 휘두른 검에 정통으로 맞았던 것이다. 보로미어는 큰소리를 지르며 몸을 돌려 검을 내리쳤으나, 공격은 상대의 방패에 가로막혔다.

"제기랄!"

보로미어는 쉬지 않고 칼을 휘둘렀으나 녀석도 지지 않고 막아내는 바람에 아무래도 결정적인 일격을 날리기는 어려웠다. 그렇게 대여섯 번 칼을 휘두르고 나자 옆구리의 상처가 시큰거려 오기 시작했다. 어떻게든 돌파구를 찾으려고 조바심을 내고 있는데, 상대가 갑자기 멈칫하며 방패를 떨어뜨렸다. 그 틈을 놓치지 않고 검을 내리치자 녀석의 녹슨 미늘 갑옷이 반으로 갈라지며 뼛조각이 사방으로 튀었다. 쓰러지는 녀석의 어깨엔 마리안의 은화살이 박혀 있었다.

고개를 돌려 상황을 파악해 보니 해골 기사는 셋이 남아 있었고 레트와 라미네즈는 리치와 접전하느라 발이 묶여 있었다.

"보로미어, 대장을 도와!"

마리안이 알하즈란의 도움을 받아 남은 해골 기사 중 하나를 쓰러뜨리며 외쳤다. 보로미어는 남은 둘 정도는 마리안, 로젠, 알하즈란이 알아서 처리할 수 있으리라 생각하고 레트와 라미네즈에게 달려갔다.

리치에 대항한 전투는 희한한 양상으로 전개되고 있었다. 리치는 레트에게는 칼을, 라미네즈에게는 아까의 그 검은 기운을 사용하며 좀처럼 두 사람의 접근을 허용하지 않았다. 반대로 했다면 대등한 접전이 가능했을지 모르나, 사제인 레트는 칼을, 전사인 라미네즈는 마법을 두려워하고 있었으므로 계속 소극적으로 대처할 수밖에 없는 두 사람이었다.

물론 리치가 뭔지 모르는 보로미어는 거칠 것 없이 측면에서 달려들었다. 그러나 리치가 번개 같은 손놀림으로 휘두른 칼을 방패로 막다가 그대로 자리에 주저앉고 말았다. 힘이라면 항상 자신이 있는 보로미어였지만 이 녀석은 상상을 초월했다.

보로미어는 반사적으로 몸을 일으키며 칼을 내질렀지만, 동시에 리치의 눈에서 뻗쳐온 검은 기운을 가슴에 정통으로 맞고 말았다. 아까의 고통이 아직도 생생한 전사는 반사적으로 눈을 감았으나 기대했던 충격은 없었다. 오히려 눈을 감는 바람에 빗나간 칼이 리치의 갑옷 이음새에 걸리면서 녀석을 말등에서 끌어내렸다.

"잘한다, 보로미어!"

등뒤에서 레트의 탄성이 들려오자, 전사는 신이 나서 땅에 쓰러진 리치에게 달려들었다. 그러나 이어진 가격이 성공했음에도, 보로미어의 몸은 어느새 허공에 떠 있었다. 서너 번 땅에 구르고 나서야 자신이 리치의 방패에 맞고 튕겨져 나왔다는 것을 깨달은 그는 새삼 그 엄청난 힘에 질려 등골이 오싹했다.

보로미어는 땅에 주저앉은 채 리치가 전혀 지치지 않은 모습으로 레트의 주문과 라미네즈의 공격을 또다시 격퇴시키는 것을 멍하니 지켜보았다. 그러자 등뒤에서 혀를 차는 소리가 들려왔다.

"쯧쯧, 우리 자랑스런 고르곤 전사께서 이게 무슨 꼴이신가?"

또다시 실바누스였다.

"인마, 이 상황에서 돕지는 못할망정 무슨 잡소리야!"

"도움 받는 처지에 말투하고는. 좋아, 잘 들어. 리치는 육체와 영체가 반반씩 섞인 괴물이야. 지금도 우리 눈에 저렇게 또렷이 보이고 있어도 실제로는 우리 세계와 영혼계에 반반씩 걸쳐 존재하고 있다고. 봐, 태양빛 아래에서도 그림자가 없잖아? 그러니까 여기서 너나 라미네즈가 아무리 공격을 퍼부어도 영체인 반쪽은 끄떡도 하지 않아. 반대로 레트의 주문도 육체 부분엔 아무런 영향을 주지 못해. 두 세계를 왔다갔다하면서 공격을 피하기 때문에, 동시에 양쪽에 피해를 줄 수 있는 공격이 아니면 효과가 없는 거야."

"난 그렇게 어려운 거 잘 몰라. 도대체 어떻게 하란 얘기야?"

"영체인 반쪽에도 같이 피해를 줄 수 있는 마법 무기가 필요해."

"젠장, 나한테 그런 게 없는 줄 잘 알잖아!"

"아하! 물론 넌 그런 게 없지. 하지만 난 그런 걸 만들어줄 수 있거든. 비록 잠시 동안이지만."

실바누스가 주문을 외며 보로미어의 칼을 문지르자, 브로드소드는 갑자기 푸른 형광을 뿜으며 빛나기 시작했다. 보로미어가 일어서는데 실바누스가 덧붙였다.

"참, 15분이 지났으니까 내 힘으론 더 이상은 보호가 안 돼. 그러니 이젠 리치의 블랙 플레이그(Black plague) 주문을 조심하는 게 좋을 거야."

"뭔 주문?"

"으이그……, 눈에서 뿜어져 나오는 검은 기운 말이야."

그제서야 보로미어는 자신이 리치의 두 번째 공격에서 무사할 수 있었던 이유를 알았다.

"그, 그래……."

어물거리며 돌아선 전사의 눈에 알하즈란과 마리안, 로젠까지 합세하여 리치를 공격하고 있는 모습이 들어왔다. 그러나 마리안이 쏘아대는 화살만이 간간이 놈을 움츠리게 할 뿐, 실바누스가 말한 대로 다른 대원들의 공격은 통 효과를 보지 못하고 있었다. 마리안의 화살은 평소 그녀가 쓰던 은화살과 달리 금빛을 띠고 있는 것으로 아마도 마법 화살인 듯했다. 그러나 그것도 화살은 화살인지라 리치의 갑판 갑옷에 대해선 큰 위력을 발휘하고 있지 못했다.

그때 리치의 눈에서 다시 뻗어나온 검은 기운이 마리안을 휘감았다.

"안 돼."

레트가 고함을 질렀으나, 이미 리치는 번개같이 마리안에게 달려들고 있었다.

"마리안, 여기 보로미어가 간다. 발할라!"

전사는 목청껏 외치며 달려가 리치의 등에 칼을 찔러넣었다. 과연 실바누스의 말대로 효과가 있었는지 리치는 크게 비명을 지르며 보로미어를 뿌리쳤다. 그러나 이번에는 보로미어도 대비를 하고 있었기에 아까처럼 당하고 있지만은 않았다. 가볍게 리치의 공격을 피한 전사는 몸을 숙였다 위로 솟구치며 갑판 갑옷의 취약부인 무릎, 허리, 어깨를 연속하여 베어나갔다.

그러자 리치는 다시 비명을 지르더니, 갑자기 칼과 방패를 버리고 달아나기 시작했다. 그러나 그 앞을 라미네즈가 막아섰다.

"그냥 보내줘!"

실바누스가 소리를 질렀으나, 라미네즈는 도끼를 거머쥐며 외쳤다.

"어림도 없는 소리!"

그 순간 보로미어는 자신의 눈이 잠시 잘못된 게 아닌가 하는 생각이 들었다. 왜냐하면 라미네즈 쪽으로 달려가던 리치가 갑자기 반쯤 투명해진 것처럼 보였기 때문이다.

"뭐, 뭐야?"

그러나 리치는 당황하고 있는 라미네즈 앞에 다다르자 언제 그랬냐는 듯이 다시 본래의 모습으로 돌아오더니, 뼈만 앙상한 두 손을 뻗어 앗 하는 순간에 드워프의 목을 감싸쥐었다.

"으아아아……."

라미네즈의 소름 끼치는 비명 소리에 얼어붙은 대원들의 시야에서 이번엔 리치와 라미네즈의 모습이 같이 희미해져 가기 시작했다.

제일 먼저 움직이기 시작한 것은 보로미어였다. 그러나 서너 걸음 떼어놓기도 전에 실바누스의 날카로운 목소리가 가로막았다.

"늦었어, 보로미어. 이미 둘 다 영혼계로 트랜스하는 중이야. 지금 손 대면 너마저 위험해."

보로미어는 머뭇거리며 레트를 바라보았다. 그 역시 어쩔 수 없다는 표정을 짓고 있었다.

"사, 살려줘."

라미네즈의 처절한 절규는 마치 깊은 동굴 속에서 들리는 메아리 같았다.

그 비명 소리가 보로미어의 가슴에 불을 질렀다.

"이야아아아!"

말릴 틈도 없이 달려간 보로미어는 라미네즈의 목을 거머쥐고 있는 리치의 팔을 향해 칼을 휘둘렀다. 그러나 그의 칼은 아무런 저항도 받지 않고 리치의 팔을 통과했고, 리치의 두 손은 여전히 라미네즈의 목을 감고 있었다. 다급해진 보로미어는 라미네즈의 한쪽 어깨를 잡고 힘껏 잡아당겼다. 그러자 계속 희미해져 가던 라미네즈의 몸이 잠시 주춤했으나, 동시에 보로미어도 갑작스레 닥쳐온 아찔함에 중심을 잃고 비틀거렸다. 주변의 모든 것이 갑자기 흐리게 멈춰 서는 듯하더니 온몸의 기운이 서서히 빠지기 시작했다. 계속 칼을 쳐들려고 노력을 해도 도무지 팔이 말을 듣지 않았다. 그 와중에도 하얀 해골인 리치의 얼굴과 정신을 잃고 있는 라미네즈의 모습만은 똑똑히 보였다.

'제기랄, 어떻게 된 거지?'

어리둥절해하던 보로미어는 이내 자신도 라미네즈와 함께 리치의 영혼계로 빨려들고 있다는 것을 깨달았다. 당황으로 머릿속이 아뜩해진 순간, 갑자기 밝은 빛이 번쩍하는 듯하더니, 시야와 몸의 감각이 일순간에 정상으로 돌아왔다. 가쁜 숨을 고르며 겨우 다시 고개를 들자 앞에는 정신을 잃은 라미네즈만이 누워 있었고 리치의 모습은 찾아볼 수가 없었다.

보로미어는 갑자기 다리가 풀려 한쪽 무릎을 꿇었다. 방금 무슨 일이 어떻게 돌아간 건지 전부 이해하지는 못했지만, 어떤 엄청난 힘이 리치와 함께 영혼계로 빨려들던 자신을 다시 이쪽 세계로 끌어왔다는 것 정도는 알 수 있었다. 그리고 그 힘이 누구로부터 나온 건지는 짐작하기 어렵지 않았다.

"고마워."

보로미어가 말하자 황급히 다가오던 실바누스가 버럭 화를 냈다.

"뭐가 고마워! 일 없어, 이 구제 불능의 말미잘 같은 녀석!"

아마도 자신의 만류를 뿌리치고 라미네즈를 구하러 달려든 것 때문에 화를 내고 있는 듯했다. 주위를 돌아보니 라미네즈 옆에 무릎을 꿇고 있는 레트의 모습이 보였다.

"이런……."

'위험을 무릅쓰고 구해 낸 라미네즈가 죽다니!'

허탈한 마음으로 레트의 등뒤로 다가가던 보로미어의 눈앞에서 라미네즈가 몸을 일으켰다.

"라미네즈! 죽지 않았군요."

기뻐하던 보로미어는 레트의 어두운 표정에 멈칫했다.

"레트. 뭐가……, 잘못됐어?"

그러자 레트는 착잡한 표정으로 말했다.

"리치는 궁지에 몰리면 우리 세계의 반쪽을 포기하고 완전히 영혼계로 도망을 치지. 그때 물귀신처럼 다른 사람을 끌고 가기도 하는데, 라미네즈는 거기에 걸린 거야."

보로미어는 고개를 갸우뚱했다.

"하지만 내가 다시 이리로 끌어왔는데……."

"그래, 그랬지. 아주 영웅적이고 용감한 행동이긴 했지만 조금……, 늦었어."

"뭐가?"

"특별한 경우가 아니라면, 그렇게 영혼계와 접촉이 되어 있는 동안엔 이 세계에서의 삶을 잃어버려. 이 세계에서 쌓아놓은 것들이 스르르 사라지는 거야."

"무슨 말이야?"

그러자 실바누스가 끼어들었다.

"능력치를 잃는단 말이야. 체력이나 지능 같은."

깜짝 놀란 보로미어는 자신의 몸을 더듬어보았다. 그러나 별로 이상한 것은 느낄 수 없었다.

"넌 괜찮아. 리치와 붙어 있던 시간도 길지 않았고, 별로 잃을 능력치도 없잖아."

옆에서 실바누스가 빈정거렸다.

"지금 라미네즈의 상태는 아주 안 좋아."

레트가 수심에 잠긴 얼굴로 말했다. 보로미어는 아직 얼이 빠져 있는 라미네즈를 한번 돌아보고 레트에게 물었다.

"어느 정돈데?"

"그야 본인이 아니면 정확히는 모르겠지."

라미네즈는 일어나려다 말고 기운이 딸리는 듯 다시 주저앉았다. 그는 입고 있던 갑판 갑옷 상의를 벗어버리고 나서야 제대로 일어설 수 있었다.

"라미네즈……."

레트가 뭐라고 말하려는 것을, 드워프 전사는 손을 저으며 말없이 대원들 사이를 헤치고 나가더니 조금 떨어진 곳에 혼자 웅크리고 앉았다.

보로미어가 그를 따라가려는데 실바누스가 옷깃을 잡아끌었다.

"잠시 혼자 있게 내버려둬. 적응하는 데 시간이 좀 필요할 거야."

보로미어는 라미네즈의 벗은 등을 한번 더 돌아본 다음, 레트 주위로 모여들고 있는 다른 대원들에게 눈을 돌렸다. 마리안의 모습이 보이지 않았다.

"마리안은?"

전사의 물음에 로젠이 머리를 저으며 마리안의 활과 화살통을 내밀었다. 그것을 본 레트는 눈을 감고 안타까운 듯 신음했다.

알하즈란이 말했다.

"알려줄 일이 하나 더 있어."

레트가 눈을 감은 채 고개를 끄덕였다.

"아까 리치와 대화를 시도하던 중 알아낸 일이야. 놈들은 혼자가 아니었어. 지금 이 숲은 저런 무리들로 우글거리고 있다고."

"그런데 어제는 왜 우리와 마주친 녀석들이 없었던 거지?"

"대부분이 지금 동쪽에서부터 서서히 이동해 오고 있어. 이놈들은 그 선두의 일부분일 뿐이야."

레트의 미간이 좁아졌다.

"큰일이군."

"정말 큰일은 그게 아니야. 놈들은 우리에겐 관심도 없었어. 녀석들의 목표가 어딘지 알아?"

"……."

"카자드 쿰이야."

알하즈란의 말에 레트의 눈이 번쩍 뜨였다. 레트뿐만 아니라 모두의 눈이 일제히 그녀에게 모였다.

"뭐?"

"뭐라고?"

모두 어리둥절해 있자, 실바누스가 말했다.

"이러고 있을 때가 아니야. 어서 카자드 쿰에 이 사실을 알려야 해. 당장 카자드 쿰으로 돌아가야 한다고."

레트도 고개를 끄덕였다.

"그래. 이 정도면 우리가 맡은 정찰 임무는 충분히 수행한 셈이야. 그리고 무엇보다 급한 건 이 정보를 지급으로 영주 로한에게 알리는 것이니까."

레트는 로젠을 돌아보았다.

"로젠, 가장 빠른 길을 탄다면, 지금 여기서 카자드 쿰으로 돌아가는 데 시간이 얼마나 걸릴까?"

하플링 레인저는 나침반을 꺼내 보고는 머리를 긁적였다.

"글쎄. 직선 거리로라면 한나절이지만, 그게 반드시 빠른 길은 아닐 수도 있어."

"왜?"

"좀 돌긴 하지만, 우리가 온 길을 되짚어 가면 시간은 하루가 걸려. 대신 일단 지나왔던 길이니 비교적 안전히 돌아갈 수 있겠지. 반대로 직선 행로를 택하면 거리는 짧아도 중간에 알려져 있지 않은 지역을 통과해야 해. 거기서 엉뚱한 일로 지체를 하게 되면 오히려 시간이 하루 이상 걸리게 될 수도 있거든."

"애매하군."

레트가 고민을 하자 실바누스가 단호한 투로 말했다.

"당연히 직선 행로를 택하는 게 맞아요."

보로미어는 저 새가슴이 웬일인가 하는 생각이 들어 한 마디 해봤다.

"지금 상황에서 굳이 위험을 감수할 필요가 있겠어? 마리안도 죽고 라미네즈도 저런 상태인데."

그러자 실바누스가 빠르게 쏘아붙였다.

"이건 카자드 전체의 운명이 걸린 일이야. 만약 카자드 쿰이 대응책을 마련하기 전에 놈들이 들이닥치면 어떤 일들이 벌어질지 상상이나 해봤어? 아무것도 모르고 카자드 쿰 주위를 돌아다니고 있을 하급 서열들이 무슨 일을 당할지 짐작이나 가?"

"그래. 하지만 서두르다 아예 알리지 못하게 되는 수도 있겠지. 그건 더 안 좋아."

알하즈란이 말했다.

"그럼 넌 안전한 길로 가! 난 빠른 길로 가겠어."

실바누스가 더 이상 논할 필요가 없다는 투로 잘라 말했다.

"그 결정은 네가 아니고 레트가 하는 거야."

알하즈란도 지지 않았다.

"그만."

레트가 곤혹스런 표정을 지으며 두 사람의 말을 막았다.

"그 문제는 나도 결정하기가 어려워. 알하즈란은 안전한 길로 돌아가자는 쪽이고, 실바누스는 그 반대. 로젠 너는?"

로젠은 이마를 찌푸리며 잠시 생각을 해보더니 말했다.

"아무래도 안전한 쪽이 낫겠지. 이런 상황에서 모르는 길을 가는 건 나도 부담이 돼. 급할수록 돌아가라는 말도 있잖아."

그러자 레트는 마지막으로 보로미어를 돌아보았다.

전사는 실바누스와 알하즈란의 얼굴을 번갈아 보았다. 물론 어느 쪽이 나은지 판단할 능력이 없는 그로선 갈피가 잡히지 않는 선택이었다. 마음이야 당연히 잔소리꾼인 실바누스보다는 귀엽고 상냥한 알하즈란 쪽으로 기울었으나, 방금 전 리치와의 전투에서 실바누스의 도움을 받은 게 부담이라면 부담이 되었다.

"난……."

머뭇거리던 보로미어는 다시 한번 드루이드와 위저드의 얼굴을 살핀 후 말했다.

"아무래도 직선 행로가 나을 것 같아."

보로미어는 알하즈란의 얼굴이 뾰로통하니 일그러지는 것을 보고 '아차' 했지만, 이미 말을 해버린 이상 어쩔 수 없었다.

"좋아. 둘둘이군. 여전히 곤란한 선택인걸."

레트가 쓴웃음을 지으며 생각에 잠겨 있는데 갑자기 뒤에서 작은 목소리가 들려왔다.

"난 빠른 길을 택하겠어."

라미네즈였다. 드워프는 무표정한 얼굴로 덧붙였다.

"비록 체력은 많이 잃었지만, 머리까지 나빠진 건 아니야. 실바누스의 말이 맞아. 이건 조금도 지체되어선 안 되는 정보야."

"좋아. 그럼 그렇게 결정된 거다. 어서 출발 준비들 하자고."

레트가 큰소리로 말했다.

리치와 해골 기사들의 잔해를 뒤진 결과, 금편 900두카트와 큼직한 토파즈 두 개가 나왔다. 그러나 노획할 수 있었던 장비에는 별로 쓸 만한 것들이 없었다. 리치가 입고 있던 갑판 갑옷을 제외하고는 모두 녹슬고 낡거나 전투중 부서진 것들뿐이었다. 리치가 들고 있던 바스타드 소드는 라미네즈가 가지기로 했다. 이젠 힘이 달려 전투용 도끼를 사용할 수 없었기 때문이다.

"이봐, 보로미어. 이 리치의 갑옷은 그럭저럭 쓸 만해보이는군. 그리고 정강이 덮개까지 있는 완전한 세트야. 큰 돈 안 들이고 자네 갑옷을 바꿀 기횔세."

라미네즈의 제안에 보로미어는 고개를 저었다.

"아니, 그냥 가지도록 해요. 카자드 쿰에서 팔면 반값은 받겠죠. 아니면 다른 필요한 것들과 교환을 하든지. 앞으론 필요한 것들이 많을 테니까요."

그러자 라미네즈는 큰 충격이라도 받은 양 멍하니 보로미어를 바라보았다. 물론 보로미이는 자신이 입고 있는 갑옷을 버리기 싫어서 한 말이었지만, 라미네즈는 조금 다르게 받아들인 모양이었다.

"고마워, 보로미어. 갑옷만이 아니라, 아까……."

라미네즈의 눈에는 눈물이 글썽이고 있었다.

"같은 원정대로서야 당연한 일이죠, 뭘."

"아냐. 그렇지 않다는 거 알아. 지금까지 많은 원정을 다녔지만 아까 같은 경우에 위험을 무릅쓰고 동료를 돕는 사람은 본 적이 없네. 지금 전사로서의 내 능력은 초급인 검사와 2급인 전사의 중간 정도밖에는 안 돼. 앞으로 다시 원정을 나갈 수 있을 때까진 한동안 시간이 걸리겠지. 생각만 해도 끔찍하지만, 그래도 죽는 것보다는 나아. 언젠가……, 언젠가 다시 원정을 같이할 수 있게 되면 이 은혜는 꼭 갚겠어. 그리고……, 아, 아니야."

드워프는 할말이 더 있는 듯했으나, 갑자기 말꼬리를 흐렸다.

그때 레트가 다가와 보로미어의 어깨를 쳤다.

"넌 여기서도 계속 기록을 세우는군, 용사급 전사가 영혼계로 반쯤 넘어간 동료를 다시 끌어오다니. 도대체 어떻게 한 거야? 그런 경우엔 나도 어떻게 손을 쓸 방법이 없는데."

실바누스가 어떻게 했으리라는 것만 짐작할 뿐 자세한 내용은 알지 못하는 보로미어는 어깨만 으쓱했다. 그러자 레트는 발 밑으로 눈을 돌리다가 펄쩍 뛰었다.

"아니, 이건 리치의 아이언 다이어뎀(Iron diadem)이잖아! 그렇다면……? 아니야, 믿을 수 없어."

리치가 쓰고 있던 철제 왕관을 집어든 레트는 잽싸게 그것을 주머니에 집어넣었다. 그러곤 믿을 수 없다는 표정으로 몇 번이나 보로미어를 돌아본 다음 황급히 말을 세워둔 쪽으로 걸어갔다.

보로미어가 의아한 표정으로 서 있는데, 라미네즈가 리치의 방패를 내밀었다.

"제발 이것만은 네가 가져가도록 해. 웬만한 공격 상대는 튕겨내는 실드 오브 리펠링(Shield of repelling)이야. 어차피 내 지금 힘으론 들고 있기도 힘겨우니……."

잠시 후, 원정대는 로젠의 인도를 받으며 빠른 속도로 이동하기 시작했다. 로젠은 칼을 칼집에 넣어두고 대신 마리안의 활을 들고 있었다. 보로미어가 옆으로 다가가자 실바누스는 흘끗 쳐다보더니 퉁명스레 말했다.

"별일이다, 네 녀석이 내 편을 다 들어주고. 왜, 그 귀여운 위저드에게 붙지 그랬어?"

"젠장, 도와줘도 투덜거리기냐? 난 아까 네 도움에 보답한 것뿐이야."

"도움? 그래 너 말 잘했다. 그러게 남의 도움을 받아야 하는 놈이 영혼계로 트랜스중인 리치에겐 왜 달려드냐? 하마터면 너까지 영혼계로 날아가 버릴 뻔한 거나 알아? 나쁜 자식, 내가 그렇게 말리는데도."

"네가 라미네즈를 돕지 않으니까 그랬지."

"무슨 소리야? 내 힘으론 어쩔 수 없다고 그랬잖아."

"흥, 거짓말. 넌 아까 나와 라미네즈를 다시 끌어냈잖아."

그러자 실바누스는 정색을 하며 고개를 저었다.

"난 정말 모르는 일이야. 내가 아는 주문 중에 그런 일을 할 수 있는 건 없어. 너까지 라미네즈를 잡고 트랜스 상태로 빠져드니까 다급해진 레트가 어떻게 한 거겠지. 난 네가 그 밝은 빛에 휩싸였다가 라미네즈와 함께 나타날 때까지 속수 무책으로 보고만 있었을 뿐이야."

"아니야. 레트는 오히려 나보고 어떻게 된 거냐고 묻던데?"

"뭐라고?"

실바누스는 걸음을 멈추고 보로미어를 쳐다보았다.

"도리어 나보고 어떻게 된 거냐고 묻더라고. 그러곤 리치의 왕관을 보고 믿을 수 없다는 말만 하던걸?"

보로미어가 말하자, 실바누스의 입이 커다랗게 벌어졌다.

"그, 그럼 아이언 다이어뎀이 여기에 있단 말이야?"

실바누스가 외치듯 말하더니, 혼자 중얼거렸다.

"미, 믿을 수 없어."

"그래, 레트도 그렇게 말했어. 도대체 뭐가 어떻게 된 거야?"

보로미어가 묻자, 실바누스는 잠시 생각을 해보더니 다시 걷기 시작했다.

"이봐. 뭐라고 좀 말해 봐. 밝은 빛이라니? 그리고 다이어뎀은 또 뭐야? 답답해 죽겠다."

보로미어가 재차 보채자 드루이드는 천천히 입을 열었다.

"아까도 말했지만, 리치는 두 세계에 걸쳐 있는 존재란 말이야. 그래서 궁지에 몰리면 아예 이쪽 세계에서의 존재를 포기하고 영혼계로 트랜스를 해버리지. 아이언 다이어뎀은 리치가 두 세계에 동시에 존재할 수 있도록 해주는 물건으로, 여기와 영혼계를 이어주는 고리 같은 거야. 따라서 리치가 이곳에서의 존재를 포기하면 당연히 다이어뎀도 영혼계로 사라져버려. 그런데 그게 여기에 남아 있다는 건 네가 단순히 리치에게서 라미네즈를 떼어내기만 한 게 아니라 아예 녀석을 죽여버렸다는 얘기라고. 하지만 트랜스 상태에서는 아무리 마법 무기를 쓰더라도 리치를 죽이는 건 불가능한데……."

드루이드는 잠시 말을 멈추고 생각에 잠겼다. 그가 다시 입을 열었을 때는 아예 말투가 혼자말로 바뀌어 있었다.

"어떻게 그런 일이 가능했지……? 가만, 이론상으로야 놈을 쫓아서 완전히 영혼계로 넘어간다면 죽이는 게 가능하겠지……. 하지만 보로미어는 아주 잠시 트랜스 상태에 들어갔던 것뿐이잖아. 트랜스 상태에서는 당연히 어느쪽 존재에도 영향을 줄 수 없고……. 또, 만약 완전히 넘어갔다면 리치가 죽은 후에 다시 이쪽으로 트랜스해 올 길이 없을 텐데……."

"뭐가 그렇게 복잡해? 전에도 네가 글라브레즈를 해치운 적이 있잖아. 그거랑 다를 게 뭐 있어?"

보로미어가 대수롭지 않다는 투로 말하자 실바누스는 세차게 고개를 저었다.

"아냐. 글라브레즈는 원래 살고 있던 세계에서 이곳으로 완전히 소환되어 온 존재야. 능력이 되면 여기서도 죽일 수 있지. 하지만 두 세계에 동시에 존재하는 리치는 경우가 달라. 그리고 그때도 난 글라브레즈를 죽인 게 아니라 원래 있던 곳으로 돌려보낸 것뿐이야."

보로미어의 머리가 지끈거리려고 할 때, 드루이드가 갑자기 고개를 들고 물었다.

"참, 아이언 다이어뎀은 지금 어디 있지?"

"그 쇠 굴렁쇠 얘기라면, 지금 레트의 주머니 속에 들어가 있지."

그러자 실바누스는 자신의 머리를 쥐어박았다.

"제기랄, 늦었군. 세발 레트 녀석이 엉뚱한 생각을 하지 않았으면 좋겠는데."

"엉뚱한 생각이라니?"

전사의 물음에 실바누스는 대답 대신 갑자기 버럭 화를 냈다.

"에이 씨. 넌 꼭 쓸데없는 짓을 해가지고선! 정말 네놈과 같이 다닌 이후론 하루도 맘 편할 날이 없어!"

"피차 일반이네."

보로미어도 지지 않았다.

"저리 가! 내가 왜 또 너랑 얘기를 시작했지? 제기랄, 빌어먹을 가룟 녀석."

보로미어는 또다시 가룟을 욕하며 투덜대기 시작한 실바누스에게 뭐라고 한 마디 해주려다 참기로 했다. 지금 본격적으로 말싸움을 시작한다면 귀찮은 잔소리밖에는 돌아올 것이 없을 것 같아서였다.

실바누스와 약간 거리를 두고 뒤로 처지자, 뒤에서 알하즈란의 목소리가 날아왔다.

"아, 용감한 전사님. 사명감에 젖어 위험을 무릅쓰고 빠른 길을 택하시다니, 정말 존경스럽군요."

보로미어는 뜨끔하여 뒤를 돌아보았다. 놈 위저드는 여전히 불만 가득한 표정이었다.

"알하즈란, 그런 게 아니야. 그냥 말이 나오다 보니 그렇게 된 거야."

보로미어가 허둥지둥 변명을 하자, 알하즈란의 얼굴에 장난스런 미소가 피어올랐다.

"후훗. 내가 그런 걸로 화를 낼 사람으로 보였어?"

"그, 그게……."

"마음 쓸 필요 없어. 어떤 위험으로부터든 우릴 지켜낼 자신이 있어서 그런 거라고 생각하고 있으니까."

보로미어는 안도의 숨을 내쉬며 말했다.

"자신까지야 없지만, 최선은 다할 테니 걱정하지 마."

"그런데 아까 그 리치는 이제 완전히 영혼계로 가버린 거야?"

"아니, 죽었어."

그러자 알하즈란이 깜짝 놀라며 물었다.

"리치를 죽인다고? 그건 불가능할 텐데? 녀석을 여기서 죽였다 해도 영혼계의 반은 계속 살아 있기 때문에 완전히 죽일 수는 없어. 난 아직까지 리치를 죽였다는 사람 이야기는 들어본 적이 없는데?"

"글쎄. 실바누스가 그렇게 애기하던데, 나도 어떻게 된 건지 잘 모르겠어."

"그럼 실바누스가 뭘 잘못 알았겠지."

알하즈란은 간단히 결론을 지었다. 보로미어는 왠지 실바누스보다는 알하즈란이 잘못 알았을 가능성이 높다는 느낌이 들었지만, 그녀의 기분을 상하게 하고 싶지 않아 굳이 반론을 제기하진 않았다. 잠시 걷다가 이번엔 보로미어가 물었다.

"저기, 아까 그 리치와는 왜 대화가 되지 않았던 거야?"

"대화가 되지 않았던 건 아니야. 단지 녀석들의 목표를 알고 나서 내가 당황하는 바람에 일이 틀어졌던 거지."

"당황?"

"지능이 있는 놈들과 대화할 때는 절대로 당황하거나 겁을 먹어선 안 돼. 약한 모습을 보이면 이내 달려든다고."

보로미어는 일단 고개를 끄덕거렸지만, 애당초 왜 리치와 대화를 하려 했는지 잘 이해가 가지 않았다.

"그런데 왜 대화를 하려고 한 거지?"

"리치니까. 지능이 있는 괴물이니 대화를 하면 일단 정보를 얻을 수 있을 테고, 무엇보다도 맞붙어서 우리 쪽 피해가 클 것 같다 싶으면 피해 가는 게 상책이잖아."

보로미어는 다시 고개를 끄덕였다. 알아듣지 못할 소리만 혼자 중얼대는 실바누스와는 달리 모든 걸 자상하게 설명해 주는 알하즈란의 태도에, 그는 아까 그녀의 편을 들어주지 않은 것을 내심 후회했다. 실바누스에게 도움을 받았다고 생각해서 그랬던 것인데 알고 보니 도와준 것도 아니라지 않은가.

알하즈란이 물었다.

"그건 그렇고, 넌 저 실바누스란 사람과는 어떤 관계야?"

"응? 뭐?"

갑작스런 질문에 보로미어가 당황하자, 위저드는 재미있다는 듯 웃음을 터뜨렸다.

"후훗, 왜 그렇게 놀라지?"

"엉? 노, 놀란 것 아냐. 우린 그냥, 그저……, 어, 저 녀석이 원체 비리비리하다 보니 내가 당분간 같이 좀 다녀주고 있는 처지야."

보로미어는 자신이 실바누스의 '보호'를 받고 있는 입장이라는 걸 밝히기가 껄끄러워 대충 둘러댔다.

"그래? 어떻게 만난 사인데?"

"그건 왜?"

"궁금하잖아. 도대체 어떤 사이길래 아무때나 너보고 이래라 저래라 하는지."

"으, 응. 원래 그런 자식이야."

"자식? 자식이라고?"

알하즈란은 눈을 동그랗게 뜨고 되묻더니 다시 까르르르 웃음을 터뜨렸다.

"왜?"

보로미어가 묻자, 위저드는 가까스로 숨을 골랐다.

"아니, 아니야. 그냥 네가 우스워서. 하긴 모를 수도 있지."

뭘 모른다는 거냐고 물으려는데 알하즈란은 그럴 틈을 주지 않고 말을 이었다.

"그렇다면 좋아, 보로미어. 우리 앞으로의 얘기나 좀 해볼까?"

"앞으로?"

"그래. 우리가 카자드 쿰에 돌아간 이후에 말이야. 혹시 다음 원정도 나와 같이 갈 생각이 있어? 너와 같이 가는 원정대라면 난 언제든지 안심하고 갈 수 있을 거야. 난 다음 원정으로……."

한동안 알하즈란의 향후 원정 계획에 귀를 기울이던 보로미어는 레트가 말을 멈춰세우는 것을 보고 고개를 들었다. 알하즈란과 함께 황급히 다가가자, 로젠이 뭐라고 투덜거리며 화를 내고 있었다.

"그래서 이 길을 꺼렸던 거야, 씨발."

레트는 로젠의 욕설을 무시하며 물었다.

"도대체 수가 얼마나 되는데?"

"열서넛? 그 이상은 아니야."

"뭐가?"

보로미어가 끼어들었다.

"오크들이지 뭐긴 뭐야. 100미터쯤 앞에 아예 진을 치고 있단 말이야."

"뭐, 그까짓 걸 가지고."

보로미어가 대수롭지 않다는 듯 말하자 로젠이 버럭 화를 냈다.

"그까짓 거? 지금 우리 상황에 오크 한 다스가 '그까짓 거'로 보이냐? 전사는 너밖에 없잖아. 라미네즈는 도움도 안 되고."

"너도 있잖아."

"너와 나, 그리고 저 알하즈란 셋이서 열 마리가 넘는 오크들과 싸운다고? 정신이 나갔군."

로젠이 머리를 절레절레 흔들었다.

“우회할 방법은 없어?”

알하즈란이 묻자, 로젠은 힘없이 대답했다.

“저 녀석들만 지나면 론디움 로로 나갈 수 있어. 그럼 카자드 쿰까지야 금방이지. 돌아가려면 더 깊은 숲을 통과해야 하는데, 그 속의 사정이 여기보다 낫다는 보장은 없잖아. 그러게 애초에 왜 이리로 와가지고.”

“이봐, 왜 싸움이 안 된다는 거야? 그깟 오크들 가지고 떨기는.”

보로미어가 우겨대자, 알하즈란은 다시 화를 내려는 로젠을 막으며 그를 두둔했다.

“그건 로젠 말이 옳아. 섣불리 달려들었다간 또 대원을 잃을 거야. 대장, 지금이라도 다시 돌아서 가는 게 좋겠어.”

그러나 레트는 간단히 고개를 저었다.

“아니, 여기까지 와서 그럴 순 없어. 뚫고 나가야 해. 지금 다시 길을 되돌아가면 너무 늦게 돼. 나한테 생각이 있으니까 일단 부딪쳐보자.”

로젠은 불만이 가득한 얼굴로 레트를 바라보다가 어쩔 수 없다는 듯 서서히 앞으로 나아가기 시작했다. 그 뒤를 보로미어와 알하즈란이 거리를 두고 따랐다. 잠시 후 작은 둔덕에 다다른 로젠은 혼자 기어올라 앞을 살피더니 얼굴이 납빛이 되어 황급히 내려왔다.

“레트! 메레디트야. 메레디트 오크들이야.”

알하즈란의 표정이 순식간에 일그러졌다. 그러나 레트는 잠시 긴장하는 듯했지만 크게 동요하는 모습은 보이지 않았다.

"무슨 일이지? 메레디트 오크들이 여기까지?"

알하즈란이 묻자 레트는 잠시 생각을 하더니 말했다.

"아니, 오히려 이제야 모든 게 이해가 되는군. 리치와 좀비, 해골 기사들, 이 모든 게 메레디트 놈들의 짓이야. 하긴 그 동안 너무 내버려두었어. 이젠 정말로 로한의 발등에 불이 떨어졌군."

"레트! 지금 불이 떨어진 건 로한이 아니라 우리 발등이야."

로젠이 말했다. 그러나 레트는 그를 흘긋 돌아보곤 여유로운 웃음을 지었다.

"우리 발등은 걱정 말고 날 믿어. 자, 먼저 공격하자. 라미네즈는 내 옆에 있도록."

"좋았어."

보로미어는 칼을 뽑으며 미소를 지었으나, 로젠과 알하즈란은 불안스런 표정으로 서로를 마주보았다. 보로미어는 잠깐 실바누스를 돌아보았지만 두건에 가려진 그의 얼굴에서는 여전히 아무런 표정도 읽을 수 없었다.

"자, 그럼 가지."

칼과 방패를 쳐들고 둔덕을 넘어가던 보로미어는 눈앞에 펼쳐진 광경에 잠시 멈칫했다.

둔덕 아래에는 열두엇 정도의 오크들이 분주히 움직이고 있었다. 문제는 녀석들의 덩치가 보통이 아니란 점이었다. 모두들 일전에 그림자 동굴에서 마주쳤던 동굴 트롤 정도는 너끈히 되어 보였다. 그리고 몸집도 몸집이지만, 놈들은 하나같이 두터운 가슴갑판을 대고 있었고 무기와 투구도 모두 번쩍거리는 게 아주 일급 장비들이었다.

"이젠 좀 걱정이 되냐?"

옆에서 로젠이 비아냥거렸다.

"흥, 천만에."

보로미어는 코웃음을 치고 앞으로 달려가기 시작했다. 달려갈수록 오크들의 몸집은 크게만 느껴졌다. 하지만 보로미어는 개의치 않고 가장 가까이 있는 녀석에게 칼을 휘둘렀다. 놈은 연속으로 세 번의 선제 공격을 받고도 비틀거리기만 하더니 다섯 번째 칼에 겨우 검은 피를 뿌리며 넘어갔다.

오크들은 그제서야 공격당한 것을 깨닫고 괴성을 지르며 일제히 돌아섰다. 날아오는 칼을 방패로 막자 칼을 휘둘렀던 오크가 뒤로 튕겨나갔다. 새 방패의 능력에 신이 난 보로미어는 계속하여 놈들을 몰아붙였다. 그러나 2, 3합도 지나지 않아 허벅지에 날카로운 통증이 스쳐갔다. 아무리 실드 오브 리펠링을 들고 있다고 해도 10여 마리의 성난 오크들이 휘두르는 칼을 다 막을 수는 없었던 것이다. 무턱대고 사납게 칼을 휘둘러 대던 보로미어는 한 마리도 쓰러뜨리지 못한 채 세 군데나 가볍지 않은 부상을 입고 나자 그제서야 당황하며 뒷걸음질을 치기 시작했다.

"라이트닝!"

그때, 알하즈란의 푸른 광선이 작렬했다. 세 마리의 오크가 화염에 휩싸였다. 그러나 놈들은 연기를 뿜어대면서도 계속 칼과 도끼를 휘둘러 댔다.

'라이트닝 정도의 공격에도 한번에 쓰러지지 않는 놈들이라면…….'

보로미어는 등골이 오싹해 왔다. 로젠의 화살도 간간이 날아왔으나 정확하지가 못했고, 맞아도 오크들의 장갑이 너무 두터워 별 도움이 되지 않았다.

보로미어는 간신히 알하즈란의 라이트닝에 맞은 녀석 중 하나를 쓰러뜨렸지만 자신도 추가로 허벅지와 어깨에 심한 상처를 입고 말았다. 그러자 알하즈란이 갑자기 등을 돌려 도망치기 시작했다. 그녀의 엄호가 없다면 지금보다 더 상황이 나빠지리라는 것은 뻔한 일이었다.

"알하즈란! 무슨 짓이야!"

보로미어가 소리를 질렀으나, 알하즈란은 대답도 없이 달려가고 있었다.

"놔둬. 어차피 이길 수 없는 전투야."

뒤에서 로젠이 외쳤다. 그의 목소리에 실린 포기의 감정을 느끼면서 전사의 팔에서도 점점 기운이 빠지기 시작했다. 더 이상은 무리라는 생각이 드는 순간, 갑자기 낯익은 온기가 등뒤에서 밀려오더니 몸의 상처들을 회복시켰다.

'실바누스…….'

보로미어는 다시 기운을 내어 칼을 들었다. 그러나 몸이 완전히 회복된 상태에서도 겨우 놈들의 전진을 막을 수 있었을 뿐 후퇴시키거나 쓰러뜨릴 수는 없었다. 다시 몸의 상처가 늘어나기 시작했다. 아무래도 로젠과 자신만으론 수적으로 너무 밀렸다.

"레트 녀석, 자길 믿으라더니 도대체 뭘 믿으라는 거야?"

보로미어가 악을 쓰는데 갑자기 섬뜩한 기성과 함께 허연 물체가 눈앞을 스쳐가며 정면에 서 있던 오크를 강타했다. 오크들도 보로미어도 주춤하고 있는 가운데, 비슷한 물체들이 연이어 오크들에게 공격을 가하며 날아다니기 시작했다. 보로미어는 이내 그것이 아까 본 스펙터와 비슷한 영체들이라는 걸 깨달았다. 돌아보니 둔덕 위에 리치의 왕관을 쓴 레트가 두 팔을 높이 들고 서 있었다.

영체는 오크들에게 직접적으로 큰 피해를 입히지는 못하는 듯했으나, 계속 충격을 주어 공격의 기회를 빼앗고 있었다. 보로미어에게는 그것만으로도 충분했다. 영체들의 도움으로 거의 아무런 반격을 받지 않게 된 전사는 힘을 다해 칼을 휘두르기 시작했다. 거기에 로젠과 어느새 달려온 라미네즈가 합세했다.

셋의 힘만으로 열 마리 가까운 오크들을 전부 처치하는 데는 상당한 시간이 걸렸다. 그래도 어찌어찌 겨우 일을 마무리지은 보로미어는 검은 오크 피로 범벅이 된 칼을 거머쥐고 둔덕을 향해 돌아섰다. 그러자 둔덕 위에 선 레트와 그 옆에서 떨고 있는 알하즈란의 모습이 바로 눈에 들어왔다. 그런데 웬일인지 레트는 아직도 두 팔을 내리지 않고 있었다.

"대장이 왜 저래?"

보로미어가 묻자, 다리를 절며 다가오던 로젠이 불안스런 목소리로 대답했다.

"글쎄, 좀 이상한데?"

두 사람은 둔덕을 반쯤 올라가고 나서야 뭔가가 심각하게 잘못되었다는 것을 깨달았다. 영체들의 수는 수십 수백으로 늘어나 있었고, 주변의 공간을 가득 메운 채 레트 주위를 정신없이 날아다니고 있었다.

"대장 얼굴이 왜 저 모양이지?"

눈 좋은 로젠의 말에 레트를 자세히 쳐다본 보로미어는 그의 말이 무슨 뜻인지 알 수 있었다. 레트의 얼굴은 푸르딩딩한 색을 띠고 흉측하게 일그러져 보기에도 섬뜩할 지경이었다. 두 눈은 초점을 잃었고, 두 팔은 들고 있다기보다는 어떤 힘에게 두 팔을 잡혀 허공에 매달려 있다는 표현이 더 적절할 것 같았다.

"레트! 이제 그만 해! 알하즈란, 좀 말려봐!"

눈앞을 가득 메워가는 영체들 때문에 차츰 불안해지기 시작한 보로미어가 악을 썼지만, 알하즈란은 여전히 덜덜 떨기만 할 뿐 도무지 움직이려 하질 않았다. 사방의 영체들이 웅웅거리는 소리는 커져만 갔다.

"으악!"

갑자기 날아온 영체의 공격을 받은 로젠이 비명을 지르고 넘어졌고, 곧 이어 영체들은 보로미어와 라미네즈에게도 달려들기 시작했다.

"야! 레트! 이게 어떻게 된 거야?"

보로미어는 소리를 질렀다. 그러나 옆에 있던 알하즈란이 로젠과 마찬가지로 넘어져 있을 뿐, 사제의 모습에는 아무런 변화가 없었다. 영체들의 공격은 큰 피해를 주진 않았지만 워낙 수가 많다 보니 보로미어라고 해도 시간이 흐를수록 건강치가 떨어져가는 것을 느낄 수 있었다. 전사인 자신이 이럴 정도라면 위자드인 알하즈란이나 드루이드인 실바누스의 사정은 더욱 심각하리라는 데 생각이 미치자 그는 마음이 다급해졌다.

"로젠, 어서 여기서 달아나!"

보로미어는 고함을 지르며 레트 옆에 쓰러져 있는 알하즈란을 향해 걸음을 떼어놓기 시작했다. 그러나 곧 옆에 서 있던 라미네즈가 쓰러졌고, 보로미어는 그를 품안에 끌어안아 보호하며 계속 앞으로 나갔다. 그러나 가까이 갈수록 영체들의 공격은 더욱 심해져 천하의 보로미어라도 더 이상 나아갈 수 없을 정도가 되었다.

"레트! 제발 그만 해!"

보로미어는 힘을 다해 레트에게 소리를 질렀다. 그러나 사제는 눈에서 퍼런 귀광(鬼光)마저 뿜어대며 더 더욱 두 팔을 높이 쳐들 뿐이었다.

"메레덴스 라므레덴 가덴스라켄 수드라 카!"

갑자기 들려온 날카로운 주문 소리에 옆을 돌아보자, 실바누스가 오른손을 쫙 편 채로 높이 쳐들고 있었다. 그의 손가락에서 두 개의 반지가 환한 빛을 발했다.

"초원을 덮은 풀이여, 숲을 메운 나무여! 그 힘을 빌어 마이스테스의 이름으로 이 땅을 성스러운 곳으로 선언하노라. 대지여, 잠에서 깨어 나의 명을 받들고 이 땅에 속하지 않은 것들을 정화하라!"

긴 주문의 끝과 함께 드루이드의 손이 땅에 꽂히자, 그 자리로부터 눈부신 백색 광선이 대지 위로 퍼져 나가며 순식간에 보로미어를 비롯하여 레트와 알하즈란, 로젠을 집어삼켰다. 그러자 모든 영체들이 일순간에 사라지며 거짓말 같은 정적이 찾아들었다.

"헉, 헉!"

보로미어가 숨을 고르기도 전에 실바누스의 외침이 들려왔다.

"보로미어! 어서 레트의 다이어뎀을!"

전사는 생각할 틈도 없이 라미네즈를 내려놓고 사제에게 달려들어 리치의 왕관을 벗겼다. 그러자 레트는 눈을 허옇게 뒤집은 채로 무너지듯 쓰러졌다. 헉헉대던 전사는 땅 위로 퍼져나간 빛의 물결이 서서히 잦아들자 레트의 덜미를 잡아끌며 실바누스에게 다가갔다. 알하즈란과 라미네즈를 부축한 로젠도 비틀거리며 모여들었다.

대원들이 거친 숨을 고르고 있는 가운데, 실바누스는 먼저 라미네즈를 회복시킨 후 보로미어의 손에서 레트를 받아들었다. 대회복 주문으로 레트가 간신히 정신을 차리기 시작하자 실바누스는 피로한 듯 그 옆에 주저앉았다.

"이봐, 레트. 괜찮아?"

로젠이 그의 어깨를 다독이자, 사제는 레인저의 얼굴을 훔쳐보곤 부끄러운 듯 고개를 숙였다.

"레트, 도대체 어떻게 된 거야?"

알하즈란이 묻자 레트는 기어들어 가는 목소리로 말했다.

"다이어뎀의 힘을 이용하려 했던 건데……."

"그런데?"

"……."

레트가 더 이상 말을 하지 못하자 실바누스가 대신 대답했다.

"그러다 그 힘을 주체하지 못하고 오히려 거기에 휘둘린 거지."

"다이어뎀의 힘?"

로젠이 묻자 실바누스는 귀찮다는 듯이 말했다.

"그런 게 있어."

"그런데 실바누스, 아까 그 주문은 뭐였어? 사제 주문 중엔 그런 걸 본 적이 없는데?"

이번엔 알하즈란이 물었으나, 실바누스는 대답 대신 레트를 돌아보았다.

"레트, 잠깐 나랑 이야기 좀 할까요?"

보로미어에게 손짓을 해 레트를 부축하게 한 실바누스는 무시당해 얼굴이 벌개진 알하즈란과 다른 대원들을 뒤로 하고 멀리 떨어진 곳으로 자리를 옮겼다.

드루이드는 레트를 앉혀놓은 다음 그의 등뒤에 자리를 잡고 앉았다.

"레트, 너는 리치의 다이어뎀이 어떤 부작용이 있는지 알고 사용한 거냐?"

따지듯 묻는 실바누스의 말투는 더 이상 공손한 존대가 아니었다. 레트가 말없이 고개를 끄덕이자 실바누스는 한숨을 쉬었다.

"그럼 지금부터 뭘 해야 하는지 알겠군."

레트가 다시 고개를 끄덕였다.

"뭘 하려고?"

보로미어의 물음에 실바누스는 소매를 걷으며 말했다.

"다이어뎀의 부작용을 치료하려는 거야."

"젠장, 그건 알아. 내가 물은 건 그 부작용이란 게 뭐냔 거야."

보로미어가 툴툴대자 실바누스는 대수롭지 않다는 투로 말했다.

"별건 아니고, 음……, 간단히 말해서 그걸 잘못 쓰면 리치가 되어버려."

보로미어는 깜짝 놀라 손에 들고 있던 다이어뎀을 떨어뜨렸다.

"걱정 마. 머리에 쓰지만 않으면 상관없어."

실바누스가 덧붙여 말했지만, 보로미어는 땅에 떨어진 다이어뎀으로부터 몇 걸음 거리를 두고 나서야 다시 바쁘게 손을 움직이고 있는 드루이드에게 물었다.

"그래서 지금 뭘 하려는 거야?"

"조용히 좀 해. 이제부턴 중요한 부분이란 말이야."

손을 들고 주문을 외던 드루이드는 양손의 반지가 빛을 내기 시작하자 레트에게 물었다.

"치료의 내용은 알겠지? 영혼의 상처를 아물게 하는 대신, 영혼계로 넘어갔던 부분들은 포기할 수밖에 없다는 것을."

레트가 고개를 끄덕이자 실바누스가 계속해서 말했다.

"그리고 내 치료엔 세 가지 요구 조건이 있어. 받아들이겠나?"

레트는 잠시 머뭇거리다 다시 고개를 끄덕였다. 그러자 드루이드는 두 손을 레트의 등에 대고 주문을 외우기 시작했다. 잠시 시간이 지난 후 레트의 입에서 긴 한숨이 뿜어져 나오자, 실바누스는 그의 등에서 손을 떼고 일어섰다. 팔짱을 낀 채로 기다리던 실바누스는 사제가 비틀거리며 일어나기를 기다렸다가 낮게 가라앉은 목소리로 말했다.

"네 가장 큰 잘못은 능력에 부치는 물건에 욕심을 부렸다는 거다. 물론 네가 다이어뎀을 가지든 말든 나로선 상관하고 싶지도 않고, 네가 먼저 손에 넣은 이상은 내가 널 말릴 수도 없는 일이겠지. 하지만 네가 그걸 제대로 사용할 능력을 갖출 때까지 자제하고 기다릴 줄 모른다면 얘기는 달라져. 원정대의 대장으로서 대원들의 안전을 도모해야 할 네가, 다른 사람을 위험하게 할 수 있다는 걸 알면서도 자신의 욕심에 다이어뎀의 힘을 발동시키는 건 나로선 도저히 용납할 수가 없단 말이다. 넌 어떻게든 오크들을 비켜갈 다른 방법을 찾았어야 했다. 게다가 우린 카자드 쿰에 전할 중요한 소식도 있잖나."

실바누스는 꾸짖는 건지 타이르는 건지 모를 애매한 말투로 길게 이야기하더니 팔짱을 낀 채로 단호하게 말을 맺었다.

"그런 이유로 내가 요구하는 첫 조건은 네가 저 아이언 다이어뎀 포기하는 거야."

레트는 고개를 번쩍 들고 불만스런 눈으로 실바누스를 쳐다보았으나, 이내 고개를 끄덕이며 다시 눈을 내리깔았다. 실바누스는 계속했다.

"그리고 넌 아까 내가 주문을 쓰는 걸 보았나?"

"네. 디바인 그라운드(Divine ground) 주문이었죠."

"그럼 내가 누군지 짐작을 하고 있겠군."

"네, 마이스테스 링메이……."

"그만!"

실바누스는 손을 들어 레트의 말을 끊은 다음 말했다.

"내가 고대어 주문을 쓴 건 어쩔 수 없었기 때문이지, 내가 누구란 걸 드러내려고 한 일이 아니다. 난 네가 날 봤다는 소리를 사람들에게 떠들고 다니기를 원치 않아. 그러니 아예 날 만났다는 사실은 깨끗이 잊어버리라고. 다른 대원들에게는 물론이고, 이곳 사정을 로한에게 보고할 때도. 그게 내 두 번째 조건이다."

"네."

"그리고 마지막 요구 조건은 카자드 쿰에 도착하여 원정대를 해체하면 다시는 날 찾지 말라는 것."

"알겠습니다."

보로미어는 실바누스와 레트가 주고받는 말의 내용을 다 이해할 순 없었지만, 일단 레트의 고분고분한 태도에 놀랐다. 무슨 연유에선지 레트는 지금까지와는 다른 깍듯한 태도로 실바누스를 대하고 있었다.

레트가 자신의 세 가지 요구를 모두 받아들이자, 실바누스는 고개를 끄덕이며 말했다.

"자, 그럼 빨리 카자드 쿰으로 돌아가야지. 보로미어, 저 다이어뎀 좀 집어줘."

"난 손 대기 싫어. 집으려면 네가 집어."

보로미어가 고개를 젓자, 실바누스는 하늘을 향해 한숨을 쉬고는 직접 걸어와 아이언 다이어뎀을 집어들었다. 그는 지체없이 로젠 등이 기다리고 있는 쪽으로 걸음을 옮겼고 레트와 보로미어는 그 뒤를 따랐다.

그들이 돌아오자 오크들로부터 얻은 전리품을 정리해 놓고 기다리던 세 명이 자리에서 일어났다. 아직도 얼굴을 붉히고 있던 알하즈란이 먼저 실바누스에게 소리쳤다.

"야, 실바누스, 네가 어디서 굴러먹던 개뼉다귄지……."

"시끄러, 알하즈란! 너 감히 그게 무슨 말투야!"

레트가 버럭 소리를 지르는 바람에 알하즈란은 깜짝 놀라 입을 닫았다.

"자, 어서 출발하자. 시간이 없어."

레트가 말에 오르며 잘라 말하는 바람에 원정대는 더 이상 지체하지 않고 출발했다. 보로미어는 후위에 서 있던 실바누스에게 다가갔다.

"이봐, 아까 그건 다 무슨 소리야? 너 전부터 레트를 알았어?"

"아마 전에 내 이름을 들은 적이 있는 거겠지. 레트가 널 만나기 전, 이미 네 이름을 알고 있었던 것처럼."

"그럼 왜 아까서야 알았다는 거지? 처음에 '들소의 뿔'에서 만났을 때는 몰랐나?"

그러자 실바누스는 잠시 당황스런 태도를 보이다가 갑자기 화를 내며 버럭 소리를 질렀다.

"아, 귀찮게 왜 자꾸 와서 난리야. 이 모든 게 네가 쓸데없이 리치를 죽이는 바람에 일어난 일이란 걸 몰라? 젠장, 아까 너랑은 얘기 안 한다고 그랬잖아!"

보로미어가 이를 갈며 녀석의 대갈통을 한 대 후려갈길지 말지를 고민하고 있을 때 라미네즈가 다가왔다.

"저기, 보로미어. 잠깐 할말이 있는데 말이지……."

드워프 전사는 말꼬리를 흐리며 머뭇거렸다.

"얘기하세요. 뭐 제가 도울 일이라도?"

보로미어가 말하자, 계속 머뭇거리던 라미네즈는 결심한 듯 크게 숨을 들이쉬며 입을 열었다.

"실은 자네에게 고백할 일이 있어. 용서도 빌어야 하고."

"……?"

갑작스런 말에 의아스런 얼굴이 된 보로미어를 쳐다보며 라미네즈는 또다시 머뭇거렸다.

"저기……, 사실 난 이틀 전 가이우스에게 모종의 부탁을 받았네. 내가 그 부탁을 받아들여 레트에게 자네를 소개한 건 자네도 알고 있겠지?"

보로미어는 고개를 끄덕였다. 갑자기 가이우스의 이름이 나오자 옆에서 혼자 꽁하고 있던 실바누스도 흥미가 발동한 듯 라미네즈를 돌아보았다. 라미네즈는 말을 계속했다.

"그때 난 그것 외에도 한 가지 부탁을 더 받았네. 가이우스는 2급 전사였던 자네가 고르곤을 잡은 것에 대해 비상한 관심을 가지고 있더군. 그 비결이 뭔지 알아봐 달라는 게 또 다른 부탁이었어."

보로미어는 고개를 갸우뚱했다.

"글쎄요. 그거라면 저 역시 궁금해 죽겠는 건데……."

그러자 라미네즈가 고개를 끄덕이며 말했다.

"그래, 자네가 모른다면 난 정말 그러리라 믿네. 자네가 솔직한 사람이란 건 누구보다도 내가 잘 알아."

보로미어는 아침에 갑옷에 대해 사실대로 말하지 않고 얼버무렸던 것이 생각나 얼굴이 화끈거렸다. 그러나 라미네즈는 오히려 보로미어의 얼굴을 피해 시선을 땅으로 돌리며 말을 이었다.

"한데 가이우스는 그런 대답만으론 만족하지 않을 거야. 그의 요구는 수단과 방법을 가리지 말고 그 비결을 알아내라는 거였어. 필요하다면, 후……."

라미네즈는 괴로운 듯 한숨을 쉬더니, 더러운 벌레를 뱉어내듯이 말했다.

"필요하다면 상황을 만들어서라도 말이야."

보로미어는 갑자기 온몸을 휘감아 오는 냉기에 걸음을 멈췄다. 실바누스도 불편한 기색을 굳이 숨기지 않았다.

"……믿을 수 없어요. 가, 가이우스가 그랬을 리 없어요."

보로미어가 힘없이 중얼거리자 라미네즈는 고개를 저었다.

"아니. 믿어. 믿는 게 좋을 거야. 내가 아까 도망가는 리치를 막아섰던 것도 어떻게든 놈을 몰아서 너와 붙여보려는 이유에서였어. 거꾸로 생각지도 않았던 일이 벌어지긴 했지만……. 그런데도 자넨 목숨을 걸고 날 살려주었어. 그리고 또 아까는 혼자 도망가도 되는 상황에서 영체들로부터 날 감싸주었고."

드워프의 눈에서는 굵은 눈물이 흘러내리고 있었다.

"잠깐! 고해 성사를 방해해서 미안하지만, 그럼 가이우스가 보로미어를 위험한 상황으로 몰아넣어서라도 고르곤을 죽인 비밀을 알아보란 부탁을 했단 말이야?"

실바누스가 노한 음성으로 따지자, 라미네즈는 괴로운 얼굴로 고개를 끄덕였다.

"그리고 넌 그 녀석의 사주를 받아 그 일을 실행에 옮겼고?"

실바누스가 계속 다그치자 라미네즈는 고개를 숙인 채 말을 잇지 못했다.

"미안해. 정말 뭐라 할말이……."

보로미어가 어쩔 줄 몰라하며 멍하니 서 있자, 실바누스는 큰소리로 앞서가고 있는 레트 등을 불렀다. 그들이 다시 되돌아오는 동안 실바누스는 라미네즈에게 빠르게 속삭였다.

"네가 가이우스에게 뭘 약속받았는지는 모르겠지만, 정말로 네 행동을 뉘우치고 있다면 그걸 다 받아내도록 해."

"에?"

라미네즈는 실바누스의 말에 어리둥절한 표정을 지었다.

"카자드 쿰에 가서 가이우스를 만나 얘기하란 말이다! 아무리 보아도 보로미어는 고르곤을 죽이거나 할 능력이 없어보이더라고. 그리고 보로미어는 리치에게 치명적인 손상을 입어 카자드 쿰으로 돌아올 수조차 없었다고 말이야. 알았어?"

라미네즈는 서슬이 퍼런 실바누스의 말에 엉겁결에 고개를 끄덕였다. 그러자 실바누스는 보로미어에게 돌아서서 말했다.

"열은 좀 받지만, 현재로선 카자드 쿰의 현직 보안관인 그 사기꾼 녀석을 어썰 수는 없어. 놈에게 따지러 가는 거야말로 지금 할 수 있는 일 중 가장 어리석은 짓이 될 거야. 우린 일단 여기서 레트와 갈라지도록 하자."

그러곤 보로미어의 대답도 듣지 않고 다가오는 레트를 향해 말했다.

"레트, 나와 보로미어는 카자드 쿰으로 돌아갈 수 없을 것 같습니다."

실바누스의 말투는 어느새 다시 존대로 바뀌어 있었다.

"왜……죠?"

"몰랐는데, 아까 보로미어가 리치에게 치명적인 상처를 입었습니다. 치료를 하려면 남쪽 깊은 숲 속에 있는 치유의 샘을 찾아가야 하겠어요."

"남쪽 숲?"

레트가 놀란 표정을 지었지만 실바누스는,

"시간이 없으니 더 이상 묻지 마세요."

하며 몸을 돌렸다. 그러자 알하즈란이 성난 목소리로 나섰다.

"잠깐, 어떻게 네 맘대로 그런 결정을 할 수 있지? 난 보로미어와 다음 원정도 같이 하기로 약속을 한 상태라고. 보로미어는 나와 함께 카자드 쿰으로 돌아가야 해."

"네가 나설 문제가 아니야."

레트가 가로막자 알하즈란이 발끈해 소리를 질렀다.

"같은 사제라고 싸고도는 거야? 아직 원정대가 해산된 상태도 아닌데 어딜 맘대로 간다는 거야?"

"그럼 여기서 원정대를 해산한다."

레트가 간단히 결정을 해버리자, 알하즈란은 그를 무섭게 노려보더니 다시 외쳤다.

"그렇다 해도 누구라도 다른 사람을 강제로 끌고 갈 순 없어. 이봐, 보로미어! 네 생각도 그래? 나와 한 약속을 깨면서까지 실바누스가 가자는 대로 갈 거야?"

"엉?"

아직도 라미네즈의 이야기에서 받은 충격으로 정신을 못 차리고 있던 보로미어는 알하즈란의 갑작스런 질문에 고개를 들었다.

"결정해. 나와 같이 카자드 쿰으로 갈 건지, 아니면 실바누스를 따라 남쪽 숲인지 어딘지로 갈 건지."

위저드가 재촉했다. 실바누스는 냉랭한 목소리로 말했다.

"알하즈란, 이건 선택의 문제가 아니야. 보로미어는 지금 심하게 다쳤어."

"거짓말!"

보로미어는 얼떨떨한 기분으로, 표독스럽게 실바누스를 노려보고 있는 알하즈란의 눈을 바라보았다. 지금까지의 친절하던 모습은 찾아볼 수가 없었고 자신이 다쳐서 치료를 필요로 한다는데도 그것을 걱정하는 기색은 전혀 보이지 않았다.

잠시 침묵이 흐른 후 전사가 입을 열었다.

"알하즈란, 너와 약속을 한 이상 그걸 지키는 게 중요하겠지."

알하즈란의 얼굴에 득의 만만한 미소가 피어올랐다.

"하지만……."

전사는 실바누스와 라미네즈를 돌아본 다음 말했다.

"하지만 너와 약속을 하기 전에 실바누스와 했던 약속도 있어. 난 녀석이 하는 말엔 한번쯤 귀를 기울여보기로 했거든. 그리고 잘 생각을 해본 결과, 난 저 녀석을 따라가기로 마음을 정했다."

알하즈란의 표정이 일그러졌고, 한껏 긴장하고 있던 실바누스는 안도의 한숨을 내쉬었다. 실바누스는 한 걸음 나서서 그녀에게 말했다.

"말했지만, 보로미어는 간단히 치료할 수 없는 깊은 상처를 입은 상태야. 상처 입은 전사는 너에게도 별 소용이 없을 거야, 마치 전투중에 도망치는 위저드가 전사에게 별 소용이 없듯이 말이야."

알하즈란은 얼굴이 시뻘겋게 달아오르면서 아무 말도 하지 못했다. 그러자 레트가 말고삐를 채며 외쳤다.

"자, 그럼 됐어. 원정대는 여기서 해산된 거다. 나와 로젠, 라미네즈, 알하즈란은 카자드 쿰으로, 그리고 실바누스와 보로미어는 남쪽으로 가는 거다. 어서! 시간이 없다, 시간이."

"레트, 그럼 이 숲의 상황을 로한에게 보고하는 일을 부탁합니다. 특히 메레디트 오크에 대한 부분을."

실바누스가 외치자 레트는 크게 고개를 끄덕이더니 말머리를 돌렸다. 알하즈란은 다른 사람이 다들 떠난 뒤에도 씩씩거리며 한동안 보로미어와 실바누스를 노려보고 있다가 마지막으로 발길을 돌렸다.

"흥, 별것도 아닌 게 째려보면 어쩌겠다는 거야?"

실바누스는 그녀의 등을 쏘아보며 계집애처럼 쏘아붙인 후, 보로미어를 돌아보았다.

"자, 다시 우리 둘만 남았군. 그럼 우리도 길을 가보도록 할까?"

일단 걷기 시작하자 실바누스가 말했다.

"고맙다. 아까 또 억지를 부리며 카자드 쿰으로 가겠다고 할까봐 걱정했는데."

"난 네게 억지를 부린 적은 없어. 내가 생각하고 결정한 대로 행동하는 것뿐이야. 이번에도 내가 카자드 쿰으로 돌아가고 싶지 않아서 그런 거지, 네가 그렇게 하라고 말해서 그런 건 아니라고. 그리고 앞으론 그런 식으로 맘대로 결정하지 마."

"흥, 이젠 또 억지를 억지가 아니라고 억지를 부리는군."

실바누스는 이죽대더니 입을 다물었다.

보로미어는 사실 별로 이야기를 하고 싶은 기분이 아니었다. 가롯이 죽기 전 경고를 해줬는데도 이번 원정을 주선한 가이우스의 호의를 그럭저럭 순진하게 받아들이고 있었던 그에게, 라미네즈의 고백은 뒤통수를 후려갈기는 쇠뭉치 같았다. 도저히 그 말을 믿고 싶지 않았다.

"후우."

보로미어가 길게 한숨을 내쉬자, 실바누스는 그를 곁눈질로 훔쳐보더니 천천히 입을 열었다.

"세상 일이란 가끔 이해하기 어려울 때도 있는 법이야. 조금씩 상처를 받아가며 배워가는 거지."

"난……, 난 아직도 라미네즈의 말이 믿기지 않아. 가이우스가 어떻게……."

"그 녀석은 원래 그런 놈이야. 하급 서열들을 등쳐먹으며 7급인 레인저 나이트까지 올라간 자식이라고. 네가 그걸 몰랐을 뿐이지."

"왜지? 왜 다른 사람을 해치면서까지 서열을 올리려는 거지?"

보로미어의 물음에 실바누스는 잠시 생각을 해보곤 말했다.

"사람들이란 다 이기적인 존재일 수밖에 없다는 게 이유라면 이유겠지. 아무리 남을 위하는 것처럼 보이는 행동이라도 따지고 보면 다 자신을 위해 뭔가 얻을 게 있기 때문인 거야. 슬프지만 그런 사실을 인정하고 나면, 사실 가이우스 녀석 때문에 화를 내거나 상처 받을 필요는 없는 건지도 몰라."

보로미어는 실바누스의 말을 천천히 음미해 보았다. 사실 그랬다. 굳이 가이우스까지 들먹일 필요도 없이 알하즈란만 보아도 알 수 있는 일이었다. 그녀의 친절은 앞으로 참가할 원정에서 보로미어의 도움을 받는 데 목적이 있었다. 하지만 그런 친절도 막상 위험해지자 같이 싸우다 말고 혼자 도망칠 정도의 이기심을 감추기 위한 가면일 뿐이었다. 라미네즈도, 레트도, 하다못해 비록 나쁜 목적은 아니었지만 가롯도 그랬다. 모두 보로미어에게서 뭔가를 원했기 때문에 친한 척하며 등을 토닥거려 주었던 것이다.

그러자 이번 원정뿐만이 아니라 지금까지 만났던 모든 사람들의 말과 행동이 순수하지 못한 각도에서 새롭게 보이기 시작했다. 이 넓은 카자드에 진심으로 의지할 수 있는 사람이 자신밖에 없다는 사실은 전사를 무척이나 막막하고 외롭게 만들었다.

"이봐, 웬일로 너답지 않은 표정을 다 하고 그래? 불안스럽게. 남들만 그런 게 아니잖아. 너도 마찬가지면서."

실바누스가 투덜대자, 보로미어는 펄쩍 뛰었다.

"내가? 난 그런 적 없어."

"그래? 그럼 어디 볼까? 일단 넌 내가 말리는데도 이번 원정에 끼어들었지. 그 다음엔 늑대 무리 속에 뛰어들어 자살을 시도했고, 어젯밤에 네게 필요한 것들을 충고해 주는 날 집어던지기까지 했어. 또 오늘은 안 된다는데도 리치에게 달려들어 녀석을 죽이는 바람에 카자드 땅에 아이언 다이어뎀이 굴러다니게 했고, 결국엔 레트를 비롯한 모두를 죽을 뻔하게 만들었잖아. 그러고선 이 모든 난동을 자기가 생각한 대로, 하고 싶은 대로 하는 것뿐이라고 우겨대고 있잖아. 막상 널 보호할 책임이 있는 내 입장은 전혀 안중에 없으니, 이런 게 이기적인 게 아니라면 또 뭐가 이기적인 거겠어?"

"웃기지 마! 그건 달라!"

보로미어는 버럭 소리를 질렀지만 목소리엔 왠지 확신이 없었다.

"뭐가 달라? 네가 죽으면 나한테도 피해가 돌아온다는 걸 알면서도 네 맘대로 하겠다는 그 심보, 가이우스와 다를 게 뭐 있어?"

"……."

보로미어가 할말이 없어 머뭇거리고 있을 때, 갑자기 커다란 도로가 그들의 앞에 모습을 드러냈다. 론디움 로였다. 도로는 북서에서 동남으로 길게 뻗어 있었고 실바누스는 손을 들어 그 동남쪽을 가리켰다. 지평선에 연해 낮은 성곽이 모습을 드러내고 있었다.

"론디움이야. 우리의 1차 목적지지."

"그 다음은?"

"어디든 가이우스로부터 먼 곳으로."

두 사람이 다시 걷기 시작한 다음 실바누스가 말했다.

"참고로 말하는데 가이우스 녀석은 끈질기기로 소문난 놈이야. 일단 네게 무슨 비결이나 숨겨진 능력이 있다고 의심을 했으면 그걸 손에 넣을 때까지는 포기하지 않을 거야. 아니면……."

실바누스는 슬쩍 보로미어의 눈치를 살피며 말했다.

"아니면 아예 놈이 탐내는 걸 알려줘 버리든지. 그러면 녀석이 더 이상 널 해꼬지할 이유가 없어지잖아."

"그건 좀……."

보로미어가 머뭇거리자, 실바누스가 물었다.

"왜지?"

"그게 말이지……. 음……, 그러니까……, 솔직히 난 고르곤이 왜 죽었는지 정말 몰라."

보로미어의 솔직한 고백에 실바누스는 황당하다는 듯 그를 돌아보았다.

"하지만 그 직후에 전사급에서 용사급으로 서열이 올랐어."

보로미어가 황급히 덧붙였다.

"용사고 나발이고, 그러니까 넌 네 손으로 고르곤을 죽이기는 고사하고 녀석이 왜 죽었는지조차 모른다 이거야?"

드루이드의 추궁에 전사는 가롯이 자신의 갑옷에 대해 했던 이야기를 할까 하다가, 확실치도 않고 하여 일단 그 부분에 대해선 접어두기로 마음을 먹었다. 보로미어가 마지못해 고개를 끄덕이자 드루이드가 또다시 물었다.

"그런데 왜 넌 네가 죽인 것처럼 행세하고 다녔던 거야?"

"그, 그거야 내가 그러려고 했던 게 아니라, 사람들이 다 고르곤을 죽인 전사라고 그렇게 불러대는데……, 일일이 다 해명을 할 수도 없고……."

"흥, 할 수가 없었던 게 아니라 하기가 싫었던 거겠지."

실바누스의 빈정거림에 전사의 얼굴이 벌겋게 달아올랐다. 실바누스는 이어서 혼자말처럼 중얼거렸다.

"자업 자득이니 누굴 탓할 필요도 없겠군. 어쨌거나 고르곤에 이어 이번엔 또 리치라, 이 사실을 알면 가이우스가 정말 가만있지 않겠는걸."

보로미어는 가슴이 덜컥하여 실바누스를 돌아보았다.

"어떡하면 좋지?"

"그걸 왜 나한테 물어보냐? 그냥 잘 생각해서 너 하고 싶은 대로 결정하면 되잖아."

드루이드가 퉁명스런 대꾸에 보로미어의 얼굴이 다시 벌겋게 물들었다.

전사가 아무 말도 하지 못하고 있자, 실바누스는 그의 얼굴을 힐끔 훔쳐보며 비꼬듯 물었다.

"왜 그래? 설마 이 하찮은 보호자의 생각에 귀를 기울여보실 의향이 있으신 건 아니겠지?"

전사는 입술을 씰룩이며 드루이드를 쏘아보다 내뱉았다.

"몰라. 네가 이 길로 끌고 온 거니까 네가 책임져."

그러자 실바누스는 '흥' 하고 코웃음을 치더니 고개를 저었다.

"아니, 아니지. 난 널 끌고 오지 않았어. 네가 네 의지대로 온 거잖아. 네 입으로 그렇게 말했잖아, 네가 결정한 거라고."

빌어먹을! 보로미어는 입술을 깨물었다. 전사는 위저드나 사제와 말싸움을 해서 건질 게 없었다. 특히 저 약삭빠른 보릿자루 녀석과는.

계속하여 실바누스의 옆얼굴을 노려보던 보로미어가 마침내 입을 열었다.

"조, 좋아. 네 생각은 뭔데?"

마지못해 숙이고 들어가자, 드루이드가 엷은 미소를 지으며 말했다.

"굳이 그렇게 나오신다면 내 생각을 얘기해 주지. 제일 좋은 방법은 널 최대한 빨리 상급 서열인 나이트 급으로 올려놓는 거야."

"내가 상급 서열이 되면 가이우스로부터 안전해지는 거야?"

"아니, 물론 그런 건 아니지. 하지만 난 내 맹세로부터 자유로워지고 네 문제에 대해 더 이상 신경을 쓰지 않아도 되거든."

"야!"

보로미어가 걸음을 멈추며 소리를 지르자, 드루이드가 커다랗게 웃음을 터뜨렸다.

"하하하. 농담이다, 농담."

그러나 전사가 당장이라도 달려들 듯 씩씩거리는 바람에 그는 서둘러 덧붙였다.

"물론 너의 보호자로 있는 이상은 뭔가 방법을 강구해 봐야겠지. 하지만 그 문제는 론디움에 도착해서 생각해도 늦지 않아. 지금 내 머릿속은 네가 오늘 저질러놓은 일들의 뒤처리만으로도 복잡해 죽겠다고."

"내가 저질러놓은 일들이라니?"

"묻지 마. 말하기도 싫은 것들이니까."

그 말을 끝으로 드루이드는 골똘히 생각에 잠겼다.

전사는 약이 올라 한동안 씩씩거렸지만, 자신을 위해 방법을 생각해 보겠다는 그에게 더 이상 뭐라고 할 수는 없는 일이었다.

이건 정말 웃기는 상황이었다. 무시하는 듯한 태도하며, 사람 속을 살살 긁는 말투하며, 하여간 이 실바누스란 놈은 어느 한 가지도 마음에 드는 구석이 없는 녀석이다. 하지만 맹세 때문이건 뭐건 간에 이 카자드 땅에서 따로 바라는 것 없이 자신에게 도움을 줄 사람은 이 녀석뿐이었다. 사실 오늘만 해도 여러 번 귀중한 도움을 받았고, 일단 방법을 강구해 보겠다고 했으면 진심으로 보로미어의 이익을 우선으로 한 대책을 마련해 줄 것이었다.

'얄미워 죽겠는 이 녀석만이 카자드에서 유일하게 믿을 수 있는 사람이라니.'

보로미어는 이를 벅벅 갈며 실바누스의 뒤를 따라 론디움 로 위로 걸음을 옮기기 시작했다. 잠시 두건의 뒤통수를 노려보던 전사는 녀석과 말싸움을 하는 사이에 자신을 짓눌러 오던 세상에 대한 실망감이 어느새 연기처럼 사라진 것을 깨달았다. 그리고 가이우스에 대한 걱정도 웬일인지 더 이상 심각하게 느껴지지 않았다.

'혹시…….'

혹시 저 포댓자루가 일부러 자신의 속을 긁어댄 것은 아닐까?

'위로'라는 단어가 잠시 전사의 뇌리에 떠올랐으나, 이내 '복수' 라는 단어가 그 위에 겹쳐 떠올랐다.

전사는 번갈아 꿈틀거리는 두 단어를 잠시 바라보다가 거세게 머리를 흔들었다. 이거야말로 론디움에 도착해서 고민해도 될 문제였기 때문이다.

원철은 멀티 세트를 벗으며 한숨을 쉬었다. 아무리 자신의 캐릭터지만 보로미어 녀석이 알미워 견딜 수가 없었다. 지금 원철이 알고 싶은 것은 과연 팔란티어 안에서 다른 캐릭터와 육체 관계, 즉 소위 사람들이 이야기하는 사이버 섹스가 가능한지의 여부였다. 팔란티어의 사용자 인터페이스를 고려하자면 아주 불가능한 일만도 아니었기 때문이다.

그러나 보로미어는 그런 것은 전혀 궁금하지 않다는 듯 상대를 가리지 않고 두드려부수고 죽이는 데만 열심이었다.

담배를 피워문 원철은 거실로 나가 소파에 몸을 던졌다. 정말 괴상한 게임이었다. 팔란티어에 접속을 하고 있는 동안은 자신이 곧 보로미어가 된다. 그러므로 그때는 자신의 의지대로 게임을 하고 있다는 점을 의심할 여지가 조금도 없다. 하나 일단 접속을 끊고 현실의 세계로 돌아온 다음엔, 마치 피동적으로 한 편의 영화를 본 것 같은 기분이었다.

칼을 휘두르고 싸움을 하는 등의 반사적인 동작은 원철의 의사대로 자연스럽게 이루어졌다. 문제는 게임 속에서 대화를 하거나 어떤 복잡한 결정을 내려야 할 경우였다. 그때는 '보로미어적 행동' 이 시도 때도 없이 끼여든다. 게다가 그 빌어먹을 보로미어는 현실의 원철이라면 도저히 상상도 하지 못할 엉뚱한 사고 체계를 가지고 있는 것이다.

예를 들어 실바누스와의 관계만 봐도 그랬다. 실바누스는 메이지급 위저드인 알하즈란도 잘 모르는 주문을 자유 자재로 쓰는 캐릭터다. 한 마디로 보로미어가 같이 다니며 보호를 받기엔 아주 적격인 인물인 것이다. 실제로 이번 원정에서 그가 없었더라면 보로미어는 지금 살아 있지도 못했을 것이다.

그런데 원철 자신이라면 정말 무슨 짓을 해서라도 환심을 사려고 노력할 그 복덩어리를 보로미어 녀석은 차내지 못해 안달이었다. 카자드 쿰에서는 이번 원정을 만류하는 그를 악의적으로 무시하더니, 오늘도 뭐가 그리 못마땅한지 내내 심술을 부리고 있었다. 물론 그 실바누스란 작자도 뭔가 숨기는 듯한 구석이 있어 완전히 믿을 바는 아니었지만, 현재 보로미어가 놓인 상황에서 그보다 나은 동료를 구하기는 힘들 텐데 말이다.

'가이우스, 실바누스, 카자드 쿰, 리치, 다이어뎀, 갑옷, 도망, 메레디트, 고대어 주문, 드루이드, 론디움……'

눈썹을 모으며 머릿속을 스쳐가는 생각들을 정리하던 원철은 자신도 모르게 움찔했다. 어느새 혼인 서약에 대한 의문은 자신의 의식 중에도 남아 있지 않았던 것이다.

희미하게나마 이해가 되는 것도 같았다. 보로미어의 행동은 자신의 뇌파에서 나오는 충동 전위 신호에 의해 제어된다. 녀석이 지금 혼인 서약에 전혀 관심이 없는 이유는 어쩌면 원철 자신이 그런 것들에 대해 진정 중요하게 생각하지는 않고 있기 때문인지도 몰랐다.

'과연 그럴까?'

다시 담배를 피워문 원철은 니코틴이 혈관을 타고 전신으로 퍼지는 익숙한 느낌에 젖어들며 눈을 감았다. 어쩌면 드디어 자신이 '그 문제'를 초월했는지도 모르는 일이다. 아니면, 섹스란 것이 지금껏 자신이 생각해 오던 것만큼 중요한 게 아니었는지도…….

'어쩌면…….'

원철은 피식 코웃음을 흘렸다.

어쩌면 이건 그저 일반적인 노화 현상의 시작일 뿐인지도 몰랐다.

원철은 기지개를 켜며 소파에서 일어섰다.

어쨌거나 내일은 할 일이 많은 날이었다.

〈2권으로 이어집니다〉

밀리언셀러 클럽을 펴내면서

지난 수백 년 동안 소설은 기묘하면서도 교양 넘치고, 자유로우면서도 현실에 뿌리 박고 있으며, 흥미진진하면서도 감동적인 이야기로 독자들의 사랑을 독차지해 왔다.

민담이나 전설 등에 비해 비교적 최근에 탄생한 이야기 형식인 소설이 순식간에 이야기 왕국의 제왕으로 올라선 것은 현대인들이 살아가면서 느끼는 희망과 절망, 불안과 평화 등 온갖 삶의 양상들을 허구 속에 온전히 녹여 내어 재창조함으로써 이야기를 읽는 기쁨과 더불어 삶을 재발견하는 즐거움을 주어 온 까닭이다.

사실 이야기를 읽음으로써 삶을 다시 생각하고, 삶을 생각함으로써 이야기를 다시 만들어 온 것은 인간이라면 피할 수 없는 숙명이다.

그런데도 최근 이야기의 제왕이라는 소설의 위기를 말하는 목소리가 점점 늘어나고 있다. 만약에 이 말이 사실이라면, 그리하여 사람들이 소설을 점차 외면하고 있다면, 핏속에 스며들어 있으며 뼛속에 틀어박힌 이야기 본능이 무언가 다른 것에 홀려 있음에 틀림없다.

사람들은 이제 이야기를 소설이 아니라 거리에서, 인터넷에서, 영화에서, 드라마에서, 광고에서, 대중가요에서 즐기고 있는 것이다.

'밀리언셀러 클럽' 은 이러한 소설의 위기를 넘어서려는 마음에서 기획되었다. 국내뿐만 아니라 전 세계 각국에서 독자들의 사랑을 한껏 받은 작품들을 가려 뽑아 사람들 마음을 다시 소설로 되돌리고 이야기를 한껏 즐길 수 있도록 배려하였다.

'밀리언셀러' 라는 이름을 단 것은 소설이 다시 사람들의 마음을 끌어 널리 읽히기를 바라기 때문이고, '클럽' 이라는 이름을 단 것은 소설을 사랑하는 독자들이 이 작품들을 가운데 놓고 오랫동안 이야기를 나누기를 바라기 때문이다.

앞으로 '밀리언셀러 클럽' 에는 예로부터 오늘날까지, 동양에서 서양까지 시대와 장소를 가리지 않고 널리 독자들의 사랑을 받아 온 작품들 중에서 이야기로서 재미에 충실할 뿐만 아니라 인간 본연의 모습을 확인시켜 줄 수 있는 소설들이 엄선되어 수록될 것이다.

이 작품들이 부디 독자들을 소설의 바다로 끌어들여 읽기의 즐거움을 극대화함으로써 이야기 본능을 되살려 주어 새로운 독서 세대를 창출하기를 바라는 마음 간절하다.

팔란티어 1

1판 1쇄 펴냄 2006년 3월 30일
1판 10쇄 펴냄 2023년 11월 8일

지은이 | 김민영
발행인 | 박근섭
편집인 | 김준혁
펴낸곳 | 황금가지

출판등록 | 2009. 10. 8 (제2009-000273호)
주소 | 06027 서울 강남구 도산대로 1길 62 강남출판문화센터 5층
전화 | **영업부** 515-2000 **편집부** 3446-8774 **팩시밀리** 515-2007
홈페이지 | www.goldenbough.co.kr

ISBN 978-89-8273-946-0 04810(1권)
ISBN 978-89-8273-945-3 04810(set)

㈜민음인은 민음사 출판 그룹의 자회사입니다.
황금가지는 ㈜민음인의 픽션 전문 출간 브랜드입니다.